Mon année BREVET

# Les 200 fiches

## 3e



# Brevet

**Thomas Gargallo**
Agrégé de lettres modernes

**Martine Lassus**
Certifiée d'histoire-géographie

**Cécile Terrien**
Agrégée d'histoire-géographie

**Yann Gélébart** (texte et vidéos)
Certifié de mathématiques

**Paul Lienhard**
Certifié de physique-chimie

**Rachid El-Farsi**
Certifié de physique-chimie

**Agnès Rivière**
Agrégée de SVT

**Éloïse Mallard-Robert**
Certifiée de SVT

**Clément Fantoli**
Professeur de technologie

**Et en +**
**ton livre sur mobile**

1. Flashe ce code ou va sur www.editions-bordas.fr/revisions-mobile.html
2. Réponds à la question posée et crée ton compte.
3. Tu reçois un mail pour télécharger ton appli.
4. Ouvre l'appli, ça y est, ton livre est sur ton mobile !

bordas

**Édition :** Nathalie Legros
**Création maquette :** Véronique Lefebvre
**Mise en pages :** Ma petite FaB – Laurent Grolleau ; CB Defretin
**Iconographe :** Laurence Vacher ; Clémence Zagorsky
**Illustrateur :** Vincent Landrin

**Crédits iconographiques**

**109** © AKG ; **376 htg** © Bianchetti / Leemage ; **376 htm** © Jean-Loup Charmet / Science Photo Library ; **376 htd** © Bianchetti / Leemage ; **376 mg** © Musée des arts et métiers - Cnam / photo Michèle Favareille ; **376 mm** © Bianchetti / Leemage ; **376 md** © Philip Dickson / Alamy / Photo12 ; **376 basg** © Roger-Viollet ; **376 basm** © Bianchetti / Leemage ; **376 basd** © Axel Blueckert / Adobe Stock ; **380 g** © Art gallery / shutterstock ; **380 m** © D Line / shutterstock ; **380 d** © Giambra / shutterstock ; **386** © MVelishchuk / shutterstock

 – ISBN 978-2-04-740232-0

N° projet : 10288937
Code éditeur : 261915 - Dépôt légal : mars 2023
Imprimé en France
par ESTIMPRIM en mars 2023

# SOMMAIRE

## Français

ORTHOGRAPHE

### Les homophones



### Les accords et les autres difficultés



LE VERBE

### Les principales conjugaisons



### Les valeurs des temps



VOCABULAIRE

GRAMMAIRE

## Les classes et les fonctions des mots



## L'analyse de la phrase



COMPRÉHENSION ET RÉDACTION

## Le récit



## L'argumentation



**Avertissement :** cet ouvrage applique les rectifications orthographiques proposées en 1990 par le Rapport du Conseil supérieur de la langue française, approuvées par l'Académie française ainsi que la terminologie grammaticale actualisée par la *Grammaire du français*, publiée en juin 2020 par le Ministère de l'Éducation Nationale.

# Histoire



# Géographie

# Enseignement moral et civique



# Maths

# Physique Chimie

## ORGANISATION ET TRANSFORMATIONS DE LA MATIÈRE



## MOUVEMENTS ET INTERACTIONS



## L'ÉNERGIE ET SES CONVERSIONS



## DES SIGNAUX POUR OBSERVER ET COMMUNIQUER

# SVT

## LA PLANÈTE TERRE, L'ENVIRONNEMENT ET L'ACTION HUMAINE



## LE VIVANT ET SON ÉVOLUTION



## LE CORPS HUMAIN ET LA SANTÉ

# Technologie

# Les homophones grammaticaux (1)

À revoir
OK

1

● **Les homophones grammaticaux se prononcent de la même façon mais ont une classe grammaticale et une orthographe différentes.**

## 1 MÉMORISER

### a la / là / l'a

Ex. : **La** maison que tu vois **là**-bas, ma famille **l'a** jadis possédée.

- *La* précède un nom (article défini) ou un verbe (pronom personnel).
- *Là* est un adverbe de lieu.
- *L'a* précède toujours un participe passé.

Astuces :
– Si on peut remplacer par *l'avait*, on écrit *l'a*.
– L'accent sur *là* ressemble à une flèche pointant vers un lieu (*ici*).

### b est / et

Ex. : Elle **est** spirituelle **et** travailleuse.

- *Est* est la forme conjuguée d'*être* à la 3e personne du singulier.
- *Et* est une conjonction de coordination invariable.

Astuce : Si on peut remplacer par *était*, on écrit *est*.

### c sont / son

Ex. : **Son** oncle et sa tante **sont** enfin arrivés.

- *Sont* est la forme conjuguée d'*être* à la 3e personne du pluriel.
- *Son* est un déterminant possessif placé devant un nom commun.

Astuce : Si on peut remplacer par *étaient*, on écrit *sont*.

### d ont / on / on n'

Ex. : **On** voit des loutres qui **ont** des petits mais **on n'**aperçoit aucun oiseau.

- *Ont* est la forme conjuguée d'*avoir* à la 3e personne du pluriel.
- *On* est un pronom personnel indéfini placé devant un verbe.
- *On n'* combine le pronom et une négation (*ne... pas, ne... jamais*).

Astuces :
– Si on peut remplacer par *avaient*, on écrit *ont*.
– On remplace *on* par *il* pour entendre la différence entre la forme négative et la forme affirmative : *on n'aperçoit pas* / *il n'aperçoit pas*.

### e a / à

**Ex. :** Il y **a** quatre ans que je ne suis pas allé **à** la mer.

- *A* est la forme conjuguée d'*avoir* à la 3e personne du singulier.
- *À* est une préposition invariable.

**Astuce :** Si on peut remplacer par *avait*, on écrit *a*.

### f ma / m'a

**Ex. :** **Ma** grand-mère **m'a** déshéritée.

- *Ma* est un déterminant possessif avant un nom commun.
- *M'a* se place avant un participe passé.

**Astuce :** Si on peut remplacer par *m'avait*, on écrit *m'a*.

### g m'est / mes / mets / met / mais

**Ex. :** Je **mets mes** tongs **mais** il **m'est** pénible de marcher.

- *M'est* est souvent placé avant un participe passé.
- *Mes* est un déterminant possessif pluriel avant un nom.
- *Mets* et *met* sont des formes du verbe *mettre* au présent de l'indicatif.
- *Mais* est une conjonction de coordination.

**Astuces :**
– Si on peut remplacer par *me fut*, on écrit *m'est*.
– Si on peut remplacer par *tes* ou *ses*, on écrit *mes*.

**L'essentiel**

Pour différencier deux homophones, remplacez-les par un autre mot ou conjuguez-les à l'imparfait ou observez ce qui les précède.

## 2 APPLIQUER AU BREVET

« La pluie nous tombait dessus, les éclairs éclataient, [...] les arbres étaient secoués par un vent violent.» (M. Tremblay, *Bonbons assortis*)

**Réécrivez ce passage au passé composé.**

*France métropolitaine, 2018*

En réécriture, des erreurs sur les homophones peuvent survenir quand on demande un changement au passé composé : ainsi, pour l'exemple donné, on devra écrire *est tombée, ont éclaté, ont été secoués*.

# Les homophones grammaticaux (2)

À revoir
OK

2

## 1 MÉMORISER

### a ce / se

Ex. : **Ce** garçon ne **se** lave jamais.

- *Ce* est un déterminant démonstratif qui fait partie du groupe nominal (GN).
- *Se* est un pronom placé avant le verbe.

Astuce : Si le mot après est un nom, on écrit *ce* ; si c'est un verbe, on écrit *se*.

### b ces / ses / c'est / s'est

Ex. : **Ces** deux-là, ce sont **ses** amis. Il **s'est** vite intégré, **c'est** bien !

- *Ces* est un déterminant démonstratif placé avant un nom pluriel.
- *Ses* est un déterminant possessif placé avant un nom pluriel.
- *C'est* est un présentatif.
- *S'est* fait partie d'un verbe pronominal au passé composé.

Astuces :
– Si on peut remplacer par *les siens / les siennes*, on écrit *ses*.
– Si on peut remplacer par *cela est* on écrit *c'est*.

### c ça / sa

Ex. : **Ça** va très mal chez lui : **sa** mère est alitée.

- *Ça* est un pronom démonstratif.
- *Sa* est un déterminant possessif avant un nom féminin.

Astuce : Si on peut remplacer par *ma* ou *ta*, on écrit *sa*.

### d ni / n'y

Ex. : Il **n'y** avait **ni** viande **ni** poisson.

- *Ni* est une conjonction de coordination double (*ni... ni*).
- *N'y* est la contraction de *ne y* (négation + pronom adverbial).

Astuces :
– Si le mot qui suit est un verbe, on écrit *n'y*.
– *Ni* est toujours doublé.

## e si / s'y

Ex. : **Si** l'eau est bonne, elle **s'y** plongera avec plaisir.

- *Si* est un adverbe ou une conjonction de subordination.
- *S'y* sont la contraction de placés devant un verbe pronoms.

**Astuce :** Si l'on peut remplacer par *m'y* ou *t'y*, on écrit *s'y*.

## f sans / s'en / sens / sent

Ex. : **Sans** déodorant, il **sent** très mauvais mais ne **s'en** rend pas compte.

- *Sans* est une préposition ayant un sens négatif.
- *S'en* sont des pronoms placés devant un verbe.
- *Sens* et *sent* sont des formes de *sentir* au présent de l'indicatif.

**Astuces :**
– Si on peut remplacer par *sentais* ou *sentait*, on écrit *sens* ou *sent*.
– Si c'est un verbe conjugué qui suit, on écrit *s'en*.

## g quand / quant / qu'en

Ex. : **Quand** puis-je venir ? Demain, **qu'en** dis-tu ? **Quant** à ma sœur, elle arrive lundi.

- *Qu'en* est la contraction de *que en*.
- *Quand* est une conjonction de subordination de temps.
- *Quant* est une préposition suivie de *à* et d'un GN ou d'un pronom.

**Astuce :** Si on peut remplacer par *en ce qui concerne*, on écrit *quant*.

**L'essentiel**

Pour différencier deux homonymes, outre le remplacement, observez ce qui les précède ou les suit.

# 2 APPLIQUER AU BREVET

« Elle s'insinue dans ses muscles, s'infiltre dans les battements du cœur, freine le voyage du sang. » (A. Chédid, *L'Enfant multiple*)

**Mettez le passage au passé composé.**

*France métropolitaine, 2018*

En réécriture, des erreurs sur les homophones peuvent survenir avec les verbes pronominaux, quand on demande un changement à la 3e personne (*se*) ou un changement au passé composé. Ici, on aura *s'est insinuée, s'est infiltrée, a freiné.*

# Les homophones grammaticaux (3)

- À revoir
- OK

3

## 1 MÉMORISER

### a quel(s) / quelle(s) / qu'elle(s)

Ex. : **Quelle** est sa faute ? **Quelle qu'elle** soit, je vois **qu'elle** la regrette.

- *Qu'elle(s)* est la contraction de *que elles.*
- *Quel* est un déterminant accordé à un nom et qui marque une interrogation ou une exclamation.

**Astuces :**
– Si on peut remplacer par *qu'il(s)*, on écrit *qu'elle(s)* avec l'apostrophe.
– Se souvenir de l'orthographe de l'expression *quel qu'il soit/quelle qu'elle soit.*

### b quel(s) que / quelle(s) que / quelque(s)

Ex. : **Quelque** habile que soit le pêcheur, **quelques** poissons s'échapperont toujours, **quel que** soit le filet employé.

- *Quelques* est un déterminant indéfini qui précède un nom.
- *Quelque* est un adverbe invariable qui précède un adjectif et *que.*
- *Quel(les) que* est composé d'un déterminant indéfini suivi de *que*, qui introduit une subordonnée au subjonctif.

**Astuce :** *Quelque* (en un seul mot) est suivi de *que.*

### c quoi que / quoique

Ex : **Quoi qu'**il fasse, sa mère lui donne tort, **quoique** son père le défende.

- *Quoi que* (deux mots) est une locution pronominale synonyme de *quelle que soit la chose qui.*
- *Quoique* (un seul mot) est une conjonction de subordination qui introduit un verbe au subjonctif.

**Astuce :** Si on peut remplacer par *bien que*, on écrit *quoique.*

### d plus tôt / plutôt

Ex. : Cette fois, je vais **plutôt** arriver **plus tôt**.

- *Plus tôt* (deux mots) est une locution adverbiale qui se réfère au temps.
- *Plutôt* (un seul mot) est un adverbe qui exprime une préférence.

**Astuce :** Si on peut remplacer par *de préférence*, on écrit *plutôt.*

### e dû / du

Ex. : En chemin, j'ai **dû** acheter **du** pain.

- *Dû* est le participe passé du verbe *devoir* et précède souvent un infinitif.
- *Du* est un article partitif ou défini contracté (*de* + *le*), qui précède un nom.

### f crû / cru

Ex. : J'ai **cru** que la plante avait **crû** de dix centimètres.

- *Crû* est le participe passé du verbe *croître* (grandir).
- *Cru* est un adjectif (antonyme de *cuit*) ou le participe passé du verbe *croire*.

### g croît / croit

Ex. : Elle **croit** que cette plante **croît** plus vite.

- *Croît* et *croîs* sont des formes conjuguées du verbe *croître* (grandir).
- *Croit* et *crois* sont des formes conjuguées du verbe *croire*.

### h sûr / sur

Ex. : Je suis **sûr** que tes clés sont **sur** la table.

- *Sûr* est un adjectif qualificatif (synonyme de *certain*).
- *Sur* est une préposition invariable (synonyme de *au-dessus de*).

### i Quelques homophones différenciés par l'accent circonflexe

- *Jeûne* / *jeune*

Ex. : Ce **jeune** observe le **jeûne** rituel et ne mange donc pas.

- *Mûr* / *mur*

Ex. : Ce fruit **mûr** a laissé une trace sur le **mur**.

- *Tâche* / *tache*

Ex. : Tu as pour **tâche** d'effacer toutes les **taches**.

**L'essentiel**

N'oubliez pas les accents qui seuls permettent de différencier deux homophones.

## 2 APPLIQUER AU BREVET

**Dictée :** « Les peintres **qu'elle** admire **sont** des hommes ; **ce sont** des hommes qui **font** battre **son** cœur d'enthousiasme. » (A. Ernaux, *La femme gelée*)

*Polynésie française, 2017*

Dans cet extrait de dictée, les homophones ont été mis en gras pour indiquer leur très forte présence dans la langue française : les repérer, c'est éviter des erreurs en dictée !

# Les accords sujet-verbe

- À revoir
- OK

4

## 1 MÉMORISER

Le verbe s'accorde en personne et en nombre avec son sujet. Il y a toutefois quelques difficultés.

**Astuce :** retrouvez le sujet en posant la question « Qui est-ce qui ? » ou « Qu'est-ce qui ? » devant le verbe.

### a Le verbe est au singulier avec :

- **un sujet au singulier**.
  Ex. : Le hérisson <u>sera</u> bientôt menacé.
- ***on, chacun, quelqu'un, tout, aucun,* etc.** (pronoms indéfinis)
  Ex. : Personne ne <u>soupçonne</u> la terrible vérité.
  Chacun <u>savait</u> qu'elle avait raison.
- ***plus d'un.***
  Ex. : Plus d'un Français sur deux <u>a</u> déjà fréquenté les hôpitaux.
- ***tout, rien, personne*** (pronom qui reprend une série de sujets).
  Ex. : Les éclairs, le tonnerre, la pluie, tout <u>était</u> effrayant pour l'enfant.
- ***il*** dans la tournure impersonnelle.
  Ex. : Il <u>existe</u> des poissons bleus.

### b Le verbe est au pluriel avec :

- **un sujet pluriel**.
  Ex. : Les remords l'<u>accablent</u>.
- **Plusieurs sujets singuliers** liés par une conjonction de coordination ou par une virgule.
  Ex. : La vanité, la lâcheté, le refus de communiquer <u>sont</u> des défauts.
- ***peu de, beaucoup, combien, la plupart...*** (déterminant ou pronom de quantité souvent suivi d'un pluriel)
  Ex. : Beaucoup (de gens) ne <u>sont</u> pas d'accord.
- ***moins de deux/trois/quatre,*** *etc.*
  Ex. : Moins de deux personnes sur dix <u>vont</u> aux sports d'hiver.

### c Le verbe peut être au singulier ou au pluriel quand...

- **Des sujets au singulier** coordonnés par *ni, ou, ainsi que, comme,* etc. Le verbe est généralement au pluriel, sauf quand un seul des sujets peut faire l'action.
  Ex. : Ni Sarah ni Virginie n'<u>est</u> venu<u>e</u> / ne <u>sont</u> venu<u>es</u>.

- ***l'un ou l'autre.***

Ex. : L'un ou l'autre provoque(nt) bien des drames.

- **un pourcentage :** l'accord suit le nombre du complément.

Ex. : 60 % de la population refuse cette réforme.
60 % des Français refusent cette réforme.

- **un nom collectif** (*foule, majorité, centaine, moitié, troupe...*) suivi d'un complément d'un nom au pluriel.

Ex. : Une centaine de badauds observe(nt) la scène.

### d Cas difficiles

- **Le sujet est inversé** (placé après le verbe).

Ex. : Après une dispute surgissent toujours des larmes.

- Les sujets sont des **personnes différentes** : la 1re personne l'emporte sur les autres (*nous*), la 2e l'emporte sur la 3e (*vous*).

Ex. : Toi et moi nous **sommes** bien amusés. Olivier et toi **êtes** très sportifs.

- Le sujet est le **pronom relatif** *qui*, *lequel*, *laquelle*, etc. : il faut chercher l'antécédent et faire l'accord avec lui.

Ex. : C'est toi qui **as** eu le dernier mot. Moi, qui **suis** le chef...

- Le sujet contient **l'expression *C'est* ou *C'était*** : si elle est suivie d'un nom ou d'un pronom au pluriel, le verbe se conjugue aussi au pluriel.

Ex. : C'**est** une horreur. Ce **sont** les mêmes qui gagnent toujours.
C'**étaient** des fleurs merveilleuses.

**L'essentiel**

Posez la question « qui est-ce qui ? » pour repérer le sujet et pour éliminer tout doute sur un accord.

## 2 APPLIQUER AU BREVET

« Il vous échappe, il fuit, rien ne l'arrêtera. Il suit le quai, franchit la place, et caetera. » (V. Hugo, *Toute la lyre*)

**Réécrivez le passage en remplaçant « il » par « ils ».**

*Amérique du Nord, 2019*

En réécriture, les changements de personne sont souvent demandés. Ici, cela entraine quelques modifications d'**accord sur les verbes** : *ils vous échappent, ils fuient.* Dans l'exemple, c'est surtout le risque d'oubli qui est la difficulté, car la chaine des accords est un peu longue.

# Les accords du participe passé

À revoir
OK

5

## 1 MÉMORISER

L'accord du participe passé avec le sujet peut être délicat. Ainsi, dans la phrase : *Il a oubli... les chaussures que je lui avais prêt...*, doit-on accorder ou non ?

**Astuce :** il faut bien analyser **la place du participe passé** dans la phrase et l'éventuel **auxiliaire** avec lequel il est employé.

### a Employé seul

- Le participe passé se comporte comme un adjectif : il s'accorde **en genre et en nombre** avec le nom qu'il complète.

Ex. : Dans le grenier, je retrouve les photos oubli**ées**, les souvenirs perd**us**, les jouets néglig**és**, les photos jaun**ies**.

### b Employé avec *avoir*

- Le participe passé employé avec *avoir* dans un temps composé ne s'accorde jamais avec le sujet.

Ex. : Elles **ont** oubli**é** leurs affaires, qui **avaient** traîn**é** des heures durant.

- Quand le COD est placé **après le verbe**, le participe passé est **invariable**.

Ex. : Ils ont cass**é** une tasse.

- Mais quand le COD est placé **avant** la forme verbale, le participe passé s'accorde avec lui. Cette fonction peut être occupée par :

– un **pronom personnel** : *le, la, me, te, nous, vous, les.*
Ex. : Leurs parents les ont oubli**és** (***oubliées*** si *les* renvoie à un GN féminin).

– un **pronom relatif** : *que* ou *qui.*
Ex. : Les objets qu'on avait perd**us**, les images qu'on avait néglig**ées** (on accorde avec l'antécédent, c'est-à-dire le nom repris par *que* ou *qui*).

– un **pronom interrogatif** (*qui, que, lequel, laquelle, lesquels, lesquelles*) ou un GN contenant un déterminant interrogatif ou exclamatif (*quel, quelle, quels, quelles*).
Ex. : Lesquelles de ces robes as-tu chois**ies** ? Que de soucis elle m'a caus**és** ! Quelles boissons as-tu appréci**ées** ?

⚠ **Attention :** les participes passés **fait** et **laissé** sont invariables quand ils sont suivis d'un **infinitif** : *Elle s'est fait agresser. Cette jupe, je l'ai fait coudre. Elles se sont laissé maigrir. Je les ai laissé filer.*

## C Employé avec l'auxiliaire *être*

- Le participe passé employé avec l'auxiliaire *être* s'accorde avec le sujet.

**Ex. :** La vie indienne est rythm**ée** par la mousson.

> **Astuce :** on remplace le verbe par le signe « = ». Si la phrase fonctionne (*vie indienne = rythm**ée***), on accorde le participe.

- Dans le cas d'**un verbe pronominal**, il y a quatre possibilités :

– quand le verbe n'existe pas sans pronom (avec *me*, *te*, *se*), on accorde.
**Ex. :** Les verbes **évanouir* et **enfuire* n'existent pas. On doit donc écrire : « Ma sœur s'est évanou**ie**. » « Vous vous êtes enfu**is**. »
– quand le verbe est à la voix passive (voir fiche 27), on accorde.
**Ex. :** Cette maison a été vend**ue** très cher par mes voisines.
– si le pronom réfléchi est COD, on accorde.
**Ex. :** Elle s'est observ**ée** dans le miroir. (Elle a observé qui ? Elle-même : *se* est donc COD, donc on accorde.)
– si le pronom réfléchi n'est pas COD, on n'accorde pas.
**Ex. :** Les jours se sont succéd**é**. (Les jours ont succédé à qui ? À eux : *se* n'est pas COD mais COI, comme l'indique la préposition *à*. Donc on n'accorde pas.)

> **Astuce :** pour trouver le COD, on pose la question « Qui / quoi ? » (Ils *se sont habillés.* → Qui ont-ils habillé ? Eux-mêmes : *se* est COD). De même, pour trouver le COI, on pose la question « À qui / à quoi ? ».

**L'essentiel**

Avant de faire l'accord, repérez l'auxiliaire avec lequel est employé le participe passé (pas d'auxiliaire ? avoir ? être ?).

## 2 APPLIQUER AU BREVET

« Chers bois ! Je les connais tous ; je les ai tous battus. » (Colette, *Claudine à l'école*) **Justifiez l'orthographe de « battus ».**

*Pondichéry, 2018*

L'accord des participes passés concerne surtout la réécriture et la dictée, mais il arrive qu'on doive justifier un accord. Pour cela, on procède en trois temps :

– on définit d'abord le cadre d'emploi pour montrer qu'on connait les règles : « *Ici, le participe passé est employé avec l'auxiliaire avoir. Il ne devrait pas s'accorder.* »

– Ensuite, on aborde le cas particulier : « *Mais ici un COD est placé avant le verbe : le pronom "les", qui remplace "mes chers bois"* ».

– Enfin, on justifie l'accord : « *On doit donc accorder "battus" au masculin pluriel.* »

# Le son « é » en fin de mot

À revoir
OK

6

## 1 MÉMORISER

### a -er ou -é ?

- Pour les verbes en *-er* (1er groupe), on n'entend pas la différence, à la fin du verbe, entre, par exemple, *mangé* (participe passé) et *manger* (infinitif).
- *-é* est la terminaison du **participe passé** :

– il suit les auxiliaires *avoir* ou *être* ;

Ex. : Le portrait est rong**é** par la rouille.

– il est employé comme adjectif près d'un nom.

Ex. : Le travail achev**é**, il se repose.

⚠ **Attention :** le participe passé s'accorde en genre et en nombre avec le nom ou le pronom (*les arbres brûlés ; la vitre cassée ; elles sont rongées par la culpabilité*).

- *-er* est la terminaison de **l'infinitif** :

– il est souvent précédé d'une préposition ;

Ex. : machine à lav**er**, pour rédig**er**, avant de frapp**er**...

– il suit souvent un autre verbe (autre qu'*avoir* ou *être*).

Ex. : Il ne va pas vol**er** un vélo ! Il est parti l'achet**er**.

> **Astuce :** on peut remplacer par un verbe du 3e groupe comme *faire* ou *prendre* pour lesquels on entend la différence : *Je voudrais* ***manger / prendre*** *une mangue.*

- *-ez* est la terminaison habituelle de la **2e personne du pluriel**.

Ex. : Vous achev**ez** votre déjeuner. Vous mang**ez** une mangue.

> **Astuce :** repérez le pronom personnel sujet *vous* ou les déterminants possessifs *vos, votre* : *Clémentine et Victor,* ***avez****-vous préparé vos valises ?*

### b -ais, -ait, -ai ?

- *-ai* est la terminaison du **passé simple** à la 1re personne des verbes du 1er groupe.

Ex. : Je rêvais aux vacances quand soudain, je me rappel**ai** mon évaluation du lendemain.

> **Astuce :** si le verbe est lié à une précision de temps telle que *tout à coup, soudain, un jour*, ou si on peut la rajouter facilement, c'est un passé simple.

- *-ais* et *-ait* sont les terminaisons de **l'imparfait de l'indicatif** aux 1re, 2e et 3e personnes du singulier.

Ex. : Je mange**ais**, tu mange**ais**, il mange**ait**.

## L'essentiel

Pour déterminer la bonne orthographe du son « é », observez les éléments alentour (prépositions, autres verbes, pronoms, etc.).

## 2 APPLIQUER AU BREVET

**Dictée :** « Je vois des hommes, que je ne peux compt..., je les vois s'agit... autour de moi [...] Ils m'ont agripp... et me traînent, je vois leur peau brûl... tout entière, leur peau lisse et noire. » (L. Gaudé, *Cris*)

*Asie, 2018*

Cet extrait de dictée montre que le son *-é* en fin de mot est très courant et demande d'observer ce qui se trouve avant ou après :
– *compt...* se trouve après le verbe conjugué *peux* : c'est donc un infinitif (*compter*) ;
– *s'agit...* est dans le même cas, après le verbe *vois* : on écrit donc *s'agiter* ;
– *agripp...* est situé après l'auxilaire *avoir*, c'est donc un participe passé : *agrippé* ;
– *brûl...* est situé après le nom *peau*, c'est donc un adjectif qu'on doit accorder au féminin : *brûlée*.

« Soudain je me rappel... que j'habit... au Japon. »

En rédaction ou en dictée, pour trouver la bonne terminaison, on peut utiliser deux astuces :
– transformer à la **3e personne**, où l'on entend la différence ;
– associer chaque temps à une **valeur** (action soudaine et brève au passé simple, durée à l'imparfait).
Ici, on écrira *je me rappelai* (action soudaine, remplaçable par *il se rappela*) et *j'habitais* (durée, remplaçable par *il habitait*). Il est à noter que certaines régions, en France métropolitaine, font encore la différence en prononçant ces deux temps.

**Dictée :** « Il y a des hommes et des femmes partout, **épuisés**, en haillons, le linge encore **mouillé** sur les épaules. des vieillards perdus [...], des femmes donnant la **tétée** à des nourrissons. C'est une **humanité** à ciel ouvert, pauvre, peureuse, **affamée**. » (L. Gaudé, *Ouragan*)

*France métropolitaine, 2017*

Dans cet extrait de dictée, les mots en *-é* ont été mis en gras pour montrer leur grande présence. Ce point orthographique est donc de grande importance. On remarquera également que nombreux sont les mots en *-é* qui subissent des accords.

# Les difficultés orthographiques

À revoir
OK

7

## 1 MÉMORISER

### a Les adjectifs de couleur

- Un adjectif de couleur **s'accorde** normalement avec le nom qu'il qualifie.
- Il existe deux **exceptions** :

– si l'adjectif de couleur **provient d'un nom commun**, il reste invariable sauf *rose, fauve, mauve, pourpre, écarlate* ;

**Ex. :** Des voitures orange, des chaussettes marron,
≠ des pulls roses, des pantalons mauves.

– si l'adjectif de couleur est **modifié et suivi par un autre adjectif**, tous deux restent invariables.

**Ex. :** Une voiture bleue ≠ une voiture bleu foncé ou gris clair.

### b Les déterminants numéraux cardinaux

- Ils sont **invariables**.

**Ex. :** quatre personnes, cinq mille habitants.

- Seuls **vingt** et **cent** prennent **un *-s*** quand ils sont **multipliés**, pour indiquer les vingtaines et les centaines. Mais ils ne prennent **pas de *-s*** quand ils sont **suivis d'une unité**.

**Ex. :** quatre-vingts, deux-cents ≠ quatre-vingt-trois, trois-cent-dix.

- Les numéraux composés sont systématiquement reliés par **un trait d'union**.

**Ex. :** trente-et-un, quatre-cents, un-million-deux, quarante-et-unième.

### c *Tout ou tous ?*

- *Tout* peut être un **déterminant indéfini variable** avant un **GN**.

**Ex. :** Tout l'orchestre, toute la musique, tous les musiciens.

- *Tout* peut être un **pronom indéfini variable** avant ou après un **verbe**.

**Ex. :** Tout est fini. Tous en veulent encore. Je les connais tous.

- *Tout* peut être un **adverbe invariable** avant un **adjectif** ou un **adverbe**.

**Ex. :** Ils sont tout étonnés. La salle est tout étonnée.

> **Astuce :** pour retrouver cet emploi invariable, on remplace par *tout à fait* (*tout à fait étonnés*). À ne pas confondre avec *tous* (chacun d'eux).

- Dans cet emploi, *tout* s'accorde **devant les adjectifs féminins commençant par une consonne ou un *h* aspiré**, pour rendre la prononciation plus agréable.

**Ex. :** La nuit est toute froide. Elle était toute honteuse.

## d Les adverbes en *-ment*

- Ils sont formés à partir du **féminin de l'adjectif** et du **suffixe** *-ment*.

Ex. : brutal → brutale → brutalement ; confus → confuse → confusément.

- Mais les **adjectifs terminés par une voyelle** (*résolu, poli, vrai, joli...*) forment généralement l'adverbe sur le **masculin**.

Ex. : hardi → hardiment ; absolu → absolument ; vrai → vraiment.

- Les adverbes formés sur **les adjectifs en *-ent* et *-ant*** (*violent, savant, fréquent, courant...*) s'écrivent ***-emment*** et ***-amment***.

Ex. : récent → récemment ; courant → couramment.

## e *-ants* ou *-ant* ?

- L'**adjectif verbal**, terminé par *-ant*, **s'accorde** avec le nom qu'il complète.

Ex. : Je mange des biscuits croustillants. Ces biscuits sont croustillants.

> **Astuce :** si on peut mettre la forme en *-ant* au féminin, il s'agit d'un adjectif verbal que l'on peut accorder. *On acclame l'entrée des joueurs remplaçants → des joueuses remplaçantes* : il faut donc accorder.

- Le **participe présent**, toujours **invariable**, est terminé lui aussi par *-ant* et parfois précédé de *en* (on l'appelle alors le **gérondif**).

Ex. : Envahissant le pays, ils déclenchèrent la guerre.

**L'essentiel**

– Vérifiez l'accord de *vingt* et de *cent* et n'oubliez pas les traits d'union.
– On écrit *tout* ou *tous* selon la nature de l'élément qui suit.
– On n'oublie pas le double *-m* sur certains adverbes (*savamment*).

## 2 APPLIQUER AU BREVET

**Dictée :** « Précédant sans effort quatre wagons jaunes à lettres d'or » (V. Larbaud, *Ode*)

*Antilles, 2018*

Dans cet extrait de dictée, on observe les difficultés de cette fiche :
– « précédant » : participe présent invariable car il n'est lié à aucun nom commun ;
– « quatre » : le déterminant reste invariable ;
– « jaunes » : ici, l'adjectif de couleur est simple et s'accorde. Si l'auteur avait précisé une teinte, il aurait été invariable (« quatre wagons jaune pâle »).

# ORTHOGRAPHE

**1 Complétez la phrase : « Il ... encore difficile de mettre ... chaussures seul. »**

- ☐ **a.** m'est – mes
- ☐ **b.** m'ai – mes
- ☐ **c.** mets – mais

**2 Complétez la phrase : « ... soit le sujet, il trouve les rédactions ... peu difficiles. »**

- ☐ **a.** quel que - quelques
- ☐ **b.** quelque – quelle que
- ☐ **c.** quel que – quelque

**3 Cochez la phrase qui ne comporte pas d'erreur.**

- ☐ **a.** Victor, Clémentine et toi sont d'excellents élèves.
- ☐ **b.** Plus d'un décès sur huit sont liés à la pollution
- ☐ **c.** Quatre Français sur dix ne partent pas en vacances.

**4 Complétez la phrase : « Quelles destinées ils ont ... ! »**

- ☐ **a.** eu
- ☐ **b.** eues
- ☐ **c.** eus

**5 Complétez la phrase : « Elles se sont ... les mains. »**

- ☐ **a.** laver
- ☐ **b.** lavé
- ☐ **c.** lavées

**6 Avec quel temps peut-on confondre l'imparfait en *-ais/-ait* ?**

- ☐ **a.** le présent de l'impératif
- ☐ **b.** le passé antérieur
- ☐ **c.** le passé simple 1re personne

**7 Cochez le nombre qui ne comporte pas d'erreur.**

- ☐ **a.** quatre-vingt-trois
- ☐ **b.** quatre-vingts-quatre
- ☐ **c.** quatre-vingt deux

**8 Cochez la bonne proposition orthographique pour ces adverbes.**

- ☐ **a.** fréquemment – savamment
- ☐ **b.** fréquement – savament
- ☐ **c.** fréquemment - savemment

Corrigés au verso

## Corrigés

**1 Complétez la phrase : Il ... encore difficile de mettre .... chaussures seule.**

> **a.** *m'est – mes* : *m'est* se remplace par *m'était* ; *mes* se place devant un nom.

Voir **Fiche 1**

**2 Complétez la phrase : ... soit le sujet, il trouve les rédactions ... peu difficiles...**

> **c.** *quel que – quelque : quel que soit* est une locution figée à retenir ; *quelque peu* est une locution adverbiale invariable.

Voir **Fiche 3**

**3 Cochez la phrase qui ne comporte pas d'erreur.**

> **c.** *Quatre Français sur dix ne partent pas en vacances.* La phrase **a** commet l'erreur sur *êtes* (avec *vous*), la **b** sur *est* (singulier avec *plus de...*).

Voir **Fiche 4**

**4 Complétez la phrase : « Quelles destinées ils ont ... ! »**

> **b.** *eues* : le participe passé s'accorde avec le déterminant exclamatif placé avant (*quelles*).

Voir **Fiche 5**

**5 Complétez la phrase : « Elles se sont ... les mains. »**

> **b.** lavé : *se* n'est pas COD mais COI (*lavé à qui ? à elles*). On ne l'accorde donc pas.

Voir **Fiche 5**

**6 Avec quel temps peut-on confondre l'imparfait en -ais/-ait ?**

> **c.** le passé simple : on peut confondre avec la 1re personne des verbes du 1er groupe. On utilise un CCT pour les différencier : *je rêvai soudain / je rêvais souvent.*

Voir **Fiche 6**

**7 Cochez le nombre qui ne comporte pas d'erreur.**

> **a.** *quatre-vingt-trois* : la **b** fait l'erreur de mettre un *-s* à *vingt* alors qu'il y a une unité après, la **c** oublie le trait d'union avec l'unité.

Voir **Fiche 7**

**8 Cochez la bonne proposition orthographique pour ces adverbes.**

> **a.** *fréquemment – savamment* : les adverbes composés sur les adjectifs en *-ent* et *-ant* prennent deux -m (*récemment, violemment*).

Voir **Fiche 7**

# Le verbe

☐ À revoir
☐ OK

8

● **Quand on analyse un verbe, on doit observer son groupe, son mode, son temps (simple ou composé) et sa tournure.**

## 1 MÉMORISER

### a Les groupes et les auxiliaires

● Le **1er groupe** rassemble les verbes dont l'infinitif se termine par ***-er***.

● Le **2e groupe** rassemble certains verbes en ***-ir***.

● Le **3e groupe** rassemble les autres verbes en ***-ir***, ***-oir(e)***, ***-re***.

● Les **auxiliaires**, ***avoir*** et ***être***, pour construire les temps composés.

**Astuce :** Pour savoir si un verbe en *-ir* est du 2e ou du 3e groupe, on le conjugue au participe présent ou au présent de l'indicatif :
– *partir* → *partant* ou *nous partons* → 3e groupe ;
– *finir* → *finissant* ou *nous finissons* → 2e groupe.

### b Les modes

● Les modes regroupent des temps ayant les mêmes **caractéristiques**.

● Les modes personnels :
– l'**indicatif** : fait réels ou faits considérés comme réalisables ;
– le **subjonctif** : faits considérés comme possibles ou souhaités ;
– le **conditionnel** : faits soumis à une condition ou à un souhait ;
– l'**impératif** : expression de l'ordre et ou du conseil.

● Les modes impersonnels :
– l'**infinitif** (*oublier*) ;
– le **participe passé** (*oublié*) ;
– le **participe présent** (*-ant* comme dans *oubliant*) ;
– le **gérondif** (*en* + participe présent : *en oubliant*).

### c Les tournures

● La tournure est pronominale quand le verbe est précédé d'un **pronom** : *se lever, se souvenir, se laver...*

⚠ **Attention :** le sujet et le pronom COD doivent être à la même personne :
– *Je me lave* (*Je* et *me* à la 1re personne → le verbe est pronominal) ;
– *Je le lave* (*Je* et *le* pas à la même personne, → le verbe n'est pas pronominal).

• La tournure est impersonnelle quand le sujet du verbe est un **sujet grammatical** vide de sens représenté par les **pronoms** *il* ou *ça*.

⚠ **Attention :** « Il tombe une pluie glacée. » Dans cette phrase, il est le **sujet grammatical** et une *pluie glacée* effectue réellement l'action : c'est le **sujet logique**.

### d Les temps

• Un temps simple ne comporte **qu'une seule forme** verbale.
**Ex. :** J'oublie, je perdrais.

• Un temps composé comporte **plusieurs formes** verbales dont la première est un **auxiliaire**.
**Ex. :** J'ai oublié, j'avais répondu.

• Chaque temps composé « correspond » à un temps simple. À l'indicatif :

**L'essentiel**

Pour analyser un **verbe**, utilisez les notions de **groupe**, **mode**, **temps** et **tournure**.

| temps simple | temps composé |
|---|---|
| présent<br>j'oublie | passé composé<br>j'ai oublié (auxiliaire au présent + participe passé) |
| imparfait<br>j'oubliais | plus-que-parfait<br>j'avais oublié (auxiliaire à l'imparfait + P. P.) |
| passé simple<br>j'oubliai | passé antérieur<br>j'eus oublié (auxiliaire au passé simple + P. P.) |
| futur simple<br>j'oublierai | futur antérieur<br>j'aurai oublié (auxiliaire au futur simple + P. P.) |

## 2 APPLIQUER AU BREVET

« Un mois, trois mois que nous sommes mariés, nous retournons à la fac, je donne des cours de latin. Le soir descend plus tôt, on travaille ensemble... » (A. Ernaux, *La Femme gelée*)

**Quel est le temps employé majoritairement dans le texte ? Quelle est sa valeur ?**

*Polynésie française, 2017*

Cette consigne courante demande d'observer le temps dominant : n'en donner qu'un seul après un bref sondage du texte. Ici, c'est le présent de l'indicatif.

« J'imagine » (l.1), « J'avais » (l.3) : **quels sont les temps employés ?**

*Amérique du Sud, 2018*

Il serait incomplet de ne répondre que « au présent et à l'imparfait » car ces temps se retrouvent dans plusieurs modes. Il faut donc répondre : « présent de l'indicatif et imparfait de l'indicatif ».

# Le présent de l'indicatif

☐ À revoir
☐ OK

9

## 1 MÉMORISER

### a Verbes réguliers

● Les verbes du 1er groupe ont des terminaisons en *-e*, les verbes des 2e et 3e groupes ont des terminaisons en *-s* et *-t*, sauf exception.

| | 1er groupe (*-er*) | | 2e groupe (*-ir*) | | 3e groupe | |
|---|---|---|---|---|---|---|
| **je** | -e | je chante | -s | je finis | -s | je sais |
| **tu** | -es | tu chantes | -s | tu finis | -s | tu sais |
| **elle, il, on** | -e | il chante | -t | il finit | -t | il sait |
| **nous** | -ons | nous chantons | -issons | nous finissons | -ons | nous savons |
| **vous** | -ez | vous chantez | -issez | vous finissez | -ez | vous savez |
| **elles, ils** | -ent | ils chantent | -issent | ils finissent | -ent | ils savent |

⚠ **Attention :** n'oubliez pas le *-s*, marque verbale de la 2e personne du singulier (*tu*), ni le *-nt*, marque verbale de la 3e personne du pluriel (*ils*).

### b Auxiliaires

● **Être** : je suis, tu es, il est, nous sommes, vous êtes, ils sont.

● **Avoir** : j'ai, tu as, il a, nous avons, vous avez, ils ont.

### c Cas particuliers

● **Aller** : je vais, tu vas, il va, nous allons, vous allez, ils vont.

● **Pouvoir**, **vouloir**, **valoir** donnent ***-x*** / ***-x*** / ***-t*** au singulier.

**Ex. :** je peux, tu veux, il vaut.

● Les **verbes en *-dre*** donnent ***-ds*** / ***-ds*** / ***-d*** (on garde le *-d* final sauf pour les verbes en ***-indre*** et ***-soudre***).

**Ex. :** je per**ds**, il per**d** (perdre) ; tu pren**ds**, il pren**d** (prendre)
≠ je pein**s**, il pein**t** (peindre) ; tu résou**s**, il résou**t** (résoudre).

### d Difficultés orthographiques

● **Les verbes en *-eter* ou *-eler*** (*peler, acheter, geler, marteler, fureter…*) utilisent **l'accent grave** pour faire le son « è » à certaines personnes.

**Ex. :** je g**è**le, ils g**è**lent (geler) ; tu ach**è**tes, elles ach**è**tent (acheter).

- **Les verbes *appeler, jeter*** et leurs composés (*interpeler, rappeler, rejeter...*) doublent la consonne finale (-*t* ou -*l*) devant un -*e* muet pour faire le son « -è ».

Ex. : j'appe**ll**e, elle appe**ll**e (appeler) ; tu je**tt**es, ils je**tt**ent (jeter).

> Astuce : Quand on entend « **eu** », un -**t** ou -**l** (*nous jetons, nous rappelons*) ; quand on entend « **è** », deux -**t** ou -**l** (*elle rejette, elle appelle*).

- **Les verbes en -*yer*** changent le -*y* en -*i* devant un -*e* muet.

Ex. : je tuto**i**e, nous tuto**y**ons (tutoyer) ; il netto**i**e, vous netto**y**ez (nettoyer).

- **Les verbes en -*éer, -ier, -uer, -ouer*** (*créer, crier, situer, secouer...*) comportent un -*e* muet dans leurs terminaisons.

Ex. : je cré**e**, elle cri**e**, tu situ**e**s, ils secou**e**nt.

**L'essentiel**

La conjugaison du présent est la plus utilisée. C'est donc celle qui comporte le plus d'exceptions et de difficultés.

## 2 APPLIQUER AU BREVET

**Réécrivez le passage au présent de l'indicatif en remplaçant « il » par « elles ».**

« Demeuré seul dans son réduit, il fit un peu de température et, soudain, se sentit en proie à l'inspiration. » (M. Aymé, *Le Passe-Muraille*)

*Antilles-Guyane, 2019*

Pour changer de temps, la méthode est d'abord d'entourer les verbes à modifier, de retrouver leur infinitif puis de conjuguer à la bonne personne : « Demeurées seules dans leur réduit, elles font [...] et se sentent... »

**Dictée :** « Je retrouve la tourmente du front [...] puis je la reperds. Je vois des hommes que je ne peux compter, je les vois s'agiter autour de moi, ils parlent parfois, mais je ne comprends pas ce qu'ils disent. » (L. Gaudé, *Cris*)

*Asie, 2018*

Dans cet extrait de dictée, les difficultés portent sur les accords au pluriel (*ils parlent*), les verbes en -*dre* (*je reperds, je comprends*) et le verbe *pouvoir* (*je peux*). Le présent de l'indicatif est assez courant en dictée : c'est un temps difficile !

# Le futur simple et le conditionnel présent

À revoir
OK

10

## 1 MÉMORISER

### a Le futur simple de l'indicatif

● Le futur simple est formé sur l'infinitif, auquel on ajoute des **terminaisons**. Celles-ci sont **identiques** pour tous les groupes : -***ai***, -***as***, -***a***, -***ons***, -***ez***, -***ont***.

| | 1^er^ et 2^e^ groupes | 3^e^ groupe | |
|---|---|---|---|
| **construction** | infinitif (-*er* et -*ir*) + terminaisons | infinitif (-*ir*) + terminaisons | infinitif (auquel on enlève le -*e* final) + terminaisons |

Ex. : je passer**ai**, tu écraser**as**, elle finir**a** (1er et 2e groupes). je sourir**ai**, tu perdr**as**, il plair**a** (3e groupe).

● Beaucoup de radicaux sont **modifiés**.

| | | |
|---|---|---|
| avoir : j'aurai | cueillir : je cueillerai | pouvoir : je pourrai |
| être : je serai | acquérir : j'acquerrai | voir : je verrai |
| venir : je viendrai | devoir : je devrai | s'assoir : je m'assoirai |
| tenir : je tiendrai | savoir : je saurai | faire : je ferai |
| courir : je courrai | vouloir : je voudrai | aller : j'irai |
| mourir : je mourrai | falloir : il faudra | envoyer : j'enverrai |

● **Difficultés orthographiques :**

– les verbes en -***uyer*** et -***oyer***, sauf *envoyer*, changent leur -*y* en -*i* ;

Ex. : je m'ennu**i**erai (s'ennuyer), tu netto**i**eras (nettoyer).

– les verbes en -***ayer*** s'écrivent avec -*y* ou -*i* ;

Ex. : il pa**y**era / pa**i**era (payer).

– les verbes ***jeter*** et ***appeler*** (et leurs composés) doublent leur consonne pour faire le son « è » ;

Ex. : je je**tt**erai (jeter), tu appe**ll**eras (appeler).

– les verbes en -***ier***, -***éer*** et -***uer*** gardent le -*e* muet du radical.

Ex. : tu multipli**e**ras (multiplier), ils cré**e**ront (créer), nous jou**e**rons (jouer).

● Le futur antérieur est un temps composé. Il se forme avec un auxiliaire au futur simple et un participe passé.

Ex. : tu auras fini (finir), nous aurons pu (pouvoir).

## b Le conditionnel présent

- Il se forme, comme le futur simple, sur l'infinitif du verbe et les cas particuliers sont les mêmes.

- Les terminaisons sont identiques pour tous les groupes : -***ais***, -***ais***, -***ait***, -***ions***, -***iez***, -***aient***.

- On appelle parfois le conditionnel présent « **futur dans le passé** ». Il est d'ailleurs construit comme le futur simple avec les terminaisons de **l'imparfait**.

Ex. : je jouerais, tu verrais, elle courrait, nous finirions, vous feriez, ils plairaient.

- Le conditionnel passé se forme avec un auxiliaire au conditionnel présent et un participe passé.

Ex. : tu aurais fini (finir), nous aurions pu (pouvoir).

**L'essentiel**

La seule difficulté du futur et du conditionnel est la modification de plusieurs radicaux à connaitre (par exemple, *voir* / *je verrai*).

# 2 APPLIQUER AU BREVET

« Cette agriculture pourrait constituer un idéal prometteur. »

**Identifiez le temps du verbe conjugué et précisez sa valeur.**

*Amérique du Nord, 2018*

Les questions sur les temps demandent de ne pas oublier d'indiquer le **mode** : ici, c'est donc du conditionnel présent, à ne pas confondre avec un futur simple ou un imparfait de l'indicatif.

« Cela m'était bien égal, à moi qui n'avais aucune affaire. On ne me connaissait pas, on ne me regardait pas, on ne me reprenait pas. » (Colette, *Le Blé en herbe*.)

**Réécrivez cette phrase au conditionnel passé en employant la première personne du pluriel.**

Certaines réécritures vous demandent de modifier des phrases en utilisant le conditionnel passé. En outre, ici, il y a un double changement : de temps et de personne. Pour éviter les erreurs, il faut d'abord repérer les verbes et les marques de personne avant de transformer : « Cela nous **aurait été** bien égal, à nous qui n'**aurions eu** (ou *n'avions*, on peut garder ce temps) aucune affaire. On ne nous **aurait** pas regardés, on ne nous **aurait** pas repris. »

# L'imparfait et le passé simple

☐ À revoir
☐ OK

11

## 1 MÉMORISER

### a L'imparfait de l'indicatif

• Tous les verbes prennent les mêmes terminaisons :
*-ais*, *-ais*, *-ait*, *-ions*, *-iez*, *-aient*.
Ex. : je créais, tu créais, il créait, nous créions, vous créiez, ils créaient.

• **Cas particuliers :**
– certains verbes changent de **radical** ;
Ex. : éteindre (j'étei**gn**ais), écrire (j'écri**v**ais), prendre (je pre**n**ais), apparaitre (j'apparai**ss**ais), conduire (je condui**s**ais), faire (je fai**s**ais)...

– pour certains verbes du **1er groupe**, il ne faut pas oublier de placer les **terminaisons complètes** aux deux premières personnes du pluriel :

| | | | |
|---|---|---|---|
| verbes en **-yer** | nettoyer | nous netto**yi**ons | vous netto**yi**ez |
| verbes en **-ier** | copier | nous cop**ii**ons | vous cop**ii**ez |
| verbes en **–iller** | travailler | nous travai**lli**ons | vous travai**lli**ez |
| verbes en **-gner** | gagner | nous ga**gni**ons | vous ga**gni**ez |

– certains verbes du **3e groupe** présentent les mêmes difficultés.
Ex. : rire (nous r**ii**ons), voir (nous vo**yi**ons), cueillir (nous cuei**lli**ons), fuir (nous fu**yi**ons), peindre (nous pei**gni**ons).

⚠ **Attention :** ce *-i* est la seule manière de distinguer **le présent** et **l'imparfait** de l'indicatif : *nous saignons* (présent) ≠ *nous sai**gni**ons* (imparfait).

### b Le passé simple

• Cette conjugaison est considérée comme difficile car on ne l'emploie plus à l'oral. Chaque groupe a sa terminaison où une voyelle domine.

• **1er groupe :** *je rêvai, tu rêvas, il rêva...* Le ***-a*** domine.

• **2e groupe :** *je remplis, tu remplis, il remplit...* Le ***-i*** domine.

• **3e groupe :** *je lus* (***-u***) mais aussi *je sortis* (***-i***), *je vins* (***-in***).

**Astuce :** Pour résoudre la difficulté du 3e groupe, cherchez le participe passé du verbe : *il est sorti → il sortit* ; *il a cru → il crut*.

| 1^er^ groupe | 2^e^ groupe | 3^e^ groupe | | |
|---|---|---|---|---|
| **passé simple en -*a* / -*è*** | **passé simple en -*i*** | **passé simple en -*i*** | **passé simple en -*u*** | **passé simple en -*in*** |
| manger, oublier, rêver, aller... | surgir, accomplir, se blottir... | sortir, mettre, attendre... | lire, croire, pouvoir, vivre... | venir, tenir et leurs composés |
| -ai | -is | -is | -us | -ins |
| -as | -is | -is | -us | -ins |
| -a | -it | -it | -ut | -int |
| -âmes | -îmes | -îmes | -ûmes | -înmes |
| -âtes | -îtes | -îtes | -ûtes | -întes |
| -èrent | -irent | -irent | -urent | -inrent |

● **Les auxiliaires**

– **Avoir** : j'eus, tu eus, il eut, nous eûmes, vous eûtes, ils eurent.
– **Être** : je fus, tu fus, il fut, nous fûmes, vous fûtes, ils furent.

● **Quelques verbes difficiles**

– **Naître** → *il naquit* ; **peindre** → *il peignit* ; **mettre** → *il mit* ; **vivre** → *il vécut*.

– Les verbes en -***ger*** prennent un -***e*** devant les terminaisons en *-a*.
Ex. : il mang**e**a, nous mang**e**âmes.

– Les verbes en -***cer*** prennent une **cédille** devant les terminaisons en *-a*.
Ex. : il lan**ç**a, vous lan**ç**âtes.

**L'essentiel**

Attention aux changements de radical à l'imparfait et à la voyelle à utiliser dans la terminaison du passé simple.

## 2 APPLIQUER AU BREVET

« Je cessai d'écrire et je me pris à pleurer ma gloire à venir. » (F.-R. de Chateaubriand).

**Quel temps verbal est utilisé ici ?**

Ici, il s'agit du passé simple. Dans les questions et en dictée, il ne faut pas confondre la 1^re^ personne du singulier de l'imparfait (*je cessais*) avec celle du passé simple (*je cessai*) : seul le *-s* fait la différence ! Observez le temps des **autres verbes** (*me pris*, également au passé simple).

# Le subjonctif et l'impératif

À revoir
OK

12

## 1 MÉMORISER

### a Le subjonctif présent

- Pour le construire, on utilise le **radical du présent de l'indicatif** en ajoutant à tous les groupes les mêmes terminaisons :
*-e*, *-es*, *-e*, *-ions*, *-iez*, *-ent*.

| 1er **groupe** : chanter | 2e **groupe** : agir | 3e **groupe** : attendre |
|---|---|---|
| que je chante, tu chantes, il chante, nous chantions, vous chantiez, ils chantent | que j'agisse, tu agisses, il agisse, nous agissions, vous agissiez, ils agissent | que j'attende, tu attendes, il attende, nous attendions, vous attendiez, ils attendent |

- **Les auxiliaires**
– **Avoir** : que j'aie, tu aies, il ait, nous ayons, vous ayez, ils aient.
– **Être** : que je sois, tu sois, il soit, nous soyons, vous soyez, ils soient.

- De nombreux **verbes du 3e groupe** modifient leur **radical**.

| | | |
|---|---|---|
| faire : qu'il fasse<br>savoir : qu'il sache<br>devoir : qu'il doive<br>dire : qu'il dise | venir : qu'il vienne<br>voir : qu'il voie<br>pouvoir : qu'il puisse<br>plaire : qu'il plaise | aller : qu'il aille<br>conduire : qu'il conduise<br>vouloir : qu'il veuille<br>peindre : qu'il peigne |

### b Les autres temps du subjonctif

- Le subjonctif passé : ce temps **composé** est constitué de l'auxiliaire au subjonctif présent et du participe passé du verbe.
**Ex. :** que j'aie pris, qu'elle ait oublié, que nous soyons partis…

- L'imparfait du subjonctif : radical du passé simple + terminaisons en -***sse***, -***sses***, -***ât*** / -***ît*** / -***ût*** / -***înt***, -***ssions***, -***ssiez***, ***ssent.***
**Ex. :** que je misse, que tu fusses, qu'il partît, qu'ils insistassent…

**Astuce :** L'accent circonflexe permet de ne pas confondre le passé simple de l'indicatif (*il fut*, *il eut*) et l'imparfait du subjonctif (*qu'il fût*, *qu'il eût*).

- Le plus-que-parfait du subjonctif : auxiliaire à l'imparfait du subjonctif + participe passé du verbe.
**Ex. :** que j'eusse oublié, que nous eussions volé, qu'ils fussent partis.

## C L'impératif présent

- Mode de l'ordre et du conseil, l'impératif ne se conjugue qu'à **trois personnes** et **sans sujet** exprimé.

| | 1^er^ groupe | | 2^e^ et 3^e^ groupes | |
|---|---|---|---|---|
| **2^e^ pers. du singulier** | -e | oublie | -s | finis, prends |
| **1^re^ pers. du pluriel** | -ons | oublions | -ons | finissons, prenons |
| **2^e^ pers. du pluriel** | -ez | oubliez | -ez | finissez, prenez |

- Les **auxiliaires** et certains verbes ont des formes particulières.

| avoir | être | aller | vouloir | savoir |
|---|---|---|---|---|
| aie<br>ayons<br>ayez | sois<br>soyons<br>soyez | va<br>allons<br>allez | veuille<br>veuillons<br>veuillez | sache<br>sachons<br>sachez |

- **Difficultés**

– Les verbes *ouvrir, offrir, souffrir, couvrir, cueillir* se conjuguent comme ceux du 1er groupe, c'est-à-dire **sans -*s* à la 2e personne du singulier**.
**Ex. :** ouvre, offre, souffre, couvre, cueille.

– Lorsque la 2e personne de l'impératif est **terminée par une voyelle**, on ajoute un **-*s* devant *y* et *en***, pour assurer la liaison.
**Ex. :** Va au CDI → va**s**-y. Coupe du bois > coupe**s**-en.

**L'essentiel**

La principale difficulté de l'impératif est le choix entre -*e* et -*s* à la 2e personne du singulier. Pour le subjonctif, il s'agit de connaitre les verbes qui changent de radical.

## 2 APPLIQUER AU BREVET

« Je suppose qu'elle pense encore à moi. Je regrette que nous devions nous séparer. »

**À quels temps et mode sont conjugués les verbes « pense » et « devions » ?**

Certaines questions demandent de reconnaitre le subjonctif. Afin de le retrouver, on met le verbe à un temps du passé :
– *Je suppose qu'elle pense → qu'elle pensait* : on utilise l'imparfait de l'indicatif, le verbe est donc au **présent de l'indicatif** ;

– *Je regrette que nous devions → que nous ayons dû* : on utilise le passé du subjonctif, le verbe est donc au **présent du subjonctif**.

# Les valeurs du présent de l'indicatif

À revoir
OK

13

**• La valeur d'un temps est la façon dont il présente le déroulement d'un évènement. Le présent de l'indicatif a six valeurs.**

## 1 MÉMORISER

### a Le présent d'énonciation

• Il indique des faits qui se passent **au moment où l'on parle** ou on écrit.
Ex. : En ce moment, nous étudions d'arrache-pied pour le brevet.

### b Le présent de narration

• Il renvoie à des **faits passés** que l'on raconte au présent pour donner plus de vivacité et d'importance au récit.
Ex. : Il s'emporta et partit. Mais soudain, le voilà qui revient !

### c Le présent de vérité générale

• Il indique des **faits vrais**, scientifiques, vérifiés de tout temps.
Ex. : Le tigre est un grand félin.

⚠ Attention : dans un récit au passé, on peut trouver du **présent d'énonciation** quand l'auteur évoque ce qu'il ressent au moment de l'écriture ; du **présent de vérité générale** dans un court passage explicatif ; du **présent d'énonciation** dans les dialogues rapportés au style direct ; du **présent de narration**, pour rendre plus vif le récit d'un évènement important.

### d Le présent d'habitude

• Il s'emploie pour des faits qui **se répètent** dans le présent.
Ex. : Tous les matins, je fais un peu d'exercice.

### e Le futur proche

• Il s'emploie pour des faits qui vont **bientôt** se produire.
Ex. : Je termine au plus vite et je te rejoins juste après.

### f Le passé proche

• Il indique des faits qui **viennent** de se produire.
Ex. : Elle sort à l'instant de chez moi !

**L'essentiel**

Le présent de l'indicatif ne renvoie pas toujours... au présent ! Il a d'autres valeurs : demandez-vous toujours à quelle époque il renvoie..

## 2 APPLIQUER AU BREVET

« J'imagine que c'est surtout à cause de moi et pour moi que mes parents envisagèrent de revenir à Paris [...]. J'avais seize ans. » (J. d'Ormesson, *Je dirai malgré tout que cette vie fut belle*)

**Quels sont les temps employés ? Comment comprenez-vous leur usage ?**

*Amérique du Sud, 2018*

Comprendre l'usage d'un temps, c'est trouver sa valeur. Ici « imaginer » est au présent de l'indicatif : c'est un présent d'énonciation, qui renvoie au présent de l'écriture.

« Mon premier amour a les dents jaunes. Il entre dans mes yeux de deux ans [...]. Il y est encore à l'heure où je vous parle. » (C. Bobin, *La Folle Allure*.)

**Justifiez l'emploi des divers présents.**

Justifier l'emploi d'un temps, c'est donner sa **valeur**. Ici, *a* et *entre* sont des présents de narration car ils **renvoient** à l'enfance de l'héroïne (*deux ans*). Comme l'indique bien la phrase, *est* et *parle* sont des présents d'énonciation qui renvoient au temps de l'écriture (*où je vous parle*).

« Et puis j'ai dit que je m'intéresse aux chiens parce qu'ils sont fidèles et francs et qu'il y en a qui sont plus attachants que certaines personnes. » (M. Haddon, *Le Bizarre Incident du chien pendant la nuit*.)

**Justifiez l'emploi du présent dans l'expression « ils sont fidèles ».**

La réponse doit être **justifiée** et peut être rédigée ainsi : « Le verbe *être* est ici utilisé au présent de vérité générale **car** le narrateur énonce une vérité qu'il considère comme juste et éternelle, celle de la légendaire fidélité des chiens. »

**Rédaction : Devenu adulte, un des enfants de la photographie [...] raconte, comme Albert Camus, les jeux de son enfance.**

*France métropolitaine, 2019*

En rédaction, certains sujets proposent d'inventer une autobiographie ou un récit à la 1re personne. Trois valeurs du présent seront alors utilisables :
- le présent **d'énonciation** (au moment où la personne écrit) ;
- le présent **de vérité générale** (dictons, proverbes, faits historiques...) ;
- le présent **de narration** (pour un récit plus vivant).

# Les valeurs des temps de l'indicatif et du conditionnel

À revoir
OK

14

## 1 MÉMORISER

### a Le futur simple

| nom | valeur et type d'action | exemple |
|---|---|---|
| temporel | actions à venir | Très bientôt, nous **aurons** notre brevet. |
| injonctif | expression d'un ordre ou d'un conseil | Tu **viendras** me voir à la fin du cours. |

### b Le passé simple

| nom | valeur et type d'action | exemple |
|---|---|---|
| de premier plan | fait passé ponctuel, unique et souvent bref, qui fait avancer le récit | Par un bel après-midi d'août, je **pris** la décision de partir. |

⚠ **Attention :** le **passé composé** remplace souvent, surtout à l'oral, le passé simple, dont il prend alors les valeurs.

### c L'imparfait

| nom | valeur et type d'action | exemple |
|---|---|---|
| de second plan | action secondaire ou en cours, fait passé sans durée précise, cadre dans lequel se déroule l'action (paysage, atmosphère, sentiments) | **J'avais** froid et me **tenais** près de la porte lorsque celle-ci s'ouvrit. |
| de description | fait passé qui dure et qui sert à décrire un être, un objet, un lieu | Ma mère **était** jolie. |
| d'hypothèse | condition pour qu'un fait puisse se réaliser, employé après *si* | Si **j'avais** de l'argent, j'achèterais un bateau. |
| d'habitude ou de répétition | faits répétés plusieurs fois dans le passé | Avec elle, je me **sentais** bien. |

### d Les temps composés

- Ils expriment une **antériorité** par rapport au temps simple qui leur correspond.

| nom | valeur et type d'action | exemple |
|---|---|---|
| passé composé | fait antérieur à un évènement au présent | Je sais que je t'**ai vu**. |
| plus-que-parfait | fait antérieur au moment de l'action dans un récit au passé | La veille, il **avait cassé** un vase. |

| nom | valeur et type d'action | exemple |
|---|---|---|
| passé antérieur | fait antérieur à un évènement exprimé au passé simple | Dès qu'il **eut terminé** son repas, il partit. |
| futur antérieur | fait qui se situe juste avant un évènement à venir | Tu reviendras dès que tu **auras terminé**. |

## e Le conditionnel présent

| nom | valeur et type d'action | exemple |
|---|---|---|
| temporel | fait postérieur au moment de l'histoire dans un récit au passé (futur dans le passé) | J'étais sûr que le lendemain, il ne **serait** pas au rendez-vous. |
| modal | fait qui peut arriver mais incertain, soumis à une condition | Si vous me donniez à manger, je vous **indiquerais** le chemin. |
| de politesse | atténuation d'une demande ou conseil | Je **voudrais** une baguette pas trop cuite. |

**L'essentiel**

Retenez que la valeur exprime la manière dont un fait se produit et sa place par rapport aux autres évènements.

# 2 APPLIQUER AU BREVET

« J'y avais rêvé dès l'enfance. »

**À quel temps le verbe est-il conjugué ? Expliquez son emploi.**

*Pondichéry, 2017*

Cette consigne double est très souvent donnée : on doit indiquer à la fois le temps et sa valeur (« expliquez »). Ici, c'est un plus-que-parfait de l'indicatif qui marque une action antérieure (durant l'enfance) à celle exprimée par l'imparfait.

« Villegagnon pleurait de joie [...]. Il leur fallut encore naviguer deux jours pour être en vue de la côte. Trois mois et demi s'étaient écoulés depuis leur départ du Havre. » (J.-C. Rufin, *Rouge Brésil*)

**Relevez les verbes conjugués, identifiez les trois temps verbaux et indiquez la valeur de chacun de ces temps.**

*Asie, 2019*

Cette consigne est triple : un relevé, le temps puis sa valeur. La difficulté ici porte sur l'imparfait : l'action est ici en cours d'accomplissement, sans limite précise.

# CONJUGAISON

**1 Quel est le mode utilisé dans « en marchant » ?**

- ▢ **a.** participe passé
- ▢ **b.** participe présent
- ▢ **c.** gérondif

**2 Lequel de ces trois verbes s'écrit sans *-d* au présent de l'indicatif ?**

- ▢ **a.** rendre
- ▢ **b.** résoudre
- ▢ **c.** perdre

**3 Quel est le temps utilisé dans : « Tu aurais fini » ?**

- ▢ **a.** le conditionnel présent
- ▢ **b.** le conditionnel passé
- ▢ **c.** le plus-que-parfait

**4 Quelle est la bonne orthographe pour *manger* au passé simple ?**

- ▢ **a.** je mangeas
- ▢ **b.** je mangeais
- ▢ **c.** je mangeai

**5 À quel temps le verbe *oublier* est-il conjugué dans la phrase : « Il est dommage qu'elle ait oublié » ?**

- ▢ **a.** impératif présent
- ▢ **b.** subjonctif passé
- ▢ **c.** subjonctif présent

**6 Quelle est la valeur du présent de l'indicatif dans : « Les vaccins sauvent de nombreux enfants. » ?**

- ▢ **a.** présent de narration
- ▢ **b.** présent d'énonciation
- ▢ **c.** présent de vérité générale

**7 Quel temps utilise-t-on pour raconter un fait postérieur dans un récit au passé ?**

- ▢ **a.** conditionnel présent
- ▢ **b.** plus-que-parfait
- ▢ **c.** futur antérieur

**8 Quel temps peut exprimer une antériorité dans un récit au passé ?**

- ▢ **a.** passé simple
- ▢ **b.** passé antérieur
- ▢ **c.** futur simple

Corrigés au verso

# Corrigés

**1 Quel est le mode utilisé dans « en marchant » ?**
> c. gérondif : la préposition *en* le différencie du simple participe présent.

Voir **Fiche 8**

**2 Lequel de ces trois verbes s'écrit sans -*d* au présent de l'indicatif ?**
> b. résoudre : comme tout verbe en -*indre* et -*soudre*, il perd le -*d* (*je résous, tu résous, il résout*).

Voir **Fiche 9**

**3 Quel est le temps utilisé dans : « Tu aurais fini » ?**
> b. le conditionnel passé : c'est un temps composé, formé du conditionnel en -*rais* et du participe passé.

Voir **Fiche 10**

**4 Quelle est la bonne orthographe pour *manger* au passé simple ?**
> c. je mangeai : les verbes du 1er groupe à la 1re personne sont sources d'erreur car ils sont en -*ai*.

Voir **Fiche 11**

**5 À quel temps le verbe *oublier* est-il conjugué dans la phrase : « Il est dommage qu'elle ait oublié » ?**
> b. subjonctif passé : c'est un temps composé (deux formes). Pour bien repérer le subjonctif *ait*, on remplace par *être venu* (*qu'elle soit venue*).

Voir **Fiche 12**

**6 Quelle est la valeur du présent de l'indicatif dans : « Les vaccins sauvent de nombreux enfants. » ?**
> c. présent de vérité générale : c'est une règle scientifique. Le présent de narration, au contraire, raconte un fait passé.

Voir **Fiche 13**

**7 Quel temps utilise-t-on pour raconter un fait postérieur dans un récit au passé ?**
> a. conditionnel présent : on l'appelle « futur dans le passé » (« *Je ne savais pas encore qu'elle* ***apparaîtrait une semaine après****.* »)

Voir **Fiche 14**

**8 Quel temps peut exprimer une antériorité dans un récit au passé ?**
> b. passé antérieur : comme tous les temps composés, il exprime un fait antérieur à un autre (ici, à un fait exprimé au passé simple).

Voir **Fiche 14**

# La formation des mots

À revoir
OK

15

**La formation d'un mot est sa construction, la manière dont il a été construit. Avant tout, il faut repérer son radical, la racine qui permet de construire le mot. Pour former un mot, il y a trois possibilités.**

## 1 MÉMORISER

### a La dérivation

- Les mots dérivés sont créés en **ajoutant des éléments** (un préfixe et/ou un suffixe) à un **radical**. Les mots ayant le même radical appartiennent à la même famille.

Ex. : dent, dentition, dentiste, dentaire, édenté.

- Les préfixes précèdent le radical. Chaque préfixe a un sens précis.

| préfixe | sens | exemple | préfixe | sens | exemple |
|---|---|---|---|---|---|
| **anti-** | contre | antibruit | **in-** | privé de | instable |
| **co-** | avec | coéquipier | **mal-** | privé de | maladroit |
| **ex- / é-** | extérieur | épiler | **re- / r-** | à nouveau | rentrer |
| **in-, en-** | intérieur | enfermer | **trans-** | à travers | transpercer |

**Astuce :** Pour savoir s'il faut mettre deux -*n*, deux -*l* ou deux -*r*, on décompose le mot : *irrespectueux* (*ir* + *respectueux*) ; *inodore* (*in* + *odore*).

- Les suffixes suivent le radical. Ils forment des mots de **classe grammaticale différente** (*rouge* > *rougi**r***) ou apportent une **nuance de sens** (*gris**âtre***, *jeun**ot***).

| suffixe | sens | exemple | suffixe | sens | exemple |
|---|---|---|---|---|---|
| **-age** | action | pilotage | **-al** | relatif à | régional |
| **-ette** | diminutif | tablette | **-ible / -able** | qualité | lisible |
| **-iste** | métier | dentiste | **-ir** | changement | faiblir |
| **-té** | qualité | propreté | **-oter** | diminutif | siffloter |

- Un radical peut varier avec l'ajout d'un suffixe (*vert* → *verdâtre*). En outre, il peut être différent si la famille comporte à la fois des mots construits **à partir du mot français d'origine latine** (formation populaire) et des mots créés **à partir de la racine latine** (formation savante).

Ex. : *febris* → fièvre → fiévreux, enfiévrer (formation populaire).
→ fébrile, fébrifuge (formation savante).

### b La composition

- On obtient un mot composé en associant **deux mots** existant déjà.

Ex. : portefeuille (porte + feuille), lave-linge (lave + linge).

- On peut également combiner **plusieurs éléments latins ou grecs**.

Ex. : télescope (*tele* [loin, en grec] + *scope* [vision, en grec])
omnivore (*omni* [tout, en latin] + *vore* [manger, en latin])

### c L'emprunt

- Certains mots sont empruntés aux **langues anciennes ou étrangères**.

Ex. : forum (latin), rugby (anglais), algèbre (arabe), banque (italien).

**L'essentiel**

Un mot est construit à partir de plusieurs racines existantes (composition) ou en ajoutant préfixes et suffixes à un radical (dérivation).

## 2 APPLIQUER AU BREVET

« Impénétrable » : **étudiez la composition de ce mot.**

*Sujet zéro 2017*

La grande majorité des sujets contiennent une question de ce type. Elle a des variantes : « expliquer précisément », « faire apparaitre ses parties », « identifier chaque élément du mot », « donner sa formation », « expliquer sa construction », « décomposer ». Dans tous les cas, il s'agit d'identifier clairement le ou les **préfixes**, le **radical** ainsi que le ou les **suffixes** présents.

« Invincible » : **analysez la composition de ce mot et expliquez son sens.**

*Centres étrangers, 2018*

Cette consigne double est classique. La décomposition du mot facilite son explication et la présentation de la réponse peut s'appuyer sur les constituants du mot : L'adjectif invincible désigne la caractéristique de ne pas (préfixe *in*-privatif) pouvoir (suffixe -*ible* de capacité) être vaincu (radical *vinc*).

**Le mot « spectateur » peut désigner l'homme assis devant sa télévision : trouvez un mot de la même famille.**

Il y a **trois méthodes** pour trouver un mot de la même famille :
– ajouter au mot un préfixe ou un suffixe (*téléspectateur*) ;
– au contraire, les enlever pour parvenir au radical (*spectacle*) ;
– après avoir trouvé le radical, changer le préfixe ou le suffixe (*spectaculaire*).

# Le sens des mots

À revoir
OK

16

• Choisir un mot plutôt qu'un autre, c'est définir ce que l'on veut dire mais aussi l'effet que l'on veut produire. Pour comprendre le sens d'un mot, il faut donc observer son contexte (ce que l'entoure) et les intentions de l'auteur.

## 1 MÉMORISER

### a La polysémie

• Un mot a souvent **plusieurs sens** : on dit alors qu'il est **polysémique**.

Ex. : Ce colis est d'autant plus lourd qu'il fait lourd et chaud.
Il révise les tables de 8 et de 9 sur la table du salon.
Son corps affaibli a été examiné par le corps médical.

### b Le sens propre et le sens figuré

• Le sens propre renvoie au premier sens du mot, souvent concret.

• Le ou les sens figurés sont plus imagés, plus abstraits, souvent issus de métaphores.

Ex. : la flambée de la cheminée (*propre*) / la flambée des prix (*figuré*)
la paralysie des jambes (*propre*) / la paralysie du trafic (*figuré*)
la racine du légume (*propre*) / la racine du mal (*figuré*)

**Astuce :** Utiliser l'adverbe « vraiment ». Pour le mot *racine*, si c'est vraiment une racine, c'est le sens propre du mot.

### c La dénotation et les connotations

• Le sens principal d'un mot, donné par sa définition dans le dictionnaire, est sa **dénotation**.

Ex. : île (n.f.) : masse de terre entourée d'eau.

• Ce qu'un mot **évoque** ou **suggère** de manière subjective sont ses connotations.

Ex. : Le mot *ile* peut évoquer, selon les personnes et les textes :
– le voyage, l'exotisme, le dépaysement et les tropiques ;
– l'isolement et la solitude ;
– des œuvres littéraires classiques comme *Robinson Crusoé* ou *Le Comte de Monte-Cristo* ou des productions plus modernes (films, séries, etc.).

● La connotation d'un mot peut être **péjorative** (négative) ou **méliorative** (positive). Elle dépend du locuteur et de ses **références culturelles** (son pays, son époque, etc.).

**Ex. :** La couleur rouge peut connoter l'interdiction, la colère, le sang, la passion, le communisme (en Occident de nos jours), la malédiction (Égypte ancienne), le mariage (Inde moderne), etc.

**L'essentiel**

Un mot peut avoir un ou plusieurs sens, un sens propre et sens figuré, ainsi que des connotations (ce qu'il évoque).

## 2 APPLIQUER AU BREVET

**Quel est ici le sens du mot « entassement ». Trouvez un synonyme de ce nom dans le texte.**

*France métropolitaine, 2017*

Pour trouver le sens d'un mot, une des méthodes consiste à chercher des **mots de même famille** : ici, *entassés*, par exemple, qui rappelle l'idée d'un amas d'éléments. Pour le synonyme, il faut veiller à donner un mot de même classe grammaticale : *conglomérat*, *tas*, *pile* (noms communs).

« La ville gisait défaite, frappée de boues, d'inondations et d'étrangetés. » (P. Chamoiseau, *Une enfance créole*)

**Comment comprenez-vous cette phrase ?**

*France métropolitaine, 2017*

Pour répondre à cette consigne très courante, on peut s'appuyer sur les connotations des mots : les adjectifs *défaite* et *frappée* évoquent la guerre alors que, dans le texte, il s'agit des dévastations après le passage d'un cyclone. Il faut toujours comparer l'emploi du temps dans son contexte et son sens habituel : si cela ne « concorde » pas, c'est intentionnel et c'est à évoquer dans votre réponse.

« Et cette question de ma peine et plaines pleines de peine et de vent je la laisse en suspens ». (V. Rouzeau, *Va où*)

**a. De quel verbe vient le terme « suspens » ?**
**b. Quel sens donnez-vous à l'expression « Je la laisse en suspens » ?**

*Antilles-Guyane, 2018*

L'enchainement des questions aide très souvent à répondre : ici, *suspens* vient du verbe *suspendre*. « Suspendre une question », comme un manteau, ce serait la laisser dans l'air, dans le vide et donc sans réponse, en attente.

# Synonymes, antonymes, homonymes, paronymes

☐ À revoir
☐ OK

17

## 1 MÉMORISER

### a Les synonymes

- Deux mots sont synonymes quand :
– ils ont le même sens ou des sens très proches ;
– ils appartiennent à la **même classe** grammaticale.
Ex. : réfléchir / cogiter (verbes) ; goût / saveur (noms)

- Le choix d'un mot plutôt qu'un autre dépend :
– du **niveau de langue** utilisé ;
Ex. : bouffer (familier) / manger (courant) / se sustenter (soutenu)
– du **degré de précision** apporté ;
Ex. : manger (sens large) / déguster (plus précis)
– de la **connotation** donnée ;
Ex. : manger (neutre) / se goinfrer (péjoratif)
– des mots déjà utilisés (afin d'éviter les **répétitions** inélégantes).

### b Les antonymes

- Deux mots sont antonymes quand :
– ils sont le contraire l'un de l'autre ;
– ils appartiennent à la **même classe** grammaticale.
Ex. : méchanceté / gentillesse (noms) ; agité / calme (adjectifs)

- On peut former un antonyme en ajoutant un **préfixe négatif** au mot.
Ex. : agréable ≠ **dés**agréable ; justice ≠ **in**justice ; entente ≠ **més**entente

- Ils permettent de créer l'**antithèse**, figure de style qui rapproche dans une phrase deux mots opposés afin de créer un contraste (voir fiche 19).
Ex. : « Es-tu si las de vivre ? // As-tu peur de mourir ? » (P. Corneille)

### c Les homonymes

- Ce sont des mots de sens différent mais qui ont la même prononciation.

- On parle d'**homophones** quand ils ont seulement la même prononciation.
Ex. : vingt / vint / vin / vain ; un compte / un conte / un comte

- On parle d'**homographes** quand ils ont également la même orthographe.
Ex. : une voile / un voile ; la mousse / le mousse

### d Les paronymes

- Ce sont des mots qui se ressemblent beaucoup par leur prononciation ou leur orthographe mais qui ont des sens différents.
- Ils sont souvent des sources de confusion.

Ex. : le sceptre du roi / le spectre de la lumière
des insectes infestent le pays / des microbes infectent la plaie
la tente de camping / la tonte du mouton / la teinte d'un tissu
un homme importun (gênant) / un moment opportun (parfait)

- Ils permettent, en poésie, de créer des **effets d'écho** mais également de construire des **paronomases**, figure de style qui consiste à rapprocher volontairement deux paronymes.

Ex. : « Je m'instruis mieux par fuite que par suite. » (M. de Montaigne)

**L'essentiel**

Deux synonymes ont le même sens, des antonymes sont des contraires, les homonymes se prononcent pareil, deux paronymes ont presque la même prononciation.

## 2 APPLIQUER AU BREVET

**Donnez un synonyme de l'adjectif « étrange ».**

*France métropolitaine, 2018*

Si la consigne demande un synonyme ou un antonyme, on doit veillez à donner un mot **de même classe grammaticale** mais aussi de même **niveau de langue** : ici, on peut citer les adjectifs *bizarre* ou *curieux*.

**Dans l'expression « je marche sans répit », remplacez le mot « répit » par un mot de même nature qui ne change pas le sens de l'expression.**

Il s'agit de trouver un synonyme grâce au contexte qui entoure le mot : je marche *sans repos*, *sans pause*. Prenez garde à ne pas proposer un verbe, ce qui changerait la classe grammaticale.

« Et cette question de ma peine et des plaines pleines de ma peine. » (V. Rouzeau, *Va où*)

**Par quels procédés d'écriture cette émotion est-elle mise en valeur ?**

*Antilles, Guyane, 2010*

Les procédés d'écriture peuvent relever d'effets sur les mots et les sonorités : ici, pour mettre son chagrin en valeur, la poétesse joue avec l'homophonie (*plaine/pleine*), la paronymie (*peine/plaine/peine*); sur la répétition (*peine*) ainsi que sur l'allitération du *-p* (voir fiche 19).

# Le champ lexical

À revoir
OK

18

## 1 MÉMORISER

### a Définition

- Un champ lexical est l'ensemble de mots et d'expressions qui se rapportent au même thème mais dont les natures grammaticales sont variées.

**Ex. :** « Je ne la voyais alors que de profil [...]. Jamais, je crois, je n'en avais vu de plus pur et de plus altier. Quant à ses yeux, je n'en pouvais juger, fixés qu'ils étaient sur la panthère. » (Barbey d'Aurevilly, *Les Diaboliques*.)

Ici, *voyais*, *vu*, *yeux* et *fixés* appartiennent au champ lexical du regard.

⚠ **Attention :** un mot peut appartenir à plusieurs champs lexicaux.

### b Les intérêts du repérage

- Le repérage du champ lexical permet de dégager un des thèmes d'un texte.

**Ex. :** *Marée, bateau, vague, tempête, houle, tanguer, déferler* appartiennent au champ lexical de la **mer**. Ce sera le thème dominant du texte.

- Les champs lexicaux peuvent indiquer le genre littéraire du texte.

**Ex. :** *déportation, camps, Résistance, nazis, rafles* renvoient à un **roman historique** ou à une **autobiographie sur la Seconde Guerre mondiale**.

- Si un champ lexical est très développé ou s'il est présent alors qu'*a priori* le thème du texte ne s'y prête pas, c'est que l'auteur veut créer un effet ou une impression sur le lecteur.

- Le champ lexical peut définir la visée, l'intention du texte : des termes **péjoratifs** permettent une critique ; des termes **mélioratifs** mettent en valeur des qualités.

**Ex. :** « Ses yeux paraissaient couverts d'une taie transparente ; vous eussiez dit de la nacre sale dont les reflets bleuâtres chatoyaient à la lueur des bougies. Le visage pâle, livide et en lame de couteau [...] semblait mort. » (H. de Balzac, *Le Colonel Chabert*.)

Dans cet extrait, le champ lexical de la **couleur** et de la **lumière** (*reflets bleuâtres, lueur, pâle, livide*) est souvent constitué de termes **péjoratifs**, et certains de ces termes peuvent appartenir au champ lexical de la **mort** (*pâle, livide, mort*). Le portrait du personnage donne une impression morbide : on veut le faire ressembler à un cadavre.

● Ce repérage permet enfin de comprendre le sens d'un mot inconnu grâce à ce qui l'entoure.

**Ex. :** « Il proférait des menaces obscures, s'écriant d'une voix sépulcrale, ponctuée de rires vraiment démoniaques : "Garou ! Garou !" » (M. Aymé, *Le Passe-Muraille*)

Ici *obscures*, *démoniaques*, *garou* permettent de comprendre *sépulcrale*, qui fait référence à une voix un peu effrayante !

**L'essentiel**

Tous les termes qui se rapportent au même thème (champ lexical) permettent d'analyser un texte et les intentions d'un auteur.

## 2 APPLIQUER AU BREVET

**Relevez trois éléments qui caractérisent ce « mode de vie disparu » dont parle le narrateur.**

*Amérique du Nord, 2018*

De nombreuses questions de compréhension sont en fait des recherches de champ lexical : ici, ce seront clairement des éléments qui parlent soit du passé, soit d'un mode de vie rural (*choux, poules, maison de chaume, ruisseau, tas de fumier.*)

**Relevez six termes permettant de comprendre que le récit se déroule en temps de guerre.**

*Polynésie française, 2019*

Cette consigne demande implicitement de rechercher le champ lexical de la guerre. On a parfois la consigne inverse, plus complexe : on demande à trouver un champ lexical dominant dans un passage, qu'il faudra nommer précisément.

**Rédaction : Rédigez le journal de bord de Villegagnon [un explorateur du XVIe siècle] : il raconte l'arrivée de son équipage sur les côtes brésiliennes et leurs premières explorations dans ce nouveau monde. Vous insisterez sur les réactions et les émotions des personnages face à cette terre exotique.**

*Asie, 2019*

Les sujets d'imagination indiquent souvent une partie des champs lexicaux à utiliser : ici, les émotions et l'exotisme. Au brouillon, avant même de rédiger, il faut préparer des listes de termes, comme une **banque de mots** dans laquelle on puisera pour construire son récit : ici, les champs lexicaux de la navigation, de la mer, de la forêt, du danger, de la surprise, de la peur, des découvertes.

# Les figures de style

À revoir
OK

19

**• Une figure de style est un procédé qui modifie le sens habituel d'un mot ou la structure d'une phrase. Elle cherche à créer un effet, émouvoir, frapper, insister, etc.**

## 1 MÉMORISER

### a Figures de ressemblance

• La comparaison rapproche deux éléments grâce à un outil de comparaison (*comme, tel que, pareil à, semblable à...*).
Ex. : « Le fleuve est pareil à ma peine. » (G. Apollinaire)

• La métaphore rapproche deux éléments sans outil de comparaison.
Ex. : le manteau de neige, les perles de rosée, un tapis de fleurs...

• La personnification attribue une pensée ou un comportement humain à un objet, un lieu, un phénomène.
Ex. : « Le mistral était en colère. » (A. Daudet)

• L'allégorie représente une idée abstraite sous forme humaine.
Ex. : « Souviens-toi que le Temps est un joueur avide. » (Ch. Baudelaire)

• La métonymie remplace un terme par un autre, logiquement associé : le concret par l'abstrait, le contenu par le contenant, la partie pour le tout, etc.
Ex. : recevoir les lauriers (= la gloire), finir son verre (= sa boisson)

• La périphrase remplace un terme par une expression de même sens.
Ex. : le plancher des vaches (= la Terre), le Toit du monde (= le Tibet)

### b Figures d'opposition

• L'antithèse oppose dans une phrase deux mots ou deux notions contraires.
Ex. : « Paris est tout petit, c'est là sa vraie grandeur. » (J. Prévert)

• L'oxymore associe dans la même expression deux mots de sens opposé.
Ex. : « Cette obscure clarté qui tombe des étoiles. » (P. Corneille)

• Le chiasme inverse symétriquement l'ordre de deux expressions (schéma AB-BA).
Ex : « Il faut manger pour vivre et non vivre pour manger. » (Molière)

### c Figures d'exagération

• L'hyperbole consiste à exagérer la réalité pour frapper l'imagination.
Ex. : Je suis mort ! (= je suis fatigué)

• La gradation est une énumération croissante ou décroissante.
Ex. : « Je me meurs, je suis mort, je suis enterré ! » (Molière)

## d Figures d'atténuation

- **L'euphémisme** atténue l'aspect désagréable d'une idée.

**Ex. :** « Hippolyte n'est plus. » (J. Racine) = Hippolyte est mort.

- **La litote** atténue une idée pour mieux la renforcer.

**Ex. :** « Va, je ne te hais point. » (P. Corneille) = je t'aime.

## e Figures de répétition

- **L'anaphore** est la répétition d'un même mot à la même place.

**Ex. :** « Marcher à jeun, marcher vaincu, marcher malade. » (V. Hugo)

- **L'allitération** est la répétition d'une consonne (p, b, n, v, ch, g...) dans une phrase ou un vers.

**Ex. :** « Pour qui **s**ont **c**es **s**erpents qui **s**ifflent **s**ur vos têtes ? » (J. Racine)

- **L'assonance** est la répétition d'une voyelle (a, e, i, o, u, in, on, ien...) dans une phrase ou un vers.

**Ex. :** « Tout m'affl**i**ge et me nu**i**t et consp**i**re à me nu**i**re. » (J. Racine)

**L'essentiel**

Pour retrouver une figure de style, repérez l'écart par rapport à la norme, c'est-à-dire la différence avec le langage habituel.

# 2 APPLIQUER AU BREVET

« La question roulait en torrent dans ma tête. » (J. d'Ormesson)

**Identifiez et expliquez l'image que l'auteur emploie dans cette phrase.**

*Amérique du Sud, 2018*

La majorité des sujets comportent une question sur les figures de style de manière claire (« identifiez la figure/l'image ») ou plus détournée (« comment comprenez-vous la phrase... ? »). Ici, c'est une métaphore qui compare le questionnement à un torrent dont le courant emporterait toute autre pensée.

« Le fourrage passait l'hiver [...] dans cet immense espace obscur où il formait des monticules, des tours et des châteaux parfumés prêts pour accueillir nos jeux. » (B. Duteurtre, *Livre pour adultes*)

**Quelle est la figure de style utilisée dans le passage en italique ? Quel est l'effet produit ?**

*Amérique du Nord, 2018*

Les questions sur les figures sont souvent suivies d'une question sur l'**effet** : émotion provoquée, impact sur le lecteur, but de l'auteur. Ici, la métaphore des tas de foin comme bâtiments de contes de fées peut avoir deux effets : les rapprocher du monde du jeu, du rêve, de l'imaginaire ou, tout simplement de mettre en avant la grande hauteur des monticules.

# LEXIQUE

**1 Comment nomme-t-on la création d'un nom par ajout d'un préfixe ou suffixe ?**

- ▢ **a.** la dérivation
- ▢ **b.** la composition
- ▢ **c.** l'emprunt

**2 Quelle est la seule expression au sens propre ?**

- ▢ **a.** Elle a repris du poil de la bête.
- ▢ **b.** Il a le cœur sur la main.
- ▢ **c.** Ils subissent une grosse tempête de neige.

**3 Quel est le mot à connotation péjorative dans cette citation : « Je lorgnais le régime de fruits mûrs accrochés à la poutre. Des petites bananes, de la taille d'un pouce. » (H. Lopes)**

▢ **a.** lorgner ▢ **b.** fruits mûrs ▢ **c.** pouce

**4 Que sont les mots *empreinte* et *emprunte* l'un pour l'autre ?**

- ▢ **a.** des antonymes
- ▢ **b.** des homonymes
- ▢ **c.** des paronymes

**5 Quel mot pourrait compléter ce champ lexical : *guerre, conflit, combattre...* ?**

- ▢ **a.** paix
- ▢ **b.** guerroyer
- ▢ **c.** guère

**6 Quelle citation contient une personnification ?**

- ▢ **a.** « Il y a des volcans qui vivent en meutes et patrouillent » (A. Césaire)
- ▢ **b.** « J'enracine l'espérance / Dans le terreau du cœur » (A. Chédid)
- ▢ **c.** « Et tu m'as souri / Plage éclose en galets blancs » (L.S. Senghor)

**7 Quelle citation ne contient pas d'antithèse ?**

- ▢ **a.** « Créer c'est résister. Résister c'est créer. » (S. Hessel)
- ▢ **b.** « Je vis, je meurs ; je me brûle et me noie. » (L. Labé)
- ▢ **c.** « Être le jour qui monte et l'ombre qui descend. (A. de Noailles)

**8 Quelle citation contient une métaphore ?**

- ▢ **a.** « La vie m'est et trop molle et trop dure. » (L. Labé)
- ▢ **b.** « Et tu m'as souri doucement // Plage éclose en galets blancs » (L. S. Senghor)
- ▢ **c.** « Et ma jeunesse est morte ainsi que le printemps. » (G. Apollinaire)

Corrigés au verso

## Corrigés

**1 Comment nomme-t-on la création d'un nom par ajout d'un préfixe ou suffixe ?**

> **a.** *la dérivation* : c'est le dispositif le plus courant. L'emprunt, lui, se fait dans une langue étrangère (*parking*). La composition accole deux mots ou racines (*pèse-personne*).

Voir **Fiche 15**

**2 Quelle est la seule expression au sens propre ?**

> **c.** *Ils subissent une grosse tempête de neige.* Les deux autres ont un sens imagé (*du poil de la bête* = des forces ; *le cœur sur la main* = générosité).

Voir **Fiche 16**

**3 Quel est le mot à connotation péjorative dans cette citation : « Je lorgnais le régime de fruits mûrs accrochés à la poutre. Des petites bananes, de la taille d'un pouce. » (H. Lopes)**

> **a.** *lorgner* : ce verbe a une connotation négative (péjorative), comme un chat qui lorgnerait une souris, du coin de l'œil.

Voir **Fiche 16**

**4 Que sont les mots *empreinte* et *emprunte* l'un pour l'autre ?**

> **c.** *des paronymes* : ce sont des mots aux sonorités proches souvent confondus. Les antonymes sont des mots contraires.

Voir **Fiche 17**

**5 Quel mot pourrait compléter ce champ lexical : *guerre, conflit, combattre...* ?**

> **b.** *guerroyer* : *guère* serait un homonyme et *paix* appartiendrait au champ lexical de l'apaisement, et non à celui de la guerre !

Voir **Fiche 18**

**6 Quelle citation contient une personnification ?**

> **a.** « *Il y a des volcans qui vivent en meutes et patrouillent* » : le poète donne un caractère animé et animal à une réalité géographique. Les phrases b et c sont des métaphores.

Voir **Fiche 19**

**7 Quelle citation ne contient pas d'antithèse ?**

> **a.** « *Créer c'est résister. Résister c'est créer.* » : c'est un chiasme. Les deux antithèses rapprochent des mots en principe contraires (*vis/meurs ; brûle/noie, jour/ombre, monte/descend*).

Voir **Fiche 19**

**8 Quelle citation contient une métaphore ?**

> **b.** Le sourire devient ici une plage. La phrase **c.**, avec ainsi que, est une comparaison ; la phrase **a.** comporte une antithèse *(molle/dure)*.

Voir **Fiche 19**

# La nature des mots

- À revoir
- OK

20

**• On appelle classes grammaticales (ou natures) les catégories dans lesquelles on range les mots. Les mots qui appartiennent à une même classe ont des points communs. Il y a dix classes grammaticales.**

## 1 MÉMORISER

• On distingue :
– les mots variables, qui peuvent être modifiés par le genre, le nombre, etc.
– les mots invariables, qui s'écrivent de la même façon, quelle que soit leur place.

### a Les mots variables

• Les noms désignent un être (*enfant*, *tigre*), un objet (*table*, *trousse*), une action (*arrivée*, *oubli*), une notion abstraite (*beauté*, *liberté*). Ils peuvent être **communs** (*poisson*, *pompier*) ou **propres** (*Toulouse*, *Rodney*).

• Les pronoms remplacent un nom ou un groupe.
Ex. : J'ai ma serviette mais Justine a perdu la sienne. Peux-tu lui en prêter une ?

• Les déterminants précèdent un nom et identifient son genre et son nombre.
Ex. : le lion, ma chaise, plusieurs personnes, vingt tables

• Les verbes sont les noyaux d'une phrase. Ils varient selon la personne et le temps.
Ex. : Je mange des frites, vous en mangerez demain.

• Les adjectifs expriment une qualité ou une caractéristique du nom avec lequel ils s'accordent (voir fiche 22).
Ex. : un cheval noir, des os fracturés, une jolie fille

### b Les mots invariables

• Les prépositions introduisent un mot ou un groupe de mots.
Ex. : à Tokyo, vers elle, dans l'espace, pour oublier, avec Clémentine

• Les conjonctions de coordination (*mais*, *ou*, *et*, *donc*, *or*, *ni*, *car*) relient deux mots ou deux propositions.
Ex. : Prends une torche ou une bougie et suis-moi.

• Les conjonctions de subordination (*que*, *quand*, *lorsque*, *depuis que*, *parce que*, *si*, *comme*, *tellement... que*, etc.) introduisent des propositions subordonnées.
Ex. : Prévenez-moi quand vous aurez terminé.

**Astuce :** La plupart des conjonctions de subordination comportent le mot *que*. Mais pas toutes, attention !

- Les adverbes modifient le sens d'un mot ou d'une phrase. Ils sont souvent cumulables et peuvent être :
  - d'intensité : *beaucoup, tellement, si, assez, très...*
  - de lieu : *ici, là, dessus, dedans, loin...*
  - de temps : *aujourd'hui, hier, souvent, jadis...*
  - de manière : *bien, mal, vite, doucement, gentiment...*
  - de modalisation (opinion, sentiment) : *bien sûr, volontiers...*
  - de négation : ne...pas, ne...jamais...

**Ex. :** On est tellement heureux ici qu'on vient très souvent.

- Les interjections (*Oh ! Ouf ! Aïe ! Eh !* etc.) expriment vivement une émotion, un sentiment, une sensation. Les onomatopées imitent un bruit (*plouf, miaou, atchoum*, etc.).

**Ex. :** Aïe ! Quel maladroit je fais ! J'ai hélas cassé un verre.

**L'essentiel**

La classe grammaticale est l'identité d'un mot, qui peut occuper plusieurs rôles, plusieurs fonctions différentes selon la phrase.

⚠ **Attention :** quelle que soit la phrase, la nature d'un mot ne change jamais. C'est la différence avec la fonction. Dans *Le chien boit de l'eau*, le nom *chien* fait partie du sujet mais dans *J'ai dressé mon chien*, il fait partie du COD. Un mot de même nature peut occuper plusieurs fonctions.

## 2 APPLIQUER AU BREVET

« encerclés par l'immensité de la mer » : **à quelle classe grammaticale le mot « encerclés » appartient-il ?**

*Polynésie française, 2019*

La nature d'un mot ne change jamais, c'est le « rayon » dans lequel on le range. Mais il peut avoir plusieurs **fonctions**, c'est-à-dire, comme un acteur, plusieurs **rôles** selon la phrase. Ici, est un adjectif qualificatif *encerclé*.

« Je ne lui parlais plus de mes études. [...] Il se fâchait quand je me plaignais du travail et critiquais les cours. » (A. Ernaux, *La Place*.)

**Relevez les termes qui montrent la présence de la narratrice. Quelles sont leurs catégories grammaticales ?**

Les catégories grammaticales qui désignent celui ou celle qui parle ou écrit sont : pronom personnel sujet (*Je*), pronom personnel complément (*me*), déterminant possessif (*mes*).

# Le sujet et son attribut

À revoir
OK

21

**• Le sujet est, avec le verbe, l'élément indispensable d'une phrase. Il n'est pas effaçable et commande l'accord du verbe. À la voix active, le sujet effectue l'action exprimée par le verbe.**

## 1 MÉMORISER

### a Le sujet

• La place du sujet

Il est normalement placé **avant le verbe** mais il se places après :

– dans une phrase **interrogative** ;

Ex. : Es-tu heureux ?

– dans certaines propositions **subordonnées** ;

Ex. : Le bus que conduisait Mamie était jaune.

– après une parole rapportée, dans les **incises**.

Ex. : Dehors ! cria-t-il.

Astuce : On retrouve le sujet grâce à la locution « C'est... qui » ou en répondant à la question « Qui est-ce qui ? / Qu'est-ce qui ? ».

• La nature du sujet

Généralement, c'est un nom propre, un GN ou un pronom.

Ex. : La capitale de l'Argentine est Buenos Aires.

Plus rarement, c'est un groupe infinitif ou une subordonnée.

Ex. : Jouer à la console te met en retard. Qui se ressemble s'assemble.

⚠ Attention : le mode impératif ne comporte pas de sujet (*Ouvre la porte !*).

### b L'attribut du sujet

• Placé normalement **après le verbe**, il désigne un **état** un **propriété** attribuée au sujet et n'est pas supprimable.

Ex. : Clémentine est intrépide, Victor semble plus calme.

• Il ne complète que *être* et les verbes attributifs (*paraitre, sembler, devenir, demeurer, rester, avoir l'air, passer pour...*), ainsi que d'autres verbes comme *s'appeler, naître, vivre* (*heureux*), *revenir* (*content*), *tomber* (*amoureux*).

Astuce : Pour savoir si un verbe est attributif, on le remplace par le signe = :
*Cléa revient heureuse* > *Cléa = heureuse* > *revient* est attributif ici.
*Cléa revient de la piscine* > *Cléa ≠ de la piscine* > *revient* n'est pas attributif.

• Un attribut s'accorde en genre et en nombre avec le sujet.
**Ex. :** Il est content. Elle est contente. Ils sont contents. Elles sont contentes.

⚠ **Attention :** dans la phrase *Les feuilles ont été enlevées*, le verbe n'est pas *avoir* mais *être*, conjugué au passé composé : il faut donc accorder l'attribut (*enlev**ées***) et *été*, invariable, ne prend jamais de -s.

• La nature d'un attribut du sujet peut être :
– adjectif : Inès est combattive.
– nom ou GN : Inès est une fille désagréable.
– adverbe : Inès est ainsi / pas mal / mieux.
– pronom : C'est elle.
– proposition : Inès n'est pas qui je croyais.
– infinitif : Partir, c'est mourir un peu.

**L'essentiel**

N'oubliez pas que seuls les verbes attributifs (*être*, *paraitre*, etc.) sont suivis d'un attribut, qui indique une caractéristique du sujet.

## 2 APPLIQUER AU BREVET

« Qui peint la nuit a deux visages » (L. Aragon).

**À quelle classe grammaticale appartient « qui » ? Quelle est sa fonction dans la phrase ?**

*Sujet zéro, 2017*

*Qui* est un **pronom relatif**. Il est ici le **sujet** de la phrase comme c'est souvent le cas dans les **dictons** : « Qui va à la chasse perd sa place. / Qui vole un œuf vole un bœuf.»

« J'ai été si malheureuse... si malheureuse ! Maintenant que je suis tranquille avec lui, on me l'enlève... Qu'est-ce que je deviendrai... toute seule... à présent ?... » (G. de Maupassant, *Une vie*.)

**Réécrivez ces phrases en remplaçant le pronom « je » par « nous ».**

En réécriture, il est courant de demander de tels changements. Si le sujet change, l'attribut doit alors **s'accorder** avec lui : *Nous avons été si malheureuses... si malheureuses ! Maintenant que nous sommes tranquilles avec lui, on nous l'enlève... Qu'est-ce que nous deviendrons... toutes seules... à présent ?...*

**Dictée :** « Ce n'étaient même plus des gouttes qui tombaient, mais de grosses masses d'eau. » (F. Librini, *À plein tube !*)

Cette phrase de dictée présente deux difficultés d'accord liées au sujet :
– dans l'expression impersonnelle *c'est / ce sont, c'était / c'étaient*, l'accord se fait avec le **sujet réel**, placé après le verbe (ici, *gouttes*) ;
– en outre, il ne faut pas oublier d'accorder le verbe des **propositions relatives** avec **l'antécédent** (*tombaient*).

# L'adjectif et ses degrés

À revoir
OK

22

**• L'adjectif apporte des informations complémentaires sur les caractéristiques de l'être ou de la chose désignés. Il dépend d'un nom ou d'un pronom et s'accorde avec lui en genre et en nombre.**

## 1 MÉMORISER

### a Les classe des adjectifs

• L'adjectif est une classe de mots **variables**. Peuvent aussi être utilisés comme adjectifs :

– un **participe présent** (des personnes ***charmantes***, des livres ***intéressants***)

– un **participe passé** (un courriel bien ***rédigé***, une classe ***épuisée***)

• On nomme **groupe adjectival** tout adjectif accompagné d'un **adverbe** : *très compétente / absolument compétente / compétente à tous égards.*

### b Les degrés de l'adjectif

• Indiquer le degré, c'est montrer à quel point un être ou une chose possède la caractéristique indiquée par l'adjectif.

**Ex. :** Le « degré de calme » d'une rue : une rue calme, une rue très calme, une rue plus calme que l'autre, la rue la plus calme...

• Le comparatif exprime un degré défini en fonction d'un autre élément :

– comparatif **de supériorité** indiqué par *plus... que* ;

**Ex. :** Ma rue est plus calme que la tienne.

– comparatif **d'infériorité** indiqué par *moins... que* ;

**Ex. :** Ma rue est moins calme que la tienne.

– comparatif **d'égalité** indiqué par *aussi... que*.

**Ex. :** Ma rue est aussi calme que la tienne.

Dans ces trois exemples, *la tienne* est le **complément du comparatif**.

• Le superlatif relatif exprime le degré le plus élevé ou le plus bas dans un groupe d'éléments donnés :

– superlatif **de supériorité**, indiqué par *le plus / la plus* ;

**Ex. :** Ma rue est la plus calme de la ville.

– superlatif **d'infériorité**, indiqué par *le moins / la moins*.

**Ex. :** Ma rue est la moins calme de la ville.

• Le superlatif absolu exprime un degré élevé sans comparaison, indiqué par *très* et d'autres adverbes placés devant l'adjectif.
**Ex. :** Ma rue est très / totalement / parfaitement / vraiment calme.

⚠ **Attention :** tous les adjectifs ne peuvent pas connaître des degrés : **une élection très présidentielle*, **un arrêté vraiment préfectoral* ne se disent pas.

**L'essentiel**

Ne confondez pas degré et sens ; le sens est ce que veut dire l'adjectif, le degré est en quelque sorte son intensité et une manière de comparer le nom qu'il qualifie à d'autres éléments.

## 2 APPLIQUER AU BREVET

« Le très viril portefeuille » et « le très féminin porte-monnaie. »
**Quel est le degré des adjectifs dans le texte ?**

Il ne faut jamais répondre « degré haut / bas » ou parler du **sens**. On répondra : « le degré utilisé ici est le superlatif absolu » ou « l'adjectif est utilisé au superlatif absolu ». On peut **justifier** sa réponse de cette manière : « comme l'indique la présence de l'adverbe d'intensité *très* ».

« Un très beau foulard rouge. »
**Quels sont le degré et le type de l'adjectif « beau » ?**

La réponse doit être justifiée et formulée ainsi : « Cet adjectif est utilisé au superlatif absolu comme l'indique l'adverbe *très*. C'est un adjectif qualificatif évaluatif car il procède d'un **jugement esthétique** sur l'objet. »

**Quelles sont les caractéristiques attribuées aux bois dans le troisième paragraphe ?**
*Pondichéry, 2018*

Les consignes sur les « caractéristiques » ou la **description** d'un lieu ou d'un personnage amènent à s'appuyer sur les adjectifs. Il en sera de même sur les questions sur les émotions des personnages, où les adjectifs seront forcément nombreux (*angoissée*, *émue*, *émerveillée*, etc.).

**Rédaction : Évoquez un lieu de votre enfance qui a représenté pour vous un espace de jeux et de découvertes.**
*Pondichéry, 2018*

Pour que le lecteur s'imagine mieux un lieu décrit dans un sujet d'imagination, les **adjectifs** sont indispensables. Ils aident à la **visualisation** d'un paysage, notamment.

# Les expansions du nom

À revoir
OK

23

**• Les expansions sont les éléments rattachés à un nom ou à un pronom. Elles forment avec lui le groupe nominal (GN). Elles caractérisent un nom (lui donnent des caractéristiques, des informations supplémentaires).**
Ex. : une bague en argent > déterminant + nom + expansion = GN

## 1 MÉMORISER

### a L'épithète

• Cette fonction relie l'expansion au nom **directement**, sans préposition.

• Elle peut être occupée par :
– un **adjectif** : une directrice remarquable ;
– un **nom ou un GN** : une solution clé-en-main, une bague fantaisie ;
– une **subordonnée relative** (voir fiche 29) : les élèves qui ont mémorisé la leçon ont réussi l'épreuve.

• L'épithète peut être accompagnée d'un **adverbe**, que l'on place entre elle et le nom qu'elle complète. Ex. : un soupir vraiment / réellement / très soulagé.

**Astuce :** Pour les repérer, ciblez un nom, puis observez les mots qui l'entourent et le complètent.

### b Le complément de nom

• Cette fonction est principalement occupée par un **groupe prépositionnel** introduit par *de*, *à*, *en* :
– **GNP** (GN prépositionnel) : une bague en or, la bague de Léo ;
– **groupe adverbial** : l'incident d'hier ;
– **groupe infinitif** : un bijou à réparer, l'envie d'aimer.

⚠ **Attention :** avec *de* et *à*, ne confondez pas complément de nom et COI :
– le COI suit un **verbe** : *Je **profite** de la plage* ;
– le complément de nom suit un **nom** : *Le **sable** de la plage est chaud.*

### c L'apposition

• Cette fonction apporte une autre **information** au GN. Elle est séparée du nom ou du pronom par des **virgules**.

- Elle peut être occupée par :
– un **adjectif** : la gagnante, généreuse, a reversé son prix.
– un **nom** ou un **GN** : la gagnante, femme généreuse, a reversé son prix.
– une **subordonnée relative** (voir fiche 29) : la gagnante, qui est une femme généreuse, a reversé son prix.

**L'essentiel**

Ne confondez pas la nature d'une expansion (ex. : subordonnée relative) et sa fonction (ex. : complément de nom).

## 2 APPLIQUER AU BREVET

« Le pauvre sous-chef » : **donnez la classe grammaticale de « pauvre » ainsi que sa fonction**.

*Antilles, 2019*

La réponse attendue est à formuler ainsi : « *Pauvre* est un adjectif qualificatif, épithète du nom *sous-chef*. »

« En effet, c'était bien une essence subtile de pulpe qui se répandait en vapeur sur toute l'étendue de la mer » (J.-C. Rufin, *Rouge Brésil*)

**Relevez toutes les expansions du nom « essence » et identifiez leur classe grammaticale.**

*Asie, 2019*

La difficulté de cette consigne tient à la succession des trois expansions : « subtile » (adjectif qualificatif), « de pulpe » (GNP), « qui se répandait [...] sur toute l'étendue de la mer » (subordonnée relative).

**Quels indices montrent qu'il s'agit d'un discours descriptif ?**

Dans un texte, des expansions du nom très nombreuses signalent qu'on a affaire à une description ou à un **portrait**. Il faudra donc les relever.

**Quels éléments permettent de comprendre l'intention et le point de vue de l'auteur ?**

Pour les questions sur l'intention et le **point de vue**, on s'aide des expansions. **Mélioratives**, elles montrent une vision positive sur ce qu'on décrit. **Péjoratives**, elles montrent une vision négative ou critique.

# Les constituants du groupe verbal

- À revoir
- OK

24

**• La phrase verbale a pour noyau un verbe. C'est le mot le plus important, autour duquel s'organisent les groupes de la phrase.**

## 1 MÉMORISER

• Le groupe verbal (GV) se compose d'un verbe et d'un ou plusieurs constituants. Ces compléments ne sont pas supprimables.
Ex. : Les eaux **inondaient** les champs et les routes.

### a Le COD

• GV = V + GN : quand le verbe se construit **directement** avec un **GN** simple, celui-ci est **COD** (complément d'objet direct).
Ex. : Il observait Sami et son chien.

**Astuce :** Pour repérer un COD, transformez la phrase en question : « Qu'observe-t-il ? Il observe qui / quoi ? » La réponse constituera le COD du verbe.

### b Le COI

• GV = V + GNP : quand le verbe se construit avec un **GNP** (groupe nominal prépositionnel, introduit par une préposition *à*, *de*...) celui-ci est **COI** (complément d'objet indirect).
Ex. : Sami profitait *d'*un moment de repos. L'enfant parlait *à* son chien.

**Attention :** Ne pas confondre la **préposition *de*** et l'**article partitif *de* ou *du***. Dans *Je voudrais du pain*, *du pain* est COD car *vouloir* se construit directement (*vouloir quoi ?*). Dans *J'ai besoin de pain*, *de pain* est COI car *avoir besoin* se construit avec *de* (*avoir besoin* **de** *quoi ?*).

### c La nature des compléments d'objet

| | |
|---|---|
| **nom propre ou GN** | Tu récompenses **Victor**. Je regarde **un bateau**. |
| **verbe à l'infinitif** | Tu veux **voyager**. Tu décides **de partir**. |
| **GNP** | Elle parle **de Gaïa**. Je vais **à la plage**. |
| **proposition subordonnée** | Il pense **qu'on va le croire**. |
| **pronom** | Je parle **de lui**. |

**Attention :** le **pronom** peut se placer **avant le verbe** (*Je* ***le lui*** *dis.*).
Pour savoir s'il est COD ou COI, il faut poser la question :
– Je dis quoi ? *le* : sans préposition, c'est un **COD**.
– Je dis à qui ? *à lui* : avec la préposition *à*, c'est un **COI**.

### d L'attribut du COD

- Il **suit immédiatement le COD** dont il précise une propriété ou un état. Il sera le **troisième constituant** d'un groupe verbal (après le verbe et le COD)

**Ex. :** On a trouvé cette explication **étrange**. Il a le teint **frais**.

- Il est soit un **nom** soit un **adjectif**.

**Ex. :** On a élu Clémentine présidente. J'estime Victor très compétent.

- On le trouve surtout avec le **verbe *avoir***, les verbes d'**opinion** (*trouver, croire*), de **perception** (*sentir, percevoir*), ou de **transformation** (*mettre, rendre*).

**Ex. :** Il a l'œil fermé. Elle l'a rendue furieuse. Je l'ai trouvé parfait.

**Astuce :** L'attribut du COD n'est **pas supprimable**, ce qui le distingue d'un simple adjectif épithète. Ainsi, on ne peut pas dire : **Il a le teint.*

**L'essentiel**

Posez les questions *qui/quoi ?*, *à qui/à quoi ?*, *de qui/de quoi ?* pour retrouver les compléments d'objet.

## 2 APPLIQUER AU BREVET

« Il [offrait] une frite à chacun des camarades, qui savourait religieusement l'unique friandise chaude et parfumée [...] qu'il leur laissait. » (A. Camus, *Le Premier Homme*)

**Quel est le groupe complément d'objet de « savourait » ?**

*France métropolitaine, 2019*

Pour retrouver le COD, on pose **la question quoi** ? Il savourait quoi ? « *L'unique friandise chaude et parfumée...* » Il faut relever **l'ensemble du GN**, et pas seulement « friandise ».

Ce mot que vous croyez qu'on n'a pas entendu, [...] Tenez, il est dehors ! Il connaît son chemin. (V. Hugo, *Toute la lyre*)

**À quel terme renvoie le pronom « il » ?**

*Amérique du nord, 2019*

Beaucoup de questions comportent le verbe *renvoyer* : il s'agit souvent de retrouver à quoi **fait référence** un pronom COD ou COI. En observant ce qui précède, on voit que le pronom *il* reprend *ce mot*.

**Dictée :** « Cette vieille femme, je l'ai trouvée vraiment élégante. »

En dictée et en rédaction, le repérage des compléments d'objet permet d'éviter des **oublis d'accords** : ici, le pronom COD *l'* fait référence à une femme. Placé avant le verbe, il entraine l'accord au féminin.

# Les compléments circonstanciels

☐ À revoir
☐ OK

25

- **Les compléments circonstanciels sont des compléments de phrase. Ils expriment une des l'événement décrit par la phrase : lieu, temps, manière, etc.**
- **On peut généralement les supprimer ou les déplacer, c'est un critère pour mieux les repérer.**

## 1 MÉMORISER

### a Les différents compléments circonstanciels

- Les compléments circonstanciels se retrouvent souvent en posant une **question-clé** après le verbe.

| complément de... | exemple |
|---|---|
| **lieu** (où ?) | J'ai découvert une brèche dans le labyrinthe. |
| **temps** (quand ?) | Trois heures plus tard, la neige arriva. |
| **manière** (comment ?) | J'avance péniblement. |
| **moyen** (grâce à quoi ? objets inanimés) | Je dois monter ma tente à l'aide de mes skis. |
| **cause** (à cause de qui / quoi ?) | C'est difficile car le sol est glacé. |
| **conséquence** | La neige est si dure que je ne peux rien y planter. |
| **but** (pour quoi ?) | Pour éviter d'être pris par la nuit, je dois me dépêcher. |
| **accompagnement** (avec qui ? être animés) | Avec mon compagnon, j'immobilise mes skis. |
| **comparaison** (comme qui / quoi ?) | Je pousse sur mes bâtons comme un diable. |
| **condition** | Si je n'y arrive pas, je suis perdu ! |
| **opposition** | Malgré tout, j'y parviens. |

⚠ **Attention :** certains compléments de temps ou de lieu ne sont ni déplaçables ni supprimables. Ce ne sont alors pas des compléments circonstanciels mais des compléments d'objet.

**Ex. :** *Il va* **au Pôle Nord**. *Il fait* **moins vingt degrés**.

## b Les classes grammaticales des compléments

| classe | exemple |
|---|---|
| **GN** | **Ce soir**, je dois monter ma tente. |
| **groupe nominal prépositionnel** | Ce ne sera pas facile **sur le sol gelé.** |
| **pronom** introduit par une préposition | **Devant moi** la brume s'éclaircit. |
| **groupe infinitif prépositionnel** | Je me retourne **pour vérifier mon cap**. |
| **adverbe** | **Heureusement**, le blizzard n'est pas de la partie. |
| **gérondif** | J'explore les environs **en tapant du bâton**. |
| **proposition subordonnée** | **Alors que le vent souffle**, j'arrive quand même à dormir. |

**L'essentiel**

Posez des questions après le verbe pour retrouver les divers types de compléments circonstanciels.

## 2 APPLIQUER AU BREVET

« Les brindilles s'accrochent aux planches, aux poutres, aux solives, sous les toiles d'araignée. (B. Duteurtre, *Livre pour adultes*)

**Dans cette phrase, relevez un complément de verbe et un complément de phrase.**

*Amérique du Nord, 2018*

« Aux planches » est un complément de verbe (comme « aux poutres », COD) « et sous les toiles d'araignée » est un complément de phrase (CCL).

« Le festin terminé, plaisir et frustration aussitôt oubliés, c'était la course vers l'extrémité ouest de la plage. »

**Remplacez les deux groupes soulignés par deux propositions subordonnées complétives circonstanciels de temps.**

*France métropolitaine, 2019*

Cette consigne est assez courante : il faut faire apparaître une **proposition**, ce qui veut dire placer **un nouveau verbe et une conjonction**. Par exemple : « dès que le festin fut terminé » et « quand ils eurent oublié plaisir et frustration ».

**Dans ce texte, où l'action se déroule-t-elle ?**

Les consignes sur le lieu ou le déroulement de l'action imposent un **relevé d'éléments**. Ce seront souvent des compléments circonstanciels, qu'il faut relever intégralement (*dans la forêt* et non le seul mot *forêt*).

# Les types et les formes de phrases

À revoir
OK

26

• **Une phrase est un message qu'on envoie. Ce message a d'abord une intention, un but : c'est le type de phrase. Un même message peut être présenté de différentes manières ou nuance ce sont les formes de phrases.**

## 1 MÉMORISER

### a Les types de phrases

| type | ponctuation finale | but | caractéristiques | exemple |
|---|---|---|---|---|
| déclarative | . ou ! | donner une **information** | | J'ai eu une bonne note. |
| interrogative | ? | poser une **question** | inversion du sujet, mot interrogatif | As-tu eu une bonne note ? |
| injonctive | . ou ! | exprimer un **ordre**, une interdiction, un conseil | verbes à l'impératif, à l'infinitif, au futur simple ou au subjonctif, phrases courtes | Reviens avec une bonne note ! |

### b Les formes de phrases

• La forme exclamative ajoute une nuance **émotive** au message (joie, colère, surprise, etc.). Elle utilise le **point d'exclamation** et des interjections (*Ah ! Eh ! Allons ! Attention ! Mince !...*).

Ex. : La marée arrive ! (phrase déclarative à la forme exclamative)
Il n'est pas revenu ?! (phrase interrogative à la forme exclamative)
Va vite le chercher ! (phrase injonctive à la forme exclamative)

• La forme négative nie une action ou un fait. Elle est caractérisée par des **adverbes de négation** : *ne... pas, ne... plus, ne... jamais, ne... rien, ne... guère, personne ne..., rien ne..., ni... ni.*

Ex. : Matéo a eu une bonne note. (*forme affirmative*)
Matéo n'a jamais eu de mauvaise note. (*forme négative*)

• La forme impersonnelle (voir fiche 40) met en valeur un phénomène ou un état de manière objective et plus « scientifique ».

Ex. : Théo a parfois de bonnes notes. (*forme personnelle*)
Il arrive que Théo ait des bonnes notes. (*forme impersonnelle*)

- La forme emphatique (voir fiche 40) met en avant ou insister plus particulièrement sur un des éléments de la phrase.

**Ex. :** Théo a eu une bonne note. (*forme neutre*)
C'est Théo qui a eu une bonne note. (*forme emphatique*)

- La forme passive (voir fiche 27) insiste davantage sur le résultat que sur l'action.

**Ex. :** Léo a obtenu la seule bonne note. (*forme active*)
La seule bonne note a été obtenue par Léo. (*forme passive*)

**L'essentiel**

Trois types de phrase (selon le but de la prise de parole), cinq formes de phrase (selon la nuance de sens et de la construction du verbe).

## 2 APPLIQUER AU BREVET

« Beau ? Mais c'était la fin du monde ! »

**Quels sont les deux types de phrases employés ici ?**

*Centres étrangers, 2018*

La réponse sera : « Les deux types de phrases employés sont la phrase interrogative et la phrase déclarative. » La deuxième phrase peut poser problème à cause du point d'exclamation : ce n'est pas un ordre mais une affirmation jugée vraie (la fin du monde) et formulée avec peur. C'est donc une phrase **déclarative de forme exclamative**.

« Non ! Au contraire ! Nous descendons ! » (J. Verne, *L'Île mystérieuse*.)

**Quel est le type de phrase dominant ?**

On confond souvent les types injonctif et exclamatif. On définit le type de phrase en cherchant **l'intention** du locuteur : *Au contraire !* est de type déclaratif et de forme exclamative, puisque la phrase exprime l'**enthousiasme**, alors que *Nous descendons !* est de type injonctif : on donne un **ordre**.

« Est-ce l'intérêt, l'aveuglement, la barbarie ou la raison et la justice qu'il faut écouter ? » (D. Diderot, *Sur l'esclavage*.)

**Attend-on une réponse ? Pourquoi cette question est-elle posée ?**

Quand on pose une question dont la réponse est trop évidente pour être exprimée, on pratique la **question oratoire** (ou **rhétorique**). On affirme sans vraiment le dire, pour se protéger ou pour rendre le lecteur complice, en lui montrant qu'il n'est pas vraiment nécessaire de lui expliquer.

# La voix passive

À revoir
OK

27

**• La voix est la forme que prend le verbe pour exprimer le rôle du sujet dans l'action.**

## 1 MÉMORISER

• Dans la voix active, le sujet fait l'action.
Ex. : Pierre mange du pain.

• Dans la voix passive, le sujet subit l'action.
Ex. : Le pain est mangé par Pierre.

### a La transformation à la voix passive

• Dans la transformation au passif, le **sujet** de la voix active devient le **complément d'agent** et le **COD** devient le **sujet**.

Ex. : Le plombier **répare** l'évier. > L'évier **est réparé** par le plombier.
S **V** COD > S **V** C. d'agent

Astuce : Le **schéma 1-2-3** de la voix active devient **3-2-1** à la voix passive. Il suffit d'**inverser les groupes** (sujet et complément) autour du verbe.

• La transformation passive est soumise à une **condition** : le verbe actif doit **avoir un complément d'objet direct** (verbe transitif direct).

Ex. : Mon père parle. > *non transformable*
Mon père parle très bien l'anglais. > L'anglais est très bien parlé par mon père.

### b L'emploi de l'auxiliaire être

• Au passif, le verbe change et se forme avec l'auxiliaire *être* conjugué au même temps que le verbe actif, suivi du **participe passé**.

Ex. : Le chat mange la souris. → La souris est mangée...
Le chat a mangé la souris. → La souris a été mangée...
Le chat avait mangé la souris. → La souris avait été mangée...

• Il ne faut pas oublier d'accorder le participe passé avec le nouveau sujet.

Ex. : Ce film touche les gens. → Les gens sont touchés par ce film.

Astuce : il ne faut pas confondre un verbe au **présent passif** et un verbe au **passé composé actif**.

Dans *L'enfant est tombé*, le verbe est au passé composé actif : on peut le remplacer par un passé simple sans modifier le sens (*L'enfant tomba*).
Dans *L'enfant est lavé*, le sens serait différent si l'on remplaçait par un passé simple (**L'enfant lava*) : le verbe est donc au présent passif.

## C Le complément d'agent

- Il est généralement un **GNP** introduit par *par*.

Ex. : Les falaises sont attaquées **par les marées**.

- Avec les **verbes de sentiment** ou des **verbes de description**, on peut aussi l'introduire avec *de*.

Ex. : Maman était aimée de tous. (*voix active :* Tous aimaient Maman.)

- Il n'est pas toujours exprimé et peut donc être **absent**.

Ex. : Elle a été élue (par le peuple / par ses camarades / par ses collègues).

> **Astuces :**
> – Quand le complément d'agent n'est pas indiqué, on repère la voix passive en ajoutant *par quelqu'un*.
> – Dans la phrase *Kevin est passé* ***par*** *des chemins détournés*, *par* introduit un **complément circonstanciel de lieu**, à ne pas confondre.

**L'essentiel**

La voix passive implique un verbe composé de deux ou trois éléments et, souvent, un complément d'agent (introduit par *par*).

# 2 APPLIQUER AU BREVET

« J'ai été puni un jour. » **À quel temps est ce verbe ?**

Certains verbes au passif ne comportent **pas de complément d'agent**. Ce verbe, composé de **trois éléments**, est au **passé composé passif**. On peut lui ajouter le complément *par quelqu'un*.

« Ce genre de détail intéressait toujours Rouletabosse. » (R. Escarpit, *Les Reportages de Rouletabosse*.) **Réécrivez à la forme passive.**

En réécriture, on peut demander de transformer en voix passive. On se souvient alors du **schéma 123 / 321**, on modifie le verbe et on utilise *par* : *Rouletabosse était toujours intéressé par ce genre de détail*. Il faudra **respecter les temps utilisés**. Les choses se compliquent si le sujet est *on* : *On l'appelait Rouletabosse*, par exemple, devient simplement *Il était appelé Rouletabosse*, sans complément d'agent.

**Dictée :** « Les villes de Pompéi et d'Herculanum ont été ensevelies par les cendres. »

Une telle phrase peut être source d'erreur en dictée si l'on oublie l'**accord** du participe passé avec le sujet (*villes / ensevelies*). Il faut se rappeler que *a été* ou *ont été* sont des formes de l'auxiliaire *être*. On n'oublie pas, enfin, que le participe passé *été* reste invariable.

# Phrase simple, phrase complexe

☐ À revoir
☐ OK

28

● **Une phrase est un ensemble de mots qui commence par une majuscule et se termine par un signe de ponctuation fort (./?/!/...).**

## 1 MÉMORISER

### a Phrase verbale et phrase non verbale

● En général, la phrase est construite autour d'un **verbe conjugué** qui est son **noyau** (son centre). On parle alors de phrase verbale.
Ex. : Je n'ai jamais pleuré. (*ai pleuré* = *pleurer* au passé composé)

● Parfois, une phrase n'est pas construite autour d'un verbe conjugué. On parle alors de phrase non verbale. Composée d'**un ou plusieurs mots**, elle peut être :
– **déclarative** :
Ex. : Excellent, ton plat ! Fermé le lundi. Début de la campagne électorale.
– **interrogative** :
Ex. : Qui ça ? Prêts à partir ? Déjà ?
– **injonctive** :
Ex. : Dehors ! Attention ! Port du casque obligatoire.

### b Phrase simple et phrase complexe

● Une proposition est un ensemble de mots qui fonctionnent autour d'un **verbe conjugué**.

● Quand la phrase contient **un seul verbe** et donc **une seule proposition**, on parle de phrase simple.
Ex. : De l'argent, on en manque toujours.

● Quand la phrase contient **plusieurs verbes** et donc **plusieurs propositions**, on parle de phrase complexe.
Ex. : J'ai vu ça, j'étais tout petit et j'y pense encore tous les jours.

### c Juxtaposition, coordination et subordination

● Dans une phrase complexe, deux propositions peuvent être :
– juxtaposées, c'est-à-dire séparées par un **signe de ponctuation** (,/;/:) ;
Ex. : « Il s'embourbait, il le savait ; il se tut. » (M. Tremblay)
– coordonnées, c'est-à-dire reliées par une **conjonction de coordination** (*mais, ou, et, donc, or, ni, car*) ;
Ex. : « Elle ne **broncha** pas mais je **pouvais** lire la consternation dans ses yeux. » (M. Tremblay)

⚠ **Attention :** on parle alors de **propositions indépendantes** : elles ne dépendent pas les unes des autres.

– principale et subordonnée, c'est-à-dire une proposition **utilisable seule** (principale) et une proposition **dépendante** (subordonnée) qui ne peut constituer une phrase à elle seule (voir fiche 29).
**Ex. :** Je **veux** que tu viennes. Il **est parti** avant que le soleil se couche.

**L'essentiel**

Analysez une phrase à l'aide de trois questions :
**1.** Y a-t-il un verbe conjugué ou pas ?
**2.** Combien y a-t-il de verbes conjugués ?
**3.** Par quel moyen ces verbes sont-ils liés ?

## 2 APPLIQUER AU BREVET

« Posés partout : des armoires orphelines, de hauts miroirs brisés, un coffre fort… » (P. Chamoiseau, *Une enfance créole*)

**Faites deux remarques sur la construction de cette phrase.**

*France métropolitaine, 2017*

Toute question sur la « construction » demande d'analyser le ou les **verbes**. Dans cette phrase, il n'y a justement pas de verbe. Seul le participe passé *posés* ouvre une énumération d'objets.

« Et ne m'objectez pas / Que vos amis sont sûrs ».

**Quelle est la nature de « que » ? Justifiez votre réponse.**

*Amérique du Nord, 2019*

Les questions sur la **nature de *que*** ne sont assez courantes ! Ici, c'est une conjonction de subordination qui introduit une proposition subordonnée conjonctive. *Que* peut être également pronom relatif, pronom interrogatif, adverbe exclamatif, adverbe de négation.

« "La mer ! La mer !" pensait Daniel. » (J.-M. G. Le Clézio, *Celui qui n'avait jamais vu la mer.*)

**Quels sont les moyens que l'auteur utilise pour traduire l'émotion de Daniel ?**

Dès que l'on parle de « moyens utilisés », on parle de **moyens lexicaux** (mots utilisés) et **syntaxiques** (construction des phrases). Ici, on traduit l'émotion par des phrases **non verbales**, brèves et répétées, qui exprime la surprise.

# Les propositions subordonnées

À revoir
OK

29

**• On ne trouve de proposition subordonnée que dans une phrase complexe. La proposition subordonnée dépend de la principale et ne peut pas exister seule. Elles sont reliées par un mot subordonnant.**

## 1 MÉMORISER

Ex. : J'**ai** un chien qui **aboie** lorsqu'il **a** faim.
*J'ai un chien* ne dépend d'aucune autre proposition : c'est donc la **proposition principale**. Les propositions *qui aboie* et *lorsqu'il a faim* dépendent de *J'ai un chien* : ce sont donc les **subordonnées**.

> Astuce : Pour délimiter la subordonnée, on repère le mot subordonnant (*J'aimerais* que tu viennes).

### a La subordonnée relative

• Elle est introduite par un pronom relatif (*qui, que, quoi, dont, où, auquel, duquel, à laquelle, de laquelle...*).
• Elle complète un **nom** ou un **pronom** (l'**antécédent**) dont elle est **épithète** ou **apposition**.
Ex. : Choisis le vêtement **que tu gardes** et celui **dont tu te sépares**.

### b La subordonnée conjonctive

• Elle est introduite par la conjonction de subordination *que*.
• La plupart du temps, elle complète un **verbe** dont elle est le **COD (mais elle peut avoir d'autres fonctions)**.
Ex. : J'ai remarqué **que cet immeuble est insalubre**.

> Astuce : Pour la repérer, on pose la question « Quoi ? » après le verbe (« J'ai remarqué quoi ? Que cet immeuble est insalubre »).

### c La subordonnée interrogative

• Elle est introduite par un mot interrogatif : *qui, ce que, si, lequel, quel, où, quand, comment*.
• Elle complète un **verbe** dont elle est le **complément d'objet**.
Ex. : Je me demande **quand ils arriveront**.
Je ne sais pas **s'ils seront à l'heure**.

### d La subordonnée circonstancielle

• Elle est introduite par une conjonction de subordination ou une **locution conjonctive** exprimant une **circonstance** de l'action : le **but** (*pour que, afin que...*), le

**temps** (*quand, avant que*...), la **conséquence** (voir fiche 31), la **concession** (voir fiche 30), etc.

- Comme son nom l'indique, elle est un **complément circonstanciel** de la phrase.

**Ex. :** Quand elle sourit, son visage s'illumine. Je prie pour qu'elle sourie.

**L'essentiel**

Définissez le **type d'une subordonnée** en analysant le **mot subordonnant** et en retrouvant la nature de l'**élément complété**.

## 2 APPLIQUER AU BREVET

« Léopold s'assura que la troisième était au complet. » / « Léopold se pencha [...] pour voir l'élève Hautemain que lui dissimulait la poutre. »

**Trouvez dans quelle phrase se trouve la proposition subordonnée relative.**

*France métropolitaine, 2018*

Cette consigne teste la capacité à **repérer et analyser *que*** : dans la première phrase, il est placé après le verbe « s'assura » : il ne peut donc pas amorcer une relative. Dans la seconde, il est placé après le nom « Hautemain » : c'est donc la relative.

« Comment peut-il mener et comprendre ses camarades ? // Chacun parle un français volubile de sa façon » (J. Réda, *L'Incorrigible*.)

**a. À partir des deux indépendantes, construisez une phrase complexe.**
**b. Quelle est la relation logique qui unit les deux propositions ?**

Dans ces consignes de transformation, on analyse d'abord le **rapport logique** qui lie les deux propositions : ici, l'opposition. On choisit ensuite la proposition **principale**, puis on place un **mot subordonnant** pour introduire une subordonnée : *Comment peut-il mener et comprendre ses camarades* ***tandis que*** *chacun parle* [...] *?*

« La fumée des feux de camps montait vers le ciel et le soleil descendait déjà sur El Paso et le Texas. » (P. Bard, *La Frontière*.)

**Remplacez « et » par une conjonction de subordination dont vous préciserez la valeur.**

Pour la transformation de la coordination en subordination (ou l'inverse), on observe d'abord le **rapport** entre les deux phrases : ici, la simultanéité. On transforme donc l'une des deux propositions en **subordonnée circonstancielle de temps**.
Pour cela, on remplace la conjonction de coordination *et* par une conjonction de subordination : *La fumée des feux de camp montait vers le ciel* ***alors que*** *le soleil descendait déjà*...

# Les rapports logiques : opposition, concession, restriction

À revoir
OK

30

• **Le rapport logique désigne la relation qu'entretiennent deux faits ou deux phrases. Il est exprimé par des éléments appelés connecteurs.**

## 1 MÉMORISER

### a L'opposition

• Cette **relation logique** intervient entre deux idées **indépendantes** qui ne se contredisent a priori pas. Elle souligne un contraste.
Ex. : Elle reste élégante. Son frère, en revanche, est négligé.

• Pour l'exprimer, on peut utiliser :
– une **conjonction de coordination** : *mais, or* ;
– une **conjonction de subordination** : *alors que, tandis que, autant... autant* ;
– une **préposition** : *au lieu de, contrairement à, à l'opposé de, à l'inverse de* ;
– un **adverbe** : *au contraire, inversement, en revanche, par contre* ;
– une **locution verbale** : *avoir beau...*
Ex. : Cassandre avait beau dire la vérité, personne ne la croyait.

### b La concession

• Cette relation logique rapproche deux faits qui se contredisent mais qui n'empêchent pas l'action d'avoir lieu.
Ex. : Elle reste élégante alors qu'elle est très malade.

• Pour l'exprimer, on peut utiliser :
– une **préposition** : *malgré, en dépit de, sans, au risque de* ;
– un **adverbe** : *pourtant, toutefois, néanmoins, cependant, quand même...*
– une **conjonction de subordination** *alors que, même si* (+ indicatif), *bien que, quoi que, quoique, sans que* (+ subjonctif) ;
– une **conjonction de subordination** suivie du **conditionnel** : *quand bien même* ;
Ex. : Bien que je sois né au Maroc, je suis de nationalité française.

### c La restriction

• C'est l'ajout d'une réserve (limite) à ce qu'on vient de dire.
Ex. : Elle reste élégante, quoique son chapeau frise le ridicule.

• Pour l'exprimer, on peut utiliser :
– **avant un GN :** *sauf, hormis, excepté, à l'exception de, mis à part...*
– **avant une proposition :** *cependant, toutefois, néanmoins, encore que, du moins, si ce n'est que, quoique* (+ indicatif), *à moins que, quelque... que, bien que* (+ subjonctif).

## L'essentiel

L'opposition souligne un contraste (*Jean aime les sciences, **en revanche** je préfère les lettres.*). Tandis que la concession rapproche deux faits contradictoires (*Je l'adore, **même si** elle m'énerve.*).

## 2 APPLIQUER AU BREVET

« Poulet devenait grand, il atteignait quinze ans [...]. Mais il restait enfant d'esprit, ignorant, niais, étouffé... » (G. de Maupassant, *Une vie.*)

**Quel est le rapport logique entre ces deux phrases ? Quel terme souligne ce rapport ?**

Les questions de ce type sont nombreuses. Ses variantes sont : quelle **relation** ces propositions entretiennent-elles ? Quel **lien logique** est exprimé ? Quelle est la **valeur** de la conjonction de coordination ? Ici, *Mais* exprime une opposition forte.

« J'avais durement peiné [...], je butais contre des obstacles et je me fatiguais. Maintenant, nulle part je ne rencontrais de résistances, je me sentais en vacances et pour toujours. » (S. de Beauvoir, *La Force de l'âge*)

**a. Quel est le rapport logique entre ces deux phrases ?**
**b. Transformez ces deux phrases en une phrase complexe contenant une proposition subordonnée.**

*Pondichéry, 2017*

La question porte sur un **rapport implicite** (non exprimé). Il faut d'abord trouver le lien, puis **l'expliciter**. Ici, le rapport entre les deux propositions indépendantes est l'**opposition** (on passe de la difficulté à la facilité). On peut l'exprimer avec : « **alors que / tandis que** maintenant, nulle part je ne rencontrais... »

« Accablée par les soucis, elle garde espoir. »

**Transformez cette phrase en deux propositions de manière à faire apparaitre le lien logique.**

Avant tout, on cherche **le lien logique** (ici, l'opposition). Puis on modifie en utilisant un **mot subordonnant** : *Elle garde espoir bien qu'elle soit accablée par les soucis.*

**Rédaction : Pensez-vous comme Jean Giono que la ville soit un lieu hostile ? Vous proposerez une réflexion organisée.**

*France métropolitaine, 2017*

Dans l'introduction d'un sujet de réflexion, on a tout intérêt à utiliser la **concession**, afin de marquer la transition entre deux parties dans la **présentation du plan** : « **Si** la ville peut sembler hostile, elle peut **toutefois** être également un lieu de... ».

# Les rapports logiques : cause, conséquence, but

- À revoir
- OK

31

- **Ces trois rapports logiques sont exprimés par des connecteurs spécifiques.**

## 1 MÉMORISER

### a La cause

- La cause est un fait qui se produit **avant un autre**, qui provoque d'autres évènements. C'est leur origine.

- Pour l'exprimer, on utilise :
– des **conjonctions** : *car, parce que, comme, étant donné que, vu que, du fait que, puisque, sous prétexte que, soit que... soit que* ;
– des **locutions prépositionnelles** : *du fait de, à cause de, pour, de par, en raison de, grâce à, faute de, par manque de, à force de...*

Ex. : Octave a été licencié du fait de ses retards répétés.

### b La conséquence

- La conséquence est un fait qui se produit **après un autre**. Elle est le résultat, le **produit** de faits précédents.

- Pour l'exprimer, on utilise :
– des **locutions prépositionnelles** : *au point de, assez... pour, trop... pour, jusqu'à, de manière à* ;
– des **conjonctions de subordination** : *jusqu'à ce que, au point que, de (telle) façon que, si bien que, de (telle) sorte que, de (telle) manière que, trop... pour que, si... que, tant... que, tellement... que...*

Ex. : Samir mange tellement qu'il s'en rend malade.

### c Le but

- Le but est l'objectif qu'on souhaite atteindre grâce à une action.

- Pour l'exprimer, on utilise :
– des **prépositions** : *pour, afin de, de manière à, de façon à, dans l'intention de, dans le but de, dans le dessein de, en vue de* ;
– des **conjonctions de subordination suivies du subjonctif** : *pour que, afin que, de façon que, de sorte que, de peur que.*

Ex. : J'agis de façon à ce qu'il ne s'aperçoive de rien.

## d Différencier conséquence et but

- Avec *de sorte que, de manière (à ce) que, de façon que, pour que*, on différencie conséquence et but grâce au **mode verbal** utilisé.

– Pour la **conséquence**, le fait est considéré comme **réalisé** : le verbe est donc à l'**indicatif**.
Ex. : J'ai pris une assurance, de sorte qu'il n'y **a** aucun problème.

– Pour le **but**, la réalisation de l'objectif est **incertaine** : le verbe est donc au **subjonctif**.
Ex. : J'ai pris une assurance de sorte qu'il n'y **ait** aucun problème.

**L'essentiel**

La cause est l'origine d'un fait, la conséquence son résultat, et le but son résultat espéré.

## 2 APPLIQUER AU BREVET

« C'était un homme non pas très âgé, mais usé par la vie, *pour avoir dormi dehors et avoir bu trop de vin.* » (J.-M. G. Le Clézio, *L'Enfant sous le pont*.)

**a. Quel rapport logique exprime le groupe souligné ?**
**b. Remplacez ce groupe par une proposition subordonnée exprimant le même rapport logique.**

Cette double consigne est assez courante. On doit d'abord donner **le nom** du rapport logique (ici, la cause), puis **reformuler** en respectant les consignes : ici, le mot « proposition » impose un **verbe** et « subordonnée » une **conjonction de subordination**. La cause peut donc s'exprimer par : *comme / vu que / parce que / du fait qu'il avait dormi dehors...*

« Je ne retournerai pas là-bas. Ce monde est une prison. » (J.-F. Rufin, *Globalia*)

**a. Nommez la relation logique qui unit ces deux phrases.**
**b. Réécrivez-les en utilisant une conjonction de subordination qui exprime la même relation logique.**

*Centres étrangers, 2019*

Comme dans la fiche précédente, cette consigne cherche à vérifier que les **liens implicites** sont compris : ici, on sous-entend un lien de **cause ou de conséquence**. Avec l'ajout de la subordination, cela peut donner : « Je ne retournerai pas là-bas **parce que** ce monde est une prison. »

# GRAMMAIRE

**1 Quelle est la classe grammaticale de *depuis que* ?**

- ▢ **a.** locution adverbiale
- ▢ **b.** conjonction de coordination
- ▢ **c.** conjonction de subordination

**2 Quelle est la classe grammaticale de *la sienne* ?**

- ▢ **a.** déterminant possessif
- ▢ **b.** pronom possessif
- ▢ **c.** groupe nominal

**3 Quelle phrase contient un attribut du sujet ?**

- ▢ **a.** Il prétend que la Terre est plate.
- ▢ **b.** Elles semblent vraiment trop superstitieuses.
- ▢ **c.** On a commencé à la nuit tombée.

**4 Quelle phrase contient un superlatif absolu ?**

- ▢ **a.** Cette leçon est parfaitement assimilée.
- ▢ **b.** Cette leçon est plus assimilée que la précédente.
- ▢ **c.** Cette leçon est la plus assimilée de toutes.

**5 Quelle phrase contient une apposition ?**

- ▢ **a.** Simple témoin, il fut relâché par la police.
- ▢ **b.** Il fut témoin de la scène en pleine rue.
- ▢ **c.** Il fut entendu en sa qualité de témoin.

**6 Quelle phrase est à la voix passive ?**

- ▢ **a.** Matéo a découvert la couture et adore ça.
- ▢ **b.** Inès a été exclue par son club de boxe.
- ▢ **c.** Mes parents ont eu une amende pour non-port du masque.

**7 Quelle phrase contient une proposition subordonnée conjonctive ?**

- ▢ **a.** Sami se dit qu'il deviendra danseur.
- ▢ **b.** Sami, que tu connais bien, veut devenir danseur.
- ▢ **c.** Quand il deviendra danseur, Sami déménagera à Lyon.

**8 Quelle phrase exprime un rapport de restriction ?**

- ▢ **a.** Inès aime la boxe tandis que Matéo aime la couture.
- ▢ **b.** Alors qu'elle est toute petite, Inés est excellente en boxe.
- ▢ **c.** Matéo entrera à l'école de mode, à moins qu'elle ne soit trop chère.

Corrigés au verso

## Corrigés

**1 Quelle est la classe grammaticale de *depuis que* ?**

> c. conjonction de subordination : marquée par *que*, elle introduit forcément une subordonnée avec verbe (*depuis qu'elle n'est plus là*).

Voir **Fiche 20**

**2 Quelle est la classe grammaticale de *la sienne* ?**

> b. pronom possessif : il commence par la, contrairement au déterminant (*son, sa, ses*). On différencie *le nôtre* (pronom) et *notre* (déterminant) par l'accent circonflexe.

Voir **Fiche 20**

**3 Quelle phrase contient un attribut du sujet ?**

> b. *Elles semblent vraiment trop superstitieuses* ; la phrase a contient un COD (*il prétend quoi ?*), la c contient un CCL (*on a commencé quand ?*).

Voir **Fiche 21**

**4 Quelle phrase contient un superlatif absolu ?**

> a. *Cette leçon est parfaitement assimilée* : il est marqué par un adverbe d'intensité (*très, absolument*, etc.).

Voir **Fiche 22**

**5 Quelle phrase contient une apposition ?**

> a. *Simple témoin, il fut relâché par la police* : expansion du pronom il, elle est séparée par des virgules.

Voir **Fiche 23**

**6 Quelle phrase est à la voix passive ?**

> b. *Inès a été exclue par son club de boxe* : les deux autres sont au passé composé. Ici, on peut retrouver la voix active : « Le club a exclu Inès. »

Voir **Fiche 27**

**7 Quelle phrase contient une proposition subordonnée conjonctive ?**

> a. *Sami se dit qu'il deviendra danseur.* : elle est introduite par *que* et a pour fonction COD (*Sami se dit quoi ?*).

Voir **Fiche 29**

**8 Quelle phrase exprime un rapport de restriction ?**

> c. *Matéo entrera à l'école de mode, à moins qu'elle ne soit trop chère.* : la phrase a indique l'opposition, la b la concession. La c est restriction : une limite au fait d'entrer à l'école.

Voir **Fiche 30**

# Dégager la structure d'un récit complexe

- À revoir
- OK

32

• **Un récit complexe est une narration enrichie de dialogues, de descriptions et de variations chronologiques.**

## 1 MÉMORISER

### a Le schéma narratif classique en cinq étapes

• La situation initiale situe le début de l'action dans un cadre ou des circonstances.

• Un élément perturbateur bouleverse la situation et déclenche alors l'action.

• Les péripéties sont des aventures lors desquelles le héros accomplit une quête, se forme, grandit, etc.

• Un élément de résolution est un évènement qui met fin à l'action et règle la situation, en l'améliorant ou en la détériorant.

• La situation finale met un terme à l'histoire.

### b Les indices pour repérer la structure d'un récit

• La mise en page permet de comprendre que l'on passe du récit au dialogue mais aussi à un autre sujet, épisode ou lieu grâce aux sauts de ligne et aux **paragraphes**.

• Les connecteurs spatio-temporels ou logiques rythment la **progression chronologique** et l'enchaînement des situations. Ils annoncent également, en début de paragraphe ou de phrase, un nouvel événement.

Ex. : « Puis enfin l'ouragan se calma [...] le patron commanda de jeter le chalut. Donc le grand engin de pêche fut jeté par-dessus bord. » (G. de Maupassant, *En mer*)

• Les changements de pronoms : on peut passer du *je* du narrateur à la 3e personne qui qualifie un personnage. On peut aussi passer du singulier au pluriel, qui peut définir les **adjuvants** (ils aident le héros) ou des **opposants** (ils l'empêchent d'atteindre son but).

• L'utilisation des temps : le passage du passé simple à l'imparfait peut indiquer qu'une description se met en place. Au contraire, le passage de l'imparfait au passé simple peut signaler l'apparition d'un évènement qui va modifier le cours des choses.

Ex. : « La chaleur nous accablait ; le vaisseau, dans un calme plat, sans voiles et trop chargé de mâts, était tourmenté par le roulis. Brûlé sur le pont et fatigué du mouvement, je voulus me baigner et me jetai du mât. » (F.-R. de Chateaubriand, *Le Voyage en Amérique*.)

● Les changements de point de vue (voir fiche 35) peuvent structurer le récit : la scène est vue par les yeux d'un personnage, puis par un autre, etc.

● Les adjectifs : ils peuvent indiquer qu'on passe d'une narration à une description ou à une explication. (voir fiche 34).

Ex. : Sony était, comme toujours, superbement vêtu d'un costume de lin sombre, sa peau était fine et douce, ses cheveux taillés en afro courte. (M. N'Diaye, *Trois femmes puissantes*)

**L'essentiel**

Un récit complexe est composé de nombreux évènements, émaillé de dialogues et de passages descriptifs et structuré par des connecteurs.

## 2 APPLIQUER AU BREVET

**Donnez un titre significatif à chacun des trois moments de la journée évoqués dans le texte.**

*France métropolitaine, 2019*

Les questions de ce type reposent sur un repérage des **connecteurs temporels** qui vont rythmer le récit, souvent en début de paragraphe. Pour les titres, il faut veiller à ne pas être trop vague.

**Rédaction : À la suite d'un accident, la jeune enseignante doit se reposer. Son mari la remplace à la maison. Vous imaginerez la suite du récit en montrant que le mari se rend compte progressivement de l'inégalité qui existait entre eux.**

*Polynésie française, 2017*

Ce sujet de rédaction est appelé « **suite de texte** » : on demande de continuer le texte découvert lors de la première partie de l'épreuve. Avant de rédiger, il faut indiquer sur le brouillon les différentes **étapes du récit**. Ces étapes seront résumées ou indiquées sous forme de titres : cette phase est indispensable pour **structurer** et surtout **développer** un récit. La situation initiale reprendra la situation finale du texte proposé. Enfin, on marquera bien le début de chaque étape par un **paragraphe** et un connecteur temporel. Ici, il faudra bien montrer les étapes successives qui marqueront la prise de conscience du mari, en prenant bien soin de ne pas **trop déséquilibrer le récit par des dialogues**.

# Ordonner et rythmer un récit

À revoir
OK

33

**• On peut présenter des évènements dans l'ordre chronologique, mais on peut aussi utiliser d'autres techniques.**

## 1 MÉMORISER

### a L'ordre du récit

• Le retour en arrière **(analepse ou flash-back)**
On raconte ce qui s'est passé **avant**, pour expliquer ou éclairer un comportement ou un évènement par des informations antérieures. Dans un récit au présent, on utilise alors les **temps du passé** et, dans un récit au passé, le **plus-que-parfait** et le **passé antérieur**.

Ex. : « Ma patience est récompensée, car je viens de recevoir une nouvelle lettre. Je me préparais à aller au lit, il y a quelques minutes, quand j'entendis, à la porte, le même bruissement mystérieux que les deux autres fois. » (B. Stoker, *La Dame au linceul*.)

• L'anticipation **(prolepse)**
On annonce brièvement des faits qui se déroulent **plus tard**, pour expliquer l'évènement en le rapprochant d'un autre ou pour créer un effet de suspense. On utilise le **futur simple** dans une narration au présent, ou le **conditionnel présent** dans une narration au passé.

Ex. : « Ainsi nous étions tous quatre sur le pays de nos rêves, le monde perdu […]. Qui aurait pu deviner que nous étions au bord de notre désastre ? » (Conan Doyle, *Le Monde perdu*)

### b Le rythme du récit

• Une histoire peut être racontée **évènement par évènement**, heure par heure, mais le rythme peut être aussi **accéléré ou ralenti**.

• La scène est un moment fort de l'histoire, raconté en totalité et avec beaucoup de **détails**. Elle comporte souvent des paroles rapportées au style direct.

• Le sommaire est une sorte de **résumé** : de nombreux évènements et un temps assez long sont racontés en quelques lignes seulement.
Ex. : « Le lendemain et les deux jours suivants, je reste chez Clément. Je suis un peu malade. » (M. Duras, *La Vie tranquille*)

• La pause interrompt le récit par un **passage descriptif** une explication plus générale, un commentaire.

● L'ellipse est un **saut dans le temps** pour accélérer le rythme en ne racontant pas des évènements peu importants. Elle est introduite par des expressions telles que : *l'année suivante, le lendemain, des mois plus tard.*

**Ex. :** « Elle s'était engagée à l'Éden-Cinéma comme pianiste. Elle y était restée dix ans. Au bout de dix ans, elle avait pu faire des économies suffisantes... » (M. Duras, *Un barrage contre le Pacifique*)

**L'essentiel**

Diversifiez les techniques narratives pour donner du relief et du rythme à un récit, et entretenir ainsi l'intérêt du lecteur (analepse, prolepse, pause, ellipse, scène, sommaire).

## 2 APPLIQUER AU BREVET

« J'y avais rêvé dès l'enfance, quand je jouais avec ma sœur à la "grande jeune fille" ». (S. de Beauvoir, *La Force de l'Âge*)

**Dans cette proposition, à quel temps le verbe est-il conjugué ? Expliquez son emploi.**

*Pondichéry, 2017*

Les questions sur la valeur des temps peuvent être résolues **en observant l'ordre du récit**. En effet, ici, on fait un bond dans le passé avec l'évocation de l'enfance, alors que l'héroïne vient d'avoir vingt ans. C'est donc une **analepse** qui évoque un évènement antérieur et nécessite donc l'utilisation du plus-que-parfait.

« Ils levèrent l'ancre au milieu de la nuit. La mer était calme. » (L. Gaudé, *Eldorado*)

**Au début du texte, à quel moment de la journée le navire lève-t-il l'ancre ?**

*Polynésie, 2019*

Les consignes de ce genre reposent toujours un **repérage précis de CCT** qui (ou de CCL pour les questions sur le lieu). Ces indices structurent la narration. Ici, c'est « au milieu de la nuit ».

« Mme Arnoux, sur le trottoir, fit signe d'avancer à un fiacre qui passait. Elle monta dedans. La voiture disparut. Et ce fut tout. » (G. Flaubert, *L'Éducation sentimentale*.)

**Faites les remarques nécessaires sur le rythme du récit.**

Les « remarques nécessaires » sont d'ordre **syntaxique** : on observe la longueur et la construction des phrases. Ici, les phrases courtes et les propositions indépendantes, l'absence de propositions subordonnées complétives montrent qu'on n'entre pas dans le détail. Les évènements et les verbes se succèdent très vite : c'est un **sommaire** qui **accélère** le rythme.

# Insérer une description

À revoir
OK

34

**• La description a pour fonction de décrire et de donner à voir au lecteur un lieu, un objet, un personnage (portrait).**

## 1 MÉMORISER

• **Au début d'un récit** ou d'une scène, la description plante le décor de l'action, construit une atmosphère ou informe le lecteur.

• **Placée dans la narration**, elle présente un nouveau personnage, un nouveau lieu, un nouvel objet ou fait comprendre le caractère d'un personnage.

Astuce : ne confondez pas explication et description. Une explication définit un fonctionnement, une cause et des conséquences, un mode d'emploi. Une description s'intéresse surtout à l'apparence des choses.

### a Les caractéristiques de la description

• De nombreuses expansions du nom, qui en fonction du regard du narrateur peuvent être **mélioratives** (positives) ou **péjoratives** (négatives).

Ex. : « Nous cheminons maintenant au-dessus d'une nappe sombre, une forêt d'un vert sourd, qui absorbe la lumière faiblissante... C'est la forêt de Compiègne, jetée là comme [...] une étoffe crêpelée. » (Colette, *Là-Haut*)

• Des indications de temps et de lieu qui dépendent de la position de celui ou celle qui regarde.

Ex. : « L'île avait à peu près la forme d'un bateau ; ramassée sur elle-même du côté où les enfants se tenaient, elle dévalait derrière eux vers la côte [...]. » (W. Golding, *Sa Majesté des Mouches.*)

• Des champs lexicaux précis (formes, couleurs, lumière, parties du corps, paysage, etc.).

• Des figures de style comme la comparaison ou la métaphore qui établissent des liens entre les éléments.

### b Les manières d'introduire une description dans le récit

• Un verbe de perception : *sentir*, *voir*, *contempler*, *écouter*, etc. Il permet au lecteur de voir ce que voit le personnage.

Ex. : « Et il distingua une haute silhouette qui dominait une foule de soldats amusés et curieux » (L. Gaudé, *La Mort du roi Tsongor*)

• Une correspondance soudaine entre l'état intérieur du personnage et l'élément décrit.

Ex. : « La passion victorieuse la dévorait, tandis que, devant elle, un soleil couchant incendiait la ville. » (É. Zola, *Une page d'amour.*)

• Un passage à l'imparfait, introduit par une nécessité narrative (l'arrivée dans un nouveau lieu, qu'il faut alors décrire, etc.)

Ex. : « Ils aperçurent devant eux une maçonnerie trapue, enracinée dans la rocaille d'une ravine. Le pont s'élançait [...] au-dessus d'une gorge. » (J.-Ph. Jaworski, *Janua Vera*)

**L'essentiel**

Décrire, c'est transmettre ce qu'on peut voir ou ce qu'on veut voir au sujet d'un lieu, d'un objet, d'un personnage.

## 2 APPLIQUER AU BREVET

**Quels sont les éléments du paysage qui échappent aux « bois superbes dévorant tout » ?**

*Pondichéry, 2018*

Cette question met l'accent sur un passage descriptif. Il faudra forcément chercher des **GN** désignant les éléments du paysage épargnés par la forêt (ici, les prés et les fermes, notamment).

« Elle était plongée dans ces pensées, sur le toit du palais, lorsque les armées de Sango Kerim descendirent des collines [...]. C'étaient de longues colonnes d'hommes qui marchaient en ordre de bataille. Ils étaient innombrables. On eût dit une eau humaine qui coulait le long des pentes. » (L. Gaudé, *La Mort du roi Tsongor.*)

**a. Pourquoi un passage descriptif est-il inséré dans la narration ?**
**b. À quoi le reconnait-on ?**

La description montre au lecteur ce qu'aperçoit le personnage et permet de décrire l'armée. Elle est marquée par le passage à **l'imparfait** (*étaient, marchaient...*), par la présence **d'adjectifs** (*longues, innombrables, humaine*) et de **subordonnées relatives** (*qui marchaient, qui coulait*) et par la **comparaison** (*on eût dit*).

**Rédaction : Évoquez un lieu de votre enfance qui a représenté pour vous un espace de jeux et de découvertes. Votre texte mêlera description et narration et vous chercherez à faire partager les sensations et les sentiments que vous avez alors éprouvés.**

*Pondichéry, 2018*

De nombreux sujets de rédaction demandent de mêler narration et description. Ici, on doit placer un passage descriptif à l'imparfait soit **avant la narration**, pour planter le décor de la rencontre, soit **plus loin** dans le récit, **après un verbe de perception** (*j'observais, je sentais, je vis*).

# Analyser le point de vue narratif

À revoir
OK

35

**• Il y a plusieurs façons de raconter une histoire, selon ce que choisit de montrer l'auteur. Il y a trois techniques de focalisation (point de vue).**

## 1 MÉMORISER

### a Le point de vue interne

• Le récit est pris en charge par un personnage : tout est vu **à travers lui**. On connait seulement ses pensées et non celles des autres personnages. Le récit est **subjectif** : on raconte selon une certaine **sensibilité**.

Ex. : « Lucien leva les yeux et vit une grande maison, moins mesquine que celles devant lesquelles le régiment avait passé jusque-là ; au milieu d'un grand mur blanc, il y avait une persienne peinte en vert perroquet. » (Stendhal, *Lucien Leuwen*.)

⚠ **Attention :** Il ne faut pas confondre le point de vue interne avec la narration à la 1re personne. Dans l'exemple, la narration se fait à la 3e personne mais tout est vu selon le point de vue interne de Lucien.

### b Le point de vue externe

• Le récit est pris en charge par un narrateur extérieur, qui n'appartient pas à l'histoire. Il s'en tient aux **apparences**. Il est **observateur** de ce qui se passe, rien de plus, sans connaitre les pensées des personnages. Le récit est plus **objectif**.

Ex. : « À dix heures du matin, un voyageur débarqua de l'autocar [...]. On le remarqua d'autant plus qu'il se dirigea sans hésiter vers le Relais d'Alsace, son sac de voyage à la main, et s'assit dans un coin sans demander le moindre renseignement. » (G. Simenon, *Le Relais d'Alsace*.)

• C'est un point de vue **rare** : les pensées des personnages y sont remplacées par de nombreuses **références au regard**.

### c Le point de vue omniscient (ou focalisation zéro)

• Le récit est pris en charge par un narrateur omniscient (qui sait tout, partout) : il connait les gestes et les pensées de **tous les personnages**, leur passé et leur avenir. C'est le point de vue le plus couramment utilisé.

• Un narrateur omniscient peut utiliser la **1re** ou la **3e** personne. À nouveau, ne confondez pas **narration** et **point de vue**.

Ex. : « Finalement, sans se dire un mot, ils montèrent à cheval et s'éloignèrent du célèbre fleuve, don Quichotte enseveli dans les pensées de ses amours, Sancho dans celles de sa fortune à faire, qu'il voyait plus éloignée que jamais. » (Cervantès, *Don Quichotte*.)

### d Le point de vue au cinéma

• Au cinéma, le point de vue a un **sens un peu différent** et désigne l'**emplacement de la caméra par rapport à ce qui est filmé** :
– selon sa position par rapport à l'objet filmé (**plongée** ou **contre-plongée**) ;
– selon ce qui est montré ou non (le **cadre** et le **hors-champ**) ;
– selon ce qui change quand la caméra bouge (**plans**, **travelling**, etc.) ;
– si la caméra suit le regard d'un personnage (**caméra subjective**).

**L'essentiel**

Ne confondez pas le point de vue narratif avec son sens plus commun d'*opinion*, d'*idée* : ici, c'est le regard à travers lequel on observe une scène.

## 2 APPLIQUER AU BREVET

« Les balcons voisins, la rue, je n'avais jamais vu ça d'aussi haut et, au lieu d'avoir peur, les pieds battants au-dessus du gouffre et la tête sous la pluie, je connus un des plus agréables vertiges de mon enfance. » (M. Tremblay, *Bonbons assortis*)

**Quel est le point de vue adopté dans ce texte ?**

*Centres étrangers, 2018*

Le point de vue est marqué par des indices de **pensée** mais aussi de **ressenti** : « je n'avais jamais vu », « agréables vertiges ». Ici, le **point de vue interne** reprend les émotions ressenties quand le narrateur était **enfant**.

« Le 26 septembre, quand la tempête baptisée Martin a déferlé sur l'Europe, je venais tout juste d'emménager dans la Jeanne-Marcelle, une sorte de manoir… » (D. Daeninckx, *L'Espoir en contrebande*)

**Quel est le point de vue employé dans ce récit ? Pourquoi l'auteur a-t-il choisi ce point de vue ?**

*Polynésie, 2017*

Cette consigne teste votre capacité à justifier un choix d'écriture : ici, pour raconter la tempête, on choisit l'angle du **témoignage** personnel, vécu, intime, et donc **un point de vue interne** marqué par le ***je***, au lieu d'un point de vue omniscient, plus général et plus neutre qui serait celui d'un reportage, par exemple.

# Construire et ponctuer un dialogue

À revoir
OK

36

**Pour insérer un dialogue dans un récit, il faut respecter certaines règles.**

## 1 MÉMORISER

### a Ponctuer et mettre en page

- Des **guillemets** précèdent la première réplique.
- Un **passage à la ligne** et un **tiret** signalent un changement d'interlocuteur.
- Des **guillemets** et un **passage à la ligne** suivent la dernière réplique.

### b Introduire les répliques

- Des incises, placées au milieu (entre virgules) ou à la fin de la réplique, précisent l'identité de celui qui parle et la manière dont il s'exprime (voir fiche 37). Elles sont indispensables pour faciliter la lecture.

**Ex. :** « – Ça s'appelle la révolution, répond José, joyeux.
– Tu me rends folle, dit la mère. » (L. Salvayre, *Pas pleurer*)

⚠ **Attention :** ces incises sont au même temps que le récit qui encadre le dialogue. Ainsi, elles sont au passé simple dans un récit au passé.

- Des verbes de parole indiquent le ton et la manière de parler :

| caractéristique | exemples |
|---|---|
| volume | s'écrier, s'exclamer, lancer, hurler, chuchoter... |
| articulation | bafouiller, bredouiller... |
| réaction, émotion | prier, regretter, se plaindre, s'étonner, se moquer... |
| question et réponse | demander, répondre, rétorquer, répliquer... |
| dialogue | ajouter, interrompre, affirmer, insister, révéler... |

- Des retours au récit constants, entre les répliques, précisent l'attitude et le comportement des interlocuteurs.

**Ex. :** « Elle le regardait d'un œil irrité, et elle déclara avec impatience :
– Que veux-tu que je me mette sur le dos pour aller là ?
Il n'y avait pas songé ; il balbutia :
– Mais la robe avec laquelle tu vas au théâtre.
Elle me semble très bien, à moi... » (G. de Maupassant, *La Parure*.)

**Astuce :** dans ces retours au récit très brefs, comme dans les incises, respectez les changements de temps et de personne.

### C Éviter quelques erreurs

- Ne répétez pas le **verbe *dire***, grâce à d'autres verbes de parole plus expressifs et surtout plus précis. On peut également préciser ce que fait le personnage en parlant ou indiquer la manière dont il s'exprime.

Ex. : dit-elle en hochant la tête / en relevant ses cheveux / d'une moue boudeuse

- Résumez une **réponse trop longue** à l'aide d'un passage au style indirect (voir fiche 37), sauf s'il s'agit de retranscrire le long discours ou le monologue d'un personnage.
- Évitez de commencer un dialogue par une **interminable série de « Bonjour, ça va ? »**, à résumer en une seule phrase : « Ils se saluèrent. »

**L'essentiel**

Dans un dialogue, soignez la mise en page et la ponctuation, sans négliger les incises et les verbes de parole variés.

## 2 APPLIQUER AU BREVET

**Rédaction : L'été suivant, lors d'un repas de famille, le père du narrateur interroge à nouveau ses fils sur leurs projets d'avenir. Les deux frères affichent des choix radicalement différents. Imaginez le dialogue animé qui s'ensuit et les réactions des différents personnages présents autour de la table.**

*Amérique du Sud, 2018*

Les suites de dialogue demandent avant tout de **respecter les personnages et le lieu** du texte d'origine. Il faudra ensuite faire alterner le dialogue bien ponctué et les réactions sous forme de **passages narratifs au passé** (vous ne devez pas produire un dialogue simple, sans insertions narratives). Pour la dispute, il faudra la montrer grâce aux **verbes de parole** : *rétorquer, répondre vivement, couper*, etc.

**Rédaction : Dans votre quartier, les habitants s'interrogent sur la soudaine fortune d'un voisin. Les rumeurs les plus extravagantes circulent. Imaginez les conversations qui s'ensuivent, jusqu'à ce que la vérité éclate. Vous veillerez à [...] mêler récit et dialogue.**

*Amérique du Nord, 2019*

Dans un dialogue argumentatif, ne commencez pas par des **banalités** comme « Bonjour, ça va ? » qui n'apportent aucune information. Après avoir présenté le cadre et les interlocuteurs, le premier locuteur rapporte une première rumeur. Les autres locuteurs interviennent alors pour marquer leur opposition, proposer leur propre interprétation fantaisiste ou indiquer leur accord. Ne jamais faire de **remplissage** à l'aide de réplique inutiles !

# Rapporter les paroles d'un personnage

À revoir
OK

37

**• Dans un texte, on peut rapporter ce qu'a dit un personnage en utilisant plusieurs méthodes, plusieurs styles ou discours.**

## 1 MÉMORISER

### a Le style direct

• Le narrateur rapporte les paroles comme si elles avaient été prononcées. Elles sont signalées par :

– **les deux-points et les guillemets**, qui marquent la différence entre les paroles du narrateur et celles du personnage ;
Ex. : Il déclara : « Les femmes font d'excellents chefs d'État. »

– **un verbe de parole** (voir fiche 36) situé avant ou inséré après sous forme **d'incise** placée après une virgule, dans laquelle le sujet est inversé ;
Ex. : Les femmes font d'excellents chefs d'État, déclara-t-il.

– **un temps verbal souvent différent** du récit qui l'entoure.

### b Le style indirect

• Le narrateur intègre les paroles à son récit. Elles sont signalées par :

– la **disparition des guillemets et des deux-points** ;

– un **verbe de parole** ;

– une **subordonnée** introduite par ***que*** ou un mot interrogatif ;

– des **temps verbaux accordés** ou identiques.
Ex. : Il déclara que les femmes faisaient d'excellents chefs d'État.

### c Le style indirect libre

• C'est un style mixte :

– comme dans le style indirect, on **modifie le temps et les pronoms** mais le **verbe de parole disparait**.

– comme dans le style direct, on n'utilise **pas de subordination** et on garde les **ponctuations fortes** et le **vocabulaire** utilisé par le personnage.
Ex. : « Monste tient cependant à prévenir sa mère, laquelle se mit aussitôt à gémir, Dios mío ! rejoindre les sauvages ! quel malheur ! qu'ai-je fait au bon Dieu ? etc. » (L. Salvayre, *Pas pleurer*)

### d Le discours narrativisé

- C'est le **résumé** du discours d'autrui, qui comporte les **seuls verbes de parole**.

Ex. : Le maire s'excuse et demande pardon en faisant une déclaration à la presse.

**L'essentiel**

Pour définir le style de paroles rapportées, portez votre attention sur trois éléments : ponctuation, verbe de parole, temps des verbes.

## 2 APPLIQUER AU BREVET

« - Monsieur, dit-elle, vous êtes un voyou, un butor et un galopin. » (M. Aymé, *Le Passe-Murailles*)

**a. Quelle forme de discours est majoritairement utilisée pour rapporter les paroles des personnages ?**
**b. Sur quels indices, dans le texte, vous êtes-vous appuyé ?**
**c. Quel est l'effet produit par ce choix ?**

*Antilles, 2019*

Par « forme de discours », la consigne entend le nom du discours utilisé : ici, l'incise avec le verbe de parole (« dit-elle »), le présent de l'indicatif (« êtes ») et la ponctuation (tirets) marquent le **discours direct**. Celui-ci a toujours un **effet de réel**, et rend plus réaliste, plus vraisemblable ou plus frappante la parole rapportée.

« Andromaque demande à Pyrrhus : «Seigneur, que faites-vous, et que dira la Grèce.» »

**Sur votre copie, réécrivez [cette phrase] au discours indirect en mettant le verbe introducteur au passé simple. Vous ferez toutes les modifications nécessaires.**

*France métropolitaine, 2018*

En réécriture, pour transposer le style direct en style indirect, on modifie :
– les **pronoms personnels** et les **déterminants possessifs** (des 1re et 2e personnes à la 3e personne) ;
– les **indices de temps et de lieu** ;
– les **temps** : si le récit est au présent, on ne change rien, s'il est au passé, on modifie en appliquant les règles de **concordance** (ici notamment, le futur simple est remplacé par le conditionnel présent) (voir fiche 14).
Ici, la modification sera : *Andromaque **demande** à Pyrrhus ce qu'il **faisait** et ce que **dirait** la Grèce*

# Choisir un niveau de langue

À revoir
OK

38

**• On adapte ce qu'on dit ou écrit à un destinataire, un lieu, un moment, c'est-à-dire à une situation d'énonciation. La syntaxe et le vocabulaire sont variables : un seul et même message peut être formulé selon trois niveaux de langue différents.**

## 1 MÉMORISER

### a Le niveau familier

Ex. : C'est qui qui m'a piqué mon stylo ?

• On l'utilise à l'oral, en particulier avec des proches. Utilisé à l'écrit, il indique un style oral et expressif ou la volonté de marquer le lecteur.

• Ses caractéristiques :

– **lexique** familier ou argotique : *bahut, se tirer, paumé...*

– termes propres à l'**oral** : interjections (*Hein, Oh...*) et formules fixes (*Bon, eh bien, quoi...*) ;

– **abréviations** : *télé, ciné, t'es beau...*

– utilisation du **tutoiement** et du *on* à la place du *nous* ;

– phrase interrogative **sans inversion** du sujet : *Tu viens ?*

– **ruptures** de construction, tournures incorrectes, absence de négation : *Où que ça se trouve ? Je sais pas.*

### b Le niveau courant

Ex. : Qui est-ce qui m'a volé mon stylo ?

• C'est l'usage le plus commun et le plus simple de la langue. C'est par exemple celui des devoirs scolaires ou du journal télévisé.

• Ses caractéristiques :

– **lexique** courant : *collège, partir, perdu...*

– phrases interrogatives du type : *Est-ce que tu viens ? Qui est-ce qui est là ?*

– phrases à la **structure correcte** : *Je ne sais pas.*

⚠ **Attention :** en rédaction, n'oubliez pas la négation *ne* avant le verbe.

## C Le niveau soutenu

**Ex. :** Qui m'a subtilisé mon stylo ?

- On le trouve à l'écrit ou dans des **situations officielles**.
- Ses caractéristiques :

– **lexique** plus recherché et rare : *établissement, se retirer, égarer...*
– vouvoiement et formules de **politesse** élaborées : *Auriez-vous l'obligeance de... ?*
– phrases à la structure **complexe** ;
– phrases interrogatives avec **inversion** du sujet : *Viens-tu ?*
– emploi de **temps plus rares**, comme l'imparfait du subjonctif : *Quoi qu'il fît, il réussissait toujours.*

**L'essentiel**

Pour adapter ce que vous voulez dire à la situation et à l'interlocuteur, changez de niveau de langue (familier, courant, soutenu).

# 2 APPLIQUER AU BREVET

« R'garde si c'est beau, Michel ! [...] Garde pas les yeux fermés comme ça... Ouvre-les. Pis regarde ça... » (M. Tremblay, *Bonbons assortis*)

**a. Quel est le niveau de langue utilisé dans le dialogue ? Relevez deux exemples et expliquez en quoi ils relèvent de ce niveau de langue.**
**b. Comment expliquez-vous l'emploi de ce niveau de la langue par le père ?**

*Centres étrangers, 2018*

Dans ce genre de consignes, « expliquer » revient à **nommer les phénomènes grammaticaux et lexicaux** : ici, le niveau familier est marqué par une erreur de syntaxe (« regarder si »), un oubli de négation (« garde pas »), des abréviations qui rappellent la prononciation orale (« r'garde », « pis »). L'emploi du familier peut s'expliquer par le **contexte social** ou l'**émotion** du personnage.

« Un vrai oiseau une authentique joie ça va où / Nous serons bien avancés quand j'aurai posé pour moi cette question waouh. » (V. Rouzeau, *Va où*)

**Relevez deux expressions relevant de la langue orale plutôt que de la langue écrite et justifiez votre réponse.**

*Antilles , Guyane, 2018*

Pour ce genre de questions, la justification doit passer par la dénomination exacte des **procédés** : ici, l'interjection « waouh » et la phrase interrogative familière « ça va où » marquent l'oralité du poème.

# Utiliser des modalisateurs

À revoir
OK

39

• Les modalisateurs sont les éléments utilisés pour nuancer son propos ou montrer qu'on n'en est pas sûr (doute, incertitude) ou, au contraire, pour affirmer avec force un propos ou montrer qu'on en est sûr (certitude, conviction). L'énoncé n'est alors plus neutre ou objectif, mais marqué par une certaine subjectivité.

## 1 MÉMORISER

### a Exprimer le doute ou la prudence

| moyen | exemples |
|---|---|
| verbes d'opinion | je pense, crois, doute, suppose, espère, imagine, présume, soupçonne que… |
| tournures impersonnelles | il se peut, il (me) semble, il doit… |
| adjectifs | (il est) douteux, incertain, vraisemblable, probable, possible, envisageable… |
| adverbes | certainement, sans doute, probablement, vraisemblablement, apparemment, peut-être… |

### b Exprimer la certitude ou la conviction

| moyen | exemples |
|---|---|
| verbes d'opinion | je sais, t'assure, affirme, certifie… |
| locutions verbales | je suis convaincu / persuadé / sûr / certain que, j'ai la certitude / la conviction que… |
| tournures impersonnelles | il est sûr, il apparait que… |
| adjectifs | (il est) sûr, certain, inévitable, clair, évident… |
| adverbes | assurément, forcément, réellement… |

## C Utiliser d'autres procédés de modalisation

- Les temps et modes verbaux peuvent marquer l'incertitude : le **conditionnel** et le **futur antérieur**. (voir fiche 10)

Ex. : Elle se serait cassé un bras. Il se sera perdu.

- Les types et formes de phrases (voir fiche 26) peuvent également marquer le doute (phrase **interrogative**) ou la certitude (phrases **exclamative** et **injonctive**).

Ex. : Peut-être devrais-je partir ? Non, je refuse de partir !

- Enfin, on peut utiliser des expressions variées.

Ex. : à coup sûr, sans aucun doute, de toute évidence, selon toute vraisemblance, à ce qu'on dit, selon moi / elle, d'après moi / lui, à ma connaissance...

**L'essentiel**

Les modalisateurs (verbes, adverbes, locutions, adjectifs) permettent d'indiquer qu'on est certain ou, au contraire, que l'on doute de ce que l'on dit.

## 2 APPLIQUER AU BREVET

**Rédaction : La jeune fille annonce sa décision finale à Vladimir. Elle a pris en compte les remarques de sa grand-mère pour choisir ou non de se marier. Imaginez le dialogue des deux jeunes gens et les réactions qu'il suscite.**

*Amérique du Nord, 2017*

Dans les sujets d'imagination, on demande souvent d'inventer un **dialogue argumentatif** entre les personnages du texte de la première partie. Afin de marquer leurs **convictions** fortes ou, au contraire, leurs **hésitations** et leurs doutes, on devra bien sûr utiliser des modalisateurs. Si l'un des personnages se laisse convaincre par l'autre, on peut les varier et passer de la certitude à une opinion plus prudente et nuancée.

« J'aurais peut-être pu m'évader si l'on m'y avait laissé [à l'infirmerie]. Ces médecins, ces sœurs de charité, semblaient prendre intérêt à moi. [...] On eût dit qu'ils me plaignaient, tant ils étaient empressés autour de mon chevet. » (V. Hugo, *Le Dernier Jour d'un condamné*.)

**Dans le texte, par quels moyens le narrateur exprime-t-il le doute ?**

Toute consigne comprenant le terme « moyens » attend une réponse émaillée de **termes grammaticaux et lexicaux précis**. Ici, les moyens pour exprimer le doute sont les modalisateurs suivants : l'adverbe *peut-être*, l'emploi du conditionnel passé *aurais pu*, le verbe *sembler* ainsi que la locution *On eût dit*.

# Mettre en valeur une idée ou un mot

- À revoir
- OK

40

• **Afin de donner plus d'impact à un argument ou pour rendre un récit plus expressif, on peut choisir de mettre en valeur une idée ou un mot.**

## 1 MÉMORISER

### a La forme emphatique

• Elle modifie l'ordre classique des mots dans la phrase et place l'élément mis en valeur en début de phrase grâce à trois procédés :

– **l'emploi d'un présentatif** : *il y a, c'est, voilà, voici, quant à...*
Ex. : Voici venu l'hiver. (*forme neutre :* L'hiver est venu.)

– **l'emploi de la tournure** *C'est... qui, C'est... que.*
Ex. : C'est moi qui ai sonné ! (*forme neutre :* J'ai sonné.)

⚠ **Attention :** il faut accorder le verbe au pluriel : *Ce sont ses chevaux*.

– **le détachement et la reprise** d'un mot ou d'un groupe de mots : on place celui-ci en début de phrase, précédé d'un déterminant démonstratif ou défini, puis on le reprend sous forme de pronom.
Ex. : Ce gâteau, il a l'air bon et je le mangerais bien.

### b Les autres formes et procédés

• La forme passive (voir fiche 27) met en avant le résultat ou l'objet de l'action, notamment dans les discours explicatifs.

• La forme impersonnelle met en avant un phénomène et efface les marques de subjectivité. On l'utilise avec :
– des verbes météorologiques (*il pleut, il neige*) ;
– des verbes d'opinion ou d'obligation (*il parait, il se dit, il faut, il est évident...*) ;
– la structure *il y a*.

• La répétition d'un mot.
Ex. : « La mer, la mer, toujours recommencée. » (P. Valéry)

• La phrase non verbale et la forme exclamative (voir fiche 26).
Ex. : « Ô les belles, les sublimes ruines ! » (D. Diderot)

• Certaines figures de style (voir fiche 19).
Ex. : « Paris ! Paris outragé ! Paris brisé ! Paris martyrisé ! Mais Paris libéré ! » (Ch. de Gaulle)

**L'essentiel**

Une idée ou un mot sont mis en valeur par divers procédés, dont le plus courant est la forme emphatique.

## 2 APPLIQUER AU BREVET

« Ce furent d'autres paroles. Elles s'élevaient du tréfonds. [...] Oubliant ses jongleries, il laissait monter cette voix du dedans. Cette voix âpre, cette voix nue qui, pour l'instant, recouvrait toutes les autres voies. » (A. Chédid, *L'Enfant multiple*)

**Comment le texte met-il en valeur la parole d'Omar-Jo ? Vous justifierez votre réponse en vous appuyant sur un relevé précis que vous interpréterez.**

*France métropolitaine, 2018*

Les questions de « **mise en valeur** » imposent des relevés de **procédés grammaticaux et lexicaux**. Ici, les adjectifs (« âpre », « nue »), les compléments (« du tréfonds », « du dedans ») qualifient cette voix venue de l'intérieur. Les verbes de mouvement (« s'élever » et « monter ») insistent sur cette ampleur nouvelle. Enfin, la phrase non-verbale met en valeur la seule voix.

« Et c'est à vous, monsieur le Président, que je la crierai, cette vérité, de toute la force de ma révolte d'honnête homme. [...] Et à qui donc dénoncerai-je la tourbe malfaisante des vrais coupables, si ce n'est à vous, le premier magistrat du pays ? » (É. Zola, *« J'accuse ! »*)

**Comment l'auteur traduit-il sa force de conviction ?**

Dans les consignes, « traduire » signifie **utiliser des procédés syntaxiques et lexicaux** pour mettre en valeur un sentiment ou une idée. Ici, pour montrer la force de son propos, Zola utilise le **présentatif** *c'est* pour s'adresser au président, la forme **emphatique** pour mettre en valeur l'expression *cette vérité*, isolée entre virgules, ainsi que la forme **interrogative**.

« Je dévorerai la terre du front. Faisant reculer l'ennemi. Semant la panique dans ses rangs [...]. Je serai un ogre et rien ne pourra rassasier ma faim. » (L. Gaudé, *Cris*)

**Quelle figure de style relevez-vous ? Comment met-elle en valeur la métamorphose du personnage ?**

*Asie, 2018*

Toute figure de style est une mise en valeur et cherche à provoquer un **effet** particulier. Ici, la **métaphore filée** de la faim d'ogre (« dévorerai », « ogre », « faim ») met en valeur la faim de victoire et la volonté surhumaine du personnage.

# COMPRÉHENSION DE TEXTE

**1 Comment appelle-t-on un retour en arrière dans un récit ?**

- ☐ **a.** une prolepse
- ☐ **b.** une analepse
- ☐ **c.** un sommaire

**2 Quel procédé narratif est utilisé dans cette citation ?**
**« *Il a demandé une heure et, en quarante minutes, les deux tracés sont achevés, face et revers* » (M. Énard)**

- ☐ **a.** une ellipse
- ☐ **b.** une scène
- ☐ **c.** un flash-back

**3 Comment pourrait-on qualifier cet extrait ? « *Oui, c'est bien ça, il portait une sorte de blazer. Bleu. À rayures blanches. Un pantalon du même bleu il portait aussi, mais uni.* » (M. Duras)**

- ☐ **a.** un texte descriptif
- ☐ **b.** un texte narratif
- ☐ **c.** un texte explicatif

**4 Si un narrateur connaît les actions et les pensées de tous les personnages, quel est le point de vue adopté ?**

- ☐ **a.** interne
- ☐ **b.** externe
- ☐ **c.** omniscient

**5 « *Oui, Monsieur, <u>fit-il d'un air résigné</u>. Entrez donc.* » Dans cette phrase, comment appelle-t-on la partie soulignée ?**

- ☐ **a.** une insertion
- ☐ **b.** une incise
- ☐ **c.** une reprise narrative

**6 Comment est retranscrite cette parole rapportée ? « *Il lui dit que le chapeau lui va bien, très bien même, que c'est … original … un chapeau d'homme, pourquoi pas ? elle est si jolie, elle peut tout se permettre* » (M. Duras)**

- ☐ **a.** au discours indirect
- ☐ **b.** au discours direct
- ☐ **c.** au discours indirect libre

**7 Quels mots permettent de nuancer un propos et de montrer ses doutes ?**

- ☐ **a.** des focalisations
- ☐ **b.** des modalisateurs
- ☐ **c.** des subjectivités

**8 Comment la phrase suivante est-elle construite ?« *Ce gâteau, c'est moi qui l'a confectionné !* »**

- ☐ **a.** à la forme emphatique
- ☐ **b.** à la forme impersonnelle
- ☐ **c.** à la forme

Corrigés au verso

## Corrigés

**1 Comment appelle-t-on un retour en arrière dans un récit ?**
> b. *une analepse* : on l'appelle également « flash-back ».

Voir **Fiche 33**

**2 Quel procédé narratif est utilisé dans cette citation ? « *Il a demandé une heure et, en quarante minutes, les deux tracés sont achevés, face et revers* » (M. Énard)**
> a. *une ellipse* : on ne raconte pas la fabrication des tracés.

Voir **Fiche 33**

**3 Comment pourrait-on qualifier cet extrait ? « *Oui, c'est bien ça, il portait une sorte de blazer. Bleu. À rayures blanches. Un pantalon du même bleu il portait aussi, mais uni.* » (M. Duras)**
> a. *descriptif* : les adjectifs indiquent qu'on se focalise sur l'apparence. Une explication serait de l'ordre du mode d'emploi ou de la notice.

Voir **Fiche 34**

**4 Si un narrateur connaît les actions et les pensées de tous les personnages, quel est le point de vue adopté ?**
> c. *omniscient* : en interne, on se focalise sur un seul personnage.

Voir **Fiche 35**

**5 « *Oui, Monsieur, <u>fit-il d'un air résigné</u>. Entrez donc.* » Dans cette phrase, comment appelle-t-on la partie soulignée ?**
> b. *une incise* : c'est une précision par le narrateur dans le dialogue.

Voir **Fiche 36**

**6 Comment est retranscrite cette parole rapportée ? « *Il lui dit que le chapeau lui va bien, très bien même, que c'est ... original ... un chapeau d'homme, pourquoi pas ? elle est si jolie, elle peut tout se permettre* » (M. Duras)**
> c. *au discours indirect libre* : c'est un discours hybride, indirect (« il lui dit que ») mais qui porte des traces de citation directe (« pourquoi pas »).

Voir **Fiche 37**

**7 Quels mots permettent de nuancer un propos et de montrer ses doutes ?**
> b. *des modalisateurs* : les deux autres mots ne sont pas des mots d'analyse du discours. La modalisation porte souvent sur un verbe (je *crois*).

Voir **Fiche 39**

**8 Comment la phrase suivante est-elle construite ?« *Ce gâteau, c'est moi qui l'a confectionné !* «**
> a. à la forme emphatique : on la reconnaît grâce à la tournure présentative « c'est moi » et par le détachement de « ce gâteau » en début de phrase.

Voir **Fiche 40**

# La Première Guerre mondiale : 1914-1918

☐ À revoir
☐ OK

1

**• En 1914, l'Europe domine le monde. Elle dispose de la puissance industrielle et financière et se situe au cœur du commerce international. Les grands États européens possèdent des empires coloniaux. La guerre va ruiner cette suprématie.**

## 1 DE LA « GUERRE FRAÎCHE ET JOYEUSE » À LA GUERRE DE POSITION

### a Les origines du conflit

• En Europe, des rivalités économiques et coloniales opposent la Grande-Bretagne, la France et l'Allemagne. Deux systèmes d'alliance s'affrontent : la Triple Alliance (l'Allemagne, l'Autriche-Hongrie, l'Italie) et la Triple Entente (la France, la Russie, le Royaume-Uni).

• 28 juin 1914 : François Ferdinand d'Autriche est assassiné à Sarajevo, en Serbie. L'Autriche attaque ce pays. L'Allemagne, alliée de l'Autriche, déclare la guerre à la Russie, alliée de la Serbie, et à la France, puis envahit la Belgique, neutre, provoquant l'entrée en guerre de la Grande-Bretagne. Les populations acceptent cette guerre qu'on croit courte.

• La Triple Entente dispose de la première marine du monde et d'empires coloniaux. La Triple Alliance compte sur son artillerie et sur ses troupes, mieux armées. L'Allemagne espère vaincre rapidement la France, puis se retourner contre la Russie.

### b 1914 : guerre de mouvement

• Des combats opposent d'abord les armées ennemies dans le nord de la France.

• Le général Joffre arrête les troupes allemandes lors de la bataille de la Marne (6-13 septembre 1914).

### c 1915-1916 : guerre de position

• Finalement, les armées ennemies s'immobilisent face à face, de la mer du Nord à la frontière suisse, et creusent des tranchées pour se mettre à l'abri des tirs ennemis : c'est la guerre de position.

• En 1915, l'armée russe enregistre d'énormes pertes.

• L'Allemagne lance des attaques contre Verdun en 1916 pour épuiser les forces françaises, qui résistent et répliquent par la bataille de la Somme.

• Extrêmement meurtrières, ces batailles restent sans résultat décisif. Aux Alliés qui lui imposent un **blocus**, l'Allemagne répond par une guerre sous-marine, étendant le conflit à tous les océans.

• Toutes les forces sont désormais mobilisées :
– **les forces militaires** : matériel nouveau (canons, gaz, tanks, avions) ;
– **les forces économiques** : les entreprises produisent pour la guerre, les femmes travaillent ;
– **le contrôle des citoyens** : les gouvernements censurent la presse et organisent la propagande.

• De nouveaux pays entrent dans la guerre aux côtés :
– de l'Entente : l'Italie (1915) qui a changé de camp et la Roumanie (1916) ;
– des empires centraux : l'Empire ottoman (1914) et la Bulgarie (1915).

## 2 DE LA CRISE DE 1917 À LA FIN DE LA GUERRE

### a 1917, une année charnière

• Dans les pays belligérants, les dures conditions de la guerre provoquent une crise morale. En Allemagne, le blocus entraine la disette, partout les conflits sociaux se multiplient. Des mutineries éclatent, réprimées en France par le général Pétain qui améliore les conditions de vie des soldats.

• Les gouvernements reprennent en main l'opinion publique (Clemenceau en France).

• L'équilibre des forces change : en avril 1917, les États-Unis entrent en guerre aux côtés de l'Entente, à cause des attaques répétées des sous-marins allemands contre les bateaux de commerce. La Russie, épuisée, signe la paix avec l'Allemagne en 1918 (traité de Brest-Litovsk). Les Allemands font porter leurs efforts sur le front occidental.

### b La fin de la guerre (carte page 125)

• L'entrée en guerre des États-Unis augmente les forces des Alliés. Pour gagner du temps, les Allemands lancent quatre offensives en 1918. Mais les deux dernières attaques allemandes sont enrayées et à partir du mois d'août, le maréchal Foch, commandant en chef des armées alliées, lance une contre-offensive : les Allemands évacuent la plupart des régions occupées.

• Les empires centraux et leurs alliés concluent avec l'Entente et les États-Unis des **armistices**, signés avec la Turquie, le 30 septembre, avec l'Autriche, le 3 novembre, et avec l'Allemagne, le 11 novembre.

• Des mouvements révolutionnaires se développent dans l'armée à Berlin. La guerre qui s'achève laisse une Europe en ruine.

# La Première Guerre mondiale : vers une guerre totale

À revoir
OK

2

**• La Première Guerre mondiale a été une guerre totale : toutes les forces des pays ont été mobilisées, les combats ont touché de vastes territoires. La Première Guerre mondiale est aussi une rupture par sa violence nouvelle et son extension aux populations civiles.**

## 1 L'EXPÉRIENCE DE LA VIOLENCE DES COMBATS

### a L'expérience des soldats

• Les combattants sont soumis à une violence de masse. La Première Guerre mondiale est l'expérience d'une mobilisation de masse : 70 millions d'Occidentaux sont mobilisés. La guerre marque aussi les esprits par le nombre massif de morts et de disparus (10 millions) et d'invalides (8 millions).

• Un seuil de violence est franchi avec des pertes moyennes de l'ordre de 1 300 personnes par jour pour l'Allemagne, ces pertes sont dues à des offensives comme celles de Verdun ou de la Somme et à l'usage d'armes nouvelles – 70 à 80 % des blessures sont dues à des éclats d'obus. Les conditions des combats ont été très dures notamment dans les tranchées pendant la guerre de position.

• Cette violence de masse s'est aussi déversée sur les populations civiles.

### b L'expérience des civils

• Les civils ne sont plus épargnés par la violence des combats, ils subissent les bombardements des villes, l'occupation et les évacuations forcées comme en Belgique et dans le nord de la France avec leurs cortèges de pillages et de destructions.

• La Grande Guerre est donc faite de fuites et d'accueil des réfugiés mais aussi de séparations et d'attentes.

• À la fin de la guerre de 1914-1918, 3 millions de civils en Europe occidentale sont touchés par un deuil direct.

• La violence prend une dimension nouvelle dans l'Empire ottoman puisque les difficultés militaires s'accompagnent de la déportation de la minorité arménienne. Un million d'entre eux trouveront la mort au cours du premier grand **génocide** du XX$^{e}$ siècle.

## 2 UNE GUERRE TOTALE

### a Une guerre économique

- Les économies des États en guerre sont transformées en économies de guerre. Les industries sont converties en industries d'armement. Les États dirigent plus fortement leurs économies.

- Pour pallier le manque de main-d'œuvre, ils ont recours aux habitants des colonies, à l'immigration étrangère et surtout à la main-d'œuvre féminine – en 1918, 2,1 millions de femmes travaillent dans l'industrie allemande.

- Ils importent également des matières premières de leurs colonies, tandis que l'Allemagne et ses alliés doivent faire face au blocus maritime. Les populations urbaines surtout en Europe centrale connaissent un rationnement des denrées alimentaires.

- Pour trouver les ressources nécessaires, les États en guerre augmentent les impôts et recourent à l'inflation. Toutefois, le moyen le plus employé reste **l'emprunt** souscrit auprès des populations civiles des États concernés mais aussi auprès de puissances extérieures comme les États-Unis qui confirment ainsi leur domination économique sur une Europe affaiblie.

### b Une guerre psychologique

- Au cours de cette guerre, le rôle de l'arrière apparait essentiel pour le moral des soldats. La censure s'exerce sur la presse et les lettres des soldats. Ainsi la **propagande** consolide le consensus national et une culture de la violence et de la haine contre l'ennemi se met progressivement en place. Celui-ci est diabolisé et toute la société y compris les enfants participent à cette culture de guerre.

- Vers 1917, les belligérants doivent faire face à une indiscipline militaire. Les soldats réclament des opérations plus efficaces et moins meurtrières. En France, l'échec des offensives entraine quelques désertions.

- Mais, malgré les violences subies, les mutineries et les désertions de combattants resteront limitées, même en 1917, et ne changeront pas le cours de la guerre.

# Une guerre qui bouleverse États et sociétés

- À revoir
- OK

3

## 1 UN BILAN CATASTROPHIQUE

La Première Guerre mondiale a été une guerre totale : toutes les forces des pays ont été mobilisées, les combats ont touché de vastes territoires.

### a Le bilan humain : une catastrophe démographique

- 17 millions de blessés dont beaucoup d'invalides, plus de 9 millions de morts. Le nombre de naissances a fortement diminué, ce qui entraine le phénomène de « classes creuses ». Les populations sont affaiblies. La violence du conflit a été extrême : génocide arménien, déportations de groupes entiers de population. Cette guerre inaugure une violence que l'on retrouve tout au long du XXe siècle.

### b Le bilan économique et financier

- L'Europe est sinistrée et l'économie est en ruine. Les pertes matérielles affectent surtout les régions de combats – en particulier les régions du nord de la France. Les productions agricoles et industrielles ont baissé de 30 à 40 %, le matériel est usé. Les industries d'armement doivent subir une reconversion.

- Les États européens ont financé les dépenses de guerre en puisant dans leurs réserves d'or et en empruntant. Leurs monnaies sont affaiblies par rapport au dollar. Ils doivent aussi rembourser aux États-Unis l'argent emprunté pendant la guerre. Les États-Unis sont les grands vainqueurs sur le plan économique : ils possèdent désormais la moitié du stock d'or mondial.

### c Le bilan social et psychologique

- Certains agriculteurs et industriels ont profité de la guerre, mais les revenus des rentiers et des salariés ont baissé. Les difficultés sociales se traduisent par des grèves. Les syndicats recrutent ainsi de nombreux adhérents.

- Les horreurs vécues pendant le conflit (guerre de tranchées, hécatombes) font douter certains Européens des valeurs de leur civilisation. Les progrès scientifiques semblent n'avoir profité qu'aux militaires. Dans les pays colonisés, face à ce déferlement de violence, la « supériorité » de la civilisation européenne commence à être contestée.

## 2 LES TRAITÉS DE PAIX (1919-1924)

### Une nouvelle carte de l'Europe

- La guerre a provoqué l'effondrement des empires d'Europe centrale et orientale : les Empires allemand, austro-hongrois et russe. Il faut remodeler la carte de l'Europe où apparaissent de nouveaux pays.

- La conférence de la Paix se tient à Paris en 1919. Elle rassemble de nombreux pays mais ce sont surtout les États-Unis, la France, la Grande-Bretagne et l'Italie qui la dominent. Le président américain Wilson tient à fonder la paix sur les « 14 points » qu'il a publiés en janvier 1918, en particulier sur le droit des peuples à disposer d'eux-mêmes. La conférence aboutit à la signature des traités, contestés par certains États qui perdent des territoires (l'Allemagne) ou ne récupèrent pas ceux qu'ils avaient espéré annexer en entrant en guerre (l'Italie). Ces deux pays déçus par les traités sont peu à peu attirés par des régimes politiques autoritaires.

## 3 LES TENSIONS EN EUROPE APRÈS 1919

### a Les réactions révolutionnaires

- En Russie, les **bolcheviks** prennent le pouvoir dans la nuit du 24 au 25 octobre 1917. Lénine, le chef de ce gouvernement communiste, met fin à la guerre en signant le traité de Brest-Litovsk avec l'Allemagne en mars 1918. La Russie perd de vastes territoires.

- Dès janvier 1919, en Allemagne, la défaite militaire, conjuguée à l'abdication de l'empereur en novembre, amène un groupe de révolutionnaires, les spartakistes, à déclencher une insurrection. En Hongrie, un communiste, Bela Kun, prend le pouvoir. Ces expériences révolutionnaires sont de courte durée, mais elles traduisent l'intérêt de certaines parties de la société pour la révolution russe.

- En mars 1919, la IIIe Internationale est fondée et, à la suite de cette réunion, des partis communistes se créent dans la plupart des pays.

### b Les réactions des démocraties

- Devant cette menace, les Occidentaux prennent peur : ils soutiennent les opposants au régime bolchevik et installent, dans les années suivantes, des régimes autoritaires aux portes de la Russie pour tenter de bloquer la contagion révolutionnaire. C'est ce qu'on appelle le « cordon sanitaire ».

- Les traités suscitent donc des tensions que la Société des nations (SDN) – créée par le traité de Versailles – ne parvient pas à régler. En 1921, seuls les communistes russes se maintiennent encore au pouvoir.

# Le régime soviétique

À revoir
OK

4

**• En 1917, deux révolutions (février 1917 et octobre 1917) amènent au pouvoir Lénine, le chef du parti bolchevik. Il impose alors le communisme en Russie qui devient en 1922 l'URSS (l'Union des républiques socialistes soviétiques).**

## 1 LA MISE EN PLACE DU COMMUNISME EN RUSSIE

### a 1917-1921. Une situation difficile

• Après la Première Guerre mondiale, les traités de paix enlèvent à la Russie près de 10 % de son territoire et la guerre civile qui suit entre l'Armée rouge dirigée par Trotski et les forces militaires alliées associées aux monarchistes se termine par la victoire en 1921 des armées révolutionnaires. Le pays en sort épuisé avec des millions de victimes et une agriculture ravagée par les réquisitions alimentaires en direction des villes.
Lénine met alors en place la Nouvelle politique économique (NEP).

### b La NEP et la succession de Lénine

• Lénine choisit de libéraliser partiellement l'économie en autorisant les paysans à vendre une partie de leurs récoltes et en dénationalisant les entreprises de moins de 20 salariés. Les résultats montrent une reprise de la croissance et l'émergence d'un groupe social qui s'enrichit : des industriels (**Nepmen**) et des paysans (**les Koulaks**).

• Lénine meurt en 1924 et la lutte s'engage entre Trotski et Staline. Celui-ci s'empare du pouvoir en 1928. Il accélère alors la mise en place du communisme en URSS.

• Le régime soviétique présente déjà des aspects totalitaires avec un parti unique, appuyé sur une police politique puissante et des camps de déportation pour les opposants.

## 2 LA DICTATURE DE STALINE

### a Une économie planifiée

• Staline impose des plans de cinq ans gérés par un organisme d'État, le Gosplan. Ainsi tous les secteurs de l'économie reçoivent des normes de production. De 1928 à 1932, le premier plan prévoit la collectivisation des terres et la constitution de vastes exploitations agricoles, les sovkhozes et les kolkhozes. Le plan met aussi l'accent sur la sidérurgie, l'industrie lourde et l'électricité.

- La répression s'abat sur les Koulaks qui sont envoyés dans les camps de travail, les goulags, nombreux en Oural et en Sibérie. Toutefois, la collectivisation totale de terres se heurte à la résistance des paysans et les kolkhoziens obtiennent de conserver une petite propriété privée (maison, jardin et petit bétail) et de vendre leurs produits sur le marché libre. Beaucoup de paysans délaissent le travail collectif au profit de leur petite propriété privée ou fuient vers les villes.

- Le deuxième plan (1933-1937) tente d'améliorer le niveau de vie des populations et donne priorité aux industries d'armement. Il favorise la construction d'immenses complexes industriels et développe l'industrie chimique. Les cadences sont augmentées et certains ouvriers sont présentés comme des modèles de productivité.

## b Une dictature politique

- Staline n'admet aucune opposition, il élimine ses adversaires et après 1935 il se débarrasse des anciens amis de Lénine (procès de Moscou, 1936) qui passent publiquement des aveux qui sont ensuite récupérés par la propagande du régime.

- En 1939, le système pénitentiaire comprend des prisons, mais aussi une cinquantaine de camps de travail où les opposants politiques et les criminels vivent dans des conditions extrêmes.

- Le monde artistique doit se soumettre à des normes et à des thèmes pour exalter le parti communiste : c'est le réalisme socialiste et l'art occidental est interdit. En 1936, une Constitution confie le pouvoir législatif au Soviet suprême composé du Soviet de l'union et du Soviet des nationalités. Le pouvoir exécutif appartient au Conseil des commissaires du peuple et au Présidium du Soviet suprême. En réalité, le parti communiste contrôle les institutions et la population à tous les niveaux. Les grandes libertés – de la presse, de réunion... – sont affirmées mais ne sont plus respectées. Les élections ne permettent qu'aux candidats du parti au pouvoir de se présenter.

- En 1941, lorsqu'elle entre en guerre aux côtés des alliés, l'URSS est devenue la troisième puissance industrielle du monde.

- Ce productivisme a été réalisé grâce au travail forcé et en embrigadant la population. Les urbains représentent dorénavant plus de 33 % de la population.

- Staline a construit avec de nombreuses formes de représentations l'image d'un chef charismatique présenté comme le guide du peuple russe. Ce culte de la personnalité va modeler les mentalités comme en Allemagne et en Italie.

PARCOURS D'ÉDUCATION ARTISTIQUE ET CULTURELLE

# L'affiche politique

À revoir
OK

5

Structure de l'affiche

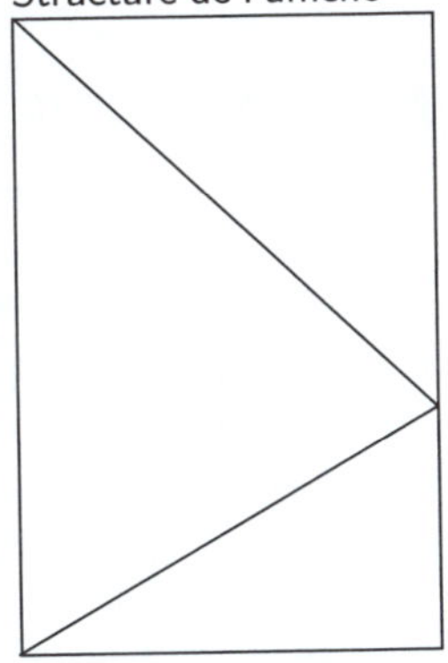

Affiche éditée en 1938, dessin et photomontage.

## 1 LA PRÉSENTATION DE L'AFFICHE

- Cette affiche de propagande étonne par sa composition et son iconographie. Elle utilise très peu de couleurs et se compose surtout de visages.

- La structure (voir schéma) permet de distinguer trois parties qui constituent trois triangles. Le triangle supérieur représente le peuple, le triangle inférieur droit, des personnages reconnaissables et bien identifiés, et le triangle gauche, deux visages, mis en relief par leur dimension et leurs couleurs. Ces deux bustes de Lénine et Staline occupent la plus grande partie de l'espace de l'affiche.

- On peut parler de mise en scène avec le drapeau rouge comme toile de fond. Les deux personnages semblent se superposer, se confondre, mais l'un n'est qu'une ombre alors que l'autre, Staline, est bien vivant. Et la dimension de son portrait permet d'insister sur son rôle de chef, celui qui domine le pays. La particularité de cette affiche, c'est qu'elle utilise des photos réelles, fragmentées et assemblées, à des formats différents.

## 2 LE CONTEXTE POLITIQUE

- En 1935, après l'assassinat d'un de ses proches, Staline organise de grands procès et accuse ses opposants, souvent anciens compagnons de Lénine. Les accusés sont exécutés ou envoyés en camps de détention.
- En 1938, les purges sont terminées et les nouveaux dirigeants du Parti apparaissent sur l'affiche en bas et à droite. Staline organise autour de lui un culte de la personnalité, d'où sa taille imposante.
- Après l'affaiblissement de l'armée par l'exécution de certains dirigeants et face à la montée des périls extérieurs, il a besoin de regrouper autour de lui la population.

## 3 LA DESCRIPTION ET LA SIGNIFICATION DE L'AFFICHE

- La technique du photomontage est un assemblage de fragments divers, assemblés et recomposés. Né au XIX<sup>e</sup> siècle, il intéresse d'abord les artistes avant d'être détourné par les régimes autoritaires.
- Par leur nature photographique, les éléments du photomontage semblent véridiques, mais la vérité est amputée, déformée. Apparait alors une nouvelle vérité qui donne un certain sens au montage.
- Le peuple représenté est composé d'ouvriers et de paysans anonymes. Les nouveaux dirigeants sont individualisés et reconnaissables par les contemporains. Quant à Staline, il se présente comme le chef suprême et l'héritier de Lénine, poursuivant l'idéal de la révolution bolchévique (drapeau rouge).
- Cette affiche s'adresse directement à la masse encore en grande partie illettrée. Le dessin et les photos sont assez éloquents : il n'y a ici aucun texte.

# L'Allemagne nazie

À revoir
OK

6

**• Traumatisée par la défaite, qui provoque la chute du régime impérial, et par la dureté du traité de Versailles, l'Allemagne subit, dans les années 1920, une série de crises qui favorisent l'accès de Hitler au pouvoir.**

## 1 LA MONTÉE DU NAZISME EN ALLEMAGNE

### a Des origines liées à la crise

• Après la guerre de 1914, l'économie allemande est d'abord déstabilisée, puis se redresse grâce, entre autres, aux capitaux américains. Le nouveau régime – une république fédérale parlementaire – semble accepté par l'opinion.

• Mais, à partir de 1930, la dépression née aux États-Unis gagne l'Allemagne. Les faillites se multiplient, le chômage monte en flèche. La crise affaiblit le régime. Hitler, chef du parti nazi, exploite la situation et la peur du communisme pour parvenir au pouvoir, par un système de propagande et de terreur.

### b La doctrine nazie

Elle développe plusieurs thèmes.

• Le nationalisme : Hitler veut anéantir le traité de Versailles, qu'il estime infamant pour l'Allemagne. D'autre part, il cherche à réunir en un seul État les populations de langue allemande.

• Le racisme : Hitler veut défendre la « race aryenne », jugée supérieure, représentée selon lui par les Allemands, contre les « races » dites inférieures (Juifs, Tziganes, Slaves, etc.).

### c L'arrivée des nazis au pouvoir

• L'application de cette doctrine nécessite la formation d'un État totalitaire dominé par un chef. Des groupes nazis, les SA (sections d'assaut), occupent la rue pour intimider les partis de gauche. À partir de 1930, les nazis remportent des succès électoraux. Le 30 janvier 1933, Hitler devient chancelier (Premier ministre).

## 2 UNE DICTATURE TOTALITAIRE

### a Le racisme d'État

- Hitler obtient les pleins pouvoirs en mars 1933 et crée une police secrète d'État, la Gestapo. Le parti nazi est désormais un parti unique. Hitler chancelier devient aussi chef de l'État en 1934 (Führer). La population est contrôlée : organisation des jeunesses hitlériennes, propagande, gigantesques parades pour mobiliser les foules.
- En 1935, les lois de Nuremberg enlèvent aux Juifs allemands leur citoyenneté. En 1938, au cours de la « Nuit de cristal », les nazis incendient des synagogues et pillent les magasins ; des milliers de Juifs sont arrêtés.
- Dès 1933, des camps de concentration sont ouverts, où les nazis enferment ceux qu'ils jugent « nuisibles » : opposants politiques, Juifs, Tziganes, homosexuels... Les conditions de vie y sont très dures, les prisonniers servent de main-d'œuvre gratuite. Beaucoup ne survivent pas aux mauvais traitements et à la faim.
- À partir de 1941, des camps d'extermination sont construits pour une mort programmée des Juifs et des Tziganes. La plupart d'entre eux sont situés en Pologne occupée.

### b La relance de l'économie

- Une politique de grands travaux permet de résorber le chômage, mais le monde ouvrier est contrôlé (grèves interdites, organisations professionnelles obligatoires). L'Allemagne doit pouvoir vivre sans contact avec l'extérieur : il faut donc augmenter la production agricole.
- L'industrie fabrique artificiellement les produits qui manquent au pays. En 1936, l'Allemagne dispose de la deuxième industrie mondiale.

### c Une politique extérieure agressive

Hitler veut anéantir le traité de Versailles.

- En 1933, l'Allemagne quitte la SDN et, en 1935, le service militaire obligatoire est rétabli. La Rhénanie est remilitarisée en 1936.
- En 1936, l'Allemagne nazie et l'Italie fasciste se rapprochent et forment « l'Axe Rome-Berlin ». Le Japon les rejoint (pacte anti-Komintern) en novembre 1936.
- En mars 1938, l'Allemagne annexe l'Autriche (Anschluss).
- En septembre 1938, Hitler revendique la région tchécoslovaque des Sudètes, peuplée d'Allemands. Par les accords de Munich, les Occidentaux lui donnent satisfaction.
- Au printemps 1939, Hitler annexe l'ouest de la Tchécoslovaquie. Cette politique agressive est à l'origine de la guerre. Le 1er septembre 1939, l'Allemagne attaque la Pologne. En riposte, la Grande-Bretagne et la France déclarent la guerre à l'Allemagne.

# Les démocraties européennes face à la montée des périls

À revoir
OK

7

**• Les démocraties européennes sont très touchées par la dépression des années 1930 et l'arrivée au pouvoir des régimes totalitaires. Le Royaume-Uni comme la France doivent réagir aux provocations hitlériennes et tentent de sauver la paix.**

## 1 LA FRANCE AU LENDEMAIN DE LA GUERRE

### a Le retour au système républicain

• La IIIe République s'est imposée avant 1914 et a conduit la France à la victoire de 1918. Après guerre, le bloc national républicain surtout composé d'anciens combattants s'oppose aux partis de gauche. En 1920, au congrès de Tours, la gauche française se divise entre communistes et socialistes.

### b La France dans la crise

• La France connaît des problèmes démographiques et doit faire appel à l'immigration. Dès 1927, les exportations diminuent et les prix baissent. À partir de 1931, la France est touchée par la grande dépression, les faillites et le chômage augmentent.

• La crise est aussi politique, le sentiment antiparlementaire aboutit le 6 février 1934 à des émeutes parisiennes organisées par les ligues (mouvements d'extrême droite). Cette tentative de coup d'État provoque la réaction et le regroupement des partis de gauche.

## 2 LA FRANCE DU FRONT POPULAIRE

### a Une alliance électorale

• En 1935, les socialistes (SFIO, Section française de l'internationale ouvrière), les communistes et les radicaux constituent une union populaire. En 1936, avec le slogan « Pain, paix, liberté », ils remportent les élections et 2 millions de salariés se mettent alors en grève pour obtenir des lois sociales.

### b Des conquêtes sociales

• Léon Blum organise le 7 juin 1936 les accords Matignon signés par le patronat et les syndicats. Des lois votées en juin accordent la semaine de 40 heures, les premiers congés payés (quinze jours par an) et les conventions collectives. Les salaires sont augmentés et les droits syndicaux étendus. Malgré tout, les problèmes restent nombreux et Blum démissionne en juin 1937 alors que les problèmes internationaux deviennent alarmants.

## 3 LES DÉMOCRATIES ET LA MONTÉE DES PÉRILS

### a L'attitude des régimes totalitaires

● L'URSS de Staline continue d'exercer une grande fascination sur les classes ouvrières des démocraties européennes, tandis qu'Hitler multiplie les coups de force. Il veut réunir au Reich tous les Allemands vivant dans les autres pays d'Europe centrale. Il remet en cause les décisions du traité de Versailles, ainsi, en 1935, la Sarre revient au Reich par référendum, il reconstitue une armée allemande moderne, en 1936 la Rhénanie est remilitarisée. Tandis que les grandes démocraties se contentent de protestations verbales, il réalise l'Anchluss (réunion) avec l'Autriche en mars 1938 et poursuit son expansion territoriale.

### b La guerre civile espagnole

● Cette guerre de 1936 à 1939 annonce la Seconde Guerre mondiale avec ses luttes idéologiques et ses horreurs. Elle est le symbole de l'affrontement violent entre les républicains proches des démocraties et la dictature franquiste. Pour l'ensemble du monde cette guerre sanglante qui fait plus de 550 000 morts est le symbole de l'affrontement entre démocratie et fascisme. Elle sert aussi de champ de manœuvre pour les dictatures totalitaires qui y essaient leurs armes, amenant ainsi les partisans du général Franco à la victoire en mars 1939.

### c Les dernières crises

● L'objectif suivant d'Hitler en Europe est le démantèlement de la Tchécoslovaquie afin de récupérer une région peuplée d'Allemands : les Sudètes. Pour éviter la guerre, la conférence de Munich a lieu en septembre 1938, Daladier et Chamberlain cèdent et abandonnent la démocratie tchécoslovaque. La France et l'Angleterre sortent très déconsidérées de cette négociation.

● Parallèlement, Hitler poursuit sa recherche d'accords avec d'autres pays européens. Il se rapproche de Mussolini en 1936 (axe Rome-Berlin) et signe un pacte de non-agression avec la Russie stalinienne à la veille du déclenchement de la Seconde Guerre mondiale. Un protocole secret prévoit le partage de la Pologne, et l'Allemagne l'envahit le 1er septembre. Le 3 septembre, le Royaume-Uni et la France déclarent la guerre à l'Allemagne.

# La Seconde Guerre mondiale

À revoir
OK

8

**En septembre 1939, l'invasion de la Pologne par les armées allemandes déclenche la Seconde Guerre mondiale. L'Allemagne et les puissances de l'Axe dominent, mais à partir de 1942, les alliés reprennent l'avantage.**

## 1 LES VICTOIRES DE L'AXE

### a Une guerre européenne

- Hitler veut occuper le corridor de Dantzig en Pologne, ce qui déclenche l'intervention de la France et du Royaume-Uni le 3 septembre 1939. Le pacte germano-soviétique d'août 1939 permet à l'Allemagne d'occuper l'ouest de la Pologne.

- L'Allemagne adopte une stratégie offensive, la « guerre éclair », et la France n'attaque pas, c'est « la drôle de guerre ».

- Après la Pologne, les Allemands occupent le Danemark, la Norvège, et en mai 1940, ils attaquent la Hollande, la Belgique et la France. Le 22 juin 1940, le maréchal Pétain signe l'**armistice** et l'Angleterre se retrouve seule dans la guerre. Les bombardements allemands vont durer un an contre le sud du Royaume-Uni, puis Hitler se retourne contre les pays d'Europe méditerranéenne et les occupe.

### b Un conflit mondialisé

- En juin 1941, Hitler attaque l'URSS et l'occupe jusqu'à la région de Moscou.

- En Asie, le Japon occupe la Chine et a fait la conquête depuis 1937 de vastes territoires, c'est le « Grand Japon ». En décembre 1941, l'aviation japonaise bombarde la base américaine de Pearl Harbor dans le Pacifique, ce qui provoque l'entrée en guerre des USA.

- En août 1941, USA et Angleterre signent la charte de l'Atlantique. Et après l'attaque allemande, l'URSS adhère également à cette charte.

- En Afrique du Nord, des combats opposent les troupes anglaises aux troupes allemandes et italiennes et en 1942 l'Afrikakorps du général allemand Rommel pénètre en Égypte.

- Désormais, l'Europe occupée vit selon l'ordre nouveau voulu par Hitler.

## 2 LA VICTOIRE DES ALLIÉS

À partir de la fin de 1942, les alliés prennent l'avantage, les puissances de l'Axe sont alors arrêtées, refoulées, puis vaincues.

### a Le reflux des puissances de l'Axe

- En Méditerranée : les alliés battent l'Afrikakorps à El Alamein en Égypte en octobre 1942, et débarquent en Afrique du Nord, ce qui provoque l'occupation de la zone libre en France en novembre 1942.
- En URSS : les Allemands assiègent Stalingrad à partir de septembre 1942, la ville leur résiste, et en février 1943, les Allemands capitulent. De 1943 à 1945, les Soviétiques repoussent les Allemands vers l'ouest et libèrent l'URSS (1944) puis l'Europe orientale et centrale et arrivent les premiers à Berlin.
- Dans le Pacifique : à partir de 1943, les Américains ont de nouveaux moyens pour l'emporter, en particulier des porte-avions géants. Ils portent l'attaque là où l'ennemi ne les attend pas. Malgré les avions suicides japonais, les Américains livrent avec succès des batailles aéronavales qui leur permettent de se rapprocher du Japon.

### b La défaite de l'Axe

- À l'ouest : les troupes alliées débarquées au sud de l'Italie progressent difficilement. En France, les alliés débarquent en Normandie le 6 juin 1944 sous le commandement du général Eisenhower et le second débarquement a lieu en Provence le 15 août. Les Allemands doivent affronter les attaques des alliés et de la Résistance, ils lancent une dernière offensive dans les Ardennes. Leur échec en décembre 1944 conduit à la libération de la France du Nord et de la Belgique.
- Les alliés pénètrent en Allemagne où ils découvrent les camps de concentration et rejoignent les Soviétiques en avril 1945. Au même moment, Mussolini est exécuté et Hitler se suicide.
Le 8 mai 1945, l'Allemagne envahie capitule.
- En Asie : les USA lancent deux bombes atomiques sur les villes japonaises de Hiroshima (6 août) et de Nagasaki (8 août). Le Japon capitule à son tour le 2 septembre 1945.
- Cette guerre laisse l'Europe en ruine, et devant l'horreur des camps de concentration et la peur des armes nucléaires, les alliés organisent le procès des responsables inculpés pour **crimes contre l'humanité**, c'est le cas à Nuremberg, entre novembre 1945 et octobre 1946.

# Le bilan de la Seconde Guerre mondiale : une guerre d'anéantissement

- À revoir
- OK

9

**● Le bilan de la Seconde Guerre mondiale pèse particulièrement lourd. Il incite les Alliés à travailler à la reconstruction de l'Europe et du monde, au cours de plusieurs conférences internationales.**

## 1 1945 : UN MONDE À RECONSTRUIRE

### a Un bilan humain et psychologique dramatique

● La guerre a fait 55 millions de morts, la démographie est perturbée (déficit des naissances, surmortalité masculine). Les réfugiés se comptent par dizaines de millions.

● La population manque de tout. Le rationnement répartissant les denrées disponibles subsiste jusqu'en 1949.

● Le monde entier est bouleversé par la découverte des atrocités nazies. Un tribunal international juge à Nuremberg (1945-1946) les responsables de ces crimes. Ce tribunal définit une nouvelle notion de droit international : le « crime contre l'humanité ».

### b Les destructions matérielles

● Les destructions sont massives – routes, voies ferrées, usines, logements – en Europe et en Asie.

● L'utilisation de la bombe atomique par les États-Unis fait craindre la puissance de cette arme.

## 2 LES RÈGLEMENTS DU CONFLIT

### a Les conférences de 1945 et leurs résultats

● La conférence de Yalta en février 1945 : elle réunit les États-Unis, la Grande-Bretagne et l'URSS. Roosevelt obtient que l'URSS déclare la guerre au Japon. Staline espère annexer des territoires pour étendre l'URSS. À la suite de cette conférence est signée la « charte de l'Europe libérée » qui prévoit dans la plupart des pays l'instauration de gouvernements démocratiques élus.

● La conférence de Potsdam en juillet-août 1945 : elle réunit les mêmes pays, mais Roosevelt, décédé, est remplacé par le président Truman. Cette conférence règle le sort de l'Allemagne : elle devra payer des réparations, être désarmée, dénazifiée.

### b Les autres règlements du conflit

- Le Japon passe sous protectorat américain, il est démilitarisé et reçoit une nouvelle Constitution préparée par les États-Unis. Il perd toutes ses conquêtes.
- L'Italie perd toutes ses colonies.

### c La création de l'ONU

- Pour maintenir la paix, les Américains et les Britanniques proposent la création d'une nouvelle organisation internationale pour remplacer la SDN : l'Organisation des Nations unies, qui est créée lors de la conférence de San Francisco en avril-juin 1945. Cette organisation, qui comporte une assemblée générale formée de tous les pays membres, adopte en 1948 à Paris la « Déclaration universelle des droits de l'homme ». Elle définit des droits nouveaux : droit à l'éducation, au travail, à la santé, à la culture...

## 3 LES NOUVELLES FRONTIÈRES DE L'EUROPE ISSUES DES CONFÉRENCES DE 1945

- L'Allemagne est divisée en quatre zones d'occupation, ainsi que sa capitale Berlin. Les pays occupants sont les États-Unis, la Grande-Bretagne et la France à l'ouest, et l'URSS à l'est.
- La Pologne annexe des territoires allemands à l'ouest. L'URSS annexe les pays Baltes, une partie de la Finlande, de la Pologne, de la Roumanie. La Yougoslavie étend son territoire aux dépens de l'Italie.

## 4 UN NOUVEL ORDRE MONDIAL

### a Le système monétaire international

- En juillet 1944, à Bretton Woods, 44 pays créent un nouveau système monétaire international. Il repose sur l'or, mais aussi sur le dollar, qui devient une devise-clé. Un Fonds monétaire international (FMI) est aussi créé, pour stabiliser les monnaies les unes par rapport aux autres. Une Banque internationale pour la reconstruction et le développement (BIRD) finance la reconstruction des États-membres.

### b Un monde dominé par deux grandes puissances

- La situation des États-Unis explique cette suprématie du dollar. Ils possèdent 75 % de l'or mondial et dominent le commerce international. Ils ont fourni des marchandises à tous les pays en guerre et n'ont connu aucune destruction sur leur sol.
- L'URSS demeure une puissance militaire et politique. L'influence des partis communistes dans de nombreux pays s'est développée pendant la guerre. Moscou reste le phare du communisme international.

# Les crimes nazis : de la persécution au génocide

À revoir
OK

10

**• Hitler applique à l'ensemble des territoires occupés par l'Allemagne durant la Seconde Guerre mondiale ses projets idéologiques pour affirmer la supériorité de la « race aryenne » et utiliser au profit de l'Allemagne une grande zone économique.**

## 1 LA MISE EN PLACE D'UN ORDRE NOUVEAU

### a Le projet idéologique nazi

- Reposant sur le livre d'Hitler, *Mein Kampf*, et sur la théorie de l'espace vital nécessaire à la croissance de l'Allemagne, les nazis classent les populations européennes.
- Certaines doivent disparaitre comme les Juifs ou les Tziganes, d'autres sont réduites en esclavage comme les Slaves (3 millions à l'est). Quelques groupes comme les Scandinaves peuvent être associés à la grande Allemagne.

### b L'Europe occupée

- Les premières actions ont lieu dès 1941 et en Allemagne avec l'extermination des malades mentaux, des handicapés et de groupes qualifiés d'asociaux par les nazis.
- Parallèlement, les opposants sont également traqués et déportés dans des camps, puis ce sont les prisonniers de guerre soviétiques. Ces camps, par les conditions de vie et le travail forcé imposés aux détenus, engendrent de fortes mortalités.
- Les ressources et la main-d'œuvre utilisables dans des États occupés comme la Pologne sont réquisitionnées et les ghettos dans les grandes villes comme Varsovie condamnent la population juive à une mort lente.

### c La solution finale

- La stratégie globale des nazis se construit alors que la guerre d'anéantissement contre l'URSS dès juin 1941 s'accompagne le long du front est de fusillades de masse.
- Près de 1 million de Juifs sont ainsi exécutés en URSS. Mais aussi en Pologne et dans les États baltes.
- En janvier 1942, la conférence de Wannsee lance la « solution finale » c'est-à-dire la décision secrète d'anéantir la communauté juive d'Europe.

## 2 CONCENTRATION ET EXTERMINATION

### a L'univers concentrationnaire

- Construits dès 1933 (Dachau) les camps de concentration sont d'abord ouverts pour les Juifs, les opposants politiques, les homosexuels ou les condamnés de droit commun. L'utilisation dès 1942 des chambres à gaz montre le passage à une extermination industrielle et des déportés arrivent par train de toute l'Europe et surtout des ghettos progressivement détruits.
- Les plus grands camps comme Auschwitz-Birkenau sont aussi des camps d'extermination et de travail où s'installent les grandes entreprises allemandes.

### b Les camps d'extermination

- 6 millions de Juifs et 200 000 Tziganes sont exécutés dans ces camps. Leur existence reste secrète et Himmler ordonne en 1944 de détruire les chambres à gaz et les fours crématoires pour ne pas laisser de traces. Malgré tout, de nombreux Juifs sont au courant et, en avril 1943, ils résistent, comme dans le ghetto de Varsovie, à l'annonce de la déportation des derniers habitants. De même, dans le camp de Sobibor, les déportés se soulèvent. Certains participent à des mouvements de résistance et à des sabotages contre l'occupant.

## 3 LA CONDAMNATION DES CRIMES NAZIS

### a La libération des camps

- Les alliés ayant donné la priorité aux opérations militaires, ils ne tentent pas d'interrompre le génocide en cours. Les soldats alliés découvrent l'horreur des camps en libérant les territoires occupés et en entrant sur le territoire allemand. À l'ouest, les Américains et les Britanniques vont obliger les populations allemandes à visiter les camps ou à voir des films d'archives sur l'univers concentrationnaire, comme ce que réalise le général Patton à Buchenwald.

### b Le procès de Nuremberg

- Du 18 octobre 1945 au 1er octobre 1946, les alliés jugent à Nuremberg les grands dirigeants du régime nazi. Pour la première fois, les mots de génocide et de « crime contre l'humanité » sont utilisés. Les trois grandes puissances affirment également la responsabilité du peuple allemand qui doit être rééduqué et dénazifié. C'est dans la zone soviétique que cette dénazification est la plus brutale.
- Toutefois, beaucoup de nazis prennent la fuite, d'autres ne sont pas poursuivis et l'intérêt des médias retombe après le procès.
- Dans un nouveau contexte de guerre froide, la réconciliation avec l'Allemagne devient prioritaire.

# La France sous l'occupation et le régime de Vichy

- À revoir
- OK

11

**• L'armistice de juin 1940 consacre la défaite de la France et la fin de la IIIe République. Un régime autoritaire est mis en place et choisit de collaborer avec les Allemands.**

## 1 LA DÉFAITE ET LA FIN DE LA IIIe RÉPUBLIQUE

### a La fin de la IIIe République

• Le 10 mai 1940, l'armée allemande lance une offensive éclair contre la Belgique, la Hollande et la France. Paris est occupée dès le 14 juin tandis que 8 millions de civils partent sur les routes de France bombardées par l'aviation allemande. L'Italie à son tour déclare la guerre à la France le 10 juin.

### b La Révolution nationale

• Le gouvernement français est très divisé et le président du Conseil Paul Reynaud démissionne le 16 juin et fait appel à un homme providentiel, le maréchal Pétain, héros de la bataille de Verdun en 1916. Les députés désorientés donnent les pleins pouvoirs au Maréchal pour faire une nouvelle Constitution.

• Pétain juge la situation militaire irréversible et décide de demander l'armistice qui est signé le 22 juin 1940 et coupe le pays en deux par une ligne de démarcation. La zone nord est occupée, l'Alsace-Lorraine est annexée par l'Allemagne. Au sud, s'organise « l'État français », dirigé par le maréchal Pétain et installé en zone libre à Vichy.

• En ce qui concerne la place de la France dans la guerre, deux visions s'opposent, celle de Pétain et celle du général de Gaulle qui s'adresse aux Français par le discours du 18 juin 1940 et les incite à poursuivre le combat. Il répond ainsi depuis Londres au discours de Pétain qui prépare les Français à la collaboration avec l'Allemagne.

## 2 LE RÉGIME DE VICHY

### a La mise en place du régime

• Le 10 juillet 1940, Pétain met fin à la IIIe République et pose le lendemain les bases d'un nouveau régime. Le chef de l'État concentre le pouvoir exécutif et législatif, les assemblées doivent être convoquées par Pétain. Il s'agit donc d'un régime autoritaire qui rompt avec la démocratie et la république.

### b Le régime politique de la France de Vichy

- La devise du nouveau régime est « Travail, famille, patrie » et la défaite est largement attribuée au déclin des valeurs traditionnelles de la France et à la IIIe République. Le maréchal Pétain apparait comme un sauveur et un culte de la personnalité se construit autour de lui. La **propagande** du régime dénonce les Juifs, les immigrés et les communistes.

### c Réaction et exclusion

- La réaction se réalise d'abord contre les partis politiques traditionnels et contre les syndicats, le droit de grève disparait, et en 1942, des hommes de premier plan de la IIIe République sont traduits en justice comme Blum et Daladier. Ils sont jugés responsables de la défaite.
Deux statuts des Juifs sont adoptés en 1940 et 1941. La politique de collaboration du régime va les livrer aux Allemands.

## 3 LA COLLABORATION DU RÉGIME DE VICHY

### a La France soumise à l'Allemagne

- Dans la France occupée au nord de la ligne de démarcation, les Allemands mutiplient les arrestations, traquent les Juifs et les résistants. Partout, les réquisitions allemandes et la limitation des échanges rendent le ravitaillement difficile et les Français souffrent de la pénurie alimentaire. Le **marché noir** (commerce clandestin) se développe.

- La collaboration commence le 24 octobre 1940 lorsque Pétain rencontre Hitler à Montoire. Les autorités françaises vont être poussées à des concessions de plus en plus nombreuses, espérant obtenir un allègement des conditions difficiles imposées par l'occupant et une libération des prisonniers de guerre.

### b L'évolution de la politique de collaboration

- La collaboration se présente d'abord comme une collaboration d'État, ainsi les rafles du 16 et 17 juillet 1942, qui conduisent 13 000 personnes au Vél'd'Hiv (Vélodrome d'hiver), sont encadrées par la police française. Au total, 75 000 Juifs sont déportés depuis la France.

- La collaboration est aussi l'œuvre de Français proches idéologiquement des nazis. La milice française torture et assassine les résistants, d'autres iront combattre avec l'armée allemande.

- Toutefois, cette collaboration connaît un tournant le 11 novembre 1942 avec l'invasion de la zone libre qui enlève au gouvernement de Vichy l'argument du maintien d'une souveraineté nationale française dans la zone sud.

# La Résistance et la libération de la France

À revoir
OK

12

**• L'appel du 18 juin 1940 du général de Gaulle invitant à poursuivre le combat est l'acte fondateur de la Résistance face à la collaboration annoncée le 17 juin 1940 par le maréchal Pétain.**

## 1 LA NAISSANCE DE LA RÉSISTANCE

### a Le rôle de de Gaulle

• Le général de Gaulle, ex-sous-secrétaire d'État à la Guerre, semble bien seul lorsqu'il invite depuis Londres les Français à le rejoindre. Il obtient cependant la reconnaissance et l'aide financière du gouvernement britannique. La France libre compte alors 7 000 hommes.

### b Les Forces françaises libres (FFL)

• Les FFL forment une armée autonome qui se différencie de l'armée britannique et qui va combattre aux côtés des alliés, notamment en Afrique du Nord. Cette France libre continue de communiquer avec la métropole par ses émissions de radio et ses premiers réseaux de renseignements clandestins. D'autre part, de Gaulle a rallié à sa cause une partie de l'empire colonial français (l'AEF ou Afrique-Équatoriale française).

### c La Résistance intérieure

• Les débuts de cette Résistance sont marqués par des initiatives spontanées et une faible organisation. En zone occupée, la Résistance apparait plus tôt qu'en zone libre où beaucoup soutiennent encore le régime de Vichy. Progressivement, des groupes se constituent et utilisent les tracts et journaux pour mobiliser l'opinion française. Ils constituent aussi des filières de départ vers la zone libre ou l'Angleterre pour les Juifs ou des aviateurs anglais.

• Il faut attendre mai-juin 1941 et l'attaque de l'URSS par l'Allemagne pour que les communistes s'engagent dans la Résistance.

## 2 L'UNIFICATION DE LA RÉSISTANCE

### a De nouveaux résistants

• L'arrivée des communistes apporte à la Résistance des militants capables d'organiser des sabotages et des attentats contre l'occupant. Début 1943, les travailleurs qui refusent de partir au STO (service travail obligatoire) rejoignent les maquis.

## b Un autre gouvernement français

- Le général de Gaulle a obtenu le ralliement d'une partie de l'empire colonial et, dès le débarquement en Afrique du Nord, il installe le CFLN (Comité français de Libération nationale), une autorité française rivale de Vichy dont la capitale est Alger.

## c L'unité de la Résistance

- De Gaulle décide d'unifier la Résistance intérieure en envoyant Jean Moulin coordonner les différents groupes. Le 27 mai 1943, le Conseil national de la Résistance (CNR) est créé et en 1944 il établit un programme pour refonder la république à la Libération.

# 3 LA LIBÉRATION DU TERRITOIRE

## a Une libération à partir de juin 1944

- Deux débarquements, celui du 6 juin 1944 en Normandie et celui de Provence en août, vont permettre de libérer la France. Paris est à son tour libéré le 24 août grâce aux résistants parisiens et à la deuxième division blindée de Leclerc assistée des forces américaines. La Résistance intérieure a aidé cette libération par des renseignements et des sabotages et une guérilla qui a harcelé les troupes allemandes.

## b Le gouvernement provisoire

- De Gaulle s'installe à Paris dès août 1944 et forme le Gouvernement provisoire de la République française (GPRF). Il fait ainsi de la France une puissance participante à la libération du pays et évite à la France libérée un gouvernement d'occupation dirigé par les alliés.
- La fin de la guerre pose le problème du rôle du CNR et des forces de la Résistance comme le parti communiste dans le nouveau régime politique.
- La question la plus pressante est celle des poursuites contre les responsables de la collaboration dans un pays en reconstruction et aux prises avec des destructions matérielles.

# L'Europe des traités de paix (1920-1924)

## L'Europe en 1945

- Frontières de 1945
- Territoires annexés par les pays bénéficiaires
- ★ Présence militaire soviétique

0 — 500 km

**Pays ayant gagné des territoires :**

- URSS
- Pologne
- Yougoslavie
- Bulgarie

**Zones d'occupation de l'Allemagne et de l'Autriche :**

- soviétique
- américaine
- britannique
- française
- ⊗ Berlin et Vienne divisés en 4 zones d'occupation

# L'EUROPE : 1914-1945

**1 Le conflit de 1914-1918 commence par :**

- ☐ **a.** l'assassinat de l'archiduc héritier François-Ferdinand d'Autriche à Sarajevo.
- ☐ **b.** l'assassinat de Jean Jaurès.
- ☐ **c.** l'invasion de la Belgique par l'Autriche-Hongrie.

**2 Les traités de paix (1919-1924) transforment la carte européenne :**

- ☐ **a.** avec deux alliances, la triple entente et la triple alliance.
- ☐ **b.** en confirmant la victoire des démocraties.
- ☐ **c.** en créant deux grands empires en Europe centrale.

**3 Que sont les sovkhozes ?**

- ☐ **a.** des camps de travail pour les opposants
- ☐ **b.** des plans pour les productions industrielles
- ☐ **c.** des exploitations agricoles collectivisées

**4 Le régime hitlérien s'appuie sur :**

- ☐ **a.** une politique économique libérale.
- ☐ **b.** un racisme d'état anti-aryen.
- ☐ **c.** une police secrète : la Gestapo.

**5 Les lois sociales de la France du Front populaire sont :**

- ☐ **a.** la semaine de travail à 50 heures.
- ☐ **b.** une baisse générale des salaires.
- ☐ **c.** les premiers congés payés.

**6 La seconde guerre mondiale se mondialise :**

- ☐ **a.** avec l'entrée en guerre des USA en décembre 1941.
- ☐ **b.** avec un nouveau champ de guerre en Afrique centrale.
- ☐ **c.** avec l'attaque de l'Allemagne par l'URSS en juin 1941.

**7 En 1945, les conférences de paix :**

- ☐ **a.** règlent le sort de l'URSS.
- ☐ **b.** créent l'ONU pour remplacer la SDN.
- ☐ **c.** établissent un nouveau système monétaire fondé sur l'or.

**8 Durant la Seconde Guerre mondiale, la France est :**

- ☐ **a.** divisée en deux par une ligne de démarcation.
- ☐ **b.** dirigée au nord par le maréchal Pétain.
- ☐ **c.** dirigée au sud par le général de Gaulle.

Corrigés au verso

## Corrigés

**1** > **a.** Le neveu de l'empereur d'Autriche-Hongrie est assassiné le 28 juin 1914 par des Serbes. Le 28 juillet, l'Autriche-Hongrie envahit la Serbie provoquant l'engrenage des alliances et le premier conflit mondial.

Voir **Fiche 1**

**2** > **b.** Les trois démocraties qui ont supporté le poids de la Première Guerre mondiale sont le Royaume-Uni, la France et les USA (entrés en guerre en 1917).

Voir **Fiche 3**

**3** > **c.** Les sovkhozes sont des fermes d'état regroupant les paysans dans le cadre de l'appropriation des moyens de production par l'état stalinien.

Voir **Fiche 4**

**4** > **c.** Police politique créée en 1933, la Gestapo est un des outils de répression du régime nazi chargé plus particulièrement de traquer les opposants.

Voir **Fiche 6**

**5** > **c.** Le Front populaire, coalition électorale de gauche, gagne les élections en 1936 et accorde des congés payés de 15 jours aux salariés.

Voir **Fiche 7**

**6** > **a.** Le 7 décembre 1941, la base navale américaine de Pearl Harbor est attaquée par les forces aéronavales japonaises alliées de l'Italie fasciste et de l'Allemagne nazie. L'entrée en guerre des USA le 8 décembre 1941 mondialise le conflit.

Voir **Fiche 8**

**7** > **b.** La charte des Nations unies est signée le 26 juin 1945 à San Francisco. Les états membres s'engagent à unir leurs forces pour maintenir la paix et la sécurité internationale. L'ONU est dotée de moyens qui manquaient à la SDN, et a une dimension plus universelle.

Voir **Fiche 9**

**8** > **a.** L'armistice signé le 22 juin 1940 coupe la France en deux grandes zones, au nord la zone occupée par les Allemands, au sud la zone dite « libre » gouvernée par le maréchal Pétain et deux régions plus petites sont annexées comme l'Alsace-Lorraine ou sous contrôle militaire comme le Nord. Cette ligne de démarcation disparait avec l'invasion le 11 novembre 1942 par les Allemands et les Italiens de la zone sud

Voir **Fiche 11**

# La guerre froide : 1947-1962

À revoir
OK

13

**À partir de 1947, les États-Unis et l'URSS s'opposent, mais jamais directement : il s'ensuit une série de crises plus ou moins graves.**

## 1 LA FIN DE LA GRANDE ALLIANCE : LA RUPTURE (1947)

Dans l'Europe de 1947, les populations vivent difficilement. Au plan politique, si les institutions libres ont été recréées à l'Ouest, des gouvernements communistes s'installent à l'Est.

- Les Américains proposent, en juin 1947, le plan Marshall, aide matérielle et financière pour relever les pays européens. Seize pays l'acceptent, l'URSS et les pays d'Europe de l'Est le refusent. En septembre 1947, un organisme réunit les partis communistes européens (Kominform). Les États-Unis et leurs alliés s'opposent à l'URSS et à l'Europe de l'Est : le monde est divisé en deux blocs rivaux.
- Le bloc américain réunit les pays de démocratie libérale. Ceux qui ont accepté le plan Marshall forment l'Organisation européenne de coopération économique. Les États-Unis signent de nombreuses alliances militaires. Ils unissent les pays occidentaux dans une organisation militaire défensive : l'**OTAN**.
- Le bloc soviétique est constitué des pays d'Europe de l'Est prosoviétiques : les démocraties populaires. La Tchécoslovaquie et la Hongrie le rejoignent en 1948. Ces pays ont une économie planifiée et un parti unique, comme en URSS. Ils signent des accords militaires avec l'URSS (pacte de Varsovie) et nouent entre eux des liens économiques (CAEM : Conseil d'assistance économique mutuelle).

## 2 DES CRISES AIGUËS (1948-1953)

Les deux blocs s'affrontent indirectement au cours de plusieurs crises.

### a En Europe

- En Tchécoslovaquie, les communistes prennent le pouvoir en 1948 : c'est le « coup de Prague ».
- À l'ouest de l'Allemagne, les Occidentaux prévoient de rétablir un État indépendant. Staline proteste : il bloque l'accès de Berlin-Ouest qui n'est plus ravitaillé que par un pont aérien mis en place par les États-Unis (1948-1949). Le blocus est levé en 1949. L'Allemagne se divise en deux États : la RFA, démocratie libérale, à l'ouest, et la RDA, démocratie populaire, à l'est.

### b En Asie

- Depuis 1946, la guerre d'Indochine oppose la France aux révoltés indochinois soutenus par l'URSS.
- En 1949, les communistes de Mao Zedong prennent le pouvoir en Chine.
- Dès 1945, la Corée se coupe en deux États : le Nord, prosoviétique, et le Sud, pro-occidental. En 1950, le Nord envahit le Sud. Les États-Unis interviennent et occupent le Nord. La guerre se termine en 1953 par un retour au *statu quo*.

### c Au Moyen-Orient

- Cette région est peuplée d'Arabes et de nombreuses minorités. Les Juifs installés en Palestine après 1919 demandent la création d'un État juif (Israël). L'ONU divise le pays en deux États, l'un juif, l'autre arabe (1947).
- Les pays arabes voisins, en désaccord, attaquent Israël qui a proclamé son indépendance en 1948. Après la victoire d'Israël soutenu par les États-Unis, les Palestiniens émigrent vers les pays voisins.

## 3 UNE PÉRIODE DE DÉTENTE (1953-1962) (carte page 131)

### a La mort de Staline et ses conséquences

- Après la mort de Staline, l'URSS et les États-Unis adoptent une attitude moins agressive. Ils possèdent désormais la bombe H : des tensions peuvent conduire à une guerre atomique.
- En URSS, Khrouchtchev dénonce les crimes de Staline au XXe congrès du Parti communiste soviétique (1956). Il admet une coexistence pacifique entre les deux blocs.
- En Pologne et en Hongrie, des manifestants obtiennent le départ des dirigeants staliniens. Mais la Hongrie veut quitter le pacte de Varsovie. L'URSS refuse et écrase la révolte dans le sang. Les États-Unis protestent, mais n'interviennent pas.

### b Les dernières crises : Berlin et Cuba

- En août 1961, la RDA sépare par un mur les deux parties de Berlin, pour empêcher la fuite en RFA des Allemands de l'Est.
- En 1962, à Cuba, Fidel Castro, allié de l'URSS, accepte sur son sol des missiles nucléaires soviétiques. Le Président américain Kennedy proteste et contraint l'URSS à retirer ses armes.
- Moscou et Washington font alors installer une ligne Télex entre les deux capitales : le téléphone rouge. Un dialogue peut désormais s'instaurer.

## Le monde à la fin des années 1950 : un monde bipolaire

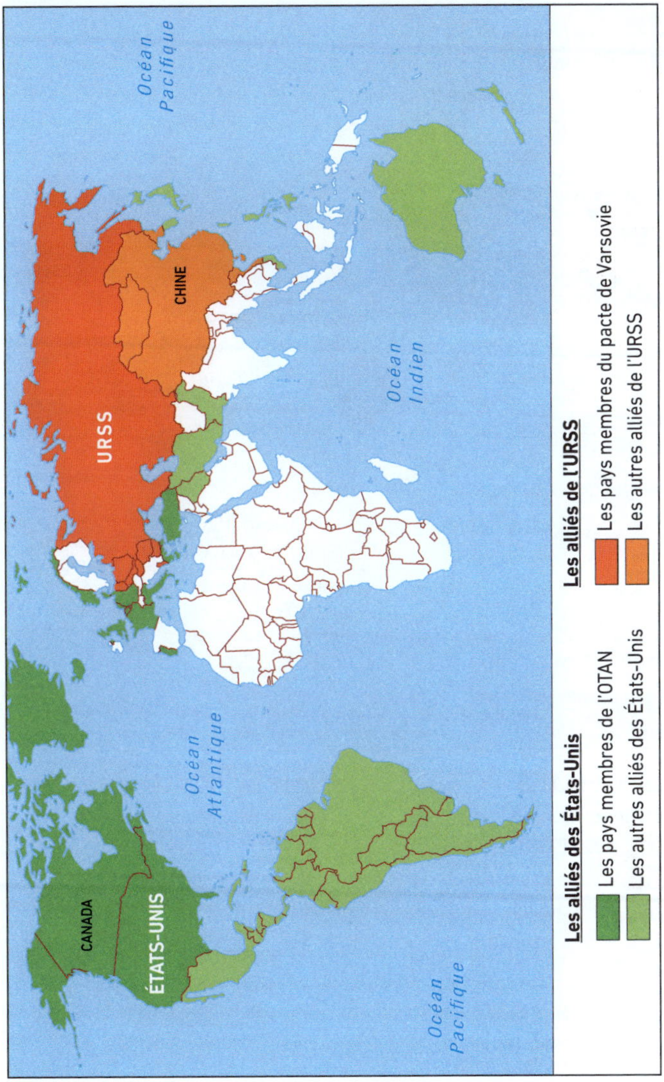

# La décolonisation : l'exemple de l'Afrique

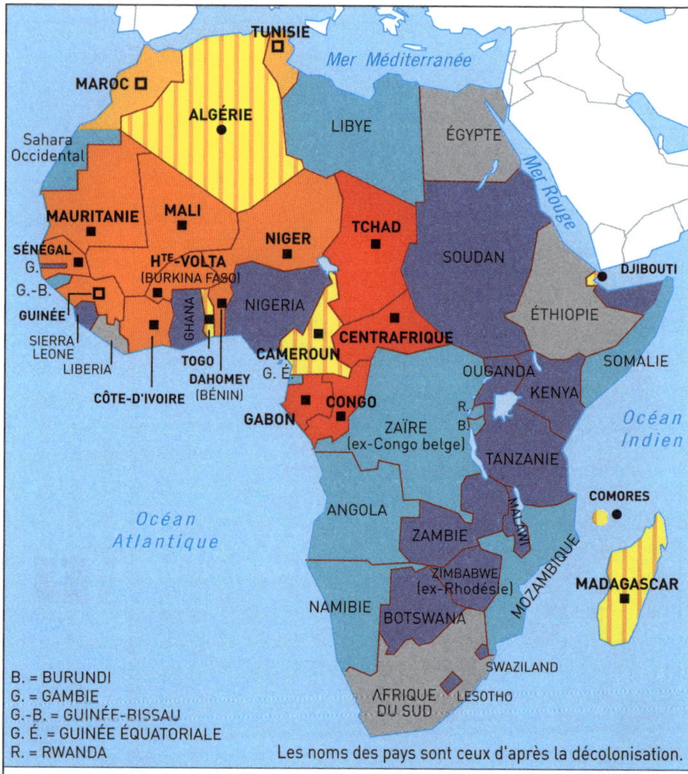


**L'Afrique en 1945**

**Territoires français :**

- Afrique-Occidentale française
- Afrique-Équatoriale française
- Protectorats
- Autres territoires

**Autres puissances coloniales :**

- Territoires britanniques
- Territoires des autres puissances coloniales
- Pays indépendants en 1945

**La décolonisation de l'Afrique française**

- □ Indépendance acquise avant 1960
- ■ Indépendance acquise en 1960
- ● Indépendance acquise après 1960
- — Frontières des États africains à la fin des années 1960

0 — 1 000 km

# La décolonisation

À revoir
OK

14

**• Après la guerre de 1939-1945, les empires coloniaux s'effondrent en quelques années. Cette décolonisation s'effectue par étapes : elle débute en Asie, puis s'étend à l'Afrique.**

## 1 ORIGINES ET CHRONOLOGIE DE LA DÉCOLONISATION

### a Des causes liées à la guerre

• Les pays colonisés profitent de l'affaiblissement des Européens pour revendiquer leur indépendance.

• Les puissances coloniales ont été ruinées par la guerre. Elles ont fait appel à leurs colonies pour se procurer des troupes ou des matières premières. Les colonies ont donc participé à la victoire et souhaitent profiter de cet avantage.

• Les élites indigènes, classes dirigeantes à la tête des mouvements nationalistes, veulent retrouver leur culture et leur liberté, et critiquent les métropoles.

• Les États-Unis, anciennes colonies britanniques, et l'URSS, pour qui le colonialisme constitue la marque de l'impérialisme, sont partisans d'une décolonisation.

• Les organisations internationales, dont l'ONU, proclament l'égalité des peuples et leur droit à disposer d'eux-mêmes. Les premiers États indépendants apportent leur soutien aux pays encore colonisés.

### b La chronologie des indépendances

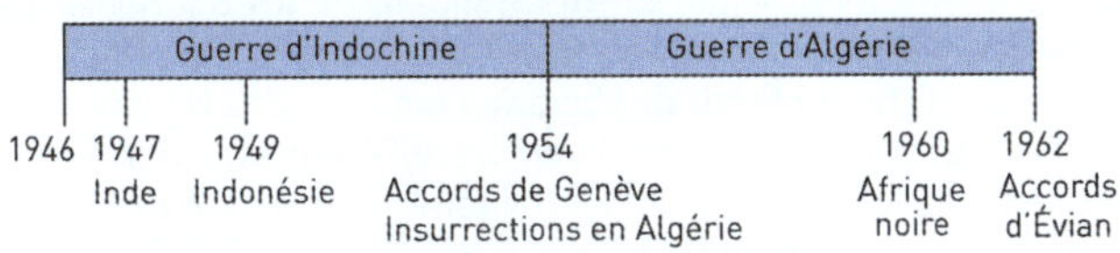


## 2 LA FIN DES COLONIES BRITANNIQUES : L'EXEMPLE DE L'INDE

### a L'initiative britannique

• L'Inde britannique est considérée comme le « joyau de l'Empire ». Mais, dès les années 1880, apparaissent les premières manifestations nationalistes. Après 1918, ces mouvements s'amplifient : Gandhi réclame l'autonomie de son pays, mais avec des moyens pacifiques.

- L'Inde est divisée en deux communautés : les hindous et les musulmans. Gandhi (hindouiste) est partisan du maintien de l'unité entre les deux communautés, mais les musulmans y sont opposés. En 1947, la Grande-Bretagne accorde finalement l'indépendance à l'Inde et la divise en deux États : l'Union indienne, hindouiste, et le Pakistan, musulman.

### b Les conséquences de la décolonisation

- Peu à peu, à la suite de conflits ou de négociations, les pays d'Europe accordent la liberté aux territoires asiatiques. L'Indonésie est libérée en 1949 et la guerre d'Indochine se termine en 1954. À la fin des années 1950, la décolonisation de l'Asie est pratiquement achevée.

## 3 LA FIN DES COLONIES FRANÇAISES D'AFRIQUE (carte page 132)

La décolonisation de l'Afrique est plus tardive et revêt deux formes.

### a La décolonisation pacifique

- La Tunisie et le Maroc, protectorats français, acquièrent leur indépendance en 1956 par la négociation. La IVe République prépare l'accès à l'autonomie des territoires d'Afrique noire par des lois (1956) qui accordent aux différents territoires des Assemblées élues. En 1958, de Gaulle propose aux colonies de devenir autonomes au sein d'une communauté française. En 1960, ces colonies demandent et obtiennent leur indépendance.

### b La décolonisation violente

- L'Algérie représente trois départements français, où les 8,7 millions de musulmans n'ont pas les mêmes droits que les 984 000 Européens. Dès 1945, des émeutes éclatent. Les nationalistes du Front de libération nationale (FLN), qui réclament l'indépendance du pays, organisent le 1er novembre 1954 une série d'attentats : c'est le début de la guerre d'Algérie. En 1956, les militaires français sont envoyés sur place. Assassinats et tortures se multiplient.

- En 1958, de Gaulle envisage d'abord de conserver l'Algérie en France, puis, devant la détermination du FLN, il propose l'autonomie, qui est refusée. La situation semble alors bloquée. Les combats s'intensifient. En 1961, la France engage avec le FLN des négociations qui aboutissent en 1962 aux accords d'Évian : l'Algérie obtient son indépendance. Un million d'Européens résidant en Algérie regagnent la France.

# De la détente à la fin de la guerre froide : 1962-1991

À revoir
OK

15

**• À partir de 1963, les deux grands veulent limiter la course aux armements, chacun d'eux connaissant des difficultés internes. Cependant, des guerres locales se poursuivent. Entre 1989 et 1991, l'effondrement de l'URSS marque la fin de la guerre froide.**

## 1 LA COEXISTENCE PACIFIQUE

### a Désarmement et détente

• Les États-Unis et l'URSS signent les accords SALT (Strategic Arms Limitation Talks) à Moscou pour limiter les dépenses d'armement.

• En Europe, les accords d'Helsinki signés en 1975 confirment les frontières européennes nées de la Seconde Guerre mondiale et garantissent le respect des droits de l'homme.

### b Difficultés internes des deux blocs

• À l'ouest, les États-Unis se heurtent à de Gaulle. La France quitte l'OTAN en 1966.

• À l'Est, la déstalinisation est contestée par la Chine de Mao Zedong. L'URSS et la Chine rompent leurs relations en 1963. En Pologne et en Tchécoslovaquie (1968, le printemps de Prague), les mouvements contestataires sont réprimés par les troupes du pacte de Varsovie.

### c Persistance des conflits régionaux

• Au Vietnam, les États-Unis interviennent militairement contre le Nord, mais en 1973, le Président Nixon signe les accords de Paris et retire ses troupes.

• Au Moyen-Orient, Israël s'oppose à ses voisins arabes (guerre des Six-Jours, en 1967, et guerre du Kippour, en 1973), et les Palestiniens se tournent vers l'Organisation de libération de la Palestine de Yasser Arafat (OLP créée en 1964).

## 2 DE NOUVELLES TENSIONS

Au milieu des années 1970, les relations se tendent de nouveau entre les deux grands.

### a L'URSS étend son influence

• En Afrique, l'URSS appuie politiquement et économiquement les gouvernements marxistes (l'Angola, le Mozambique et l'Éthiopie).

• En Amérique, elle finance des groupes révolutionnaires et intervient militairement en Afghanistan pour maintenir le régime communiste.

### b La riposte des États-Unis

- Dès 1980 et la présidence de Reagan, les États-Unis contre-attaquent en Afrique et en Amérique latine.

- En Europe, en réponse aux fusées SS 20 soviétiques, les États-Unis installent en 1983 des fusées Pershing en Europe occidentale.

### c Les conflits du Moyen-Orient

- En Iran, l'ayatollah Khomeiny instaure une république islamique et l'Irak attaque l'Iran, la guerre dure près de dix ans (1980-1988). Au Liban, la guerre civile éclate entre chrétiens et musulmans, tandis que la Syrie occupe le nord du pays et qu'Israël fait des incursions militaires au sud.

## 3 L'EFFONDREMENT DE L'URSS

### a Une nouvelle situation internationale

- En 1985, Mikhaïl Gorbatchev arrive au pouvoir en URSS, il envisage des réformes politiques pour démocratiser l'URSS (glasnost) et des réformes économiques (perestroïka).

- Certains conflits se terminent : les troupes soviétiques quittent l'Afghanistan (1988), l'Irak et l'Iran signent un cessez-le-feu (1988) et le Vietnam évacue le Cambodge en 1989.

### b Une crise profonde en URSS

- Les réformes économiques échouent. Les républiques proclament leur indépendance. En 1991, Gorbatchev démissionne et l'URSS laisse place à la CEI (Communauté des États indépendants) dont les membres ne sont unis que par des liens économiques.

### c La chute des régimes communistes de l'Europe de l'Est

- Le mur de Berlin est ouvert en novembre 1989 et l'Allemagne est réunifiée en 1990.

- Le pacte de Varsovie est dissous. À partir de 1990, les anciennes démocraties populaires souhaitent adopter des économies libérales. Le CAEM qui unissait économiquement ces pays à l'URSS est supprimé en 1991 mais les difficultés économiques restent importantes.

- Des conflits ethniques réapparaissent, en Yougoslavie, les Serbes majoritaires s'opposent à partir de 1991 aux diverses républiques qui composaient le pays, entrainant plusieurs conflits armés. Six États sont issus de cette division.

# Le monde depuis les années 1990

À revoir
OK

16

**En décembre 1991, l'effondrement de l'URSS fait des États-Unis une superpuissance qui organise un nouvel ordre mondial mais, en moins de dix ans, les réalités internationales vont mener à un véritable désordre mondial.**

## 1 UN NOUVEL ORDRE MONDIAL

### a La fin de l'URSS

- À la fin de 1991, les ex-démocraties populaires rejettent la tutelle soviétique. L'URSS disparait et onze républiques forment la Communauté des États indépendants (CEI). L'islamisme gagne chez les populations musulmanes de Russie.
- En 1991, la Russie réprime la tentative d'indépendance des Tchétchènes. La Russie n'est plus alors qu'une puissance régionale mais elle conserve un important arsenal nucléaire.

### b L'hyperpuissance américaine et le Moyen-Orient

- Dans les années 1990, les États-Unis s'imposent comme la seule puissance, leur supériorité est d'abord militaire mais également économique et culturelle.
- Lors de l'invasion du Koweit par l'Irak durant l'été 1990, les États-Unis interviennent avec l'accord de l'ONU à la tête d'une vaste coalition. La guerre du Golfe débute en janvier 1991 et mène l'Irak à la défaite. Les États-Unis interviennent aussi sur le plan diplomatique pour un rapprochement israélo-palestinien.

## 2 UN NOUVEAU DÉSORDRE MONDIAL

### a Les guerres civiles

- Les revendications ethniques, religieuses ou nationales sont une source majeure d'instabilité après 1991. Les conflits se déplacent à l'intérieur des États – par exemple entre 1992 et 1995 où la fin de l'ex-Yougoslavie provoque une guerre civile et l'intervention de l'ONU, des États-Unis et de l'Union européenne. L'Afrique subsaharienne traverse de nombreuses crises, la plus importante se termine par le génocide de 1994 au Rwanda (800 000 morts).

## b Le terrorisme

• À la fin du XX$^e$ siècle, une nouvelle menace apparait : le terrorisme, utilisant des réseaux, peut frapper partout dans le monde. Des groupes islamistes ont recours à la violence armée comme Al-Qaïda, organisation dirigée par Oussama ben Laden.

• Cette organisation frappe le 11 septembre 2001 le Pentagone à Washington et les tours du World Trade Center à New York. Les États-Unis découvrent alors qu'ils devront affronter la menace terroriste sur leur territoire même. Cet évènement mondial est un tournant dans la politique extérieure américaine. Ils s'engagent dans la lutte avec des opérations militaires en Afghanistan (octobre 2001 contre le régime islamiste des talibans) et en Irak (mars 2003 contre le régime de Saddam Hussein).

# 3 UN MONDE INSTABLE

## a L'évolution du terrorisme

• Les guerres menées par les États-Unis n'ont pas fait disparaitre le terrorisme, des attentats spectaculaires ont même frappé l'Occident, comme en 2004 à Madrid ou en 2015 à Paris.

• L'État américain s'engage dans des guerres à l'issue incertaine, par exemple en Irak ou en Afghanistan. Le dialogue reste difficile avec certains États – la Corée du Nord ou l'Iran.

## b La question du Moyen-Orient

• Au Moyen-Orient, le conflit israélo-palestinien se poursuit et, à partir de 2000, reprend avec la deuxième Intifada et la multiplication des attentats. Cette situation amène en 2002 Israël à construire **une clôture de sécurité** le long de la Cisjordanie. La paix semble de plus en plus difficile entre Israéliens et Palestiniens.

## c Les nouvelles puissances d'un monde multipolaire

• Après 1991, l'ONU semble renaitre, elle multiplie les actions en faveur du désarmement et crée des tribunaux internationaux et une Cour pénale internationale en 1998.

• Les États-Unis doivent faire face à de nouveaux concurrents. Les pays émergents – par exemple la Chine, le Brésil et l'Inde – deviennent aussi des puissances incontournables. Le Japon et l'Union européenne tentent de s'imposer face aux États-Unis et se font entendre au cours du G8 et du G20. On assiste donc au passage à un monde multipolaire.

# La construction européenne jusqu'en 2000

À revoir
OK

17

**• Les courants idéologiques issus de la Résistance s'appuient sur l'idée ancienne d'une Europe unie. Toutefois, après 1947, cette construction se réalise dans un contexte international de guerre froide. Les principales étapes de la construction de l'Union auront lieu entre 1950 et les années 2000.**

## 1 LES DÉBUTS DE LA CONSTRUCTION EUROPÉENNE

### a Un contexte favorable

• À la fin de la Seconde Guerre mondiale, des courants issus de la Résistance, comme la démocratie chrétienne, travaillent à l'union de l'Europe, mais cette union ne s'adresse qu'aux États d'Europe occidentale.
• Cette Europe détruite par la guerre est à la recherche d'un développement économique. L'aide donnée par les Américains (plan Marshall, juin 1947) sera limitée dans le temps. Les États-Unis poussent d'ailleurs les pays d'Europe occidentale à s'unir (OECE).

### b Des idées différentes

• Les Européens ont des positions très différentes face à la politique américaine, certains sont favorables à une alliance avec les États-Unis et l'OTAN et sont inquiets devant la poussée des régimes communistes. D'autres veulent une Europe des États respectant les souverainetés nationales, cette position est incarnée par de Gaulle.

### c Des débuts difficiles

• En mai 1949, dix pays créent une première coopération : le Conseil de l'Europe. Toutefois, c'est le rapprochement franco-allemand qui permet en 1951 la création de la Communauté européenne du charbon et de l'acier (CECA), ainsi six pays mettent en commun leurs productions.
• Si les accords se réalisent sur des ententes économiques, ils échouent dès qu'il s'agit de s'entendre sur une armée européenne.

## 2 LA COMMUNAUTÉ ÉCONOMIQUE EUROPÉENNE

### a Le traité de Rome

• En mars 1957, le traité de Rome crée la Communauté économique européenne (CEE). Les six membres de la CECA forment alors une coopération économique et abolissent les barrières douanières.

• L'ensemble est complété par une communauté européenne de l'énergie atomique.

## b Les étapes de l'élargissement

- Après 1960, de nombreux États candidats sont attirés par la croissance économique de la CEE. Dès 1973, le Royaume-Uni, l'Irlande et le Danemark adhérent, puis, après de longues années de dictature, trois pays méditerranéens : la Grèce, en 1981, l'Espagne et le Portugal, en 1986.

## c Les institutions européennes

- Dans les années 1970, les institutions européennes se transforment avec un Conseil, une Commission et un Parlement élu en 1979 au suffrage universel direct.
- En 1985, l'accord de Schengen permet la libre circulation des personnes au sein de la communauté.

# 3 L'UNION EUROPÉENNE DEPUIS 1989

## a Un nouveau contexte

- L'explosion du bloc communiste de l'Est permet dorénavant aux États libérés de l'emprise de Moscou de se tourner vers l'Union européenne. Celle-ci est inquiète devant les mouvements nationalistes, l'agitation et les guerres civiles que connaissent ces États. D'autre part, elle cherche également à s'affirmer sur la scène internationale face à son allié américain.

## b La poursuite de l'élargissement

- Dans les années 1990, l'Allemagne se réunifie et l'ex-RDA entre dans l'Union, celle-ci poursuivant son élargissement. En 1995, elle passe à 15 États, en 2004, 10 nouveaux États sont intégrés – 8 sont d'anciennes démocraties populaires de l'Est. La Bulgarie et la Roumanie entrent dans l'Union européenne en 2007, et la Croatie, en 2012.

## c Le passage à l'Union européenne

- Le 7 février 1992, le traité de Maastricht transforme la CEE en Union européenne et crée une citoyenneté européenne. Il prévoit l'intégration économique des pays membres et une monnaie unique, l'euro, gérée par la Banque centrale. L'euro est adopté par douze États européens en 2002.

## d La réforme des institutions

- La refonte des institutions européennes apparait nécessaire pour renforcer la cohésion avec des États de plus en plus nombreux. Le projet de Constitution européenne rencontre de nombreuses oppositions. Soumis à référendum, il est rejeté par la France et les Pays-Bas en mai et juin 2005.

# La V<sup>e</sup> République

À revoir
OK

18

**• En juin 1958, le général de Gaulle donne à la France des institutions assurant une stabilité politique. La Ve République va connaître des changements de majorité et des cohabitations, des réformes importantes vont également modifier la Constitution.**

## 1 LA RÉPUBLIQUE GAULLIENNE

### a Une Constitution différente

• Le général de Gaulle présente en 1958 une nouvelle Constitution qui renforce le rôle du chef de l'État. Après un référendum victorieux (80 % des voix), il est nommé président de la République avec une majorité à l'Assemblée nationale.

• En 1962, la Constitution est modifiée et le président est élu au suffrage universel.

### b Des problèmes coloniaux en cours de règlement

• La Constitution crée une vaste communauté qui associe la France aux colonies africaines. En 1960, douze États d'Afrique deviennent indépendants et conservent des liens avec la France.

• En Algérie, de Gaulle propose aux Algériens l'autodétermination (droit de choisir leur avenir) en 1959. Après une tentative de coup d'État militaire en avril 1961, les partisans de l'Algérie française fondent un mouvement terroriste, l'OAS (Organisation de l'armée secrète) qui multiplie les attentats.
Les accords d'Évian signés en 1962 prévoient un référendum sur l'indépendance de l'Algérie.

### c Une politique extérieure originale

• De Gaulle quitte l'OTAN en 1966 après avoir doté la France de l'arme nucléaire. Hostile à l'entrée du Royaume-Uni dans le Marché commun, il se rapproche de l'Allemagne. Il lance la coopération avec le tiers-monde et critique la politique étrangère des États-Unis.

## 2 DE LA CRISE DE 1968 À L'APRÈS-DE GAULLE

### a La crise de Mai 1968

• La crise étudiante et la grève générale illimitée obligent le gouvernement à négocier les accords de Grenelle qui prévoient la hausse du SMIG (salaire minimum interprofessionnel garanti) et la semaine de 40 heures.

- C'est aussi une crise politique et, en avril 1969, de Gaulle organise un référendum, la victoire du « non » entraine la démission du président qui mourra en 1970.

### b Une Ve République consolidée

- Le fonctionnement des institutions, en obligeant les forces de droite ou de gauche à se rassembler pour gagner les élections, contribue à la bipolarisation de la vie politique française. Le pouvoir présidentiel fort s'exprime par le recours au référendum (1958 et 1962) et l'utilisation de médias comme la télévision.

### c La Ve République sans de Gaulle

- Georges Pompidou (1969-1974) poursuit l'œuvre de de Gaulle et accepte l'entrée du Royaume-Uni dans la CEE. En 1974, c'est Valéry Giscard d'Estaing qui est élu, il va moderniser la législation ; lois sur l'avortement, majorité à 18 ans, mais dès 1974, la crise économique se fait sentir et l'union de la gauche conduit à l'élection de François Mitterrand en 1981.

## 3 LA RUPTURE DE 1981 : UNE PÉRIODE NOUVELLE DANS L'HISTOIRE DE LA Ve RÉPUBLIQUE

### a La présidence de F. Mitterrand (1981-1995)

- Lors du premier septennat, F. Mitterrand fait adopter la semaine de 39 heures et la cinquième semaine de congés payés, l'abolition de la peine de mort et les lois de décentralisation, mais la crise persiste et en 1986 les élections mènent à une cohabitation entre un Premier ministre de droite, Jacques Chirac, et François Mitterrand. Le second septennat (1988-1995) connaît aussi une cohabitation en 1993 avec Édouard Balladur comme Premier ministre.

### b La présidence de Jacques Chirac (1995-2007)

- En 1995, Jacques Chirac est élu, mais confronté aux grèves déclenchées par sa politique de rigueur, il dissout l'Assemblée et c'est une nouvelle cohabitation entre un président de droite et une majorité de gauche. En septembre 2000, le mandat présidentiel passe à 5 ans. Réélu en 2002 face à Jean-Marie Le Pen avec 82 % des voix, il lance en 2003 la réforme des retraites.

### c La présidence de Nicolas Sarkozy (2007-2012) et de François Hollande depuis 2012

- Élu avec 53 % des voix, Nicolas Sarkozy entame une série de réformes mais se heurte en 2008 à la crise financière et économique mondiale et perd les élections au profit de François Hollande. Les premières lois votées par le nouveau gouvernement sont symboliques, comme le mariage pour tous, mais la situation économique reste préoccupante et la contestation sociale s'amplifie.

# Femmes et hommes dans la société française des années 1950 à 1980

À revoir
OK

19

**• Après 1945, la société française connaît de profondes mutations. Sa population active se féminise, les salariés sont plus nombreux et les immigrés participent à la reconstruction.**

## 1 L'APRÈS-GUERRE : UNE POPULATION EN MUTATION

### a Mutations démographiques et professionnelles

• À la fin de la guerre, les États industriels enregistrent un « baby-boom », cette reprise de la natalité amène en 1968 une jeunesse nombreuse sur le marché du travail et dans les universités.

• Durant les « Trente Glorieuses » (1945-1973), la structure de la population active se modifie avec la baisse du secteur agricole (2 millions d'actifs) et la croissance du secteur tertiaire.

### b L'évolution de la situation des femmes

• Longtemps considérées comme des mineures sous la tutelle de leurs pères ou de leurs maris, les femmes voient leur condition s'améliorer lentement au XIX^e siècle. Dans les années 1950, le travail féminin se développe dans le secteur tertiaire.

• Politiquement, les femmes sont exclues du suffrage universel, certes instauré en 1848, mais réservé aux hommes. En 1944, reconnaissant leur rôle dans la Résistance, le GPRF leur accorde le droit de vote mais elles seront peu présentes dans la vie politique jusqu'aux années 1970.

### c L'appel à l'immigration

• La France fait appel très tôt à l'immigration (2,9 millions en 1931). Ces chiffres varient selon les besoins économiques et en 1945 les immigrants arrivent en masse d'Afrique du Nord et des pays méditerranéens constituant des bidonvilles en région parisienne.

## 2 LES ANNÉES 1960-1970 : REVENDICATIONS ET MUTATIONS

### a La crise de Mai 1968

• Devenus nombreux, les étudiants et les lycéens revendiquent de nouveaux moyens pour l'éducation, ils critiquent également la société de consommation. Cette révolte étudiante va être relayée par les protestations ouvrières contre les rythmes de travail. La grève générale va paralyser le pays en rassemblant plus de 8 millions de Français.

- Le gouvernement tente de réagir : accords de Grenelle entre patrons et syndicats qui prévoient une hausse du SMIG (salaire minimum interprofessionnel garanti) et une diminution du temps de travail (semaine de 40 heures).
- On assiste aussi à l'émergence d'une culture de masse et à une démocratisation culturelle qui se poursuivra d'André Malraux à Jack Lang.

### b Les revendications féministes

- À partir des années 1960, les combats féministes se renouvellent. D'abord axés sur la conquête des droits dans l'éducation ou le travail, les revendications passent dans l'espace public autour de la maitrise de la fécondité avec des mouvements comme le MLF (Mouvement de libération des femmes). Les femmes obtiennent en 1967 la légalisation de la contraception et en 1975, par la loi Veil, la légalisation de l'avortement.

## 3 LES ANNÉES 1970-1980 : UNE NOUVELLE ORIENTATION DES LOIS SOCIALES

### a L'évolution de la législation

- Les lois montrent une société plus soucieuse des individus et notamment des aspirations de sa jeunesse. Ainsi, l'âge de la majorité passe en 1974 à 18 ans. Elles tiennent aussi compte des choix féministes et des changements à l'intérieur des familles.
- Après 1981 et l'élection de F. Mitterrand, l'âge de la retraite est abaissé à 60 ans, la peine de mort est abolie et les sans-papiers sont régularisés.

### b Des problèmes majeurs

- La loi sur la parité votée en 2000 oblige les partis politiques à présenter le même nombre de femmes et d'hommes aux élections. Malgré tout, l'émancipation reste fragile, comme en témoignent les différences de salaires et les violences conjugales.
- Un autre enjeu politique reste l'intégration de descendants de ces immigrés d'après guerre, et après la réduction des flux des années 1980, l'afflux de clandestins provoque une montée de la xénophobie.

Je me teste sur...

# LE MONDE APRÈS 1945

**1 Le plan Marshall de 1947 :**
- ☐ **a.** aide à la reconstruction de l'URSS.
- ☐ **b.** aide à la reconstruction des états européens.
- ☐ **c.** réunit les états communistes européens.

**2 Les crises entre les deux blocs provoquent :**
- ☐ **a.** le blocus de Berlin-Ouest.
- ☐ **b.** la division de l'Allemagne en deux états : RDA à l'ouest, RFA à l'est.
- ☐ **c.** la construction d'un mur par la RFA à Berlin.

**3 Les étapes de l'élargissement européen sont :**
- ☐ **a.** en 1986, l'intégration de trois pays méditerranéens.
- ☐ **b.** en 1995, le passage de 15 à 25 états.
- ☐ **c.** en 1957, la création avec les 6 membres de la CECA.

**4 Durant la guerre froide en Asie :**
- ☐ **a.** les communistes prennent le pouvoir en Chine.
- ☐ **b.** la Corée se réunit en un seul état.
- ☐ **c.** le Royaume-Uni engage l'indépendance de l'Indochine.

**5 En 1953, commence :**
☐ **a.** la coexistence pacifique. ☐ **b.** la détente. ☐ **c.** la fin de la guerre froide.

**6 La dernière crise avant la détente (1963-1970) a lieu :**
☐ **a.** à Cuba. ☐ **b.** en Tchécoslovaquie. ☐ **c.** en Hongrie.

**7 La première colonie britannique décolonisée est :**
☐ **a.** l'Inde. ☐ **b.** l'Indonésie. ☐ **c.** l'Indochine.

**8 L'instabilité du monde depuis 1990 est causée par :**
- ☐ **a.** l'affirmation de la puissance soviétique.
- ☐ **b.** le terrorisme et son évolution.
- ☐ **c.** la construction européenne.

**9 La constitution de 1958 :**
- ☐ **a.** établit un pouvoir législatif fort.
- ☐ **b.** assure une stabilité politique.
- ☐ **c.** permet de signer la paix en Algérie.

**10 La cohabitation dans la Ve république a lieu :**
- ☐ **a.** quand le premier ministre et le président sont dans des partis opposés.
- ☐ **b.** quand un premier ministre n'a pas de majorité au parlement.
- ☐ **c.** quand le premier ministre et le président sont dans le même parti.

Corrigés au verso

## Corrigés

**1** > **b.** Le président des USA, H. Truman, et son secrétaire d'état le général Marshall élaborent un plan d'aide à la reconstruction de l'Europe sinistrée. Rejeté par l'URSS et les pays du bloc de l'Est, il s'inscrit dans la politique « d'endiguement » des USA.

Voir **Fiche 13**

**2** > **a.** En juin 1948, le blocus soviétique bloque les voies d'accès et donc le ravitaillement de Berlin-Ouest. Les américains vont ravitailler par pont aérien cette partie de la ville jusqu'au 12 mai 1949.

Voir **Fiche 13**

**3** > **c.** En 1951, la CECA rassemble 6 États (Allemagne-Belgique-France-Italie-Luxembourg et Pays-Bas) dans un marché commun du charbon et de l'acier. En 1957, le traité de Rome donne naissance à la communauté économique européenne (CEE) avec les mêmes états.

Voir **Fiche 17**

**4** > **a.** La république de Chine est proclamée à Pékin le 1er octobre 1949 après la défaite des troupes nationalistes de Tchang Kai Chek. La Chine entre alors dans le bloc communiste et se rapproche de l'URSS.

Voir **Fiche 13**

**5** > **b.** En 1953, Kroutchev le nouveau dirigeant de l'URSS parle de « coexistence pacifique » entre les deux blocs, ce n'est que la fin de la première phase de la guerre froide qui se poursuit avec crises et tensions.

Voir **Fiche 13**

**6** > **a.** À Cuba, en octobre 1962 commence un affrontement entre URSS et USA autour de l'installation dans l'ile de fusées dotées de missiles nucléaires pouvant atteindre directement le territoire américain. L'affrontement a failli être direct et les deux grands renouent alors le dialogue ; c'est la Détente (1963-1975).

Voir **Fiche 13**

**7** > **a.** En juillet 1947, le parlement britannique vote l'acte d'indépendance indien qui crée deux états indépendants, l'union indienne à majorité hindoue et le Pakistan à majorité musulmane.

Voir **Fiche 14**

**8** > **b.** À la fin de la guerre froide, le monde connaît un nouvel ordre mondial mais aussi beaucoup d'instabilités. Le terrorisme et ses réseaux (Al-Qaïda) organisent des attentats comme celui du 11 septembre 2001 sur le World Trade Center à New York.

Voir **Fiche 16**

**9** > **b.** La constitution de la Ve république met en place un régime semi-présidentiel original avec un exécutif renforcé et une réforme en 1962 permettant d'élire le président au suffrage universel direct.

Voir **Fiche 18**

**10** > **a.** La cohabitation qui se produit dès 1986 dans la Ve république fait coexister un président et un gouvernement (représentant une majorité parlementaire) qui s'opposent.

Voir **Fiche 18**

# Le territoire français sous influence urbaine

À revoir
OK

20

**• Le territoire français est un territoire urbanisé. Ses aires urbaines sont de plus en plus attractives et ses villes sont engagées dans la compétition mondiale.**

## 1 LA PUISSANCE DES VILLES DANS L'ESPACE FRANÇAIS

### a Le passage à une société urbaine

• La population urbaine française représente 80 % de la population globale. Ce mouvement d'urbanisation date de la fin de la Deuxième Guerre mondiale et la société devient majoritairement urbaine après 1975.

• L'INSEE tient compte de ces mutations en créant la catégorie des aires urbaines comprenant les communes dépendant d'un pôle urbain où travaillent 40 % de leurs habitants. Ces espaces regroupent aujourd'hui les 4/5 de la population française.

### b Le rôle des métropoles en France

• Les métropoles françaises concentrent des fonctions de commandement économique, des établissements de formation supérieure et surtout une forte population. Ainsi, dix aires urbaines concentrent un tiers de la population française.

• Mais avec 12 millions d'habitants, la métropole parisienne exerce une domination écrasante et constitue le deuxième pôle d'accueil des investissements étrangers en France. Derrière, les métropoles régionales comme Lyon, Marseille ou Toulouse dominent leurs régions tout en profitant de leurs échanges avec la capitale. Enfin, les villes moyennes entre 30 000 et 200 000 habitants sont des centres de services mais celles qui sont dans la diagonale de faibles densités (voir p. 73) ont moins de dynamisme.

### c Des diversités locales

• À l'échelle régionale, le dynamisme urbain est plus fort à l'ouest et au sud (villes littorales de Bretagne ou de la Côte d'Azur). Les villes situées en périphérie du territoire ou dans des zones frontalières disposent aussi d'atouts de liaison (villes des vallées alpines).

• Elles bénéficient d'activités tertiaires liées au tourisme ou de technopoles (exemple : Grenoble) mais aussi de l'attractivité de leur cadre de vie, notamment pour les retraités.

• Ainsi les métropoles régionales s'intègrent de plus en plus aux réseaux urbains européens.

## 2 LES TRANSFORMATIONS INTERNES DES MÉTROPOLES FRANÇAISES

### a Les mutations des paysages urbains français

- Dans les centres-ville la fonction résidentielle recule face aux activités de service alors qu'elle est dominante dans les espaces périurbains. Ceux-ci sont constitués de pavillons et de lotissements proches des centres des communes rurales.
- Après une longue dégradation, les centres-ville connaissent des réhabilitations utilisant leur patrimoine architectural et attirent des habitants aisés (gentrification).

### b L'étalement spatial des aires urbaines

- Les espaces urbains s'étalent autour des aires urbaines, cela est dû à divers facteurs : prix dissuasifs de l'immobilier dans les centres, attrait de la campagne, goût pour la maison individuelle et facilités de déplacement grâce à la voiture. Cette extension spatiale se réalise souvent au détriment des espaces agricoles.
- Les campagnes sous influence périurbaine sont transformées totalement par l'arrivée de nouveaux résidents et la construction d'équipements routiers et de loisirs. Les effets de la périurbanisation intègrent de plus en plus les espaces agricoles aux aménagements urbains.
- Les campagnes isolées sont dans une situation difficile avec des peuplements inférieurs à 30 habitants par $km^2$ et des difficultés de liaison avec les services des centres urbains. L'agriculture y est en recul, remplacée peu à peu par des plantations forestières.

### c Les aménagements des aires urbaines françaises

- Les rapports entre la ville et ses banlieues : l'étalement urbain crée de fortes oppositions à l'intérieur des agglomérations, les cités de grands ensembles en banlieue ont connu des émeutes qui ont conduit dès les années 2000 à des politiques de rénovation associant des acteurs locaux et l'État.
- Des aménagements en cours : ces actions vont de la destruction de grandes cités à des aménagements de friches industrielles proches des centres comme les zones portuaires à Marseille ou à Nantes.
- Face aux problèmes de transport liés à la périurbanisation, les villes aménagent leurs moyens de transport, métros ou plus souvent tramways, pour une circulation plus écologique pour une ville plus durable...

# Les espaces productifs français : l'évolution des espaces agricoles français

- À revoir
- OK

21

● **Aujourd'hui l'agriculture française se situe au 4e rang mondial pour sa production agricole et joue un rôle important grâce à ses filières agro-industrielles. Toutefois, beaucoup d'agriculteurs connaissent des difficultés économiques et sont confrontés au rapport difficile entre productivisme, compétitivité et respect de l'environnement.**

## 1 LES CARACTÉRISTIQUES DE L'AGRICULTURE FRANÇAISE

### a La puissance de la production agricole française

● L'agriculture française par sa productivité contribue à 18 % de la valeur de la production agricole de l'Union européenne et son intégration à la mondialisation a formé une industrie agroalimentaire puissante.

● Cette agriculture dispose d'une surface agricole utile de 28 millions d'hectares et possède une grande diversité de productions tant végétales qu'animales. La production céréalière reste dominante avec 27 % de la production de blé de l'UE. D'autres productions sont à haute valeur ajoutée comme la viticulture. L'élevage français subit durement la concurrence de ses voisins, il s'adapte difficilement aux nouvelles concurrences mondiales.

● Les filières agroalimentaires puissantes sont liées aux secteurs industriels et tertiaires. Les firmes multinationales y sont très présentes, par exemple Danone pour les produits laitiers ou le groupe Soufflet pour les céréales et la malterie.

### b Le passage à l'agriculture intensive

● L'agriculture française a connu une véritable révolution technique en passant à l'agriculture intensive : usage des engrais chimiques et des pesticides, recherches génétiques et sélection des espèces, irrigation généralisée (10 % des surfaces). L'utilisation de plus en plus répandue des serres et des élevages hors-sol a amélioré et modifié les régions d'arboriculture et d'élevage.

● Les exploitations se sont transformées en se regroupant grâce au remembrement, si bien que leur taille moyenne est en augmentation alors que les effectifs agricoles sont en baisse : 5 millions dans les années 1950, moins d'1 million en 2005. Trois agriculteurs sur quatre ont donc disparu dans ce laps de temps.

● Entre les années 1950 et aujourd'hui, on est passé de petites exploitations familiales à des entreprises agricoles.

## 2 LES TRANSFORMATIONS DES PAYSAGES AGRICOLES FRANÇAIS

### a Des régions de plus en plus spécialisées

- Pour répondre à l'ouverture aux marchés internationaux, les agriculteurs se sont souvent spécialisés, créant des modèles comme dans les espaces agricoles du Bassin parisien autour des cultures céréalières et industrielles.

- Les paysages sont ceux de grandes exploitations employant peu de main-d'œuvre à cause de la mécanisation. Ces régions sont très productives et dépendent de la PAC (politique agricole commune) qui a poussé l'agriculture française vers le productivisme en protégeant les revenus des agriculteurs. Il s'agissait alors de lutter contre la pénurie alimentaire et de satisfaire les besoins communautaires.

### b Des régions d'élevage intensif

- La Bretagne est l'exemple même d'une zone d'élevage industriel centrée sur l'élevage des porcs et des volailles. Aujourd'hui, la crise a fragilisé toute la filière et mis en évidence les dégâts environnementaux qui polluent les fleuves et les espaces maritimes de toute la région.

- Dans les vallées et les plaines du Sud, la culture de fruits ou la viticulture se concentrent près des voies de communication majeures du territoire.

## 3 LES ACTEURS DE CETTE ÉVOLUTION DE L'AGRICULTURE FRANÇAISE

### a Des enjeux à l'échelle nationale et locale

- Cette agriculture productiviste par ses excès pèse sur l'environnement, l'agriculture biologique et l'agriculture raisonnée permettent de mieux respecter les équilibres naturels. Ces modes de production sont de plus en plus encouragés par l'UE. L'agriculture se tourne aussi vers d'autres activités comme le tourisme vert et les périurbains sont des consommateurs de produits agricoles de qualité et de loisirs tournés vers la campagne.

### b À l'échelle nationale et de l'Union européenne

- L'État français dès les années 1960 a aidé directement les jeunes agriculteurs et encouragé leur qualification, l'UE réoriente aujourd'hui ses aides aux céréaliers en direction de productions plus fragiles comme l'élevage.

# Les espaces productifs français : les transformations des espaces industriels français

À revoir
OK

22

**• Dans un contexte d'adaptation à la mondialisation, la France restructure son industrie et transforme ses implantations industrielles mais elle connaît une grave crise depuis 1973 avec le premier choc pétrolier.**

## 1 LES MUTATIONS DE L'INDUSTRIE FRANÇAISE

### a Les crises et les concurrences

• Le secteur industriel a perdu plus de 3 millions d'emplois depuis 1980 et emploie moins de 15 % de la population active française. Les industries anciennes comme la sidérurgie ou le textile installées sur des sites miniers ou énergétiques ont connu un lent déclin et même les industries de biens de consommation doivent affronter une crise profonde causée par la concurrence des pays émergents.

• L'industrie se re-déploie à l'échelle mondiale et recherche les coûts salariaux les plus faibles. Ainsi, les industries textiles et l'automobile se délocalisent vers des pays d'Asie du Sud et de l'Est mais aussi au Maghreb et à l'est de l'Europe.

### b Des mutations technologiques

• Les transformations sont aussi technologiques, les industries françaises investissent dans l'innovation, la recherche-développement et l'automatisation.

• Pour résister, l'industrie française cherche à se spécialiser dans des secteurs nouveaux et performants représentés par quelques grandes firmes françaises. Les industries de haute technologie présentent des points forts, par exemple les industries aéronautiques et aérospatiales disposent de leaders mondiaux comme EADS et de projet de coopération industrielle européenne comme Airbus. Le nucléaire est aussi présent avec Areva et la France se distingue dans le secteur du transport avec Alstom et la technologie du ferroviaire à grande vitesse.

## 2 UN NOUVEL ESPACE INDUSTRIEL FRANÇAIS

### a Des héritages industriels

• L'histoire industrielle de la France date de la première révolution industrielle, elle oppose une France agricole à l'ouest à une France plus industrielle à l'est et au nord, mais les pôles industriels anciens du Nord-Pas-de-Calais et de Lorraine ont perdu leurs activités et souffrent d'un fort chômage. L'État a organisé des relocalisations industrielles grâce aux industries comme l'automobile.

### b Une évolution spatiale

- L'entrée dans la mondialisation a redistribué les activités sur le territoire national, la **décentralisation industrielle** impulsée par l'État depuis les années 1960 a profité aux régions de l'Ouest et du Sud-Ouest mais aussi aux villes périphériques du Bassin parisien.

- La nouvelle répartition industrielle confirme le rôle essentiel des métropoles, l'Île-de-France reste la première région industrielle de France suivie de la région Rhône-Alpes qui diffuse son dynamisme vers les vallées alpines (Grenoble-Chambéry). Aujourd'hui, l'industrie gagne aussi des emplois dans les communes urbaines isolées dans des espaces ruraux et dans des villes petites ou moyennes.

## 3 UN ESPACE MONDIALISÉ

- D'autre part, les territoires français développent des stratégies d'adaptation aux transformations industrielles du territoire mondial :
– à l'échelle régionale, les échangeurs routiers, les carrefours notamment autoroutiers fixent les zones industrielles aux interconnexions comme la zone Garonor près de la plateforme **multimodale** aéroportuaire de Roissy-Charles-de-Gaulle ;
– à l'échelle nationale, les métropoles développent des **technopoles** dès les années 1980, comme à Meylan près de Grenoble. Ces technopoles profitent de centres de recherches, de laboratoires et de centres universitaires mais aussi de réseaux de transport performants et des paysages naturels qui attirent des cadres très qualifiés ;
– à l'échelle européenne, les espaces transfrontaliers à l'est et au nord profitent des fortes densités urbaines et des réseaux de transport autour de la vallée du Rhin.

# Les espaces productifs français : le secteur de services en France

À revoir
OK

23

**Les espaces productifs français sont source d'activités et de richesses mais ils sont confrontés à l'ouverture sur l'Europe et le monde. L'économie française reste dominée par les services (75 % de la population active et 77 % du PIB de la France).**

## 1 LA DIVERSITÉ DU SECTEUR TERTIAIRE EN FRANCE

### a Le secteur public

- Le secteur public tertiaire assure les grandes fonctions de l'État (justice, santé, police) auprès de la population. Sa survie reste essentielle pour les habitants des milieux ruraux isolés.

### b Acteurs privés

- La mondialisation a contribué à l'insertion de **firmes transnationales** privées sur le territoire et à la croissance des investissements étrangers. Ce secteur comprend aussi bien des géants mondiaux comme la société Carrefour dans la distribution ou la Société générale dans le secteur bancaire, que des milliers de PME offrant leurs services aux industries (conseils en stratégie, en formation ou communication d'entreprise).

## 2 LES MUTATIONS DU SECTEUR TERTIAIRE

### a L'organisation du territoire et les activités tertiaires

- Pour être compétitives à l'échelle mondiale, les entreprises françaises cherchent à s'implanter dans les territoires les plus attractifs. Le territoire a ainsi été aménagé autour de projets locaux et nationaux. Les **technopoles** associent des centres de recherche et des établissements de formation avec des entreprises privées autour de projets innovants, ainsi Sophia Antipolis près d'Antibes s'est construite autour de l'informatique et sur le modèle américain de la Silicon Valley.
- L'État a lui aussi participé à cet aménagement du territoire en créant des pôles de compétitivité (30 % des salariés en Île-de-France) et des pôles d'excellence rurale (PER).

### b L'évolution des localisations du tertiaire

- 70 % des activités tertiaires se situent dans les agglomérations. **Le tertiaire supérieur** privilégie les grandes métropoles et leurs centres-ville. Les banlieues périphériques accueillent aussi des activités de loisirs et les centres commerciaux occupent les carrefours des périphéries.

• L'accès à ces services détermine une hiérarchie entre les villes, les grandes métropoles ont des services plus rares que les villes moyennes ou petites.

## 3 UN SECTEUR SPÉCIFIQUE : TOURISME ET LOISIRS EN FRANCE

• Le tourisme est une activité majeure pour l'économie française, la France étant la première destination touristique mondiale avec plus de 80 millions de touristes étrangers par an.

### a Les atouts du tourisme français

• Ce tourisme dispose :
– d'une proximité des grands foyers émetteurs de touristes à forts revenus en Europe ;
– d'une grande longueur de littoraux s'ouvrant sur deux façades maritimes très différentes exploitées dès le XIXe siècle pour la Côte d'Azur et d'un climat méditerranéen. Cet ensemble est encore renforcé par les littoraux des départements ultramarins français. Tout cela favorise un tourisme balnéaire de masse ;
– d'un domaine skiable dans les Alpes du Nord et dans les Pyrénées ;
– d'un riche patrimoine culturel avec de nombreux sites classés au patrimoine de l'Unesco ;
– de groupes hôteliers puissants participant à la mondialisation touristique ;
– de formes nouvelles de tourisme avec les parcs d'attractions (Disneyland Paris, parc Astérix ou Futuroscope de Poitiers).

### b L'aménagement de l'espace touristique français

• Dès les années 1960, l'État français s'est fortement engagé dans l'aménagement des régions côtières, c'est le cas des six stations balnéaires créées sur la côte du Languedoc-Roussillon et dont le but était de profiter des flux touristiques vers l'Espagne. Tout ceci est complété par un aménagement de la côte aquitaine et l'équipement de stations de ski alpines. L'État est actuellement relayé par les collectivités territoriales qui modernisent les réseaux de transport pour garantir l'accessibilité aux équipements touristiques.

• Après 1986, l'urbanisation s'étend à l'ensemble des communes littorales des côtes de l'Atlantique et de la Méditerranée. Toutefois, dans une perspective de développement durable, ces activités touristiques posent des problèmes de préservation d'environnements souvent fragiles.

# Les espaces de faible densité et leurs atouts

À revoir
OK

24

**48 % du territoire français présente de faibles densités. Cependant, les situations locales de ces espaces restent très diversifiées.**

## 1 DÉMOGRAPHIE ET ÉVOLUTION DE CES ESPACES

### a La « diagonale du vide »

- Avec une densité moyenne de 113 habitants par km², la France a la particularité de présenter une bande de faible densité (moins de 30 habitants par km²) qui s'étend des Ardennes aux Pyrénées centrales. Qualifié de « diagonale du vide » (expression créée par le géographe J.-F.Gravier dans son ouvrage *Paris et le désert français* en 1947) cet ensemble regroupe 4 millions d'habitants mais à l'intérieur, la densité peut descendre sous 10 habitants par km², on parle alors de zones désertifiées.

- Ces espaces se caractérisent par un vieillissement de leur population rurale qui est complétée par une faible natalité. Les activités qui restent dominantes sont l'agriculture, l'élevage ou l'exploitation des forêts. Les moyens de transport rapides sont peu nombreux et ces populations sont éloignées des grandes aires urbaines.

### b L'exode rural

- L'exode rural commence au XIXe siècle en France mais ce mouvement a été massif dans les régions de moyenne ou basse montagne. De même, dans les régions agricoles productivistes, le recours à la mécanisation et la modernisation des méthodes ont entrainé le départ de la main-d'œuvre et créé de faibles densités. Cette situation va de pair avec une forte prospérité économique.

- Ces zones sont aussi très éloignées des littoraux et des espaces frontaliers liés aux activités de tourisme et d'échanges.

## 2 DES ATOUTS NOUVEAUX

### a La périurbanisation

- Ces départs et ce déclin démographique laissent des espaces vides utilisés pour la croissance périurbaine des grandes aires urbaines françaises. La surface agricole utile recule donc au profit de lotissements périurbains. Les espaces ruraux sont ainsi intégrés aux aires urbaines, les « néoruraux » utilisent leur voiture pour les migrations quotidiennes et quittent les centres-ville pour un cadre de vie plus tranquille et au coût immobilier plus réduit.

• De même, les résidences secondaires ou l'arrivée de retraités contribuent au repeuplement de ces campagnes.

### b Des activités industrielles et touristiques

• L'agriculture n'est pas la seule activité de ces régions. Les grandes implantations industrielles délocalisées, comme l'agroalimentaire, profitent d'une main-d'œuvre et de terrains bon marché, ainsi que de l'aide des collectivités locales.

• L'essor du tourisme a permis de créer des emplois. Il dépend beaucoup du patrimoine et des voies de communication, tourisme d'hiver dans les zones montagneuses (Alpes et Pyrénées) et tourisme vert des zones rurales. Le danger majeur reste celui de la fréquentation quand il s'agit d'une activité exclusive comme sur les grands sites (gorges du Tarn) ou dans les stations de haute montagne.

• Des productions agricoles de qualité appuyées sur un savoir-faire local et profitant des AOP (appellation d'origine protégée) renforcent encore cette attractivité touristique.

## 3 DES LIMITES AUX ATOUTS

### a Le rôle de l'État

• La volonté de l'État de rééquilibrer le territoire national est forte dans les années 1970. Elle revient ces dernières années au centre des préoccupations et vise à répartir égalitairement les équipements et les services, ainsi sont créés en 2006 les pôles d'excellence rurale. Ceci s'accompagne d'une redéfinition du rôle des agriculteurs dans l'entretien des paysages et la gestion de l'environnement.

### b Des conflits entre acteurs

• La pression foncière liée au tourisme en montagne gêne l'installation des jeunes agriculteurs et donc l'entretien des paysages. Dans les campagnes productivistes du Bassin parisien, les rapports sont difficiles entre les néoruraux qui supportent mal les nuisances liées aux exploitations agricoles.

• Au total, ces zones peu peuplées sont très variées, les campagnes productivistes sont prospères et leur population reste stable. Les situations restent encore difficiles dans les moyennes montagnes ou le Massif central. Les régions touristiques ou les couronnes périurbaines des grandes villes connaissent une croissance démographique.

## La France sous influence urbaine

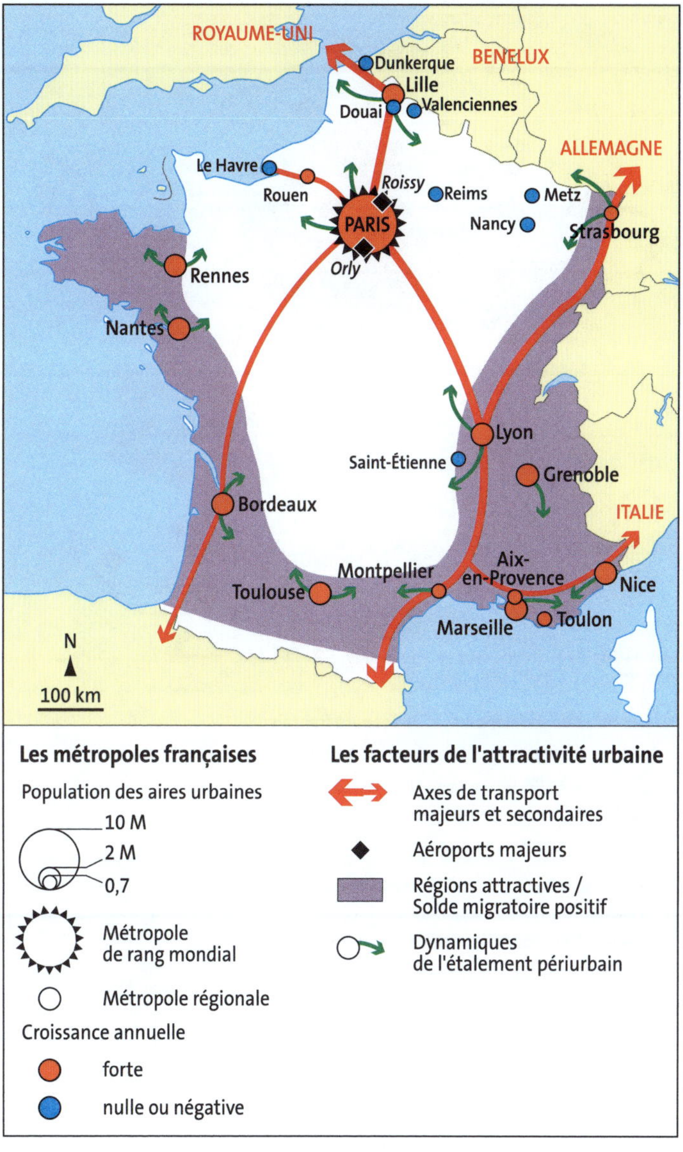

# Les transformations des espaces économiques français

**Les pôles de développement de l'espace français :**

- Deux grands pôles industriels français
- Grandes régions industrielles
- Technopoles majeures
- Espaces en reconversion

**Aménagements industriels et tertiaires de l'espace français :**

- Aménagements balnéaires des littoraux
- Régions de tourisme d'hiver
- Zones industrialo-portuaires (ZIP)

**Les facteurs attractifs des localisations industrielles :**

- Axes majeurs de communication
- Ouverture mondiale et européenne

# Les territoires ultramarins français

À revoir
OK

25

**• Les territoires ultramarins français représentent plus de 120 000 km² et près de 3 millions d'habitants. Ils sont les témoins de l'héritage du passé colonial de la France. Leur éloignement et des contraintes particulières expliquent des difficultés d'aménagement.**

## 1 DES STATUTS ET UNE GÉOGRAPHIE PARTICULIÈRE

### a Les statuts des territoires ultramarins

• Les départements et régions d'outre-mer (DROM) comprennent beaucoup d'îles de tailles diverses, comme la Martinique et la Guadeloupe aux Antilles, mais aussi des îles de l'océan Indien, comme la Réunion et Mayotte qui a opté en 2009 pour ce statut. Elles sont donc très différentes d'un espace continental comme la Guyane (83 846 km²). Les collectivités territoriales de ces régions ont le même rôle qu'en métropole et les lois de la République s'appliquent sur ces territoires.

• Les COM ou collectivités d'outre-mer peuvent être des îles polynésiennes mais aussi des territoires arctiques comme Saint-Pierre-et-Miquelon ou des terres australes comme les îles Kerguelen. La Nouvelle-Calédonie partage aussi ce statut juridique. Ces territoires ont leur propre assemblée législative et gardent un statut personnel comme le droit coutumier pour des groupes de population.

### b Une géographie originale

• L'implantation insulaire et tropicale de nombreuses îles des DROM s'explique par le choix colonial d'exploiter des cultures d'exportation vers la métropole. Cette situation géographique donne des atouts paysagers utiles au tourisme (mangrove ou lagon) mais expose aussi à des risques naturels.

• Le volcanisme et les risques sismiques sont majeurs, ce dont témoigne la Soufrière ou la montagne Pelée, mais ce sont les risques cycloniques qui se répètent le plus régulièrement aux Antilles, à la Réunion, en Nouvelle-Calédonie mais aussi en Polynésie.

• Ces contraintes font aujourd'hui l'objet d'aménagements avec des réseaux d'alerte et de surveillance. L'isolement lié à l'insularité a été largement amélioré grâce aux aéroports et leurs liaisons directes avec les grandes villes de la métropole.

## 2 AMÉNAGEMENTS ET DÉPENDANCE ÉCONOMIQUE

### a Tourisme et aménagements

- L'État français a très tôt orienté l'outre-mer vers les activités touristiques et a structuré ce marché autour de cinq grands aéroports. Ces liaisons ont dirigé l'implantation de complexes hôteliers dans les Antilles, en Guyane et à la Réunion. Toutefois, le développement de cette activité souffre de la concurrence, notamment avec les voisins qui ont des coûts salariaux plus faibles.

### b La dépendance économique

- La population ultramarine connaît aujourd'hui une forte croissance démographique et s'urbanise rapidement. Les villes principales concentrent les populations et s'étendent le long des voies de communication littorales. Ces villes sont très marquées par la ségrégation entre quartiers riches et pauvres et les manifestations montrent l'ampleur du malaise social (émeutes de février 2009 en Guadeloupe).

- Les secteurs productifs sont fortement déséquilibrés car les activités agricoles de plantation sont en crise, le secteur industriel a été peu développé et donc les produits alimentaires et manufacturés viennent de l'extérieur, notamment de métropole, et le coût de la vie est très élevé. Ces territoires vivent donc souvent des aides de la métropole mais aussi de celles de l'Union européenne et ils apparaissent comme des îlots de prospérité très attractifs pour des États voisins, ce qui entraine des flux de migrations.

### c Le rôle de l'Union européenne

- Pour l'Europe, les DOM sont des régions ultrapériphériques et bénéficient d'une aide financière tout en appartenant à la zone euro. Ce financement doit les aider à un développement économique plus autonome, ce qui devrait à terme renforcer la puissance de l'UE, car cette dernière dispose ainsi du premier territoire maritime du monde, ce qui lui permet un positionnement stratégique sur les grandes routes de la mondialisation et lui ouvre des ressources potentielles dans les fonds marins de ces territoires.

- Ces positions lui permettent également de développer les relations commerciales avec les États voisins.

# L'organisation du territoire français

À revoir
OK

26

**La politique d'aménagement du territoire menée par l'État français dans les années 1950-1960 a évolué car l'État est remplacé par de nouveaux acteurs comme les collectivités territoriales, mais il doit aussi compter avec l'influence croissante de l'Union européenne.**

## 1 LES GRANDES INÉGALITÉS DU TERRITOIRE FRANÇAIS

### a Le rôle des métropoles

L'Île-de-France et l'agglomération parisienne exercent une domination économique écrasante sur l'espace français en concentrant 30 % du PIB, mis aussi démographique avec près de 12 millions d'habitants rassemblés dans ce pôle de décision. Aujourd'hui, les métropoles régionales comme Lyon, Marseille ou Nice se développent, accueillant des services tertiaires et des **IDE**, mais le décalage reste important avec la capitale.

### b Des territoires perdants

Des régions entières comme le Nord ou le Nord-Est ont connu des crises de reconversion après la fin d'activités industrielles comme la sidérurgie ou le textile, leurs métropoles s'orientent aujourd'hui vers des activités tertiaires. Les territoires de la « diagonale du vide » sont souvent mal reliés et perdent leurs services publics, et en général l'inégalité reste forte entre territoires ruraux et urbains. Ceci pose donc le problème du maintien d'une équité entre les territoires français.

## 2 LES ACTEURS DE L'AMÉNAGEMENT DU TERRITOIRE

### a Le rôle historique de l'État français

Dès les années 1960, l'État centralisé français mène une politique de cohésion territoriale qui le conduit à la création de zones industrialo-portuaires comme Fos-sur-Mer près de Marseille, mais il aménage aussi des littoraux touristiques et des villes nouvelles. Après 1984, les pôles de conversion fournissent une aide aux régions en reconversion.

### b De nouveaux acteurs

Les lois de décentralisation permettent aux nouvelles collectivités territoriales comme les regroupements de municipalités, mais surtout les régions, de financer les aménagements locaux.

- Après 1970, un nouvel acteur s'affirme dans l'aménagement des territoires, l'Union européenne, qui tente de réduire les inégalités entre les régions à l'aide de subventions. Elle intervient également sur la protection de l'environnement.

- Enfin, les habitants sont de plus en plus présents dans les aménagements de leur espace proche, à travers des votes, des débats ou par l'action de leurs associations environnementales qui s'opposent à des projets qui nuisent à la préservation des milieux.

- La question de l'aménagement est donc ainsi en partie transférée de l'État vers la société civile.

## 3 DES ENJEUX VARIÉS POUR L'AMÉNAGEMENT DU TERRITOIRE

### a Compétitivité dans la mondialisation

- Les grandes sociétés de transport et de télécommunication ont été privatisées dans le cadre européen et leur entrée dans la mondialisation les a amenées à sélectionner les espaces les plus performants pour s'implanter.

- Les choix des entreprises dans la mondialisation accentuent les différences entre les régions, et un des grands enjeux a donc été d'insérer les espaces productifs français dans la compétition économique mondiale, par exemple en créant des pôles de compétitivité ou en menant une politique de développement touristique. Mais le développement de transports rapides a un rôle majeur dans cette attractivité.

### b Les communications et l'intégration aux échelles européenne et mondiale

- La France dispose d'un réseau de transport diversifié qui privilégie la route. Aujourd'hui, les transports à grande vitesse et les NTIC (nouvelles technologies de l'information et de la communication) renforcent la mobilité à toutes les échelles et sous toutes les formes, mobilités touristiques comme flux d'immigration.

- Les réseaux et leurs connexions organisent le territoire autour de quelques grands axes comme la vallée du Rhône et favorisent les grandes villes et les carrefours multimodaux, par exemple l'aéroport de Roissy. Ainsi, les régions frontalières bien reliées, les ports et les aéroports ouvrent la France sur le monde.

Je me teste sur...

# LES DYNAMIQUES TERRITORIALES DE LA FRANCE

**1 La population urbaine en France représente :**
- ▢ **a.** 99 % de la population française.
- ▢ **b.** 82 % de la population française.
- ▢ **c.** 75 % de la population française.

**2 Quels types de villes sont classés par l'INSEE derrière l'agglomération parisienne ?**
- ▢ **a.** les métropoles régionales et les petites villes
- ▢ **b.** les mégapoles et les centres régionaux
- ▢ **c.** les métropoles secondaires et les villes moyennes

**3 Une technopole est :**
- ▢ **a.** un parc technologique.
- ▢ **b.** une ville avec des industries de haute technologie.
- ▢ **c.** un ensemble de pôles commerciaux.

**4 Quelle est la définition du phénomène de périurbanisation ?**
- ▢ **a.** une extension spatiale autour des aires urbaines
- ▢ **b.** une banlieue proche du centre-ville
- ▢ **c.** une campagne isolée

**5 L'industrie agroalimentaire est composée :**
- ▢ **a.** de petites exploitations agricoles.
- ▢ **b.** de zones d'agriculture extensive.
- ▢ **c.** de filières.

**6 Les nouveaux espaces ruraux français utilisent :**
- ▢ **a.** l'agriculture productiviste.
- ▢ **b.** le tourisme vert.
- ▢ **c.** les élevages hors-sol.

**7 Une plate-forme multimodale permet :**
- ▢ **a.** de mettre en liaison plusieurs moyens de transport.
- ▢ **b.** de relier la périphérie au cœur des métropoles.
- ▢ **c.** de rejoindre des centres commerciaux.

**8 Les industries de haute technologie en France sont :**
- ▢ **a.** les industries textiles.
- ▢ **b.** les industries sidérurgiques.
- ▢ **c.** les industries aéronautiques et aérospatiales.

Corrigés au verso

# Corrigés

**1** > **b.** La population urbaine en France représente les 4/5e de la population française, soit près de 82 % de la population sur 41 % du territoire.

Voir **Fiche 20**

**2** > **c.** La métropole parisienne domine les plus grandes aires urbaines (métropoles secondaires) qui disposent d'un espace régional. Derrière, on trouve 930 villes moyennes.

Voir **Fiche 20**

**3** > **b.** Une technopole est une ville développant des activités innovantes. Elle dispose de parcs technologiques (technopôles) associant université, centres de recherche et unités de production.

Voir **Fiche 20**

**4** > **a.** Les grandes aires urbaines s'étalent spatialement par les espaces périurbains situés au-delà des banlieues et dépendant de la ville, d'où des mobilités pendulaires.

Voir **Fiche 20**

**5** > **c.** Les industries agroalimentaires sont organisées en filières dans le cadre d'une agriculture productiviste et compétitive comportant de grands groupes.

Voir **Fiche 21**

**6** > **b.** Les nouveaux espaces ruraux ont de plus en plus de fonctions comme l'agritourisme ou tourisme vert. Ils utilisent le patrimoine paysager pour répondre aux besoins des urbains. Ces activités récréatives modifient le territoire.

Voir **Fiches 21 et 24**

**7** > **a.** Les moyens de transport en France possèdent des nœuds ou des carrefours qui superposent plusieurs formes de transport. Ces plateformes multimodales peuvent associer aéroport, nœud ferroviaire ou autoroutier.

Voir **Fiche 22**

**8** > **c.** Les industries aéronautiques et aérospatiales sont des industries stratégiques, très spécialisées et de haute technologie, où la part de la recherche est essentielle.

Voir **Fiche 22**

# L'Union européenne, un nouveau territoire d'appartenance

À revoir
OK

27

**• L'Union européenne en construction depuis 1957 a créé un espace commun et suscité un sentiment d'appartenance chez les populations des États partenaires. Par son implication dans l'aménagement des territoires, elle apparait aujourd'hui comme un acteur majeur.**

## 1 UN NOUVEAU TERRITOIRE D'APPARTENANCE

### a Les étapes de la construction territoriale

• Après 1945, l'Europe se reconstruit, et en 1957, la signature du traité de Rome entre l'Allemagne, la France, les Pays-Bas, la Belgique, le Luxembourg et l'Italie met en place la CEE (Communauté économique européenne) qui s'élargit progressivement. En 1973, elle passe à 9 pays (Royaume-Uni, Irlande et Danemark) puis à 10 et à 12. L'entrée de pays méditerranéens complète l'ensemble jusqu'en 1986, puis l'Union passe à 15 avant de se tourner en 2004 vers des pays issus de l'ex-bloc de l'Est (Estonie, Lettonie, Lituanie, République tchèque, Hongrie, Pologne et Slovaquie) mais aussi de l'ex-Yougoslavie (Slovénie) et des îles comme Chypre et Malte. En 2007, la Bulgarie et la Roumanie intègrent le dispositif et en 2013, la Croatie. Le projet européen est donc conçu sur un processus d'élargissement souvent difficile du fait de la diversité des États le composant. L'ouverture à de nouveaux pays comme la Turquie dont la candidature est en attente suscite de vifs débats.

### b Des principes, des symboles et des institutions

• L'Union européenne a des objectifs généraux : le maintien de la paix, la démocratie et une politique économique centrée sur la croissance et l'emploi. Naturellement, les États entrant dans l'Union doivent adopter des critères fondamentaux qui sont le respect des droits de l'homme et des minorités nationales ainsi que le rôle essentiel de l'État de droit.

• L'Union dispose également de symboles comme un drapeau composé de 12 étoiles, d'un hymne européen et d'une devise, enfin la journée du 9 mai permet de célébrer la construction européenne.

• Les institutions communes sont d'abord le Conseil de l'Union (ou Conseil des ministres) qui dispose du pouvoir législatif et budgétaire complété par le Parlement européen et la Commission européenne. La Cour des comptes contrôle les recettes et les dépenses de l'Union. La Banque centrale européenne gère l'euro depuis 1999 et les désaccords entre les États membres sont réglés par la Cour de justice.

### c L'appartenance

● La construction d'un territoire commun passe de plus en plus par des interventions de l'Union européenne à l'intérieur des États, c'est le cas pour la circulation des travailleurs mais aussi sur la question des moyens de transport et le rôle des postes frontières...

● Des programmes importants ont été mis en place, comme des accords universitaires (projet Erasmus), mais c'est surtout la libre circulation établie par l'espace Schengen en 1995 et l'établissement de la zone euro en 1999 qui ont modifié la vie des Européens. Des États refusent de participer à la zone euro, comme le Royaume-Uni, le Danemark et la Suède. En raison de l'afflux d'immigrants et des **flux** illicites, la liberté de circulation établie par Schengen est l'objet de nombreuses contestations. Tout ceci montre une Europe à géométrie variable.

## 2 AMÉNAGEMENTS ET LIMITES DE L'ACTION DE L'UE

### a Transports et harmonisation des connexions de l'Union

● L'intégration de la France à l'ensemble européen comme les autres États l'a obligé à revoir l'accessibilité de ses territoires à une nouvelle échelle. Ainsi les villes du Nord et de l'Est dans des régions fragilisées par la reconversion utilisent leurs atouts de carrefour européen et leurs liaisons vers la mégalopole européenne. Les Eurorégions situées de part et d'autre d'anciennes frontières reçoivent des financements pour coopérer. Toutefois, quand les frontières persistent avec des États qui ne sont pas dans l'espace Schengen ou la zone euro, les populations frontalières profitent de ces différences (emplois, essence, taxes).

### b Des inégalités qui fragilisent l'appartenance

● Il existe des inégalités économiques entre les États du nord-ouest de l'Europe plus riches et plus développés et les PECO (pays de l'Europe centrale et orientale) qui ont connu une longue période communiste. Les États méditerranéens ont des économies fragiles et subissent fortement les crises.

● Les inégalités sont aussi interrégionales, comme le montre l'écart entre le Nord lombard de l'Italie et le Mezzogiorno (Midi italien) encore sous-équipé face au cœur de l'Europe.

● Ce cœur de l'Europe est constitué d'un ensemble urbanisé et bien desservi par les transports qui s'étend du bassin de Londres à l'Italie du Nord.

● Le contexte de crise économique est difficile pour des États comme la Grèce ou l'Espagne et donc l'Union reste bien fragile, la montée de l'euroscepticisme dans les partis et les électorats et surtout le choix britannique de quitter l'Union en 2016 sont autant de signes inquiétants sur la réalité de ce sentiment d'appartenance à l'Union européenne.

# Les contrastes territoriaux en Europe (carte page 170)

À revoir
OK

28

**• L'Union européenne présente de fortes inégalités entre des territoires riches et intégrés dans la mondialisation et des territoires marginalisés. L'Europe doit donc choisir entre le principe de cohésion territoriale et son inscription dans la compétitivité mondiale.**

## 1 LES CONTRASTES ENTRE ÉTATS ET RÉGIONS DE L'ESPACE EUROPÉEN

### a Des inégalités à l'échelle européenne

• Les inégalités socio-spatiales restent fortes en Europe et peuvent se lire à différentes échelles.

• Il existe des inégalités économiques entre les États du nord-ouest de l'Europe plus riches et plus développés et les PECO (pays de l'Europe centrale et orientale) en transition économique à la fin d'une longue période communiste.

• Les États méditerranéens sont souvent en situation économique intermédiaire, mais avec des économies fragiles et des difficultés face à la crise actuelle.

### b Des inégalités inter-régionales

• À l'intérieur des États, comme le montre la situation italienne, le contraste reste fort entre des régions dominantes tournées vers la mondialisation comme le Nord lombard, associé à la **mégalopole** européenne, et le Mezzogiorno (Midi italien) encore très périphérique et sous-équipé par rapport au cœur de l'Europe.

### c Des inégalités urbaines

• Un autre contraste est aussi créé par les villes et les grandes régions urbaines qui les entourent. La concurrence est d'abord forte entre des villes mondiales, comme Paris et Londres, mais également avec les villes moyennes, très nombreuses, de l'Europe rhénane qui dynamisent des bassins autour de chaque métropole.

• L'écart est souvent important avec les périphéries éloignées de ces régions centrales de l'économie européenne.

• À l'échelle locale, les quartiers défavorisés des grandes zones urbaines sont des poches de pauvreté dans des régions urbaines favorisées.

## 2 L'ORGANISATION DES TERRITOIRES DE L'UNION EUROPÉENNE

### a Les centres

- Le cœur de l'Europe concentre les pôles de commandement et les zones en croissance démographique et économique. Cet ensemble très urbanisé et bien desservi par les transports s'étend du bassin de Londres à l'Italie du Nord.

### b Des régions dynamiques

- Des espaces plus ou moins dynamiques se rattachent à cet ensemble comme le pôle dynamique du Bassin parisien ou le pôle lyonnais. On y retrouve des pôles de commandement et des fortes densités mais moins continues.

### c Des espaces périphériques

- Les espaces périphériques de l'Europe méditerranéenne accusent des retards de développement et reçoivent des aides de l'Union européenne. Leur endettement et le poids de leur économie souterraine contribuent à leurs difficultés dans la crise contemporaine.

- Les pays de l'Europe centrale et orientale les plus récemment intégrés bénéficient de **délocalisations** industrielles européennes issues de l'Europe occidentale et de subventions au nom de la politique de rééquilibrage des territoires de l'Union européenne.

## 3 L'ACTION DE L'UNION EUROPÉENNE SUR CES TERRITOIRES

### a Les principes de l'action de l'Union européenne

- L'Union européenne présente des objectifs généraux pour les différents États adhérents : maintien d'une paix politique associée à l'extension des régimes favorables à la démocratie ; politique économique visant la croissance, l'emploi et la solidarité entre ses États et ses régions. Grâce à l'organisation des aides européennes, le niveau de vie de beaucoup d'États récemment entrés a fortement progressé.

### b Une politique régionale

- Datant de 1975, le Feder (Fonds européen de développement régional) a contribué à l'amélioration des moyens de transport afin de faciliter le désenclavement des régions les plus périphériques.

- L'Union européenne a aussi aidé des coopérations transfrontalières en leur donnant le statut d'Eurorégions et en finançant des infrastructures.

- Mais elle doit faire face à de nombreuses crises et réaffirme depuis 2010 le principe de solidarité à propos de la Grèce et de son déficit budgétaire.

## Les étapes de l'élargissement de l'Union européenne

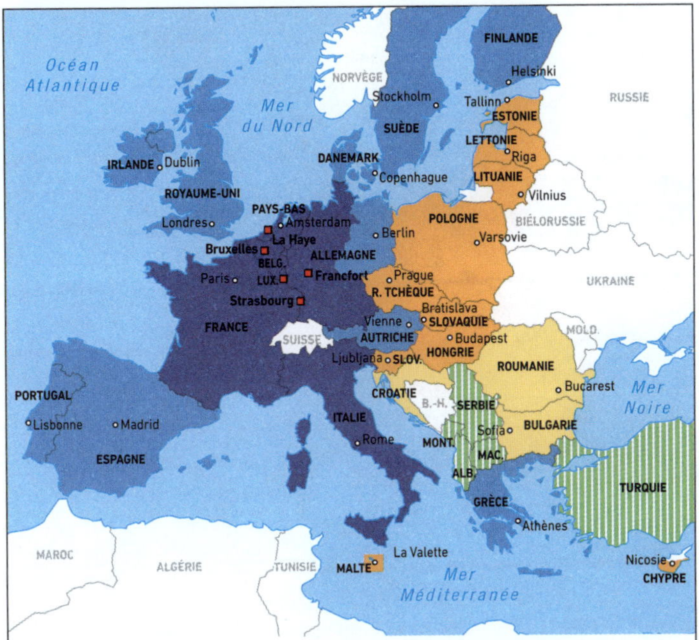


**Les étapes de l'élargissement européen :**

- États fondateurs de l'UE
- États composant l'UE jusqu'en 2003
- États entrés en 2004
- États adhérents en 2007 et 2013

**L'avenir de l'Union européenne :**

- États candidats

**Les institutions européennes :**

- Capitale
- Siège des institutions européennes majeures

BELG. = BELGIQUE
LUX. = LUXEMBOURG
MAC. = MACÉDOINE

0 500 km

# L'organisation de l'espace européen

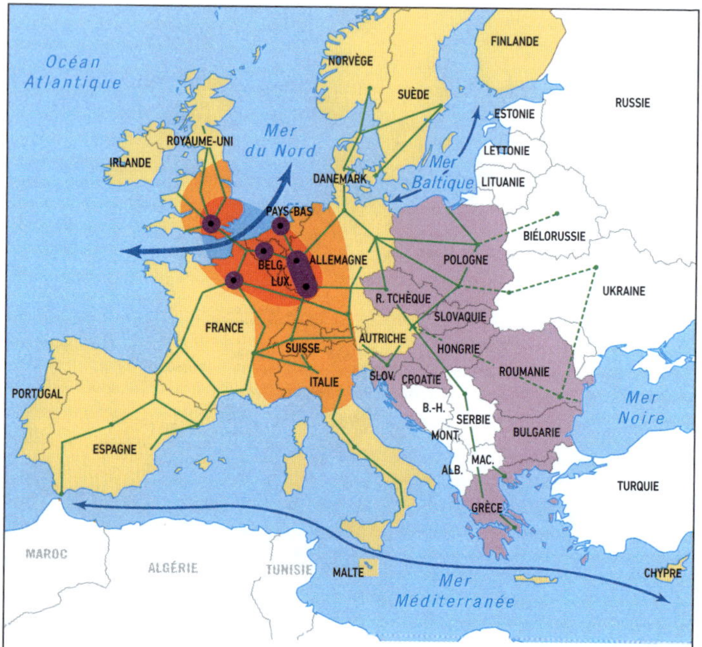


**La zone centrale dynamique :**

- Pôles dynamiques majeurs
- Cœur européen
- Zones centrales bien reliées au cœur

**Les espaces périphériques :**

- Périphéries en cours d'intégration
- Périphéries en retard économique

**Les axes terrestres et maritimes :**

- Flux majeurs
- Flux secondaires
- Axes maritimes majeurs

ALB. = ALBANIE
B.-H. = BOSNIE-HERZÉGOVINE
MAC. = MACÉDOINE
SLOV. = SLOVÉNIE

0 500 km

# La France dans le monde

À revoir
OK

29

**• La France bénéficie sur la scène internationale d'une image forte comme patrie des droits de l'homme, mais sa présence est aussi géopolitique ou économique. Tout ceci explique le rôle mondial de Paris, toutefois, la France est aujourd'hui une puissance moyenne dont le rayonnement s'est affaibli à l'échelle mondiale.**

## 1 LES ASPECTS DE LA PUISSANCE FRANÇAISE

### a Une puissance économique

• Au 6e rang mondial et au 3e rang européen, la France par son PIB et son implantation dans les secteurs agricole ou agroalimentaire mais aussi dans des secteurs de haute technologie comme l'aéronautique et l'aérospatiale s'affirme comme un leader du pôle européen. Son commerce international reste cependant déséquilibré car tourné vers ses voisins.

### b Une influence géopolitique mondiale

• L'héritage colonial français explique une forte présence territoriale dans le monde grâce aux territoires ultramarins. Possédant la deuxième ZEE (**zone économique exclusive**), elle accède avec ces espaces lointains à d'importantes ressources potentielles et a installé des bases stratégiques sur tous les océans du globe. La France exerce aussi un rôle géopolitique international en siégeant au Conseil de sécurité de l'ONU et en participant à des interventions militaires comme celles au Mali ou en Centrafrique et à des missions humanitaires. Elle est également membre du G8 et du G20.

## 2 LES FORMES DE LA PRÉSENCE FRANÇAISE DANS LE MONDE

### a Une influence culturelle

• L'influence de la France est aussi linguistique et culturelle car 220 millions de personnes dans le monde utilisent le français soit comme langue officielle soit comme langue d'usage. Des sommets de la francophonie sont organisés régulièrement pour défendre la langue française. La France compte de plus 2 millions d'expatriés installés partout dans le monde.

• Ce rayonnement de la culture française repose sur des institutions comme l'école française ou l'Alliance française.

- Cette culture est un des atouts de l'attractivité touristique de la France et 86 millions de touristes visitent les grands sites auxquels l'Unesco a attribué l'appellation patrimoine mondial.

- La France profite ainsi d'un patrimoine et de paysages exceptionnels et diffuse une image de luxe liée à sa gastronomie et à sa viticulture de qualité, mais aussi à des entreprises très mondialisées comme LVMH ou L'Oréal.

### b La France dans une économie globalisée

- Le développement du commerce extérieur français montre une ouverture croissante sur l'économie mondiale. Les **investissements directs étrangers (IDE)** et les **firmes transnationales (FTN)** sont les acteurs majeurs de cette mondialisation et engagent la France dans une amélioration de son appareil productif et de sa compétitivité. La France compte aujourd'hui 32 firmes transnationales et le capital investi à l'étranger a fortement progressé dans des secteurs comme la finance et l'information et la communication.

- Les délocalisations des entreprises et les pertes d'emplois qui en sont les résultats ont obligé l'État et les collectivités territoriales à faire des efforts pour attirer les investisseurs.

## 3 LA FRANCE, UNE PUISSANCE MOYENNE FRAGILE

### a Une puissance moyenne

- La France a dû faire face à la crise économique de 2008 qui a conduit à un renforcement du chômage et a démontré la fragilité du modèle de développement économique favorisant l'installation de groupes étrangers sur le territoire français.

- De plus, la présence française dans le monde a un coût élevé de plus en plus difficile à maintenir dans ces périodes de crise.

- La France a perdu durant cette période des activités de fabrication et une part de son commandement économique, elle a aussi montré les insuffisances du secteur de la recherche et du développement face à la concurrence mondiale.

### b Les conséquences de ces concurrences

- La position de la France est menacée, y compris dans des domaines d'excellence comme le luxe et le tourisme, il devient difficile de garder les investissements industriels, même de haute technologie.

- Dans le domaine culturel, le maintien d'une politique francophone est difficile en temps de crise car cela coûte cher et l'usage du français recule partout, sauf en Afrique, sous la pression des pays émergents comme la Chine.

# L'Europe dans le monde

- À revoir
- OK

30

**• L'Union européenne constitue un des pôles majeurs de la mondialisation (18,9 % du PIB mondial). Elle dispose d'atouts comme des villes mondiales et des sites culturels mais elle reste surtout un pôle de consommation de plus de 508 millions d'habitants.**

## 1 UN PÔLE MONDIAL MAJEUR

### a Une puissance économique

• L'Union européenne représente ¼ de la richesse mondiale et, depuis sa création en 1957, elle constitue une zone de libre-échange (marché unique) complétée par une zone eurocentrée sur une monnaie unique. Cette puissance s'explique par un commerce actif, soit 32 % des exportations mondiales, surtout centrées sur des échanges entre États membres de l'Union. Par ailleurs, elle reçoit de nombreux **investissements directs étrangers** attirés par des places financières comme Paris, Londres ou Francfort.

### b Des acteurs économiques majeurs

• L'UE possède des firmes multinationales puissantes dans des secteurs très divers : énergie (Total), aéronautique (Airbus programme européen mais deux sites de montage à Toulouse et à Saint-Nazaire) et aussi dans les services (Carrefour). Ces entreprises très mondialisées gardent un fort ancrage européen, elles sont toutefois confrontées à la **délocalisation** de leurs activités pour rester compétitives à l'international.

### c Des moyens de transport européens

• L'UE a créé des réseaux de transport modernes qui sont un des facteurs de son attractivité, c'est le cas pour les deux aéroports internationaux : Londres et Paris, qui forment des **plateformes multimodales**. Ces moyens terrestres sont complétés par des ports le long des façades maritimes de la Manche et de la mer du Nord. Les grandes métropoles sont des carrefours majeurs pour l'intégration dans la mondialisation et leurs connexions aux réseaux mondiaux se réalisent grâce aux liaisons ferroviaires à grande vitesse et aux aéroports majeurs.

## 2 L'UNION EUROPÉENNE, UN RAYONNEMENT CULTUREL ET POLITIQUE

### a Des atouts humains

• L'UE dispose d'atouts humains avec ses 508 millions d'habitants, ce qui constitue un marché de consommation en croissance.

• L'ensemble est complété par une main-d'œuvre bien formée et qualifiée et un marché unique attractif pour les investissements venus du monde entier.

### b Un rôle culturel majeur

• L'influence culturelle de l'Europe repose sur la diversité des États constituant l'Union, de ce fait, quatre langues européennes font partie des langues les plus parlées dans le monde. Son patrimoine historique, ses sites, ses paysages ont permis d'attirer chaque année plus de 50 % des touristes du monde. Les universités et grandes écoles européennes continuent d'attirer de nombreux étudiants étrangers vers l'Angleterre, les pays du Benelux ou la France.

### c Un rôle politique

• L'UE est présente par ses membres au Conseil de sécurité de l'ONU ou au G20 et elle participe militairement aux interventions de maintien de la paix et aux décisions mondiales.

• Elle fournit 55 % des fonds d'aide au développement du monde et exerce une réelle influence.

## 3 LES LIMITES ET LES FRAGILITÉS DE LA PLACE DE L'EUROPE DANS LE MONDE

### a Une puissance incomplète

• L'UE peine à s'imposer sur la scène internationale, notamment en matière de sécurité et de politique étrangère. Elle souffre de ne pas avoir une diplomatie commune et les difficultés de gestion des différentes crises européennes montrent que des États aux intérêts très différents ne transfèrent qu'une part mineure de leur souveraineté à l'Union. Les décisions politiques communes sont donc difficiles à prendre.

### b Des défis humains

• L'UE est confrontée au vieillissement de ses populations, au chômage massif et donc au nombre croissant d'exclus, ce qui met en péril le modèle social européen.

• Aujourd'hui les flux internationaux de migrants venus d'Afrique et du Moyen-Orient posent un problème majeur à l'UE.

### c Une concurrence économique

• La crise économique et financière qui débute en 2007 montre les difficultés de l'UE à trouver des solutions communes (cf. la crise grecque). La concurrence internationale avec ses délocalisations, la dépendance énergétique et les difficultés à investir plus dans la recherche-développement handicapent aujourd'hui le maintien du rôle majeur du pôle économique européen.

Je me teste sur...

# LA FRANCE ET L'UNION EUROPÉENNE

**1 Un IDE est :**

- ☐ **a.** un indice de développement économique.
- ☐ **b.** un investissement direct à l'étranger.
- ☐ **c.** une information digitale et environnementale.

**2 Une Eurorégion est :**

- ☐ **a.** est une nouvelle région des états récemment intégrés.
- ☐ **b.** est une région qui demande son intégration à la zone euro.
- ☐ **c.** une région située de part et d'autre de frontières d'états de l'UE.

**3 Les régions européennes en retard de développement économique sont :**

- ☐ **a.** le Mezzogiorno italien.
- ☐ **b.** la région Auvergne-Rhône-Alpes.
- ☐ **c.** la région rhénane en Allemagne.

**4 En 1995, l'Union européenne :**

- ☐ **a.** intègre la Bulgarie et la Roumanie.
- ☐ **b.** met en place la libre circulation dans l'espace Schengen.
- ☐ **c.** établit la zone Euro.

**5 Les États adhérents à l'UE doivent partager des objectifs communs :**

- ☐ **a.** une politique économique protectionniste.
- ☐ **b.** le maintien d'une forte croissance économique fondée sur quelques régions dominantes.
- ☐ **c.** le maintien de la paix grâce à des états démocratiques.

**6 L'activité touristique de la France repose sur :**

- ☐ **a.** 86 millions de touristes présents chaque année.
- ☐ **b.** sur sa ZEE.
- ☐ **c.** sur ses secteurs de haute technologie.

**7 Les firmes multinationales les plus puissantes de la France se situent :**

- ☐ **a.** dans l'industrie textile.
- ☐ **b.** dans les services.
- ☐ **c.** dans l'industrie sidérurgique.

**8 La mégalopole européenne est :**

- ☐ **a.** une grande ville européenne.
- ☐ **b.** s'étend de Milan à Londres.
- ☐ **c.** ne traverse que des états de l'Union européenne.

Corrigés au verso

## Corrigés

**1 > a.** Un IDE est un investissement direct à l'étranger réalisé souvent par des firmes multinationales dans le cadre de la division internationale du travail pour trouver des conditions optimales pour leurs fabrications mais aussi de nouveaux marchés de consommation.

Voir **Fiche 29**

**2 > c.** Une Eurorégion est une coopération transfrontalière entre plusieurs régions autour de stratégies de développement ou de politiques d'aménagement.

Voir **Fiche 27**

**3 > a.** Le Sud ou Midi italien fait partie des zones marginalisées de l'espace européen du fait de la faiblesse du revenu de ses habitants et un fort taux de chômage.

Voir **Fiche 27**

**4 > b.** La mise en place de l'espace Schengen en 1995 fait suite aux objectifs du traité de Maastricht (1992) et permet la libre circulation des personnes, des biens et des marchandises.

Voir **Fiche 27**

**5 > c.** L'UE dès sa fondation se présente comme un gage de paix durable mais le combat pour la démocratie et les droits de l'Homme est aussi un des objectifs de l'Union.

Voir **Fiche 28**

**6 > a.** La France est le premier pays d'accueil touristique en Europe avec 86 millions de touristes chaque année. Ce tourisme s'appuie sur des atouts paysagers comme le tourisme balnéaire ou montagnard, mais aussi sur des lieux historiques et sur des villes comme Paris (2e ville touristique en Europe derrière Londres).

Voir **Fiche 29**

**7 > b.** Le secteur tertiaire en France est le principal moteur de la croissance et un salarié sur deux est employé dans une firme multinationale de services (ex : Carrefour). Ce secteur est un témoin de la mondialisation de l'économie française.

Voir **Fiche 30**

**8 > b.** L'axe européen qui relie Londres à Milan est composé de métropoles et de réseaux urbains denses regroupant les activités économiques majeures de l'Union européenne.

Voir **Fiche 28**

# La citoyenneté politique en France et dans l'Union européenne

À revoir
OK

31

**Le XXe siècle, avec la montée des valeurs démocratiques, fait de la citoyenneté un droit politique et un droit de l'homme.**

## 1 LA CITOYENNETÉ POLITIQUE EN FRANCE

### a Les critères de la citoyenneté

- En France, la citoyenneté répond à des critères d'âge, de domicile et de nationalité, c'est aussi une démarche personnelle de chaque citoyen formé à l'école de la république. L'ensemble de la nation est composé de citoyens dont le lien avec l'État français est représenté par la nationalité.

- Le citoyen français dispose de droits politiques et doit pour exercer ces droits :
– être majeur (dix-huit ans) ;
– avoir la nationalité française ;
– ne pas présenter d'incapacité civile ;
– avoir sa carte électorale et être inscrit sur les listes électorales.

### b Les droits liés à la citoyenneté

- Le citoyen dispose de droits politiques, il peut voter et être élu. Mais son devoir est aussi de respecter les lois de la république. Il participe également à l'élaboration des lois de la république par l'intermédiaire de ses représentants élus (députés).

- Ces droits civils et politiques sont complétés par des droits économiques, sociaux et culturels. Ces droits concernent des familles qui bénéficient par exemple de congé de maternité ou de l'assurance maladie. Le droit du travail reconnaît le droit de grève qui est inscrit au préambule des Constitutions de 1946 et de 1958. Certains de ces droits sont difficiles à mettre en œuvre comme le droit à la santé et au logement.

### c L'acquisition de la nationalité

- La nationalité française s'acquiert par la filiation (droit du sang) si un des deux parents est français.

- Mais depuis 1998, tout enfant né de parents étrangers sur le sol français acquiert la nationalité française à sa majorité, s'il vit en France et y a vécu au moins cinq ans depuis l'âge de onze ans (droit du sol).

- Les autres moyens d'acquisition sont l'adoption, le mariage et l'engagement dans l'armée française.

• L'acquisition peut également se faire par naturalisation. On assiste actuellement à un renforcement des exigences du gouvernement français pour les étrangers désirant obtenir la naturalisation. Celle-ci est précédée d'un entretien qui vérifie la bonne maitrise de la langue et une connaissance de la culture française et des principes du régime républicain français.

## 2 L'ÉLARGISSEMENT À LA CITOYENNETÉ EUROPÉENNE

### A Les droits des citoyens européens

• Avec l'entrée en vigueur du traité de Maastricht en 1993, une citoyenneté européenne voit le jour, elle est confirmée par le traité de Lisbonne en 2007.

• Les Européens peuvent être candidats et électeurs aux élections européennes. Ceux qui résident dans un pays européen peuvent voter ou être éligibles à certains **scrutins** nationaux, ainsi, dans leur pays de résidence, ils peuvent participer aux élections municipales ou aux élections du Parlement européen.

• Ils disposent de la liberté de circulation et du droit d'étudier dans d'autres pays de l'Union européenne. Par exemple le programme Erasmus permet aux étudiants européens d'étudier à l'étranger dans un établissement d'enseignement supérieur après leur première année d'étude. De même, la qualification obtenue dans le pays d'origine est reconnue dans les autres États membres comme en France sauf pour quelques emplois de la fonction publique. L'Europe devient ainsi un espace de pleine coopération entre les établissements scolaires de l'Union et ces programmes développent le multiculturalisme.

• Cette citoyenneté européenne se superpose à la nationalité d'origine. Elle est attribuée aux ressortissants européens résidant en France par leur statut de citoyen d'un État-membre de l'Union. Ils ont droit à la protection diplomatique et peuvent même, depuis 2007, s'ils réunissent un million de signataires, présenter une pétition à la Commission européenne. Ils peuvent enfin recourir au médiateur européen qui reçoit les plaintes des citoyens et peut réaliser des enquêtes.

# Les lois, droits et devoirs dans la République

À revoir
OK

32

**• Les lois sont l'ensemble des règles qui s'appliquent aux individus dans un État. En France et dans la plupart des démocraties, ces lois s'appuient sur des textes fondamentaux et les autorités de l'État respectent un processus pour les réaliser.**

## 1 UN HÉRITAGE FONDAMENTAL

### a Le rôle de la philosophie des Lumières

• Le mouvement des Lumières naît chez les élites cultivées du début du XVIII^e siècle, surtout en Angleterre et en France. Il s'appuie sur la raison et la diffusion du progrès, notamment par des publications comme l'*Encyclopédie* de Diderot et d'Alembert. Ce mouvement critique également l'absolutisme et Montesquieu fait la promotion de la séparation de pouvoirs tandis que Voltaire condamne des pratiques judiciaires abusives. Ces idées seront présentes dans les lois adoptées au cours de la Révolution française et tout particulièrement dans la Déclaration des droits de l'homme et du citoyen.

### b De la Déclaration de 1789 à celle de 1948

• La Déclaration des droits de l'homme et du citoyen est également inspirée de la Déclaration d'indépendance américaine. Le texte fut voté le 26 août 1789 et est constitué d'un préambule et de 17 articles, il reste la référence incontournable de nos institutions.

• La loi est ici définie comme l'expression de la volonté générale et constitue la clé de voûte du système des droits de l'homme.

• La Déclaration universelle des droits de l'homme adoptée le 10 décembre 1948 est un texte sans obligation juridique mais a la valeur d'une charte universelle.

## 2 LA LOI ET SON ÉLABORATION EN FRANCE

### a L'initiative des lois

• L'initiative dépend soit du pouvoir exécutif, détenu par le président et le gouvernement, soit du pouvoir législatif, composé de l'Assemblée nationale et du Sénat. Quand l'initiative vient de l'exécutif, il s'agit d'un projet de loi, quand il s'agit du Parlement, ce sont des propositions de lois.

● C'est l'appartenance du parlementaire qui présente la loi qui détermine sa présentation à l'une des deux assemblées.

### b Les étapes de l'élaboration de la loi

● Le texte passe par une commission permanente compétente dans le domaine visé par la loi, celle-ci, après analyse, peut la modifier (amendements), la voter et la transférer à l'autre assemblée parlementaire.

● Après être passée par les deux assemblées, la loi retourne à la première, c'est la navette parlementaire. Si un désaccord fort existe entre les deux assemblées, le gouvernement peut convoquer une commission mixte paritaire et en fin de compte donner le dernier mot à l'Assemblée nationale.

● En pratique, on observe que moins de 10 % des lois sont issues de propositions parlementaires.

### c La promulgation de la loi

● La loi est signée par le président de la République, le Premier ministre et les ministres chargés de son application, puis publiée au Journal officiel. Elle peut être retardée s'il y a une nouvelle délibération demandée par le président de la République ou un contrôle de constitutionnalité par le Conseil constitutionnel.

## 3 LES CITOYENS ET LES LOIS

### a La participation des citoyens français

● Les Français participent à la création des lois par leurs représentants mais aussi par la voie du référendum. Toutefois, ceci pose le problème des modes d'élections directes ou indirectes. En effet, dans la Ve République, depuis 1962, le président de la République est élu au suffrage universel direct, tout comme les députés de l'Assemblée nationale, mais les sénateurs sont eux élus de manière indirecte par des électeurs sénatoriaux.

### b Quel rôle pour les citoyens ?

● L'article 6 de la Déclaration de 1789 et l'article 21 de celle de 1948 affirment le principe essentiel de représentativité dans une démocratie, mais les conditions du suffrage ont connu des changements au cours de notre histoire, comme en 1944 avec le vote des femmes. Aujourd'hui, la question du vote des étrangers résidant en France se pose aux élections locales, d'autant plus que les citoyens européens participent aux élections municipales de l'État où ils vivent.

● L'autre interrogation est celle de la démocratie participative qui pourrait reposer sur des citoyens tirés au sort, présentant ainsi une grande pluralité de points de vue.

# La démocratie, fonctionnement et limites

À revoir
OK

33

**• La démocratie repose sur trois pouvoirs et sur le pluralisme s'exprimant à l'aide de partis politiques très différents.**

## 1 LES PRINCIPES DÉMOCRATIQUES

### a La séparation des pouvoirs

• La démocratie repose sur la séparation des pouvoirs. Cette théorie est liée à la philosophie des Lumières et à *De l'esprit des lois* de Montesquieu (1748). Les trois pouvoirs séparés sont celui d'écrire les lois (le législatif), celui de les faire appliquer (l'exécutif) et de punir les manquements aux lois (le judiciaire). La démocratie fait régner un équilibre entre ces trois pouvoirs.

### b Les libertés et le pluralisme

• Les libertés fondamentales sont la liberté d'opinion, d'expression (de presse) et d'association. La démocratie permet donc l'expression d'idées diverses et contradictoires qui donnent lieu à la formation de partis politiques, ainsi les citoyens peuvent s'exprimer librement grâce aux différents suffrages.

### c Une évolution historique

• La cité athénienne au v^e^ siècle av. J.-C. établit un système politique qualifié de démocratie mais le nombre volontairement restreint de citoyens et les hautes charges qui restent aux mains des plus riches la rendent très inégalitaire. Au xx^e^ siècle, le langage courant a de plus en plus opposé la démocratie aux monarchies puis aux dictatures. Celles-ci se donnent souvent une apparence de démocraties mais les critères fondamentaux n'y sont pas respectés.

## 2 LE SUFFRAGE, UNE PLACE CENTRALE DANS LA DÉMOCRATIE

### a Le suffrage universel en France

• En 1848, la II^e^ République proclame le suffrage universel pour les hommes de plus de 21 ans, le suffrage excluait avant les plus pauvres. Avec les lois scolaires de Jules Ferry, on voit se construire grâce à l'instruction des opinions personnelles chez les citoyens.

• Alors qu'elles réclament ce droit depuis 1918, c'est en 1944 que le général de Gaulle accorde le droit de vote aux femmes de plus de 21 ans. En 1974, la majorité légale passe à 18 ans.

### b Modes de scrutin

• Les scrutins en France sont d'abord le scrutin uninominal à deux tours : le représentant des citoyens peut être élu avec plus de 50 % des voix dès le premier tour, sinon on procède à un second tour. C'est ce mode qui est adopté lors des élections présidentielles, législatives et cantonales.

• L'autre forme est le scrutin de liste proportionnel où chaque groupe ou parti présente une liste et le nombre de sièges est proportionnel aux voix s'étant portées sur la liste. Ce choix permet aux petits partis d'être représentés.

• De nombreux débats portent sur l'encadrement du droit de vote. En juin 2000, la loi sur la parité hommes-femmes est issue du constat de la faible présence d'élues dans les différents échelons politiques. De même, en avril 2000, pour lutter contre le cumul des mandats, deux lois obligent les élus à n'exercer qu'un mandat important (national ou européen). Mais le débat le plus important lors de l'élection présidentielle de 2012 porte sur le vote des ressortissants issus de pays extérieurs à l'Union, de même, la question est posée de l'abaissement de l'âge légal à 16 ans.

## 3 LA DÉMOCRATIE ET LE RÔLE DE L'OPINION PUBLIQUE

### a L'évaluation de l'opinion publique

• Dans les démocraties, l'opinion se construit à travers des médias, presse écrite, radios, télévision ou Internet. Les techniques américaines de sondages apparaissent en France après 1938 et servent à prévoir le choix des électeurs et à connaître les réactions de la population française face aux sujets d'actualité. Ces sondages sont réalisés soit par des instituts publics (Institut national de la statistique et des études économiques, INSEE), soit des instituts privés. Ils exercent une forte influence sur les choix des électeurs et constituent donc un danger pour la démocratie. Cependant, leur interdiction durant la dernière semaine avant une élection se heurte aux nouvelles techniques de l'information, comme Internet, qui fournit des résultats à l'échelle mondiale. Internet peut aussi diffuser des informations et des images fausses.

### b La liberté d'information et ses limites

• Les médias en France sont contrôlés par le CSA (Conseil supérieur de l'audiovisuel) mais cela n'empêche pas la course au sensationnel et la surmédiatisation de nombreux événements. Les doutes des Français sont nombreux sur l'indépendance réelle des journalistes face aux pressions politiques.

# La République et les institutions françaises

À revoir
OK

34

**La république a imposé ses valeurs avec la IIIe République. Elles sont devenues des principes dans les Constitutions successives.**

## 1 LES VALEURS ET LES PRINCIPES DE LA RÉPUBLIQUE

### a Les valeurs de la république

- La république possède des valeurs fondamentales qui sont rappelées dans le préambule de la Constitution sous la forme de grands principes, le territoire de la république est indivisible et la république est laïque.

### b Une république démocratique et sociale

- La république est démocratique et la nation s'exprime par le suffrage universel direct et secret. Les trois pouvoirs sont séparés et les libertés fondamentales sont garanties tandis que les partis politiques expriment la diversité d'opinion dans la nation. La république est aussi sociale, notamment en offrant éducation, logement, emploi et couverture sociale aux plus démunis.

### c L'évolution de la république et de ses symboles

- La Révolution française de 1789 fait apparaitre des notions centrales dans la république, comme la liberté et l'égalité qui inspireront la devise née en 1792 à laquelle s'ajoute la fraternité en 1848. L'idée républicaine s'est difficilement imposée avant 1875, mais l'œuvre de la IIIe République va consolider le régime, notamment avec les lois de Jules Ferry de 1881 puis 1882 qui créent l'école laïque, publique et obligatoire.

- Les symboles qui se sont imposés progressivement sont : la devise ; les trois couleurs de la cocarde républicaine reprises sur le drapeau de 1794, associant le bleu et le rouge de la ville de Paris au blanc de la royauté.

- Des fêtes commémoratives comme le 14 Juillet (prise de la Bastille et fête de la fédération 14 juillet 1790) voient l'affirmation d'un hymne : *La Marseillaise* (hymne national en 1879) et une allégorie, le personnage féminin de Marianne, choisie dès 1792 et qui se retrouve dans les mairies et sur de nombreux monuments coiffée de son bonnet phrygien rouge, symbole antique de l'affranchissement des esclaves.

## 2 LES INSTITUTIONS DE LA V^e^ RÉPUBLIQUE

### a Les deux pouvoirs

- Le président de la République a des pouvoirs étendus. Il est le chef des armées et, par l'article 16, il peut prendre les pleins pouvoirs en cas de danger. Il nomme les membres du gouvernement, publie les lois et veille à leur application. Il peut dissoudre l'Assemblée. Ce fort pouvoir de l'exécutif fait de la Ve République un régime semi-présidentiel.

- Le pouvoir législatif est détenu par l'Assemblée nationale et le Sénat. L'Assemblée nationale peut renverser le gouvernement si une motion de censure est votée par une majorité de députés. Le Conseil constitutionnel est composé de membres choisis par les présidents de la République, du Sénat et de l'Assemblée nationale en nombre égal.

### b Centralisation et collectivités territoriales

- La France est un **État centralisé** depuis la monarchie et la Révolution française. Au système de communes-cantons-départements s'ajoutent en 1955 les régions. À partir de 1982, une série de **lois de décentralisation** donnent aux régions une compétence sur les différentes formes d'aménagement de leurs territoires.

## 3 LA RÉPUBLIQUE ET LA LAÏCITÉ

### a Une république laïque

- La république est laïque : elle respecte toutes les croyances à condition qu'elles ne contreviennent pas à ses lois. Aucune religion n'a de statut privilégié et les marques ostentatoires religieuses sont interdites dans les établissements publics.

### b Le contexte de la naissance de la laïcité

- Depuis la loi de 1905, l'Église et l'État français sont séparés après vingt-cinq ans de fortes tensions entre l'Église catholique et la république. Cette laïcité de l'État français est réaffirmée dans les préambules des Constitutions de 1946 et de 1958 et il est rappelé que l'État « ne reconnaît, ne salarie ni ne subventionne aucun culte ».

### c Les remises en cause de la laïcité

- En 2004, la loi sur le respect de la laïcité fait suite à des polémiques nées en 1989 autour du port du voile à l'école. La république est confrontée à la montée des communautarismes, aux problèmes d'intégration dans les banlieues et aux revendications de l'islam, deuxième religion française par le nombre de fidèles en France. La succession de lois, de circulaires et de propositions montre cette remise en cause de la laïcité et le débat en cours sur la révision de la loi de 1905.

# Nombres premiers

☐ À revoir
☐ OK

1

## COURS

- Un entier naturel est dit premier quand il admet exactement deux diviseurs : 1 et lui-même.

**Exemples :** 1 n'est pas un nombre premier car le seul diviseur de 1 est 1.
2 est un nombre premier car il admet pour seuls diviseurs 1 et 2.
13 est un nombre premier car il admet pour seuls diviseurs 1 et 13.

- Tout entier naturel qui n'est pas premier se décompose de manière unique en produit de facteurs premiers.

**Exemples :**
$300 = 2 \times 2 \times 3 \times 5 \times 5 = 2^2 \times 3^1 \times 5^2$
$520 = 2 \times 2 \times 2 \times 5 \times 13 = 2^3 \times 5^1 \times 13^1$

## EXERCICE RÉSOLU 1

### Énoncé

Pour chacun des entiers naturels suivants, justifier s'il est premier ou non.

**1.** 17 **2.** 91 **3.** 165 **4.** 23 **5.** 4 563 **6.** 462

premier oui non oui non non

### Résolution

**1.** D'après les critères de divisibilité, 17 n'est pas divisible par 2, 3 et 5 donc pas non plus par 4, 6, 8, 10, 12, 14 et 16 ni 9 et 15.
$17 = 7 \times 2 + 3$ et $3 < 7$ donc 17 n'est pas divisible par 7.
$17 = 11 \times 1 + 6$ et $6 < 11$ donc 17 n'est pas divisible par 11.
$17 = 13 \times 1 + 4$ et $4 < 13$ donc 17 n'est pas divisible par 13.
Ainsi, 17 est un nombre premier.

**2.** $91 = 7 \times 13$ donc 91 est divisible par 7 et 13 donc 91 n'est pas un nombre premier.

**3.** Le chiffre des unités de 165 est un 5 donc 165 est divisible par 5 et 165 n'est pas un nombre premier.

**4.** D'après les critères de divisibilité, 23 n'est pas divisible par 2, 3 et 5 donc pas non plus par 4, 6, 8, 10, 12, 14, 16, 18, 20 et 22 ni 9, 15 et 21.
$23 = 7 \times 3 + 2$ et $2 < 7$ donc 23 n'est pas divisible par 7.
$23 = 11 \times 2 + 1$ et $1 < 11$ donc 23 n'est pas divisible par 11
$23 = 13 \times 1 + 10$ et $10 < 13$ donc 23 n'est pas divisible par 13.
$23 = 19 \times 1 + 4$ et $4 < 19$ donc 23 n'est pas divisible par 19.
Ainsi, 23 est un nombre premier.

5. 4 563 est divisible par 3 car $4 + 5 + 6 + 3 = 18$ et 18 est divisible par 3 donc 4 563 n'est pas un nombre premier.

6. Le chiffre des unités de 462 est un 2 donc 462 est divisible par 2 et 462 n'est pas un nombre premier.

## EXERCICE RÉSOLU 2

### Énoncé

Décomposer les entiers naturels suivants en produit de facteurs premiers.

1. 60 2. 24 3. 42 4. 480 5. $18 \times 45$ 6. $28 \times 35$

### Résolution

1. $60 = 6 \times 10 = 2 \times 3 \times 2 \times 5 = 2^2 \times 3^1 \times 5^1$
2. $24 = 6 \times 4 = 2 \times 3 \times 2 \times 2 = 2^3 \times 3^1$
3. $42 = 6 \times 7 = 2 \times 3 \times 7 = 2^1 \times 3^1 \times 7^1$
4. $480 = 48 \times 10 = 6 \times 8 \times 5 \times 2 = 2 \times 3 \times 2 \times 2 \times 2 \times 5 \times 2 = 2^5 \times 3^1 \times 5^1$
5. $18 \times 45 = 3 \times 6 \times 9 \times 5 = 3 \times 3 \times 2 \times 3 \times 3 \times 5 = 2^1 \times 3^4 \times 5^1$
6. $28 \times 35 = 4 \times 7 \times 7 \times 5 = 2 \times 2 \times 7 \times 7 \times 5 = 2^2 \times 5^1 \times 7^2$

## EXERCICE RÉSOLU 3

### Énoncé

1. Déterminer la décomposition en produit de facteurs premiers de 120.
2. Dans chacun des cas suivants, dire si l'entier est un diviseur de 120.

**a.** 5 **b.** 7 **c.** $2^2 \times 3$ **d.** $2^4 \times 3^1 \times 5^1$

### Résolution

1. $120 = 12 \times 10 = 2 \times 2 \times 3 \times 2 \times 5 = 2^3 \times 3^1 \times 5^1$

2. **a.** $120 = 5 \times (2^3 \times 3^1)$ donc 5 est un diviseur de 120.

**b.** 7 est un nombre premier mais n'est pas un facteur de la décomposition en produit de facteurs premiers de 120 donc 7 n'est pas un diviseur de 120.

**c.** $120 = 2^3 \times 3^1 \times 5^1 = 2 \times 2^2 \times 3 \times 5 = 2 \times 5 \times (2^2 \times 3)$ donc $2^2 \times 3$ est un diviseur de 120.

**d.** $2^4 \times 3^1 \times 5^1 = 2 \times (2^3 \times 3^1 \times 5^1) = 2 \times 120$ donc $2^4 \times 3^1 \times 5^1$ n'est pas un diviseur de 120 mais un multiple de 120.

# Diviseurs communs et multiples communs ; fraction irréductible

À revoir
OK

2

## COURS

### a Diviseurs communs, multiples communs

Soit $a$ et $b$ deux entiers naturels.

- On appelle diviseur commun de $a$ et $b$ tout entier naturel qui divise $a$ et $b$.

**Exemples :** Les diviseurs de 48 sont ① ; ② ; ③ ; 4 ; ⑥ ; 8 ; 12 ; 16 ; 24 ; 48.
Les diviseurs de 42 sont ① ; ② ; ③ ; ⑥ ; 7 ; 14 ; 21 ; 42.
Les diviseurs communs de 48 et 42 sont donc 1 ; 2 ; 3 et 6.

- On appelle multiple commun de $a$ et $b$ tout entier naturel qui est multiple de $a$ et multiple de $b$.

**Exemple :** Les multiples communs de 6 et 8 sont 0 ; 24 ; 48 ; 72 ; 96 ; 120...

### b Fraction irréductible

- Une fraction est dite irréductible, c'est-à-dire qu'elle ne peut plus être simplifiée, quand son numérateur et son dénominateur ont 1 pour seul diviseur commun.

**Exemple :** 32 et 27 ont pour seul diviseur commun 1 donc la fraction $\frac{27}{32}$ est irréductible.

## EXERCICE RÉSOLU 1

### Énoncé

Déterminer les diviseurs communs aux deux entiers : **1.** 24 et 32 **2.** 75 et 120

### Résolution

**1.** Les diviseurs de 24 sont 1 ; 2 ; 3 ; 4 ; 6 ; 8 ; 12 ; 24.
Les diviseurs de 32 sont 1 ; 2 ; 4 ; 8 ; 16 ; 32.
Les diviseurs communs de 24 et 32 sont 1 ; 2 ; 4 et 8.

**2.** Les diviseurs de 75 sont 1 ; 3 ; 5 ; 15 ; 25 ; 75.
Les diviseurs de 120 sont 1 ; 2 ; 3 ; 4 ; 5 ; 6 ; 8 ; 10 ; 12 ; 15 ; 20 ; 24 ; 30 ; 40 ; 60 ; 120.
Les diviseurs communs de 75 et 120 sont 1 ; 3 ; 5 et 15.

## EXERCICE RÉSOLU 2

### Énoncé

Justifier que les fractions ci-contre sont irréductibles. **1.** $\frac{28}{45}$ **2.** $\frac{221}{123}$

## Résolution

**1.** Les diviseurs de 28 sont 1 ; 2 ; 4 ; 7 ; 14 ; 28.
Les diviseurs de 45 sont 1 ; 3 ; 5 ; 9 ; 15 ; 45.
Le seul diviseur commun de 28 et 45 est 1 donc la fraction $\frac{28}{45}$ est irréductible.
**2.** Les diviseurs de 221 sont 1 ; 13 ; 17 ; 221.
Les diviseurs de 123 sont 1 ; 3 ; 41 ; 123.
Le seul diviseur commun de 123 et 221 est 1 donc la fraction $\frac{221}{123}$ est irréductible.

# EXERCICE RÉSOLU 3

## Énoncé

Justifier que les fractions suivantes ne sont pas irréductibles.
**1.** $\frac{45}{125}$ **2.** $\frac{243}{87}$ **3.** $\frac{7\,335}{8\,838}$

## Résolution

**1.** 45 et 125 sont divisibles par 5 donc la fraction $\frac{45}{125}$ n'est pas irréductible.
**2.** $2 + 4 + 3 = 9$ donc 243 est divisible par 3 et $8 + 7 = 15$ donc 87 est divisible par 3. Ainsi, la fraction $\frac{243}{87}$ n'est pas irréductible.
**3.** $7 + 3 + 3 + 5 = 18$ donc 7 335 est divisible par 9 et $8 + 8 + 3 + 8 = 27$ donc 8 838 est divisible par 9 donc la fraction $\frac{7\,335}{8\,838}$ n'est pas irréductible.

# EXERCICE RÉSOLU 4

## Énoncé

Rendre irréductibles les fractions suivantes en décomposant le numérateur et le dénominateur en produit de facteurs premiers.
**1.** $\frac{240}{126}$ **2.** $\frac{72}{45}$ **3.** $\frac{330}{90}$

## Résolution

**1.** $\frac{240}{126}=\frac{2^4\times3^1\times5^1}{2^1\times3^2\times7^1}=\frac{2^{4-1}\times5^1}{3^{2-1}\times7^1}=\frac{2^3\times5^1}{3^1\times7^1}=\frac{8\times5}{3\times7}=\frac{40}{21}$

**2.** $\frac{72}{45}=\frac{2^3\times3^2}{3^2\times5^1}=\frac{2^3\times3^{2-2}}{5^1}=\frac{2^3\times3^0}{5^1}=\frac{8\times1}{5}=\frac{8}{5}$

**3.** $\frac{330}{90}=\frac{2^1\times3^1\times5^1\times11^1}{2^1\times3^2\times5^1}=\frac{2^{1-1}\times5^{1-1}\times11^1}{3^{2-1}}=\frac{2^0\times5^0\times11^1}{3^1}=\frac{11}{3}$

# Puissances de 10

- [ ] À revoir
- [ ] OK

3

## COURS

● Soit $n$ un entier positif supérieur ou égal à 2.

$$10^n = \underbrace{10\times10\times10\times\ldots\times10\times10\times10}_{n \text{ facteurs}} = 1\underbrace{0\ldots0}_{n \text{ zéros}}$$

Par convention : $10^1 = 10$ et $10^0 = 1$

**Exemples :**

$10^4 = 10 \times 10 \times 10 \times 10 = 10\,000$

$10^8 = 10 \times 10 \times 10 \times 10 \times 10 \times 10 \times 10 \times 10 = 100\,000\,000$

● Soit $n$ un entier positif supérieur ou égal à 1.

$10^{-n}$ est l'inverse de $10^n$. Ainsi, $10^{-n} = \dfrac{1}{10^n} = \dfrac{1}{1\underbrace{0\ldots0}_{n \text{ zéros}}} = \underbrace{0,0\ldots0}_{n \text{ zéros}}1$

**Exemples :**

$10^{-4} = \dfrac{1}{10^4} = \dfrac{1}{10\,000} = 0,000\,1$ $\qquad$ $10^{-8} = \dfrac{1}{10^8} = \dfrac{1}{100\,000\,000} = 0,000\,000\,01$

● Pour certaines unités, on utilise les préfixes suivants pour simplifier l'écriture de mesures exprimées en puissances de 10 :

| **préfixe** | giga | méga | kilo | **unité** | milli | micro | nano |
|---|---|---|---|---|---|---|---|
| **symbole** | G | M | k | | m | µ | n |
| $10^n$ | $10^9$ | $10^6$ | $10^3$ | $\mathbf{10^0}$ | $10^{-3}$ | $10^{-6}$ | $10^{-9}$ |

**Exemples :**

Une bactérie *Escherichia coli* peut mesurer 2 µm c'est-à-dire $2 \times 10^{-6}$ mètres.

Un disque dur de capacité 500 Go a $500 \times 10^9$ octets d'espace mémoire.

## EXERCICE RÉSOLU 1

### Énoncé

Donner l'écriture décimale de chaque nombre.

**1.** $10^9$ **2.** $10^{-2}$ **3.** $10^5$ **4.** $10^{-6}$ **5.** $10^7$ **6.** $10^{-3}$

### Résolution

**1.** $10^9 = 1\,000\,000\,000$ **2.** $10^{-2} = 0,01$ **3.** $10^5 = 100\,000$

**4.** $10^{-6} = 0,000\,001$ **5.** $10^7 = 10\,000\,000$ **6.** $10^{-3} = 0,001$

## EXERCICE RÉSOLU 2

### Énoncé

Écrire sous la forme d'une puissance de 10.

1. 100
2. 0,000 01
3. 1 000 000
4. 0,000 000 001
5. 1
6. 0,000 000 1

### Résolution

1. $100 = 10^2$
2. $0{,}000\ 01 = 10^{-5}$
3. $1\ 000\ 000 = 10^6$
4. $0{,}000\ 000\ 001 = 10^{-9}$
5. $1 = 10^0$
6. $0{,}000\ 000\ 1 = 10^{-7}$

## EXERCICE RÉSOLU 3

### Énoncé

Écrire sous la forme d'une puissance de 10.

1. un milliard
2. cent mille
3. dix millionièmes
4. un millième
5. cent milliardièmes
6. cent millions

### Résolution

1. un milliard $= 1\ 000\ 000\ 000 = 10^9$
2. cent mille $= 100\ 000 = 10^5$
3. dix millionièmes $= 10 \times 0{,}000\ 001 = 0{,}000\ 01 = 10^{-5}$
4. un millième $= 0{,}001 = 10^{-3}$
5. cent milliardièmes $= 100 \times 0{,}000\ 000\ 001 = 0{,}000\ 000\ 1 = 10^{-7}$
6. cent millions $= 100 \times 1\ 000\ 000 = 10^8$

## EXERCICE RÉSOLU 4

### Énoncé

Compléter avec une puissance de 10.

1. 1 µm = ……… m
2. 1 mL = ……… L
3. 1 kg = ……… g
4. 10 MW = ……… W
5. 100 Go = ……… o
6. 1 ns = ……… s

### Résolution

1. 1 µm = $10^{-6}$ m
2. 1 mL = $10^{-3}$ L
3. 1 kg = $10^3$ g
4. 1 MW = $10^6$ W
5. 1 Go = $10^9$ o
6. 1 ns = $10^{-9}$ s

# Puissances d'exposant entier positif et négatif

À revoir
OK

4

## COURS

- Soit $a$ est un nombre non nul et $n$ un entier positif.

Si $n \geqslant 2$, on note $a^n$ le produit de $n$ facteurs tous égaux à $a$.

$$a^n = \underbrace{a \times a \times a \times \ldots \times a \times a \times a}_{n \text{ facteurs}}$$

Par convention : $a^1 = a$ et $a^0 = 1$

**Exemples :**

$2^6 = 2 \times 2 \times 2 \times 2 \times 2 \times 2 = 64$ $\quad (-3)^4 = (-3) \times (-3) \times (-3) \times (-3) = 81$

- Soit $a$ un nombre relatif non nul et $n$ un entier relatif.

On note $a^{-n}$ l'inverse de $a^n$ : $a^{-n} = \dfrac{1}{a^n}$.

**Remarque :** on note $a^{-1}$ l'inverse de $a$ car $a^{-1} = \dfrac{1}{a^1} = \dfrac{1}{a}$.

**Exemples :**

$2^{-3} = \dfrac{1}{2^3} = \dfrac{1}{8} = 0{,}125$ $\quad 10^{-4} = \dfrac{1}{10^4} = \dfrac{1}{10\,000} = 0{,}000\,1$

## EXERCICE RÉSOLU 1

### Énoncé

Calculer et donner le résultat sous la forme d'un nombre décimal.

**1.** $3^3$ **2.** $5^2$ **3.** $0{,}1^3$ **4.** $(-2)^6$ **5.** $0{,}5^2$ **6.** $(-1)^5$ **7.** $(-10)^5$

### Résolution

**1.** $3^3 = 3 \times 3 \times 3 = 27$ **2.** $5^2 = 5 \times 5 = 25$ **3.** $0{,}1^3 = 0{,}1 \times 0{,}1 \times 0{,}1 = 0{,}001$

**4.** $(-2)^6 = (-2) \times (-2) \times (-2) \times (-2) \times (-2) \times (-2) = 64$

**5.** $0{,}5^2 = 0{,}5 \times 0{,}5 = 0{,}25$ **6.** $(-1)^5 = (-1) \times (-1) \times (-1) \times (-1) \times (-1) = -1$

**7.** $(-10)^5 = (-10) \times (-10) \times (-10) \times (-10) \times (-10) = -100\,000$

## EXERCICE RÉSOLU 2

### Énoncé

Calculer et donner le résultat sous la forme d'une fraction.

**1.** $\left(\dfrac{3}{2}\right)^3$ **2.** $\left(\dfrac{1}{2}\right)^4$ **3.** $\left(-\dfrac{1}{3}\right)^4$ **4.** $\left(-\dfrac{5}{3}\right)^3$

## Résolution

1. $\left(\frac{3}{2}\right)^3 = \frac{3}{2}\times\frac{3}{2}\times\frac{3}{2} = \frac{27}{8}$

2. $\left(\frac{1}{2}\right)^4 = \frac{1}{2}\times\frac{1}{2}\times\frac{1}{2}\times\frac{1}{2} = \frac{1}{16}$

3. $\left(-\frac{1}{3}\right)^4 = \left(-\frac{1}{3}\right)\times\left(-\frac{1}{3}\right)\times\left(-\frac{1}{3}\right)\times\left(-\frac{1}{3}\right) = \frac{1}{81}$

4. $\left(-\frac{5}{3}\right)^3 = \left(-\frac{5}{3}\right)\times\left(-\frac{5}{3}\right)\times\left(-\frac{5}{3}\right) = -\frac{125}{27}$

## EXERCICE RÉSOLU 3

### Énoncé

Écrire sous la forme d'une puissance de 2.

**1.** 16 **2.** 1 **3.** 32 **4.** 8 **5.** 128 **6.** 2

### Résolution

**1.** $16 = 2 \times 2 \times 2 \times 2 = 2^4$ **2.** $1 = 2^0$ **3.** $32 = 2 \times 2 \times 2 \times 2 \times 2 = 2^5$

**4.** $8 = 2 \times 2 \times 2 = 2^3$ **5.** $128 = 2 \times 2 \times 2 \times 2 \times 2 \times 2 \times 2 = 2^7$ **6.** $2 = 2^1$

## EXERCICE RÉSOLU 4

### Énoncé

Écrire sous forme décimale.

**1.** $10^{-3}$ **2.** $2^{-2}$ **3.** $4^{-1}$ **4.** $5^{-2}$ **5.** $(-10)^{-5}$ **6.** $2^{-4}$ **7.** $(-10)^{-4}$

### Résolution

**1.** $10^{-3} = \frac{1}{10^3} = \frac{1}{1\,000} = 0{,}001$

**2.** $2^{-2} = \frac{1}{2^2} = \frac{1}{4} = 0{,}25$

**3.** $4^{-1} = \frac{1}{4^1} = 0{,}25$

**4.** $5^{-2} = \frac{1}{5^2} = \frac{1}{25} = 0{,}04$

**5.** $(-10)^{-5} = \frac{1}{(-10)^5} = \frac{1}{-100\,000} = -0{,}000\,01$

**6.** $2^{-4} = \frac{1}{2^4} = \frac{1}{16} = 0{,}0625$

**7.** $(-10)^{-4} = \frac{1}{(-10)^4} = \frac{1}{10\,000} = 0{,}000\,1$

## EXERCICE RÉSOLU 5

### Énoncé

Des chercheurs étudient des bactéries dans un laboratoire de biologie.

Ils estiment que leur population double toutes les 20 minutes à une température ambiante de 40 °C. Par combien sera alors multipliée cette population au bout de 10 heures ?

### Résolution

Dans 10 heures, il y a 10 × 3 = 30 fois 20 minutes. Au bout de 10 heures, cette population sera donc multipliée par $2^{30} = 1\,073\,741\,824$.

# Notation scientifique et ordre de grandeur

☐ À revoir
☐ OK

5

## COURS

• On appelle notation scientifique d'un nombre décimal l'écriture de ce nombre comme produit d'un nombre décimal ayant un seul chiffre non nul avant la virgule par une puissance de 10.

**Exemples :**

La notation scientifique de 43578,63 est $4{,}357863 \times 10^4$.

La notation scientifique de 0,008 43 est $8{,}43 \times 10^{-3}$.

• La notation scientifique d'un nombre décimal permet de déterminer des ordres de grandeur de ce nombre.

**Exemple :** Un ordre de grandeur de $4{,}357\,863 \times 10^4$ est $4 \times 10^4$, soit 40 000, car l'entier le plus proche de 4,357 863 est 4.

## EXERCICE RÉSOLU 1

### Énoncé

Parmi les nombres suivants, quels sont ceux qui sont écrits en notation scientifique ?

$A = 13{,}98 \times 10^5$ $B = 1{,}98 \times 10^{-4}$ $C = 0{,}73 \times 10^9$ $D = 8 \times 10^{-3}$

### Résolution

Ceux qui sont écrits en notation scientifique sont $B = 1{,}98 \times 10^{-4}$ et $D = 8 \times 10^{-3}$.

$A = 13{,}98 \times 10^5$ n'est pas écrit en notation scientifique car 13,98 a deux chiffres avant la virgule.

$C = 0{,}73 \times 10^9$ n'est pas écrit en notation scientifique car le chiffre de 0,73 avant la virgule est un zéro.

## EXERCICE RÉSOLU 2

### Énoncé

Donner la notation scientifique puis un ordre de grandeur des nombres suivants.

**1.** 428,54 **2.** 0,000 24 **3.** 7 898,12 **4.** 0,000 007 35

### Résolution

**1.** $428{,}54 = 4{,}285\,4 \times 10^2$. Un ordre de grandeur de 428,54 est $4 \times 10^2$.

2. $0{,}000\ 24 = 2{,}4 \times 10^{-4}$. Un ordre de grandeur de 0,000 24 est $2 \times 10^{-4}$.
3. $7\ 898{,}12 = 7{,}898\ 12 \times 10^{3}$. Un ordre de grandeur de 7 898,12 est $7 \times 10^{3}$.
4. $0{,}000\ 007\ 35 = 7{,}35 \times 10^{-6}$. Un ordre de grandeur de 0,000 007 35 est $7 \times 10^{-6}$.

## EXERCICE RÉSOLU 3

### Énoncé

Donner l'écriture décimale des notations scientifiques suivantes.

1. $7{,}31 \times 10^{7}$ 2. $2{,}491 \times 10^{-5}$ 3. $4{,}079\ 12 \times 10^{4}$ 4. $9{,}93 \times 10^{-4}$

### Résolution

1. $7{,}31 \times 10^{7} = 73\ 100\ 000$
2. $2{,}491 \times 10^{-5} = 0{,}000\ 024\ 91$
3. $4{,}079\ 12 \times 10^{4} = 40\ 791{,}2$
4. $9{,}93 \times 10^{-4} = 0{,}000\ 993$

## EXERCICE RÉSOLU 4

### Énoncé

Donner la réponse à chacune des questions suivantes en notation scientifique.

1. Le diamètre d'un cheveu est 63 µm. Quel est son diamètre en m ?
2. Le virus ourlien, responsable des oreillons, mesure environ 200 nm de diamètre. Quel est son diamètre en m ?
3. La centrale hydroélectrique de Serre-Ponçon produit en moyenne 720 GWh (gigawatt-heure) d'électricité par an. Quelle est sa production moyenne annuelle en Wh ?
4. Un fournisseur d'accès à Internet propose un débit maximal de 202,65 Mb/s (mégabits par seconde). Quel est le débit maximal proposé en b/s ?

### Résolution

1. $63\ \mu m = 63 \times 10^{-6} = 0{,}000\ 063 = 6{,}3 \times 10^{-5}$ m.
Le diamètre d'un cheveu est $6{,}3 \times 10^{-5}$ m.
2. $200$ nm $= 200 \times 10^{-9}$ m $= 0{,}0000002$ m $= 2 \times 10^{-7}$ m.
Le diamètre du virus ourlien est $2 \times 10^{-7}$ m.
3. $720$ GWh $= 720 \times 10^{9}$ Wh $= 720\ 000\ 000\ 000$ Wh $= 7{,}2 \times 10^{11}$ Wh.
La production annuelle moyenne de la centrale hydroélectrique de Serre-Ponçon est $7{,}2 \times 10^{11}$ Wh.
4. $202{,}65$ Mb/s $= 202{,}65 \times 10^{6}$ b/s $= 202\ 650\ 000$ b/s $= 2{,}026\ 5 \times 10^{8}$ b/s.
Ce fournisseur d'accès à Internet propose un débit maximal de $2{,}026\ 5 \times 10^{8}$ b/s.

# Opérations sur les puissances de 10

- [ ] À revoir
- [ ] OK

6

## COURS

- Soit $n$ et $p$ deux entiers relatifs.

$$10^n \times 10^p = 10^{n+p} \qquad \frac{10^n}{10^p} = 10^{n-p} \qquad (10^n)^p = 10^{n \times p}$$

**Exemples :**

$10^3 \times 10^{-5} = 10^{3-5} = 10^{-2}$ $\quad \frac{10^6}{10^9} = 10^{6-9} = 10^{-3}$ $\quad (10^2)^4 = 10^{2\times 4} = 10^8$

## EXERCICE RÉSOLU 1

### Énoncé

Écrire sous la forme d'une puissance de 10.

$A = 10^4 \times 10^7$ $\quad B = 10^2 \times 10^{-4}$ $\quad C = \frac{10^{11}}{10^6}$

$D = \frac{10^2}{10^{-5}}$ $\quad E = (10^3)^5$ $\quad F = (10^{-2})^3$

### Résolution

$A = 10^4 \times 10^7 = 10^{11}$ $\quad B = 10^2 \times 10^{-4} = 10^{-2}$ $\quad C = \frac{10^{11}}{10^6} = 10^5$

$D = \frac{10^2}{10^{-5}} = 10^7$ $\quad E = (10^3)^5 = 10^{15}$ $\quad F = (10^{-2})^3 = 10^{-6}$

## EXERCICE RÉSOLU 2

### Énoncé

Écrire sous la forme d'une puissance de 10.

$A = 10^3 \times 10^{-5} \times 10^8$ $\quad B = \frac{10^5 \times 10^7}{10^6}$ $\quad C = \frac{10^5 \times (10^2)^3}{10^6 \times 10^{-5}}$

### Résolution

$$A = 10^3 \times 10^{-5} \times 10^8 = 10^{-2} \times 10^8 = 10^6$$

$$B = \frac{10^5 \times 10^7}{10^6} = \frac{10^{12}}{10^6} = 10^6$$

$$C = \frac{10^5 \times (10^2)^3}{10^6 \times 10^{-5}} = \frac{10^{-4} \times 10^6}{10^1} = \frac{10^2}{10^1} = 10^1$$

## EXERCICE RÉSOLU 3

### Énoncé

Calculer et donner le résultat sous la forme d'un nombre décimal.

$A = 2 \times 10^2 - 4 \times 10^{-1}$

$B = \dfrac{7\times10^2+3\times10^1+3\times10^{-1}}{10^2}$

### Résolution

$A = 2 \times 10^2 - 4 \times 10^{-1}$
$= 200 - 0,4 = 199,6$

$B = \dfrac{7\times10^2+3\times10^1+3\times10^{-1}}{10^2}$
$= \dfrac{700+30+0,3}{100} = 7,303$

## EXERCICE RÉSOLU 4

### Énoncé

Calculer et donner le résultat en notation scientifique.

$A = 8\times10^{-8}\times3,2\times10^4$ $B = \dfrac{3,6\times10^9}{9\times10^3}$ $C = \dfrac{3,5\times10^8\times9\times10^{-4}}{7\times10^{11}}$

### Résolution

$A = 8\times10^{-8}\times3,2\times10^4$
$= 25,6\times10^{-4}$
$= 0,002\,56$
$= 2,56\times10^{-3}$

$B = \dfrac{3,6\times10^9}{9\times10^3}$
$= 0,4\times10^6$
$= 400\,000$
$= 4\times10^5$

$C = \dfrac{3,5\times10^8\times9\times10^{-4}}{7\times10^{11}}$
$= \dfrac{31,5\times10^4}{7\times10^{11}}$
$= 4,5\times10^{-7}$

## EXERCICE RÉSOLU 5

### Énoncé

Junon, une sonde d'observation de Jupiter, a atteint la vitesse de $2,65 \times 10^5$ km/h. En 2016, la planète Proxima b a été découverte près de l'étoile Proxima du Centaure à seulement $4 \times 10^{13}$ km de la Terre ! En imaginant un vaisseau spatial capable de voler à la vitesse de la sonde Junon, combien d'années faudrait-il pour rallier Proxima b ?

### Résolution

$t = \dfrac{d}{v} = \dfrac{4\times10^{13}}{2,65\times10^5} \approx 1,51\times10^8 \approx 151\,000\,000$. Il faudrait 151 000 000 heures pour rejoindre Proxima b. Dans une année, il y a environ $365,25 \times 24 = 8\,766$ heures.

$151\,000\,000 \div 8\,766 \approx 17\,226$.

Il faudra environ 17 226 ans pour rejoindre la planète Proxima b !

# NOMBRES ET CALCULS

**1** **Parmi les entiers suivants, celui qui n'est pas premier est :**

☐ a. 39 ☐ b. 29 ☐ c. 19

**2** **La somme de deux nombres premiers est un nombre qui est :**

☐ a. premier.
☐ b. non premier.
☐ c. parfois premier et parfois non premier.

**3** **Le plus grand diviseur commun de 24 et 18 est :**

☐ a. 1 ☐ b. 72 ☐ c. 6

**4** **Parmi les fractions suivantes, celle qui est irréductible est :**

☐ a. $\frac{45}{33}$ ☐ b. $\frac{24}{25}$ ☐ c. $\frac{75}{25}$

**5** **La décomposition en produit de facteurs premiers est 180 :**

☐ a. $2 \times 3 \times 5$
☐ b. $2^2 \times 3^2 \times 5$
☐ c. $4 \times 9 \times 5$

**6** **$2^4 =$**

☐ a. 8 ☐ b. 16 ☐ c. 2000

**7** **$0{,}2^3$ est égal à :**

☐ a. 0,8 ☐ b. 0,008 ☐ c. 0,6

**8** **$(-2)^4$ est égal à :**

☐ a. – 16 ☐ b. 16 ☐ c. – 8

**9** **Parmi les nombres suivants, celui qui n'est pas écrit en notation scientifique est :**

☐ a. $0{,}158 \times 10^{-4}$
☐ b. $9{,}13 \times 10^{-2}$
☐ c. $3 \times 10^2$

**10** **La notation scientifique de 0,024 est :**

☐ a. $2{,}4 \times 10^2$
☐ b. $2{,}4 \times 10^{-2}$
☐ c. $2{,}4 \times 10^3$

**11** **$10^{-5} \times 10^8$ est égal à :**

☐ a. $10^{-13}$
☐ b. $10^3$
☐ c. $100^3$

**12** **$\frac{10^3}{10^5}$ est égal à :**

☐ a. $10^2$ ☐ b. $10^7$ ☐ c. $10^{-2}$

Corrigés au verso

# Corrigés

**1** > **a.** $39 = 3 \times 13$ donc 39 n'est pas un nombre premier.

Voir **Fiche 1**

**2** > **c.** 2 et 3 sont premiers et $2 + 3 = 5$ est premier.
2 et 7 sont premiers mais $2 + 7 = 9$ n'est pas premier.

Voir **Fiche 1**

**3** > **c.** Les diviseurs de 24 sont 1 ; 2 ; 3 ; 4 ; 6 ; 8 ; 12 ; 24.
Les diviseurs de 18 sont 1 ; 2 ; 3 ; 6 ; 9 ; 18.
Le plus grand diviseur commun de 24 et 18 est 6.

Voir **Fiche 2**

**4** > **b.** La fraction $\frac{45}{33}$ se simplifie par 3 et la fraction $\frac{75}{25}$ se simplifie par 5.
La fraction qui est irréductible est donc $\frac{24}{25}$.

Voir **Fiche 2**

**5** > **b.** $180 = 18 \times 10 = 2 \times 9 \times 2 \times 5 = 2 \times 3 \times 3 \times 2 \times 5$
$= 2^2 \times 3^2 \times 5$

Voir **Fiche 1**

**6** > **b.** $2^4 = 2 \times 2 \times 2 \times 2 = 16$

Voir **Fiche 4**

**7** > **b.** $0{,}2^3 = 0{,}2 \times 0{,}2 \times 0{,}2 = 0{,}008$

Voir **Fiche 4**

**8** > **b.** $(-2)^4 = -2 \times (-2) \times (-2) \times (-2) = 16$

Voir **Fiche 4**

**9** > **a.** $0{,}158 \times 10^{-4}$ car 0,158 est un nombre décimal dont la partie entière est 0.
$3 \times 10^2$ est en notation scientifique car $3 \times 10^2 = 3{,}0 \times 10^2$

Voir **Fiche 5**

**10** > **b.** $0{,}024 = 2{,}4 \times 10^{-2}$

Voir **Fiche 5**

**11** > **a.** $10^{-5} \times 10^8 = 10^{-5+8} = 10^3$

Voir **Fiche 6**

**12** > **c.** $\frac{10^3}{10^5} = 10^{3-5} = 10^{-2}$

Voir **Fiche 6**

# Développer en utilisant la simple distributivité

☐ À revoir
☐ OK

7

## COURS

- **Développer** une expression, c'est **l'écrire sous forme d'une somme**.
- Si $a$, $b$ et $k$ sont trois nombres relatifs, alors $k(a+b) = ka + kb$.

Le nombre $k$, qui dans le membre de droite de l'identité ci-dessus, multiplie les nombres $a$ et $b$, est appelé le facteur commun.

- Quand on utilise cette identité de la gauche vers la droite, on **développe** en utilisant la simple distributivité.

**Exemple :**

$$A = 5x(4x - 3) = 5x \times 4x + 5x \times (-3) = 20x^2 - 15x$$

## EXERCICE RÉSOLU 1

### Énoncé

Développer et réduire les expressions littérales suivantes.

$A = -5(x+2)$ $\quad B = (4x-3) \times 2$ $\quad C = x(x-8)$

$D = 7x(5x+2)$ $\quad E = (8-2x) \times x$ $\quad F = -3x(4x-1)$

### Résolution

$A = -5(x+2)$
$= -5 \times x - 5 \times 2$
$= -5x - 10$

$B = (4x-3) \times 2$
$= 2 \times 4x + 2 \times (-3)$
$= 8x - 6$

$C = x(x-8)$
$= x \times x + x \times (-8)$
$= x^2 - 8x$

$D = 7x(5x+2)$
$= 7x \times 5x + 7x \times 2$
$= 35x^2 + 14x$

$E = (8-2x) \times x$
$= x \times 8 + x \times (-2x)$
$= 8x - 2x^2$

$F = -3x(4x-1)$
$= -3x \times 4x - 3x \times (-1)$
$= -12x^2 + 3x$

## EXERCICE RÉSOLU 2

### Énoncé

Développer et réduire les expressions littérales suivantes.

$A = 7x - x(x-5)$ $\quad B = 5(3x+2) + 3x(2x-5)$

$C = 2x(x-4) + 7x(3-4x)$ $\quad D = 2x(2x+1) - 2x(2x-1)$

## Résolution

$A = 7x - x(x - 5)$
$= 7x - x \times x - x \times (-5)$
$= 7x - x^2 + 5x$
$= -x^2 + 12x$

$B = 5(3x + 2) + 3x(2x - 5)$
$= 5 \times 3x + 5 \times 2 + 3x \times 2x + 3x \times (-5)$
$= 15x + 10 + 6x^2 - 15x$
$= 15x + 10 + 6x^2 - 15x$
$= 6x^2 + 10$

$C = 2x(x - 4) + 7x(3 - 4x)$
$= 2x \times x + 2x \times (-4) + 7x \times 3 + 7x \times (-4x)$
$= 2x^2 - 8x + 21x - 28x^2$
$= -26x^2 + 13x$

$D = 2x(2x + 1) - 2x(2x - 1)$
$= 2x \times 2x + 2x \times 1 - 2x \times 2x - 2x \times (-1)$
$= 4x^2 + 2x - 4x^2 + 2x$
$= 4x$

# EXERCICE RÉSOLU 3

## Énoncé

Parmi les expressions littérales suivantes, quelles sont celles qui représentent une grandeur du rectangle ci-contre ?
Préciser laquelle.

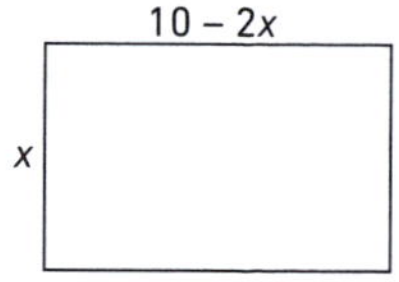


**1.** $x(10 - 2x)$ **2.** $2(10 - x)$
**3.** $x \times 10 - 2x$ **4.** $10x - 2x^2$
**5.** $2x + 2(10 - 2x)$ **6.** $20 - 2x$

## Résolution

$x(10 - 2x)$ est le produit de la largeur du rectangle par la longueur du rectangle donc cette expression représente l'aire du rectangle.
De plus, $x(10 - 2x) = x \times 10 + x \times (-2x) = 10x - 2x^2$ donc les expressions **1.** et **4.** représentent l'aire du rectangle.
$2x + 2(10 - 2x)$ est la somme du double de la largeur et du double de la longueur du rectangle donc c'est le périmètre du rectangle.
De plus, $2x + 2(10 - 2x) = 2x + 2 \times 10 + 2 \times (-2x) = 2x + 20 - 4x = 20 - 2x$ et $2(10 - x) = 2 \times 10 + 2 \times (-x) = 20 - 2x$ donc les expressions **2.**, **5.** et **6.** représentent le périmètre du rectangle.
L'expression **3.** ne représente rien de particulier pour ce rectangle.

# Développer en utilisant la double distributivité

☐ À revoir
☐ OK

8

## COURS

- Si $a$, $b$, $c$ et $d$ sont quatre nombres relatifs, alors :

$$(a+b)(c+d) = ac + ad + bc + bd$$

Quand on utilise cette identité de la gauche vers la droite, on développe en utilisant la double distributivité.

**Exemple** : $B = (2x-1)(3x+7)$

$= 2x \times 3x + 2x \times 7 - 1 \times 3x - 1 \times 7$
$= 6x^2 + 14x - 3x - 7$
$= 6x^2 + 11x - 7$

## EXERCICE RÉSOLU 1

### Énoncé

Développer et réduire les expressions littérales suivantes.

$A = (x+3)(x+2)$ $B = (x-5)(x+1)$ $C = (x-4)(x-9)$
$D = (2x+1)(x-7)$ $E = (3x-4)(2x-5)$ $F = (8x-3)(7x+9)$

### Résolution

$A = (x+3)(x+2)$
$= x \times x + x \times 2 + 3 \times x + 3 \times 2$
$= x^2 + 2x + 3x + 6$
$= x^2 + 5x + 6$

$B = (x-5)(x+1)$
$= x \times x + x \times 1 - 5 \times x - 5 \times 1$
$= x^2 + x - 5x - 5$
$= x^2 - 4x - 5$

$C = (x-4)(x-9)$
$= x \times x + x \times (-9) - 4 \times x - 4 \times (-9)$
$= x^2 - 9x - 4x + 36$
$= x^2 - 13x + 36$

$D = (2x+1)(x-7)$
$= 2x \times x + 2x \times (-7) + 1 \times x + 1 \times (-7)$
$= 2x^2 - 14x + x - 7$
$= 2x^2 - 13x - 7$

$E = (3x-4)(2x-5)$
$= 3x \times 2x + 3x \times (-5) - 4 \times 2x - 4 \times (-5)$
$= 6x^2 - 15x - 8x + 20 = 6x^2 - 23x + 20$

$F = (8x-3)(7x+9)$
$= 8x \times 7x + 8x \times 9 - 3 \times 7x - 3 \times 9$
$= 56x^2 + 72x - 21x - 27 = 56x^2 + 51x - 27$

## EXERCICE RÉSOLU 2

### Énoncé

Développer et réduire les expressions littérales suivantes.

$A = (2x - 1)(3x + 5) - 2x(x - 3)$ $\quad$ $B = (4x - 5)(x + 8) + (2x - 3)(5x - 1)$

$C = (7x + 4)(4x - 3) - (x + 2)(8x + 1)$

### Résolution

$$\begin{aligned} A &= (2x - 1)(3x + 5) - 2x(x - 3) \\ &= 2x \times 3x + 2x \times 5 - 1 \times 3x - 1 \times 5 - 2x \times x - 2x \times (-3) \\ &= 6x^2 + 10x - 3x - 5 - 2x^2 + 6x \\ &= 4x^2 + 13x - 5 \end{aligned}$$

$$\begin{aligned} B &= (4x - 5)(x + 8) + (2x - 3)(5x - 1) \\ &= 4x \times x + 4x \times 8 - 5 \times x - 5 \times 8 + 2x \times 5x + 2x \times (-1) - 3 \times 5x - 3 \times (-1) \\ &= 4x^2 + 32x - 5x - 40 + 10x^2 - 2x - 15x + 3 = 14x^2 + 10x - 37 \end{aligned}$$

$$\begin{aligned} C &= (7x + 4)(4x - 3) - (x + 2)(8x + 1) \\ &= (7x \times 4x + 7x \times (-3) + 4 \times 4x + 4 \times (-3)) - (x \times 8x + x \times 1 + 2 \times 8x + 2 \times 1) \\ &= (28x^2 - 21x + 16x - 12) - (8x^2 + x + 16x + 2) \\ &= (28x^2 - 5x - 12) - (8x^2 + 17x + 2) \\ &= 28x^2 - 5x - 12 - 8x^2 - 17x - 2 = 20x^2 - 22x - 14 \end{aligned}$$

## EXERCICE RÉSOLU 3

### Énoncé

Deux nombres ont une somme égale à 500. Quand on augmente chacun de ces deux nombres de 12, de combien augmente leur produit ?

### Résolution

Si on choisit 388 et 112, alors $388 \times 112 = 43\ 456$.

$(388 + 12)(112 + 12) = 400 \times 124 = 49\ 600$

Or, $47005 - 43\ 456 = 6\ 144$

À l'aide de quelques exemples supplémentaires, on peut conjecturer que lorsqu'on augmente chacun de ces nombres de 12, leur produit augmente de 6 144. Il faut maintenant le démontrer dans tous les cas.

Soit $a$ et $b$ ces deux nombres.

Leur somme est égale à 500, donc $a + b = 500$. Leur produit est $ab$.

$$\begin{aligned} (a + 12)(b + 12) &= a \times b + a \times 12 + 12 \times b + 12 \times 12 \\ &= ab + 12a + 12b + 144 = ab + 12(a + b) + 144 \\ &= ab + 12 \times 500 + 144 = ab + 6\ 000 + 144 \\ &= ab + 6\ 144 \end{aligned}$$

# Factoriser

☐ À revoir
☐ OK

9

## COURS

▶ Vidéo

- **Factoriser** une expression, c'est **l'écrire sous forme d'un produit**.
- Quand on utilise l'identité $k(a+b) = ka + kb$, où $a$, $b$ et $k$ sont trois nombres relatifs, de la droite vers la gauche, on **factorise** en utilisant la **simple distributivité par reconnaissance du facteur commun $k$**.

**Exemples :**

$A = 12x^2 + 8x$
$= 4x \times 3x + 4x \times 2$
$= 4x(3x + 2)$

$B = (2x+1)(x-3) - (2x+1)(2x+5)$
$= (2x+1)[(x-3) - (2x+5)]$
$= (2x+1)(x - 3 - 2x - 5)$
$= (2x+1)(-x-8)$

- Si $a$ et $b$ sont des nombres relatifs alors $(a+b)(a-b) = a^2 - b^2$. Quand on utilise cette identité de la droite vers la gauche, on factorise en utilisant une identité remarquable.

**Exemples :**

$A = x^2 - 9$
$= x^2 - 3^2$
$= (x+3)(x-3)$

$B = 16x^2 - 25$
$= (4x)^2 - 5^2$
$= (4x+5)(4x-5)$

$C = (2x-3)^2 - (x+5)^2$
$= [(2x-3) + (x+5)][(2x-3) + (x+5)]$
$= (2x - 3 + x + 5)(2x - 3 - x - 5)$
$= (3x+2)(x-8)$

## EXERCICE RÉSOLU 1

### Énoncé

Factoriser les expressions suivantes.

$A = 24x - 16$ $B = x^2 - 7x$ $C = 5x^2 + 15x$

### Résolution

$A = 24x - 16$
$= 8 \times 3x - 8 \times 2$
$= 8(3x - 2)$

$B = x^2 - 7x$
$= x \times x - x \times 7$
$= x(x - 7)$

$C = 5x^2 + 15x$
$= 5x \times x + 5x \times 3$
$= 5x(x + 3)$

## EXERCICE RÉSOLU 2

### Énoncé

Factoriser les expressions suivantes.

$A = (x-3)(4x-5) + (x-3)(3x+2)$ $C = (2x+1)^2 - (2x+1)(8x+7)$

## Résolution

$A = (x-3)(4x-5) + (x-3)(3x+2)$
$= (x-3)[(4x-5) + (3x+2)]$
$= (x-3)(4x-5+3x+2)$
$= (x-3)(7x-3)$

$C = (2x+1)^2 - (2x+1)(8x+7)$
$= (2x+1)(2x+1) - (2x+1)(8x+7)$
$= (2x+1)[(2x+1) - (8x+7)]$
$= (2x+1)(2x+1-8x-7)$
$= (2x+1)(-6x-6)$

# EXERCICE RÉSOLU 3

## Énoncé

Factoriser les expressions suivantes.

$A = x^2 - 49$ $\quad$ $B = 4x^2 - 81$ $\quad$ $C = x^2 - 64$

## Résolution

$A = x^2 - 49$
$= x^2 - 7^2$
$= (x+7)(x-7)$

$B = 4x^2 - 81$
$= (2x)^2 - 9^2$
$= (2x+9)(2x-9)$

$C = x^2 - 64$
$= x^2 - 8^2$
$= (x+8)(x-8)$

# EXERCICE RÉSOLU 4

## Énoncé

Factoriser les expressions suivantes.

$A = (x-2)^2 - 25$ $\quad$ $B = (2x-3)^2 - (x+3)^2$

## Résolution

$A = (x-2)^2 - 25$
$= (x-2)^2 - 5^2$
$= [(x-2)+5][(x-2)-5]$
$= [x-2+5][x-2-5]$
$= (x+3)(x-7)$

$B = (2x-3)^2 - (x+3)^2$
$= [(2x-3)+(x+3)][(2x-3)-(x+3)]$
$= (2x-3+x+3)(2x-3-x-3)$
$= 3x(x-6)$

# EXERCICE RÉSOLU 5

## Énoncé

Calculer mentalement.

1. $142 \times 73 + 27 \times 142$
2. $51^2 - 49^2$

## Résolution

1. $142 \times 73 + 27 \times 142 = 142 \times (73+27) = 142 \times 100 = 14\,200$
2. $51^2 - 49^2 = (51+49) \times (51-49) = 100 \times 2 = 200$

# Utiliser le calcul littéral pour démontrer un résultat général

☐ À revoir
☐ OK

10

## COURS

● Le calcul littéral est un outil efficace pour démontrer un résultat général, c'est-à-dire un résultat valable pour tous les nombres vérifiant les mêmes propriétés.

**Exemple :** On peut démontrer que le carré d'un nombre pair est pair en utilisant le calcul littéral.

Soit $n$ un entier pair quelconque.

$n$ est un multiple de 2 donc il peut s'écrire sous la forme $2k$ où $k$ est un entier quelconque. Le carré de $n$ est donc égal à $(2k)^2$.

Ainsi, $n^2 = (2k)^2 = 2k \times 2k = 4k^2 = 2 \times 2k^2$ donc $n^2$ est un multiple de 2. $n^2$ est donc pair.

Le raisonnement précédent ne dépendant pas de la valeur de l'entier $n$ choisi, il est donc valable pour tous les entiers pairs.

On a ainsi démontré que le carré d'un entier pair est pair.

## EXERCICE RÉSOLU 1

### Énoncé

Démontrer que la somme de trois entiers consécutifs est un multiple de 3.

### Résolution

Soit $n$ le plus petit des trois entiers consécutifs. L'entier du « milieu » est donc $n + 1$ et le plus grand est $n + 2$.

La somme de ces trois entiers consécutifs est :

$n + (n + 1) + (n + 2) = n + n + 1 + n + 2 = 3n + 3 = 3(n + 1)$

La somme de ces trois entiers consécutifs est le triple de l'entier $n + 1$ donc c'est un multiple de 3.

Ainsi, la somme de trois entiers consécutifs est un multiple de 3.

## EXERCICE RÉSOLU 2

### Énoncé

La différence des carrés de deux entiers consécutifs est-elle paire ? impaire ? ni l'un ni l'autre ?

## Résolution

$5^2 - 4^2 = 25 - 16 = 9$ $\quad$ $31^2 - 30^2 = 961 - 900 = 61$

$212^2 - 211^2 = 44\,944 - 44\,521 = 423$

$1524^2 - 1523^2 = 2\,322\,576 - 2\,319\,529 = 3\,047$

À partir de ces essais, on peut donc émettre la conjecture que la différence des carrés de deux entiers consécutifs est impaire.

Soit $n$ le plus petit des deux entiers. Celui qui le suit est $n + 1$.

La différence des carrés de ces deux entiers est $(n + 1)^2 - n^2$.

Or, $(n + 1)^2 - n^2 = n^2 + 2n + 1 - n^2 = n^2 + 2n + 1 - n^2 = 2n + 1$

La différence des carrés des entiers $n + 1$ et $n$ est donc un entier impair.

Ainsi, la différence des carrés de deux entiers consécutifs est impaire.

# EXERCICE RÉSOLU 3

## Énoncé

On isole un carré quelconque de 3 jours par 3 jours dans un calendrier d'ordinateur. On effectue ensuite le produit des deux cases vertes auquel on soustrait le produit des deux cases bleues.

Quelle conjecture peut-on émettre sur cette différence quel que soit le carré choisi ? Démontrer la conjecture émise.

| lu | ma | me | je | ve | sa | di |
|---|---|---|---|---|---|---|
| 29 | 30 | 31 | 1 | 2 | 3 | 4 |
| 5 | 6 | 7 | 8 | 9 | 10 | 11 |
| 12 | 13 | 14 | 15 | 16 | 17 | 18 |
| 19 | 20 | 21 | 22 | 23 | 24 | 25 |
| 26 | 27 | 28 | 29 | 30 | 1 | 2 |

## Résolution

En effectuant des essais pour différents carrés, on peut émettre la conjecture que cette différence est toujours égale à 28. Par exemple, pour le carré de l'énoncé, cette différence est $9 \times 21 - 7 \times 23 = 28$.

Démontrons cette conjecture pour n'importe quel carré de 3 jours par 3 jours choisi dans un calendrier quelconque de ce format.

| | | |
|---|---|---|
| $n$ | | $n + 2$ |
| | | |
| $n + 14$ | | $n + 16$ |

Notons $n$ le numéro du jour dont le numéro est le plus petit. Le suivant est $n + 2$. Le suivant est $n + 14$ et le dernier est $n + 16$.

La différence entre les produits des entiers situés aux extrémités des diagonales est :

$$\begin{aligned}(n + 2)(n + 14) - n \times (n + 16) &= n \times n + n \times 14 + 2 \times n + 2 \times 14 - n \times n - n \times 16 \\ &= n^2 + 14n + 2n + 28 - n^2 - 16n \\ &= 28\end{aligned}$$

Ainsi, quel que soit le carré de 3 jours par 3 jours choisi, la différence des produits des entiers situés aux diagonales est toujours égale à 28.

# Les équations

☐ À revoir
☐ OK

11

## COURS

- Une équation d'inconnue $x$ est une égalité qui peut être vraie ou fausse selon les valeurs de $x$.

**Exemples :**
$3x-4=-2x+6$, $(3x+5)(4x-1)=0$ et $2x^2-3x+2=2x-1$ sont des équations d'inconnue $x$.

- On appelle solution de l'équation toute valeur de l'inconnue qui rend l'égalité vraie.

**Exemple :**
Si $x=\frac{3}{2}$, alors $2x^2-3x+2=2$ et $2x-1=2$, donc $2x^2-3x+2=2x-1$.

Ainsi, $\frac{3}{2}$ est une solution de l'équation $2x^2-3x+2=2x-1$.

## EXERCICE RÉSOLU 1

### Énoncé

Répondre aux questions suivantes sans résoudre les équations.

**1.** 1 est-il solution de l'équation $4x-3=5$ ?

**2.** $-4{,}4$ est-il solution de l'équation $-2x-7=3x+15$ ?

**3.** $\frac{1}{3}$ est-il solution de l'équation $3x^2+x-1=-4x+1$ ?

**4.** $\frac{2}{7}$ est-il solution de l'équation $(x-1)(7x+2)=0$ ?

### Résolution

**1.** Si $x=1$, $4x-3=4\times1-3=4-3=1$, donc 1 n'est pas une solution de l'équation.

**2.** Si $x=-4{,}4$, $-2x-7=-2\times(-4{,}4)-7=8{,}8-7=1{,}8$
$3x+15=3\times(-4{,}4)+15=-13{,}2+15=1{,}8$,
donc $-4{,}4$ est une solution de l'équation.

**3.** Si $x=\frac{1}{3}$, $3x^2+x-1=3\left(\frac{1}{3}\right)^2+\frac{1}{3}-1=3\times\frac{1}{9}+\frac{1}{3}-1=\frac{1}{3}+\frac{1}{3}-1=-\frac{1}{3}$

$-4x+1=-4\times\frac{1}{3}+1=-\frac{4}{3}+1=-\frac{1}{3}$, donc $\frac{1}{3}$ est une solution de l'équation.

**4.** Si $x=\frac{2}{7}$, $(x-1)(7x+2)=\left(\frac{2}{7}-1\right)\left(7\times\frac{2}{7}+2\right)=\left(-\frac{5}{7}\right)(2+2)=-\frac{20}{7}$,

donc $\frac{2}{7}$ n'est pas une solution de l'équation.

## EXERCICE RÉSOLU 2

### Énoncé

Jade a réalisé la feuille de calcul ci-dessous.

| | A | B | C |
|---|---|---|---|
| 1 | **x** | **7x - 2** | **5x + 3** |
| 2 | -3 | -23 | -12 |
| 3 | -2,5 | -19,5 | -9,5 |
| 4 | -2 | -16 | -7 |
| 5 | -1,5 | -12,5 | -4,5 |
| 6 | -1 | -9 | -2 |
| 7 | -0,5 | -5,5 | 0,5 |
| 8 | 0 | -2 | 3 |
| 9 | 0,5 | 1,5 | 5,5 |
| 10 | 1 | 5 | 8 |
| 11 | 1,5 | 8,5 | 10,5 |
| 12 | 2 | 12 | 13 |
| 13 | 2,5 | 15,5 | 15,5 |
| 14 | 3 | 19 | 18 |
| 15 | 3,5 | 22,5 | 20,5 |
| 16 | 4 | 26 | 23 |

**1.** Quelle formule a-t-elle écrite dans la cellule B2 puis recopiée vers le bas ?

**2.** Quelle formule a-t-elle écrite dans la cellule C2 puis recopiée vers le bas ?

**3.** En utilisant la feuille de calcul de Jade, déterminer une solution à chacun des équations suivantes :

**a.** $7x - 2 = 8,5$

**b.** $5x + 3 = -2$

**c.** $7x - 2 = 5x + 3$

### Résolution

**1.** Jade a écrit la formule = 7*A2 – 2 dans la cellule B2.

**2.** Jade a écrit la formule = 5*A2 + 3 dans la cellule C2.

**3. a.** Une solution de l'équation $7x - 2 = 8,5$ se situe dans la cellule A11. C'est 1,5.

**b.** Une solution de l'équation $5x + 3 = -2$ se situe dans la cellule A6. C'est – 1.

**c.** Une solution de l'équation $7x - 2 = 5x + 3$ se situe dans la cellule A13. C'est 2,5.

# Résoudre une équation du premier degré

☐ À revoir
☐ OK

12

## COURS

- Résoudre une équation, c'est trouver **toutes les solutions de l'équation**.

- Une équation est dite du **premier degré** quand elle peut s'écrire sous la forme $ax + b = cx + d$ où $a$, $b$, $c$ et $d$ sont quatre nombres tels que $a \neq c$.

**Exemples :** $3x + 4 = -2x - 6$ et $3(4x - 5) = 8x + 3$ sont des équations du premier degré.

- On ne change pas les solutions d'une équation quand :
– on **additionne ou soustrait un même nombre** dans ses deux membres ;
– on **multiplie ou divise ses deux membres par un même nombre** non nul.

**Exemple :**

$3x + 4 = -2x - 6$
$3x + 4 + 2x = -2x + 6 + 2x$
$5x + 4 = -6$

En additionnant **2x** dans les deux membres, on obtient l'équation $5x + 4 = -6$ qui a les mêmes solutions que l'équation $3x + 4 = -2x - 6$.

$5x + 4 - 4 = -6 - 4$
$5x = -10$

En soustrayant **4** dans les deux membres, on obtient l'équation $5x = -10$ qui a les mêmes solutions que l'équation $5x + 4 = -6$.

$\frac{5x}{5} = \frac{-10}{5}$
$x = -2$

En divisant par **5** les deux membres, on obtient l'équation $x = -2$ qui a les mêmes solutions que l'équation $5x = -10$.

La solution de l'équation est 2.

## EXERCICE RÉSOLU 1

### Énoncé

Associer entre elles les équations qui ont les mêmes solutions.

| | |
|---|---|
| **1.** $5x - 3 = 2x + 7$ | **a.** $7x - 3 = 7$ |
| **2.** $2x + 8 = 5$ | **b.** $x = 2$ |
| **3.** $4x - 3 = 2x + 1$ | **c.** $3x - 3 = 7$ |
| **4.** $5x - 3 = -2x + 7$ | **d.** $2x = 13$ |
| **5.** $2x + 1 = 2$ | **e.** $2x = -3$ |
| **6.** $-x - 5 = -3x + 8$ | **f.** $x = 0{,}5$ |

### Résolution

**1.** et **c.** **2.** et **e.** **3.** et **b.** **4.** et **a.** **5.** et **f.** **6.** et **d.**

## EXERCICE RÉSOLU 2

### Énoncé

Compléter les résolutions d'équations suivantes.

**1.** $11x+4=5x-8$

$11x+4\ ...=5x-8\ ...$

$6x+4=-8$

$6x+4\ ...=-8\ ...$

$6x=-12$

$6x\ ...=-12\ ...$

$x=-2$

**2.** $3x-4=-2x+6$

$3x-4\ ...=-2x+6\ ...$

$5x-4=6$

$5x-4\ ...=6\ ...$

$5x=10$

$5x\ ...=10\ ...$

$x=2$

### Résolution

**1.** $11x+4=5x-8$

$11x+4-\mathbf{5x}=5x-8-\mathbf{5x}$

$6x+4=-8$

$6x+4-\mathbf{4}=-8-\mathbf{4}$

$6x=-12$

$\frac{6x}{\mathbf{6}}=\frac{-12}{\mathbf{6}}$

$x=-2$

**2.** $3x-4=-2x+6$

$3x-4+\mathbf{2x}=-2x+6+\mathbf{2x}$

$5x-4=6$

$5x-4+\mathbf{4}=6+\mathbf{4}$

$5x=10$

$\frac{5x}{\mathbf{5}}=\frac{10}{\mathbf{5}}$

$x=2$

## EXERCICE RÉSOLU 3

### Énoncé

Résoudre les équations suivantes.

**1.** $7x-9=4x$

**2.** $2x-4=3x+4$

### Résolution

**1.** $7x-9=4x$

$7x-9-\mathbf{7x}=4x-\mathbf{7x}$

$-9=-\mathbf{3x}$

$\frac{-9}{\mathbf{-3}}=\frac{-3x}{\mathbf{-3}}$

$3=x$

La solution de l'équation est 3.

**2.** $2x-4=3x+4$

$2x-4-\mathbf{3x}=3x+4-\mathbf{3x}$

$-x-4=4$

$-x-4+\mathbf{4}=4+\mathbf{4}$

$-x=8$

$x=-8$

La solution de l'équation est – 8.

# Résoudre une équation se ramenant à une équation du premier degré

À revoir
OK

13

## COURS

- En utilisant le calcul littéral, on peut ramener la résolution de certaines équations à celle d'une équation du premier degré.

**Exemple :**

$(x-3)(2x-8)=2x(x-2)$

$x\times 2x+x\times(-8)-3\times 2x-3\times(-8)=2x\times x+2x\times(-2)$

$2x^2-8x-6x+24=2x^2-4x$

$2x^2-14x+24=2x^2-4x$

$2x^2-14x+24\mathbf{-2x^2}=2x^2-4x\mathbf{-2x^2}$

$-14x+24=-4x$

$-14x+24\mathbf{+14x}=-4x\mathbf{+14x}$

$24=10x$

$\frac{24}{\mathbf{10}}=\frac{10x}{\mathbf{10}}$

$2{,}4=x$

La solution de l'équation est 2,4.

## EXERCICE RÉSOLU 1

### Énoncé

Résoudre les équations suivantes.

1. $-3x+6=7(x-2)$
2. $8x-(8+2x)=3(x+4)$
3. $4x^2-6x+20=4x(4+x)$
4. $13-(-2x+6)=7x-8$

### Résolution

1. $-3x+6=7(x-2)$

$-3x+6=7\times x+7\times(-2)$

$-3x+6=7x-14$

$-3x+6\mathbf{-7x}=7x-14\mathbf{-7x}$

$-10x+6=-14$

$-10x+6\mathbf{-6}=-14\mathbf{-6}$

$-10x=-20$

$\frac{-10x}{\mathbf{-10}}=\frac{-20}{\mathbf{-10}}$

$x=2$

La solution de l'équation est 2.

2. $8x-(8+2x)=3(x+4)$

$8x-8-2x=3\times x+3\times 4$

$6x-8=3x+12$

$6x-8\mathbf{-3x}=3x+12\mathbf{-3x}$

$3x-8=12$

$3x-8\mathbf{+8}=12\mathbf{+8}$

$3x=20$

$\frac{3x}{\mathbf{3}}=\frac{20}{\mathbf{3}}$

$x=\frac{20}{3}$

La solution de l'équation est $\frac{20}{3}$.

**3.** $4x^2 - 6x + 20 = 4x(4 + x)$
$4x^2 - 6x + 20 = 4x \times 4 + 4x \times x$
$4x^2 - 6x + 20 = 16x + 4x^2$
$4x^2 - 6x + 20 \mathbf{- 4x^2} = 16x + 4x^2 \mathbf{- 4x^2}$
$- 6x + 20 = 16x$
$- 6x + 20 \mathbf{+ 6x} = 16x \mathbf{+ 6x}$
$20 = 22x$
$\frac{20}{\mathbf{22}} = \frac{22x}{\mathbf{22}}$
$\frac{10}{\mathbf{11}} = x$
La solution de l'équation est $\frac{10}{11}$.

**4.** $13 - (- 2x + 6) = 7x - 8$
$13 + 2x - 6 = 7x - 8$
$7 + 2x = 7x - 8$
$7 + 2x \mathbf{- 7x} = 7x - 8 \mathbf{- 7x}$
$7 - 5x = - 8$
$7 - 5x \mathbf{- 7} = - 8 \mathbf{- 7}$
$- 5x = - 15$
$\frac{- 5x}{\mathbf{- 5}} = \frac{- 15}{\mathbf{- 5}}$
$x = 3$
La solution de l'équation est 3.

## EXERCICE RÉSOLU 2

### Énoncé

Résoudre les équations suivantes.

**1.** $(4x + 1)(2x - 1) = 8x^2 - 6x$

**2.** $x^2 + 25 = (6 - x)^2 + 9$

### Résolution

**1.** $(4x + 1)(2x - 1) = 8x^2 - 6x$
$8x^2 - 4x + 2x - 1 = 8x^2 - 6x$
$8x^2 - 2x - 1 = 8x^2 - 6x$
$8x^2 - 2x - 1 \mathbf{- 8x^2} = 8x^2 - 6x \mathbf{- 8x^2}$
$- 2x - 1 = - 6x$
$- 2x - 1 \mathbf{+ 2x} = - 6x \mathbf{+ 2x}$
$- 1 = - 4x$
$\frac{- 1}{\mathbf{- 4}} = \frac{- 4x}{\mathbf{- 4}}$
$\frac{1}{4} = x$
La solution de l'équation est $\frac{1}{4}$.

**2.** $x^2 + 25 = (6 - x)^2 + 9$
$x^2 + 25 = 36 - 12x + x^2 + 9$
$x^2 + 25 = 45 - 12x + x^2$
$x^2 + 25 \mathbf{- x^2} = 45 - 12x + x^2 \mathbf{- x^2}$
$25 = 45 - 12x$
$25 \mathbf{- 45} = 45 - 12x \mathbf{- 45}$
$- 20 = - 12x$
$\frac{- 20}{\mathbf{- 12}} = \frac{- 12x}{\mathbf{- 12}}$
$\frac{5}{3} = x$
La solution de l'équation est $\frac{5}{3}$.

# Modéliser une situation par une équation du premier degré

☐ À revoir
☐ OK

14

## COURS

- Pour être résolus, certains problèmes peuvent être modélisés par une équation. La résolution du problème suit alors les quatre étapes :

1. Choix de l'inconnue
2. Mise en équation
3. Résolution de l'équation
4. Interprétation de la solution de l'équation

**Exemple :**

Où faut-il placer le point M sur le segment [AB] pour que le carré et le triangle équilatéral ci-contre aient le même périmètre ?

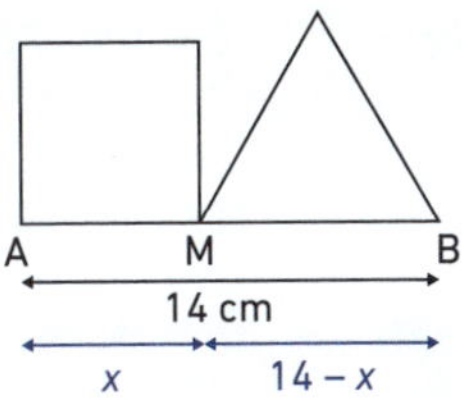


1. On note $x$ la longueur AM.
2. Le périmètre du carré est $4x$. La longueur MB est égale à $14 - x$ donc le périmètre du triangle équilatéral est $3(14 - x)$.

Pour que les périmètres du carré et du triangle équilatéral soient égaux, il faut que $4x = 3(14 - x)$.

3. $4x = 3(14 - x)$

$4x = 3 \times 14 + 3 \times (-x)$

$4x = 42 - 3x$

$4x + 3x = 42 - 3x + 3x$

$7x = 42$

$\frac{7x}{7} = \frac{42}{7}$

$x = 6$

La solution de l'équation est 6.

4. Il faut placer le point M à 6 cm du point A sur le segment [AB].

## EXERCICE RÉSOLU 1

### Énoncé

Sur le schéma ci-contre, le nombre écrit sur une brique du mur est la somme des nombres des deux briques se trouvant sous elle.

Quel même nombre peut-on écrire sur les trois briques bleues pour que le nombre au sommet du mur soit égal à la somme des nombres de la première ligne de briques ?

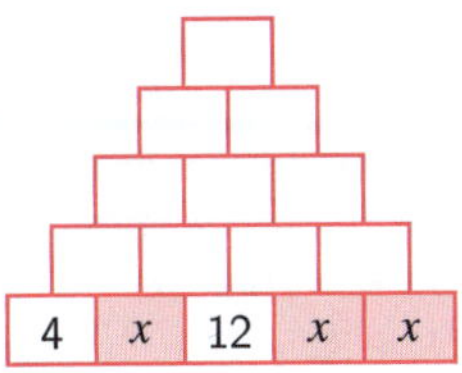


### Résolution

1. Soit $x$ le même nombre se trouvant dans les briques bleues.

2. On peut écrire sur chaque brique du mur :

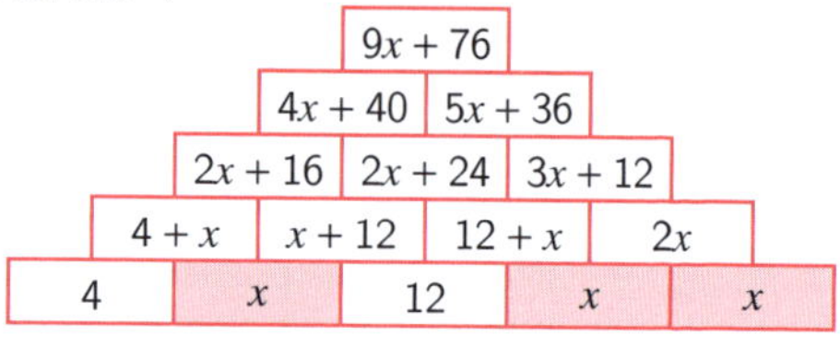


La somme des nombres de la première ligne du mur est :
$4 + x + 12 + x + x = 3x + 16$.
On peut donc résoudre l'équation $9x + 76 = 3x + 16$ pour trouver le nombre à écrire sur les briques bleues.

3. $9x + 76 = 3x + 16$
$9x + 76 \mathbf{- 3x} = 3x + 16 \mathbf{- 3x}$
$6x + 76 = 16$
$6x + 76 \mathbf{- 76} = 16 \mathbf{- 76}$
$6x = -60$
$\frac{6x}{\mathbf{6}} = \frac{-60}{\mathbf{6}}$
$x = -10$
La solution de l'équation est $-10$.

4. Il faut écrire $-10$ sur les briques jaunes pour que le nombre au sommet du mur soit égal à la somme des nombres de la première ligne de briques.

## EXERCICE RÉSOLU 2

### Énoncé

Trois triangles équilatéraux identiques sont découpés dans les coins d'un triangle équilatéral de côté 6 cm. La somme des périmètres des trois petits triangles est égale au périmètre de l'hexagone jaune restant. Quelle est la mesure du côté des petits triangles ?

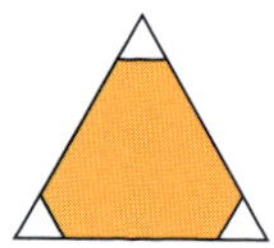

*Pondichéry, 2015*

### Résolution

1. Soit $x$ la longueur du côté des petits triangles.

2. Le périmètre d'un des petits triangles est $3x$ donc la somme des périmètres des trois petits triangles est $3 \times 3x = 9x$.
L'hexagone a trois côtés qui mesurent $x$ cm et trois autres qui mesurent $6 - 2x$ cm donc son périmètre est :
$3x + 3 \times (6 - 2x) = 3x + 3 \times 6 + 3 \times (-2x) = 3x + 18 - 6x = 18 - 3x$
On peut donc résoudre l'équation $9x = 18 - 3x$ pour trouver la longueur du côté des petits triangles.

3. $9x = 18 - 3x$
$9x \mathbf{+ 3x} = 18 - 3x \mathbf{+ 3x}$
$12x = 18$
$\frac{12x}{\mathbf{12}} = \frac{18}{\mathbf{12}}$
$x = 1{,}5$
La solution de l'équation est 1,5.

4. La mesure du côté des petits triangles est 1,5 cm.

# Modéliser une situation par une équation

☐ À revoir
☐ OK

15

## COURS

▶ Vidéo

- La résolution des problèmes suivants nécessite la mobilisation conjointe des compétences en résolution d'équations et en calcul littéral.

**Exemple :**

« Deux tours élevées l'une de 30 pas, l'autre de 40 sont distantes de 50 pas. Entre les deux se trouve une fontaine vers le centre de laquelle deux oiseaux descendant des sommets des deux tours se dirigent du même vol et parviennent en même temps. Quelles sont les distances horizontales du centre de la fontaine aux deux tours ? »

*Leonardo Fibonacci*

**Résolution :**

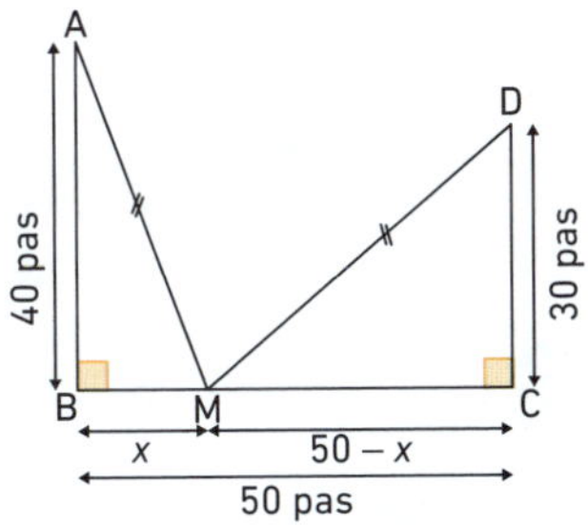


- La situation est représentée ci-contre.
- On note $x$ la distance du point M, centre de la fontaine au pied B de la plus grande tour. La distance du centre M de la fontaine au pied C de la plus petit tour est donc $50 - x$.

Les deux oiseaux se dirigent d'un même vol et parviennent en même temps au centre de la fontaine donc ils parcourent la même distance.
Ainsi, AM = DM.
Le triangle ABM est rectangle en M donc :
$AM^2 = BA^2 + BM^2 = 40^2 + x^2 = 1\ 600 + x^2$
Le triangle DCM est rectangle en M donc :
$DM^2 = CM^2 + CD^2 = (50 - x)^2 + 30^2 = (50 - x)^2 + 900$
AM = DM donc $AM^2 = DM^2$.

- On peut donc résoudre l'équation $1\ 600 + x^2 = (50 - x)^2 + 900$ pour trouver la valeur de $x$.

$1\ 600 + x^2 = (50 - x)^2 + 900$
$1\ 600 + x^2 = 50^2 - 2 \times 50 \times x + x^2 + 900$
$1\ 600 + x^2 = 2\ 500 - 100x + x^2 + 900$
$1\ 600 + x^2 = 3\ 400 - 100x + x^2$
$1\ 600 + x^2 - x^2 = 3\ 400 - 100x + x^2 - x^2$
$1\ 600 = 3\ 400 - 100x$
$1\ 600 - 3\ 400 = 3\ 400 - 100x - 3\ 400$
$-1\ 800 = -100x$
$\dfrac{-1800}{-100} = \dfrac{-100x}{-100}$
$18 = x$
La solution de l'équation est 18.

- La distance du centre de la fontaine au pied de la plus grande tour est 18 pas et la distance du pied de la fontaine au pied de la plus petite tour est 32 pas.

## EXERCICE RÉSOLU 1

### Énoncé

Quel même nombre doit-on additionner au numérateur et au dénominateur de la fraction $\frac{7}{16}$ pour doubler la valeur de cette fraction ?

### Résolution

Soit $x$ le nombre à additionner au numérateur et au dénominateur de la fraction.

$\frac{7+x}{16+x}=2\times\frac{7}{16}$

$\frac{7+x}{16+x}=\frac{14}{16}$

$16 \times (7 + x) = 14 \times (16 + x)$

$16 \times 7 + 16 \times x = 14 \times 16 + 14 \times x$

$112 + 16x = 224 + 14x$

$112 + 16x - \mathbf{14x} = 224 + 14x - \mathbf{14x}$

$112 + 2x = 224$

$112 + 2x - \mathbf{112} = 224 - \mathbf{112}$

$2x = 112$

$\frac{2x}{2}=\frac{112}{2}$

$x = 56$

La solution de l'équation est 56.

Le nombre à additionner au numérateur et au dénominateur de la fraction est 56.

## EXERCICE RÉSOLU 2

### Énoncé

Des archéologues ont retrouvé un fragment d'une assiette ronde. Ils ont pu mesurer les longueurs données sur la figure ci-contre. Calculer le diamètre de cette assiette.

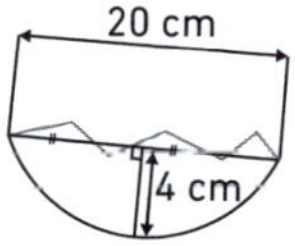


### Résolution

Soit $R$ le rayon de l'assiette.

Le triangle OAB est rectangle en A donc $OB^2 = AO^2 + AB^2$

$R^2 = (R - 4)^2 + 10^2$

$R^2 = R^2 - 2 \times R \times 4 + 4^2 + 100$

$R^2 = R^2 - 8R + 16 + 100$

$R^2 = R^2 - 8R + 116$

$R^2 \mathbf{- R^2} = R^2 - 8R + 116 \mathbf{- R^2}$

$0 = - 8R + 116$

$0 \mathbf{+ 8R} = - 8R + 116 \mathbf{+ 8R}$

$8R = 116$

$\frac{8R}{\mathbf{8}}=\frac{116}{\mathbf{8}}$

$R = 14,5$

La solution de l'équation est 14,5 cm.

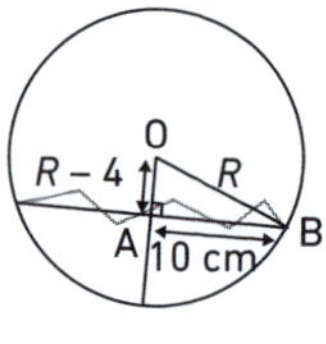


Le rayon de l'assiette est 14,5 cm donc son diamètre est 29 cm.

# Résoudre une inéquation du premier degré

☐ À revoir
☐ OK

16

## COURS

- Une inéquation d'inconnue $x$ est une inégalité qui peut être vraie ou fausse selon les valeurs de $x$.

**Exemples :** $2x - 7 < -4x + 5$ et $5 \times (2x - 3) \geqslant 3x + 2$ sont des inéquations d'inconnue $x$.

- Résoudre une inéquation, c'est trouver toutes les valeurs de l'inconnue qui rendent l'inégalité vraie. Ces valeurs sont appelées les solutions de l'inéquation.

**Exemple :**
Si $x = 1$ alors $2x - 7 = 2 \times 1 - 7 = -5$ et $-4x + 5 = -4 \times 1 + 5 = 1$ donc : $2x - 7 < -4x + 5$. Ainsi, 1 est une solution de l'inéquation $2x - 7 < -4x + 5$.

- On ne change pas les solutions d'une équation quand on **additionne ou soustrait un même nombre** dans ses deux membres.

On ne change pas les solutions d'une inéquation quand on **multiplie ou divise ses deux membres** :
– par **un même nombre strictement positif en conservant le sens de l'inégalité** ;
– par **un même nombre strictement négatif en changeant le sens de l'inégalité**.

**Exemples :**

$2x - 7 < -4x + 5$
$2x - 7 \mathbf{- 2x} < -4x + 5 \mathbf{- 2x}$
$-7 < -6x + 5$
$-7 \mathbf{- 5} < -6x + 5 \mathbf{- 5}$
$-12 < -6x$
$\dfrac{-12}{\mathbf{-6}} > \dfrac{-6x}{\mathbf{-6}}$
$-2 > x$

$\dfrac{x}{2} + 1 \geqslant 4$
$\dfrac{x}{2} + 1 \mathbf{- 1} \geqslant 4 \mathbf{- 1}$
$\dfrac{x}{2} \geqslant 3$
$\mathbf{2} \times \dfrac{x}{2} \geqslant \mathbf{2} \times 3$
$x \geqslant 6$

## EXERCICE RÉSOLU 1

### Énoncé

Sans les résoudre, entourer les nombres qui sont solutions des inéquations suivantes.

| | | | | | |
|---|---|---|---|---|---|
| **1.** | $8 - x \leqslant 7$ | 7 | 3 | 1 | $-3$ |
| **2.** | $-4x \geqslant 16$ | 0 | $-2$ | $-4$ | $-7$ |
| **3.** | $7x - 3 < 18$ | 5 | 3 | 0 | $-2$ |
| **4.** | $5x - 8 > 7x + 2$ | 2 | $-3$ | $-5$ | $-6$ |

## Résolution

**1.** 7 ; 3 ; 1 **2.** – 4 ; – 7 **3.** 0 ; – 2 **4.** – 6

# EXERCICE RÉSOLU 2

## Énoncé

Résoudre les inéquations suivantes.

**1.** $8x > 5x - 9$ **2.** $-x - 5 \geqslant 13$ **3.** $4x - 7 > 8x + 9$

**4.** $7x + 7 \leqslant 2x - 3$ **5.** $\frac{2x}{3} - 1 \geqslant 5$ **6.** $2(-x + 2) < x - 5$

## Résolution

**1.** $8x > 5x - 9$

$8x - \mathbf{5x} > 5x - 9 - \mathbf{5x}$

$3x > -9$

$\frac{3x}{3} > \frac{-9}{3}$

$x > -3$

**2.** $-x - 5 \geqslant 13$

$-x - 5 + \mathbf{5} \geqslant 13 + \mathbf{5}$

$-x \geqslant 18$

$x \leqslant -18$

**3.** $4x - 7 > 8x + 9$

$4x - 7 - \mathbf{8x} > 8x + 9 - \mathbf{8x}$

$-4x - 7 > 9$

$-4x - 7 + \mathbf{7} > 9 + \mathbf{7}$

$-4x > 16$

$\frac{-4x}{-4} < \frac{16}{-4}$

$x < -4$

**4.** $7x + 7 \leqslant 2x - 3$

$7x + 7 - \mathbf{2x} \leqslant 2x - 3 - \mathbf{2x}$

$5x + 7 \leqslant -3$

$5x + 7 - \mathbf{7} \leqslant -3 - \mathbf{7}$

$5x \leqslant -10$

$\frac{5x}{5} \leqslant \frac{-10}{5}$

$x \leqslant -2$

**5.** $\frac{2x}{3} - 1 \geqslant 5$

$\frac{2x}{3} - 1 + \mathbf{1} \geqslant 5 + \mathbf{1}$

$\frac{2x}{3} \geqslant 6$

$\frac{2x}{3} \times \mathbf{3} \geqslant 6 \times \mathbf{3}$

$2x \geqslant 18$

$\frac{2x}{2} \geqslant \frac{18}{2}$

$x \geqslant 9$

**6.** $2(-x + 2) < x - 5$

$2 \times (-x) + 2 \times 2 < x - 5$

$-2x + 4 < x - 5$

$-2x + 4 - \mathbf{x} < x - 5 - \mathbf{x}$

$-3x + 4 < -5$

$-3x + 4 - \mathbf{4} < -5 - \mathbf{4}$

$-3x < -9$

$\frac{-3x}{-3} > \frac{-9}{-3}$

$x > 3$

Je me teste sur…

# EXPRESSIONS LITTÉRALES

**1** $7x(x - 3) =$

☐ **a.** $7x^2 - 3$ ☐ **b.** $7x^2 - 21x$ ☐ **c.** $21x^2$

**2** $(x + 4)(x - 5) =$

☐ **a.** $x^2 - 20$ ☐ **b.** $-x$ ☐ **c.** $x^2 - x - 20$

**3** $(3x - 2)(2x - 3) =$

☐ **a.** $6x^2 - 13x + 6$ ☐ **b.** $4x^2 + 6$ ☐ **c.** $4x^2 - 13x - 6$

**4** **La forme factorisée de l'expression $3x^2 - 6x$ est :**

☐ **a.** $3x(x - 2)$ ☐ **b.** $3x(x - 6)$ ☐ **c.** $3x(x - 6x)$

**5** **La forme factorisée de l'expression $(5x - 2)^2 - (5x - 2)(2x + 3)$ est :**

☐ **a.** $(5x - 2)(2x + 3)$ ☐ **b.** $(5x - 2)(3x - 5)$ ☐ **c.** $(5x - 2)(7x + 1)$

**6** **1 est une solution de l'équation :**

☐ **a.** $5x - 2 = 4x + 3$ ☐ **b.** $3x^2 = x + 2$ ☐ **c.** $x(x + 3) = 3$

**7** **La solution de l'équation $2x - 4 = 3x - 5$ est :**

☐ **a.** $-1$ ☐ **b.** $\frac{5}{9}$ ☐ **c.** $1$

**8** **L'équation $(2x - 4)(4x + 5) = 0$ a pour solutions :**

☐ **a.** 2 et –1,25 ☐ **b.** –2 et 1,25 ☐ **c.** 1 et 2

**9** **L'équation $x^2 - 2x = 0$ a pour solution(s) :**

☐ **a.** 0 ☐ **b.** 0 et 2 ☐ **c.** 0 et –2

**10** **Les solutions de l'inéquation $3x - 2 > 5x + 6$ sont :**

☐ **a.** Les nombres strictement inférieurs à –4
☐ **b.** Les nombres strictement supérieurs à –4
☐ **c.** Les nombres strictement supérieurs à 0,5

Corrigés au verso

# Corrigés

**1 > b.** $7x(x-3) = 7x \times x + 7x \times (-3)$
$= 7x^2 - 21x$

Voir **Fiche 7**

**2 > c.** $(x+4)(x-5) = x \times x + x \times (-5) + 4 \times x + 4 \times (-5)$
$= x^2 - 5x + 4x - 20$
$= x^2 - x - 20$

Voir **Fiche 8**

**3 > a.** $(3x-2)(2x-3) = 3x \times 2x + 3x \times (-3) - 2 \times 2x - 2 \times (-3)$
$= 6x^2 - 9x - 4x + 6$
$= 6x^2 - 13x + 6$

Voir **Fiche 8**

**4 > a.** $3x^2 - 6x = 3x \times x - 3x \times 2$
$= 3x(x-2)$

Voir **Fiche 9**

**5 > b.** $(5x-2)^2 - (5x-2)(2x+3) = (5x-2)(5x-2) - (5x-2)(2x+3)$
$= (5x-2)[(5x-2) - (2x+3)]$
$= (5x-2)(5x-2-2x-3)$
$= (5x-2)(3x-5)$

Voir **Fiche 9**

**6 > b.** Si $x = 1$, $3x^2 = 3 \times 1^2 = 3 \times 1 = 3$ et $x + 2 = 1 + 2 = 3$.

Voir **Fiche 11**

**7 > c.** $2x - 4 = 3x - 5$
$2x - 3x - 4 = -5$
$-x - 4 = -5$
$-x = -5 + 4$
$-x = -1$
$x = 1$

Voir **Fiche 12**

**8 > a.** $(2x-4)(4x+5) = 0$
$2x - 4 = 0$ ou $4x + 5 = 0$
$2x = 4$ ou $4x = -5$
$x = \frac{4}{2} = 2$ ou $x = -\frac{5}{4} = -1{,}25$

Voir **Fiche 11**

**9 > b.** $x^2 - 2x = 0$
$x \times x - x \times (-2) = 0$
$x(x-2) = 0$
$x = 0$ ou $x - 2 = 0$
$x = 0$ ou $x = 2$

Voir **Fiche 11**

**10 > a.** $3x - 2 > 5x + 6$
$3x - 5x - 2 > 6$
$-2x - 2 > 6$
$-2x > 6 + 2$
$-2x > 8$
$\frac{-2x}{-2} < \frac{8}{-2}$
$x < 4$

Voir **Fiche 16**

# Notion de fonction, image et antécédent

À revoir
OK

17

## COURS

- On appelle fonction tout processus qui, à un nombre, fait correspondre un autre nombre. Ce processus peut être :
– une formule : expression algébrique ;
– un tableau : tableau de valeurs ;
– une courbe : représentation graphique.

- Si cette fonction est notée $f$, elle fait correspondre, au nombre $x$, appelé la **variable**, le nombre, noté $f(x)$, appelé l'image de $x$ par la fonction $f$.
On dit alors que $x$ est un antécédent de $f(x)$ par la fonction $f$ et on note $f : x \mapsto f(x)$ cette fonction.

**Exemple :** Le processus qui, à un nombre $x$, associe $2x + 6$ est une fonction qui est notée $f : x \mapsto 2x + 6$.
L'image de $x$ par cette fonction est $f(x) = 2x + 6$.
$f(1) = 2 \times 1 + 6 = 2 + 6 = 8$ donc l'image de 1 par cette fonction est 8 et 1 est un antécédent de 8 par la fonction $f$.

## EXERCICE RÉSOLU 1

### Énoncé

Dans chacun des cas suivants, donner une expression de l'image de $x$ par la fonction $f$.

**1.** $f$ est la fonction qui, à un nombre $x$, fait correspondre le double de son carré.

**2.** Pour convertir en degrés Fahrenheit une température donnée en degrés Celsius, il faut la multiplier par 1,8 puis ajouter 32. $f$ est la fonction qui, à la température $x$ en degré Celsius, fait correspondre la température en degrés Fahrenheit.

**3.** $f$ est la fonction qui, à la longueur $x$ (en cm) du côté d'un cube, fait correspondre son volume (en cm$^3$).

**4.** $f$ est la fonction qui, à un nombre strictement positif $x$, fait correspondre son inverse.

### Résolution

**1.** $f : x \mapsto 2x^2$ et l'image de $x$ par la fonction $f$ est $f(x) = 2x^2$.

**2.** $f : x \mapsto 1{,}8x + 32$ et l'image de $x$ par la fonction $f$ est $f(x) = 1{,}8x + 32$.

**3.** $f : x \mapsto x^3$ et l'image de $x$ par la fonction $f$ est $f(x) = x^3$.

**4.** $f : x \mapsto \dfrac{1}{x}$ et l'image de $x$ par la fonction $f$ est $f(x) = \dfrac{1}{x}$.

## EXERCICE RÉSOLU 2

### Énoncé

On considère la fonction $f : x \mapsto -4x + 3$.

**1.** Calculer $f(-1)$.

**2.** Quelle est l'image de 5 par la fonction $f$ ?

**3.** Résoudre l'équation $f(x) = 23$.

**4.** Quel est l'antécédent de $-7$ par la fonction $f$ ?

### Résolution

**1.** $f(-1) = -4 \times (-1) + 3 = 4 + 3 = 7$.
L'image de $-1$ par la fonction $f$ est 7.

**2.** $f(5) = -4 \times 5 + 3 = -20 + 3 = -17$.
L'image de 5 par la fonction $f$ est $-17$.

**3.** $f(x) = 23$

$-4x + 3 = 23$

$-4x = 23 - 3$

$-4x = 20$

$x = \dfrac{20}{-4} = -5$

La solution de l'équation est $-5$.

**4.** $f(x) = -7$

$-4x + 3 = -7$

$-4x = -7 - 3$

$-4x = -10$

$x = \dfrac{-10}{-4} = 2{,}5$

L'antécédent de $-7$ par la fonction $f$ est 2,5.

## EXERCICE RÉSOLU 3

### Énoncé

On considère la fonction $g$ qui, à la longueur $x$ (en m), fait correspondre l'aire (en m$^2$) du rectangle ci-contre.

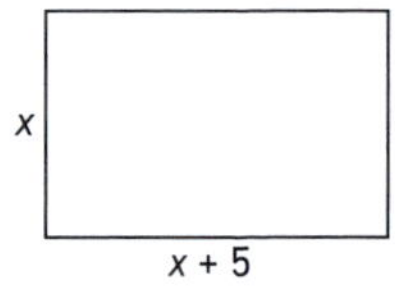


**1.** Déterminer l'expression de $g(x)$.

**2.** Quelle est l'image de 8 par la fonction $g$ ?

**3.** 7,5 est-il un antécédent de 94 par la fonction $g$ ?

### Résolution

**1.** $g(x)$ est l'aire du rectangle donc c'est le produit de la largeur du rectangle par sa longueur. Ainsi, $g(x) = x(x + 5)$.

**2.** $g(8) = 8 \times (8 + 5) = 8 \times 13 = 104$. L'image de 8 par la fonction $g$ est 104.

**3.** $g(7{,}5) = 7{,}5 \times (7{,}5 + 5) = 7{,}5 \times 12{,}5 = 93{,}75$.
Ainsi, 7,5 n'est pas un antécédent de 94 par la fonction $g$.

# Tableau de valeurs d'une fonction

☐ À revoir
☐ OK

18

## COURS

- Une fonction peut être donnée par un tableau de valeurs.

Dans ce cas, les antécédents figurent sur la première ligne du tableau et les images correspondantes figurent sur la seconde ligne.

**Exemple :**

| | | | | | | | | |
|---|---|---|---|---|---|---|---|---|
| antécédent → | $x$ | – 1 | 0 | 1 | 2 | 3 | 4 | 5 |
| image → | $f(x)$ | 4 | 1 | 2 | 7 | 16 | 29 | 46 |

## EXERCICE RÉSOLU 1

### Énoncé

On considère la fonction $g$ dont un tableau de valeurs est donné ci-après.

| | | | | | | | |
|---|---|---|---|---|---|---|---|
| $x$ | – 3 | – 2 | – 1 | 0 | 1 | 2 | 3 |
| $g(x)$ | 3 | 1 | – 2 | – 4 | – 3 | – 2 | 0 |

1. Quelle est l'image de 0 par la fonction $g$ ?
2. Quel est l'antécédent de – 3 par la fonction $g$ ?
3. Quelle est la valeur de $g(3)$ ?
4. Quelles sont les valeurs de $x$ pour lesquelles $g(x) = -2$ ?

### Résolution

1. L'image de 0 par la fonction $g$ est – 4.
2. L'antécédent de – 3 par la fonction $g$ est 1.
3. $g(3) = 0$.
4. Les valeurs de $x$ pour lesquelles $g(x) = -2$ sont – 1 et 2.

## EXERCICE RÉSOLU 2

### Énoncé

Saïd a écrit le programme ci-après.

1. Expliquer le rôle de ce programme à l'aide d'une fonction $f$ que l'on précisera.

2. Compléter un tableau de valeurs de la fonction $f$ à partir des valeurs obtenues à l'exécution du programme.

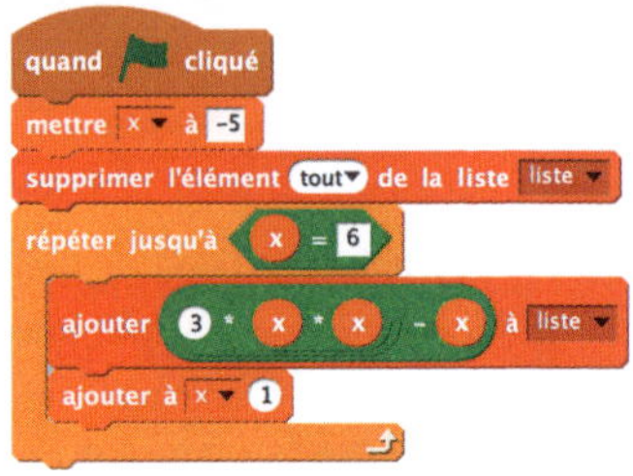


## Résolution

1. Ce programme écrit dans la liste nommée « liste » les images par la fonction :
$x \mapsto 3x^2 - x$ des valeurs de la variable $x$ pour les valeurs entières entre – 5 à 5.

2.

| $x$ | – 5 | – 4 | – 3 | – 2 | – 1 | 0 | 1 | 2 | 3 | 4 | 5 |
|---|---|---|---|---|---|---|---|---|---|---|---|
| $f(x)$ | 80 | 52 | 30 | 14 | 4 | 0 | 2 | 10 | 24 | 44 | 70 |

## EXERCICE RÉSOLU 3

On considère les fonctions $f$ et $g$ définies par $f(x) = 2x + 1$ et $g(x) = x^2 + 4x - 5$.
Léa souhaite étudier les fonctions $f$ et $g$ à l'aide d'un tableur. Elle a donc rempli les formules qu'elle a ensuite « étirées » pour obtenir le calcul de toutes les valeurs.
Voici une capture d'écran de son travail :

B3 — =B1*B1+4*B1-5

| | A | B | C | D | E | F | G | H |
|---|---|---|---|---|---|---|---|---|
| 1 | x | -3 | -2 | -1 | 0 | 1 | 2 | 3 |
| 2 | f(x) | -5 | -3 | -1 | 1 | 3 | 5 | 7 |
| 3 | g(x) | -8 | | -8 | -5 | 0 | 7 | 16 |
| 4 | | | | | | | | |

1. Quelle est l'image de 3 par la fonction $f$ ?
2. Calculer le nombre qui doit apparaître dans la cellule C3.
3. Quelle formule Léa a-t-elle saisie dans la cellule B2 ?
4. À l'aide de la copie d'écran et sans justifier, donner une solution de l'inéquation $2x + 1 < x^2 + 4x - 5$.

*D'après Asie, 2016*

## Résolution

1. L'image de 3 par la fonction $f$ est 7. C'est le nombre écrit en H2.
2. Le nombre qui doit apparaître dans la cellule C3 est l'image de – 2 par la fonction $g$.
$g(-2) = (-2)^2 + 4 \times (-2) - 5 = 4 - 8 - 5 = -9$
3. Léa a saisi la formule =2*B1+1 dans la cellule B2.
4. Il suffit de chercher les valeurs de $x$ données dans le tableau pour lesquelles $f(x) < g(x)$. On peut donner 2 et 3.

# Représentation graphique d'une fonction

☐ À revoir
☐ OK

19

## COURS

- On appelle **représentation graphique d'une fonction** la courbe constituée de tous les points de coordonnées $(x\ ;f(x))$.

Les coordonnées $(x\ ;\ y)$ d'un point de cette représentation graphique vérifient donc l'égalité $y = f(x)$, l'ordonnée $y$ étant l'image $f(x)$ de l'abscisse $x$ par la fonction $f$.

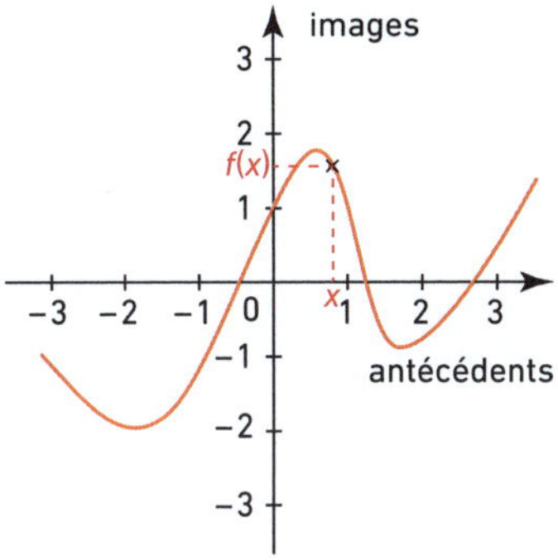


## EXERCICE RÉSOLU 1

### Énoncé

On considère la fonction $f$ dont la représentation graphique est donnée ci-contre.

Répondre aux questions suivantes avec la précision permise par le graphique.

**1.** Quelle est l'image de − 1 par la fonction $f$ ?

**2.** Quels sont les antécédents de − 1 par la fonction $f$ ?

**3.** Quelle est la valeur de $f(3)$ ?

**4.** Combien 2 a-t-il d'antécédents par la fonction $f$ ?

**5.** Quelles sont les solutions de l'équation $f(x) = 4$ ?

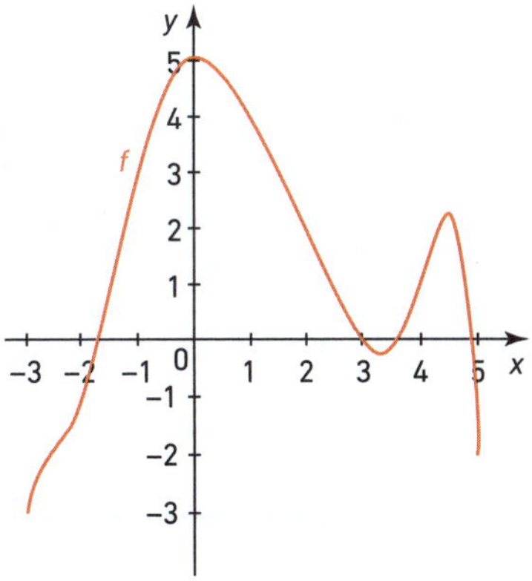


### Résolution

**1.** L'image de − 1 par la fonction $f$ est 3.

**2.** Les antécédents de − 1 par la fonction $f$ sont − 2 et 4,95.

**3.** $f(3) = 0$.

**4.** 2 a quatre antécédents par la fonction $f$.

**5.** Les solutions de l'équation $f(x) = 4$ sont − 0,7 et 1.

## Énoncé

Dans le repère ci-après, placer les points de la représentation graphique de la fonction $f : x \mapsto x^2 - 4x - 3$ dont les abscisses sont des entiers compris entre – 2 et 6.

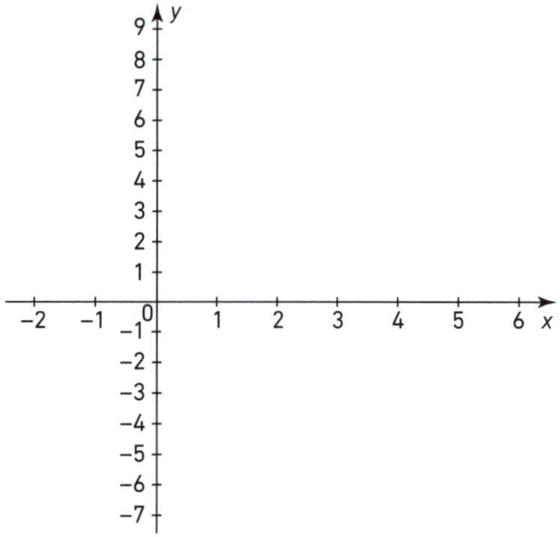


## Résolution

On construit un tableau de valeurs de la fonction pour placer ces points, soit en utilisant directement l'outil de la calculatrice, soit en effectuant les calculs.

| $x$ | – 2 | – 1 | 0 | 1 | 2 | 3 | 4 | 5 | 6 |
|---|---|---|---|---|---|---|---|---|---|
| $f(x)$ | 9 | 2 | – 3 | – 6 | – 7 | – 6 | – 3 | 2 | 9 |

Il reste à placer ces points de coordonnées $(x\ ; f(x))$ dans le repère.

# Modéliser une situation par une fonction

☐ À revoir
☐ OK



## COURS

● Modéliser une situation par une fonction, c'est associer à cette situation une fonction qui permettra de la décrire et, le cas échant, de résoudre le problème auquel elle est liée.

## EXERCICE RÉSOLU 1

### Énoncé

Lors d'une course en motocross, après avoir franchi une rampe, Gaëtan a effectué un saut record en moto.

Le saut commence dès que Gaëtan quitte la rampe.

On note $t$ la durée (en secondes) de ce saut.

La hauteur (en mètres) est déterminée en fonction de la durée $t$ par la fonction $h$ suivante :

$$h : t \mapsto (-5t - 1{,}35)(t - 3{,}7)$$

La courbe représentative de cette fonction $h$ est donnée ci-contre.

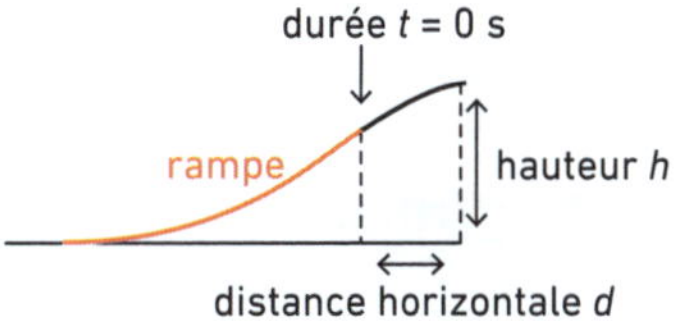


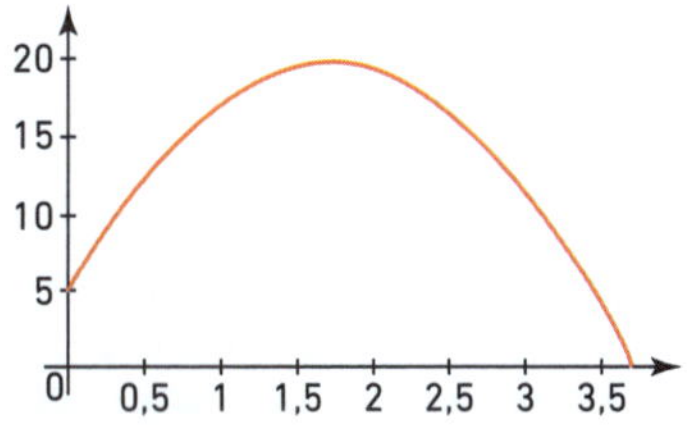


Les affirmations suivantes sont-elles vraies ou fausses ? Justifier en utilisant soit le graphique soit des calculs.

**1.** Lorsqu'il quitte la rampe, Gaëtan est à 3,8 m de hauteur.

**2.** Le nombre 3,5 est un antécédent du nombre 3,77 par la fonction $h$.

**3.** Gaëtan a obtenu la hauteur maximale avant 1,5 seconde.

*D'après Pondichéry, avril 2016*

### Résolution

**1.** Faux. En lisant l'ordonnée du point d'abscisse 0 de la représentation graphique de la fonction $h$, on peut estimer que $h(0) = 5$.

Par le calcul, $h(0) = (-5 \times 0 - 1{,}35)(0 - 3{,}7) = -1{,}35 \times (-3{,}7) = 4{,}995$

Lorsqu'il quitte la rampe, Gaëtan est donc à 4,995 m de hauteur.

**2.** Vrai. $h(3{,}5) = (-5 \times 3{,}5 - 1{,}35)(3{,}5 - 3{,}7) = -18{,}85 \times (-0{,}2) = 3{,}77$

L'image de 3,5 par la fonction $h$ est 3,77 donc le nombre 3,5 est un antécédent du nombre 3,77 par la fonction $h$.

**3.** Faux. D'après la représentation graphique de la fonction $h$, Gaëtan a obtenu la hauteur maximale aux environs de 1,75 seconde.

## EXERCICE RÉSOLU 2

### Énoncé

Armel est vendeur de beignets sur les plages pendant l'été. Il vend 150 beignets par jour, généralement à 2 € pièce.

Il a cependant constaté qu'à chaque fois qu'il baisse le prix de ses beignets de 0,05 €, il en vend 5 de plus. Aidons-le à optimiser sa recette journalière.

**1.** Quelle est actuellement sa recette journalière ?

**2.** On note $R$ la fonction qui, à la réduction $x$ du prix de ses beignets en €, associe la recette journalière en €. Justifier que $R(x) = (2 - x)(150 + 100x)$.

**3.** En utilisant la calculatrice, un tableur ou un grapheur, déterminer la valeur de la réduction pour laquelle Armel rend maximale sa recette journalière.

### Résolution

**1.** Il vend actuellement 150 beignets par jour à 2 euros pièce donc il gagne :
$150 \times 2 = 300$ euros par jour.

**2.** S'il fait subir une réduction de $x$ € au prix unitaire de ses beignets, chaque beignet coûte alors $2 - x$ €. À chaque réduction de 0,05 €, il vend 5 beignets de plus donc pour une réduction de $x$ euros, il vend $100x$ beignets de plus. Il en vend donc $150 + 100x$ en tout. La recette est le produit de $2 - x$ et $150 + 100x$ donc $R(x) = (2 - x)(150 + 100x)$.

**3.** Ci-dessous l'image d'une feuille de calcul permettant de déterminer la recette maximale. On a saisi 0 dans la cellule B1 et la formule =B1+0,05 dans la cellule C1. Cette formule a été ensuite copiée vers la droite. Dans la cellule B2 a été saisie puis copiée vers la droite la formule =(2-B1)*(150+100*B1). On observe que la recette journalière maximale est obtenue pour une réduction de 0,25 € sur le prix des beignets. Elle est alors de 306,25 €.

| | A | B | C | D | E | F | G | H | I | J | K | L |
|---|---|---|---|---|---|---|---|---|---|---|---|---|
| 1 | Réduction en euros | 0 | 0,05 | 0,1 | 0,15 | 0,2 | 0,25 | 0,3 | 0,35 | 0,4 | 0,45 | 0,5 |
| 2 | Recette en euros | 300 | 302,25 | 304 | 305,25 | 306 | 306,25 | 306 | 305,25 | 304 | 302,25 | 300 |

On peut effectuer un travail équivalent en utilisant un tableau de valeurs fourni par la calculatrice. On peut également tracer la représentation graphique de la fonction $R$ sur un grapheur (GeoGebra par exemple).

# Fonction linéaire

☐ À revoir
☐ OK

21

## COURS

- Soit $a$ un nombre. On appelle fonction linéaire de coefficient $a$ la fonction qui, à un nombre $x$, fait correspondre le nombre $ax$.
On note $x \mapsto ax$ cette fonction.

- Dans le cas d'une fonction linéaire de coefficient $a$, les images sont proportionnelles aux antécédents et le coefficient de proportionnalité est $a$.
Réciproquement, toute situation de proportionnalité peut être modélisée par une fonction linéaire.

**Exemple :**

Le périmètre d'un carré est proportionnel à la longueur de son côté. Le coefficient de proportionnalité est 4.
La fonction linéaire $P$ de coefficient 4 qui, à la longueur $x$ du côté d'un carré fait correspondre son périmètre, modélise cette situation. Le tableau de valeurs suivant est donc un tableau de proportionnalité.

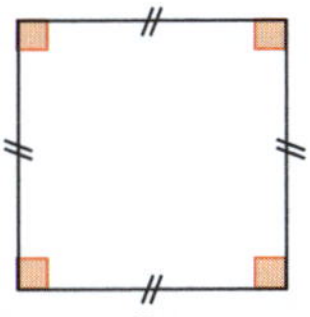


| $x$ | 0 | 0,5 | 1 | 1,5 | 2 | 2,5 | 3 |
|---|---|---|---|---|---|---|---|
| $P(x)$ | 0 | 2 | 4 | 6 | 8 | 10 | 12 |

$\times 4$

## EXERCICE RÉSOLU 1

### Énoncé

Dans chacun des cas suivants, donner l'expression algébrique de la fonction linéaire qui modélise la situation.

**1.** Au marché, les tomates sont vendues 3,20 € le kilogramme.
Donner l'expression algébrique de la fonction qui, à la masse $x$ de tomates achetées (en kg), associe le prix à payer (en €).

**2.** Un cycliste roule à la vitesse constante de 35 km/h.
Donner l'expression algébrique de la fonction qui, au temps $t$ de parcours (en h), associe la distance parcourue (en km/h).

### Résolution

**1.** $x \mapsto 3{,}2x$.

**2.** $t \mapsto 35t$.

## EXERCICE RÉSOLU 2

### Énoncé

Soit $f$ la fonction linéaire $x \mapsto -3x$.

1. Calculer l'image de 4 par la fonction $f$.
2. Le point de coordonnées (– 3 ; – 6) appartient-il à la représentation graphique de la fonction $f$ ?
3. Déterminer l'antécédent de – 18 par la fonction $f$.

### Résolution

1. $f(4) = -3 \times 4 = -12$. L'image de 4 par la fonction $f$ est – 12.
2. $f(-3) = -3 \times (-3) = 9$ donc le point de coordonnées (– 3 ; – 6) n'appartient pas à la représentation graphique de la fonction $f$.
3. $f(x) = -18$

$-3x = -18$

$\dfrac{-3x}{-3} = \dfrac{-18}{-3}$

$x = 6$

L'antécédent de – 18 par la fonction $f$ est 6.

## EXERCICE RÉSOLU 3

### Énoncé

Sur Terre, le poids d'un objet, exprimé en Newton (N) est proportionnel à sa masse exprimée en kg. Le coefficient de proportionnalité est appelé l'accélération de la pesanteur et est environ égal à 9,81 ($m/s^2$).

On note $P$ la fonction qui, à une masse $m$ en kg, associe son poids en Newton.

1. Déterminer l'expression de $P(m)$ en fonction de $m$.
2. Calculer l'image de 74 par la fonction $P$.
3. Déterminer l'antécédent de 29 430 par la fonction $P$.
4. Que signifient en pratique les résultats trouvés aux questions **2.** et **3.** ?

### Résolution

1. $P(m) = 9{,}81m$.
2. $P(74) = 9{,}81 \times 74 = 725{,}94$. L'image de 74 par la fonction $P$ est 725,94.
3. $P(m) = 29\,430$

$9{,}81m = 29\,430$

$\dfrac{9{,}81m}{9{,}81} = \dfrac{29\,430}{9{,}81}$

$m = 3\,000$

L'antécédent de 29 430 par la fonction $P$ est 3 000.

4. Un objet ayant une masse de 74 kg a un poids de 725,94 N sur Terre. Un objet ayant un poids de 29 430 N sur Terre a une masse de 3 000 kg soit 3 tonnes.

# Fonction affine

☐ À revoir
☐ OK

22

## COURS

• Soit $a$ et $b$ deux nombres.

On appelle fonction affine toute fonction qui, à un nombre $x$, fait correspondre le nombre $ax + b$. On note $x \mapsto ax + b$ cette fonction.

**Cas particuliers :**

- Si $b = 0$, la fonction $x \mapsto ax + b$ s'écrit $x \mapsto ax$ donc les fonctions linéaires sont des fonctions affines particulières.
- Si $a = 0$, la fonction $x \mapsto ax + b$ s'écrit $x \mapsto b$ et associe toujours à $x$ le même nombre $b$. Ces fonctions sont donc appelées fonctions constantes.

**Exemple :** La pression de l'air à la surface des océans est égale à 1,033 kg/cm$^2$. Cette pression augmente régulièrement, avec la profondeur, de 0,1 kg/cm$^2$ tous les mètres.

La fonction qui, à la profondeur $x$ en mètres, fait correspondre la pression de l'eau en kg/cm$^2$ est la fonction affine $x \mapsto \mathbf{0{,}1}x + \mathbf{1{,}033}$.

## EXERCICE RÉSOLU 1

### Énoncé

Dans chacun des cas suivants, donner l'expression algébrique de la fonction affine qui modélise la situation.

**1.** Une baignoire contient déjà 20 litres d'eau. Pour la remplir, on ouvre au maximum le robinet qui débite 12 litres par minute. Donner l'expression algébrique de la fonction affine qui, au temps $t$ d'ouverture (en min), associe le volume d'eau dans la baignoire (en L).

**2.** Une entreprise de plomberie facture 35 € le déplacement et 40 € l'heure de travail, toute heure entamée étant due. Donner l'expression algébrique de la fonction affine qui, au temps $t$ de travail (en h), associe le prix à payer (en €) hors coût éventuel du matériel.

### Résolution

**1.** La baignoire contient déjà 20 L d'eau auxquels s'ajoutent 12 L par minute donc l'expression algébrique de la fonction est $t \mapsto 12t + 20$.

**2.** L'entreprise facture 35 € auxquels s'ajoutent 40 € par heure de travail donc l'expression algébrique de la fonction est $t \mapsto 35t + 40$.

## EXERCICE RÉSOLU 2

### Énoncé

$f$ est la fonction affine définie par $f(x) = 2x - 9$.

1. Calculer $f(-4)$.
2. Le point de coordonnées (1,5 ; – 6) appartient-il à la représentation graphique de la fonction $f$ ?
3. Déterminer l'antécédent de 11 par la fonction $f$.

### Résolution

1. $f(-4) = 2 \times (-4) - 9 = -8 - 9 = -17$
L'image de – 4 par la fonction g est – 17.
2. $f(1{,}5) = 2 \times 1{,}5 - 9 = 3 - 9 = -6$
donc le point de coordonnées (1,5 ; – 6) appartient à la représentation graphique de la fonction $f$.

3. $f(x) = 11$
$2x - 9 = 11$
$2x = 20$
$x = 10$
L'antécédent de 11 par la fonction $f$ est 10.

## EXERCICE RÉSOLU 3

### Énoncé

Tom, le taxi parisien, applique le tarif suivant de 10 h à 17 h du lundi au samedi : 2,60 € pour la prise en charge puis 1,06 € par kilomètre parcouru.

On note $C$ la fonction qui, à la distance $x$ parcourue (en km), associe le prix à payer (en €).

1. Déterminer l'expression de $C(x)$ en fonction de $x$.
2. Quel est le prix à payer pour une course de 12,5 km ?
3. Quelle distance a-t-on parcourue si on a payé 26,98 € ?

### Résolution

1. Le fait de monter dans le taxi coûte 2,6 € auxquels s'ajoutent 1,06 € par kilomètre parcouru, donc :
$C(x) = 1{,}06x + 2{,}6$
2. $C(12{,}5) = 1{,}06 \times 12{,}5 + 2{,}6 = 15{,}8$
L'image de 12,5 par la fonction $C$ est 15,8. On paye ainsi 15,8 € pour une course de 12,5 km.

3. Soit $x$ la distance parcourue en km.
Ainsi, $C(x) = 26{,}98$
$1{,}06x + 2{,}6 = 26{,}98$
$1{,}06x = 24{,}38$
$x = 23$
L'antécédent de 26,98 par la fonction $C$ est 23. Si on a payé 26,98 €, la distance parcourue durant la course était de 23 km.

# Représentation graphique d'une fonction linéaire et d'une fonction affine

☐ À revoir
☐ OK

**23**

## COURS

- Dans un repère, la représentation graphique d'une fonction linéaire $x \mapsto ax$ est une **droite**.

Elle **passe par l'origine du repère et le point de coordonnées $(1\ ;\ a)$**.

Le nombre $a$ est appelé **coefficient directeur** de cette droite.

**Exemple :**

$x \mapsto -\mathbf{2}x$

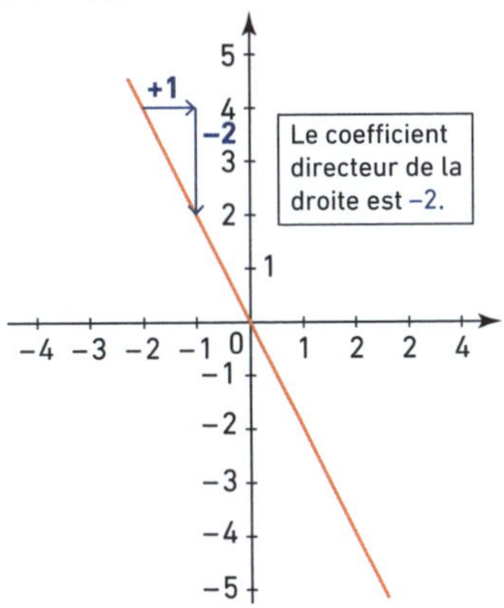


- Dans un repère, la représentation graphique d'une fonction affine $x \mapsto ax + b$ est une **droite**.

Elle **passe par le point de coordonnées $(0\ ;\ b)$**

Le nombre $a$ est appelé **coefficient directeur** de cette droite et le nombre $b$ **ordonnée à l'origine**.

**Exemple :**

$x \mapsto \mathbf{4}x + \mathbf{1}$

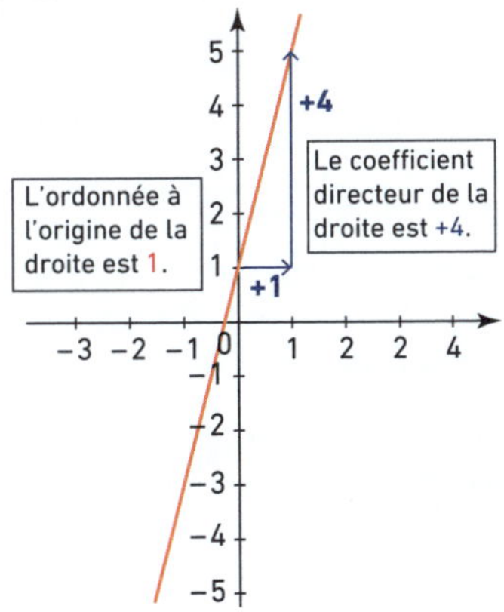


## EXERCICE RÉSOLU 1

### Énoncé

Dans le même repère, tracer les représentations graphiques des fonctions suivantes :

$f : x \mapsto -4x$ $\qquad g : x \mapsto 3x + 2$ $\qquad h : x \mapsto \frac{1}{3}x$ $\qquad k : x \mapsto -2x - 1$

## Résolution

On peut, au choix :

– placer deux points de la représentation graphique de chaque fonction en calculant les images de deux nombres par la fonction ;

– utiliser l'ordonnée à l'origine, égale à zéro quand la fonction est linéaire, et le coefficient directeur.

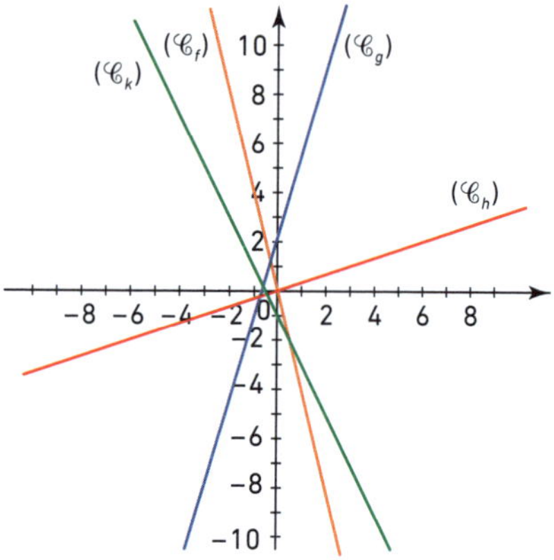


# EXERCICE RÉSOLU 2

## Énoncé

Déterminer graphiquement les expressions algébriques des fonctions $f_1$, $f_2$, $f_3$ et $f_4$ dont les droites $(d_1)$, $(d_2)$, $(d_3)$ et $(d_4)$ sont les représentations graphiques respectives.

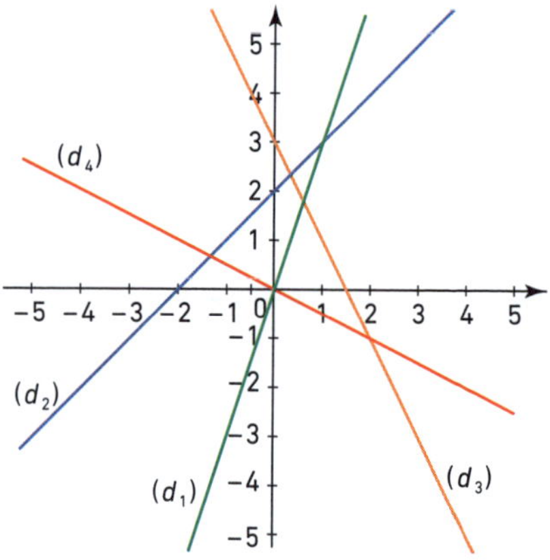


## Résolution

Il faut lire, pour chaque droite, l'ordonnée à l'origine et le coefficient directeur.

$f_1 : x \mapsto 3x$

$f_2 : x \mapsto x + 2$

$f_3 : x \mapsto -2x + 3$

$f_4 : x \mapsto -\frac{1}{2}x$

# Pourcentages et fonctions linéaires

☐ À revoir
☐ OK

24

## COURS

- Prendre 5 % d'une quantité $x$ revient à la multiplier par $\frac{5}{100} = 0{,}05$.

Cette situation de proportionnalité est modélisée par la fonction linéaire $x \mapsto 0{,}05x$.

- Augmenter une quantité $x$ de 5 % revient à la multiplier par

$1 + \frac{5}{100} = 1 + 0{,}05 = 1{,}05$.

Cette situation de proportionnalité est modélisée par la fonction linéaire $x \mapsto 1{,}05x$.

- Diminuer une quantité $x$ de 5 % revient à la multiplier par

$1 - \frac{5}{100} = 1 - 0{,}05 = 0{,}95$.

Cette situation de proportionnalité est modélisée par la fonction linéaire $x \mapsto 0{,}95x$.

## EXERCICE RÉSOLU 1

### Énoncé

Compléter le tableau suivant en associant à chaque situation un coefficient multiplicateur et la fonction linéaire qui la modélise.

| | coefficient multiplicateur | fonction linéaire |
|---|---|---|
| 1. Prendre 25 % d'une quantité $x$. | .......................... | $x \mapsto$ ...................... $x$ |
| 2. Diminuer de 20 % une quantité $x$. | .......................... | $x \mapsto$ ...................... $x$ |
| 3. Augmenter de 18 % une quantité $x$. | .......................... | $x \mapsto$ ...................... $x$ |

### Résolution

1. Prendre 25 % d'une quantité $x$ revient à multiplier cette quantité par $\frac{25}{100} = 0{,}25$. La fonction linéaire qui modélise cette situation est $x \mapsto 0{,}25x$.
2. Diminuer de 20 % une quantité $x$ revient à multiplier cette quantité par $1 - \frac{20}{100} = 0{,}8$. La fonction linéaire qui modélise cette situation est $x \mapsto 0{,}8x$.
3. Augmenter de 18 % une quantité $x$ revient à multiplier cette quantité par $1 + \frac{18}{100} = 1{,}18$. La fonction linéaire qui modélise cette situation est $x \mapsto 1{,}18x$.

## EXERCICE RÉSOLU 2

### Énoncé

En 2012, la part des 12-17 ans équipés d'un smartphone a augmenté d'environ 20 %.

**1.** Quelle est la fonction linéaire qui modélise cette augmentation ?

**2.** Au début de l'année 2012, le pourcentage des 12-17 ans qui possédaient un smartphone était de 46 % alors qu'au début de l'année 2015, il était de 81 %. L'augmentation s'est-elle poursuivie, en moyenne, au même rythme que lors de l'année 2012 ?

### Résolution

**1.** Si $x$ désigne la part des 12-17 équipés d'un smartphone, cette fonction linéaire est $x \mapsto 1{,}2x$ car $1{,}2 = 1 + \dfrac{20}{100}$.

**2.** En supposant que l'augmentation s'est poursuivie en moyenne au rythme de 20 % par an :

$1{,}2 \times 46 = 55{,}2$ $\quad$ $1{,}2 \times 55{,}2 = 66{,}24$ $\quad$ $1{,}2 \times 66{,}24 = 79{,}488$

Successivement en début d'années 2013, 2014 puis 2015, ce pourcentage était de 55,2 %, 66,24 % puis 79,488 %.

Étant donné que 79,488 % est proche de 81 %, on peut donc considérer que l'augmentation s'est poursuivie en moyenne au rythme de 20 % par an.

## EXERCICE RÉSOLU 3

### Énoncé

Lors des soldes, Rami, qui accompagne sa mère et s'ennuie un peu, compare trois étiquettes pour passer le temps :

| | | |
|---|---|---|
| Valeur 120 € | Robe rouge 45 € | SOLDES **SOLDES** *SOLDES* 25 € |
| Soldé 105 € | – 30 % | – 12,50 € |

**1.** Quel est le plus fort pourcentage de remise ?

**2.** Est-ce que la plus forte remise en euros est la plus forte en pourcentage ?

*D'après Pondichéry, avril 2016*

### Résolution

**1.** Le plus fort pourcentage de remise est celui de l'étiquette de droite car c'est la moitié du prix, soit 50 %.

**2.** La remise en euros sur l'étiquette de gauche est 120 – 105 = 15 €.

Sur l'étiquette centrale, la remise en euros est $\dfrac{30}{100} \times 45 = 0{,}3 \times 45 = 13{,}5$€.

Sur l'étiquette de droite, la remise est 12,5 €.

Ainsi, la plus forte remise en euros n'est pas la plus forte en pourcentage.

# FONCTIONS

**1 L'image de 5 par la fonction $f$ définie par $f(x) = x^2 - 4$ est :**

- ☐ a. 6 ☐ b. 3 ☐ c. 21

**2 L'antécédent de − 3 par la fonction $f : x \mapsto 2x - 1$ est :**

- ☐ a. − 1 ☐ b. − 7 ☐ c. − 2

**Pour les questions 3 et 4,** on considère le tableau de valeurs ci-contre d'une fonction $g$ :

| $x$ | −2 | −1 | 0 | 1 | 2 | 3 |
|---|---|---|---|---|---|---|
| $g(x)$ | 7 | 2 | 1 | 3 | −2 | −5 |

**3 L'image de 1 par la fonction $g$ définie par le tableau de valeurs ci-dessus est :**

- ☐ a. 3 ☐ b. 0 ☐ c. 1

**4 L'antécédent de 2 par la fonction $g$ définie par le tableau de valeurs ci-dessus est :**

- ☐ a. − 2 ☐ b. − 1 ☐ c. 2

**Pour les questions 5 et 6,** on considère une fonction $h$ dont la représentation graphique est donnée ci-contre :

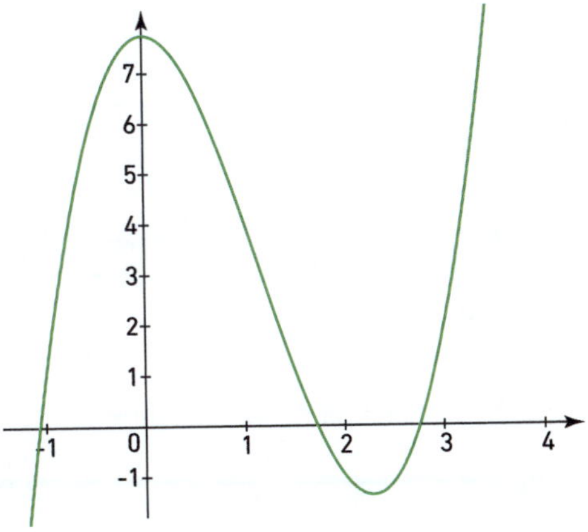


**5 L'image de 1 par la fonction $h$ est :**

- ☐ a. − 1
- ☐ b. 1,5
- ☐ c. 4

**6 Un antécédent de 2 par la fonction $h$ est :**

- ☐ a. − 1
- ☐ b. 3
- ☐ c. 1

**7 Parmi les fonctions suivantes, celle qui est linéaire est la fonction :**

- ☐ a. $f : x \mapsto 2x^2$ ☐ b. $g : x \mapsto 4x$ ☐ c. $h : x \mapsto -5x + 1$

Corrigés au verso

**1** > **c.** $f(5) = 5^2 - 4$
$= 25 - 4$
$= 21.$

L'image de 5 par la fonction $f$ est donc 21.

Voir **Fiche 17**

**2** > **a.** On résout l'équation $f(x) = -3$.

$2x - 1 = -3$

$2x = -3 + 1$

$2x = -2$

$x = \frac{-2}{2} = -1$

Voir **Fiche 17**

**3** > **a.** On cherche la valeur de $x$ égale à 1 sur la première ligne du tableau. On lit son image dans la case de la même colonne de la seconde ligne du tableau. L'image de 1 par la fonction $g$ est donc 3.

Voir **Fiche 18**

**4** > **b.** On cherche une valeur de $g(x)$ égale à 2 sur la seconde ligne du tableau. On lit son antécédent dans la case de la même colonne de la première ligne du tableau. L'antécédent de 2 par la fonction $g$ est donc – 1.

Voir **Fiche 18**

**5** > **c.** On cherche sur la représentation graphique de la fonction $h$ le point dont l'abscisse est 1, et on lit son ordonnée qui est égale à 4. L'image de 1 par la fonction $h$ est donc 4.

Voir **Fiche 19**

**6** > **b.** On cherche sur la représentation graphique de la fonction $h$ un point dont l'ordonnée est 2, et on lit son abscisse. Un antécédent de 2 par la fonction $h$ est donc 3.

Voir **Fiche 19**

**7** > **b.** La fonction $f$ n'est pas linéaire car il y a $x^2$ dans l'expression littérale de son image. La fonction $h$ est affine. La fonction linéaire est donc la fonction $g$ car son image est bien de la forme $ax$.

Voir **Fiche 21**

# Moyenne et étendue d'une série statistique

☐ À revoir
☐ OK

**25**

## COURS

● La moyenne d'une série statistique est égale à la somme des valeurs de la série divisée par l'effectif total.

Pour une même somme de toutes les valeurs d'une série statistique, si toutes les valeurs de la série étaient égales, elles seraient toutes égales à la moyenne.

● L'étendue d'une série statistique est la différence entre la plus grande et la plus petite des valeurs de la série.

L'étendue permet d'évaluer la dispersion d'une série statistique : plus l'étendue est grande, plus les valeurs de la série sont dispersées.

**Exemple :**

On considère la série statistique suivante :

5 ; 8 ; 10 ; 10 ; 12 ; 13 ; 14 ; 15 ; 17 ; 17 ; 18

$$\frac{5+8+10+10+12+13+14+15+17+17+18}{11} \approx 12{,}6$$

La moyenne de cette série statistique est environ 12,6.

L'étendue de cette série statistique est $18 - 5 = 13$.

## EXERCICE RÉSOLU 1

### Énoncé

Une cible de tir à l'arc est formée de 10 cercles concentriques numérotés de 1 à 10 points.

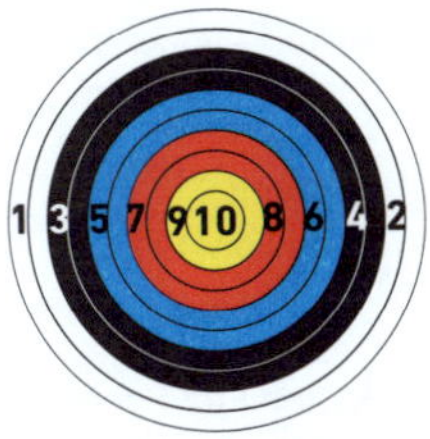


Lors de la finale des Jeux Olympiques de Rio en 2016, le français Jean-Charles Valladont, médaillé d'argent, a atteint les zones indiquées dans le tableau ci-dessous :

| zone | 8 | 9 | 10 |
|---|---|---|---|
| effectif | 3 | 6 | 6 |

Peut-il être néanmoins satisfait de sa finale sachant que la moyenne de ses tirs lors des matches précédents était d'environ 8,95 points ?

### Résolution

$3 + 6 + 6 = 15.$

Cet archer a tiré 15 flèches.

$$\frac{3\times8+6\times9+6\times10}{15} = 9{,}2$$

La moyenne de ses tirs est 9,2 donc il a mieux tiré en finale que dans les tours précédents. Il peut donc être satisfait de sa finale.

## EXERCICE RÉSOLU 2

### Énoncé

Des élèves font germer des graines de soja. Le diagramme en bâtons ci-contre donne la taille des 100 plantules obtenues 7 jours après la germination.

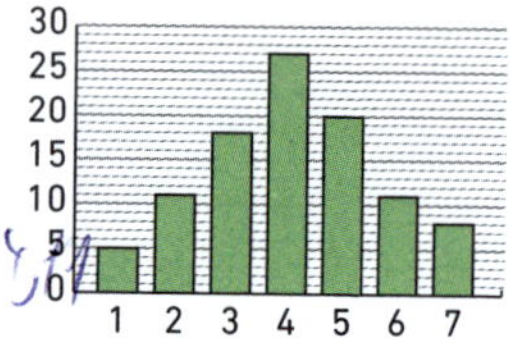


**1.** Y a-t-il des graines qui n'ont pas germé ?

**2.** Quelle est la taille moyenne des plantules obtenues ?

**3.** Quelle est l'étendue de cette série statistique ? À quoi correspond-elle ?

### Résolution

**1.** Toutes les graines ont germé car aucune plantule ne mesure 0 cm.

**2.** $\dfrac{5\times1+11\times2+18\times3+27\times4+20\times5+11\times6+8\times7}{100}=4{,}11$

La taille moyenne des plantules obtenues est 4,11 cm.

**3.** L'étendue de cette série statistique est $7-1=6$ cm. Elle correspond à la différence de taille entre la plus grande plantule et la plus petite.

## EXERCICE RÉSOLU 3

### Énoncé

Le tableau ci-dessous donne la répartition de la population française en classes d'âge pour la France entière en 2015.

| âge | $n < 20$ | $20 \leqslant n < 40$ | $40 \leqslant n < 60$ | $60 \leqslant n < 80$ | $80 \leqslant n < 100$ | $100 \leqslant n$ |
|---|---|---|---|---|---|---|
| effectif (en millions) | 15,66 | 15,48 | 17,20 | 12,15 | 3,77 | 0,02 |

*Source* : Insee

Calculer l'âge moyen arrondi au dixième de la population française en 2015 (on pourra limiter la dernière classe d'âge à 110 ans).

### Résolution

$15{,}66 + 15{,}48 + 17{,}20 + 12{,}15 + 3{,}77 + 0{,}03 = 64{,}28$

En 2015, il y avait environ 64,28 millions d'habitants en France.

$$\frac{15{,}66\times10+15{,}48\times30+17{,}20\times50+12{,}15\times70+3{,}77\times90+0{,}03\times105}{64{,}28}\approx 41{,}6$$

En 2015, l'âge moyen de la population française était environ 41,6 ans.

# Médiane d'une série statistique

☐ À revoir
☐ OK

**26**

## COURS

● Les valeurs d'une série statistique étant rangées dans l'ordre croissant, la médiane de cette série est une valeur qui partage la série en deux séries de même effectif :

– si la série est d'effectif impair, égal à $2n + 1$, la médiane est la $(n + 1)$-ième valeur, c'est-à-dire la valeur rangée au centre de la série ;

– si la série est d'effectif pair, égal à $2n$, la médiane est la moyenne des $n$-ième et $(n + 1)$-ième valeurs, c'est-à-dire la moyenne des deux valeurs rangées au centre de la série.

**Exemples :**

On considère la série statistique suivante d'effectif impair :
L'effectif est égal à $11 = 2 \times \mathbf{5} + 1$.

5 ; 8 ; 10 ; 10 ; 12 ; **(13)** ; 14 ; 15 ; 17 ; 17 ; 18

5 valeurs — médiane : **13** — 5 valeurs

On considère la série statistique suivante d'effectif pair :
L'effectif est égal à $12 = 2 \times \mathbf{6}$.

5 ; 8 ; 10 ; 10 ; 12 ; **(13 ; 14)** ; 15 ; 17 ; 17 ; 18 ; 19

6 valeurs — 6 valeurs

médiane : $\dfrac{13 + 14}{2} = 13{,}5$

## EXERCICE RÉSOLU 1

### Énoncé

Le graphique ci-contre montre l'évolution du SMIC horaire brut (en euros) de l'année 2007 à l'année 2016 (source INSEE).
Quelle est la médiane de cette série statistique ?

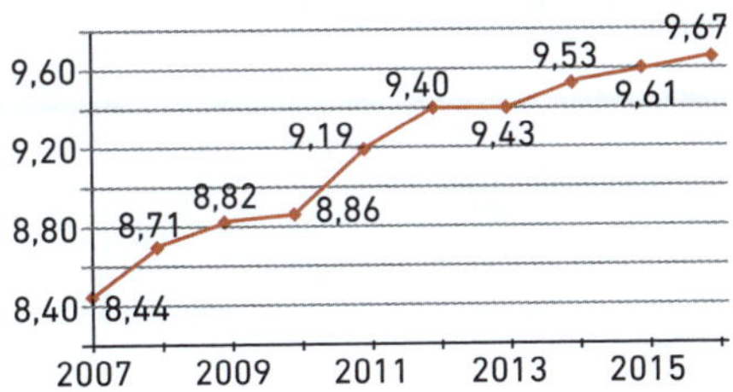

## Résolution

L'effectif est pair, égal à 10. La médiane est donc la moyenne des deux valeurs rangées au centre de la série, c'est-à-dire de la 5-ième et de la 6-ième valeur.

$\frac{9{,}19+9{,}40}{2}=9{,}295.$ La médiane de cette série statistique est 9,295 (euros).

# EXERCICE RÉSOLU 2

## Énoncé

Le tableau ci-dessous donne la répartition des médailles d'or par pays médaillés d'or aux Jeux Olympiques de Rio en 2016.

| nombre de médailles d'or | 46 | 27 | 26 | 19 | 17 | 12 | 10 | 9 | 8 | 7 | 6 | 5 | 4 | 3 | 2 | 1 |
|---|---|---|---|---|---|---|---|---|---|---|---|---|---|---|---|---|
| effectif | 1 | 1 | 1 | 1 | 1 | 1 | 1 | 1 | 4 | 2 | 2 | 2 | 3 | 6 | 11 | 21 |

Quel est le nombre médian de médailles d'or reçues par ces pays ?

## Résolution

L'effectif est impair, égal à 59. La médiane est donc la valeur rangée au centre de la série. $59 = 2 \times 29 + 1$, donc c'est la 30-ième valeur de la série.

La médiane est égale à 2.

# EXERCICE RÉSOLU 3

## Énoncé

Le tableau ci-dessous donne la réparation des ménages en France en fonction du nombre de personnes qui les composent.

| nombre de personnes du ménage | 1 | 2 | 3 | 4 | 5 | 6 et plus |
|---|---|---|---|---|---|---|
| nombre de ménages (en milliers) | 9 512,2 | 9 115,7 | 3 941,4 | 3 314,7 | 1 228,8 | 455,2 |

*Source :* INED

Calculer la médiane de cette série statistique et l'interpréter.

## Résolution

9 512,2 + 9 115,7 + 3 941,4 + 3 314,7 + 1 228,8 + 455,2 = 27 568,0

Il y a 27 568 milliers de ménages en France.

L'effectif de la série est pair. La médiane est donc la moyenne des deux valeurs rangées au centre de la série. Ces deux valeurs sont des 2. La médiane est donc égale à 2. Au moins la moitié des ménages français sont constitués de 2 personnes ou plus.

# Étudier une série statistique

☐ À revoir
☐ OK

27

## COURS

- La moyenne et la médiane d'une série statistique sont des caractéristiques de position : ce sont des valeurs autour desquelles sont positionnées les autres valeurs de la série.
- L'étendue est une caractéristique de dispersion : elle mesure l'éparpillement des valeurs de la série.

**Exemple :** La documentaliste d'un collège a calculé que, pour une année scolaire, le nombre moyen de livres empruntés est 15, le nombre médian de livres empruntés est 8 et l'étendue des livres empruntés est 32.

Un élève de ce collège qui a emprunté 10 livres peut donc se dire qu'il emprunte plus de livres qu'au moins 50 % des élèves, puisque la médiane est 8. Dans un même temps, il peut également se dire que si tout le monde empruntait le même nombre de livres, il en emprunterait 5 de plus par an, puisque la moyenne est 15. Enfin, il peut trouver une explication à l'écart important entre le nombre moyen et le nombre médian de livres empruntés par le fait que l'étendue est importante.

## EXERCICE RÉSOLU 1

### Énoncé

Un professeur estime que le temps de réaction à une stimulation augmente quand on écoute de la musique et souhaite le prouver à ses élèves.

Il leur fait donc passer 100 tests de réactivité : 50 sans musique et 50 avec musique.

Les résultats sont représentés ci-contre par un diagramme en bâtons.

Le professeur a-t-il raison de penser ainsi ?

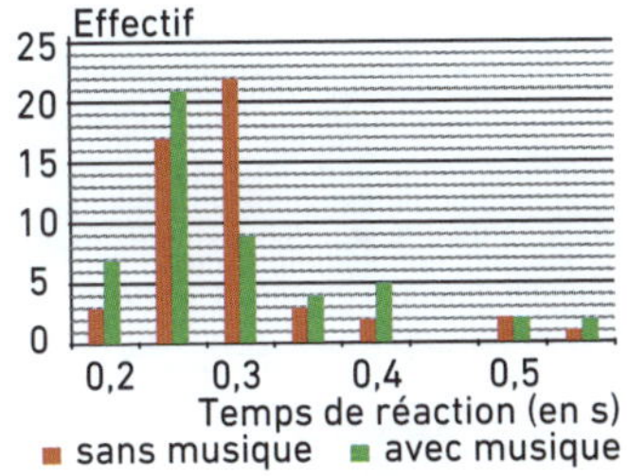


### Résolution

$$\frac{3\times0,2+17\times0,25+\ldots+2\times0,5+1\times0,55}{50}=0,297$$

$$\frac{7\times0,2+21\times0,25+\ldots+2\times0,5+2\times0,55}{50}=0,297$$

Les temps de réaction moyens sont les mêmes avec ou sans musique.

Les deux séries statistiques sont d'effectifs pairs, égaux à 50. Dans chacun des cas, la médiane est donc la moyenne des deux valeurs rangées au centre de chaque série, c'est-à-dire la moyenne des 25-ième et 26-ième valeurs.

$\frac{0,3+0,3}{2}=0,3$ donc le temps de réaction médian sans musique est 0,3 s.

$\frac{0,25+0,25}{2}=0,25$ donc le temps de réaction médian avec musique est 0,25 s.

Le professeur a donc tort de penser que l'écoute de la musique augmente le temps de réaction.

## EXERCICE RÉSOLU 2

### Énoncé

| Document 1 | Document 2 |
|---|---|
| Le salaire moyen brut[1] des Français s'établissait en 2010 à 2 764 € par mois.<br>*Étude publiée par l'INSEE en juin 2012*<br>(1) *Le salaire moyen brut est le salaire non soumis aux charges* | La population française est estimée en 2010 à 65 millions d'habitants. |

**Document 3**

« Encore un peu moins d'argent dans le porte-monnaie des Français en 2010. Le salaire médian brut est égal à 1 610 € par mois et le niveau de vie des français a baissé par rapport à 2009.
D'ailleurs, le taux de pauvreté enregistré en cette année 2010 est le plus haut jamais observé depuis 1997. Il concerne 8,6 millions de Français qui vivent donc en dessous du seuil de pauvreté évalué à 964 € par mois. »

*Extrait d'un reportage diffusé sur BFMTV en septembre 2012*

**1.** En France, le salaire que touche effectivement un employé est égal au salaire brut, diminué de 22 % et est appelé le salaire net. Montrer que le salaire net moyen que percevait un Français en 2010 était de 2 155,92 €.

**2.** Expliquer à quoi correspond le salaire médian brut.

**3.** Comparer le salaire médian brut et le salaire moyen brut des Français. Comment peut-on expliquer cette différence ?

*D'après Amérique du sud, novembre 2013*

### Résolution

**1.** $1-\frac{22}{100}=0,78$. $0,78\times 2\,764=2\,155,92$

Ainsi, le salaire net moyen que percevait un Français en 2010 était 2 155,92 €.

**2.** Le salaire médian brut est le salaire qui partage la population française en deux séries d'effectifs égaux : au moins la moitié des Français gagne moins de 1 610 € par mois et au moins la moitié gagne plus.

**3.** $2\,764-1\,610=1\,154$. Le salaire moyen brut était supérieur de 1 154 € au salaire médian brut. Cela s'explique par de fortes disparités salariales en France. Les personnes qui gagnent plus que le salaire moyen brut gagnent pour un grand nombre d'entre elles nettement plus de 2 764 € par mois en 2010.

# Expérience aléatoire et événement

À revoir
OK

28

## COURS

- On appelle expérience aléatoire une expérience qui vérifie les deux conditions suivantes :

— plusieurs résultats, appelés issues, sont possibles ;
— on ne peut pas prévoir à l'avance quel en sera le résultat.

**Exemple : expérience aléatoire 1**

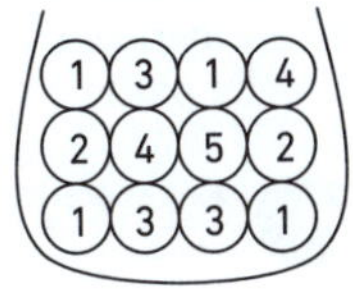


Tirer une boule dans l'urne ci-contre où les boules, numérotées de 1 à 5, sont indiscernables au toucher et observer le nombre obtenu est une expérience aléatoire dont les issues sont 1, 2, 3, 4 et 5.

- On appelle événement un ensemble d'issues d'une expérience aléatoire.

**Exemple : expérience aléatoire 1**

« Obtenir un nombre pair » est un événement constitué des issues 2 et 4. « Obtenir un nombre premier » est un événement constitué des issues 2, 3 et 5. « Obtenir un 3 » est un événement constitué de la seule issue 3.

- Un événement est dit certain s'il se réalise nécessairement.

Un événement est dit impossible s'il ne peut pas se réaliser.

Deux événements sont dits incompatibles s'ils ne peuvent pas se réaliser en même temps.

- L'événement contraire d'un événement est celui qui se réalise lorsque l'événement n'a pas lieu.

**Exemple : expérience aléatoire 1**

« Obtenir un nombre positif » et « Obtenir un entier compris entre 1 et 5 » sont des événements certains.

« Obtenir un nombre négatif » et « Obtenir un nombre strictement supérieur à 5 » sont des événements impossibles.

Les événements « Obtenir un nombre pair » et « Obtenir un multiple de 3 » sont incompatibles.

Les événements « Obtenir un nombre pair » et « Obtenir un nombre impair » sont des événements contraires.

## EXERCICE RÉSOLU 1

### Énoncé

Les expériences ci-après sont-elles des expériences aléatoires ? Si c'est le cas, donner toutes les issues.

**Expériences aléatoires :**

1. On lance une fléchette sur une cible circulaire puis on observe si la cible est atteinte et en quelle zone.

2. On lance sans viser une pièce de monnaie sur un sol carrelé et on observe si la pièce touche le bord d'un carreau.

### Résolution

L'expérience 1. n'est pas une expérience aléatoire car la fléchette n'est pas lancée sans regarder la cible. L'expérience 2. est une expérience aléatoire. Les issues de l'expérience 2. sont « la pièce touche le bord d'un carreau » et « la pièce ne touche pas le bord d'un carreau ».

## EXERCICE RÉSOLU 2

### Énoncé

On lance un dé à 8 faces numérotées de 1 à 8. Pour chacun des événements suivants, citer toutes les issues qui permettent de le réaliser.

1. « Obtenir un nombre pair ».
2. « Obtenir un multiple de 2 ou de 3 ».
3. « Obtenir un nombre premier ».
4. « Obtenir un multiple de 2 et de 3 ».

### Résolution

1. Les issues sont 2 ; 4 ; 6 et 8.
2. Les issues sont 2 ; 3 ; 4 ; 6 et 8.
3. Les issues sont 2 ; 3 ; 5 et 7.
4. L'issue est 6.

## EXERCICE RÉSOLU 3

### Énoncé

On tire au hasard une carte dans un jeu de 32 cartes indiscernables au toucher.

1. Les événements « Obtenir un roi » et « Obtenir un carreau » sont-ils incompatibles ?
2. Quel est l'événement contraire de l'événement « Tirer une figure » ?

### Résolution

1. Les événements « Obtenir un roi » et « Obtenir un carreau » ne sont pas incompatibles car on peut tirer le roi de carreau.
2. L'événement contraire de l'événement « Tirer une figure » est « Tirer un 7 ou un 8 ou un 9 ou un 10 ou un as ».

# Probabilité d'un événement

☐ À revoir
☐ OK

29

▶ Vidéo

## COURS

● Lorsqu'on répète un très grand nombre de fois une expérience aléatoire, la fréquence de chaque issue se rapproche d'une valeur particulière. Cette valeur est la probabilité de cette issue.

**Exemple : expérience aléatoire 1**

En répétant 10 000 fois cette expérience aléatoire, on obtient les fréquences suivantes des issues 1, 2, 3, 4 et 5.

| **issue** | 1 | 2 | 3 | 4 | 5 |
|---|---|---|---|---|---|
| **fréquence** | 0,3363 | 0,1694 | 0,2446 | 0,1667 | 0,083 |

Ces fréquences se rapprochent de valeurs théoriques qui peuvent être obtenues par comparaison du nombre de boules de chaque numéro présentes dans l'urne. Ces valeurs sont les probabilités des issues 1, 2, 3, 4 et 5.

| **issue** | 1 | 2 | 3 | 4 | 5 |
|---|---|---|---|---|---|
| **probabilité** | $\frac{4}{12}$ | $\frac{2}{12}$ | $\frac{3}{12}$ | $\frac{2}{12}$ | $\frac{1}{12}$ |

● La probabilité d'un événement A est égale à la somme des probabilités des issues qui réalisent cet événement. Cette probabilité est notée $p(A)$.

## EXERCICE RÉSOLU 1

### Énoncé

Une bouteille opaque et impossible à ouvrir contient 35 billes qui sont soit bleues soit rouges. Seul un petit trou dans le bouchon permet de voir la couleur d'une seule bille à la fois quand on renverse la bouteille.

Ahmed sait que la bouteille contient 35 billes et, pour connaître la proportion de chaque type de bille, organise, sur plusieurs jours avec ses amis, 10 000 répétitions de l'expérience aléatoire qui consiste à renverser la bouteille et noter la couleur de la bille qu'on voit par le trou du bouchon.

Il a obtenu les fréquences suivantes :

| **couleur de la bille** | Rouge | Bleue |
|---|---|---|
| **fréquence** | 0,400 3 | 0,599 7 |

**1.** Quelle estimation du nombre de billes de chaque couleur peut-on faire ?

**2.** Donner une estimation de la probabilité de tirer une bille rouge et une estimation de la probabilité de tirer une bille bleue.

## Résolution

**1.** $0{,}4003 = \frac{4\,003}{10\,000}$ donc on peut estimer qu'environ $\frac{4\,003}{10\,000}$ième des billes sont rouges. $\frac{4\,003}{10\,000} \times 35 = 14{,}010\,5$ donc il doit y avoir 14 billes rouges dans la bouteille. Il y a donc vraisemblablement 21 billes rouges dans la bouteille.

**2.** On peut ainsi estimer que la probabilité de tirer une bille rouge est donc $\frac{14}{35}$ et la probabilité de tirer une bille bleue est $\frac{21}{35}$.

# EXERCICE RÉSOLU 2

## Énoncé

Un bus transporte des élèves pour une compétition multisports. Il y a là 10 joueurs de ping-pong, 12 coureurs de fond et 18 gymnastes. Lors d'un arrêt, ils sortent du bus en désordre.

**1.** Quelle est la probabilité que le premier sportif à sortir du bus soit un joueur de ping-pong ?

**2.** Quelle est la probabilité que le premier sportif à sortir du bus soit un coureur ou un gymnaste ?

**3.** Après cet arrêt, ils remontent dans le bus et ils accueillent un groupe de nageurs. Sachant que la probabilité que ce soit un nageur qui descende du bus en premier est de $\frac{1}{5}$, déterminer le nombre de nageurs présents dans le bus.

*Asie, juin 2015*

## Résolution

**1.** Il y a 40 sportifs dans le bus dont 10 joueurs donc la probabilité que le premier sportif à sortir du bus soit un joueur de ping-pong est $\frac{10}{40}$.

**2.** Il y a 30 sportifs qui sont des coureurs ou des gymnastes donc la probabilité que le premier sportif à sortir du bus soit un coureur ou un gymnaste est $\frac{30}{40}$.

**3.** Soit $x$ le nombre de nageurs qui se joignent au groupe. Il y a alors $x + 40$ personnes dans le bus et la probabilité que ce soit un nageur qui descende en premier du bus est alors $\frac{x}{x+40}$. Cette probabilité est égale à $\frac{1}{5}$ donc $\frac{x}{x+40} = \frac{1}{5}$.

10 nageurs sont présents dans le bus.

# STATISTIQUES ET PROBABILITÉS

**Pour les questions 1, 2 et 3,** on considère la série statistique suivante :

4 ; 2 ; 9 ; 10 ; 4 ; 6 ; 7

**1 La moyenne de cette série est :**

- [ ] **a.** 36 - [ ] **b.** Environ 6,3 - [ ] **c.** 6

**2 La médiane de cette série statistique est :**

- [ ] **a.** 6 - [ ] **b.** 10 - [ ] **c.** 6,5

**3 L'étendue de cette série statistique est :**

- [ ] **a.** 3 - [ ] **b.** 8 - [ ] **c.** 5,5

**Pour les questions 4, 5 et 6,** on considère la série statistique donnée par le tableau suivant :

| Valeur | 1 | 2 | 3 | 4 | 5 |
|---|---|---|---|---|---|
| Effectif | 4 | 6 | 2 | 3 | 5 |

**4 La moyenne de cette série est :**

- [ ] **a.** 2,95 - [ ] **b.** 7,5 - [ ] **c.** 0,75

**5 La médiane de cette série statistique est :**

- [ ] **a.** 3 - [ ] **b.** 2,5 - [ ] **c.** 2

**6 L'étendue de cette série statistique est :**

- [ ] **a.** 1 - [ ] **b.** 5 - [ ] **c.** 4

**7 En lançant un dé équilibré à 6 faces numérotées de 1 à 6, la probabilité d'obtenir un nombre premier est :**

- [ ] **a.** $\frac{1}{6}$ - [ ] **b.** 0,5 - [ ] **c.** $\frac{2}{3}$

**8 En lançant un dé équilibré à 6 faces numérotées de 1 à 6, Taïna a obtenu un 6. Elle relance le dé. La probabilité qu'elle obtienne à nouveau un 6 est :**

- [ ] **a.** Plus petite - [ ] **b.** La même - [ ] **c.** Plus grande

**9 On lance un dé équilibré à 6 faces et on obtient 3. En relançant le dé, la probabilité que l'on obtienne à nouveau 3 :**

- [ ] **a.** augmente - [ ] **b.** reste la même - [ ] **c.** diminue

**10 Une urne contient 5 boules rouges et 3 boules noires. On tire une boule au hasard : c'est une noire. Sans la remettre dans l'urne, on tire une autre boule. La probabilité que cette boule soit rouge.**

- [ ] **a.** augmente - [ ] **b.** reste la même - [ ] **c.** diminue

Corrigés au verso

# Corrigés

**1 > c.** $\frac{4+2+9+10+4+6+7}{7}=6$

La moyenne de cette série statistique est 6.

Voir **Fiche 25**

**2 > a.** On ordonne la série statistique : 2 ; 4 ; 4 ; 6 ; 7 ; 9 ; 10.
L'effectif est impair, égal à 7, donc la médiane est la valeur de rang central, c'est-à-dire la 4e valeur. La médiane est 6.

Voir **Fiche 26**

**3 > b.** 10 − 2 = 8
L'étendue de cette série statistique est 8.

Voir **Fiche 25**

**4 > a.** $\frac{1\times4+2\times6+3\times2+4\times3+5\times5}{4+6+2+3+5}=2{,}95$

La moyenne de cette série statistique est 2,95.

Voir **Fiche 25**

**5 > b.** L'effectif est pair, égal à 20 donc la médiane est la moyenne est deux valeurs de rangs centraux, c'est-à-dire la moyenne des 10e et 11e valeurs. La médiane est donc $\frac{2+3}{2}=2{,}5$.

Voir **Fiche 26**

**6 > c.** 5 − 1 = 4
L'étendue de cette série statistique est 4.

Voir **Fiche 25**

**7 > b.** Les nombres premiers compris entre 1 et 6 sont 2 ; 3 et 5. La probabilité d'obtenir un nombre premier est donc $\frac{3}{6}=0{,}5$.

Voir **Fiche 29**

**8 > b.** La probabilité d'obtenir un 6 est $\frac{1}{6}$ au premier lancer et ne change pas au second lancer.

Voir **Fiche 29**

**9 > b.** Les deux événements sont indépendants, donc la probabilité ne change pas. Au premier lancer, la probabilité d'obtenir un 3 est $\frac{1}{6}$. Au second lancer, cette probabilité est toujours $\frac{1}{6}$.

Voir **Fiche 29**

**10 > a.** Les deux événements ne sont pas indépendants, donc la probabilité change. Au premier tirage, la probabilité d'obtenir une boule rouge est $\frac{5}{8}$. Au second tirage, cette probabilité est $\frac{5}{7}$.

Voir **Fiche 29**

# Le théorème de Thalès

- À revoir
- OK

## COURS

▶ Vidéo

● Soit (BN) et (AM) deux droites sécantes en O.
Si les droites (MN) et (AB) sont parallèles, alors $\frac{OM}{OA}=\frac{ON}{OB}=\frac{MN}{AB}$.

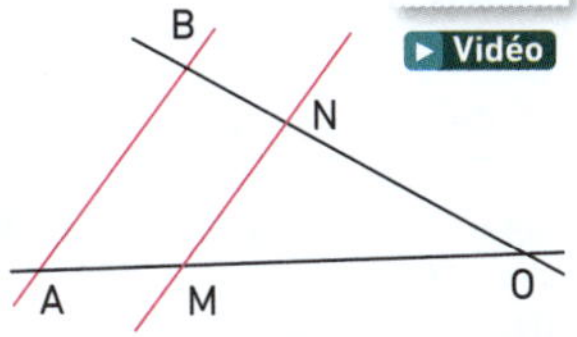


● Les longueurs des côtés du triangle OMN sont proportionnelles aux longueurs des côtés du triangle OAB.
Le tableau ci-dessous est un tableau de proportionnalité :

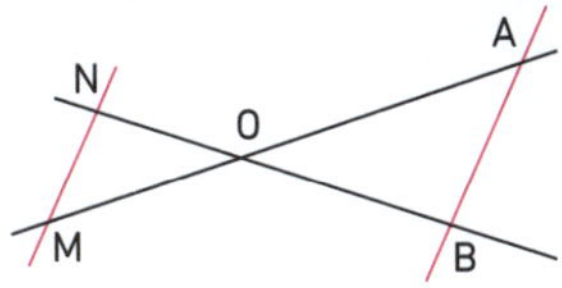


| | | |
|---|---|---|
| OM | ON | MN |
| OA | OB | AB |

## EXERCICE RÉSOLU 1

### Énoncé

Sur la figure ci-contre, les droites (JK) et (LM) sont parallèles. On sait que IJ = 5,6 cm, IK = 6,4 cm, IL = 9,8 cm et LM = 7,7 cm.
Calculer les longueurs IM et JK.

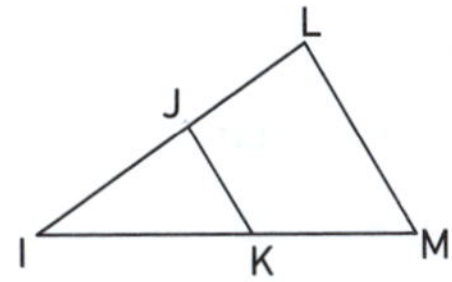


### Résolution

Les droites (LJ) et (MK) sont sécantes en I et les droites (JK) et (LM) sont parallèles, donc :

$\frac{IJ}{IL}=\frac{IK}{IM}=\frac{JK}{LM}$ donc $\frac{5,6}{9,8}=\frac{6,4}{IM}=\frac{JK}{7,7}$

$\frac{5,6}{9,8}=\frac{6,4}{IM}$

$5,6\times IM=9,8\times 6,4$

$5,6\times IM=62,72$

$IM=\frac{62,72}{5,6}=11,2$

$\frac{5,6}{9,8}=\frac{JK}{7,7}$

$9,8\times JK=5,6\times 7,7$

$9,8\times JK=43,12$

$JK=\frac{43,12}{9,8}=4,4$

La longueur IM est égale à 11,2 cm et la longueur JK est égale à 4,4 cm.

## EXERCICE RÉSOLU 2

### Énoncé

Sur la figure ci-contre, les droites (AB) et (KL) sont parallèles.
Calculer les longueurs AB et JK.

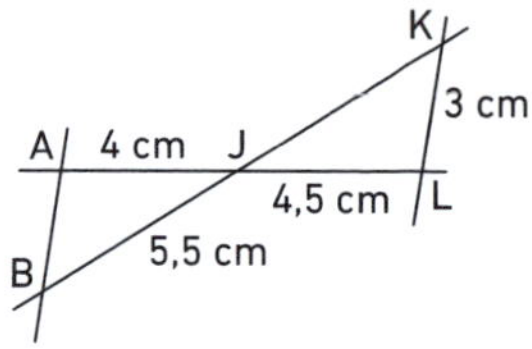


### Résolution

Les droites (KB) et (LA) sont sécantes en J et les droites (AB) et (KL) sont parallèles, donc :

$\frac{JB}{JK} = \frac{JA}{JL} = \frac{AB}{KL}$ donc $\frac{5,5}{JK} = \frac{4}{4,5} = \frac{AB}{3}$

$\frac{5,5}{JK} = \frac{4}{4,5}$

$4 \times JK = 5,5 \times 4,5$

$JK = \frac{24,75}{4} \approx 6,2$

$\frac{4}{4,5} = \frac{AB}{3}$

$4,5 \times AB = 4 \times 3$

$AB = \frac{12}{4,5} \approx 2,7$

La longueur JK est environ égale à 6,2 cm et la longueur AB est environ égale à 2,7 cm.

## EXERCICE RÉSOLU 3

### Énoncé

Dans la figure ci-contre, qui n'est pas à l'échelle :
– les points D, P et A sont alignés et les points K, H et A sont alignés ;
– DA = 60 cm, DK = 11 cm et DP = 45 cm.

**1.** Calculer la longueur KA au millimètre près.

**2.** Calculer la longueur HP.

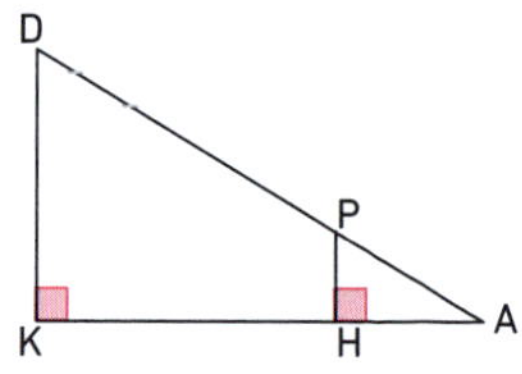


*Métropole, juin 2015*

### Résolution

**1.** Le triangle DAK est rectangle en K donc $DA^2 = KA^2 + KD^2$, donc $60^2 = KA^2 + 11^2$, soit $3600 = KA^2 + 121$ donc $KA^2 = 3600 - 121 = 3479$. D'où $KA = \sqrt{3\,479} \approx 59,0$, donc la longueur KA est environ égale à 59,0 cm.

**2.** Les droites (KH) et (DP) sont sécantes en A et les droites (HP) et (KD) sont parallèles, car elles sont perpendiculaires à la droite (KA) donc :
$\frac{AH}{AK} = \frac{AP}{AD} = \frac{HP}{KD}$ donc $\frac{15}{60} = \frac{HP}{11}$, soit $60 \times HP = 11 \times 15$. D'où $HP = \frac{165}{60} = 2,75$ cm.

# Déterminer si deux droites sont parallèles

☐ À revoir
☐ OK

31

## COURS

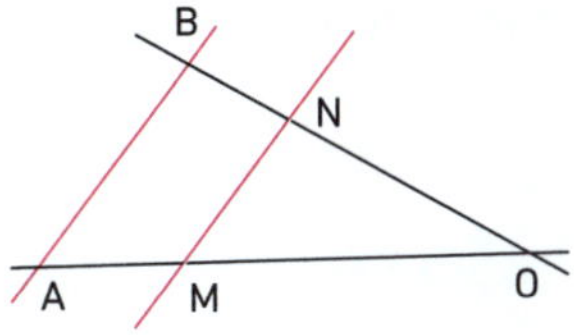


- **Réciproque du théorème de Thalès :**
Soit (BN) et (AM) deux droites sécantes en O.
Si les points O, M, A et O, N, B sont rangés dans le même ordre et $\frac{OM}{OA}=\frac{ON}{OB}$, alors les droites (MN) et (AB) sont parallèles.

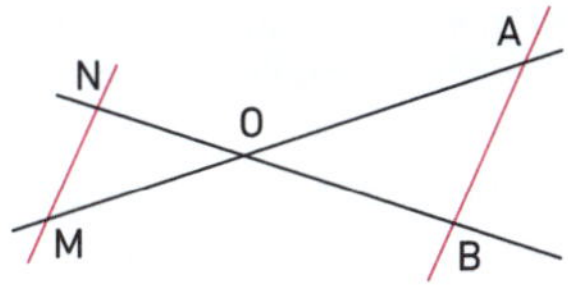


- Soit (BN) et (AM) deux droites sécantes en O.
Si $\frac{OM}{OA} \neq \frac{ON}{OB}$, alors les droites (MN) et (AB) ne sont pas parallèles.

## EXERCICE RÉSOLU 1

### Énoncé

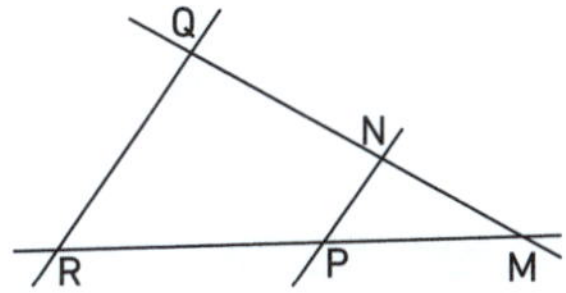


Sur la figure ci-contre, MN = 10,8 cm, MQ = 25,2 cm, MP = 13,2 cm et MR = 30,8 cm.
Les droites (NP) et (QR) sont-elles parallèles ?

### Résolution

$\frac{MN}{MQ}=\frac{10,8}{25,2}=\frac{3}{7}$ $\frac{MP}{MR}=\frac{13,2}{30,8}=\frac{3}{7}$

Les droites (RP) et (QN) sont sécantes en M, les points Q, N, M et R, P et M sont rangés dans le même ordre et $\frac{MN}{MQ}=\frac{MP}{MR}$ donc les droites (NP) et (QR) sont parallèles.

## EXERCICE RÉSOLU 2

### Énoncé

Sur la figure ci-contre, OD = 6 cm, OA = 17,5 cm, OR = 6,9 cm et OB = 20,2 cm.
Les droites (DR) et (BA) sont-elles parallèles ?

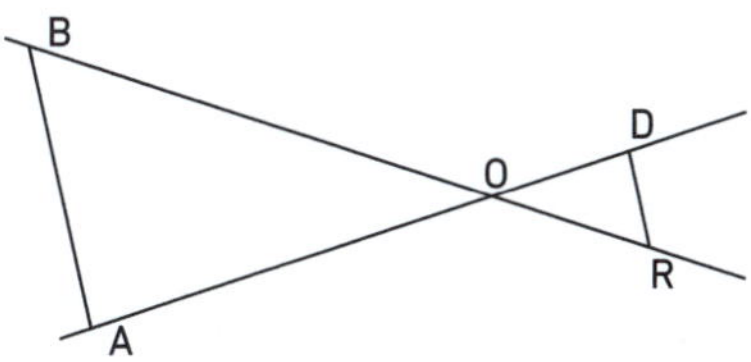

## Résolution

$\frac{OD}{OA} = \frac{6}{17,5} \approx 0,343$ $\frac{OR}{OB} = \frac{6,9}{20,2} \approx 0,342$

Les droites (BR) et (AD) sont sécantes en M et $\frac{OD}{OA} \neq \frac{OR}{OB}$ donc les droites (DR) et (BA) ne sont pas parallèles

# EXERCICE RÉSOLU 3

## Énoncé

Le viaduc de Millau est un pont franchissant la vallée du Tarn, dans le département de l'Aveyron, en France. Il est constitué de 7 pylônes verticaux équipés chacun de 22 câbles appelés haubans.

Le schéma ci-contre, qui n'est pas à l'échelle, représente un pylône et deux de ses haubans.

On dispose des informations suivantes :

AB = 89 m; AC = 76 m; AD = 154 m; FD = 12 m et EC = 5 m.

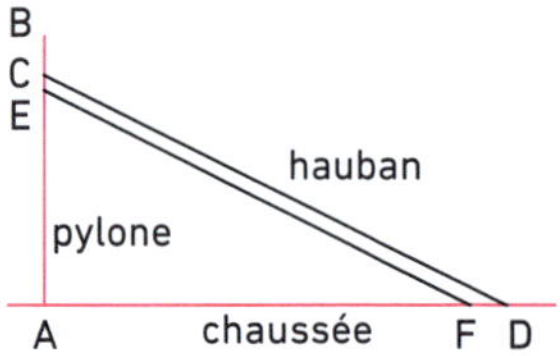


1. Calculer la longueur du hauban [CD]. Arrondir au mètre près.
2. Les haubans [CD] et [EF] sont-ils parallèles ?

*D'après Asie, juin 2016*

## Résolution

1. Le pylône est vertical et la chaussée peut être considérée horizontale donc le triangle ADC est rectangle en A. Ainsi,

$CD^2 = AD^2 + AC^2$

$CD^2 = 154^2 + 76^2$

$CD^2 = 23\,716 + 5\,776$

$CD^2 = 29\,492$

$CD = \sqrt{29\,492}$

$CD \approx 172$

Le hauban [CD] mesure environ 172 mètres.

2. $\frac{AE}{AC} = \frac{71}{76} \approx 0,93$

$\frac{AF}{AD} = \frac{142}{154} \approx 0,92$

Les droites (DF) et (CE) sont sécantes en A et $\frac{AE}{AC} \neq \frac{AF}{AD}$ donc les droites (CD) et (EF) ne sont pas parallèles. Ainsi, les haubans [CD] et [EF] ne sont pas parallèles.

# Formules de trigonométrie et calculatrice

À revoir
OK

32

## COURS

- Dans le triangle ABC rectangle en A :

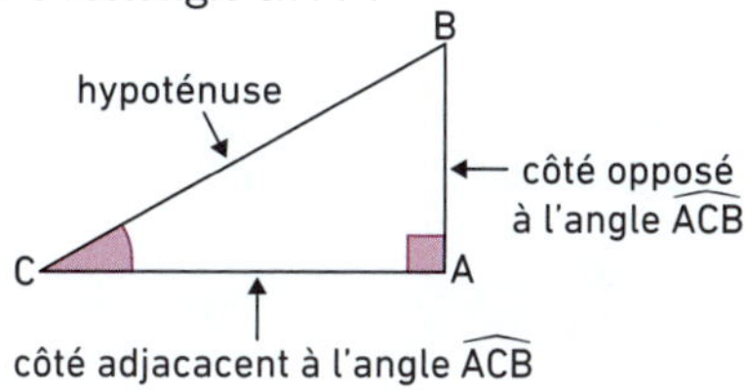


Le sinus de l'angle $\widehat{ACB}$, noté sin $\widehat{ACB}$, est le rapport :

$$\sin \widehat{ACB} = \frac{\textbf{longueur du côté opposé}}{\textbf{longueur de l'hypoténuse}} = \frac{BA}{BC}$$

Le cosinus de l'angle $\widehat{ACB}$, noté cos $\widehat{ACB}$, est le rapport :

$$\cos \widehat{ACB} = \frac{\textbf{longueur du côté adjacent}}{\textbf{longueur de l'hypoténuse}} = \frac{CA}{CB}$$

La tangente de l'angle $\widehat{ACB}$, notée tan $\widehat{ACB}$, est le rapport :

$$\tan \widehat{ACB} = \frac{\textbf{longueur du côté opposé}}{\textbf{longueur du côté adjacent}} = \frac{AB}{AC}$$

- **Utilisation de la calculatrice**

– Calculer une valeur, éventuellement approchée, du cosinus, du sinus ou de la tangente d'un angle dont on connaît la mesure :
on tape sur la touche [cos], [sin] ou [tan] de la calculatrice suivie de la mesure de l'angle.
**Exemple :** Pour calculer la tangente de 35°, on tape [tan] 35°. Ainsi, tan 35° ≈ 0,70.

– Déterminer une valeur, éventuellement approchée, de la mesure d'un angle dont on connaît le cosinus, le sinus ou la tangente :
on tape sur la touche [2nd], [SECONDE] ou [Shift] selon le modèle de calculatrice suivie de [cos], [sin] ou [tan] puis on saisit la valeur du cosinus, du sinus ou de la tangente de l'angle.
**Exemple :** Pour déterminer la mesure d'un angle dont le cosinus est 0,3, on tape [SECONDE] [cos] 0,3. Ainsi, cet angle mesure environ 73°.

## EXERCICE RÉSOLU 1

### Énoncé

Dans le triangle IJK ci-contre, calculer le cosinus, le sinus et la tangente de l'angle $\widehat{KIJ}$.

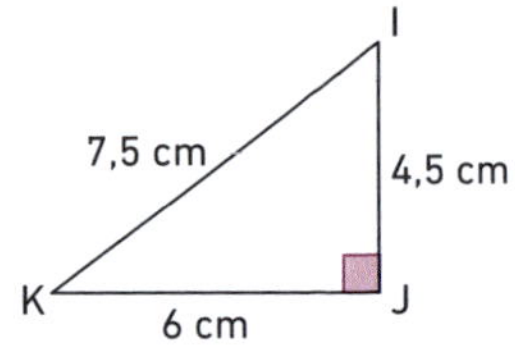


### Résolution

Le triangle IJK est rectangle en A donc :

$\cos \widehat{KIJ} = \dfrac{IJ}{IK} = \dfrac{4,5}{7,5} = 0,6$ $\quad \sin \widehat{KIJ} = \dfrac{KJ}{KI} = \dfrac{6}{7,5} = 0,8$ $\quad \tan \widehat{KIJ} = \dfrac{JK}{JI} = \dfrac{6}{4,5} = \dfrac{4}{3}$

## EXERCICE RÉSOLU 2

### Énoncé

En utilisant la calculatrice, donner une valeur arrondie au centième de :

**1.** cos 71° **2.** sin 23° **3.** tan 52°

### Résolution

**1.** On tape [cos] 71°. Ainsi, cos 71° ≈ 0,33. **2.** On tape [sin] 23°. Ainsi, sin 23° ≈ 0,39.
**3.** On tape [tan] 52°. Ainsi, tan 52° ≈ 1,28.

## EXERCICE RÉSOLU 3

### Énoncé

En utilisant la calculatrice, donner une valeur arrondie au degré de la mesure $x$ de l'angle tel que :

**1.** $\cos x = 0,43$ **2.** $\sin x = 0,87$ **3.** $\tan x = 0,35$

**4.** $\cos x = \dfrac{5}{9}$ **5.** $\sin x = \dfrac{11}{17}$ **6.** $\tan x = \dfrac{23}{12}$

### Résolution

**1.** On tape [2nd], [SECONDE] ou [Shift] suivi de [cos] 0,43. Ainsi, $x \approx 65°$.
**2.** On tape [2nd], [SECONDE] ou [Shift] suivi de [sin] 0,87. Ainsi, $x \approx 60°$.
**3.** On tape [2nd], [SECONDE] ou [Shift] suivi de [tan] 0,35. Ainsi, $x \approx 19°$.
**4.** On tape [2nd], [SECONDE] ou [Shift] suivi de [cos] $\dfrac{5}{9}$. Ainsi, $x \approx 56°$.
**5.** On tape [2nd], [SECONDE] ou [Shift] suivi de [sin] $\dfrac{11}{17}$. Ainsi, $x \approx 40°$.
**6.** On tape [2nd], [SECONDE] ou [Shift] suivi de [tan] $\dfrac{23}{12}$. Ainsi, $x \approx 62°$.

# Calculer une longueur

À revoir
OK

33

## COURS

- Dans un triangle rectangle, quand on connaît la mesure d'un des angles aigus du triangle et la longueur d'un de ses côtés, on peut calculer la longueur des autres côtés du triangle.

**Exemple :** Dans le triangle ABC rectangle en A, on souhaite calculer la longueur du côté [AC].

On connaît la mesure de l'angle $\widehat{ACB}$ et la longueur du côté [AB] opposé à cet angle : il faut donc utiliser la formule de la tangente.

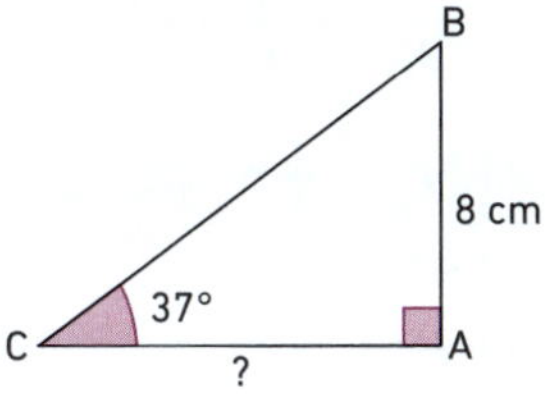


Le triangle ABC est rectangle en A,

$\tan \widehat{ACB} = \frac{AB}{AC}$

$\tan 37° = \frac{8}{AC}$

$AC \times \tan 37° = 8$

$AC = \frac{8}{\tan 37°}$

$AC \approx 10{,}6$ cm

## EXERCICE RÉSOLU 1

### Énoncé

Calculer la longueur du côté [PM] du triangle MPE ci-contre arrondie au millimètre.

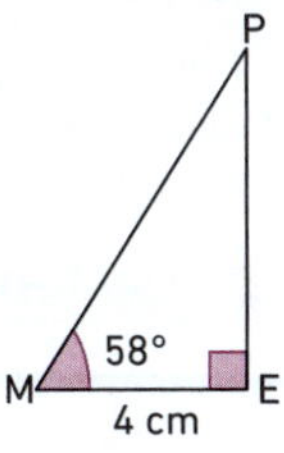


### Résolution

Le triangle PME est rectangle en E,

$\cos \widehat{PME} = \frac{ME}{MP}$

$\cos 58° = \frac{4}{MP}$

$MP \times \cos 58° = 4$

$MP = \frac{4}{\cos 58°}$

$MP \approx 7{,}5$ La longueur MP est environ égale à 7,5 cm.

## EXERCICE RÉSOLU 2

### Énoncé

Calculer la longueur du côté [TV] du triangle TVA ci-contre arrondie au millimètre.

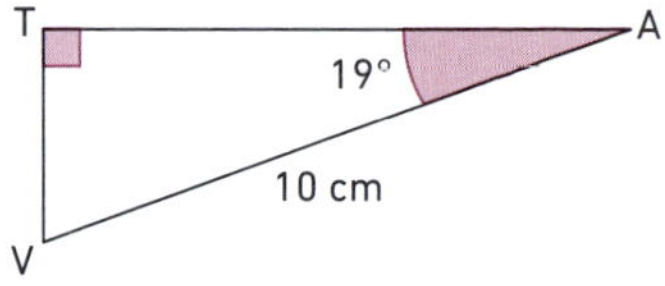


### Résolution

Le triangle TVA est rectangle en T,

$\sin \widehat{TAV} = \dfrac{VT}{VA}$

$\sin 19° = \dfrac{VT}{10}$

$VT = 10 \times \sin 19°$

$VT \approx 3{,}3$

La longueur VT est environ égale à 3,3 cm.

## EXERCICE RÉSOLU 3

### Énoncé

Des ingénieurs de l'Office National des Forêts font le marquage d'un lot de pins destinés à la vente.

Ils estiment la hauteur des arbres de ce lot, en plaçant leur œil au point O.

Ils ont relevé que $OA = 15$ m, $\widehat{SOA} = 45°$ et $\widehat{AOP} = 25°$.

Calculer la hauteur $h$ de l'arbre arrondie au mètre.

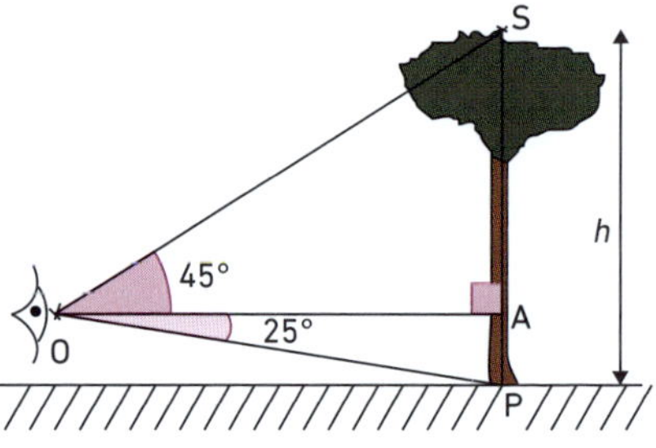


*D'après Centres étrangers, juin 2015*

### Résolution

Le triangle SOA est rectangle en A,

$\tan \widehat{SOA} = \dfrac{AS}{AO}$

$\tan 45° = \dfrac{AS}{15}$

$AS = 15 \times \tan 45° = 15.$

Le triangle POA est rectangle en A,

$\tan \widehat{POA} = \dfrac{AP}{AO}$

$\tan 25° = \dfrac{AP}{15}$

$AP = 15 \times \tan 25° \approx 7.$

Donc $h = AS + AP \approx 15 + 7 \approx 22$

La hauteur $h$ de l'arbre est environ 22 mètres.

# Calculer la mesure d'un angle

À revoir
OK

34

▶ Vidéo

## COURS

● Dans un triangle rectangle, quand on connaît la longueur de deux côtés, on peut calculer la mesure des angles du triangle.

**Exemple :**

Dans le triangle ABC rectangle en A, on souhaite calculer la mesure de l'angle $\widehat{ACB}$.

On connaît la longueur du côté [AB] opposé à cet angle et la longueur de l'hypoténuse [BC] : il faut donc utiliser la formule du sinus.

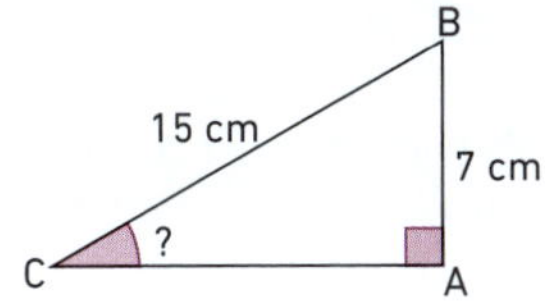


Le triangle ABC est rectangle en A,

$\sin \widehat{ACB} = \frac{BA}{BC} = \frac{7}{15}$

$\widehat{ACB} \approx 28°$

## EXERCICE RÉSOLU 1

### Énoncé

Calculer la mesure de l'angle $\widehat{SCG}$, arrondie au degré, du triangle rectangle ci-contre.

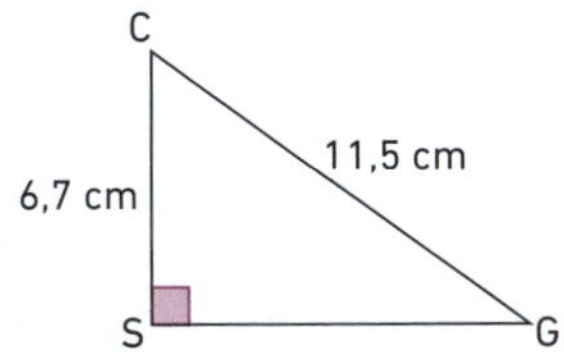


### Résolution

Le triangle CSG est rectangle en S,

$\cos \widehat{SCG} = \frac{CS}{CG}$ donc $\cos \widehat{SCG} = \frac{6,7}{11,5}$.

Ainsi $\widehat{SCG} \approx 54°$.

L'angle $\widehat{SCG}$ mesure environ 54°.

## EXERCICE RÉSOLU 2

### Énoncé

Calculer la mesure de l'angle $\widehat{FIM}$, arrondie au degré, du triangle rectangle ci-contre.

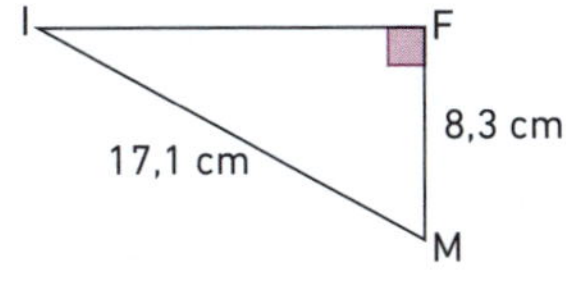

## Résolution

Le triangle FMI est rectangle en F,

$\cos \widehat{FMI} = \dfrac{MF}{MI}$ donc $\cos \widehat{FMI} = \dfrac{8{,}3}{17{,}1}$. Ainsi $\widehat{FMI} \approx 61°$

L'angle $\widehat{FMI}$ mesure environ 61°.

# EXERCICE RÉSOLU 3

## Énoncé

Ce panneau routier indique une descente dont la pente est de 10 %. Cela signifie que pour un déplacement horizontal de 100 mètres, le dénivelé est de 10 mètres.

Le schéma ci-contre n'est pas à l'échelle.

**1.** Déterminer la mesure de l'angle $\widehat{BCA}$ que fait la route avec l'horizontale. Arrondir la réponse au degré.

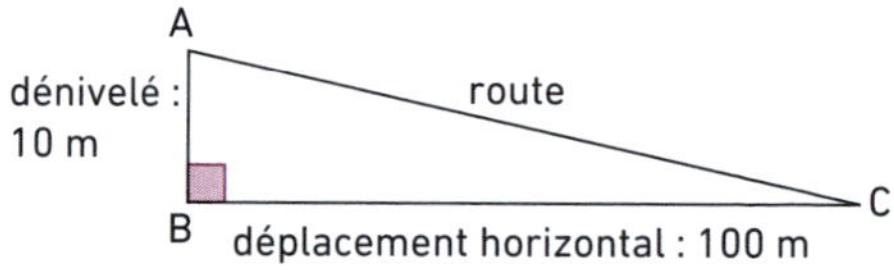


**2.** Dans certains pays, il arrive parfois que la pente d'une route ne soit pas donnée par un pourcentage, mais par une indication telle que « 1 : 5 », ce qui veut alors dire que pour un déplacement horizontal de 5 mètres, le dénivelé est de 1 mètre. Lequel des deux panneaux ci-dessous indique la pente la plus forte ?

Panneau A

Panneau B

*Métropole, juin 2015*

## Résolution

**1.** Le triangle ABC est rectangle en A,

$\tan \widehat{BCA} = \dfrac{AB}{AC}$

$\tan \widehat{BCA} = \dfrac{10}{100}$

$\widehat{BCA} \approx 6°$

La mesure de l'angle que fait la route avec l'horizontale est 6°.

**2.** Le déplacement vertical est de 1 mètre pour un déplacement horizontal de 5 mètres donc le pourcentage de la pente est égal à $\dfrac{1}{5} \times 100 = 20$ %.

C'est donc le panneau B qui indique la pente la plus forte.

## Je me teste sur...

# GÉOMÉTRIE

**1** **Sur la figure ci-contre, les droites (MN) et (PQ) sont parallèles. On peut affirmer que :**

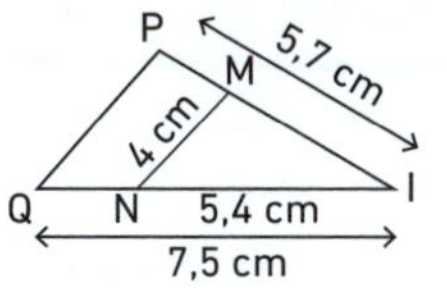


- ▢ **a.** IM ≈ 7,9 cm et PQ ≈ 2,9 cm.
- ▢ **b.** IM ≈ 7,9 cm et PQ ≈ 5,6 cm.
- ▢ **c.** IM ≈ 4,1 cm et PQ ≈ 5,6 cm.

**2** **Les longueurs sont données en cm.**
**Sur la figure ci-contre, on peut affirmer que :**

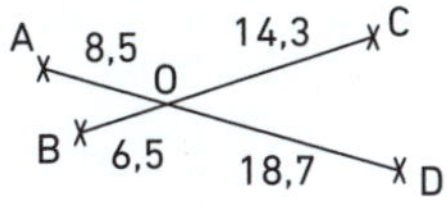


- ▢ **a.** Les droites (AB) et (CD) sont parallèles.
- ▢ **b.** Les droites (AC) et (BD) sont parallèles.
- ▢ **c.** Les droites (AB) et (CD) ne sont pas parallèles.

**3** **Si ABC est un triangle rectangle en A, alors le rapport $\frac{AB}{AC}$ est :**

- ▢ **a.** la tangente de l'angle $\widehat{ABC}$.
- ▢ **b.** la tangente de l'angle $\widehat{ACB}$.
- ▢ **c.** le cosinus de l'angle $\widehat{ACB}$.

**4** **Si le cosinus d'un angle aigu est égal à 0,34, alors cet angle mesure environ :**

▢ **a.** 19° ▢ **b.** 20° ▢ **c.** 70°

**5** **ABC est un triangle rectangle en A tel que AB = 5,2 cm et AC = 7,8 cm.**
**La mesure de l'angle $\widehat{ABC}$ arrondie au degré est :**

▢ **a.** 34° ▢ **b.** 42° ▢ **c.** 56°

**6** **DEF est un triangle rectangle en F tel que DE = 4,9 cm et EF = 3,2 cm.**
**La mesure de l'angle $\widehat{EDF}$ arrondie au degré est :**

▢ **a.** 41° ▢ **b.** 49° ▢ **c.** 33°

**7** **MNO est un triangle rectangle en M tel que MN = 5 cm et $\widehat{MON}$ = 37°.**
**La longueur ON, arrondie au mm, est égale à :**

▢ **a.** 3,0 cm ▢ **b.** 6,3 cm ▢ **c.** 8,3 cm

**8** **PQR est un triangle rectangle en Q tel que RP = 8,3 cm et $\widehat{RPQ}$ = 35°.**
**La longueur RQ, arrondie au mm, est environ égale à :**

▢ **a.** 6,8 cm ▢ **b.** 14,5 cm ▢ **c.** 4,8 cm

Corrigés au verso

# Corrigés

**1 > c.** Les droites (PM) et (QN) sont sécantes en I et les droites (MN) et (PQ) sont parallèles donc, d'après le théorème de Thalès : $\frac{IM}{IP}=\frac{IN}{IQ}=\frac{MN}{PQ}$.

$\frac{IM}{5,7}=\frac{5,4}{7,5}=\frac{4}{PQ}$ donc $IM=\frac{5,7\times5,4}{7,5}\approx 4,1$ cm et $PQ=\frac{7,5\times4}{5,4}\approx 5,6$ cm.

Voir **Fiche 30**

**2 > a.** $\frac{OA}{OD}=\frac{8,5}{18,7}=\frac{5}{11}$ $\quad$ $\frac{OB}{OC}=\frac{6,5}{14,3}=\frac{5}{11}$

Les droites (AD) et (BC) sont sécantes en O, les points A, O, D et B, O, C sont rangés dans le même ordre et $\frac{OA}{OD}=\frac{OB}{OC}$, donc, d'après la réciproque du théorème de Thalès, les droites (AB) et (CD) sont parallèles.

Voir **Fiche 31**

**3 > b.** Le rapport $\frac{AB}{AC}$ est le quotient de la longueur du côté opposé à l'angle $\widehat{ACB}$ par la longueur du côté adjacent à l'angle $\widehat{ACB}$.

Voir **Fiche 32**

**4 > c.** En utilisant la calculatrice, on trouve que l'angle mesure environ 70°.

Voir **Fiche 32**

**5 > a.** Le triangle ABC est rectangle en A donc :

$\tan\widehat{ABC}=\frac{AB}{AC}=\frac{5,2}{7,8}$ donc $\widehat{ABC}\approx 24°$.

Voir **Fiche 34**

**6 > a.** Le triangle DEF est rectangle en F donc :

$\sin\widehat{EDF}=\frac{EF}{ED}=\frac{3,2}{4,9}$ donc $\widehat{EDF}\approx 41°$.

Voir **Fiche 34**

**7 > c.** Le triangle MNO est rectangle en M donc :

$\sin\widehat{MON}=\frac{NM}{NO}$ donc $\sin 37° = \frac{NM}{5}$ donc $NM=\frac{5}{\sin 37°}\approx 8,3$ cm.

Voir **Fiche 33**

**8 > c.** Le triangle PQR est rectangle en Q donc :

$\sin\widehat{RPQ}=\frac{RQ}{RP}$ donc $\sin 35° = \frac{RQ}{8,3}$ donc $RQ = 8,3\times\sin 35°\approx 4,8$ cm.

Voir **Fiche 33**

# Effets d'un agrandissement et d'une réduction sur les aires et les volumes

☐ À revoir
☐ OK

35

## COURS

● Une figure $\mathcal{F}$ est un agrandissement ou une réduction d'une figure $\mathcal{F}'$ de même nature quand les longueurs de $\mathcal{F}$ sont proportionnelles aux longueurs de $\mathcal{F}'$.
Le coefficient de proportionnalité est appelé coefficient d'agrandissement ou de réduction.

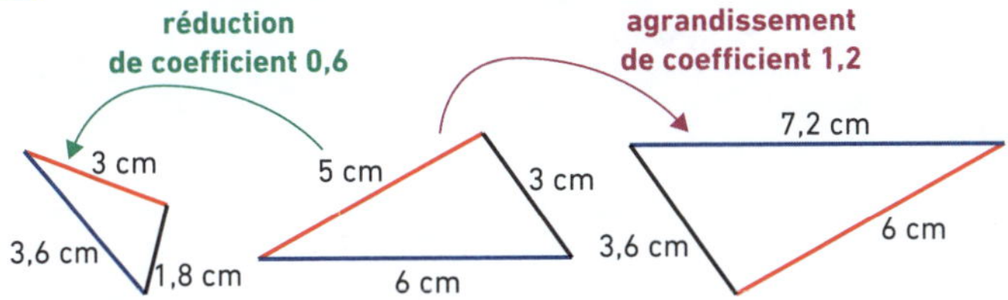


● Lors d'un agrandissement ou d'une réduction de coefficient $k$ :
– les longueurs sont multipliées par $k$ ;
– les aires des surfaces sont multipliées par $k^2$ ;
– les volumes des solides sont multipliés par $k^3$.

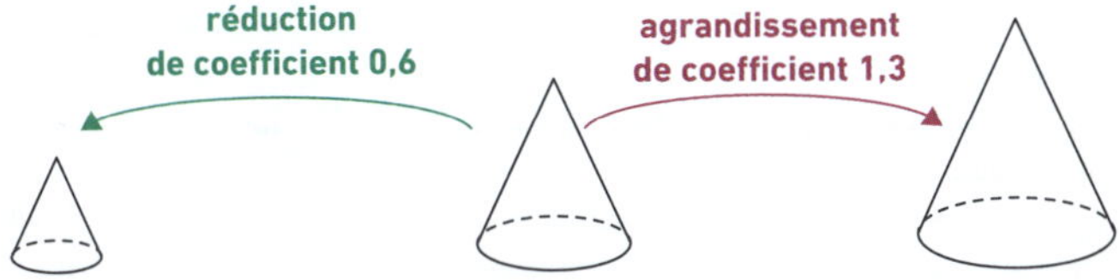


| | | |
|---|---|---|
| $0{,}6 \times \mathcal{P}$ | $\mathcal{P}$ : périmètre de la base | $1{,}3 \times \mathcal{P}$ |
| $(0{,}6)^2 \times \mathcal{B}$ | $\mathcal{B}$ : aire de la base | $(1{,}3)^2 \times \mathcal{B}$ |
| $(0{,}6)^3 \times \mathcal{V}$ | $\mathcal{V}$ : volume de la base | $(1{,}3)^3 \times \mathcal{V}$ |

## EXERCICE RÉSOLU 1

### Énoncé

Voici quelques ingrédients essentiels d'une pâtisserie dont la recette est donnée pour un plat rond de 20 cm de diamètre :

4 œufs, 160 g de sucre, 40 g de farine, 170 g de beurre, 20 cL de crème, 200 g de chocolat noir.

Quelles sont les quantités de chaque ingrédient qu'il faut prévoir si l'on veut réaliser ce gâteau sans changer son épaisseur pour un plat rond de 30 cm de diamètre ?

## Résolution

Le diamètre du plat est multiplié par 1,5 car $1{,}5 \times 20 = 30$. Mais l'épaisseur du gâteau ne change pas. C'est donc uniquement l'aire du plat qu'il faut considérer et non le volume du gâteau. Ainsi, il faut multiplier la quantité de chaque ingrédient par $1{,}5^2 = 2{,}25$.

Il faut donc prévoir $4 \times 2{,}25 = 9$ œufs, $160 \times 2{,}25 = 360$ g de sucre, $40 \times 2{,}25 = 90$ g de farine, $170 \times 2{,}25 = 382{,}5$ g de beurre, $20 \times 2{,}25 = 45$ cL de crème et $200 \times 2{,}25 = 450$ g de chocolat noir.

# EXERCICE RÉSOLU 2

## Énoncé

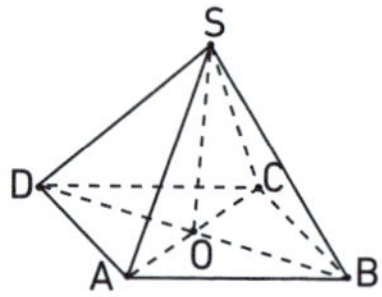


En visite à Paris, Paul admire la Pyramide, réalisée en verre feuilleté au centre de la cour intérieure du Louvre. Cette pyramide régulière a :

– pour base un carré ABCD de côté 35 mètres ;

– pour hauteur le segment [SO] de longueur 22 mètres.

Paul a tellement apprécié cette pyramide qu'il achète comme souvenir de sa visite une lampe à huile dont le réservoir en verre est une réduction à l'échelle $\frac{1}{500}$ de la vraie pyramide. Le mode d'emploi de la lampe précise que, une fois allumée, elle brûle 4 cm$^3$ d'huile par heure.

Au bout de combien de temps ne restera-t-il plus d'huile dans le réservoir ? Arrondir à l'unité d'heures.

*D'après Centres étrangers, 2014*

## Résolution

$\mathcal{V}_{SABCD} = \frac{1}{3} \times AB^2 \times SO = \frac{1}{3} \times 35^2 \times 22 \approx 8\,983$ m$^3$.

Le volume de la Pyramide du Louvre est environ égal à 8 983 m$^3$.

La réduction de Paul est à l'échelle $\frac{1}{500}$ donc le volume de sa pyramide est égal à celui de la Pyramide du Louvre multiplié par $\left(\frac{1}{500}\right)^3$.

$\left(\frac{1}{500}\right)^3 \times 8\,983 = 0{,}000071864$ m$^3$.

$0{,}000071864$ m$^3 = 0{,}071864$ dm$^3 = 71{,}864$ cm$^3$.

Le volume de la réduction de Paul est environ 71,864 cm$^3$.

$\frac{71{,}864}{4} = 17{,}966$

Il ne restera donc plus d'huile dans le réservoir au bout de 18 heures.

# Grandeur produit et grandeur quotient

☐ À revoir
☐ OK

36

## COURS

● Une grandeur produit est une grandeur obtenue en multipliant deux grandeurs.

**Exemples :**

| grandeur 1 | grandeur 2 | grandeur produit | exemple d'unité |
|---|---|---|---|
| longueur | longueur | aire | $m \times m = m^2$ |
| puissance | durée | énergie électrique | $kW \times h = kWh$ |

● Une grandeur quotient est une grandeur obtenue en divisant deux grandeurs.

**Exemples :**

| grandeur 1 | grandeur 2 | grandeur produit | exemple d'unité |
|---|---|---|---|
| volume de liquide | durée | débit | $m^3/s$ |
| volume de carburant | distance parcourue | consommation moyenne | L/100 km |

## EXERCICE RÉSOLU 1

### Énoncé

Un fournisseur d'accès à Internet propose une connexion avec un débit de 240 Mbit/s (Mégabit/seconde).
Sachant qu'un octet est formé de 8 bits, combien de temps faut-il pour télécharger un fichier de 2,1 Go avec une telle connexion ?

### Résolution

240 Mbit/s $= \dfrac{240}{8}$ Mo/s = 30 Mo/s.

La connexion permet de télécharger 30 Mo par seconde.

2,1 Go = 2 100 Mo donc $\dfrac{2\,100}{30} = 70$ s.

Il faut 70 secondes pour télécharger un fichier de 2,1 Go avec une telle connexion.

## EXERCICE RÉSOLU 2

### Énoncé

Le barrage des Trois-Gorges, la plus grande centrale hydroélectrique au monde. Elle produit $9{,}88 \times 10^4$ GWh (Gigawatt-heure) d'énergie électrique par an.

La consommation annuelle moyenne d'électricité d'un Chinois en 2013 était de 3 760 kWh et la population chinoise était de 1,357 milliards d'habitants. Quel pourcentage de la consommation électrique des Chinois cette centrale assurait-elle ?

### Résolution

$9{,}88 \times 10^4$ GWh $= 9{,}88 \times 10^4 \times 10^6$ kWh $= 9{,}88 \times 10^{10}$ kWh.

La centrale hydroélectrique des Trois-Gorges produit $9{,}88 \times 10^{10}$ kWh d'énergie électrique par an.

$\frac{9{,}88\times10^{10}}{3\,760} \approx 2{,}63\times10^7$. Cette centrale couvre les besoins en énergie électrique d'environ 26,3 millions d'habitants.

La population chinoise est d'environ 1,357 milliard d'habitants soit environ $1{,}357 \times 10^9$ habitants.

$\frac{2{,}63\times10^7}{1{,}357\times10^9}\times100 \approx 1{,}94$. Cette centrale assure donc environ 1,94 % de la consommation électrique des Chinois.

## EXERCICE RÉSOLU 3

### Énoncé

Le fleuve Amazone est celui qui possède le débit moyen le plus important au monde. Il est d'environ 190 000 $m^3/s$.

En France, un foyer de 3 personnes consomme en moyenne 10 000 L d'eau par mois.

Donner un ordre de grandeur du nombre de ces foyers que pourrait alimenter ce fleuve en un an.

*Amérique du Sud, novembre 2013*

### Résolution

$190\,000 \times 60 \times 60 \times 24 \times 365 = 5{,}991\,84 \times 10^{12}$ $m^3$.

En un an, $5{,}991\,84 \times 10^{12}$ $m^3$ d'eau s'écoulent par le fleuve Amazone.

10 000 L = 10 000 $dm^3$ = 10 $m^3$.

Un foyer de 3 personnes consomme en moyenne 10 $m^3$ par mois soit 120 $m^3$ par an.

$\frac{5{,}991\,84\times10^{12}}{120} \approx 4{,}9932\times10^{10} \approx 5\times10^{10} = 50\,000\,000\,000$

L'Amazone pourrait alimenter environ 50 milliards de foyer par an !

# Vitesse moyenne

- [ ] À revoir
- [ ] OK

37

## COURS

● La vitesse moyenne $v$ sur un trajet est le quotient de la distance $d$ parcourue par la durée $t$ du trajet :

$$v = \frac{d}{t}$$

**Exemple :**

La vitesse moyenne en km/h d'une voiture ayant parcouru 320 km en 4 h est :

$$v = \frac{d}{t} = \frac{320}{4} = 80 \text{ km/h}$$

## EXERCICE RÉSOLU 1

### Énoncé

Saïd a couru le semi-marathon de Paris, long d'environ 21,1 km, en 1 h 36 min. Quelle a été sa vitesse moyenne sur cette course (arrondie au km/h) ?

### Résolution

$1 \text{ h } 36 \text{ min} = 1 \text{ h} + \frac{36}{60} \text{ h} = 1 \text{ h} + 0{,}6 \text{ h} = 1{,}6 \text{ h}$

Saïd a couru pendant 1,6 h.

$v = \frac{d}{t} = \frac{21{,}1}{1{,}6} \approx 13{,}2 \text{ km/h}$

Saïd a couru à la vitesse moyenne de 13,2 km/h.

## EXERCICE RÉSOLU 2

### Énoncé

Lors d'un orage, Leïla voit, de la fenêtre de sa chambre, un éclair frapper le paratonnerre du clocher de l'église de son village et entend le tonnerre retentir 8 secondes plus tard. Sachant que la vitesse de propagation du son dans l'air est d'environ 340 m/s, à quelle distance, en mètres, se situe-t-elle de l'église ?

### Résolution

$v = \frac{d}{t}$ donc $340 = \frac{d}{8}$. Ainsi, $d = 340 \times 8 = 2\ 720$ m.

Leïla habite donc à 2 720 m de l'église de son village.

## EXERCICE RÉSOLU 3

### Énoncé

Bertrand doit se rendre de Nantes à Bordeaux. Pour cela, il va devoir parcourir 312 km sur autoroute. Il estime pouvoir parcourir cette distance à la vitesse constante de 130 km/h grâce à son régulateur de vitesse.

La sécurité routière conseillant de prendre une pause de 15 minutes toutes les deux heures, combien de temps, en heures et minutes, va-t-il passer sur l'autoroute ?

### Résolution

$v=\frac{d}{t}$ donc $130=\frac{312}{t}$ donc $130t = 312$. Ainsi, $t=\frac{312}{130}=2{,}4$.

Bertrand doit donc rouler pendant 2,4 heures.

2,4 h = 2 h + 0,4 h = 2 h + 0,4 × 60 min = 2 h 24 min

Bertrand va rouler plus de 2 heures. Il devra donc prendre une pause de 15 minutes. Ainsi, il passera 2 h 39 min sur l'autoroute.

## EXERCICE RÉSOLU 4

### Énoncé

Victor Hugo disait qu'en baie du Mont Saint-Michel, la mer emplissait l'estran « à la vitesse d'un cheval au galop ».

La plus grande vitesse observée de la marée en ce lieu est environ 1,7 m/s et un cheval au galop court en moyenne à 24 km/h. Est-ce que Victor Hugo exagérait ?

### Résolution

1,7 m/s = 1,7 × 3 600 m/h = 6 120 m/h = 6,12 km/h.

La mer emplit donc l'estran beaucoup moins vite qu'un cheval au galop. Victor Hugo exagérait vraiment !

**À noter**

On peut aussi effectuer la conversion des vitesses en m/s.

24 km/h = 24 000 m/h = $\frac{24\,000}{3\,600}$ m/s ≈ 6,7 m/s

# GRANDEURS ET MESURES

**1** **Lors d'un agrandissement de coefficient 2,5 d'une figure, son aire est multipliée par :**

- ▢ **a.** 2,5 ▢ **b.** 6,25 ▢ **c.** 15,625

**2** **Lors d'une réduction de coefficient 0,5 d'un solide, son volume est multiplié par :**

- ▢ **a.** 0,5 ▢ **b.** 0,25 ▢ **c.** 0,125

**3** **Suite à un agrandissement, une figure d'aire 4 cm$^2$ a été transformée en une figure d'aire 36 cm$^2$. Le coefficient d'agrandissement est :**

- ▢ **a.** 9 ▢ **b.** 3 ▢ **c.** 32

**4** **Une ampoule LED a une puissance de 7 W. Si elle reste allumée pendant 3 h 30 min, sa consommation électrique est :**

- ▢ **a.** 2 Wh ▢ **b.** 23,1 Wh ▢ **c.** 24,5 Wh

**5** **Une connexion internet permet de télécharger 34 Mo/s. Pour télécharger un fichier de 6,8 Go, il faut :**

- ▢ **a.** 3 min 20 s ▢ **b.** 3 min 51 s ▢ **c.** 3 min 8 s

**6** **Un cycliste roule à 30 km/h de moyenne pendant 2 h 15 min. Il parcourt :**

- ▢ **a.** 64,5 km ▢ **b.** 67,5 km ▢ **c.** 60 km

**7** **Un train parcourt 292,5 km en 1 h 30 min. Sa vitesse moyenne est :**

- ▢ **a.** 380,25 km/h ▢ **b.** 195 km/h ▢ **c.** 225 km/h

**8** **Une vitesse de 18 km/h est égale à une vitesse de :**

- ▢ **a.** 5 m/s ▢ **b.** 0,3 m/s ▢ **c.** 64,8 m/s

**9** **Une vitesse de 10 m/s est égale à une vitesse de :**

- ▢ **a.** 10 km/h ▢ **b.** 2,7 km/h ▢ **c.** 36 km/h

Corrigés au verso

# Corrigés

**1 > b.** Lors d'un agrandissement de coefficient 2,5, les longueurs sont multipliées par 2,5 et les aires par $2{,}5^2 = 6{,}25$.

Voir **Fiche 35**

**2 > c.** Lors d'une réduction de coefficient 0,5, les longueurs sont multipliées par 0,5, les aires par $0{,}5^2 = 0{,}25$ et les volumes par $0{,}5^3 = 0{,}125$.

Voir **Fiche 35**

**3 > b.** $\frac{36}{4} = 9 = 9$ donc les aires ont été multipliées par 9. Les longueurs ont donc été multipliées par $\sqrt{9} = 3$, donc le coefficient d'agrandissement est 3.

Voir **Fiche 35**

**4 > c.** $3\text{ h }30\text{ min} = 3\text{ h} + \frac{30}{60}\text{ h} = 3\text{ h} + 0{,}5\text{ h} = 3{,}5\text{ h}$.

$7\text{ W} \times 3{,}5\text{ h} = 24{,}5\text{ Wh}$, donc la consommation électrique de l'ampoule est 24,5 Wh.

Voir **Fiche 36**

**5 > a.** $6{,}8\text{ Go} = 6{,}8 \times 1\ 000\text{ Mo} = 6\ 800\text{ Mo}$.

$\frac{6\,800}{34} = 200$.

Il faut donc 200 s pour télécharger le fichier.

$200\text{ s} = 3 \times 60\text{ s} + 20\text{ s} = 3\text{ min }20\text{ s}$.

Pour télécharger un fichier de 6,8 Go, il faut donc 3 min 20 s.

Voir **Fiche 36**

**6 > b.** $2\text{ h }15\text{ min} = = 2\text{ h} + \frac{15}{60}\text{ h} = 2\text{ h} + 0{,}25\text{ h} = 2{,}25\text{ h}$.

$v = \frac{d}{t}$ donc $30 = \frac{d}{2{,}25}$ donc $d = 30 \times 2{,}25 = 67{,}5$.

Le cycliste a parcouru 67,5 km.

Voir **Fiche 37**

**7 > b.** $1\text{ h }30\text{ min} = 1\text{ h} + \frac{30}{60}\text{ h} = 1\text{ h} + 0{,}5\text{ h} = 1{,}5\text{ h}$.

$v = \frac{d}{t}$ donc $v = \frac{229{,}5}{1{,}5} = 195$.

Le train roule à la vitesse moyenne de 195 km/h.

Voir **Fiche 37**

**8 > a.** $18\text{ km/h} = 18\ 000\text{ m/h} = \frac{18\,000}{3\,600}\text{ m/s} = 5\text{ m/s}$.

Voir **Fiche 37**

**9 > c.** $10\text{ m/s} = 10 \times 3\ 600\text{ m/h} = 36\ 000\text{ m/h} = \frac{36\,000}{1\,000}\text{ km/h} = 36\text{ km/h}$.

Voir **Fiche 37**

# Températures de changement d'état

■ À revoir
■ OK

1

## COURS

### a Température de changement d'état d'un corps pur

● Lors du changement d'état d'un corps pur, sa température reste constante pendant toute la durée du changement. Cette température est caractéristique du corps pur.

**Exemple 1 :** Lors de la solidification du cyclohexane, la température reste constante et égale à 6 °C : c'est la **température de solidification** du cyclohexane.

**Exemple 2 :** Lors de la fusion de l'eau pure, la température reste constante et égale à 0 °C : c'est la **température de fusion** de l'eau.

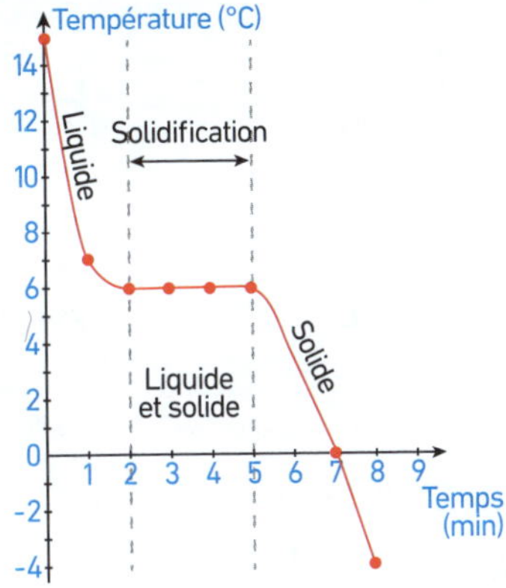


**Solidification du cyclohexane**

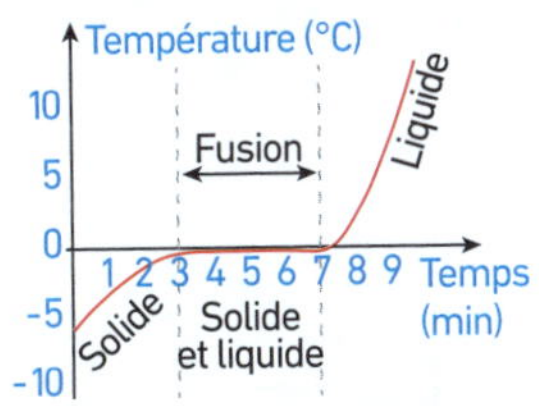


**Fusion de l'eau**

### b Température de changement d'état d'un mélange

● Contrairement au changement d'état d'un corps pur, le changement d'état d'un mélange ne se fait pas à température constante.

**Exemple** : La solidification de l'eau salée ne fait pas un **palier**.

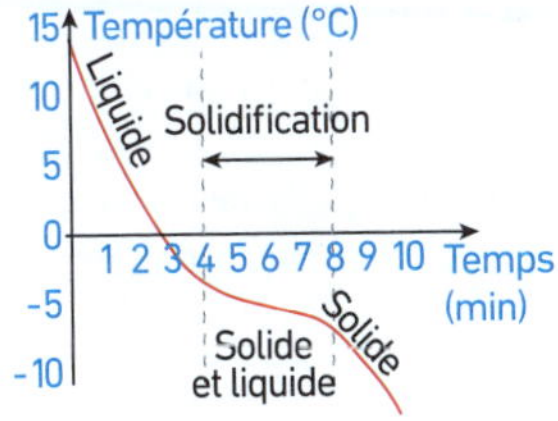


**Solidification de l'eau salée**

## EXERCICE RÉSOLU 1

### Énoncé

Indiquer, pour chaque graphique, s'il correspond au changement d'état d'un corps pur ou à celui d'un mélange. Donner le nom du changement d'état.

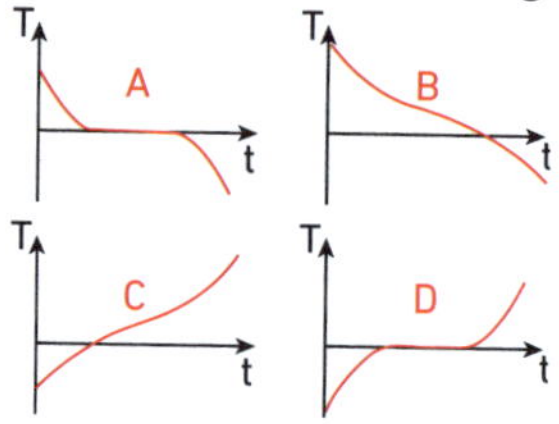


### Résolution

A : corps pur, solidification. B : mélange, solidification.
C : mélange, fusion. D : corps pur, fusion.

## EXERCICE RÉSOLU 2

### Énoncé

1. Classer les trois images dans l'ordre (deux cas possibles).

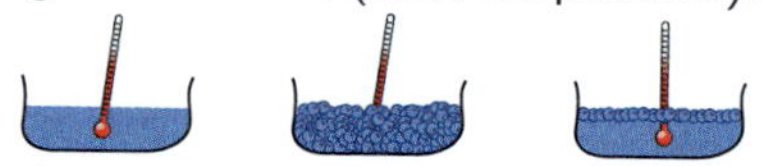


2. Dans chacun des deux cas, de quel changement d'état s'agit-il ?
3. À quelle(s) étape(s) le thermomètre indique-t-il une température de 0 °C ? Justifier.
4. Dessiner la courbe correspondant à ce changement d'état.

### Résolution

1. Cas 1 : B, C, A. Cas 2 : A, C, B.
2. Dans le cas 1, il s'agit de la fusion de l'eau. Dans le cas 2, il s'agit de la solidification de l'eau.
3. Le thermomètre indique une température de 0 °C à l'étape C. L'eau est un corps pur, donc sa température reste constante pendant toute la période de fusion.
4. Voir ci-contre.

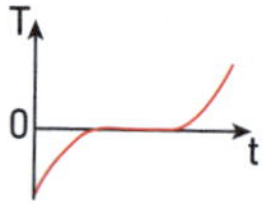

# Conversion de la masse et du volume

■ À revoir
■ OK

2

## COURS

### a La masse

● La masse d'un corps représente la quantité de matière qu'il contient. Elle s'exprime **en kilogrammes (kg), en grammes (g) et en leurs multiples et sous-multiples.**

**Exemple :** 1 kg = 10 hg, 10 dag ou 1 000 g.

| t | | | **kg** | hg | dag | g | dg | cg | mg |
|---|---|---|---|---|---|---|---|---|---|
| | | | 1 | 0 | 0 | 0 | | | |

● La masse d'un liquide ou d'un solide se mesure à l'aide d'une balance.

– On pose un récipient vide (bécher pour un liquide et coupelle pour un solide) sur une balance, puis on appuie sur le bouton « Tare » pour annuler la masse du récipient.

– On ajoute ensuite le liquide ou le solide dans le récipient et on lit la masse du liquide ou du solide.

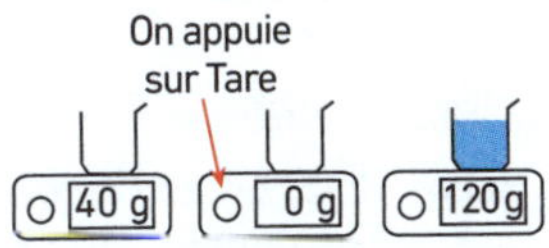


**Mesure de la masse avec une balance**

### b Le volume

● Le volume d'un corps correspond à l'espace occupé par celui-ci. Il s'exprime en **mètres cubes ($m^3$), en litres (L) ou en leurs multiples et sous-multiples.**

**Exemple :** 1 L = 1 $dm^3$, 10 dL, 100 cL, 1 000 mL ou 1 000 $cm^3$.

| **$hm^3$** | | | **$dam^3$** | | | **$m^3$** | | | **$dm^3$** | | | **$cm^3$** | | | **$mm^3$** | | |
|---|---|---|---|---|---|---|---|---|---|---|---|---|---|---|---|---|---|
| | | | | | | | | | | | L | dL | cL | mL | | | |
| | | | | | | | | | | | 1 | 0 | 0 | 0 | | | |

● La mesure du volume d'un liquide ou d'un solide s'effectue à l'aide d'une éprouvette graduée (en mL).

**Remarque :** La surface du liquide dans l'éprouvette est incurvée vers le bas : c'est le ménisque. Pour effectuer une bonne lecture du volume, il faut regarder face au bas du ménisque.

● Pour mesurer le volume d'un solide :

– on remplit une éprouvette graduée avec un volume $V_1$ d'eau ;

– on insère le solide dans l'éprouvette et on lit le nouveau volume $V_2$ ;

– on détermine le volume $V$ du solide : $V = V_2 - V_1$.

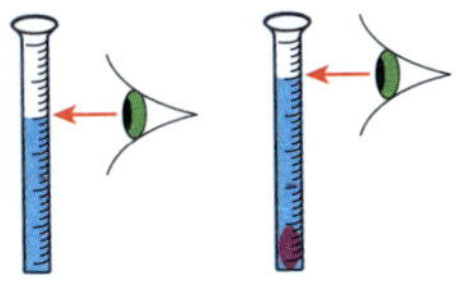

## EXERCICE RÉSOLU

### Énoncé

Selma veut mesurer la masse de 50 mL de différents liquides : eau, lait, huile et vinaigre. Elle dispose pour cela d'une éprouvette graduée de 50 mL et d'une balance.

1. Comment Selma doit-elle procéder pour mesurer la masse d'un liquide avec le matériel dont elle dispose ?

2. Quelle précaution faut-il prendre pour lire le volume d'un liquide dans une éprouvette graduée ?

3. Selma obtient les résultats suivants.

| Liquide | Eau | Lait | Huile | Vinaigre |
|---|---|---|---|---|
| Masse de 50 ml | 50 g | 59 g | 46 g | 57 g |

Quelle est la masse d'un litre de chaque liquide ?

### Résolution

1. Selma doit poser l'éprouvette graduée vide sur la balance, puis appuyer sur « Tare ». Elle remplit ensuite l'éprouvette jusqu'à la graduation 50 mL avec chacun des liquides.

2. Pour effectuer une bonne lecture, l'œil doit être face au bas de la partie incurvée à la surface du liquide (ménisque).

3. 1 L = 1000 mL, donc 1 litre contient 20 fois 50 mL. Pour trouver la masse d'un litre de liquide, il faut multiplier par 20 la valeur obtenue pour 50 mL.

| Liquide | Eau | Lait | Huile | Vinaigre | |
|---|---|---|---|---|---|
| Masse de 50 mL | 50 g | 59 g | 46 g | 57 g | × 20 |
| Masse de 1 L | 1 000 g | 1 180 g | 920 g | 1 140 g | |

# Masse volumique

- À revoir
- OK

3

## COURS

- La masse et le volume sont liés par la grandeur physique ρ (rhô) appelée masse volumique : $\rho = \frac{m}{V}$

$m$ est la masse en grammes (g) ou en kilogrammes (kg).
$V$ est le volume en millilitres (mL) ou en litres (L).

- La masse volumique ρ s'exprime en g/ml ou en kg/L.
- Un corps est d'autant plus dense que sa masse volumique est grande.

### a Détermination de la masse volumique d'un liquide

Pour déterminer la masse volumique d'un liquide :
- poser une éprouvette graduée sur une balance ;
- appuyer sur tare pour annuler sa masse ;
- verser un volume précis $V$ du liquide dans l'éprouvette graduée ;
- noter la masse $m$ de ce liquide ;
- diviser la masse $m$ obtenue de liquide par son volume $V$.

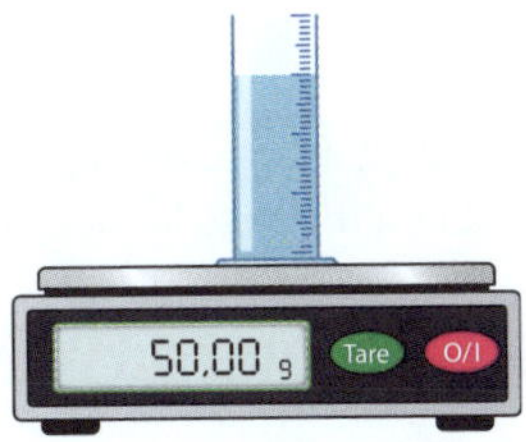


**Détermination de la masse volumique d'un liquide**

### b Détermination de la masse volumique d'un solide

- Pour déterminer la masse volumique d'un solide :
- peser la masse $m$ du solide à l'aide d'une balance ;
- remplir une éprouvette graduée avec un volume $V_1$ d'eau ;
- insérer le solide dans l'éprouvette et noter le volume $V_2$ ;
- déterminer le volume $V$ du solide : $V = V_2 - V_1$ ;
- diviser la masse $m$ du solide par son volume $V$.

**Détermination de la masse volumique d'un solide**

**Exemples :** La masse volumique de l'eau pure (ou distillée) est de 1 kg/L ou 1 g/ml.
La masse volumique de l'essence est de 0,95 kg/L ou 0,95 g/ml.

## EXERCICE RÉSOLU 1

### Énoncé

La masse de 100 mL d'alcool est de 76,5 g et la masse de 100 mL d'huile est de 89,7 g.

1. Calculer la masse volumique de l'alcool et celle de l'huile en g/L.
2. Lequel de ces deux liquides est le plus dense ?
3. Qu'observe-t-on si on mélange lentement les deux liquides ?

### Résolution

1. On convertit d'abord 100 mL = 0,1 L, puis on applique $\rho = \frac{m}{V}$.

$\rho = \frac{76,5}{0,1} = 765$ g/L pour l'alcool.

$\rho = \frac{89,7}{0,1} = 897$ g/L pour l'huile.

2. L'huile est plus dense, car sa masse volumique est plus grande que celle de l'alcool.
3. Si on mélange les deux liquides, l'alcool reste au-dessus et l'huile en dessous.

## EXERCICE RÉSOLU 2

### Énoncé

Un litre d'eau de mer pèse 1,030 kg.

1. Calculer la masse volumique de l'eau de mer en g/mL.
2. Rappeler la masse volumique de l'eau distillée.
3. Déduire des questions précédentes la masse du sel dans 1 litre d'eau de mer.
4. Calculer la quantité de sel dans un verre d'eau de mer de volume 20 cL.

### Résolution

1. On effectue d'abord les conversions : 1,030 kg = 1030 g ; 1 L = 1000 mL.

On applique $\rho = \frac{m}{v} = \frac{1\,030}{1\,000} = 1{,}030$ g/mL.

2. L'eau distillée a une masse volumique de 1 g/mL.
3. 1 litre d'eau de mer pèse 1030 g et 1 litre d'eau distillée (pure) pèse 1000 g. Donc 1 litre d'eau de mer contient 1030 − 1000 = 30 g de sel.
4. 1 L = 100 cL, donc 1 L équivaut à cinq fois 20 cL. Dans 1 L d'eau de mer, il y a 30 g de sel, donc dans 20 cL il y en aura cinq fois moins. 30 : 5 = 6, il y a 6 g de sel dans un verre de 20 cL d'eau de mer.

# Atome et ions

À revoir
OK

4

## COURS

### a L'atome

- Un atome est la plus petite entité élémentaire de la matière. Il est constitué d'un noyau contenant des particules chargées positivement (les protons) et des particules sans charge (les neutrons), autour duquel gravitent des électrons chargés négativement.
- Il y a autant de protons que d'électrons dans un atome, il est donc électriquement neutre.
- Le diamètre d'un atome est de l'ordre de $10^{-10}$ m et celui de son noyau est de l'ordre de $10^{-15}$ m.

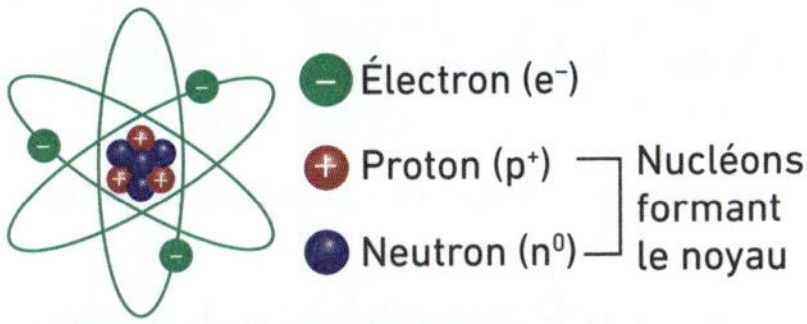


**Structure d'un atome**

### b L'ion

- Un ion est un atome qui a perdu ou gagné un ou plusieurs électrons.
- Lorsque l'atome perd des électrons, il se charge positivement et devient un cation.

**Exemple :** Dans l'atome d'aluminium, il y a 13 protons (13 charges positives) et 13 électrons (13 charges négatives) : l'atome est donc électriquement neutre. Dans l'ion aluminium, il y a toujours 13 protons, mais seulement 10 électrons : l'ion aluminium est donc chargé positivement (+3).

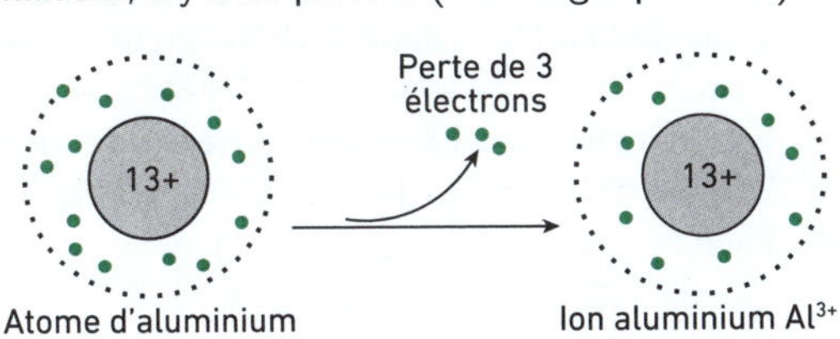


**Atome devenant un cation**

- Lorsque l'atome gagne des électrons, il se charge négativement et devient un anion.

**Exemple :** Dans l'atome du chlore, il y a 17 protons (17 charges positives) et 17 électrons (17 charges négatives) : l'atome est donc électriquement neutre. Dans l'ion chlorure, il y a toujours 17 protons, mais cette fois 18 électrons : l'ion chlorure est donc chargé négativement (–1).

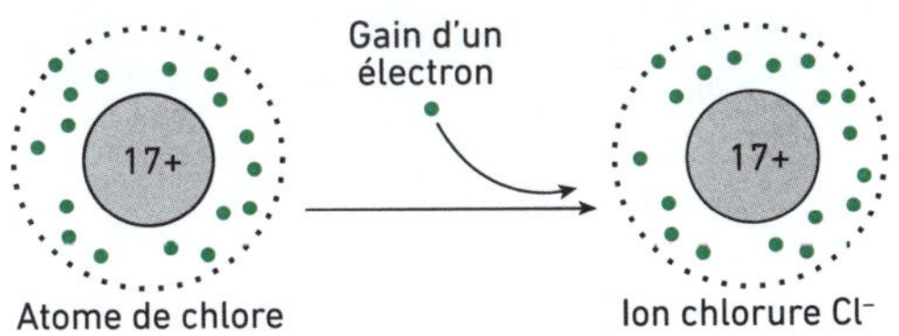


**Atome devenant un anion**

## EXERCICE RÉSOLU 1

### Énoncé

1. Donner la constitution d'un atome et faire un schéma.
2. Quel constituant de l'atome porte la charge positive ?
3. Quel constituant de l'atome porte la charge négative ?
4. Quelle est la charge d'un atome ? Expliquer.
5. Quel est l'ordre de grandeur du diamètre d'un atome et de son noyau ?

### Résolution

1. Un atome est constitué d'un noyau contenant des protons et des neutrons autour duquel gravitent des électrons.
2. C'est le proton qui porte la charge positive.
3. C'est l'électron qui porte la charge négative.
4. Un atome est neutre, car il possède autant de protons que d'électrons.
5. L'ordre de grandeur du diamètre d'un atome est de $10^{-10}$ m et celui de son noyau est de $10^{-15}$ m.

## EXERCICE RÉSOLU 2

### Énoncé

1. L'ion sodium $Na^+$ contient 10 électrons. Quel est le nombre d'électrons et de protons de l'atome de sodium Na ? Justifier.
2. L'atome du chlore Cl contient 17 électrons. Il donne l'ion $Cl^-$.

**a.** S'agit-il d'un gain ou d'une perte d'électron ?

**b.** L'ion obtenu est-il un cation ou un anion ?

**c.** Combien d'électrons possède l'ion $Cl^-$ ?

### Résolution

1. Pour se transformer en $Na^+$, l'atome de sodium a perdu un électron ; il était donc constitué de $10 - 1 = 11$ électrons.

L'atome étant électriquement neutre, il contient 11 protons.

2. **a.** Il s'agit d'un gain d'électron.

**b.** $Cl^-$ est un anion.

**c.** $Cl^-$ possède 18 électrons $(17 + 1)$.

# Identification des ions dans les solutions aqueuses

- À revoir
- OK

5

## COURS

### a Solution aqueuse ionique

● Une solution est un mélange homogène d'un soluté (solide) et d'un solvant (liquide). Si le solvant est de l'eau, la solution est dite aqueuse.

● Lorsque le solide se dissout dans le solvant, il donne naissance à des ions (cations et anions). La solution est qualifiée alors de solution ionique.

**Exemple :** Quand on dissout du chlorure de sodium NaCl dans de l'eau, on obtient une solution aqueuse ionique de chlorure de sodium ($Na^+$, $Cl^-$).

### b Identification de l'ion chlorure $Cl^-$

● Pour identifier l'ion chlorure $Cl^-$, on utilise une solution de nitrate d'argent ($Ag^+$, $NO_3^-$). On obtient un précipité blanc qui noircit à la lumière.

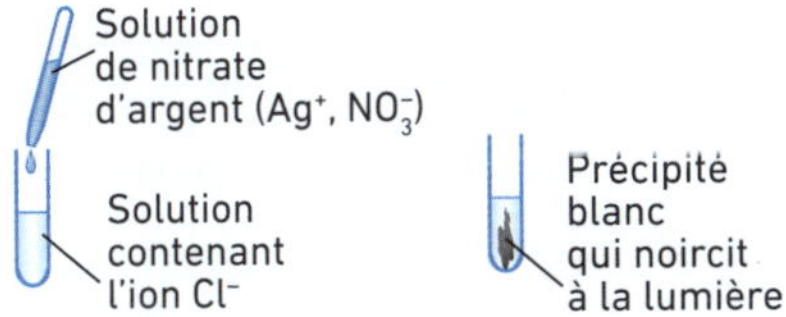


**Test d'identification de l'ion chlorure $Cl^-$**

### c Identification des ions métalliques

● Pour identifier les ions métalliques $Fe^{2+}$, $Fe^{3+}$, $Cu^{2+}$ et $Zn^{2+}$, on utilise une solution de soude, ou hydroxyde de sodium, de formule ($Na^+$, $HO^-$). On obtient alors des précipités de couleur caractéristique.

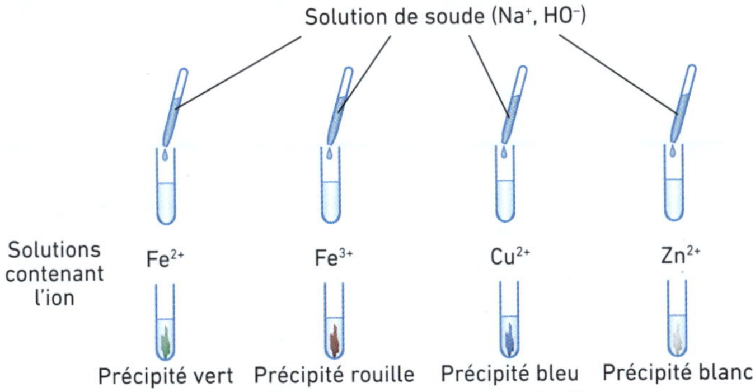


**Tests d'identification de divers ions métalliques**

## EXERCICE RÉSOLU 1

### Énoncé

Compléter le tableau suivant.

| Nom et formule de l'ion | Ion fer II | Ion fer III | Ion cuivre | Ion chlorure |
|---|---|---|---|---|
| Réactif versé | | | | |
| Couleur du précipité | | | | |

### Résolution

| Nom et formule de l'ion | Ion fer II | Ion fer III | Ion cuivre | Ion chlorure |
|---|---|---|---|---|
| Réactif versé | Soude | Soude | Soude | Nitrate d'argent |
| Couleur du précipité | Vert | Rouille | Bleu | Blanc |

## EXERCICE RÉSOLU 2

### Énoncé

Afin de découvrir les deux types d'ions présents dans une solution S, on réalise les tests suivants.

1. Dans un tube à essais contenant la solution S, on verse quelques gouttes d'une solution de nitrate d'argent. On obtient un précipité blanc. Quel est le nom et la formule de l'ion caractérisé ?
2. Dans un autre tube à essais contenant la solution S, on verse quelques gouttes de soude. On obtient un précipité vert. Quel est le nom et la formule de l'ion caractérisé ?
3. Donner le nom et la formule de la solution S.

### Résolution

1. Le précipité blanc obtenu après avoir versé du nitrate d'agent dans la solution S est caractéristique de l'ion chlorure $Cl^-$.
2. Le précipité vert obtenu après avoir versé de la soude dans la solution S est caractéristique de l'ion fer II ou $Fe^{2+}$.
3. La solution S est du chlorure de fer, de formule ($Fe^{2+}$, $Cl^-$).

# Solutions acides et basiques, mesure de pH

À revoir
OK

6

## COURS

### a Solutions acides et basiques

- Les proportions des ions hydrogène $H^+$ et hydroxyde $HO^-$ dans les solutions déterminent leur caractère acide ou basique.
- Une solution acide contient plus d'ions $H^+$ que d'ions $HO^-$.

**Exemple :** Le vinaigre, le citron.

Une solution basique contient plus d'ions $HO^-$ que d'ions $H^+$.

**Exemple :** L'eau de javel, le bicarbonate de sodium.

### b Mesure du pH

- Pour évaluer l'acidité ou la basicité d'une solution aqueuse (le solvant est l'eau), on utilise une grandeur sans unité comprise entre 0 et 14 appelée pH.
- Plus le pH est proche de 0, plus la solution est acide ; plus le pH est proche de 14, plus elle est basique.
- Quand on dilue une solution, qu'elle soit acide ou basique, son pH se rapproche de 7, qui correspond à un pH neutre.

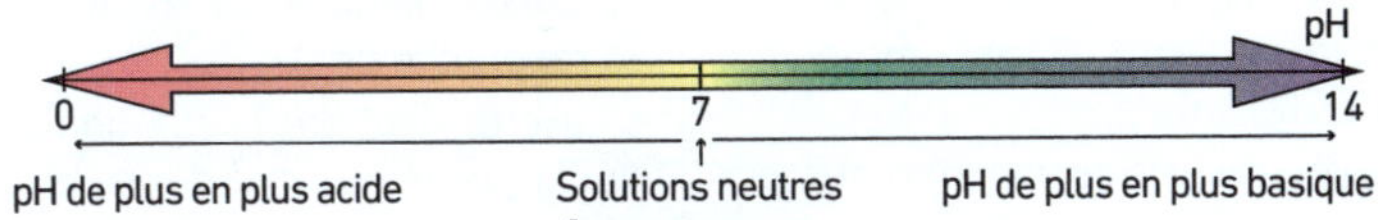


**Échelle de pH**

- Le pH se mesure à l'aide de papier pH ou d'un pH-mètre.

**pH-mètre et papier pH**

## EXERCICE RÉSOLU 1

### Énoncé

Une solution de chlorure de sodium a un pH de 7.
Une solution d'hydroxyde de sodium a un pH de 10.

Une solution de chlorure d'hydrogène (acide chlorhydrique) a un pH de 1.

1. Quels sont les ions contenus dans chacune de ces solutions ?
2. Quels sont les ions responsables de l'acidité ?

## Résolution

1. Les ions présents dans la solution de chlorure de sodium sont : $Na^+$ et $Cl^-$ ; dans la solution d'hydroxyde de sodium : $Na^+$ et $HO^-$ ; dans la solution de chlorure d'hydrogène : $H^+$ et $Cl^-$.
2. L'ion responsable de l'acidité est $H^+$.

# EXERCICE RÉSOLU 2

## Énoncé

1. Pour diluer 10 fois une solution acide de pH égal à 3, dans quel volume d'eau doit-on verser 10 mL de cette solution ?
2. Le pH de la solution obtenue est-il égal à 1, 4 ou 8 ?
3. Vers quelle valeur tend le pH lorsqu'on ajoute de plus en plus d'eau ?
4. Après la dilution, la solution contiendra plus d'ions $H^+$, moins d'ions $H^+$ ou la même quantité d'ions $H^+$ ? Justifier.

## Résolution

1. On doit verser les 10 mL d'acide dans 90 mL d'eau pour obtenir un volume total de 100 mL.
2. Le pH de la solution obtenue est égal à 4.
3. Quand on dilue une solution, son pH se rapproche de 7.
4. Après dilution, la solution contiendra la même quantité d'ions $H^+$, car on ne rajoute que de l'eau, qui est neutre.

# EXERCICE RÉSOLU 3

## Énoncé

Répondre par vrai ou faux aux affirmations suivantes et corriger celles qui sont fausses.

1. Une solution aqueuse est basique si son pH est inférieur à 7.
2. Lorsqu'on dilue une solution acide, son pH augmente.
3. Le vinaigre à un pH inférieur à 7.
4. Pour mesurer le pH d'une solution, on utilise un pH-mètre.

## Résolution

1. Faux : une solution aqueuse est basique si son pH est supérieur à 7.
2. Vrai : il tend vers un pH égal à 7.
3. Vrai : le vinaigre est une solution légèrement acide.
4. Vrai : on peut également utiliser du papier pH.

# Les réactions chimiques

- À revoir
- OK

7

## COURS

### a Réaction chimique

- La réaction chimique est la transformation de substances chimiques appelées réactifs en d'autres substances chimiques appelées produits.

**Réactifs** $\longrightarrow$ **Produits**

- Lors d'une réaction chimique, il y a conservation des éléments chimiques, cela signifie que la nature et le nombre d'atomes de chacun des réactifs sont conservés après transformation. La masse totale des réactifs reste égale à la masse totale des produits.

**Exemple :** La réaction de combustion se produit entre un combustible et un comburant en présence d'une source de chaleur.

**Combustion du carbone :** $C + O_2 \longrightarrow CO_2$

**Combustion du méthane :** $CH_4 + 2\ O_2 \longrightarrow CO_2 + 2\ H_2O$

- Les réactions de combustion dégagent de la chaleur et peuvent présenter des risques d'explosion ou d'incendie.
- En cas de manque de dioxygène $O_2$, elles peuvent également produire du monoxyde de carbone (CO) qui est un gaz toxique.

### b Identification des ions

- Pour identifier les ions métalliques $Fe^{2+}$, $Fe^{3+}$ et $Cu^{2+}$, on utilise une solution de soude qui contient l'ion hydroxyde ($HO^-$).

$Fe^{2+} + 2\ HO^- \longrightarrow Fe(HO)_2$ (précipité de couleur verte)

$Fe^{3+} + 3\ HO^- \longrightarrow Fe(HO)_3$ (précipité de couleur rouille)

$Cu^{2+} + 2\ HO^- \longrightarrow Cu(HO)^2$ (précipité de couleur bleue)

- Pour identifier l'ion chlorure $Cl^-$, on utilise le nitrate d'argent qui contient l'ion argent $Ag^+$.

$Cl^- + Ag^+ \longrightarrow AgCl$ (précipité blanc qui noircit à la lumière)

## EXERCICE RÉSOLU 1

### Énoncé

La combustion du méthane $CH_4$ dans le dioxygène $O_2$ produit du dioxyde de carbone $CO_2$ et de l'eau $H_2O$.

1. Écrire l'équation de la réaction et l'équilibrer en utilisant le principe de conservation des éléments.

2. Dans cette combustion, lequel est le combustible et lequel est le comburant ?

3. Sachant que les masses des réactifs utilisés respectent les proportions de l'équation, compléter en justifiant le tableau ci-après.

| **Espèces chimiques** | **Méthane $CH_4$** | **Dioxygène $O_2$** | **Dioxyde de carbone $CO_2$** | **Eau $H_2O$** |
|---|---|---|---|---|
| Masses (g) | 16 | 64 | 44 | ... |

## Résolution

1. $CH_4 + O_2 \longrightarrow CO_2 + H_2O$ Il y a autant d'atome de carbone à gauche qu'à droite : les atomes de carbone sont donc équilibrés.

$CH_4 + O_2 \longrightarrow CO_2 + \mathbf{2}\ H_2O$ Il y a quatre atomes d'hydrogène à gauche et seulement deux atomes d'hydrogène à droite : on multiplie donc $H_2O$ par 2 pour avoir quatre atomes d'hydrogène de chaque côté de l'équation.

$CH_4 + \mathbf{2}\ O_2 \longrightarrow CO_2 + \mathbf{2}\ H_2O$ Le nombre d'atome d'oxygène à droite est de 4 : on multiplie donc $O_2$ par 2 pour en avoir 4 également à gauche.

2. Dans cette combustion, le combustible est le dioxygène $O_2$ et le comburant est le méthane $CH_4$.

3. Lors d'une réaction chimique, la masse totale des réactifs est égale à la masse totale des produits : $m_{CH_4} + m_{O_2} = m_{CO_2} + m_{H_2O}$.

Donc $m_{H_2O} = m_{CH_4} + m_{O_2} - m_{CO_2}$

D'où : $36 = 16 + 64 - 44$

| **Espèces chimiques** | **Méthane $CH_4$** | **Dioxygène $O_2$** | **Dioxyde de carbone $CO_2$** | **Eau $H_2O$** |
|---|---|---|---|---|
| Masses (g) | 16 | 64 | 44 | **36** |

# EXERCICE RÉSOLU 2

## Énonce

Équilibrer les équations des réactions chimiques suivantes.

1. $Zn^{2+} + \ldots\ HO^- \longrightarrow Zn(HO)_2$

2. $\ldots C + O_2 \longrightarrow \ldots\ CO$

3. $C_3H_8 + \ldots\ O_2 \longrightarrow \ldots\ CO_2 + \ldots\ H_2O$

4. $O_2 + \ldots\ H_2 \longrightarrow \ldots\ H_2O$

## Résolution

1. $Zn^{2+} + 2\ HO^- \longrightarrow Zn(HO)_2$

2. $2\ C + O_2 \longrightarrow 2\ CO$

3. $C_3H_8 + 5\ O_2 \longrightarrow 3\ CO_2 + 4\ H_2O$

4. $O_2 + 2\ H_2 \longrightarrow 2\ H_2O$

# TRANSFORMATIONS DE LA MATIÈRE

**1 La température de fusion d'un corps pur :**

- ▢ **a.** caractérise le corps pur.
- ▢ **b.** est de 0 °C.
- ▢ **c.** n'est pas constante.

**2 On mesure 0,75 litre d'eau :**

- ▢ **a.** à l'aide d'une balance.
- ▢ **b.** c'est-à-dire 750 mL d'eau.
- ▢ **c.** c'est-à-dire 75 g d'eau.

**3 La masse d'un litre d'eau de mer est de 1 030 g. Sa masse volumique est donc :**

- ▢ **a.** 1 030 g/mL.
- ▢ **b.** 1,030 kg/mL.
- ▢ **c.** 1,030 kg/L.

**4 Le noyau d'un atome est constitué de :**

- ▢ **a.** protons et neutrons.
- ▢ **b.** protons et électrons.
- ▢ **c.** électrons et neutrons.

**5 Un anion contient :**

- ▢ **a.** autant d'électrons que de protons.
- ▢ **b.** plus d'électrons que de protons.
- ▢ **c.** moins d'électrons que de protons.

**6 Une solution aqueuse est :**

- ▢ **a.** une solution dont le soluté est l'eau.
- ▢ **b.** un mélange homogène contenant des ions.
- ▢ **c.** une solution dont le solvant est l'eau.

**7 Pour vérifier la présence d'ions métalliques dans une solution, on ajoute à la solution quelques gouttes :**

- ▢ **a.** de nitrate d'argent pour former un précipité blanc qui noircit à la lumière.
- ▢ **b.** d'eau de chaux pour former un précipité blanc.
- ▢ **c.** de soude pour former un précipité.

**8 Une solution acide contient :**

- ▢ **a.** plus d'ions $OH^-$ que d'ions $H^+$.
- ▢ **b.** autant d'ions $OH^-$ que d'ions $H^+$.
- ▢ **c.** moins d'ions $OH^-$ que d'ions $H^+$.

**9 Une solution acide a un pH :**

- ▢ **a.** inférieur à 7.
- ▢ **b.** égal à 7.
- ▢ **c.** supérieur à 7.

**10 Lors d'une réaction chimique :**

- ▢ **a.** il y a autant de réactifs que de produits.
- ▢ **b.** le volume total des réactifs est égal au volume total des produits.
- ▢ **c.** la masse totale des réactifs est égale à la masse totale des produits.

Corrigés au verso

## Corrigés

**1 > a.** caractérise le corps pur. La température de changement d'état est une caractéristique du corps pur.

Voir **Fiche 1**

**2 > b.** c'est-à-dire 750 mL d'eau. La balance est l'instrument de mesure de la masse qui s'exprime en grammes (g) ou kilogrammes (kg).

Voir **Fiche 2**

**3 > c.** 1,030 kg/L. Il faut convertir la masse d'un litre en kilogrammes.

Voir **Fiche 3**

**4 > a.** protons et neutrons. Le noyau est constitué de protons, chargés positivement, et de neutrons, particules de même masse mais sans charge (neutres). Les électrons, chargés négativement, sont en orbite autour du noyau.

Voir **Fiche 4**

**5 > b.** plus d'électrons que de protons. Un anion est un ion chargé négativement, il contient donc plus d'électrons que de protons. Un atome est électriquement neutre et contient autant d'électrons que de protons.

Voir **Fiche 4**

**6 > c.** une solution dont le solvant est l'eau. Une solution est un mélange homogène de soluté dissous dans un solvant. On dit que la solution est aqueuse si le solvant est l'eau (du latin « aqua »).

Voir **Fiche 5**

**7 > c.** de soude pour former un précipité. La soude forme des précipités de couleur caractéristique avec les ions métalliques. Le nitrate d'argent caractérise l'ion chlorure et l'eau de chaux le dioxyde de carbone.

Voir **Fiche 5**

**8 > c.** moins d'ions $OH^-$ que d'ions $H^+$. Les proportions d'ions hydrogène $H^+$ et hydroxyde $OH^-$ déterminent le caractère acide ou basique de la solution. Si elles sont égales, la solution est neutre, s'il y a plus d'ion $OH^-$ que d'ions $H^+$, la solution est dite basique.

Voir **Fiche 6**

**9 > a.** inférieur à 7. Si le pH est égal à 7 la solution est neutre, s'il est supérieur à 7, elle est basique.

Voir **Fiche 6**

**10 > c.** la masse totale des réactifs est égale à la masse totale des produits. Lors d'une réaction chimique, il y a conservation de la matière. Comme disait Lavoisier : « Rien ne se perd, rien ne se crée, tout se transforme. ».

Voir **Fiche 7**

# Caractéristiques du mouvement

- À revoir
- OK

8

## COURS

### a Mouvement

● Pour étudier le mouvement d'un objet, il faut tenir compte :
– du référentiel, de l'objet pris comme référence ;
– de la trajectoire, de l'ensemble des points décrits lors du mouvement de l'objet ;
– de l'évolution de la vitesse de l'objet au cours du temps.

### b Caractéristiques du mouvement

● On considère un objet en mouvement se déplaçant de A vers B.

● Si la trajectoire de l'objet est une droite, son mouvement est qualifié de rectiligne.

**Trajectoire en ligne droite**

Si la trajectoire de l'objet est une courbe, son mouvement est qualifié de curviligne.

**Trajectoire courbe ou curviligne**

● Si la trajectoire de l'objet est un cercle, son mouvement est qualifié de circulaire.

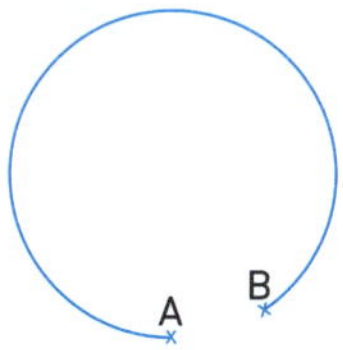


**Trajectoire circulaire**

### c Vitesse

● La vitesse est une grandeur vectorielle qui est caractérisée par son sens, sa direction et sa valeur.

● Le **sens** du vecteur vitesse peut être : d'un point A vers un point B, de gauche à droite, du bas vers le haut.

● La **direction** du vecteur vitesse est soit horizontale, soit verticale, soit en diagonale.

## d Évolution de la vitesse

- Si la vitesse de l'objet reste constante tout au long du trajet, le mouvement est dit uniforme.

**Exemple :** Le motard a un mouvement uniforme : les distances entre les positions successives du motard photographié à des intervalles de temps égaux sont identiques.

**Mouvement uniforme**

- Si la vitesse de l'objet augmente régulièrement, le mouvement est dit accéléré.

Le motard a un mouvement accéléré : les distances entre les positions successives du motard photographié à des intervalles de temps égaux sont de plus en plus grandes.

**Mouvement accéléré**

- Si la vitesse de l'objet diminue régulièrement, le mouvement est dit ralenti.

Le motard a un mouvement ralenti : les distances entre les positions successives du motard photographié à des intervalles de temps égaux sont de plus en plus petites.

**Mouvement ralenti**

## EXERCICE RÉSOLU

### Énoncé

1. Que doit-on préciser avant de commencer l'étude du mouvement d'un objet ? En donner une définition.
2. Décrire la trajectoire :
– d'un ascenseur ;
– d'un manège ;
– d'une voiture sur un virage.

### Résolution

1. Avant de commencer l'étude du mouvement d'un objet, on doit préciser le référentiel : il s'agit d'un solide par rapport auquel on étudie l'état de mouvement ou de repos de l'objet.
2. L'ascenseur se déplace en ligne droite, sa trajectoire est donc rectiligne.
Un manège tourne autour d'un axe central, sa trajectoire est circulaire.
Une voiture dans un virage dessine une courbe, sa trajectoire est curviligne.

# Forces et diagramme objet-interactions

- À revoir
- OK

**9**

## COURS

### a Définition d'une force

● Une force est l'action mécanique d'un corps appelé acteur sur un autre corps appelé receveur. Elle est notée $F_A$ et est représentée par un vecteur, que l'on caractérise par :
– une origine (le point d'application de la force) ;
– un sens (du receveur vers l'acteur) ;
– une direction (horizontale, verticale ou oblique) ;
– une longueur (proportionnelle à la valeur de la force).

**Exemple :** Une voiture (acteur) tracte une remorque (receveur).

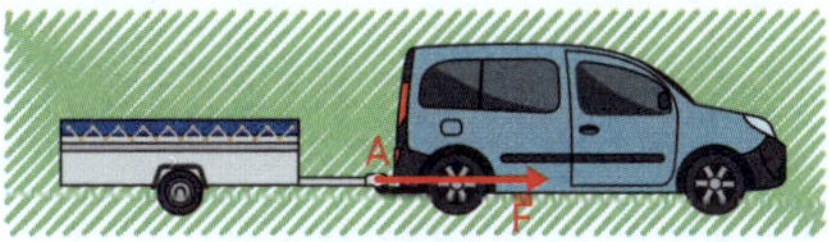


L'origine de la force est le point de contact A entre la voiture et la remorque.
Le sens va de la remorque vers la voiture.
La direction est celle de la route (horizontale).
La valeur de la force est exprimée en newtons (N).

● On adopte une échelle, par exemple 1 cm pour 100 N. Si la force vaut 500 N, la longueur du vecteur sera de 5 cm.

### b Types d'actions

● Une action est de contact si les deux corps (l'acteur et receveur) sont en contact.
**Exemples :** La voiture et sa remorque, le vent et le voilier, la réaction d'une table sur laquelle est posée un objet...

● Pour une action à distance, il n'y a pas de contact entre l'acteur et le receveur.
**Exemples :** L'action d'un aimant sur une bille en acier, l'action de la Terre sur un parachutiste...

### c Diagramme objet-interactions

● On appelle digramme objet-interactions la représentation de l'objet que l'on a choisi d'étudier et ses interactions, de contact ou à distance avec les autres objets.

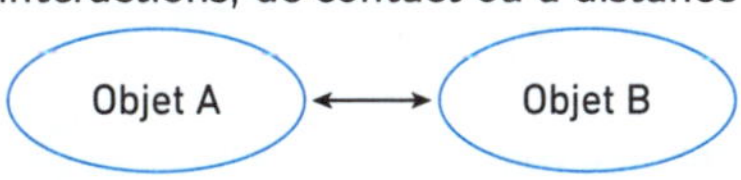


**Représentation d'une interaction de contact**

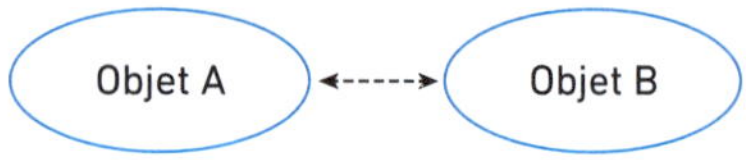


**Représentation d'une interaction à distance**

**Exemple :** Dans le cas d'un livre posé sur une table, le livre subit l'action de la table et de la Terre, celle de la table est une action de contact et celle de la Terre est une action à distance.

**Diagramme objet-interactions d'un livre posé sur une table**

## EXERCICE RÉSOLU

### Énoncé

On représente ci-dessous la réaction $\vec{R}$ exercée par la table sur une boîte.

Échelle : 1 cm représente 10 N.

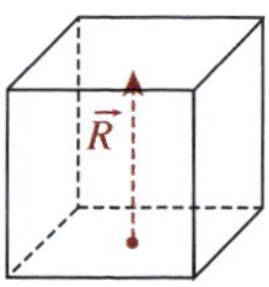


**1.** Quelle sont les caractéristiques de cette force ?

**2.** Quelle autre force s'exerce sur la boîte ?

**3.** En déduire les caractéristiques du poids de la boîte.

**4.** Représenter le diagramme objet-interactions de la boîte.

### Résolution

**1.** La réaction $\vec{R}$ est une interaction de contact caractérisée par :
- son origine : point de contact boîte/table ;
- son sens : du bas vers le haut ;
- sa direction : verticale ;
- sa valeur : $R = 2{,}5 \times 10 = 25$ N.

**2.** L'autre force est le poids : c'est une interaction à distance exercée par la Terre sur la boîte.

**3.** Les caractéristiques du poids de la boîte sont :
- son origine : centre de gravité de la boîte ;
- son sens : du haut vers le bas ;
- sa direction : verticale ;
- sa valeur : $P = 2{,}5 \times 10 = 25$ N.

**4.**

**Diagramme objet-interactions de la boîte posée sur la table**

# Force gravitationnelle et force de pesanteur

- À revoir
- OK

10

## COURS

### a Force gravitationnelle

- Deux corps ponctuels de masses $m$ et $m'$ exercent l'un sur l'autre des forces $\vec{F}$ et $\vec{F'}$ attractives de même valeur :

$$F = F' = G \cdot \frac{m \cdot m'}{d^2}$$

$F$ et $F'$ s'expriment en newtons.
$G$ est la constante de gravitation est égale à : $6{,}67 \times 10^{-11}\ \mathrm{N \cdot kg^{-2} \cdot m^2}$
$d$ est la distance séparant les masses $m$ et $m'$ ; $d$ s'exprime en mètres (m)
$m$ et $m'$ s'expriment en kilogrammes (kg).

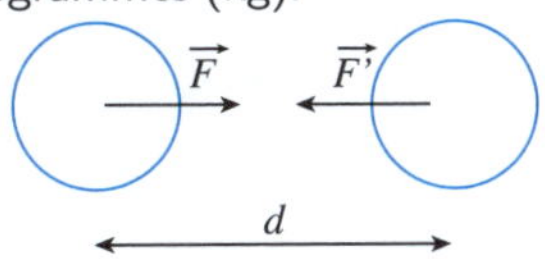


**Forces gravitationnelles s'exerçant entre deux corps**

**Exemple :** Effectuons le calcul de la force de gravitation s'exerçant sur deux masses ponctuelles de 10,0 g séparées et distantes de 5,0 cm. Avant de commencer le calcul, il faut convertir les masses en kg et la distance en m.

$m = m' = 10{,}0\ \mathrm{g} = 10 \times 10^{-3}\ \mathrm{kg}$ ou $0{,}010\ \mathrm{kg}$
$d = 5{,}0\ \mathrm{cm} = 5{,}0 \times 10^{-2}\ \mathrm{m}$ ou $0{,}050\ \mathrm{m}$
$G = 6{,}67 \times 10^{-11}\ \mathrm{N \cdot kg^{-2} \cdot m^2}$
$F = F' = G \cdot \frac{m \cdot m'}{d^2}$ (il ne s'agit pas de vecteurs mais bien des intensités)
$F = 6{,}67 \times 10^{-11} \times (10 \times 10^{-3} \times 10 \times 10^{-3})/(5{,}0 \times 10^{-2})^2 = 2{,}67 \times 10^{-12}\ \mathrm{N}$.

### b Force de pesanteur

- La force de pesanteur est la force exercée par la Terre sur un corps de masse m situé à la surface ou au voisinage de la Terre.
- La force de pesanteur n'est autre que le poids de l'objet que nous développerons dans la fiche 11.

## EXERCICE RÉSOLU

### Énoncé

L'un des satellites de la planète Mars s'appelle Phobos. Celui-ci a une trajectoire quasi circulaire autour du centre de gravité de Mars. Le rayon de la trajectoire est de $R = 9\,378$ km.

La masse de Mars est $m_M = 6{,}42 \times 10^{23}$ kg, la masse de Phobos est $m_P = 9{,}5 \times 10^{15}$ kg et la constante de gravitation vaut $G = 6{,}67 \times 10^{-11}$ $N \cdot kg^{-2} \cdot m^2$.

1. Faire un schéma légendé.
2. Donner l'expression de la valeur de la force $F_{M/P}$ exercée par Mars sur Phobos.
3. Calculer la valeur de cette force.
4. Déterminer la valeur de la force $F_{P/M}$ exercée par Phobos sur Mars.
5. Représenter sur un schéma les deux forces $F_{M/P}$ et $F_{P/M}$ en prenant comme échelle 1 cm pour $1{,}00 \times 10^{19}$ N.

### Résolution

1.

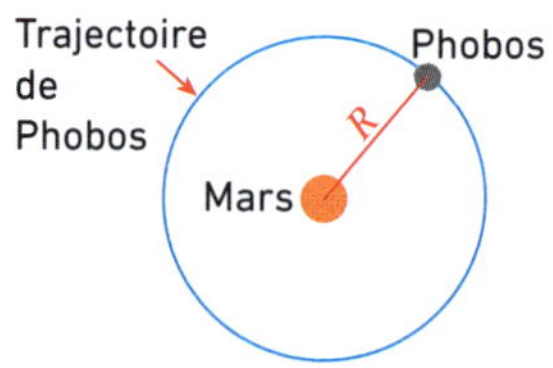


2. $F_{M/P} = G \cdot \frac{m_M \cdot m_P}{R^2}$

$F_{M/P}$ est la force exercée par Mars sur Phobos.

$m_M$ est la masse de la Terre.

$m_P$ est la masse de Phobos.

$R$ est le rayon de la trajectoire qui correspond à la distance entre les centre de Mars et de Phobos.

3. $F_{M/P} = 6{,}67 \times 10^{-11} \times \frac{6{,}42 \times 10^{23} \times 9{,}5 \times 10^{15}}{(9378 \times 10^3)^2} = 4{,}34 \times 10^{19}$ N.

4. Le calcul est le même pour $F_{P/M}$ : $F_{P/M} = F_{M/P} = 4{,}34 \times 10^{19}$ N.

5. La longueur de chaque vecteur est de 4,34 cm.

Les deux vecteurs forces ont la même longueur, la même direction et sont de sens opposés.

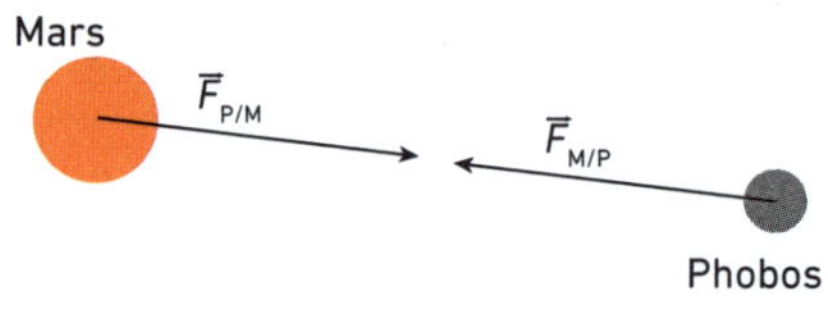

# Relation entre poids et masse

À revoir
OK

11

## COURS

- La masse et le poids d'un objet sont deux grandeurs de nature différente ; ils n'ont pas les mêmes caractéristiques et ne se mesurent pas avec les mêmes appareils.

⚠ **Attention :** On utilise souvent le terme de poids dans la vie courante, alors que l'on parle de la masse.

### a La masse

- La masse *m* d'un objet est la quantité de matière correspondant au nombre d'atomes de l'objet. Elle se mesure à l'aide une balance et s'exprime en grammes (g) ou en kilogrammes (kg).
- La masse d'un objet est la même, quel que soit l'endroit où on effectue la mesure.

**La masse d'un objet est mesurée par une balance**

### b Le poids

- La Terre exerce une force à distance sur tous les objets qui l'entourent. Cette force est appelée le poids de l'objet.
- Le poids d'un objet se mesure à l'aide d'un dynamomètre. Il est caractérisé par :

– son sens, du haut vers le bas ;
– sa direction, toujours verticale ;
– sa valeur, qui s'exprime en newtons (N).

**Le poids d'un objet est mesuré par un dynamomètre**

### c Relation entre poids et masse

- On donne dans le tableau suivant les poids *P* de différentes masses *m*, ainsi que le rapport *P*/*m*.

| Objet | Cartable | Smartphone | Livre | Table |
|---|---|---|---|---|
| Masse *m* (en kg) | 6,30 | 0,130 | 0,680 | 5,70 |
| Poids *P* (en N) | 63 | 1,30 | 6,80 | 57 |
| *P*/*m* (en N/kg) | 10 | 10 | 10 | 10 |

- On remarque que le rapport *P*/*m* est constant et égal à 10 N/kg. On peut donc dire que **le poids d'un objet est proportionnel à sa masse** :

$$P/m = g \text{ ou } P = m \times g$$

*g* est l'intensité de la pesanteur ; elle s'exprime en newtons par kilogramme (N/kg).

Le poids d'un objet sur la Lune est beaucoup plus faible que sur Terre. La masse d'un objet étant constante, c'est l'intensité de pesanteur $g$ qui varie, car elle dépend du lieu de la mesure.

Voici quelques valeurs de l'intensité de pesanteur $g$ pour différentes planètes.

| **Planète** | Terre | Lune | Mercure | Vénus | Mars | Jupiter | Saturne |
|---|---|---|---|---|---|---|---|
| **$g$ (N/kg)** | 9,8 | 1,6 | 2,9 | 8,3 | 3,6 | 26 | 11,5 |

## EXERCICE RÉSOLU 1

### Énoncé

1. Qu'indique la balance de Lucile ?
2. Cette grandeur dépend-elle du lieu de mesure ?
3. Sachant que l'intensité de pesanteur est $g = 9{,}8$ N/kg, calculer le poids de Lucile.
4. Représenter sans soucis d'échelle les forces exercées sur Lucile.

### Résolution

1. La balance indique la masse de Lucile (et non son poids).
2. La masse d'un objet est constante, elle ne dépend pas du lieu de mesure.
3. $P_T$ (poids de Lucile sur Terre) $=$ $m$ (masse de Lucile) $\times$ $g_T$ (intensité de la pesanteur sur Terre) ; $P = 45 \times 9{,}8 = 441$ N.
4.

## EXERCICE RÉSOLU 2

### Énoncé

La valeur de l'intensité de pesanteur sur la Lune $g_L$ vaut 1,6 N/kg.

1. Calculer le poids de Lucile sur la Lune.
2. Calculer le rapport des poids de Lucile sur la Terre et sur la Lune. Conclure.

### Résolution

1. $P_L$ (poids de Lucile sur la Lune) $=$ $m$ (masse de Lucile) $\times$ $g_L$ (intensité de la pesanteur sur la Lune) ; $P_L = 45 \times 1{,}6 = 72$ N.
2. $P_T$ (poids de Lucile sur Terre) $/P_L$ (poids de Lucile sur la Lune) $= 441/72 = 6{,}125$.
Le poids de Lucile est 6,125 fois plus élevé sur Terre que sur la Lune.

# Circuits en série et circuits en dérivation

- À revoir
- OK

12

## COURS

### a Circuit en série

● Un circuit en série est un circuit en boucle simple. Tous les dipôles sont branchés les uns derrière les autres et forment une boucle simple.

● Le courant électrique ne peut suivre qu'un seul chemin.

● Si l'un des dipôles cesse de fonctionner, tous les autres dipôles du circuit cesseront également de fonctionner.

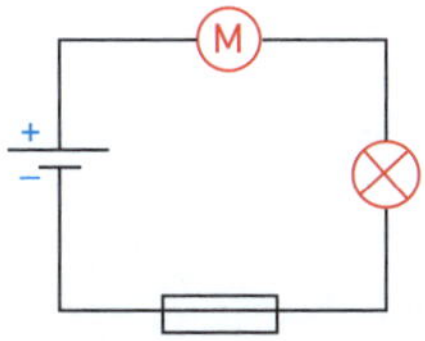

**Exemple de circuit en série**

● La position des dipôles dans le circuit n'a pas d'importance.

### b Circuit en dérivation

● Un circuit en dérivation est constitué de plusieurs boucles.

● Un nœud est un point du circuit où le courant peut se séparer en plusieurs courants dérivés ou inversement.
Une branche est une partie du circuit comprise entre deux nœuds.

● Le courant électrique emprunte toutes les boucles fermées.

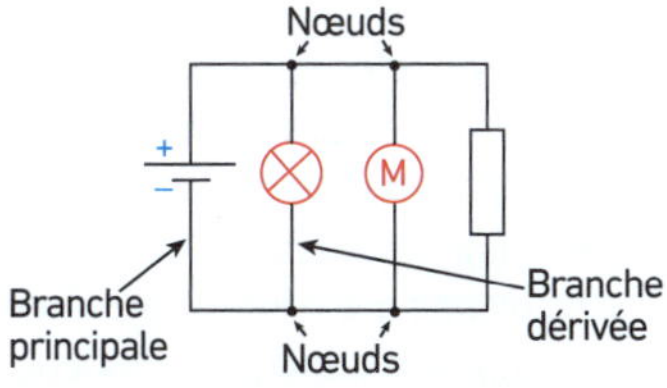

**Exemple de circuit en dérivation**

● Lorsqu'un dipôle cesse de fonctionner, les autres dipôles fonctionnent encore.

● La position des dipôles dans le circuit n'a pas d'importance.

## EXERCICE RÉSOLU 1

### Énoncé

Pour alimenter sa voiture électrique, Gaston réalise le circuit électrique suivant.

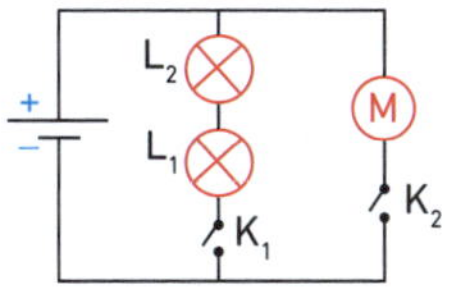


**1.** Indiquer sur le schéma par un A et un B les différents nœuds du circuit.

2. Indiquer sur le circuit la branche principale et la branche contenant les lampes $L_1$ et $L_2$.

3. Que se passerait-il si tous les interrupteurs étaient fermés ?

4. Comment devrait-il faire pour que le moteur fonctionne sans que les lampes soient allumées ?

5. Dans le cas où tous les interrupteurs sont fermés, que se passerait-il si la lampe $L_1$ était cassée ? Justifier.

## Résolution

1.

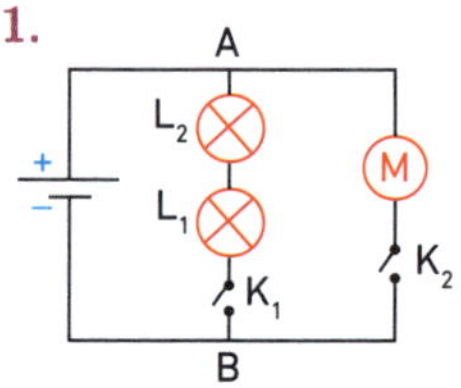


2.

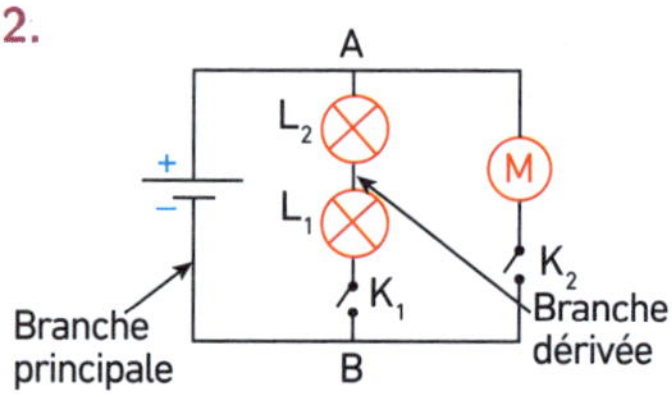


3. Si tous les interrupteurs étaient fermés, le moteur et les deux lampes $L_1$ et $L_2$ fonctionneraient.

4. Pour que le moteur fonctionne sans que les lampes ne s'allument, il faut fermer l'interrupteur $K_2$ et ouvrir l'interrupteur $K_1$. Ainsi, le courant circulerait uniquement dans la boucle contenant le moteur et ne traverserait pas les deux lampes : le courant n'entre pas dans une branche « ouverte ».

5. Si la lampe $L_1$ était cassée, seul le moteur fonctionnerait. C'est comme si la branche était ouverte. Le courant ne passe plus. La lampe $L_2$ ne fonctionnerait pas non plus. Le moteur continuerait de fonctionner, car le courant pourrait toujours circuler dans la branche qui le contient.

# EXERCICE RÉSOLU 2

## Énoncé

Dans une maison, les lampes sont-elles branchées en dérivation ou en série ? Justifier.

## Résolution

Dans une maison, les lampes (et tous les appareils électriques) sont branchés en dérivation.

Si on éteint une lampe (interrupteur ouvert) dans une pièce, les autres appareils ne cessent pas de fonctionner.

# L'intensité du courant électrique et sa mesure

- À revoir
- OK

13

## COURS

### a L'intensité électrique

- L'intensité d'un courant électrique est la quantité d'électricité qui traverse un point du circuit par seconde.
- L'intensité électrique se note $I$ et a pour unité l'ampère (A).

**Exemple :** $I = 10$ A.

**Remarque :** Une intensité, comme toutes grandeurs physiques, peut s'exprimer au moyen de multiples ou de sous-multiples :

kiloampères (kA), milliampères (mA) ou microampères (µA).

**Exemples :**

$$1 \text{ mA} = 0{,}001 \text{ A} \ ; 1 \text{ µA} = 0{,}001 \text{ mA}.$$

### b Mesure d'intensité

- L'intensité électrique se mesure avec un ampèremètre, dont le symbole normalisé est : 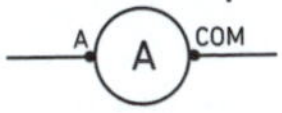

- L'ampèremètre se branche en série dans le circuit : si le courant entre par la borne A et sort par la borne COM, l'intensité mesurée est positive. Dans le cas contraire, elle est négative.
- Un ampèremètre conduit le courant comme un fil de connexion, il ne faut donc jamais le brancher en dérivation, car il provoquerait un court-circuit.
- Un **multimètre** est un appareil de mesure permettant de mesurer plusieurs **grandeurs électriques (intensité, tension, résistance)**.
- Si l'on utilise un multimètre pour mesurer l'intensité d'un courant continu, il faut positionner le sélecteur de calibre dans la zone DCA. On sélectionne le calibre le plus élevé, puis on branche les fils de connexion dans les bornes A et COM.

Si le calibre est beaucoup plus grand que la mesure attendue, on le baisse progressivement pour avoir une mesure plus précise. Il ne faut pas utiliser un calibre trop faible par rapport au courant mesuré, sinon l'ampèremètre affiche un message d'erreur.

De plus, une surintensité peut détériorer l'ampèremètre et le rendre inutilisable.

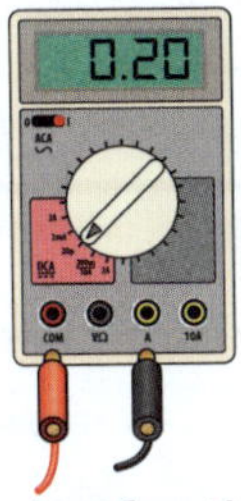


**Multimètre fonctionnant en ampèremètre**

## EXERCICE RÉSOLU 1

### Énoncé

Convertir les mesures d'intensité suivantes.

1. 0,28 A = ... mA
2. 13,7 mA = ... A
3. 0,048 A = ... mA
4. 2,9 A = ... mA
5. 0,5 mA = ... A
6. 170 mA = ... A
7. 13 343 mA = ... A
8. 44 A = ... mA

### Résolution

1. 0,28 A = 280 mA
2. 13,7 mA = 0,0137 A
3. 0,048 A = 48 mA
4. 2,9 A = 2 900 mA
5. 0,5 mA = 0,0005 A
6. 170 mA = 0,17 A
7. 13 343 mA = 13,343 A
8. 44 A = 44 000 mA

## EXERCICE RÉSOLU 2

### Énoncé

Marcel fabrique une voiture électrique et réalise un circuit comportant une pile, un moteur et une lampe. Il voudrait savoir si l'intensité du courant qui passe d'abord dans le moteur sera plus élevée que celui qui passe ensuite dans la lampe. Son père lui fournit un ampèremètre.

Schématiser le (ou les) circuit(s) que Marcel doit réaliser pour vérifier si son hypothèse est juste.

### Résolution

Le courant circule de la borne + vers la borne –. Pour qu'il passe d'abord par le moteur et ensuite par la lampe, il faut donc réaliser le circuit ci-contre :

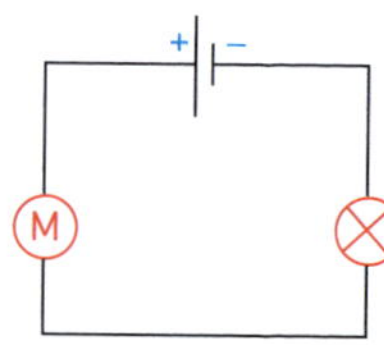


Il place ensuite l'ampèremètre 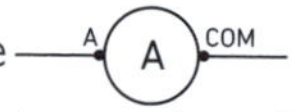

à deux endroits du circuit, en respectant les bornes A et COM pour vérifier son hypothèse.

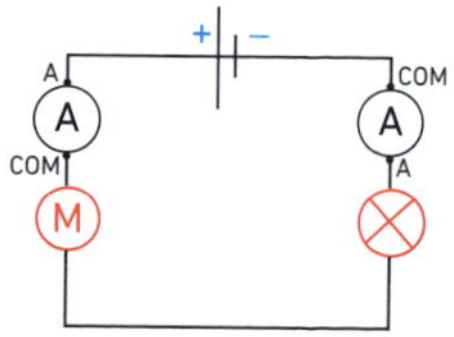

# La tension du courant électrique et sa mesure

■ À revoir
■ OK

14

COURS

## a La tension électrique

- La tension électrique est la différence d'état électrique entre deux points du circuit.
- La tension se note $U$ et a pour unité le volt (V).

**Exemple** : $U = 10$ V.

- Une tension, comme toutes grandeurs physiques, peut s'exprimer au moyen de multiples et de sous-multiples :

kilovolts (kV), millivolts (mV) ou mégavolts (MV).

**Exemple** :

1 mV = 0,001 V ; 1 V = 0,001 kV ; 1 kV = 0,001 MV.

**Remarque** : On peut comparer un circuit électrique avec un circuit hydraulique :
– l'intensité électrique serait le débit de l'eau ;
– la tension électrique serait la différence de pression entre deux points du circuit.

## b Mesure de tension

- La tension se mesure avec un voltmètre, dont le symbole normalisé est :

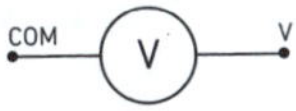


- Le voltmètre se branche en dérivation dans le circuit. Si le courant entre par la borne V et sort par la borne COM, la tension mesurée est positive. Dans le cas contraire, elle est négative.
- Un voltmètre conduit très peu le courant, il se comporte comme un interrupteur ouvert.
- Si l'on utilise un multimètre pour mesurer la tension d'un courant continu, il faut positionner le sélecteur de calibre dans la zone DCV.

On sélectionne le calibre le plus élevé, on branche les fils de connexion dans les bornes V et COM. Si possible, on baisse progressivement le calibre pour avoir une mesure plus précise. Il ne faut pas utiliser un calibre trop faible par rapport au courant mesuré, sinon le voltmètre affiche un message d'erreur.

De plus, une surtension peut détériorer le voltmètre et le rendre inutilisable.

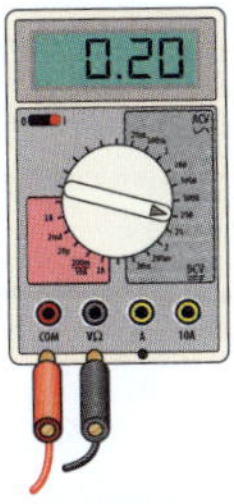


**Multimètre fonctionnant en voltmètre**

## EXERCICE RÉSOLU 1

### Énoncé

Convertir les mesures de tension suivantes.

1. 17 mV = ... V
2. 18 V = ... mV
3. 4,356 V = ... kV
4. 4357 kV = ... MV
5. 0,009 mV = ... V
6. 0,343 kV = ... V
7. 5 432 mV = ... MV
8. 0,6543 MV = ... mV

### Résolution

1. 17 mV = 0,017 V
2. 18 V = 18 000 mV
3. 4,356 V = 0,004356 kV
4. 4357 kV = 4,357 MV
5. 0,009 mV = 0,000 009 V
6. 0,343 kV = 343 V
7. 5 432 mV = 0,000 005 432 MV
8. 0,6543 MV = 654 300 000 mV

## EXERCICE RÉSOLU 2

### Énoncé

Rosalie invente un ventilateur lumineux. Pour cela, elle réalise un circuit en dérivation contenant une pile, un moteur et une lampe. Elle voudrait savoir si la tension aux bornes de la lampe et celle aux bornes du moteur seront différentes. Son père lui fournit un voltmètre afin qu'elle vérifie son hypothèse.

Schématiser le circuit qu'elle devra réaliser en indiquant les bornes de branchement du multimètre.

### Résolution

Rosalie devra réaliser le circuit suivant :

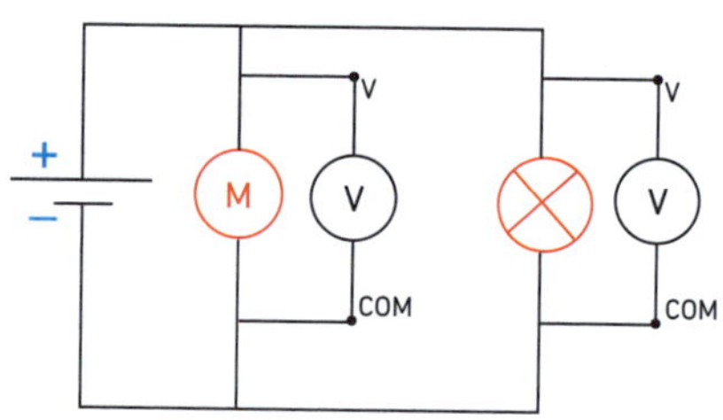

# Loi de l'intensité dans les circuits en série et en dérivation

À revoir
OK

15

## COURS

### a Loi d'unicité de l'intensité dans un circuit en série

- L'intensité du courant électrique est la même en tout point d'un circuit qui ne compte que des dipôles en série. On peut donc écrire : $I_1 = I_2 = I_3$.

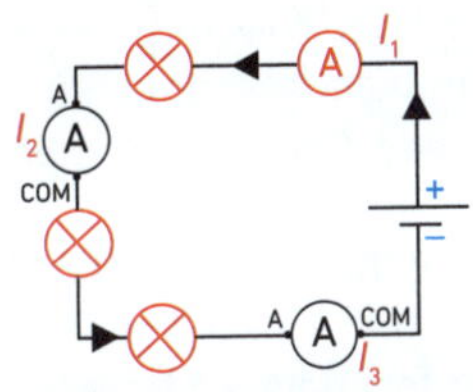


**Mesures d'intensités dans un circuit en série**

### b Loi d'additivité des intensités dans un circuit en dérivation

- Dans un circuit en dérivation, l'intensité circulant dans la branche principale (contenant le générateur) est égale à la somme des intensités circulant dans les branches dérivées. On peut donc écrire : $I_1 = I_2 + I_3$.

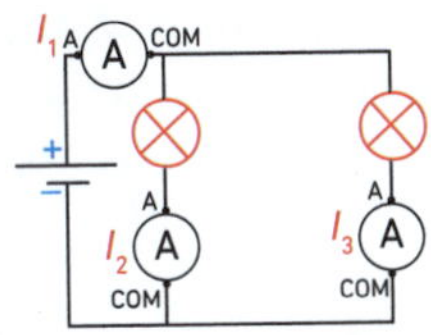


**Mesures d'intensités dans un circuit en dérivation**

## EXERCICE RÉSOLU 1

### Énoncé

Marcel fabrique une voiture électrique et réalise un circuit comportant une pile, un moteur et une lampe. Le schéma correspondant au circuit est le suivant.

Il mesure une intensité de 250 mA pour le courant traversant le moteur, mais le multimètre tombe en panne. Quelle serait l'intensité du courant traversant la lampe ?

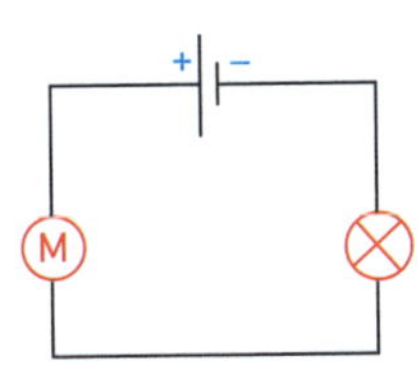

## Résolution

D'après la loi d'unicité de l'intensité dans un circuit en série, l'intensité serait la même, c'est-à-dire 250 mA.

## EXERCICE RÉSOLU 2

## Énoncé

Anne demande à l'électricien de réaliser le circuit suivant :
– une lampe et une machine à laver doivent pouvoir fonctionner séparément ;
– ces deux dipôles doivent être branchés sur un générateur de 220 V.

**1.** Schématiser le circuit demandé. On pourra symboliser la machine à laver par un moteur et le générateur par une pile.

**2.** Pour vérifier l'intensité du courant dans la branche principale, l'électricien dispose d'un ampèremètre. Schématiser le circuit en représentant les bornes A et COM.

**3.** Lorsque la machine à laver fonctionne, l'intensité du courant la traversant est de 4 ampères ; lorsque la lampe fonctionne, l'intensité du courant la traversant est de 2 ampères.

Quelle est l'intensité du courant dans la branche principale :

**a.** lorsque seule la lampe fonctionne ?

**b.** lorsque seule la machine à laver fonctionne ?

**c.** lorsque les deux fonctionnent en même temps ?

**4.** L'ampèremètre dispose des calibres 10 A, 2 A, 200 mA, 20 mA et 2 mA.

Pour chaque cas (**a**, **b** et **c**), donner le bon calibre à utiliser pour effectuer la mesure.

## Résolution

**1.** Schéma du circuit :

Rajouter des interrupteurs dans chacune des branches dérivées pour commander séparément la lampe et la machine à laver.

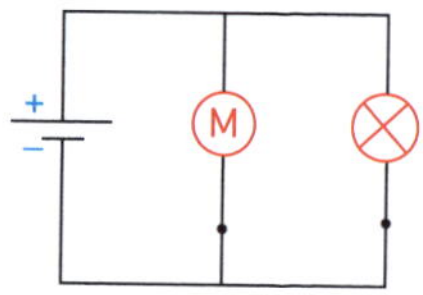


**2.** Schéma du circuit :

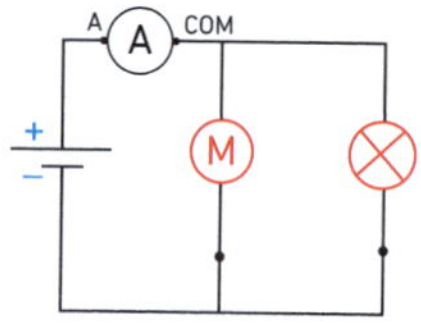


**3. a.** L'intensité est de 2 A (loi d'unicité).

**b.** L'intensité est de 4 A (loi d'unicité).

**c.** L'intensité est de 4 + 2 = 6 A (loi d'additivité).

**4.** Cas **a**, on utilise le calibre 2 A ; cas **b** et **c**, on utilise le calibre 10 A.

# Loi de la tension dans les circuits en série

■ À revoir
■ OK

16

## COURS

### Loi d'additivité des tensions dans les circuits en série

● La tension aux bornes de dipôles associés en série est égale à la somme des tensions des différents dipôles. On peut donc écrire : $U_G = U_1 + U_2$.

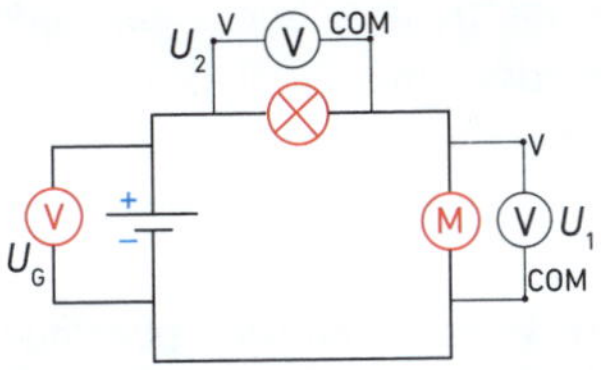


**Mesures de tensions dans un circuit en série**

## EXERCICE RÉSOLU 1

### Énoncé

Rosalie réalise le circuit d'un ventilateur lumineux et installe un voltmètre à chaque dipôle. Le schéma correspondant est le suivant.

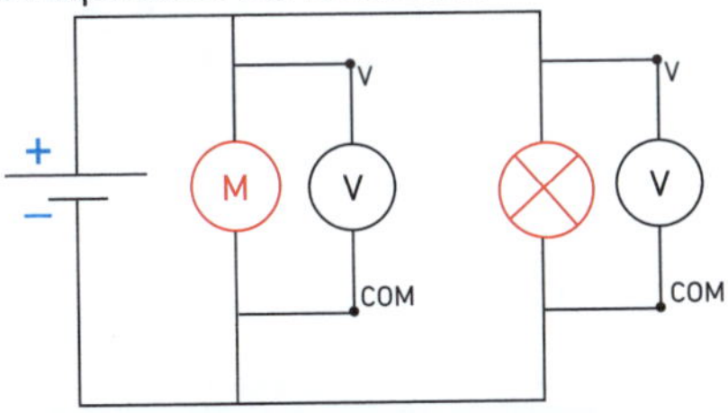


Elle mesure la tension aux bornes du moteur et obtient 4,5 V.
Quelle sera la tension aux bornes de la lampe ?

### Résolution

La tension sera aussi de 4,5 V d'après la loi d'unicité des tensions dans les circuits en dérivation.

## EXERCICE RÉSOLU 2

### Énoncé

Sabine fabrique une guirlande électrique pour décorer son sapin de Noël.

Elle dispose de plusieurs lampes fonctionnant toutes sous une tension de 6 V, de fils de connexion et d'un générateur de 240 V (prise de courant).

Si la tension aux bornes d'une lampe est supérieure à 6 V, la lampe grille ; si la tension est inférieure à 6 V, la lampe ne brille pas.

1. Comment devra-t-elle associer les lampes pour qu'elles ne grillent pas ?
2. Combien devra-t-elle en mettre pour que la guirlande fonctionne ?
3. Que se passerait-il si une des lampes grillait ?
4. Comment pourrait-elle identifier la lampe défaillante ?

### Résolution

1. Les lampes devront être associées en série pour que la tension aux bornes de chaque lampe soit plus faible que 240 V.

2. Dans un circuit en série, la somme des tensions aux bornes des lampes est égale à la tension aux bornes du générateur, il faut donc 40 lampes pour que la somme des tensions soit égale à 240 V.

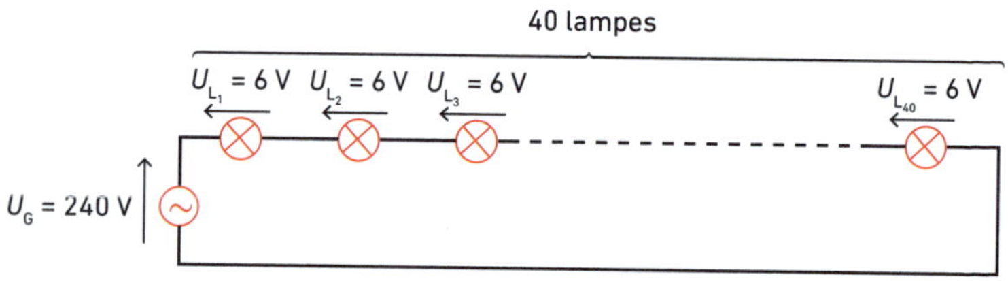


3. Si une des lampes grillait, toutes les autres lampes ne fonctionneraient plus, car le courant ne pourrait plus circuler.

4. Pour identifier la lampe défectueuse, elle pourrait brancher un fil de connexion aux bornes de chaque lampe (court-circuit) jusqu'à ce que la guirlande brille à nouveau. La lampe court-circuitée serait alors la lampe à remplacer.

# Relation tension-courant, loi d'Ohm

À revoir
OK

17

## COURS

### a Le conducteur ohmique

- Le conducteur ohmique ou résistance est un dipôle qui permet de faire baisser l'intensité du courant électrique. Il ressemble à un petit cylindre sur lequel apparaissent des anneaux de couleur.
- La capacité à s'opposer au passage du courant et à faire baisser l'intensité s'appelle la résistance électrique. C'est une grandeur électrique, de symbole $R$, qui s'exprime en ohms, de symbole $\Omega$.
- On mesure la résistance électrique à l'aide d'un multimètre calibré sur le secteur ohmmètre. La mesure de résistance se fait en dehors du circuit.

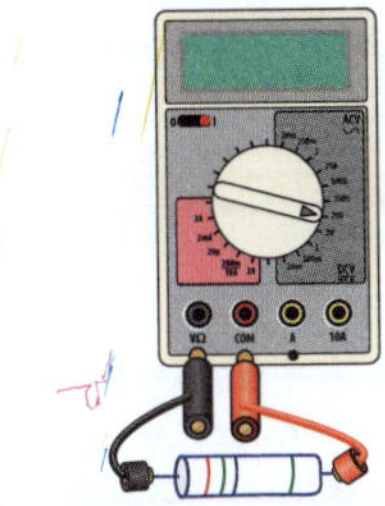

**Multimètre fonctionnant en ohmmètre**

### b Loi d'Ohm

- Lorsque l'on fait circuler un courant électrique à travers un conducteur ohmique et que l'on fait varier la tension et l'intensité à ses bornes, on remarque que les grandeurs sont liées par la relation, appelée loi Ohm, suivante :

$$U = R \times I$$

avec $U$, la tension aux bornes du conducteur ohmique, en volts (V), $R$, la résistance, en ohms ($\Omega$) et $I$, l'intensité, en ampères (A).
Cette formule peut également s'écrire sous la forme :

$$I = \frac{U}{R}$$

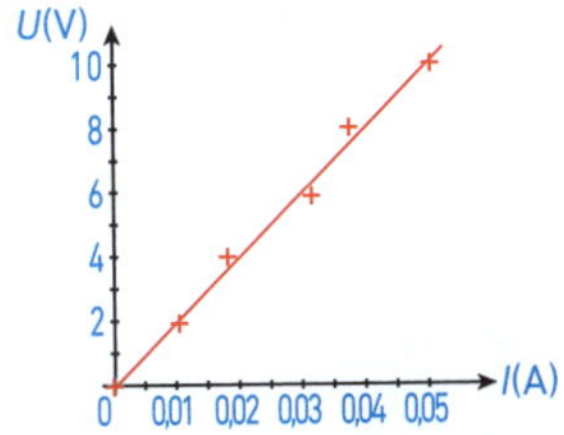


**Droite de proportionnalité (passant par l'origine)**

- Si l'on trace la caractéristique du dipôle ohmique (graphique représentant la tension en fonction de l'intensité), on obtient une droite de proportionnalité.

## EXERCICE RÉSOLU 1

### Énoncé

Thierry utilise un tournevis testeur pour vérifier la présence de courant sur un fil du tableau électrique de sa maison. Le tournevis testeur est constitué d'une résistance de 3 M$\Omega$ et d'une DEL (diode électroluminescente) de résistance nulle.

Le tournevis s'allume lorsqu'il entre en contact avec un courant électrique. Quelle intensité traverse le tournevis lorsque la tension est de 230 V ?

## Résolution

D'après la loi d'Ohm, l'intensité traversant le tournevis est :

$I = \frac{U}{R} = \frac{230}{3000000} = 0{,}000\ 077$, soit 0,077 mA ou 77 µA.

Cette intensité est très faible, Thierry ne risque donc pas l'électrocution.

# EXERCICE RÉSOLU 2

## Énoncé

Sébastien a trouvé dans son atelier un dipôle en forme de cylindre. Pour savoir si c'est un conducteur ohmique, il décide de réaliser un circuit comportant un générateur de tension variable de symbole (G), deux multimètres et des fils de connexion.

1. Schématiser le circuit que doit réaliser Sébastien pour connaître la tension et l'intensité aux bornes du dipôle.

2. En faisant varier la tension de sortie du générateur, il relève les valeurs suivantes.

| Tension (V) | 0 | 2 | 4 | 6 | 8 | 10 |
|---|---|---|---|---|---|---|
| Intensité (A) | 0 | 0,011 | 0,019 | 0,032 | 0,038 | 0,051 |

Tracer la caractéristique tension-intensité du dipôle sur du papier millimétré.

3. Le dipôle peut-il être qualifié de dipôle ohmique ?

4. Si oui, déterminer la valeur de la résistance du dipôle.

## Résolution

1. Schéma du circuit :

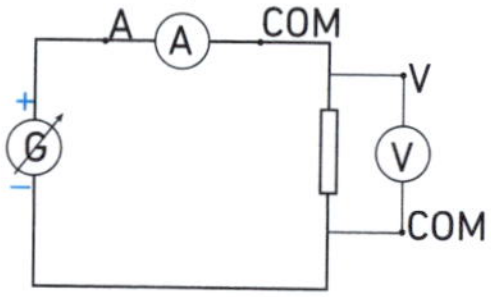


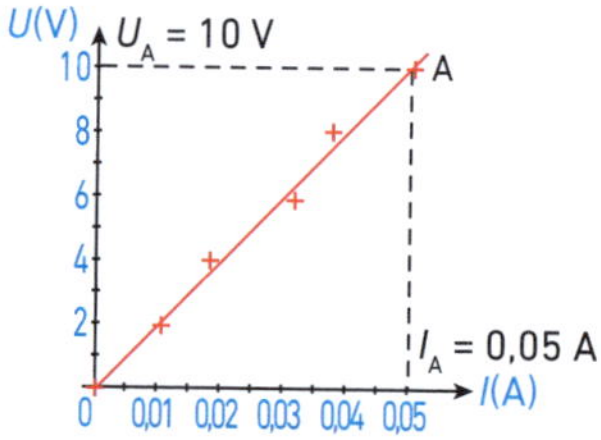


2. Caractéristique du dipôle :

3. Le dipôle peut être qualifié de dipôle ohmique, car la droite passe par l'origine. C'est une droite de proportionnalité, la tension est proportionnelle à l'intensité (loi d'Ohm).

4. La valeur de la résistance est donc : $R = \frac{U}{I} = \frac{10}{0{,}05} = 200\ \Omega$.

# Puissance électrique et énergie électrique

■ À revoir
■ OK

18

## COURS

### a La puissance électrique

- La puissance nominale d'un appareil électrique est la puissance d'un appareil soumis à sa tension nominale (c'est-à-dire de bon fonctionnement).

- C'est une grandeur électrique qui a pour symbole $P$ et qui s'exprime en watts, de symbole W. La puissance électrique caractérise la puissance de l'appareil.

**Exemple :** Un aspirateur d'une puissance de 1700 W aspirera moins fort qu'un aspirateur de 2700 W.

- Ordres de grandeur de puissance électrique :
  – 10 W : téléphone portable, console de jeux, lampe basse consommation ;
  – 100 W : chaîne Hifi, téléviseur ;
  – 1000 W : fer à repasser, radiateur électrique, four, plaques de cuisson.

- La relation entre la puissance, la tension et l'intensité est : $\boldsymbol{P = U \times I}$
avec $P$ en watts (W), $U$ en volts (V) et $I$ en ampères (A).

- Tous les appareils électriques d'une habitation fonctionnent sous une tension nominale de 230 V. On peut trouver l'intensité du courant circulant dans les appareils en « retournant » la formule précédente : $\boldsymbol{I = \frac{P}{U}}$ et en utilisant $U = 230$ V.

### b L'énergie électrique

- L'énergie électrique est définie par la formule : $\boldsymbol{E = P \times t}$
avec $E$, l'énergie en joules (J), $P$, la puissance en watts (W) et $t$, le temps en secondes (s).

- **L'énergie augmente lorsque la puissance ou la durée augmente**. La facture d'électricité dépend de l'énergie électrique consommée. En effet, plus la puissance des appareils et leur durée d'utilisation seront élevés, plus le coût en électricité sera élevé.

- L'énergie électrique se mesure également en kilowattheures (kWh). Cette unité d'énergie, plus adaptée, correspond à l'énergie consommée par un appareil d'une puissance de 1 kW (1000 W) pendant 1 heure. Un kilowattheure correspond également à 3 600 000 joules.

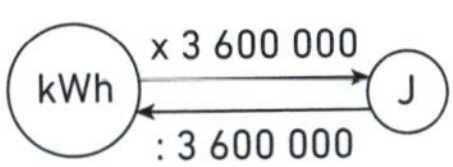


**Conversion kilowattheure-joule**

## EXERCICE RÉSOLU 1

### Énoncé

1. Laure utilise les appareils électriques suivants :

| Appareils | Aspirateur | Radiateur | Lampes | Four électrique | Réfrigérateur | Chaîne Hifi |
|---|---|---|---|---|---|---|
| Puissance (W) | 1 700 | 2 000 | 200 | 3 500 | 750 | 110 |

Tous ces appareils fonctionnent sous une tension nominale de 230 V.
Calculer la puissance totale de ces appareils.

2. Quelle est l'intensité circulant dans la branche principale ?
3. Un fusible de 30 A est-il adapté ?

### Résolution

1. La puissance totale $P = 1\ 700 + 2\ 000 + 200 + 3\ 500 + 750 + 110 = 8\ 260$ W.
2. L'intensité circulant dans la branche principale est : $I = \dfrac{8260}{230} = 35{,}9$ A.
3. Le fusible de 30 A n'est pas adapté, sa valeur est trop faible.

## EXERCICE RÉSOLU 2

### Énoncé

Sabine branche une guirlande de Noël pendant 31 jours 24 h sur 24. La puissance de cette guirlande est de 40 W et sa tension nominale de 230 V.
Quelle est l'énergie électrique consommée pendant ces 31 jours ?
On donnera le résultat en joules puis en kilowattheures.

### Résolution

Pour calculer l'énergie électrique en joules, il faut exprimer la puissance en watts et la durée en secondes.
Comme $P = 40$ W et $t = 31 \times 24 \times 60 \times 60 = 2\ 678\ 400$ s, l'énergie est donc $E = P \times t = 40 \times 2\ 678\ 400 = 107\ 136\ 000$ J.
On convertit les joules en kilowattheures :
$E = \dfrac{107136000}{3600000} = 29{,}76$ kWh.

# L'ÉNERGIE ET SES CONVERSIONS

**1 Un circuit série est constitué :**

- ☐ **a.** de plusieurs boucles.
- ☐ **b.** d'une boucle simple.
- ☐ **c.** de plusieurs nœuds.

**2 Dans une maison, tous les appareils électriques sont branchés en :**

- ☐ **a.** série.
- ☐ **b.** dérivation.
- ☐ **c.** respectant le sens du courant.

**3 Pour mesurer l'intensité, on utilise :**

- ☐ **a.** un ampèremètre branché en dérivation.
- ☐ **b.** un voltmètre branché en dérivation.
- ☐ **c.** un ampèremètre branché en série.

**4 L'appareil de mesure de la tension est un :**

- ☐ **a.** un ampèremètre branché en dérivation.
- ☐ **b.** un voltmètre branché en dérivation.
- ☐ **c.** un voltmètre branché en série.

**5 Dans un circuit en série :**

- ☐ **a.** l'intensité est la même en tout point du circuit.
- ☐ **b.** l'intensité circulant dans la branche principale est égale à la somme des intensités circulant dans les branches dérivées.
- ☐ **c.** l'intensité circulant dans le générateur est égale à la somme des intensités circulant dans les différents dipôles.

**6 Si on branche 4 appareils à raclette consommant chacun une intensité de 1 A sur une triplette où les appareils sont associés en dérivation, l'intensité totale sera de :**

- ☐ **a.** 4 ampères.
- ☐ **b.** 1 ampère.
- ☐ **c.** 0,25 ampère.

**7 Dans un circuit en série :**

- ☐ **a.** la tension est la même en tout point du circuit.
- ☐ **b.** la tension aux bornes du générateurs est égale à la somme des tensions aux bornes des autres dipôles.
- ☐ **c.** l'intensité circulant dans le générateur est égale à la somme des intensités circulant dans les différents dipôles.

**8 La loi d'Ohm s'écrit :**

- ☐ **a.** $U = R \times I$
- ☐ **b.** $U = \frac{R}{I}$
- ☐ **c.** $I = \frac{R}{U}$

**9 La puissance électrique s'écrit :**

- ☐ **a.** $P = U \times I$
- ☐ **b.** $P = \frac{U}{I}$
- ☐ **c.** $E = P \times t$

**10 L'énergie électrique s'écrit :**

- ☐ **a.** $P = U \times I$
- ☐ **b.** $P = \frac{U}{I}$
- ☐ **c.** $E = P \times t$

Corrigés au verso

## Corrigés

**1** > **b.** Un circuit série est constitué d'une boucle simple. Dans un circuit série, tous les dipôles sont branchés les uns derrière les autres et forment une boucle simple. Si un des dipôles est en panne, tous les autres ne fonctionnent plus.

Voir **Fiche 12**

**2** > **b.** Dans une maison, tous les appareils électriques sont branchés en dérivation. Ils sont branchés directement sur le générateur à une tension de 220 V. Si un des appareils ne fonctionne plus, les autres continuent de fonctionner.

Voir **Fiche 12**

**3** > **c.** Pour mesurer l'intensité, on utilise un ampèremètre branché en série. L'intensité du courant électrique s'exprime en ampères de symbole A. L'ampèremètre se comporte comme un fil de connexion et se branche en série dans le circuit.

Voir **Fiche 13**

**4** > **b.** L'appareil de mesure de la tension est un voltmètre branché en dérivation. Le voltmètre se comporte comme un interrupteur ouvert, il est donc branché en dérivation et mesure la tension, de symbole U et d'unité le volt de symbole V.

Voir **Fiche 14**

**5** > **a.** Dans un circuit en série, l'intensité est la même en tout point du circuit. Un circuit série est une boucle simple, le flux d'électricité est donc le même en tout point, c'est la loi d'unicité de l'intensité pour un circuit série. Pour un circuit en dérivation, l'intensité de la branche principale est égale à la somme des intensités des branches dérivées.

Voir **Fiche 15**

**6** > **a.** L'intensité totale sera la somme des intensités.

Voir **Fiche 15**

**7** > **b.** Dans un circuit en série, la tension aux bornes du générateurs est égale à la somme des tensions aux bornes des autres dipôles. C'est la loi d'additivité des tensions dans un circuit en dérivation.

Voir **Fiche 15**

**8** > **a.** La loi d'Ohm s'écrit $U = R \times I$. C'est la loi qui relie la tension aux bornes d'une résistance à l'intensité qui la traverse. C'est une relation de proportionnalité de coefficient $R$ où $R$ est la valeur de la résistance exprimée en ohms ($\Omega$).

Voir **Fiche 17**

**9** > **a.** La puissance électrique s'écrit $P = U \times I$. La puissance s'exprime en watts de symbole W.

Voir **Fiche 18**

**10** > **c.** L'énergie est le résultat de la puissance multipliée par la durée, elle s'exprime en kilowattheures de symbole kWh.

Voir **Fiche 18**

# Propagation et vitesse de la lumière

- À revoir
- OK

19

## COURS

### a Propagation de la lumière

- La lumière se propage en ligne droite lorsqu'elle ne rencontre pas d'obstacles. On symbolise le rayon lumineux partant d'une source de lumière par un trait avec une flèche représentant le sens de propagation.
- Un faisceau de lumière est un ensemble de rayons lumineux parallèles. Le laser émet une lumière en un faisceau très fin.

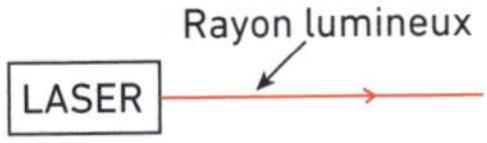


⚠ **Attention** Le faisceau laser est très puissant. Il faut éviter qu'il pénètre directement dans l'œil !

### b Vitesse de la lumière

- La vitesse de la lumière est :

$$c = 300\ 000 \text{ km/s ou } 3{,}00 \times 10^8 \text{ m/s.}$$

- Lorsque la lumière entre dans un milieu transparent (eau, verre…), sa vitesse de propagation diminue ; si elle est déviée, on parle de réfraction.
- Lorsqu'elle rencontre un obstacle réfléchissant, elle est renvoyée : on parle de réflexion.
- L'année lumière est une unité de mesure des distances utilisée par les astronomes. Elle représente la distance parcourue par la lumière en une année.
1 al $= (365{,}25 \times 24 \times 60 \times 60) \times 300\ 000$ km $= 9{,}47 \times 10^{12}$ km (9470 milliards de kilomètres) ou $9{,}47 \times 10^{15}$ m.

## EXERCICE RÉSOLU 1

### Énoncé

Sur ce schéma, le segment AB représente un écran qui ne laisse pas passer la lumière. Le segment A'B' représente l'ombre portée de AB.

Une source de lumière est placée à droite de l'écran AB. Tracer les rayons lumineux et trouver l'emplacement de la source.

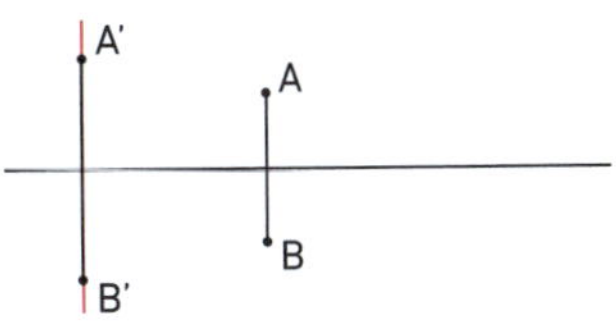

## Résolution

La source lumineuse se trouve au point S.

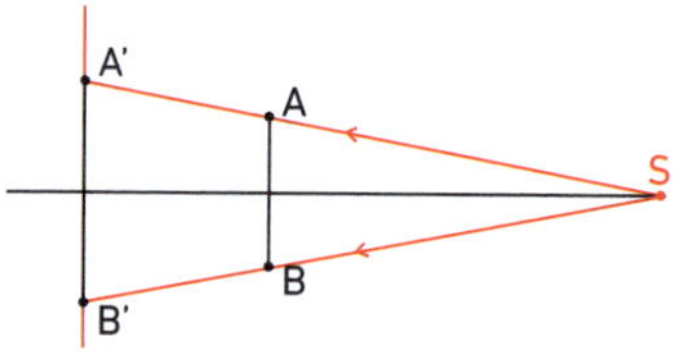


## EXERCICE RÉSOLU 2

## Énoncé

L'étoile la plus proche de notre système solaire, Alpha du Centaure, se trouve à 4,3 années lumière.

1. Exprimer la distance séparant la Terre d'Alpha du Centaure en kilomètres.
2. La sonde Voyager est le premier engin humain à être sorti du système solaire. Elle se déplace à une vitesse de 61 200 km/h. Combien de temps faudrait-il à Voyager pour faire le trajet Terre-Alpha du Centaure ?

## Résolution

1. La distance entre la Terre et Alpha du centaure est :
$d = 4{,}3$ al $= 4{,}3 \times 9{,}47 \times 10^{12} = 4{,}07 \times 10^{13}$ km.
2. Pour connaître la durée $t$ du voyage, on utilise : $v = \dfrac{d}{t}$ donc $t = \dfrac{d}{v}$.

Donc $t = \dfrac{4{,}07 \times 10^{13}}{61\,200} = 6{,}6 \times 10^{8}$ heures, soit 75 904 ans...

## EXERCICE RÉSOLU 3

## Énoncé

Le Soleil est à une distance de 150 000 000 km de la Terre. Combien de temps met la lumière émise par le Soleil pour parvenir jusqu'à nous ?

## Résolution

Pour calculer le temps mis par la lumière pour parcourir la distance Terre-Soleil, on utilise la même formule $t = \dfrac{d}{v} = \dfrac{150\,000\,000}{300\,000} = 500$ secondes. Ce qui équivaut, en divisant par 60 pour avoir des minutes, à 8 minutes et 30 secondes.

# Détermination de la vitesse du son

■ À revoir
■ OK

20

## COURS

### a Propagation du son

● Le son est une onde qui se propage dans un milieu matériel. Il ne peut pas se propager dans le vide. La vibration sonore se propage de proche en proche dans la matière.

● On peut mettre en évidence cette propriété en mettant une source sonore, comme un téléphone portable, dans une cloche à vide : lorsqu'on enlève l'air dans la cloche à vide, on n'entend plus la sonnerie du téléphone.

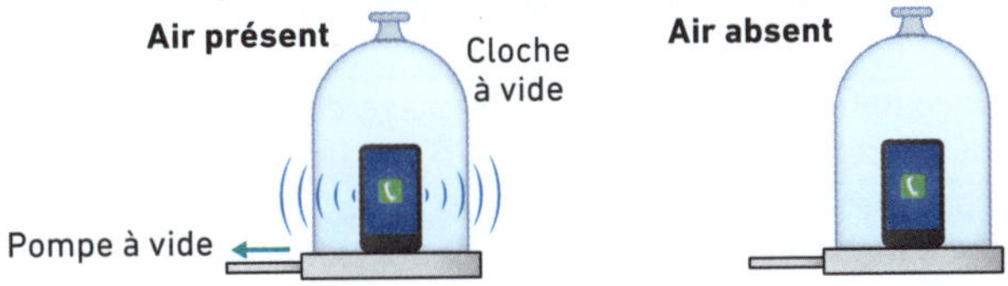


### b Vitesse du son

● La vitesse de propagation du son dépend du milieu dans lequel il se propage.

| Milieu | Air | Eau | Acier |
|---|---|---|---|
| Vitesse (m/s) | 340 | 1 500 | 5 800 |

● La vitesse du son dans l'air dépend de la température et de la pression de l'air.

● La vitesse du son est appelée mur du son par les pilotes d'avion. En effet, lorsqu'un avion dépasse Mach 1, c'est-à-dire environ 1 200 km/h, l'avion se déplace à la même vitesse que le son. Au moment où il dépasse cette vitesse, une forte zone de compression se forme sur l'avion et il se produit une explosion sonore.

● Pour mesurer la vitesse du son, on peut utiliser un dispositif expérimental qui permet de mesurer la durée que met un son à se propager d'un point à un autre, connaissant la distance séparant les deux points.

## EXERCICE RÉSOLU 1

### Énoncé

Félix pousse un cri en direction de deux microphones. Le microphone le plus proche de Félix est à une distance $d = 34$ cm du microphone le plus éloigné. On enregistre à l'oscilloscope les signaux reçus par les deux microphones.

L'oscillogramme obtenu est le suivant :

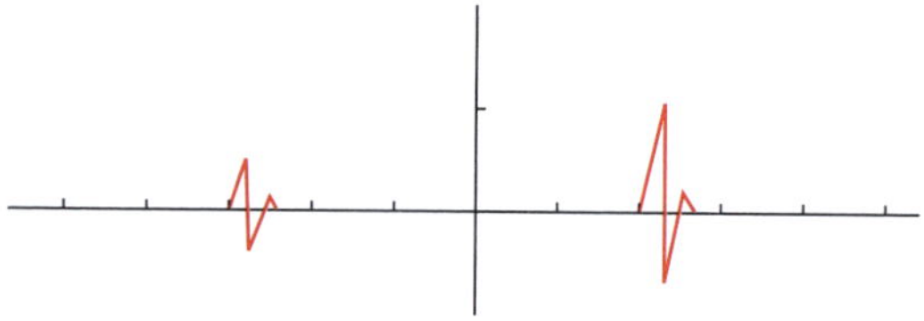

La vitesse de balayage de l'oscilloscope est de 200 microsecondes par division. Quelle est la célérité du son dans l'air ?

### Résolution

Pour déterminer la vitesse de propagation du son, on mesure d'abord le retard entre les deux pics de l'onde.

D'après l'oscillogramme, on mesure un décalage de cinq divisions entre les deux signaux reçus. Le retard est donc de $200 \times 5 = 1\,000$ µs, soit $10^{-3}$ s.

La distance parcourue par l'onde pendant ce temps étant de 34 cm, soit 0,34 m, la célérité de l'onde sonore est de :

$$v = \frac{d}{t} = \frac{0,34}{10^{-3}} = 0,34 \times 10^3 = 340 \text{ m/s.}$$

## EXERCICE RÉSOLU 2

### Énoncé

Danie campe avec sa petite fille Arya. Un orage éclate et, à travers la toile de tente, Arya voit un éclair. Elle a peur et demande à Danie : « Il est tombé loin l'éclair ? ». Danie attend 10 secondes, puis, après avoir entendu le tonnerre, elle répond : « Il est à plus de 3 kilomètres, tu peux dormir tranquille. »

Danie a-t-elle raison ? Justifier.

Données : vitesse du son dans l'air : $v = 340$ m/s ;
vitesse de la lumière : $c = 300\,000$ km/s.

### Résolution

La lumière de l'éclair arrive quasi instantanément aux yeux de Danie. En revanche, le son produit par la foudre met 10 secondes pour parvenir aux oreilles de Danie. La foudre est donc tombée à une distance :

$$d = v \times t = 340 \times 10 = 3\,400 \text{ m, soit } 3,4 \text{ km.}$$

L'orage est donc bien à plus de 3 km.

# Mesure de fréquences sonores

- À revoir
- OK

21

## COURS

### a Fréquence et période

- Un son joué par un instrument est une vibration de l'air périodique.

**Exemple :** Lorsqu'elle est pincée, une corde de guitare oscille avec une certaine fréquence autour de sa position d'équilibre. Cette vibration engendre une onde sonore, qui est amplifiée par la caisse de résonance. Plus la fréquence des battements de la corde sera élevée, plus le son sera aigu.

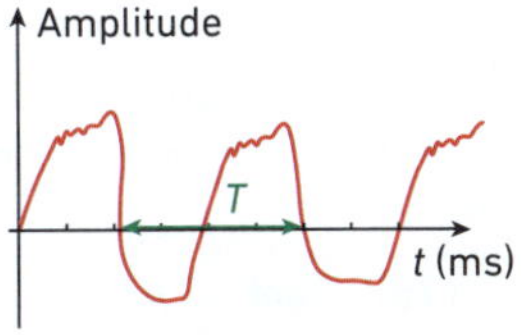


**Oscillogramme d'enregistrement du son**

- La fréquence de l'onde est le nombre de fois où la corde oscille en une seconde. Elle définit la hauteur du son (plus la fréquence est élevée, plus le son sera aigu).
- Si on enregistre le son, on obtient un oscillogramme qui révèle les caractéristiques du son.
- La période est la durée d'un motif élémentaire qui, en se répétant, reproduit la courbe. Elle est directement liée à la fréquence par la formule :

$$f = \frac{1}{T}$$

$f$ est la fréquence en hertz (Hz) et $T$ est la période en secondes (s).
La période est l'inverse de la fréquence et réciproquement.

### b Timbre et niveau sonore

- Le timbre est la « couleur » du son, il caractérise chaque instrument. En effet, deux instruments peuvent jouer une même note, mais leur oscillogramme sera différent. Lorsque le son est pur, le signal est dit sinusoïdal.

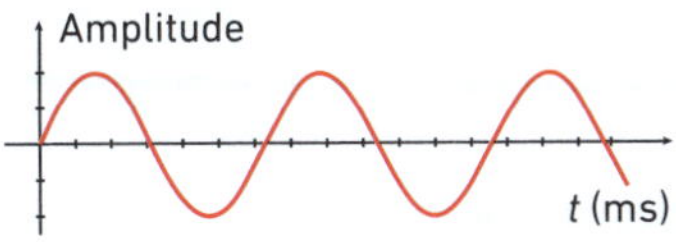


**Signal sonore d'allure sinusoïdale**

- Le niveau sonore est une grandeur qui caractérise l'intensité sonore. Il s'exprime en décibels, de symbole dB. Lorsque le niveau sonore augmente de 3 dB, l'intensité sonore est multipliée par 2.

**Exemple :** La limite autorisée en discothèque est de 110 dB ; le seuil de douleur, à partir duquel l'intensité sonore devient douloureuse, est de 130 dB.

## EXERCICE RÉSOLU 1

### Énoncé

Zoé accorde sa clarinette avec un accordeur électronique. Celui-ci émet un son pur de fréquence 440 Hz. Elle enregistre le son de sa clarinette et celui de l'accordeur, puis visualise les deux oscillogrammes suivants.

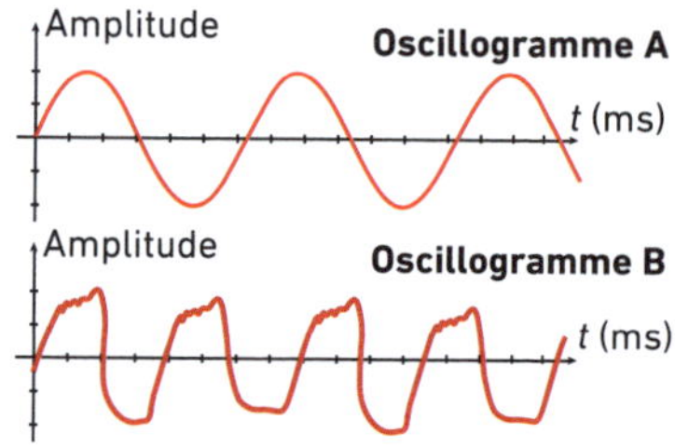


**1.** Associer à chaque oscillogramme la source sonore.

| Instrument | Accordeur | Clarinette |
|---|---|---|
| Oscillogramme | A | B |

**2.** Dessiner sur l'oscillogramme B le motif élémentaire.

### Résolution

**1.**

| Instrument | Accordeur | Clarinette |
|---|---|---|
| Oscillogramme | A | B |

**2.** On peut dessiner plusieurs motifs élémentaires, mais ils ont tous la même durée.

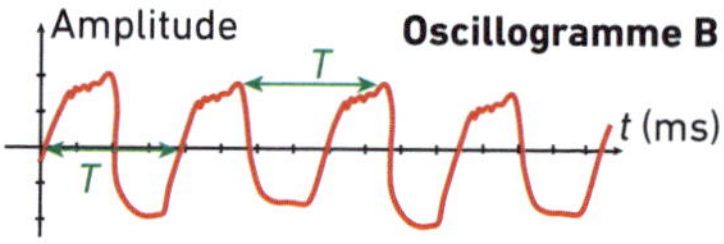


## EXERCICE RÉSOLU 2

### Énoncé

Charlotte pense que son piano est désaccordé.

Elle joue un « la » et visualise le son enregistré sur l'oscillogramme suivant.

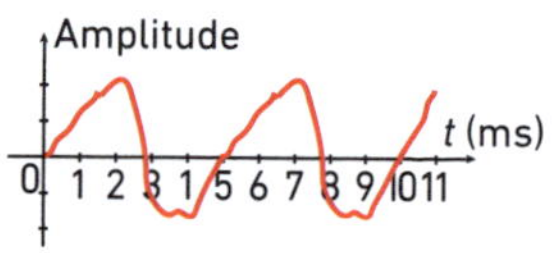


Si le piano est accordé, il doit émettre le « la » avec une fréquence de 220 Hz.

Charlotte doit-elle faire accorder son piano ?

### Résolution

D'après l'oscillogramme, la période du « la » est de 5 ms.

Sa fréquence est donc : $f = \frac{1}{T} = \frac{1}{5 \times 10^{-3}} = 200$ Hz.

Il faut donc faire accorder le piano.

# LES SIGNAUX

**1 La propagation de la lumière est représentée par une droite orientée :**

- ☐ a. appelée faisceau lumineux.
- ☐ b. qui va de l'œil de l'observateur vers la source de lumière.
- ☐ c. appelée rayon lumineux.

**2 La vitesse de la lumière est de :**

- ☐ a. 340 m/s.
- ☐ b. 300 000 000 m/s.
- ☐ c. 300 000 km/h.

**3 L'année lumière est :**

- ☐ a. une durée d'environ 365,25 jours.
- ☐ b. une distance d'environ $9{,}5 \times 10^{15}$ m.
- ☐ c. une vitesse d'environ 300 000 km/s.

**4 La réfraction est le fait que la lumière soit :**

- ☐ a. réfléchie lorsqu'elle rencontre un milieu transparent.
- ☐ b. absorbée lorsqu'elle rencontre un milieu transparent.
- ☐ c. déviée lorsqu'elle traverse un autre milieu transparent.

**5 Le son est une onde qui se propage :**

- ☐ a. dans un milieu matériel.
- ☐ b. à une vitesse de 340 m/s dans tout milieu.
- ☐ c. dans le vide.

**6 Le tonnerre est un son qui se propage dans l'air. Quelle durée met-il à parcourir 1 km ?**

- ☐ a. 2,94 secondes
- ☐ b. 0,000003 seconde
- ☐ c. 340 secondes

**Pour les questions 7 à 9**, on donne les enregistrements de deux sons ci-dessous.

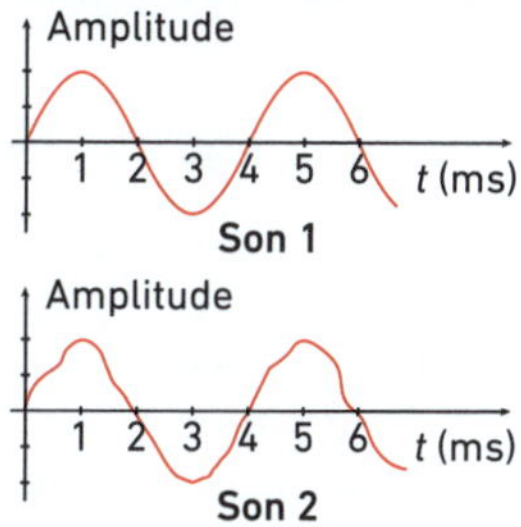


**7 Les sons 1 et 2 ont une période de :**

- ☐ a. 2 ms. ☐ b. 4 ms.
- ☐ c. 4 s.

**8 Les sons 1 et 2 ont une fréquence de :**

- ☐ a. 0,5 Hz. ☐ b. 0,25 Hz.
- ☐ c. 250 Hz.

**9 Les sons 1 et 2 ont :**

- ☐ a. le même timbre et la même hauteur.
- ☐ b. la même hauteur.
- ☐ c. le même timbre.

**10 Le niveau sonore se mesure en :**

- ☐ a. décibels (dB).
- ☐ b. watts (W).
- ☐ c. volts (V).

Corrigés au verso

## Corrigés

**1** > **c.** appelée rayon lumineux. Un faisceau lumineux est un ensemble de rayon lumineux. Le sens de propagation de la lumière part de la source de lumière vers l'observateur.

Voir **Fiche 19**

**2** > **b.** 300 000 000 m/s. La vitesse du son dans l'air est de 340 m/s, elle est nettement inférieure à la vitesse de la lumière.

Voir **Fiche 19**

**3** > **b.** une distance d'environ $9{,}5 \times 10^{15}$ m. C'est une unité de distance qui correspond à la distance parcourue par la lumière dans le vide pendant une année. Elle est utilisée par les astronomes pour les très grandes distances séparant les objets célestes dans l'Univers.

Voir **Fiche 19**

**4** > **c.** déviée lorsqu'elle traverse un autre milieu transparent. La réfraction s'accompagne d'un changement de vitesse de propagation de la lumière.

Voir **Fiche 19**

**5** > **a.** dans un milieu matériel. On dit que c'est une onde mécanique car elle a besoin d'un milieu matériel pour se propager. Elle se propage plus rapidement dans des milieux plus denses que l'air comme l'eau ou le métal.

Voir **Fiche 20**

**6** > **a.** La vitesse du son dans l'air étant de 340 m/s, la durée nécessaire à parcourir 1 000 mètres est : $t = \frac{d}{v} = \frac{1000}{340} = 2{,}94$ s.

Voir **Fiche 20**

**7** > **b.** 4 ms. Un motif élémentaire se décrit sur une durée de 4 ms.

Voir **Fiche 21**

**8** > **c.** 250 Hz. On utilise la formule $f = \frac{1}{T}$. En convertissant la période $T$ en seconde, on a donc : $f = \frac{1}{0{,}004} = 250$ Hz

Voir **Fiche 21**

**9** > **b.** la même hauteur. Les deux sons ont la même fréquence, donc la même hauteur. Ils n'ont pas le même timbre car leur forme est différente.

Voir **Fiche 21**

**10** > **a.** décibels (dB). Le watt est l'unité de puissance et le volt est l'unité de tension électrique.

Voir **Fiche 21**

# La Terre sous l'effet du rayonnement solaire

- À revoir
- OK

1

## 1 EFFET DE LA FORME DE LA TERRE SUR L'ÉNERGIE SOLAIRE REÇUE À SA SURFACE

- L'énergie solaire reçue à la surface de la Terre est inégale et à l'origine des climats.
- La différence d'énergie reçue dépend de la forme de la Terre, de son inclinaison sur son axe de rotation et de sa position sur son orbite.
- Les rayons émis par le Soleil arrivent, à la surface de la Terre, parallèles entre eux et transportent la même quantité d'énergie et de lumière. Les rayons qui arrivent près de l'équateur se répartissent sur une plus petite surface que ceux arrivant aux pôles, ainsi la température est plus forte à l'équateur qu'aux pôles.

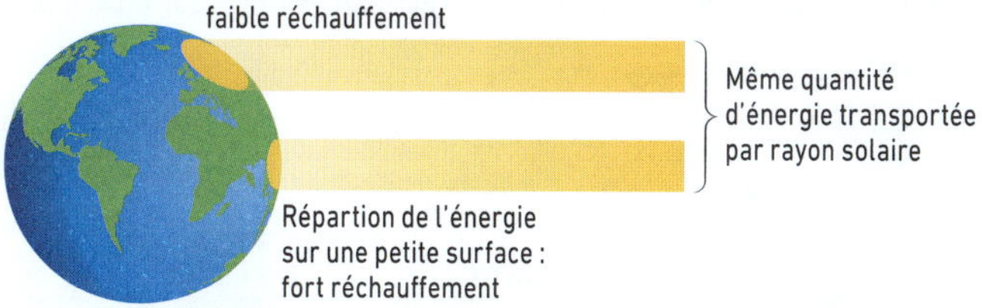


**Différence d'énergie solaire reçue selon la latitude**

## 2 EFFET DE L'INCLINAISON DE LA TERRE SUR L'ÉNERGIE SOLAIRE REÇUE À SA SURFACE

- L'énergie solaire reçue à la surface de la Terre est également inégale entre l'hémisphère Nord et l'hémisphère Sud du fait de l'inclinaison de l'axe de rotation de la Terre.
- Lorsque c'est l'hiver dans l'hémisphère Nord, c'est l'été dans l'hémisphère Sud et inversement.
- L'axe de rotation est l'axe autour duquel tourne la Terre. Il passe par les pôles.

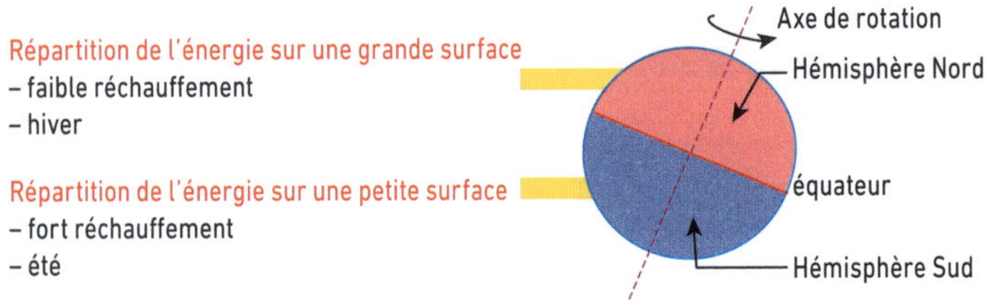


**Effet de l'inclinaison de l'axe de rotation de la Terre sur la répartition de l'énergie solaire entre les deux hémisphères**

## 3 EFFET DE L'ORBITE TERRESTRE SUR L'ÉNERGIE SOLAIRE REÇUE À LA SURFACE DE LA TERRE

La Terre, qui tourne sur elle-même, tourne autour du Soleil (orbite) en une année, sans que son axe de rotation ne change d'orientation. Ainsi, selon la position de la Terre autour du Soleil, chaque hémisphère se retrouve tour à tour en été ou en hiver.

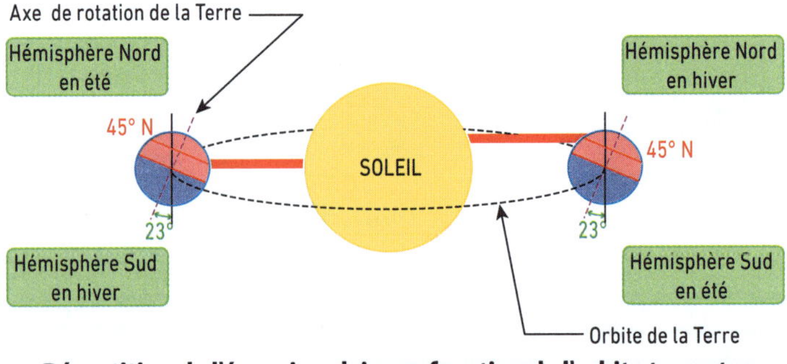


**Répartition de l'énergie solaire en fonction de l'orbite terrestre**

## 4 LES GRANDES ZONES CLIMATIQUES

Ces trois facteurs (forme de la Terre, inclinaison de son axe de rotation et position sur son orbite) sont à l'origine d'une répartition de la température selon la latitude. Mais d'autres éléments interviennent dans la répartition des températures et donc des climats, tels que :

– la différence d'énergie solaire reçue selon la latitude ;
– les mouvements d'air (vents) et d'eau (courants océaniques) ;
– la distance aux mers et aux océans ;
– le type de sol et le type de végétation.

# Courants atmosphériques et courants océaniques

À revoir
OK

2

## 1 L'EFFET DU RAYONNEMENT SOLAIRE SUR L'OCÉAN ET L'ATMOSPHÈRE

- La différence d'énergie solaire reçue à la surface de la Terre est à l'origine d'une inégale répartition des températures des océans et de l'atmosphère.
- Les rayons solaires traversent l'atmosphère et réchauffent directement la surface de la Terre (les océans et les sols des continents) qui à son tour réchauffe l'atmosphère ou les océans.

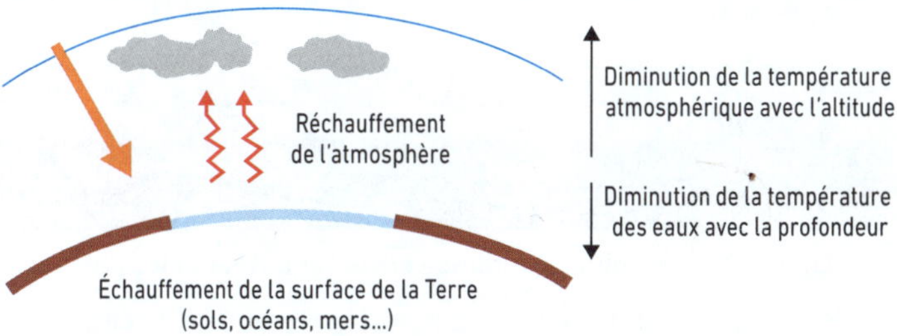


**Le rayonnement solaire réchauffe la surface de la Terre**

- L'énergie solaire reçue à la surface la Terre est plus élevée près de l'équateur qu'aux pôles ; c'est également vrai pour la température de surface des océans et de la base de l'atmosphère.

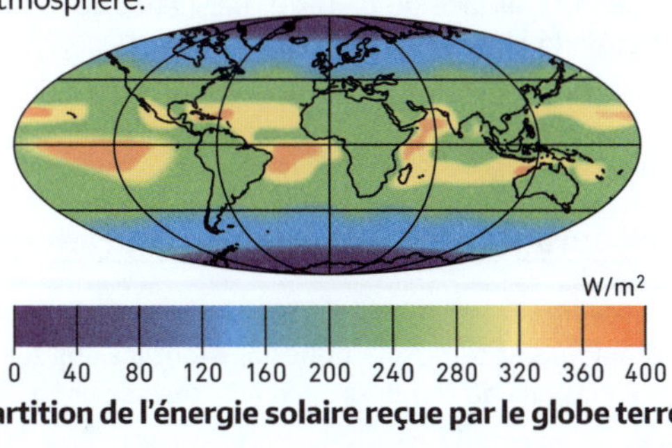


**Répartition de l'énergie solaire reçue par le globe terrestre**

## 2 L'ORIGINE DES COURANTS OCÉANIQUES ET ATMOSPHÉRIQUES

La différence de température des eaux et de l'atmosphère, entre l'équateur et les pôles, est à l'origine des mouvements de masses d'air (vents) dans l'atmosphère et de courants dans les océans.

## a Courants océaniques

- Les eaux équatoriales, plus chaudes, ont tendance à s'étendre en surface en direction des pôles. Les eaux « chaudes » sont alors remplacées par des eaux froides profondes qui proviennent des pôles.
- En simplifiant, on peut dire qu'il y a une double circulation des masses d'eaux :
  – une circulation de surface, de l'équateur vers les pôles ;
  – une circulation profonde, des pôles vers l'équateur.

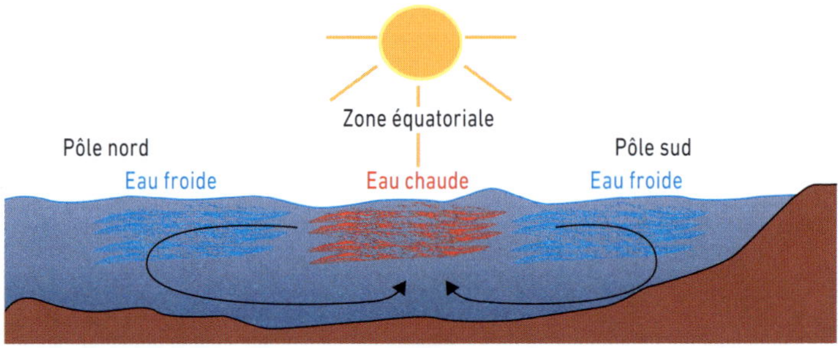


**Circulation océanique simplifiée entre l'équateur et les pôles**

- Les vents et la rotation de la Terre agissent également sur la circulation océanique en le complexifiant.

## b Courants atmosphériques

- Les masses d'air sont également déplacées en raison de l'inégale répartition de l'énergie solaire reçue à la surface de la Terre, par l'effet de la rotation de la terre (force de Coriolis) et de la présence de reliefs terrestres.
- La force de Coriolis est une force créée par la rotation de la Terre qui entraîne la déviation des objets en mouvement vers la droite dans l'hémisphère Nord et vers la gauche dans l'hémisphère Sud.

## c Le lien entre courants atmosphériques, courants océaniques et climats

- Les courants océaniques et atmosphériques agissent les uns sur les autres, ce qui modifie encore les variations de températures à la surface de la Terre.
- Si on compare deux villes à la même latitude sur les côtes ouest-françaises et est-américaines, on remarque que l'hiver est plus rude aux États-Unis. En effet, un courant chaud (le Gulf Stream) qui borde nos côtes atlantiques, adoucit le climat. En revanche, côté américain, un courant froid (le courant du Labrador) abaisse la température.

# La Terre, une planète animée de mouvements

À revoir
OK

3

## 1 LA TECTONIQUE DES PLAQUES

Selon la théorie de la tectonique des plaques, la lithosphère est découpée en plaques qui sont en mouvement les unes par rapport aux autres. Ces plaques se déplacent sur l'asthénosphère.

## 2 LA STRUCTURE INTERNE DE LA TERRE

- L'étude du comportement des ondes sismiques et des roches a permis de mieux comprendre la structure interne de notre planète.

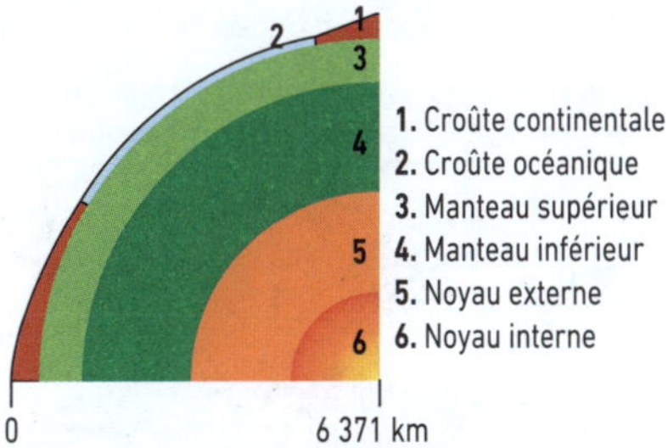


**Structure interne du globe (en coupe)**

- Des études complémentaires ont permis un nouveau découpage des couches les plus externes.

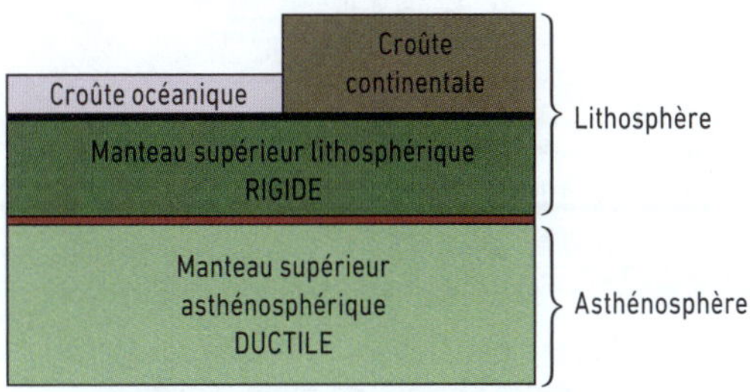


**Les couches externes du globe terrestre**

- La lithosphère est une couche rigide, formée en surface par la croûte terrestre (continentale ou océanique selon les endroits) et en profondeur par une partie du manteau supérieur. Elle repose sur l'asthénosphère.

● L'épaisseur de la lithosphère est comprise entre 100 et 150 km, car l'épaisseur de la croûte est variable : croûte océanique (7 à 12 km d'épaisseur) ; croûte continentale (30 à 70 km d'épaisseur).

● L'asthénosphère, ou manteau supérieur asthénosphérique, est une couche ductile (solide mais déformable).

## 3 LES LIMITES DES PLAQUES

La lithosphère est morcelée en une douzaine de plaques de tailles différentes, limitées par trois types de frontières :
– des frontières où les plaques s'écartent (divergent) : dorsales océaniques, zones de rift ;
– des frontières où les plaques se rapprochent (convergent) : zones de subduction, zones de collision ;
– des frontières où les plaques coulissent : failles transformantes.

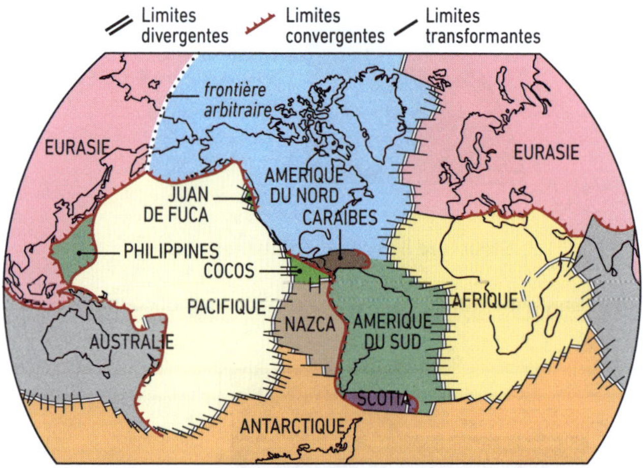


**Les principales plaques lithosphériques et leurs frontières**

## 4 LES CONSÉQUENCES DE LA TECTONIQUE DES PLAQUES

● Les mouvements des plaques participent à la création et à la disparition des océans, ainsi qu'à la formation des chaînes de montagnes.

● Le volcanisme et les séismes sont des manifestations associées à ces mouvements.

● Les changements de position des continents ont joué un rôle important dans les modifications des climats, en modifiant la circulation océanique, en permettant la formation de calottes glaciaires, etc.

# Le volcanisme

À revoir
OK

4

## 1 LES MANIFESTATIONS DU VOLCANISME

- Les mouvements entre les plaques lithosphériques peuvent être à l'origine d'éruptions volcaniques. Le volcanisme contribue à la dissipation de l'énergie interne.
- Le volcanisme est à l'origine de nombreux produits :

– des produits gazeux : vapeur d'eau, dioxyde de carbone, dioxyde de soufre... ;
– des produits liquides : quand le magma arrive en surface, après dégazage, on lui donne le nom de lave ;
– des produits solides : ils sont classés en fonction de leur diamètre (cendres < 2 mm < lapillis < 64 mm < bombes/blocs) ou de leur densité (les scories ne flottent pas, les ponces flottent).

- L'accumulation de ces produits contribue à la construction de l'édifice volcanique.

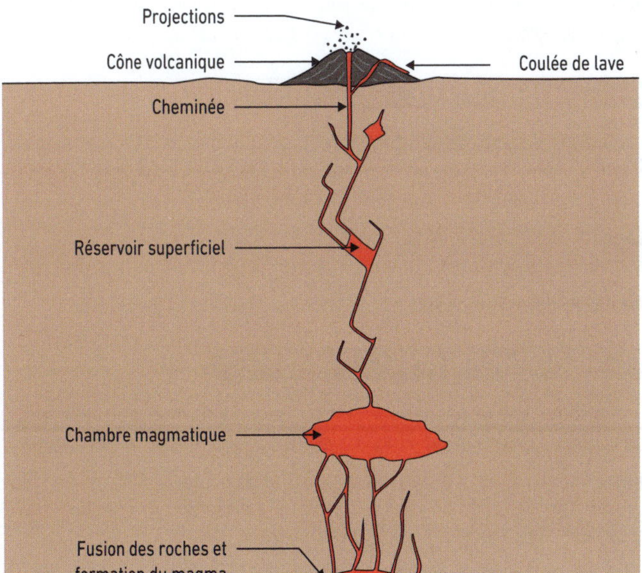


**Structure d'un édifice volcanique**

- Les volcans peuvent aussi émettre des produits mixtes, comme les nuées ardentes constituées de gaz brûlants transportant, à la suite d'une violente explosion, des masses considérables de débris de lave de toutes tailles (cendres, scories, blocs) et se déplaçant à grande vitesse (100 km/h et plus). Les lahars sont des coulées boueuses qui dévalent les flancs d'un volcan (suite à la fonte du glacier qui recouvrait le volcan, par exemple).

- Divers phénomènes sont associés au volcanisme : les fumerolles, qui sont des jets de vapeur d'eau (riches en dioxyde de carbone et en hydrogène sulfuré), passent à travers des fissures dans les flancs du volcan ; les geysers sont des sources d'eau chaude qui jaillit par intermittence en projetant de l'eau et de la vapeur à haute température et à haute pression.

## 2 LES DYNAMISMES ÉRUPTIFS

On peut distinguer plusieurs types de dynamisme, en fonction de la viscosité de la lave et de la quantité de gaz présents dans le magma :
– un dynamisme effusif (magma contenant peu ou pas de gaz, lave fluide) ;
– un dynamisme extrusif (lave visqueuse, créant dômes et aiguilles) ;
– un dynamisme explosif (magma riche en gaz, éruption explosive).

## 3 LA LOCALISATION DES VOLCANS

- Le volcanisme des zones de subduction est localisé à la frontière entre deux plaques lithosphériques, l'une des plaques passant sous l'autre. Ces volcans connaissent une alternance d'éruptions extrusives et explosives.

- Le volcanisme des dorsales océaniques est localisé à la frontière entre deux plaques lithosphériques qui s'écartent l'une de l'autre. Le volcanisme est de type effusif.

- Le volcanisme de point chaud est le seul volcanisme intraplaque.

## 4 LES RISQUES LIÉS AU VOLCANISME

- L'aléa volcanique est la probabilité, en un endroit donné, qu'une éruption volcanique se produise. L'aléa prend aussi en compte l'intensité de l'éruption.

- Le risque volcanique est l'ensemble des conséquences de l'éruption si elle se produisait. Le passage de l'aléa au risque suppose la prise en compte de la vulnérabilité des constructions, des impacts sur la population…

- Réduire le risque volcanique implique la mise en place d'une prévention (information des populations, exercices d'évacuation ) et d'une surveillance des volcans. Le GPS permet de surveiller le gonflement des édifices volcaniques, la spectrométrie permet d'identifier les gaz qui s'échappent, les sismomètres peuvent enregistrer de petits séismes liés à la remontée du magma…

# Les séismes

À revoir
OK

5

## 1 L'ORIGINE DES SÉISMES

- Les séismes ou tremblements de terre sont, comme le volcanisme, des manifestations de l'activité interne de la Terre.
- Lorsqu'un matériau rigide (roche) est soumis à des contraintes de cisaillement, il va d'abord se déformer, puis, lorsqu'il aura atteint sa limite d'élasticité, il va se rompre, en dégageant de façon brusque toute l'énergie qu'il a accumulée.
- Une très grande majorité des séismes est localisée au niveau des failles et à la limite des plaques lithosphériques (dorsales, zones de subduction, failles transformantes). Des séismes peuvent aussi se produire lors de la remontée du magma dans un contexte volcanique.
- L'énergie créée par les frottements au niveau de la faille produisent de l'énergie dissipée d'une part sous forme de chaleur et d'autre part sous forme de vibrations, les ondes sismiques. Celles-ci se propagent dans toutes les directions à partir du foyer, lieu où se produit la rupture des roches en profondeur. Le point en surface situé à la verticale du foyer est appelé épicentre. C'est au niveau de l'épicentre que les secousses enregistrées sont les plus fortes.

## 2 L'ÉVALUATION D'UN SÉISME

- L'intensité d'un séisme est définie en un lieu par rapport aux effets produits par ce séisme, qu'ils soient seulement observés ou ressentis par l'homme (réveil, chute d'objets, fissures...) ou qu'ils aient causé des dégâts plus ou moins importants aux constructions.

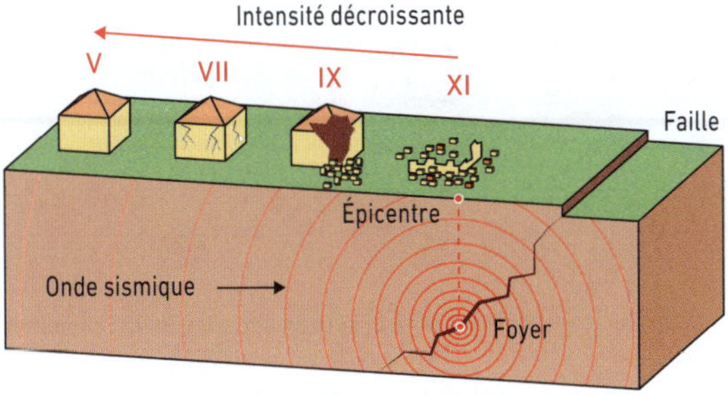


**Origine et évaluation d'un séisme**

● Plusieurs échelles d'intensité ont été définies. Les plus utilisées sont l'échelle de Mercalli qui date de 1902 (modifiée en 1956) et l'échelle MSK créée en 1964. Une nouvelle échelle a été adoptée par les pays européens en 1998 : l'EMS 98 (European Macroseismic Scale 1998).

## 3 LA MAGNITUDE D'UN SÉISME

● La magnitude d'un séisme est une estimation (par le calcul) de la quantité d'énergie libérée à l'endroit où le séisme s'est produit.

● L'échelle de Richter est une échelle de la magnitude qui, en théorie, n'est valable que pour les séismes californiens.

## 4 LES ONDES SISMIQUES

Il existe plusieurs types d'ondes sismiques :
– les ondes P (primaires), qui se propagent le plus rapidement et dans tous les milieux. Le déplacement du sol qui accompagne leur passage se fait par compression-dilatation, parallèlement à la direction de propagation de l'onde ;
– les ondes S (secondaires), qui se propagent plus lentement que les ondes P et ne se propagent pas dans les milieux liquides. Ce sont des ondes de cisaillement.

## 5 LES RISQUES LIÉS AUX SÉISMES

● Le risque sismique est la combinaison entre l'aléa sismique (probabilité qu'un séisme se produise) et la vulnérabilité des personnes, bâtiments, infrastructures (routes, ponts, conduites de gaz ) qui seraient exposées au séisme. Les séismes peuvent engendrer des phénomènes tels que des glissements de terrain, des tsunamis ou raz-de-marée.

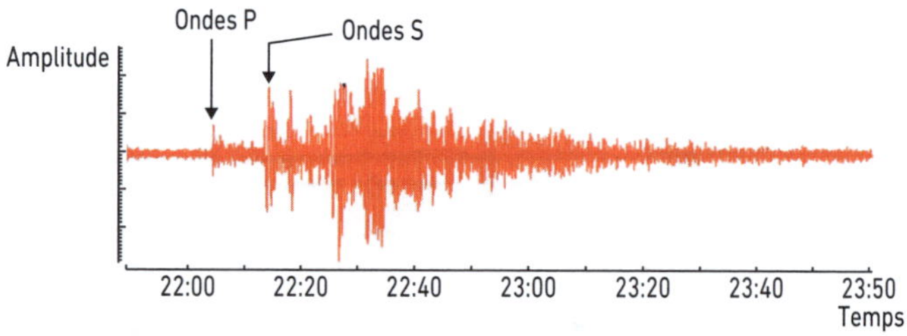


**Enregistrement (sismogramme) d'un séisme par un sismomètre**

● Réduire le risque sismique implique la mise en place d'une prévention des populations, la construction de bâtiments adaptés (normes parasismiques) et d'une surveillance. Il existe de nombreuses stations munies de sismomètres.

# LA PLANÈTE TERRE

**1 À la surface de la Terre, la quantité d'énergie solaire reçue par unité de surface est :**

- ▢ **a.** égale en tout point.
- ▢ **b.** décroissante de l'équateur vers les pôles.
- ▢ **c.** plus forte aux pôles qu'à l'équateur.

**2 L'inégale répartition de l'énergie solaire sur Terre est à l'origine :**

- ▢ **a.** des phénomènes de marées.
- ▢ **b.** des mouvements de masses d'air dans l'atmosphère.
- ▢ **c.** de la force de Coriolis.

**3 Quelle est l'origine des mouvements atmosphériques et océaniques ?**

- ▢ **a.** la force de Coriolis
- ▢ **b.** l'inégale répartition de la chaleur à la surface de la Terre
- ▢ **c.** la rotation de la Terre autour du Soleil

**4 Les plaques lithosphériques :**

- ▢ **a.** se déplacent en glissant sur l'asthénosphère.
- ▢ **b.** ont toutes la même épaisseur.
- ▢ **c.** sont constituées d'une croûte et du manteau supérieur.

**5 Au niveau des zones de subduction, les plaques lithosphériques :**

▢ **a.** divergent. ▢ **b.** convergent. ▢ **c.** coulissent.

**6 Le volcanisme explosif est un dynamisme éruptif caractéristique :**

- ▢ **a.** des zones de subduction.
- ▢ **b.** des dorsales océaniques.
- ▢ **c.** des volcans de point chaud.

**7 L'épicentre d'un séisme est :**

- ▢ **a.** le lieu où se produit la rupture des roches à l'origine du séisme.
- ▢ **b.** le seul endroit où sont enregistrées des ondes P et S.
- ▢ **c.** l'endroit situé à la surface où les secousses sont les plus fortes.

**8 Qu'est-ce que l'aléa sismique ?**

- ▢ **a.** C'est la combinaison du risque et de la vulnérabilité.
- ▢ **b.** C'est la probabilité qu'un séisme se produise.
- ▢ **c.** C'est l'ensemble des personnes et des infrastructures qui pourrait être touché par un séisme.

Corrigés au verso

## Corrigés

**1 > b.** décroissante de l'équateur vers les pôles. Les rayons émis par le Soleil arrivent, à la surface de la Terre, parallèles entre eux, et transportent la même quantité d'énergie. Ainsi, les rayons qui arrivent près de l'équateur éclairent une plus petite surface que ceux arrivant aux pôles.

Voir **Fiche 1**

**2 > b.** des mouvements de masses d'air dans l'atmosphère. L'inégale répartition de l'énergie solaire crée des différences de température. L'air chaud a des mouvements ascendants et l'air froid descend.

Voir **Fiche 2**

**3 > b.** C'est l'inégale répartition d'énergie solaire qui est à l'origine de l'inégale répartition de la chaleur à la surface de la Terre, ce qui entraîne le déplacement des masses chaudes vers les masses froides.

Voir **Fiche 2**

**4 > a.** se déplacent en glissant sur l'asthénosphère. Les plaques lithosphériques sont rigides alors que l'asthénosphère, située juste en dessous, est ductile (déformable), et elle est animée de mouvements.

Voir **Fiche 3**

**5 > b.** convergent. Au niveau d'une zone de subduction, une plaque lithosphérique océanique se dirige vers une autre plaque et plonge dans l'asthénosphère.

Voir **Fiche 3**

**6 > a.** des zones de subductions. Le magma formé dans les zones de subduction est très visqueux, la lave qui arrive en surface est donc pâteuse, elle ne s'écoule pas et obstrue la cheminée. L'accumulation des gaz en dessous du bouchon de lave finit par provoquer une explosion.

Voir **Fiche 4**

**7 > c.** l'endroit situé à la surface où les secousses sont les plus fortes. L'épicentre est le point de la surface situé à la verticale du foyer, c'est donc l'endroit où les ondes qui y arrivent sont les plus fortes.

Voir **Fiche 5**

**8 > b.** L'aléa est la possibilité qu'un évènement géologique se produise (séisme, éruption volcanique, phénomène climatique intense). C'est la combinaison de l'aléa et de la vulnérabilité qui définit le risque sismique.

Voir **Fiche 5**

# Les bases de l'étude des êtres vivants

À revoir
OK

6

## 1 CELLULE ET ADN

- Le monde vivant est constitué d'une grande diversité d'êtres vivants, mais tous les êtres vivants sont constitués :
– d'une structure commune : la cellule ;
– d'une molécule commune et universelle : l'ADN.

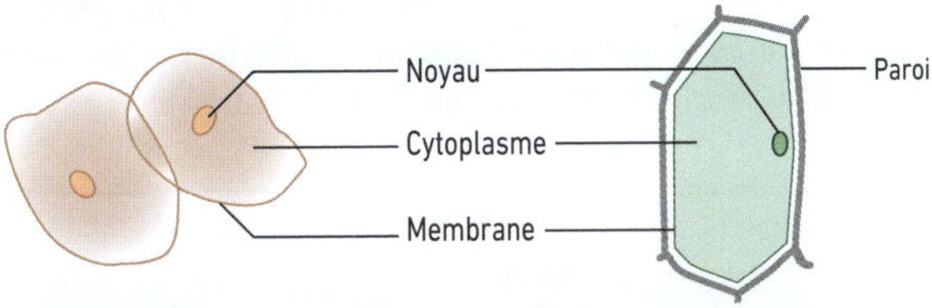


**Cellules animales (à gauche) et cellule végétale (à droite)**

- Les cellules animales et végétales sont composées :
– d'une membrane, qui délimite la cellule ;
– d'un compartiment liquide, appelé cytoplasme ;
– d'un noyau contenant une molécule très importante : l'ADN.

**Remarque :** chez les bactéries, du fait de l'absence de noyau, la molécule d'ADN se situe dans le cytoplasme.

## 2 L'ÉCHELLE DU MONDE VIVANT

L'étude des êtres vivants peut-être faite à différentes niveau, on parle alors d'échelle.

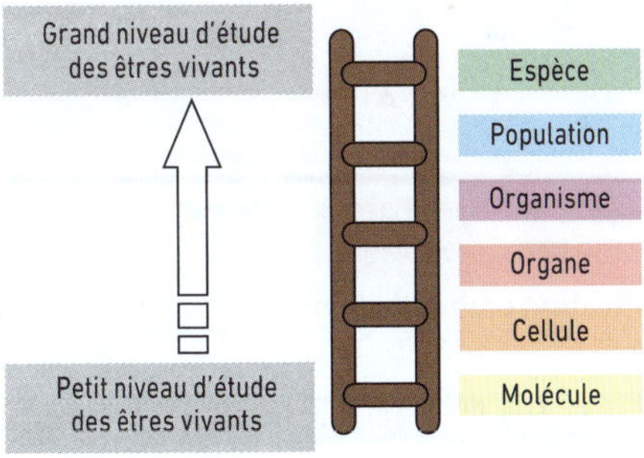


**Différentes échelles d'étude des êtres vivants**

## 3 CLASSIFICATION EMBOÎTÉE

- En s'appuyant sur les différentes échelles de l'étude des êtres vivants, les scientifiques se sont attachés à les classer.
- La classification actuelle est constituée de groupes qui s'emboîtent les uns dans les autres.
- Chaque groupe rassemble des êtres vivants qui possèdent une caractéristique commune appelée caractère partagé ou attribut partagé.
- Les êtres vivants contenus dans un groupe possèdent tous les caractères des groupes qui le contiennent. Par exemple, la coccinelle appartient à tous les groupes signalés, dans le document suivant, par une étoile rouge. Elle possède donc les attributs suivants : trois paires de pattes, un squelette externe et des pattes articulées, des yeux et une bouche, des cellules avec noyaux et de l'ADN.

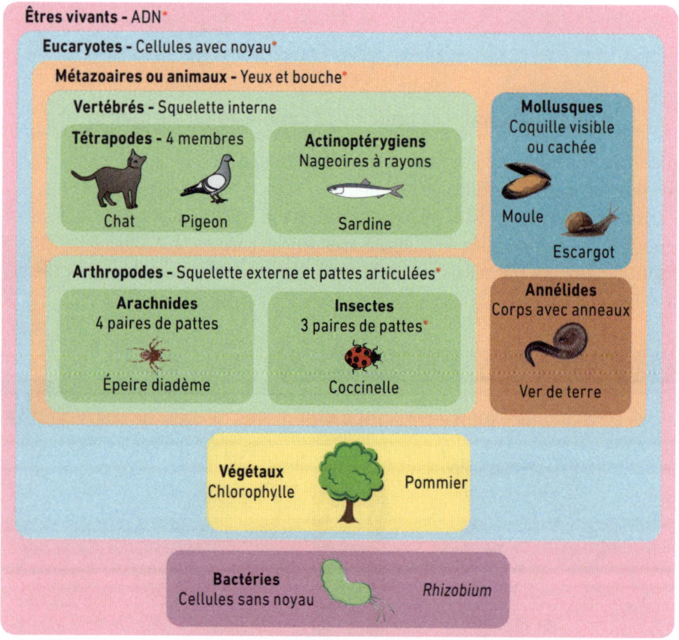


**Classification emboîtée (version simplifiée)**

## 4 UNE BASE COMMUNE MAIS UNE TRÈS GRANDE DIVERSITÉ

Malgré les nombreux points communs entres les êtres vivants, il existe une très grande diversité qui s'observe à toutes les échelles du monde vivant, appelée biodiversité.

# La respiration à l'échelle de la cellule et de l'organisme

☐ À revoir
☐ OK

**7**

## 1 LA RESPIRATION CELLULAIRE : PRODUCTION D'ÉNERGIE DANS LES CELLULES ANIMALES ET VÉGÉTALES

- La respiration cellulaire utilise le dioxygène et un nutriment, le glucose, pour produire de l'énergie.
- L'énergie produite permet aux cellules de fonctionner.
- Cette réaction s'accompagne d'une production de déchets (dioxyde de carbone et eau) et d'un dégagement de chaleur.

Glucose + $O_2$ → $CO_2$ + eau + **Énergie** → **Chaleur**

($CO_2$ + eau : Déchets)

**Réaction ayant lieu lors de la respiration cellulaire**

## 2 LA RESPIRATION À L'ÉCHELLE DE L'ORGANISME CHEZ LES VÉGÉTAUX

- Les stomates sont des structures présentes à la surface des feuilles qui permettent les échanges de gaz entre la plante et l'atmosphère.
- Le dioxygène ($O_2$) nécessaire à la respiration cellulaire est absorbé au niveau des stomates ; le dioxyde de carbone ($CO_2$), qui est un des déchets de la respiration cellulaire, est rejeté par la même voie.

## 3 LA RESPIRATION À L'ÉCHELLE DE L'ORGANISME CHEZ LES ANIMAUX

- Les cellules animales réalisent des échanges avec le sang. Elles y prélèvent le dioxygène et y rejettent le dioxyde de carbone.
- Les animaux entretiennent des échanges gazeux avec leur environnement grâce à des organes respiratoires. En milieu aérien, les animaux utilisent des trachées ou des poumons. En milieu aquatique, ils utilisent des branchies. Ces organes ont pour point commun d'être de grandes surfaces d'échange.
- Chez les animaux qui possèdent des trachées (insectes), les échanges se font directement entre les cellules et l'air, alors que chez les animaux munis de poumons ou de branchies, les échanges se font entre les cellules et le sang, puis entre le sang et l'air ou l'eau. Les globules rouges du sang transportent les gaz respiratoires ($O_2$ et $CO_2$).

## 4 L'APPAREIL RESPIRATOIRE DES MAMMIFÈRES

- Les organes qui constituent l'appareil respiratoire des mammifères sont : la trachée, les poumons, les bronches et les bronchioles.

- L'air inspiré pénètre dans l'organisme par le nez et/ou la bouche. Il emprunte la trachée, puis les bronches. À l'intérieur des poumons, l'air circule dans des bronches puis des bronchioles. Pour finir, il arrive dans les alvéoles pulmonaires. L'air expiré fait le chemin en sens inverse.

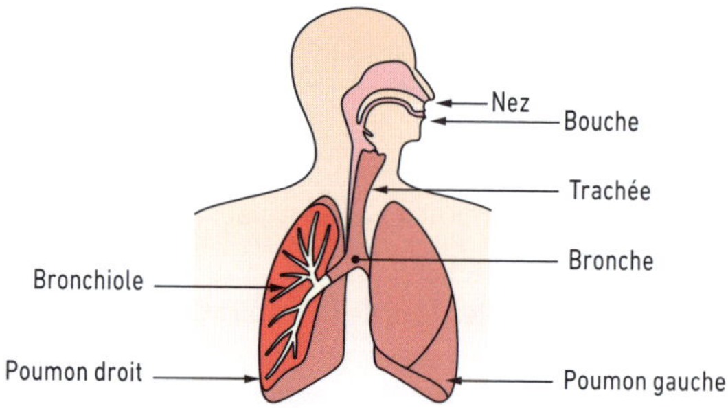


**L'appareil respiratoire**

- Au niveau des poumons, les alvéoles pulmonaires sont le lieu des échanges entre l'air et le sang. La surface d'échange est efficace, car elle est grande, fine et richement vascularisée (irriguée par de très nombreux capillaires).

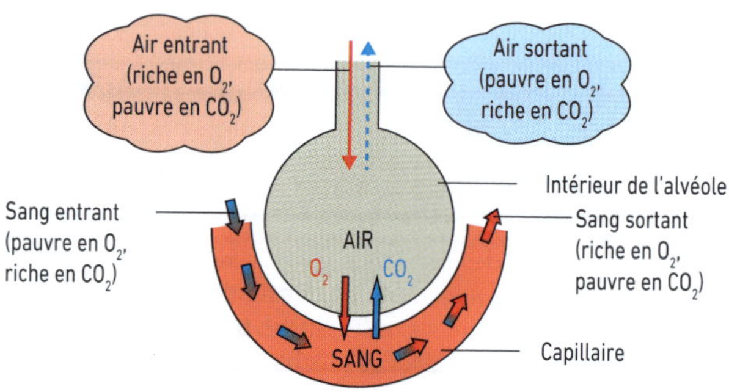


**Les échanges gazeux au niveau d'une alvéole pulmonaire**

# La nutrition et l'organisation des végétaux chlorophylliens

À revoir
OK

8

## 1 LES ÉCHANGES AVEC L'ATMOSPHÈRE

- Les végétaux chlorophylliens sont appelés ainsi en raison d'un pigment présent dans leurs cellules, la chlorophylle, qui leur donne leur couleur verte.
- Les végétaux réalisent des échanges avec l'air au niveau de leurs feuilles.
- Certaines cellules forment des structures, appelées stomates, qui permettent les échanges de gaz avec l'atmosphère. Les végétaux respirent, ils absorbent du dioxygène et rejettent du dioxyde de carbone. Les végétaux réalisent aussi la photosynthèse (production de matière organique grâce à l'énergie solaire), un phénomène qui nécessite l'absorption de dioxyde de carbone et le rejet de dioxygène. Dans certaines conditions (fortes chaleurs), les stomates peuvent occasionner une forte perte d'eau.

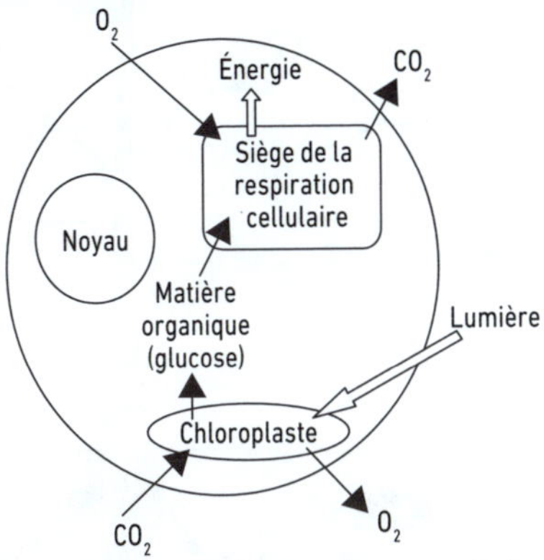


**Les échanges gazeux chez les végétaux : respiration et photosynthèse**

- Les cellules des feuilles contiennent des chloroplastes : ce sont ces organites qui contiennent la chlorophylle et qui jouent un rôle important dans la photosynthèse.

## 2 LES ÉCHANGES AVEC LE SOL

Les racines sont le lieu des échanges avec le sol. Ce sont des organes qui possèdent des cellules spécialisées, appelées poils absorbants, qui permettent aux végétaux de prélever dans le sol l'eau et les sels minéraux.

## 3 LA COMMUNICATION ENTRE LES FEUILLES ET LES RACINES

Il existe dans les tiges des végétaux des systèmes de transport que l'on pourrait comparer aux vaisseaux sanguins des animaux. Les vaisseaux du xylème transportent la sève brute des racines vers les parties aériennes de la plante. La sève brute est constituée d'eau et de sels minéraux. Les vaisseaux du phloème transportent la sève élaborée des feuilles vers le reste de la plante (autres feuilles, bourgeons, racines, organes de réserve). La sève élaborée contient les molécules organiques formées grâce à la photosynthèse.

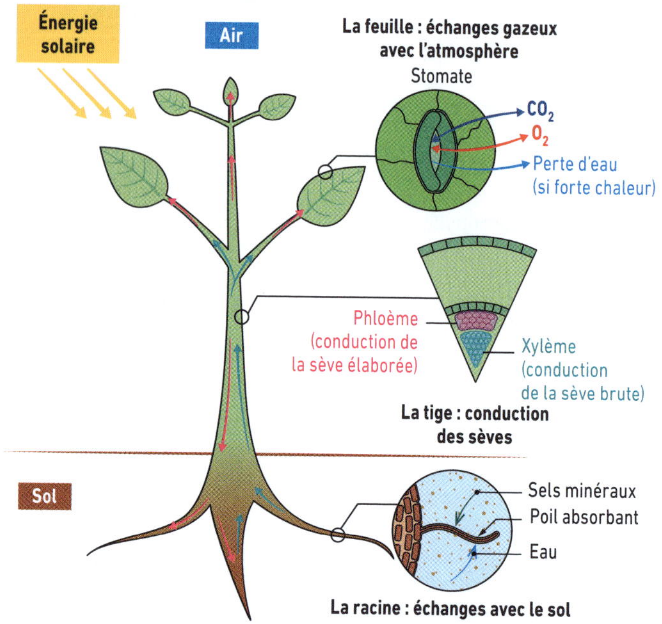


**La communication entre les feuilles et les racines**

## 4 L'AMÉLIORATION DE LA NUTRITION PAR INTERACTION AVEC DES MICRO-ORGANISMES

- Certains végétaux s'associent avec des micro-organismes. Quand le bénéfice est réciproque, cette association porte le nom de symbiose.
- La symbiose entre une plante et un micro-organisme peut améliorer l'approvisionnement de la plante en azote (association avec des bactéries appelées *Rhizobium*, formation de nodosités au niveau des racines) ou en eau (association avec des champignons, développement de mycorhizes au niveau des racines).

# La reproduction sexuée et asexuée des plantes à fleurs

- À revoir
- OK

9

## 1 LA REPRODUCTION SEXUÉE

- La reproduction est dite sexuée lorsque deux **gamètes** (cellules reproductrices) fusionnent lors de la **fécondation** pour donner une **cellule-œuf**. Cette cellule est la première de la nouvelle plante.
- Une fleur est constituée d'une partie mâle, les **étamines**, et d'une partie femelle, le **pistil**.

Les **grains de pollen**, libérés par les étamines, contiennent des cellules reproductrices mâles.

- Les grains de pollen, transportés par le vent ou par les insectes (abeilles), vont se déposer sur le pistil d'une autre fleur. Ils émettent alors un tube qui va permettre aux noyaux des cellules reproductrices mâles de rejoindre et de fusionner avec les cellules reproductrices femelles (**ovules**). Après la fécondation, la cellule-œuf va donner, par des multiplications successives, un **embryon**, protégé dans une **graine** et entouré d'un **fruit**. La graine fournit à la fois protection et nourriture à l'embryon.

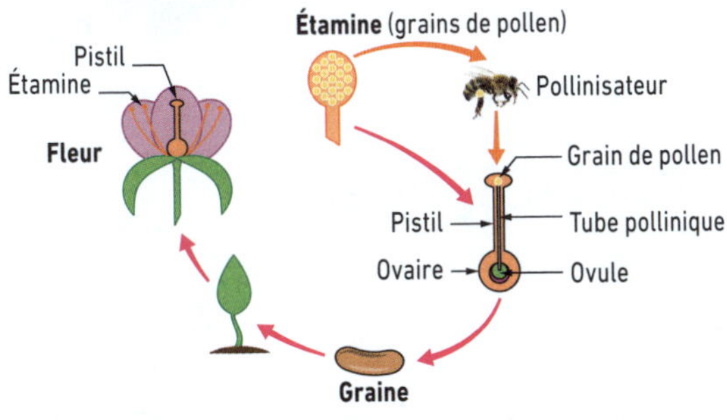


**La reproduction sexuée chez les plantes à fleur**

## 2 LA DISPERSION DES GRAINES ET DES FRUITS

- Le fruit, s'il est charnu et sucré, attirera les animaux qui, en le mangeant, participeront à la **dissémination** des graines. Le fruit est mangé mais la graine, non digérée, est rejetée dans les excréments.
- Certains fruits ou graines sont munis de crochets ou d'ailes ce qui favorise la dispersion par les animaux ou le vent.

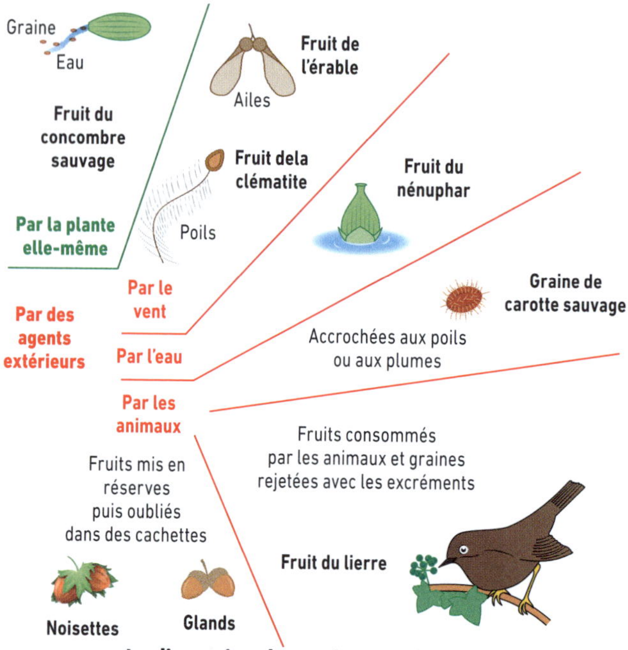


**La dispersion des graines ou des fruits**

## 3 LA REPRODUCTION ASEXUÉE

- Certaines plantes ont la capacité de se reproduire sans faire intervenir de gamètes. Ce sont des organes tels que les stolons chez le fraisier qui vont permettre cette reproduction.
- Les nouveaux individus obtenus par ce mode de reproduction sont des clones, ils sont identiques entre eux et similaires à la plante qui leur a donné naissance.

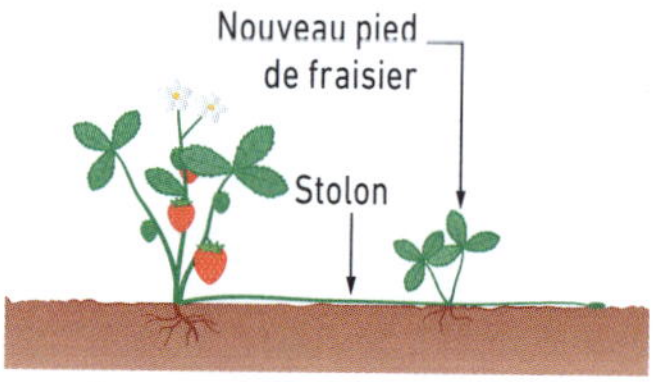


**La reproduction asexuée chez le fraisier**

## 4 LA REPRODUCTION ET LA DYNAMIQUE DES POPULATIONS

- La reproduction sexuée permet un brassage du patrimoine génétique et participe au maintien de la diversité génétique au sein de l'espèce.
- La reproduction asexuée ne participe pas à la diversité génétique, mais permet aux végétaux de coloniser rapidement leur environnement.

# La reproduction sexuée et asexuée des animaux

À revoir
OK

10

## 1 LA REPRODUCTION SEXUÉE DANS DIFFÉRENTS MILIEUX DE VIE

- Chez tous les êtres vivants, la reproduction sexuée implique que deux gamètes (cellules reproductrices) fusionnent lors de la fécondation pour donner une cellule-œuf à l'origine d'un nouvel individu.

- Les gamètes mâles sont des spermatozoïdes et les gamètes femelles sont des ovules ou des ovocytes. Les gamètes mâles sont mobiles ; ils se déplacent grâce à leur flagelle.

- En milieu aérien, l'accouplement permet au mâle de déposer les spermatozoïdes dans l'appareil reproducteur de la femelle. La fécondation a lieu à l'intérieur de l'organisme de la femelle.

- En milieu aquatique, la plupart des êtres vivants libèrent les gamètes dans l'eau et la fécondation est externe, elle a lieu en dehors de l'organisme maternel. Pour que les gamètes appartenant à la même espèce puissent se rencontrer malgré l'immensité de l'océan, les gamètes femelles émettent des substances chimiques qui attirent les spermatozoïdes ; par ailleurs, l'émission des gamètes mâles et femelles est souvent synchronisée.

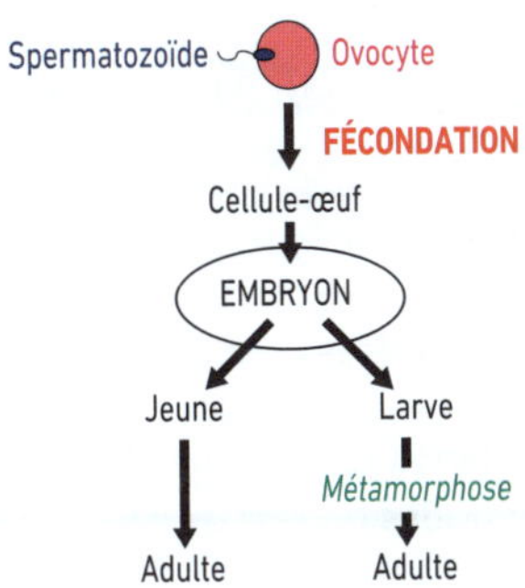


**La reproduction sexuée**

- Le nouvel individu peut se développer soit dans l'organisme maternel (exemple : les mammifères) soit à l'extérieur, dans un œuf.

- Lorsque l'organisme qui sort de l'œuf ne ressemble pas à l'adulte, on utilise le terme « larve » pour le désigner. La larve devra subir une métamorphose pour se transformer en adulte.

- En milieu aquatique, la stratégie adoptée par la plupart des animaux repose sur la production d'un grand nombre de gamètes. Du fait de la rencontre au hasard, peu de fécondations auront lieu. Beaucoup de jeunes et de larves serviront de nourriture à des prédateurs. Les parents n'apportent pas de soins à leur progéniture.

- En milieu terrestre, deux stratégies sont possibles. Certaines espèces font beaucoup de descendants et s'en occupent peu ou pas (exemple : les insectes). D'autres ont une descendance réduite, mais les parents s'investissent beaucoup pour augmenter les chances de survie des jeunes.

## 2 LA REPRODUCTION ASEXUÉE

- La reproduction asexuée consiste à produire un ou plusieurs descendants à partir d'un unique parent. Les descendants sont génétiquement identiques entre eux et avec leur seul parent.

- Certains êtres vivants comme la paramécie (être vivant unicellulaire vivant dans les eaux stagnantes) peuvent se reproduire par division ; d'autres se reproduisent par bourgeonnement (exemple : l'hydre).

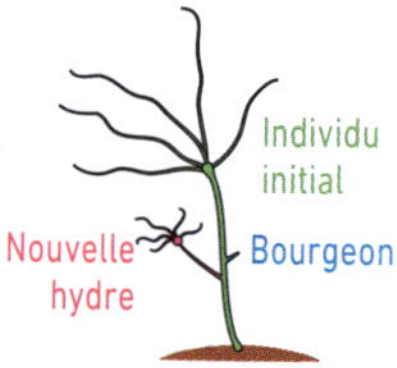

**Le bourgeonnement chez l'hydre**

- La parthénogenèse est un mode de reproduction asexuée qui implique des gamètes. Chez les pucerons ou les phasmes, une cellule reproductrice femelle se développe en un nouvel individu sans avoir été fécondée.

## 3 LA DYNAMIQUE DES POPULATIONS

- La dynamique d'une population ou son évolution démographique dépend :
– de l'environnement (lumière, humidité, température, disponibilité en nourriture, etc.) ;
– des relations avec les autres espèces (compétition pour la nourriture, prédation, etc.) ;
– des paramètres de la population (taux de natalité, mortalité, migration, etc.) ;
– des caractéristiques des individus (vitesse de développement, fécondité, durée de vie, adaptabilité, etc.).

- Une espèce pratiquant la reproduction sexuée pourra plus facilement s'adapter à des changements dans l'environnement, car tous les individus sont génétiquement différents les uns des autres. Une espèce pratiquant la reproduction asexuée a une adaptabilité réduite, car tous les individus sont génétiquement identiques, mais elle sera capable de coloniser très rapidement un milieu.

# Diversité et stabilité génétiques des espèces

À revoir
OK

11

## 1 L'ESPÈCE ET SES CARACTÈRES

• De manière simplifiée, on peut définir l'espèce comme un ensemble d'individus qui peuvent se reproduire entre eux et dont les descendants peuvent également se reproduire.

• Sachant que chaque individu est défini par un ensemble de caractères, c'est-à-dire de caractéristiques ou signes particuliers externes et/ou internes (par exemple : la couleur de la peau, le groupe sanguin, la présence de molécules particulières ), on peut définir l'espèce de la manière suivante : une espèce est un ensemble d'individus qui possèdent :

– les mêmes caractères spécifiques, c'est-à-dire ceux possédés par tous les individus de l'espèce et qui sont conservés au fils des générations : ce qui illustre la stabilité de l'espèce ;

– des variations individuelles de certains caractères : ce qui illustre la diversité des individus au sein de l'espèce.

## 2 LES CHROMOSOMES : UNE BASE GÉNÉTIQUE DE L'UNITÉ ET DE LA DIVERSITÉ DES INDIVIDUS

• Toutes les cellules des êtres vivants contiennent des chromosomes constitués :
– d'ADN (acide désoxyribonucléique), une molécule en forme de double hélice ;
– de molécules sphériques (les histones).

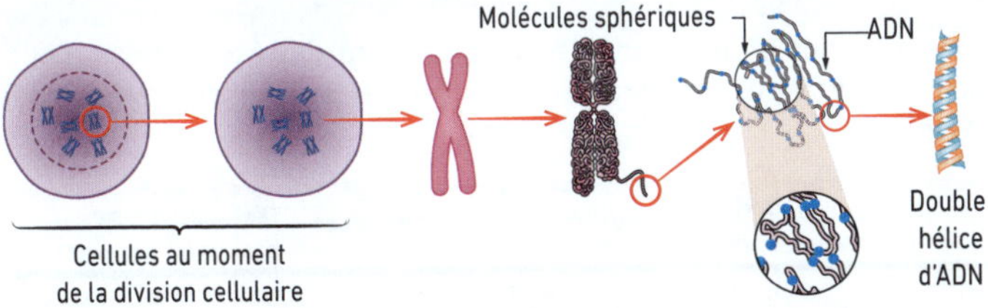


**Structure d'un chromosome**

• L'ADN est la macromolécule (molécule de très grande taille) commune à tous les êtres vivants.

• La stabilité des espèces est également visible au niveau du nombre de chromosomes contenu dans leurs cellules. Chaque espèce possède un nombre de chromosomes spécifique et invariant, appelé nombre chromosomique de l'espèce. Ainsi, tous les individus d'une même espèce ont le même nombre de chromosomes.

● Quelques exemples de nombre chromosomique : la levure possède 16 chromosomes, le chat 38, la pomme de terre 48, la carpe 104, l'homme 46.

● Le caryotype est un document qui présente l'ensemble des chromosomes d'une cellule, rangés par paires de chromosomes de même taille, et où les paires sont classées par ordre de taille décroissante.

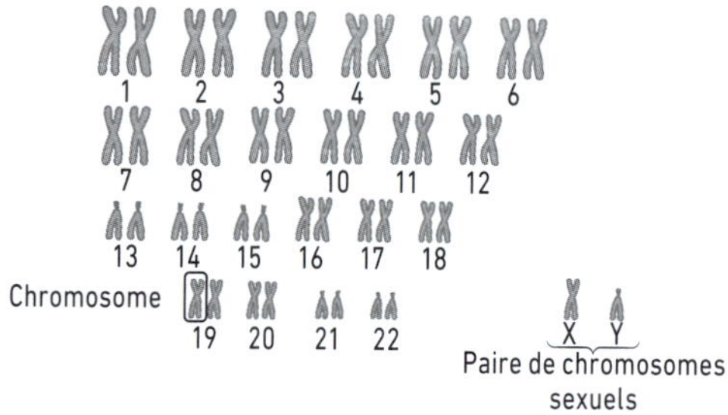


**Caryotype d'un homme**

## 3 ESPÈCES, GÈNE ET ALLÈLES

● Les chromosomes comportent de nombreux gènes (portions d'ADN) responsables des caractères spécifiques et individuels des individus. Ces gènes existent en deux exemplaires dans la cellule (un exemplaire sur chaque chromosome d'une paire).

● Tous les individus d'une même espèce possèdent les mêmes gènes (l'ensemble constitue le génome), tous placés au même endroit sur le chromosome : c'est ce qui est à l'origine de la stabilité de l'espèce.

● Les gènes présentent des variations appelées allèles.

● Mais les individus d'une même espèce possèdent des associations d'allèles responsables des variations des caractères et donc de la diversité des individus d'une même espèce.

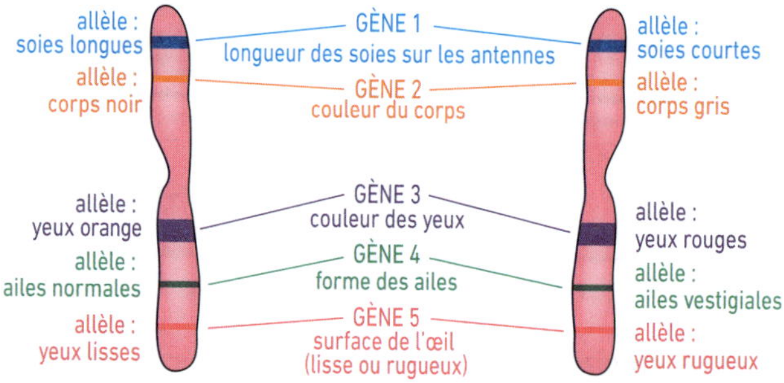


**Schéma d'une paire de chromosomes de drosophile (petite mouche)**

# Les mécanismes à l'origine de la stabilité des espèces

À revoir
OK

12

## 1 LE MAINTIEN DU NOMBRE CHROMOSOMIQUE DE L'ESPÈCE AU SEIN D'UN INDIVIDU

Les êtres vivants pluricellulaires (composés de plusieurs cellules) qui proviennent de reproductions sexuées, c'est-à-dire faisant intervenir des éléments mâle et femelle, se sont tous développés à partir d'une cellule unique appelée cellule-œuf.

La cellule-œuf, qui contient le nombre de chromosomes spécifique de son espèce, va se multiplier un grand nombre de fois, tous en conservant ce nombre dans l'ensemble des cellules de l'individu. Cette multiplication cellulaire qui conserve le patrimoine génétique de l'espèce est appelée la mitose.

## 2 LA MITOSE : UN MÉCANISME CONSERVATEUR

- Avant la mitose, les chromosomes simples deviennent des chromosomes doubles à deux filaments ou brins totalement identiques et associés en un point.
- Lorsque la cellule se divise en deux, les deux brins qui composent les chromosomes doubles se séparent et migrent à chaque extrémité de la cellule. Puis, la cellule se scinde en deux nouvelles cellules.

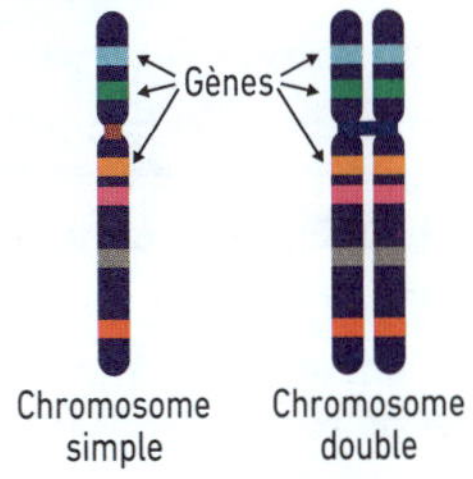


**Chromosome simple et double**

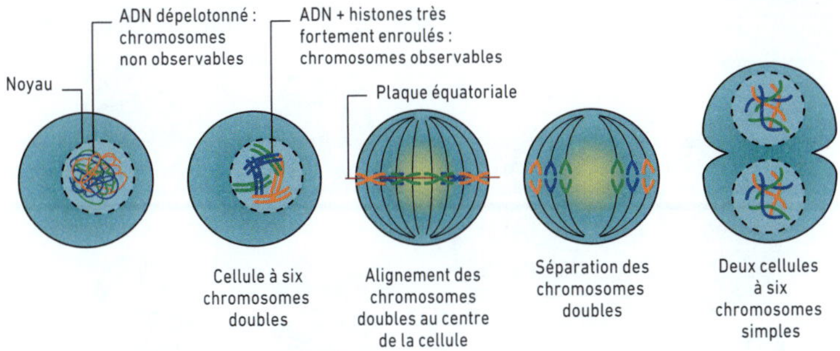


**Conservation du nombre de chromosomes lors de la division cellulaire**

- Ainsi, les deux cellules nouvellement formées possèdent le même nombre de chromosomes simples strictement identiques à ceux de la cellule initiale.

● Pendant la plus grande partie de la vie de la cellule, les chromosomes ne sont pas observables au microscope. En effet, l'ADN et les molécules sphériques (histones) associées qui constituent les chromosomes forment une sorte de « collier de perles » extrêmement fin. Au moment de la multiplication des cellules (mitose), le « collier de perles » s'enroule fortement sur lui-même, ce qui rend les chromosomes observables.

## 3 LE MAINTIEN DU NOMBRE CHROMOSOMIQUE AU SEIN DE L'ESPÈCE

Le nombre chromosomique d'une espèce est maintenu constant au cours des générations successives grâce à deux mécanismes :

– la production de gamètes ou cellules reproductrices, dont la quantité de chromosomes est réduite de moitié ;

– la fécondation, qui rétablit le nombre chromosomique de l'espèce en unissant les noyaux des gamètes dont le nombre de chromosomes est réduit de moitié par rapport aux autres cellules de l'organisme.

## 4 LA MÉIOSE : MÉCANISME RÉDUISANT LE NOMBRE CHROMOSOMIQUE DE MOITIÉ

● La méiose est la multiplication cellulaire à l'origine des gamètes.

● Contrairement à la mitose, qui conserve le nombre de chromosomes, la méiose est une multiplication cellulaire particulière qui divise le nombre de chromosomes par deux.

● Avant la méiose, les chromosomes simples deviennent des chromosomes doubles. Au cours de la méiose, dans un premier temps, les chromosomes de chaque paire se séparent, puis dans un deuxième temps, ce sont les brins de chaque chromosome qui se séparent.

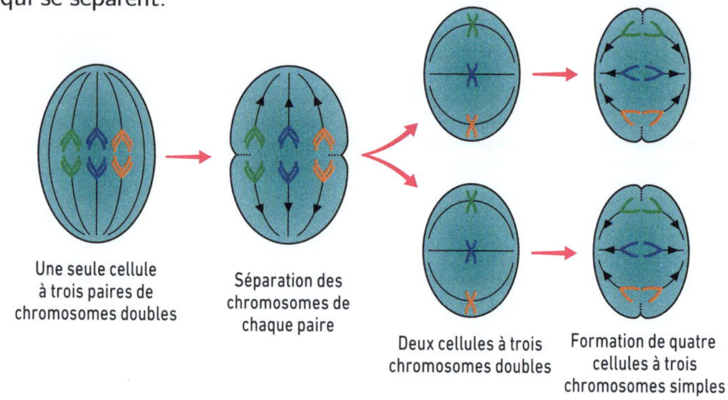


**Formation de cellules reproductrices par méiose**

# Les mécanismes à l'origine de la diversité des espèces

À revoir
OK

13

## 1 DES MÉCANISMES COMMUNS POUR DES EFFETS OPPOSÉS

Si la méiose et la fécondation sont à l'origine de la stabilité des espèces, elles sont également à l'origine de leur diversité.

## 2 LA GRANDE DIVERSITÉ DES CELLULES REPRODUCTRICES

- Au cours de leur formation, les gamètes reçoivent au hasard un seul chromosome pour chacune des paires. Ils ne reçoivent donc qu'un seul allèle de chaque gène.
- De plus, lorsque les chromosomes de chaque paire s'alignent avant de se séparer en deux lots égaux, chaque chromosome d'une paire possède deux possibilités de se positionner, ce qui est à l'origine de très nombreuses combinaisons différentes.

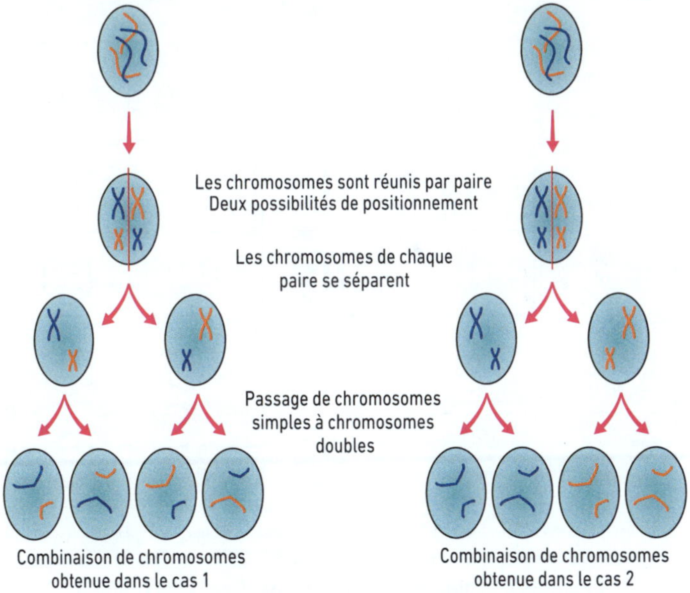


**Production de gamètes différents selon le positionnement des chromosomes au cours de la méiose**

## 3 LA FÉCONDATION : UN HASARD À L'ORIGINE D'UNE DIVERSITÉ ACCRUE

- Comme la rencontre des cellules reproductrices se fait au hasard et qu'il existe une grande diversité de cellules reproductrices, la fécondation est à l'origine d'un individu dont le patrimoine génétique est unique.

- L'établissement d'échiquiers de croisement permet à la fois d'illustrer la diversité créée par la production de gamètes et la fécondation, mais aussi de prévoir statistiquement la présence ou l'absence d'un caractère dans la descendance de deux individus.

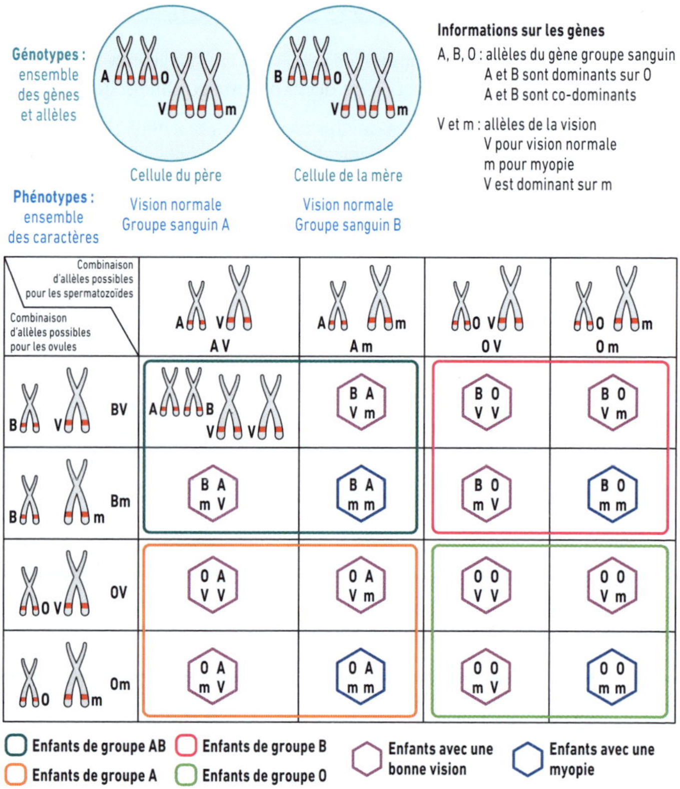


**Exemple d'échiquier de croisement chez l'être humain**

- Dans le cas de ces parents qui ont une vision normale, on constate qu'ils ont quatre possibilités sur six (soit deux possibilités sur trois) d'avoir un enfant myope. Et bien que l'un des parents soit A et l'autre O, il est possible que leurs enfants soit de n'importe quel groupe sanguin.

# Génétique et évolution des espèces

- À revoir
- OK

14

## 1 L'ESPÈCE : DÉFINIE PAR SON PATRIMOINE GÉNÉTIQUE

- L'espèce est définie comme un ensemble d'individus capables de produire des descendants fertiles.

- Sur le plan génétique, on peut définir les espèces comme un ensemble d'individus pouvant mélanger leur patrimoine génétique et le transmettre. On parle alors de flux génétique.

## 2 L'IMPORTANCE DES MUTATIONS DANS L'ÉVOLUTION DES ESPÈCES

- Les mutations sont des modifications de la molécule d'ADN.

- Les mutations peuvent permettre dans certains cas l'apparition de nouveaux allèles, c'est-à-dire de nouvelles versions d'un gène. Elles sont donc source de diversité au sein des espèces. diversité au sein des espèces.

- Toutes les mutations ne sont pas forcément héréditaires. Pour qu'elles soient transmises, elles doivent être présentes dans les cellules reproductrices ou dans les cellules à l'origine de nouvelles cellules dans le cas des multiplications végétatives ou des organismes unicellulaires.

## 3 LA SÉLECTION DES ALLÈLES À L'ORIGINE DE L'ÉVOLUTION DES ESPÈCES

- Le suivi de différents allèles au fil des générations montre qu'en dehors de toute sélection naturelle, au sein d'une population, certains allèles sont voués à disparaître alors que d'autres sont conservés de manière définitive : c'est le principe de dérive génétique.

- Les variations des différents caractères (issus des allèles) présents dans une population permettent à l'espèce de survivre en cas de changement dans le milieu, car celui-ci sélectionnera majoritairement les individus possédant une variation avantageuse. Ainsi certains allèles sont sélectionnés alors que d'autres sont perdus.

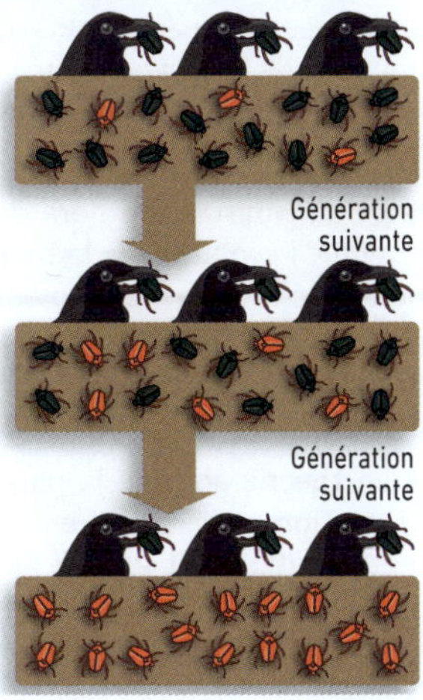


**L'oiseau a une préférence pour les insectes verts : il y a sélection positive des scarabées orange et sélection négative des scarabées verts**

## 4 LA SPÉCIATION

- La spéciation est le phénomène par lequel apparaissent de nouvelles espèces.

- La spéciation nécessite qu'il y ait isolement reproductif au sein d'une population. Cet isolement reproductif peut être la conséquence d'un isolement géographique. Cet isolement se produit lorsqu'une espèce est séparée en plusieurs populations par un obstacle géographique. Les populations vont alors évoluer séparément et différemment, du fait de la dérive génétique et de la sélection naturelle de certains allèles. Si les populations deviennent assez différentes pour ne plus pouvoir se reproduire ensemble lors d'une nouvelle rencontre, elles sont devenues deux espèces différentes.
**Remarque :** L'isolement géographique peut être dû à des phénomènes géologiques comme la formation d'une chaîne de montagnes, l'ouverture d'un océan...

- L'isolement reproductif peut aussi se mettre en place au sein d'une population vivant dans une seule et même aire de répartition. Certains individus deviennent incapables de se reproduire avec les autres membres de la population (modification génétique importante, changement de chant chez les oiseaux...) et finissent par former une nouvelle espèce.

## 5 LES THÉORIES DE L'ÉVOLUTION

- L'idée de l'évolution des espèces est un concept qui postule que les espèces ne sont pas fixées au cours des temps, mais que des espèces donnent naissance à d'autres espèces.

- Quelques théories parmi les plus connues :
– le transformisme selon Jean-Baptiste Lamarck (1744-1829) ou Lamarckisme : les espèces évoluent pour s'adapter à leur environnement. L'exemple le plus connu est celui de la girafe. Pour Lamarck, la longueur du cou des girafes dépend de la hauteur de leur nourriture ; plus celle-ci est en hauteur, plus les girafes vont allonger leur cou afin de pouvoir s'alimenter.

- Le darwinisme, du nom de son illustre théoricien Charles Darwin (1809-1882), explique l'évolution de la manière suivante : au sein des espèces, il existe des variations et c'est l'environnement, par ses changements, qui va favoriser la survie et la reproduction des individus les plus aptes à vivre dans les nouvelles conditions environnementales. Ainsi, au fil des générations, l'espèce possédera davantage d'individus adaptés à leur environnement : l'espèce évolue ainsi progressivement.

- La théorie actuelle la plus communément admise est la théorie synthétique de l'évolution ; elle prend en compte toutes les données biologiques, géologiques et mathématiques et surtout l'importance des mutations dans l'évolution des espèces.

Je me teste sur...

# LE VIVANT ET SON ÉVOLUTION

**1 Tous les êtres vivants :**

- a. sont constitués d'ADN.
- b. sont constitués de plusieurs cellules.
- c. sont constitués de structures incluant un noyau, une membrane et un cytoplasme.

**2 La respiration cellulaire :**

- a. consomme du $CO_2$, de l'eau et de l'énergie pour produire du glucose et du $O_2$.
- b. consomme de l'énergie et du glucose pour produire du $O_2$, du $CO_2$ et de l'eau.
- c. consomme du $O_2$ et du glucose pour produire de l'énergie.

**3 L'absorption de l'eau et des sels minéraux par les plantes :**

- a. se fait au niveau des poils absorbants.
- b. se fait uniquement grâce à des associations symbiotiques avec des micro-organismes.
- c. se fait au niveau des stomates.

**4 Chez les plantes à fleurs, la reproduction asexuée :**

- a. fait intervenir des gamètes mâles et femelles et permet une grande diversité des individus.
- b. fait intervenir des organes non sexuels pour produire des clones et coloniser rapidement un milieu.
- c. implique qu'il y ait formation puis dispersion des graines.

**5 Chez les animaux, la reproduction sexuée implique :**

- a. qu'il y ait accouplement.
- b. qu'il y ait fécondation.
- c. que deux gamètes soient émis dans le milieu extérieur.

**6 Au sein d'une cellule :**

- a. chaque chromosome contient plusieurs gènes.
- b. chaque chromosome simple est constitué de plusieurs molécules d'ADN.
- c. chaque gène présente des centaines d'allèles.

**7 La diversité au sein d'une espèce est maintenue :**

- a. grâce à la mitose et à la fécondation.
- b. grâce à la méiose qui donne de nombreuses combinaisons chromosomiques différentes dans les gamètes.
- c. grâce à la fécondation qui forme des chromosomes doubles à partir de deux chromosomes simples.

**8 La théorie synthétique de l'évolution postule :**

- a. que les individus qui appartiennent à la même espèce soient capables d'avoir une descendance fertile.
- b. que les espèces évoluent par à-coups lors des extinctions massives.
- c. que les espèces évoluent grâce aux mutations et à la sélection par l'environnement.

Corrigés au verso

## Corrigés

**1** > **a.** sont constitués d'ADN. L'ADN est une molécule universelle. Les bactéries sont des êtres vivants unicellulaires qui ne possèdent pas de noyau.

Voir **Fiche 6**

**2** > **c.** consomme du $O_2$ et du glucose pour produire de l'énergie. Le dioxygène et le glucose sont utilisés pour produire de l'énergie, l'eau et le dioxyde de carbone sont des déchets produits lors de cette réaction.

Voir **Fiche 7**

**3** > **a.** se fait au niveau des poils absorbants. Les poils absorbants sont des cellules spécialisées de la racine qui permettent l'absorption de l'eau et des sels minéraux présents dans le sol.

Voir **Fiche 8**

**4** > **b.** fait intervenir des organes non sexuels pour produire des clones et coloniser rapidement un milieu. Les gamètes, ou cellules reproductrices, sont impliqués dans la reproduction sexuée, l'union d'un gamète mâle et d'un gamète femelle donne un embryon entouré d'une graine.

Voir **Fiche 9**

**5** > **b.** qu'il y ait fécondation. La reproduction sexuée implique qu'un gamète mâle féconde un gamète femelle. La fécondation peut avoir lieu à l'intérieur de l'organisme maternel suite à un accouplement, mais chez la plupart des espèces aquatiques la fécondation est externe (elle a lieu dans l'eau).

Voir **Fiche 10**

**6** > **a.** chaque chromosome contient plusieurs gènes. Les chromosomes simples sont constitués d'une seule molécule d'ADN qui est le support de plusieurs gènes. Certains gènes possèdent seulement 2 ou 3 allèles.

Voir **Fiche 11**

**7** > **b.** grâce à la méiose qui donne de nombreuses combinaisons chromosomiques différentes dans les gamètes. La diversité est entretenue par la méiose et la fécondation (qui unit deux gamètes).

Voir **Fiche 13**

**8** > **c.** que les espèces évoluent grâce aux mutations et à la sélection par l'environnement. La proposition **a.** est une affirmation correcte mais ce n'est pas un postulat de la théorie synthétique de l'évolution. L'évolution ne se fait pas uniquement par à-coups, elle peut aussi être progressive.

Voir **Fiche 14**

# Le système nerveux

À revoir
OK

15

## 1 ORGANISATION DU SYSTÈME NERVEUX

- Le système nerveux se divise en deux parties :
– le système nerveux central (SNC) comprenant le cerveau, le cervelet, le tronc cérébral et la moelle épinière ;
– le système nerveux périphérique (SNP) comprenant les récepteurs sensoriels, les nerfs et les ganglions.

- Le système nerveux assure les rôles suivants : percevoir, traiter et informer l'organisme.

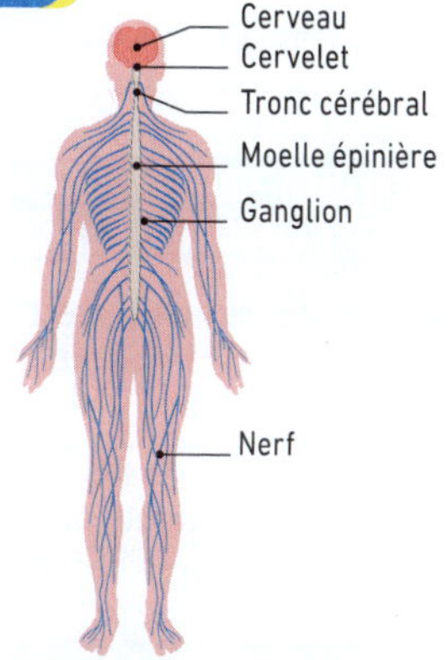


**Schéma de l'organisation du système nerveux**

## 2 FONCTIONNEMENT DU SYSTÈME NERVEUX

### a La perception

L'organisme perçoit son environnement et son fonctionnement interne (digestion, quantité de sucre dans le sang, etc.) grâce à des récepteurs sensoriels contenus dans les yeux, la peau et les organes. Toutes les informations reçues sont dirigées vers le système nerveux central par des « câbles » : les nerfs afférents.

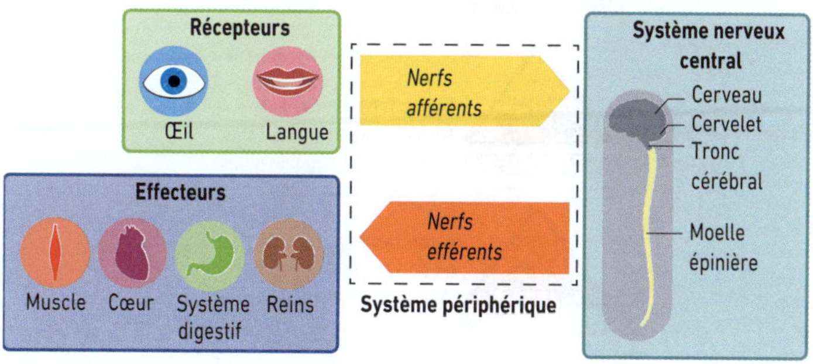


**Schéma fonctionnel du système nerveux**

## b Le traitement de l'information

- Toutes les informations transmises par le système nerveux périphérique sont reçues, triées et analysées par système nerveux central, qui élabore en retour un message à destination des organes. C'est le phénomène d'intégration nerveuse.

- Le message émis par système nerveux central est transmis aux effecteurs (receveurs de l'information) par des « câbles » : les nerfs efférents.

# 3 IMPORTANCE DU SYSTÈME NERVEUX DANS LE BON FONCTIONNEMENT DE L'ORGANISME

- Le système nerveux est un des systèmes majeurs pour l'organisme :

– il coordonne l'ensemble des systèmes de l'organisme ;
– il adapte le fonctionnement de l'ensemble de l'organisme en fonction de son activité.

- Par exemple, lors d'un effort physique, le système nerveux modifie le fonctionnement du système cardiovasculaire et respiratoire permettant de répondre aux besoins plus élevés des muscles lors de l'effort physique.

# 4 LE SYSTÈME NERVEUX : UN SYSTÈME FRAGILE ET SENSIBLE

- Les récepteurs du système nerveux peuvent être altérés par des agressions extérieures (forte intensité lumineuse, sons très forts ou répétés...).

- Les informations transmises et/ou les messages émis par le système nerveux central peuvent être modifiés par la fatigue, le stress, les médicaments, l'alcool et les drogues, ce qui peut modifier le comportement (perte de la notion de danger, vertiges...).

**Pictogrammes visibles sur les boîtes de médicaments, indiquant leurs effets sur la vigilance.**

# Le message nerveux

À revoir
OK

16

## 1 SUPPORT DU MESSAGE NERVEUX

- Les neurones sont des cellules spécialisées dans la transmission et le traitement des messages nerveux.

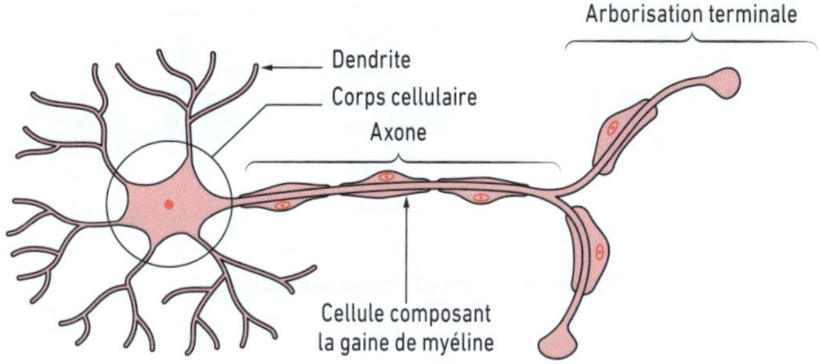


**Schéma d'une cellule nerveuse**

- Les axones des neurones sont regroupés dans des sortes de « câbles » : les nerfs.

## 2 TRANSMISSION DU MESSAGE NERVEUX

Le message nerveux circule dans les neurones de manière unidirectionnelle (dans un seul sens). Il part des dendrites, puis passe par le corps cellulaire, l'axone et se termine au niveau de l'arborisation terminale, où le message est transmis au neurone suivant ou à un effecteur.

### a Message électrique

Le long de l'axone, le message nerveux est transmis sous la forme d'un message électrique, que l'on peut mesurer en millivolts (mV) au niveau de la membrane du neurone.

### b Message chimique

Arrivé à l'extrémité du neurone, le message électrique est transformé en message chimique. Ce sont alors des molécules qui codent le message nerveux. Selon le type de molécule et leur quantité, le message sera interprété de manière différente par la cellule réceptrice du message.

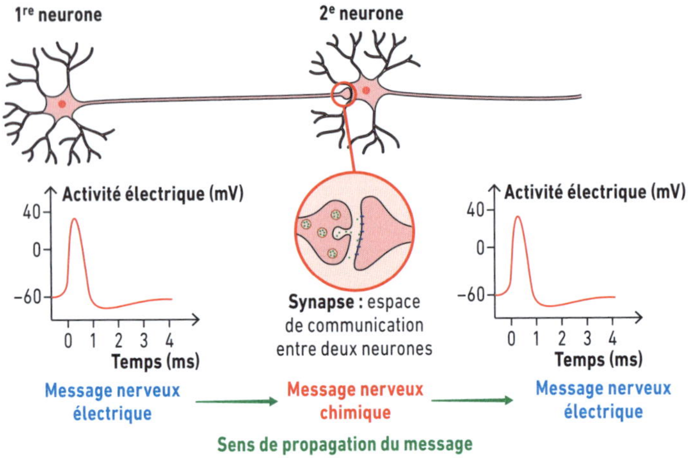


**La transmission du message nerveux**

## 3 MODIFICATION DU MESSAGE NERVEUX

### a Maladie du système nerveux

- Différentes maladies peuvent toucher le système nerveux :
– des maladies neurodégénératives, souvent liées à l'âge, comme la maladie d'Alzheimer ;
– des maladies liées à la présence de virus ou de bactéries, comme les syndromes méningés ;
– des maladies auto-immunes, qui surviennent lorsque le système immunitaire (système de défense de l'organisme) attaque le système nerveux de la personne : c'est le cas de la sclérose en plaque.

- Toutes ces maladies provoquent une altération du système nerveux et donc une altération de la transmission ou de l'intégration des messages nerveux, entraînant des pertes de motricité, des pertes importantes de mémoire, etc.

### b Action des drogues

Les drogues sont des substances qui agissent au niveau des synapses et font interférence avec les messages nerveux initiaux. Chez une personne droguée, la perception du monde et/ou l'assimilation des informations sont erronées.

# Les adaptations de l'organisme lors d'un effort physique

- À revoir
- OK

17

## 1 LES BESOINS DES MUSCLES

- Les muscles, comme tous nos organes, sont constitués de cellules, qui ont besoin d'énergie pour fonctionner.
- Pour produire de l'énergie, les cellules utilisent du glucose et du dioxygène ($O_2$). Cette production d'énergie s'accompagne d'une production de déchets, dont le dioxyde de carbone ($CO_2$).

## 2 LES MODIFICATIONS DE L'ORGANISME LORS DE L'EFFORT

Au cours d'une activité physique, nous remarquons que la température de notre corps, notre rythme cardiaque (pouls, nombre de battements du cœur par minute) et notre rythme respiratoire (nombre de mouvements respiratoires par minute) augmentent.

## 3 LES MODIFICATIONS PERMETTANT DE RÉPONDRE AUX BESOINS DES MUSCLES

- Lors de l'effort physique, les muscles, en activité, consomment davantage d'$O_2$ et de glucose, qu'ils prélèvent dans le sang ; ils rejettent aussi davantage de $CO_2$.
- L'augmentation de l'activité cardiaque permet d'augmenter la circulation du sang dans le système cardiovasculaire. L'$O_2$ et les nutriments sont plus rapidement livrés aux cellules musculaires et les déchets sont plus rapidement évacués.
- L'augmentation de l'activité respiratoire permet au sang d'être davantage chargé en $O_2$ et déchargé en $CO_2$.
- Il existe des liens étroits entre le système cardiovasculaire et l'appareil respiratoire, les deux participant à l'adaptation de l'organisme à l'effort, en répondant aux besoins des muscles.
- L'entraînement régulier permet d'améliorer les capacités cardiaque, respiratoire et musculaire.

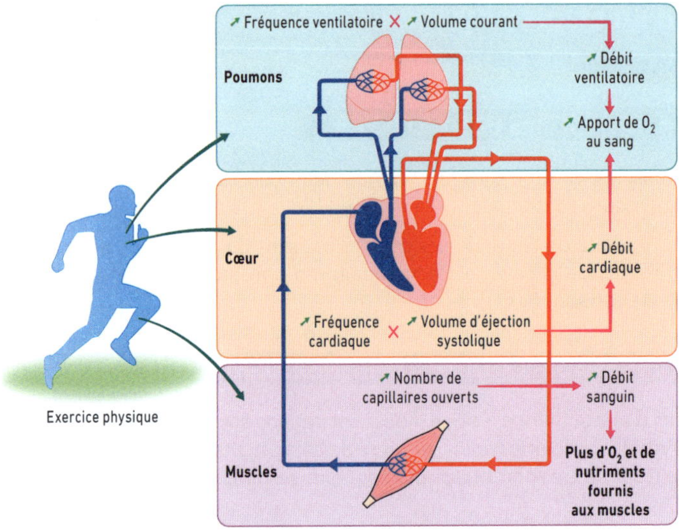


**Adaptation du système cardiovasculaire lors de l'effort**

## 4 LE SYSTÈME CARDIOVASCULAIRE, UN DES ACTEURS DE L'ADAPTATION À L'EFFORT

- Les organes qui constituent le système cardiovasculaire sont le cœur et les vaisseaux sanguins (artères, veines et capillaires).
- Le sang est mis en mouvement par le cœur, qui est un muscle creux et cloisonné. Il a quatre cavités : deux oreillettes et deux ventricules. À chaque battement, le muscle cardiaque se contracte et chaque ventricule propulse le sang dans les artères.
- Les capillaires sont de très petits vaisseaux sanguins qui pénètrent dans les organes pour les irriguer et permettre les échanges (par exemple, les échanges de dioxygène et de dioxyde de carbone entre l'air et le sang dans les poumons).

## 5 L'ACTIVITÉ PHYSIQUE ET LA SANTÉ

- Pour ne pas se blesser, il faut impérativement s'échauffer quand on débute une activité physique.
- Une activité physique régulière diminue le risque de développer des maladies cardiovasculaires.
- Certains sportifs prennent des substances (médicaments, drogues, hormones ) pour améliorer leurs performances. Cette pratique, appelée dopage, est illégale et peut être dangereuse pour la santé.

# Digestion et équilibre alimentaire

À revoir
OK

18

## 1 L'APPAREIL DIGESTIF

- Au cours de la digestion, les aliments sont transformés en nutriments.
- La partie non digérée des aliments, ne pouvant pas être utilisée par l'organisme, est rejetée sous forme d'excréments.
- Les molécules de la famille des glucides sont digérées dans la bouche puis dans l'intestin grêle. Les protéines sont digérées dans l'estomac. Les lipides (matières grasses) sont digérés dans l'intestin grêle.
- Le foie et le pancréas produisent des enzymes digestives. La bile, produite par la vésicule biliaire, facilite la digestion des lipides.

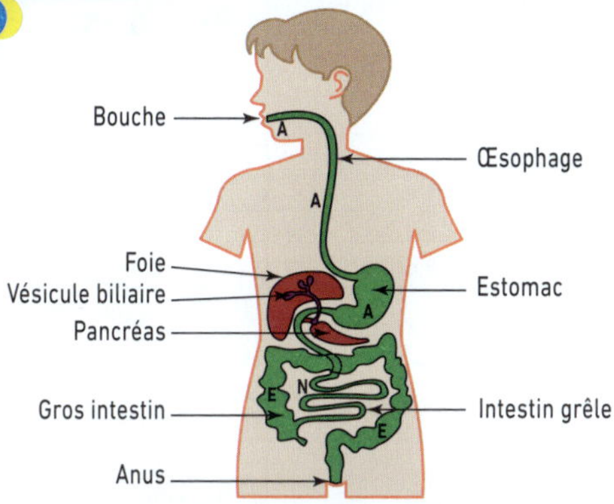


**L'appareil digestif (A, aliments ; N, nutriments ; E, excréments).**

## 2 LA DIGESTION : UNE TRANSFORMATION MÉCANIQUE ET CHIMIQUE

- L'action mécanique des dents et les contractions de l'ensemble du tube digestif permettent de faciliter le découpage des aliments et le brassage du bol alimentaire et ainsi l'imprégnation par les sucs digestifs.
- La transformation des aliments est également chimique par l'action des sucs digestifs (salive, suc gastrique, suc pancréatique, etc.) contenant des enzymes digestives responsables du découpage des macromolécules en nutriments.

## 3 L'ABSORPTION INTESTINALE

Produits de la digestion, les nutriments sont des molécules suffisamment petites pour pouvoir franchir la paroi de l'intestin grêle et passer dans le sang.

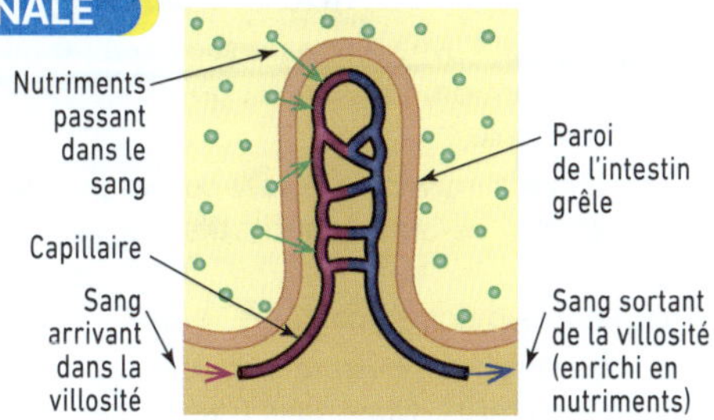


**L'absorption intestinale**

## 4 LES GRANDES CATÉGORIES D'ALIMENTS

| Caractéristiques / Exemples d'aliments | Principaux constituants | Principaux rôles |
|---|---|---|
| Sucre, bonbon, miel, confiture | Glucides rapides (sucres rapides) | Libération d'énergie immédiate et de courte durée |
| Beurre, huile, amandes, noisettes | Lipides (graisses) | Apport et stockage d'énergie Rôle structural (bâtisseur, renouvellement des cellules) |
| Viandes, poissons, œuf, pois chiches, lentilles | Protéines | Rôle structural (bâtisseur) |
| Yaourt, fromage | Calcium, protéines, lipides | Rôle structural (bâtisseur) |
| Pâte, riz, pomme de terre | Glucides lents (sucres lents) | Libération d'énergie sur une longue durée tout au long de la digestion |
| Fruits et légumes | Fibres, vitamines, minéraux, eau | Apport d'éléments indispensables au fonctionnement des organes |
| Boissons non sucrées | Eau | Apport d'éléments indispensables au fonctionnement des organes |

## 5 LES BESOINS ÉNERGÉTIQUES

- Chaque aliment fournit une quantité d'énergie précise, mesurée en joules (unité internationale) ou en calories : **1 calorie = 4,18 joules**. Les biologistes et surtout les nutritionnistes utilisent les calories et les kilocalories (kcal).
- Selon le type de molécule, la quantité d'énergie produite est différente.
- Tout travail de l'organisme consomme de l'énergie. Les besoins énergétiques varient en fonction de l'âge, du sexe, de l'activité et de conditions particulières (croissance, grossesse, allaitement...).
- L'IMC (indice de masse corporelle) est un indicateur très général :

$$\textbf{IMC = Poids (kg) / Taille}^2\textbf{ (m)}$$

On estime que l'IMC d'une personne en bonne santé doit être compris entre 18 et 25. Mais attention, l'IMC n'est qu'un indicateur. Il ne doit pas être pris en compte de manière isolée.

- L'équilibre alimentaire repose sur les principes suivants :

– respect des besoins quantitatifs : équilibre entre apport énergétique et besoin en énergie ;
– respect des besoins qualitatifs : basé sur la diversification des aliments consommés.

- Les déséquilibres peuvent être variés : suralimentation, sous-alimentation ou déséquilibre qualitatifs. Mais dans tous les cas, cela peut avoir des conséquences sur la santé de l'individu concerné.

# Le monde microbien et les défenses non spécifiques de l'organisme

À revoir
OK

19

## 1 LES MICROBES

- Le mot microbe est un terme non scientifique qui désigne les micro-organismes (êtres vivants invisibles à l'œil nu, tels que les bactéries, les virus, les champignons microscopiques, etc.), qu'ils soient pathogènes (à l'origine d'une maladie) ou non. Certains microbes sont utilisés par l'Homme (bactéries permettant la fabrication du yaourt).
- Les microbes sont présents partout dans l'environnement ainsi que dans les êtres vivants (l'homme héberge des bactéries dans son intestin grêle, qui, en règle générale, ne sont pas pathogènes).

## 2 LA TRANSMISSION

- Le passage d'un microbe d'un individu à un autre individu est appelé transmission. Cette transmission peut être directe ou indirecte (l'intermédiaire est appelé vecteur).
**Exemples :** transmission directe du VIH lors d'une relation sexuelle non protégée ; transmission indirecte du VIH entre deux toxicomanes, le vecteur est la seringue.
- Diverses pratiques existent pour éviter la transmission des microbes. L'asepsie, par exemple, consiste à prendre des mesures préventives : se laver les mains, utiliser des gants, stériliser les instruments chirurgicaux, utiliser un préservatif.

## 3 LA CONTAMINATION

- Il y a contamination lorsque les microbes arrivent à franchir les barrières naturelles (peau, muqueuses) et à pénétrer dans l'organisme.
- La peau et les muqueuses (tissu qui tapisse les cavités de l'organisme communiquant avec l'extérieur) constituent la première ligne de défense de l'organisme. Cette ligne de défense est non spécifique (c'est-à-dire qu'elle fonctionne de la même manière, quel que soit le type de microbe).
- Il peut y avoir contamination par rupture accidentelle de cette ligne de défense. Les micro-organismes pénètrent dans l'organisme au niveau d'une lésion de la peau ou de la muqueuse. La lésion peut être due à une coupure, une morsure, une griffure, une piqûre
- Certains virus sont capables de tromper les cellules d'une muqueuse. Ils se présentent comme des protéines autorisées à entrer dans les cellules et franchissent ainsi naturellement la muqueuse.

## 4 L'INFECTION

- Après la contamination, si les micro-organismes se multiplient au sein de l'organisme, c'est l'infection.
- S'ils sont utilisés rapidement, les produits antiseptiques détruisent les micro-organismes présents dans une plaie et stoppent ainsi l'infection (l'eau oxygénée, la bétadine sont des produits antiseptiques).
- En cas d'infection bactérienne, des antibiotiques permettent d'éliminer les bactéries. Les antibiotiques sont sans effet sur les virus.

## 5 LES DÉFENSES NON SPÉCIFIQUES DE L'ORGANISME

- Dès qu'il y a contamination, la deuxième ligne de défense de l'organisme se met en place et suffit généralement à stopper l'infection. La réaction inflammatoire (dont les symptômes sont : rougeur, chaleur, douleur et gonflement) et la phagocytose sont deux des mécanismes de cette deuxième ligne de défense.

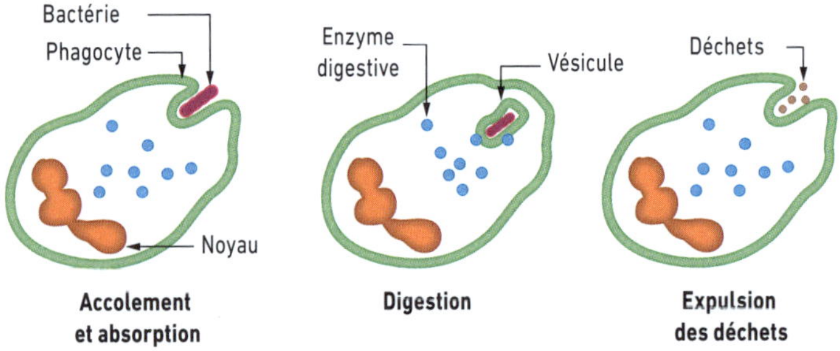


**La phagocytose**

- Certains globules blancs sont capables de phagocyter les microbes, on leur donne alors le nom de phagocyte. Un phagocyte s'accole au microbe, puis il l'englobe en l'entourant avec son cytoplasme et sa membrane. Le microbe se trouve donc prisonnier d'une vésicule au sein du phagocyte. Des enzymes digestives s'associent à cette vésicule et digèrent le microbe. Après digestion, les déchets sont expulsés du phagocyte.

# Les défenses spécifiques de l'organisme

À revoir
OK

20

• Si la deuxième ligne de défense n'a pas suffi à stopper l'infection, des globules blancs spécialisés vont intervenir. Il s'agit des lymphocytes B et T : ils constituent la troisième ligne de défense.

• Cette dernière ligne de défense est plus lente à se mettre en place, mais son mode d'action est spécifique du microbe impliqué.

## 1 LES LYMPHOCYTES B

• Le lymphocyte B activé par la reconnaissance d'un antigène devient un plasmocyte. Les plasmocytes fabriquent des anticorps spécifiques de l'antigène qui a permis leur activation.

• Un anticorps est une molécule en forme de Y qui possède deux sites de fixation à un antigène (molécule présente à la surface du microbe).

• Les anticorps peuvent être fixés à la membrane des lymphocytes B ou libres, circulant dans le sang.

• Chaque anticorps est spécifique d'un antigène, car chaque anticorps à des sites de fixation dont la forme est complémentaire de celle d'un seul antigène.

• Quand un anticorps se fixe sur un antigène, l'ensemble forme un complexe antigène/anticorps, ce qui conduit à l'agglutination des microbes et facilite leur phagocytose.

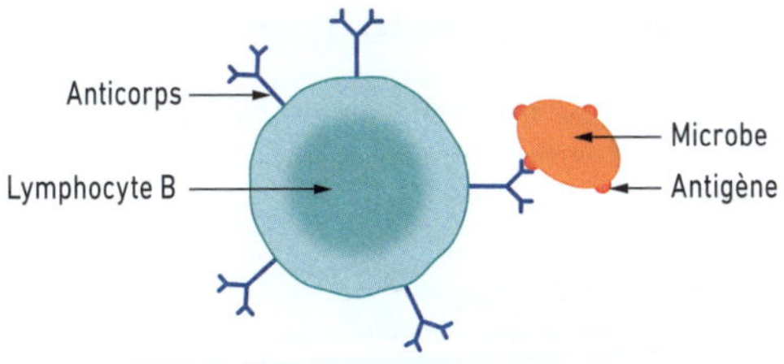


**Complexe antigène/anticorps**

• Lorsqu'on possède dans son sang des anticorps spécifiques d'un antigène, on est séropositif pour cet antigène.

## 2 LES LYMPHOCYTES T

- Une fois activés, les lymphocytes T deviennent des lymphocytes cytotoxiques (LTc).
- Les lymphocytes T détruisent les cellules occupées par des virus. Ils détruisent aussi la plupart des cellules anormales qui pourraient devenir cancéreuses.
- Pour détruire les cellules, les lymphocytes T s'accolent à la cellule et perforent sa membrane ou lui envoient un message pour qu'elle s'autodétruise.
- Les phagocytes font ensuite disparaître les fragments de cellule détruite.

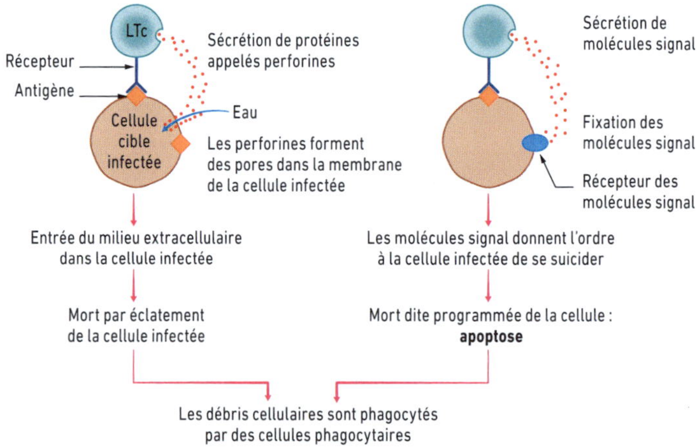


**Modes d'action des lymphocytes T**

- Le VIH est un virus qui se multiplie en détruisant certains lymphocytes T. Ce virus affaiblit ainsi le système immunitaire et permet à des maladies dites opportunistes de se développer.

## 3 LA MÉMOIRE IMMUNITAIRE

- Certains lymphocytes gardent en mémoire l'agent infectieux.
- Ces lymphocytes « mémoire » permettront une réponse immunitaire plus rapide et plus efficace dans le cas d'une nouvelle infection par le même microbe.
- Ce sont ces lymphocytes que la vaccination permet de créer.
- La mémoire immunitaire et les vaccins sont peu ou pas efficaces pour les microbes qui évoluent vite et dont les antigènes changent (exemple : la grippe, le VIH).

# L'amélioration des défenses immunitaires

- À revoir
- OK

**21**

## 1 LA VACCINATION

- La vaccination consiste à introduire dans l'organisme un agent (virus, bactérie ou molécule) qui va sensibiliser le système immunitaire sans être pathogène (sans provoquer une maladie).

| Agents contenus dans les vaccins | Pathologies concernées |
|---|---|
| Microbes vivants mais rendus inoffensifs | Varicelle |
| Microbes morts | Choléra |
| Toxines (molécules produites par les bactéries) rendues inoffensives | Tétanos |
| Antigènes (fragments de microbes) | Grippe |

**Exemples de vaccins**

- Le système immunitaire « apprend » à reconnaître les antigènes de l'agent vaccinal. La vaccination permet la mise en place d'une mémoire immunitaire (production de lymphocytes B et T mémoire).

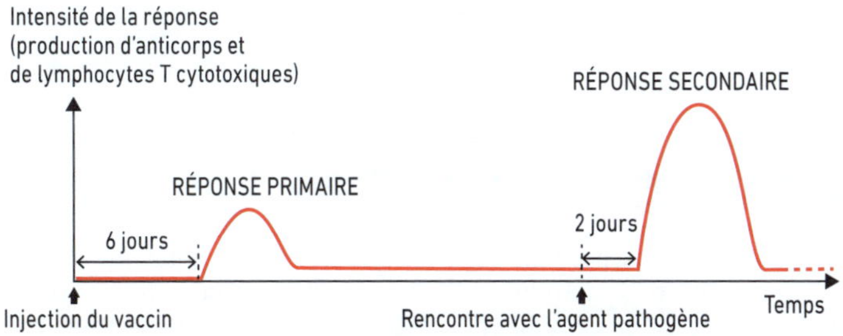


**Effet de la vaccination en deux temps**

- Lors d'une infection ultérieure par le même agent ou par un microbe très proche, la réponse immunitaire sera beaucoup plus rapide et plus intense que s'il s'agissait d'une première exposition. Grâce à la vaccination, notre système immunitaire lutte plus efficacement contre les infections en produisant plus vite et en plus grande quantité des anticorps et des lymphocytes.

- L'acquisition d'une protection suffisante nécessite plusieurs injections que l'on nomme « rappels ».

## 2 LA SÉROTHÉRAPIE

- Lors d'une morsure par un serpent, on injecte un sérum qui contient des anticorps dirigés contre les molécules qui constituent le venin (antigènes). Ces anticorps neutralisent le venin. Ils ont une action immédiate, la mise en place d'une défense par les lymphocytes prendrait trop de temps.

- La sérothérapie (action curative) fournit une protection immédiate mais à court terme, alors que la vaccinothérapie (action préventive) est une protection à long terme.

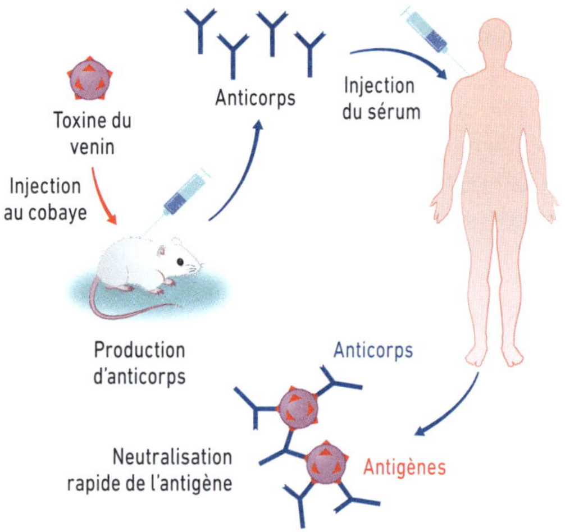


**Principe de la sérothérapie**

## 3 L'UTILISATION D'ANTIBIOTIQUES

- Les antibiotiques sont des molécules naturellement produites par des bactéries ou des champignons pour détruire des bactéries. Aujourd'hui, on sait fabriquer des antibiotiques artificiels, c'est-à-dire des molécules chimiques de synthèse.

- En cas d'infection bactérienne, les antibiotiques peuvent détruire ou limiter la multiplication des bactéries pathogènes et ainsi aider nos lymphocytes B à combattre l'infection.

- Il est important de ne prendre des antibiotiques qu'en cas d'infection bactérienne (ils n'ont aucun effet sur les virus), sur prescription médicale et de respecter les doses et la durée du traitement. Une mauvaise utilisation des antibiotiques peut conduire au développement de bactéries résistantes, c'est-à-dire qui ne sont plus détruites par les antibiotiques.

- Pour déterminer quel antibiotique prescrire, on réalise un antibiogramme.

# Le fonctionnement des appareils reproducteurs

- À revoir
- OK

22

## 1 LES MODIFICATIONS LIÉES À LA PUBERTÉ

Les différences qui apparaissent à la puberté (caractères sexuels secondaires), qui distinguent un homme d'une femme et qui les rendent capables de se reproduire sont liées à :

– des modifications morphologiques (liées à la forme), avec le développement des caractères sexuels secondaires (pilosité, acné, développement des seins chez les filles, développement du pénis chez les garçons, etc.) ;

– des modifications physiologiques (liées au fonctionnement), avec l'apparition des règles chez les filles et les premières éjaculations chez les garçons.

## 2 L'APPAREIL REPRODUCTEUR MÂLE

- L'appareil reproducteur mâle est constitué de deux testicules, de conduits (épididyme, urètre), de glandes annexes (vésicules séminales et prostate qui fabriquent le liquide du sperme) et d'un organe d'accouplement : le pénis.
- De la puberté jusqu'à la mort, les testicules produisent de façon continue des cellules reproductrices ou gamètes mâles : les spermatozoïdes.
- Une fois libérés par les testicules, les spermatozoïdes vont emprunter les canaux déférents, ils vont s'associer avec le liquide fabriqué par la prostate et les vésicules séminales et cette association va donner le sperme.

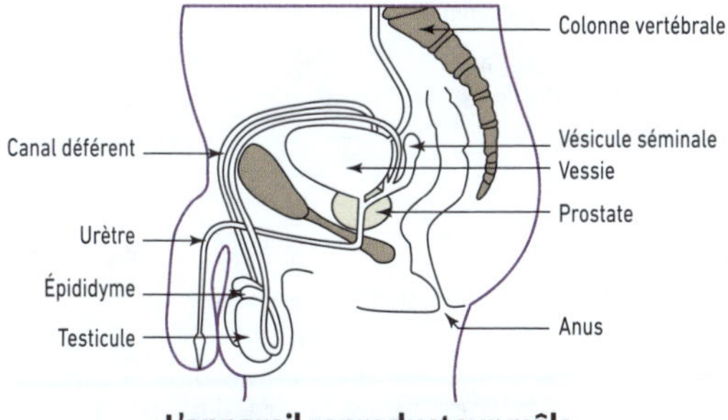


**L'appareil reproducteur mâle**

## 3 L'APPAREIL REPRODUCTEUR FEMELLE

- L'appareil reproducteur femelle est constitué de deux ovaires et de conduits (les trompes, l'utérus, où se développent l'embryon, et le vagin qui est l'organe d'accouplement). Les ovaires, de la puberté à la ménopause, libèrent des cellules reproductrices ou gamètes femelles : les ovules. Les ovules ont été produits pendant la vie fœtale.

● À chaque cycle, un des ovaires (parfois les deux) libère un ovule et la paroi de l'utérus s'épaissit, puis est éliminée s'il n'y a pas eu fécondation : ce sont les menstruations ou règles.

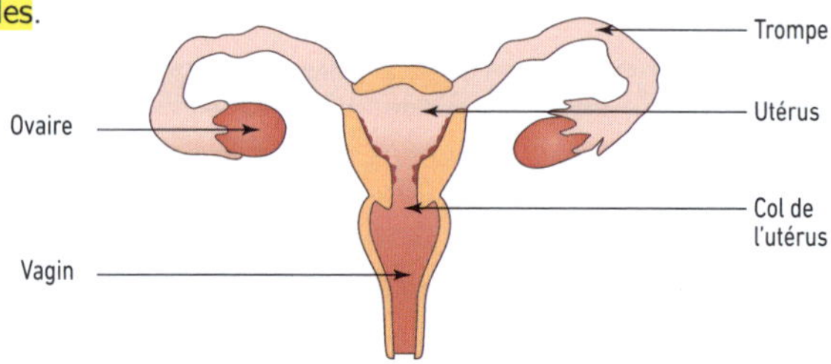


**L'appareil reproducteur femelle**

## 4 LES HORMONES SEXUELLES

● Les modifications observées à la puberté sont déclenchées par des hormones (substances fabriquées par des glandes, libérées dans le sang et qui agissent sur un ou plusieurs organes cibles).
● L'hypophyse est une glande située dans le cerveau qui produit deux hormones : la FSH et la LH. La libération de ces hormones déclenche la puberté en agissant sur les testicules et les ovaires.
● Les testicules et les ovaires libèrent des hormones sexuelles. La testostérone est l'hormone masculine, les œstrogènes et la progestérone sont les hormones féminines.

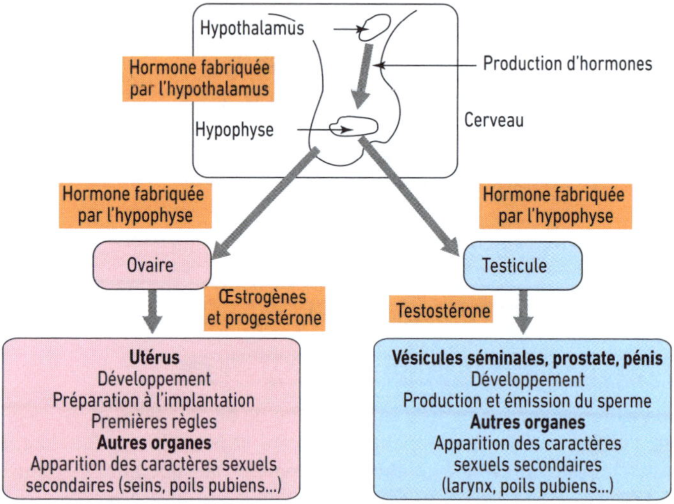


**Production d'hormones sexuelles et leurs effets**

# La reproduction humaine

À revoir
OK

23

## 1 LA CONCEPTION D'UN NOUVEL ÊTRE HUMAIN

- Pour concevoir un enfant, il faut qu'un spermatozoïde rencontre un ovule.
- Au cours d'un rapport sexuel, l'homme dépose des spermatozoïdes dans le vagin de la femme par éjaculation. Les spermatozoïdes franchissent alors le col de l'utérus, traversent l'utérus et gagnent la trompe où se trouve l'ovule (flèches rouges sur le schéma).
- L'ovule, libéré par l'ovaire (ovulation) 14 jours avant l'arrivée des règles suivantes, a progressé dans la trompe. C'est le mouvement des cils qui tapissent la trompe qui font avancer l'ovule (flèches bleues sur le schéma).
- Tous les spermatozoïdes ne parviendront pas jusqu'à l'ovule. Sur la centaine de spermatozoïdes qui l'atteindront, un seul fusionnera avec l'ovule pour donner la cellule-œuf à l'origine d'un nouvel être humain : c'est la fécondation. Elle a lieu dans le premier tiers de la trompe.

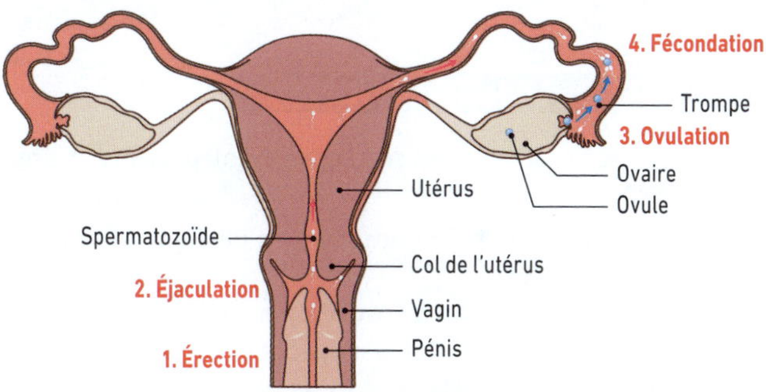


**Rapport sexuel conduisant à une fécondation**

## 2 LE DEVENIR DE LA CELLULE-ŒUF ET LE DÉVELOPPEMENT DU FŒTUS

- Une fois formée, la cellule-œuf se multiplie. Les cellules formées à partir de la cellule-œuf constituent un ensemble ressemblant à une petite mûre, c'est l'embryon. Celui-ci avance lentement dans la trompe en direction de l'utérus.
- Une fois arrivé dans l'utérus, l'embryon se fixe dans la couche superficielle de la paroi de l'utérus : c'est l'implantation ou nidation.

- Pendant les trois premiers mois de grossesse, lorsque les organes se forment, le futur bébé est appelé embryon ; à partir du 3e mois, lorsque tous les organes sont en place, il est appelé fœtus.

- Le fœtus est contenu dans une poche remplie de liquide amniotique qui le protège des chocs et de tout contact avec l'extérieur.

- Grâce au cordon ombilical (contenant des vaisseaux sanguins), le fœtus est relié à l'utérus par l'intermédiaire d'un organe fœto-maternel : le placenta. Le placenta est l'organe qui permet les échanges entre la mère et le fœtus. Le fœtus reçoit des nutriments et le dioxygène, il rejette des déchets, dont le dioxyde de carbone.

- Des molécules dangereuses peuvent traverser le placenta et perturber le bon développement du fœtus. C'est pour cela que les femmes enceintes ne doivent pas consommer ces substances, dont notamment :
  - l'alcool, qui peut provoquer des malformations ou des retards mentaux ;
  - le tabac, qui induit des risques de naissance prématurée ;
  - certains médicaments ;
  - les drogues.

Certains microbes peuvent aussi franchir le placenta : toxoplasme, virus de la varicelle...).

## 3 LA MAÎTRISE DE LA REPRODUCTION

- La contraception est l'ensemble des méthodes ayant pour but d'empêcher une grossesse non désirée.

- Le mode d'action des méthodes contraceptives est différent d'une méthode à une autre. Voici quelques exemples :
  - la pilule contraceptive, qui empêche l'ovulation ;
  - le préservatif (féminin ou masculin), qui empêche le passage des spermatozoïdes dans le vagin. Rappelons que le préservatif est le seul moyen de contraception qui protège des infections sexuellement transmissibles (IST) ;
  - le stérilet ou DIU (dispositif intra-utérin) au cuivre, qui rend les spermatozoïdes inactifs ; le stérilet hormonal empêche les spermatozoïdes de passer en épaississant les sécrétions utérines ; les deux types de stérilets empêchent l'embryon de s'implanter dans l'utérus.

- En plus des méthodes préventives citées ci-dessus, il existe une contraception d'urgence. Cette contraception doit être utilisée à titre exceptionnel, à la suite d'un rapport non ou mal protégé. La pilule d'urgence doit être prise le plus rapidement possible.

# LE CORPS HUMAIN ET LA SANTÉ

**1 Le cerveau est :**

☐ a. un des organes du système nerveux périphérique.
☐ b. constitué de neurones qui communiquent entre eux au niveau des synapses.
☐ c. un organe protégé des maladies virales et bactériennes.

**2 Lors d'un effort physique la fréquence ventilatoire augmente pour :**

☐ a. adapter l'apport en dioxygène au besoin des muscles.
☐ b. augmenter l'apport en sang aux organes.
☐ c. éviter les blessures.

**3 Les nutriments passent dans le sang au niveau :**

☐ a. du gros intestin.
☐ b. de l'estomac.
☐ c. de l'intestin grêle.

**4 Pour qu'un micro-organisme puisse provoquer une maladie, il faut qu'il y ait :**

☐ a. transmission, contamination, puis infection.
☐ b. réaction inflammatoire.
☐ c. transmission directe ou indirecte dans une situation où la prise d'antibiotiques est insuffisante.

**5 Les lymphocytes :**

☐ a. B produisent des antigènes après avoir été activés par la reconnaissance d'un anticorps.
☐ b. T sont capables de détruire les virus en provoquant leur apoptose.
☐ c. B et T « mémoires » peuvent garder en mémoire un agent infectieux qui a été vaincu.

**6 Les défenses immunitaires peuvent être améliorées grâce :**

☐ a. à la vaccination qui consiste à injecter un virus pathogène pour sensibiliser le système immunitaire.
☐ b. à la sérothérapie, mesure curative, qui consiste à injecter des anticorps.
☐ c. à la prise d'antibiotiques pour les infections virales ou bactériennes.

**7 L'appareil reproducteur :**

☐ a. devient fonctionnel lors de la puberté.
☐ b. mâle est responsable de la production de sperme au niveau des testicules.
☐ c. femelle permet la formation, tous les mois, d'un ovule au niveau de l'un des deux ovaires.

**8 La contraception permet :**

☐ a. d'empêcher la formation des ovules.
☐ b. d'éviter la conception d'un nouvel être vivant.
☐ c. d'éviter la fécondation et protège des IST.

Corrigés au verso

## Corrigés

**1 > b.** constitué de neurones qui communiquent entre eux au niveau des synapses. Le cerveau est un organe du système nerveux central qui peut être la cible de certains agents pathogènes (exemple : syndromes méningés).

Voir **Fiche 16**

**2 > a.** adapter l'apport en dioxygène au besoin des muscles. C'est l'augmentation de la fréquence cardiaque qui permet d'augmenter l'apport en sang.

Voir **Fiche 17**

**3 > c.** de l'intestin grêle. Au niveau de l'intestin grêle, la digestion se termine. Les nutriments passent dans le sang et tout ce qui n'a pas pu être digéré ou absorbé se dirige vers le gros intestin pour gagner l'anus.

Voir **Fiche 18**

**4 > a.** transmission, contamination, puis infection. S'il y a infection, cela signifie que la réaction inflammatoire n'a pas suffi à stopper la multiplication du micro-organisme et seules les infections bactériennes peuvent être combattues avec des antibiotiques.

Voir **Fiche 19**

**5 > c.** B et T « mémoires » peuvent garder en mémoire un agent infectieux qui a été vaincu. Les lymphocytes B, une fois devenus plasmocytes, produisent des anticorps et les lymphocytes T provoquent l'apoptose des cellules qui hébergent des virus. La mémoire immunitaire gardée par les lymphocytes permet à notre organisme de combattre plus rapidement et plus efficacement un microbe déjà rencontré.

Voir **Fiche 20**

**6 > b.** à la sérothérapie, mesure curative, qui consiste à injecter des anticorps. La vaccination est une mesure préventive qui consiste à injecter des microbes rendus inoffensifs ou des toxines ou des fragments de microbes. La prise d'antibiotiques est efficace uniquement dans le cadre d'une infection bactérienne.

Voir **Fiche 21**

**7 > a.** devient fonctionnel lors de la puberté. Les testicules produisent les spermatozoïdes et les glandes séminales produisent le liquide séminal (qui associé aux spermatozoïdes constitue le sperme). Les ovules sont produits avant la naissance, puis libérés tous les mois à partir de la puberté.

Voir **Fiche 22**

**8 > b.** d'éviter la conception d'un nouvel être vivant. Certaines méthodes contraceptives empêchent la libération (et non la production) des ovules. Seul le préservatif est à la fois un moyen de contraception et un moyen de se protéger des IST.

Voir **Fiche 23**

# Expression du besoin

- À revoir
- OK

1

## COURS

Lors de la conception d'un objet technique, le client demandeur, qui est la personne à l'origine de l'idée ou qui souhaite la développer, doit faire appel à un concepteur pour établir un cahier des charges fonctionnel.

Le diagramme bête à cornes constituant la première étape de rédaction de ce cahier des charges, permet d'exprimer le besoin auquel répondra le produit.

**À savoir**

Le cahier des charges fonctionnel (cdcf) est un document qui formalisera les fonctionnalités du futur produit mais également les contraintes qu'il devra respecter.

### a Les catégories de besoin

Le besoin est une nécessité ou un manque éprouvé par l'Homme. Il est à l'origine de la conception d'un objet technique. Il existe trois catégories de besoin :

- Le besoin vital

Cette catégorie de besoin est indispensable à la **survie** de l'Homme, il correspond à l'ensemble des besoins physiologiques. **Ex. :** manger, boire, dormir, etc.

- Le besoin social

Les besoins sociaux ont une influence sur le **moral** de l'Homme, ils sont donc indispensables à sa santé mentale.
**Ex. :** communiquer, échanger sur les réseaux sociaux, plaisanter avec ses amis, etc.

- Le besoin personnel

Les besoins personnels influent sur le **bien-être** d'une personne, le fait d'y répondre permet à la personne de se sentir bien.
**Ex. :** lire un livre, jouer à la console, regarder la télévision, etc.

### b Le diagramme bête à cornes

Pour compléter le diagramme bête à cornes, il faut répondre aux trois questions :
– À qui le produit rend-il service ?
– Sur quoi le produit agit-il ?
– Dans quel but agit-il ?

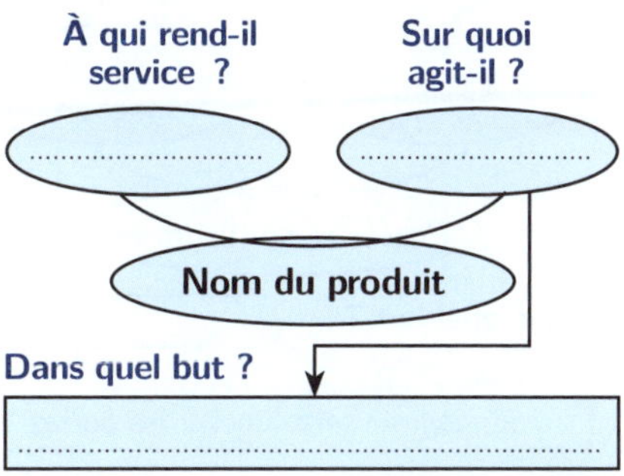

# EXERCICE RÉSOLU 1

## Énoncé

Classer les besoins suivants dans le tableau en fonction de leurs catégories :
*boire, dormir, se laver, jouer au flipper, jouer à la console, lire, respirer, écouter de la musique, téléphoner à ses amis, envoyer un sms, manger.*

| Besoin personnel | Besoin vital | Besoin social |
| --- | --- | --- |
| | | |

## Résolution

| Besoin personnel | Besoin vital | Besoin social |
| --- | --- | --- |
| Jouer au flipper<br>Jouer à la console<br>Lire<br>Écouter de la musique | Boire<br>Dormir<br>Se laver<br>Respirer<br>Manger | Téléphoner à ses amis<br>Envoyer en sms |

# EXERCICE RÉSOLU 2

## Énoncé

Construire un diagramme bête à cornes pour chacun des objets techniques ci-dessous.

**a.** des portes automatiques de grande surface ;
**b.** des rollers.

## Résolution

**a.** Portes automatiques de grande surface :

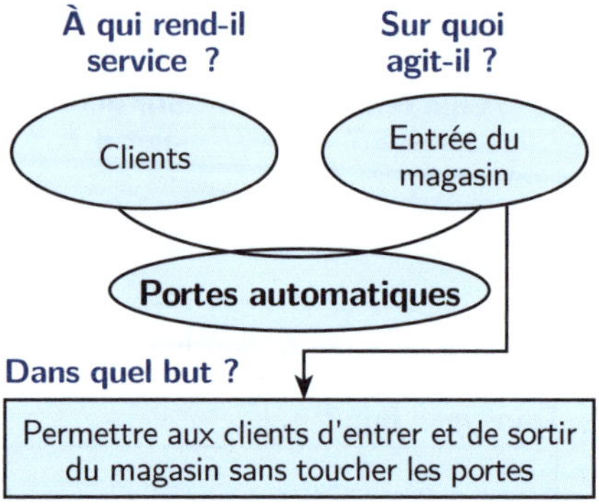


**b.** Rollers :

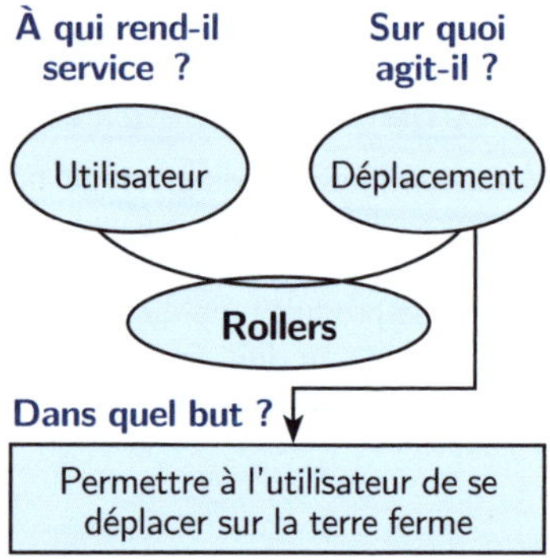

# Définir les contraintes liées à l'objet technique

À revoir
OK

2

## COURS

Afin de garantir le bon fonctionnement sur le long terme de l'objet technique, il est essentiel de définir l'ensemble des contraintes à prendre en compte lors de sa conception. À partir de ces contraintes, on formalise des fonctions principales et complémentaires qui permettront d'optimiser le fonctionnement de l'objet technique.

**À savoir**

On appelle environnement de l'objet technique l'ensemble des éléments du milieu extérieur (EME) qui ont une influence sur lui.

### a Les catégories de contraintes

Il existe cinq catégories de contraintes liées à l'environnement de l'objet technique :

- Les contraintes de fonctionnement

Cette catégorie concerne toutes les contraintes rencontrées pendant le fonctionnement de l'objet technique. **Ex. :** sa consommation en énergie, sa mise en œuvre, etc.

- Les contraintes liées au milieu extérieur

Toutes les contraintes de cette catégorie seront influencées par le lieu d'implantation de l'objet technique. **Ex. :** la météo, son interaction avec les autres objets, etc.

- Les contraintes économiques

L'ensemble des contraintes de cette catégorie concerne les coûts liés à l'objet technique. **Ex. :** coût de son utilisation, coût de sa fabrication, etc.

- Les contraintes de sécurité

Elles concernent tout ce qui a un lien avec la sécurité des utilisateurs et du matériel (afin d'éviter la casse et de respecter les normes et réglementations).

- Les contraintes environnementales

Cette catégorie prend en compte toutes les pollutions engendrées par l'objet technique, de sa fabrication (**Ex. :** le choix des matériaux...) à sa destruction (**Ex. :** la recyclabilité...).

### b Le diagramme pieuvre

- Dans le cahier des charges fonctionnel, le diagramme pieuvre permet de montrer les interactions entre l'objet technique et les éléments du milieu extérieur (EME).

**Ex. :** ses dimensions, ses besoins en énergies, les conditions météorologiques liées à son utilisation, son prix, etc.

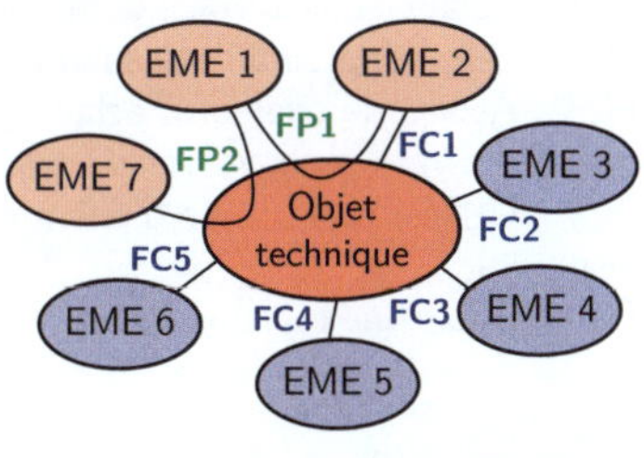

● Les **fonctions principales (FP)** justifient la conception de l'objet technique et sont une relation entre l'objet et deux EME.
Les **fonctions complémentaires (FC)** ne concernent qu'une seule contrainte à la fois et limitent les choix du concepteur. Elles relient l'objet technique à un EME.
● Les fonctions principales et complémentaires commencent toujours par un verbe à l'infinitif. **Ex. :** Utiliser des énergies renouvelables.

## EXERCICE RÉSOLU 1

### Énoncé

Classer les fonctions complémentaires suivantes selon leur catégorie (fonctionnement, milieu extérieur, contraintes économiques, de sécurité, environnementales).
*Utiliser des matériaux recyclables – Être facilement réparable – Avoir un faible coût de commercialisation – Ne pas représenter un danger pour l'utilisateur – Résister aux autres objets.*

### Résolution

| Fonctionnement | Milieu extérieur | Économique | Sécurité | Environnementale |
|---|---|---|---|---|
| Être facilement réparable | Résister aux autres objets | Avoir un faible coût de commercialisation | Ne pas représenter un danger pour l'utilisateur | Utiliser des matériaux recyclables |

## EXERCICE RÉSOLU 2

### Énoncé

Créer un diagramme pieuvre pour la lampe torche en énonçant les fonctions principales et complémentaires.

### Résolution

FP1 : permettre à l'utilisateur d'éclairer une surface.
FC1 : Éclairer une surface suffisante.
FC2 : Être adaptée à l'utilisateur.
FC3 : Avoir une couleur d'éclairage adaptée.
FC4 : Utiliser une source d'énergie disponible.
FC5 : Avoir une taille adaptée.

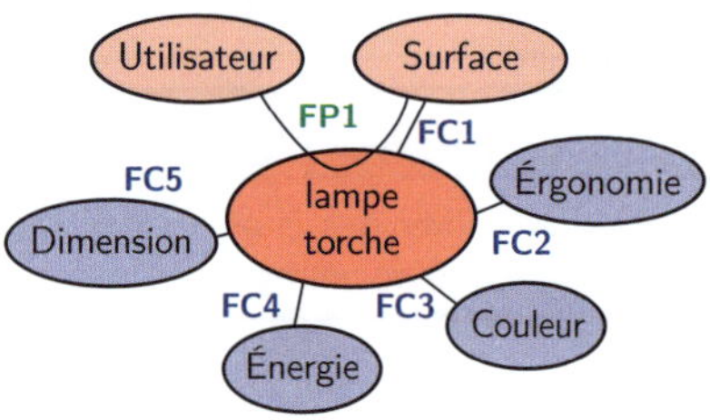

# Tableau du cahier des charges fonctionnel

☐ À revoir
☐ OK

3

## COURS

Lors de la dernière étape de la rédaction du cahier des charges fonctionnel (cdcf), les fonctions principales et complémentaires sont détaillées dans un tableau à cinq colonnes suivant le modèle ci-dessous.

| Fonction | Désignation | Critère | Niveau | Flexibilité |
|---|---|---|---|---|
| | | | | |

Les cinq caractéristiques qui précisent une fonction sont :

- **Le nom de la fonction**
Cette colonne reprend les abréviations (FP1, FC1...) des fonctions définies dans le diagramme pieuvre.

- **La désignation de la fonction**
La désignation d'une fonction commence par un verbe à l'infinitif et est décrite sous le diagramme pieuvre.

- **Le critère**
Le critère est une caractéristique observable ou mesurable qui permet de porter un jugement sur une fonction.

- **Le niveau du critère**
Le niveau désigne la valeur d'un critère.

- **La flexibilité**
Les quatre niveaux de flexibilité permettent de fixer un ordre de priorité.
F0 : impératif ; F1 : peu négociable ; F2 : négociable ; F3 : très négociable.

**Exemple :** le stylo plume

| Fonction | Désignation | Critère | Niveau | Flexibilité |
|---|---|---|---|---|
| FP1 | Permettre à l'utilisateur d'écrire sur un support | Type de support | Papier | F0 |
| FC1 | Stocker suffisamment d'encre | Longueur de ligne en mètre | 200 | F1 |
| FC2 | Être beau | Motif | Cercle | F3 |
| | | Couleur | Noire | F3 |

## EXERCICE RÉSOLU 1

### Énoncé

Relier les caractéristiques des fonctions aux exemples ci-dessous.

| | |
|---|---|
| Fonction ● | ● FC3 |
| Désignation ● | ● Forme du tube |
| Critère ● | ● Permettre la prise en main |
| Niveau ● | ● F1 |
| Flexibilité ● | ● Hexagonale |

### Résolution

- Fonction — FC3
- Désignation — Permettre la prise en main
- Critère — Forme du tube
- Niveau — Hexagonale
- Flexibilité — F1

## EXERCICE RÉSOLU 2

### Énoncé

Lire attentivement le texte suivant et compléter le tableau du cdcf :

« Un nouveau lampadaire permettra d'éclairer la chaussée sans éblouir les personnes. Pour se faire, la luminosité devra impérativement être inférieure à 2 000 Lumens. Le lampadaire devra être fixé au sol grâce à des boulons qui empêcheront la structure de tomber. Afin d'empêcher la corrosion, le poteau sera en bois. Pour éviter les surconsommations, les concepteurs se sont arrêtés sur des ampoules DEL de puissance 20 W. Pour éclairer une surface suffisante, la hauteur du lampadaire sera fixée à 4 m 90. Afin qu'il soit le plus esthétique possible, sa couleur devra être sobre. »

### Résolution

| Fonction | Désignation | Critère | Niveau | Flexibilité |
|---|---|---|---|---|
| FP1 | Éclairer la chaussée sans éblouir | Luminosité | $<$ 2 000 lumens | F0 |
| FC1 | Être fixé au sol | Mode de fixation | Vis et boulons | F0 |
| FC2 | Résister à la corrosion | Matériaux | Bois | F1 |
| FC3 | Éviter les surconsommations | Puissance ampoule | DEL de 20 W | F1 |
| FC4 | Éclairer une surface suffisante | Hauteur | 4 m 90 | F1 |
| FC5 | Être esthétique | Couleur | Sobre | F3 |

# Planifier un projet

- [ ] À revoir
- [ ] OK

4

## COURS

La démarche de projet est l'ensemble des actions menées par une équipe de travail pendant une période définie. L'objectif final de cette démarche est la réalisation ou la modification d'un objet technique afin de répondre aux besoins du client. Pour planifier efficacement un projet et ainsi optimiser le temps nécessaire à sa création, il est essentiel de décomposer le projet en différentes étapes.

### a Les étapes d'un projet

Une démarche de projet peut être réalisée en quatre étapes :

- L'appropriation du cahier des charges fonctionnel, du contexte et des objectifs du projet

C'est lors de cette étape que le cahier des charges fonctionnel (cdcf) est créé.

- L'analyse fonctionnelle et recherche de solutions

Pendant cette étape, les fonctions techniques du produit seront clairement définies et les solutions techniques seront ensuite trouvées pour y répondre.

- La réalisation et tests

Aussi appelée **prototypage**, cette étape permettra de fabriquer et de tester l'objet technique pour le modifier si besoin.

- La synthèse et présentation finale

Cette étape présentera la version finale du produit mais également toutes les étapes réalisées pour y parvenir.

### b Le diagramme de Gantt

Pour pouvoir être efficace et coordonner les différentes équipes qui travaillent sur le projet, nous pouvons établir un planning précis en utilisant un diagramme de Gantt.

**Exemple :**

| Étape | Date de début | Durée (en jours) | Date de fin | 01/03 21/03 20/04 09/07 19/07 |
|---|---|---|---|---|
| Cahier des charges fonctionnel | 01/03/2021 | 20 | 21/03/2021 | |
| Analyse fonctionnelle | 22/03/2021 | 30 | 21/04/2021 | |
| Prototypage | 22/04/2021 | 80 | 11/07/2021 | |
| Présentation finale | 12/07/2021 | 10 | 22/07/2021 | |

## EXERCICE RÉSOLU 1

### Énoncé

**1.** Associer chaque étape de la démarche de projet à son utilité.

**1** Appropriation du cahier des charges fonctionnel
**2** Analyse fonctionnelle et recherche de solutions
**3** Réalisation et tests
**4** Synthèse et présentation finale

**a** C'est lors de cette étape que le cahier des charges fonctionnel est créé.
**b** Définition des fonctions et de leur solution technique.
**c** Présentation de toutes les étapes réalisées pour obtenir un produit fini.
**d** Fabrication et tests de l'objet technique pour le modifier si besoin.

**2.** Que permet l'utilisation d'un diagramme de Gantt lors d'une démarche de projet ?
**1** D'organiser les étapes dans le temps
**2** De permettre aux équipes de s'organiser
**3** De savoir où le projet devrait en être à un instant donné
**4** De trouver des solutions techniques
**5** De présenter le projet

### Résolution

**1.** **1** et **a** ; **2** et **b** ; **3** et **d** ; **4** et **c**

**2.** **1** ; **2** ; **3**

## EXERCICE RÉSOLU 2

### Énoncé

Compléter le diagramme de Gantt en vous référant au tableau suivant :

| Étape | Date de début | Durée (jour) | Date de fin | Jour | | | | | | | | | |
|---|---|---|---|---|---|---|---|---|---|---|---|---|---|
| | | | | 1 | 2 | 3 | 4 | 5 | 6 | 7 | 8 | 9 | 10 |
| Usinage des pièces | 01/03/2021 | 2 | | | | | | | | | | | |
| Assemblage | | 1 | | | | | | | | | | | |
| Test | | 3 | | | | | | | | | | | |
| Présentation | | 2 | | | | | | | | | | | |

### Résolution

| Étape | Date de début | Durée (jour) | Date de fin | Jour | | | | | | | | | |
|---|---|---|---|---|---|---|---|---|---|---|---|---|---|
| | | | | 1 | 2 | 3 | 4 | 5 | 6 | 7 | 8 | 9 | 10 |
| Usinage des pièces | 01/03/2021 | 2 | 03/03/2021 | | | | | | | | | | |
| Assemblage | 04/03/2021 | 1 | 05/03/2021 | | | | | | | | | | |
| Test | 06/03/2021 | 3 | 09/03/2021 | | | | | | | | | | |
| Présentation | 10/03/2021 | 2 | 12/03/2021 | | | | | | | | | | |

# Famille, lignée et évolution des objets technique

- [ ] À revoir
- [ ] OK

5

## COURS

Au fil du temps, les objets techniques évoluent en fonction des nouveaux besoins de l'Homme qui apparaissent, de la maitrise de nouveaux procédés de fabrication ou de l'évolution technologique.

Nous pouvons classer les objets techniques en deux catégories distinctes : la famille ou la lignée.

**À savoir**

L'évolution technologique est le fait qu'une ou plusieurs solutions techniques évoluent dans le but d'améliorer un objet technique.

### • Lignée d'objet technique

Une lignée est une suite chronologique de toutes les évolutions d'un objet technique.

**Exemple :** le téléphone filaire

Téléphone de Graham (1876)

Téléphone d'Ader (1880)

Téléphone de Mildé (1892)

Le marty (1910)

Téléphone 1920

PTT24 (1922)

U43 (1943)

Téléphone sans fil (1990)

- Famille d'objet technique

C'est un ensemble d'objets techniques qui répondent au même besoin. Une famille d'objets peut contenir des objets techniques d'époques différentes.

**Exemple** : moyen de communication

- Les objets d'une même lignée font partie de la même famille, cependant les objets d'une même famille ne font pas forcément partie d'une même lignée.

## EXERCICE RÉSOLU 1

### Énoncé

Quelle est la différence entre une famille est une lignée d'objets techniques ?

### Résolution

Une famille d'objet est composée d'objets techniques différents mais qui répondent au même besoin, une lignée est une suite des évolutions d'un objet technique.

## EXERCICE RÉSOLU 2

### Énoncé

Parmi les objets techniques suivants, lesquels font partie de la même lignée ?

- ☐ Ampoule fluo compacte
- ☐ Bougie
- ☐ Ampoule à incandescence
- ☐ Lampe à huile
- ☐ Ampoule halogène
- ☐ Lampe torche

### Résolution

Ampoule fluo compacte ; ampoule halogène ; ampoule à incandescence.

## EXERCICE RÉSOLU 3

### Énoncé

Citer des objets de la même famille que le Skateboard.

### Résolution

Rollers, trottinette, Segway®, VTT...

# Les impacts sociétaux et environnementaux, le cycle de vie d'un objet technique

- À revoir
- OK

6

## COURS

Les objets techniques peuvent avoir un impact sur l'environnement lors de leur utilisation mais également lors de leur destruction. Ils peuvent aussi avoir un impact direct sur nos comportements.

### a Définitions

- **Impact environnemental**

Effet positif ou négatif dû à l'utilisation, à la fabrication ou à la destruction d'un objet technique.
**Exemple :** l'utilisation d'une énergie polluante comme le pétrole ou d'une énergie renouvelable pour se déplacer auront des impacts très différents sur l'environnement.

- **Impact sociétal**

Effet positif ou négatif d'un objet technique sur les modes de vie d'une population.
Exemple : l'utilisation du téléphone portable permet d'être joignable en cas d'urgence mais a créé de nouvelles addictions.

- **Cycle de vie d'un objet technique**

Ensemble des étapes de la vie d'un objet technique.

### b Cycle de vie d'un objet technique

| | |
|---|---|
| Étude de marché | Interrogation sur la rentabilité possible du projet. |
| Conception | Élaboration du cahier des charges fonctionnel, des solutions techniques et des prototypes. |
| Production | Fabrication en série de l'objet technique. |
| Distribution | Mise en vente dans les grandes surfaces et en ligne de l'objet technique. |
| Utilisation | Période pendant laquelle l'utilisateur se sert de l'objet technique. |
| Destruction / recyclage | Fin de vie de l'objet technique. |

## EXERCICE RÉSOLU 1

### Énoncé

Sans regarder la partie cours, énoncer dans l'ordre chronologique les six étapes du cycle de vie d'un objet technique.

### Résolution

1) Étude de marché - 2) Conception - 3) Production - 4) Distribution – 5) Utilisation - 6) Destruction / recyclage

## EXERCICE RÉSOLU 2

### Énoncé

Parmi les étapes du cycle de vie d'un objet technique qui fonctionne avec des piles, quelles sont celles qui ont un impact sur l'environnement ? Justifier la réponse.

### Résolution

Il y a quatre étapes pendant lesquelles cet objet technique aura un impact sur l'environnement :

– La production : les chaines de production utilisent énormément d'énergie, se font livrer des matières premières...

– La distribution : que ce soit dans les grandes surfaces ou du e-commerce, l'objet technique devra être transporté, ce qui causera de la pollution.

– L'utilisation : les piles de l'objet technique devront être changées et les anciennes traitées.

– La destruction : en fin de vie, l'objet technique devra être détruit, ce qui engendrera des déchets polluants.

## EXERCICE RÉSOLU 3

### Énoncé

Identifier au moins trois objets techniques qui ont eu un impact sociétal fort et ont modifié les besoins de l'Homme.

### Résolution

Le smartphone, l'ordinateur, l'automobile.

## EXERCICE RÉSOLU 4

### Énoncé

La production d'énergie électrique est au cœur des préoccupations environnementales, citer deux moyens de production qui ont un impact négatif sur l'environnement et trois autres dont l'impact est positif.

### Résolution

Impact négatif : centrale nucléaire, centrale à charbon.
Impact positif : éolienne, panneau photovoltaïque, barrage hydroélectrique.

# Les familles de matériaux et leurs caractéristiques

☐ À revoir
☐ OK

7

## COURS

Les objets techniques sont composés d'un ou plusieurs matériaux choisis en fonction des caractéristiques que l'on souhaite exploiter. Les caractéristiques attendues des matériaux sont formalisées dans le tableau critérié du cahier des charges fonctionnel.

### a Définitions

- **Matériau**
C'est l'ensemble des matières utilisées pour fabriquer un objet technique. Il peut être d'origine naturelle ou artificielle.

- **Matière première**
C'est une matière extraite de la nature et qui n'a pas subi de transformation.

- **Matériau synthétique**
C'est lorsqu'une matière première est transformée grâce à des procédés chimiques.

### b Les familles de matériaux

Il existe trois familles de matériaux :

- **Les matériaux organiques**
Ce sont des matériaux d'origine animale, végétale ou synthétique.
**Ex. :** coton, laine, bois, plastique, foin, etc.

- **Les matériaux minéraux**
Cette famille comprend les matériaux céramiques et les roches.
**Ex. :** roche, verre, porcelaine, terre cuite, etc.

- **Les matériaux métalliques**
Ce sont tous les métaux et leurs alliages.
**Ex. :** Fer, aluminium, cuivre, argent, or, etc.

Il existe deux **sous-familles qui sont des mélanges de matériaux** :

- **Les alliages métalliques**
Ils sont essentiellement composés d'un mélange de différents métaux.
**Ex. :** le bronze, l'inox, le laiton, etc.

- **Les matériaux composites**
Ils sont le résultat du mélange de matériaux de familles différentes.
**Ex. :** le béton armé, la fibre de carbone, la fibre de verre, etc.

## C Les caractéristiques des familles de matériaux

| | Solidité | Déformation et aptitude au formage | Conductivité électrique | Conductivité thermique |
|---|---|---|---|---|
| **Matériaux métalliques** | Solides | Déformables à haute température | Oui | Bon conducteurs |
| **Matériaux organiques** | Non évaluable au vu de la diversité des matériaux | Déformables | Non | Mauvais conducteurs |
| **Matériaux minéraux** | Cassants | Peu déformables ou déformables à très hautes température | Non | Mauvais conducteurs |

## EXERCICE RÉSOLU 1

### Énoncé

Après avoir rappelé les trois familles de matériaux, classer l'ensemble des matériaux :
*fer, laine, laiton, bois, foin, roche, porcelaine, or, plastique, argent, terre cuite, paille, cuivre.*

### Résolution

| Matériaux métalliques | Matériaux minéraux | Matériaux organique |
|---|---|---|
| Fer, laiton, or, argent, cuivre | Roche, porcelaine, terre cuite | Laine, bois, foin, plastique, paille |

## EXERCICE RÉSOLU 2

### Énoncé

Lors de la conception d'une coque de téléphone portable, l'équipe de concepteurs se demande quelles sont les caractéristiques à prendre en compte pour le choix du matériau. Lister la liste des caractéristiques (au moins trois) que devra posséder le matériau.

### Résolution

Être léger, solide, facilement usinable, ne pas conduire la chaleur.

# L'analyse fonctionnelle : le diagramme FAST

☐ À revoir
☐ OK

8

## COURS

Afin de comprendre le fonctionnement d'un objet technique, il faut étudier sa composition et analyser quelles fonctions il doit réaliser pour répondre au besoin de l'utilisateur. Tout cela peut être décrit dans le diagramme FAST.

### a Définitions

- **Fonction d'usage**

Elle décrit ce à quoi sert un objet technique.

- **Fonctions techniques**

Elles sont la décomposition de la fonction d'usage en sous-fonctions indispensables au bon fonctionnement de l'objet technique.

- **Solutions techniques**

Ce sont les éléments de l'objet technique qui permettent l'exécution de la fonction technique.

### b Le diagramme FAST

De l'anglais *Function Analysis System Technique*, le diagramme FAST est un outil de représentation qui permet d'associer les fonctions techniques aux solutions techniques pour une fonction de service donnée.

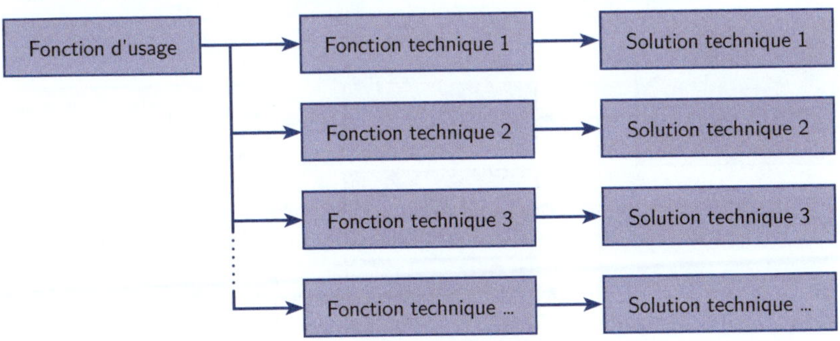

## EXERCICE RÉSOLU 1

### Énoncé

Pour la trottinette dont la composition est décrite dans l'image, énoncer la fonction d'usage.

### Résolution

La fonction d'usage de la trottinette est de permettre à l'utilisateur de se déplacer sur la terre ferme.

## EXERCICE RÉSOLU 2

### Énoncé

Énoncer les cinq fonctions techniques de la trottinette en s'aidant du schéma de l'exercice précédent.

### Résolution

Tourner, freiner, avancer, se maintenir, être pliable.

## EXERCICE RÉSOLU 3

### Énoncé

À l'aide du schéma de l'exercice résolu 1, créer le diagramme FAST de la trottinette.

### Résolution

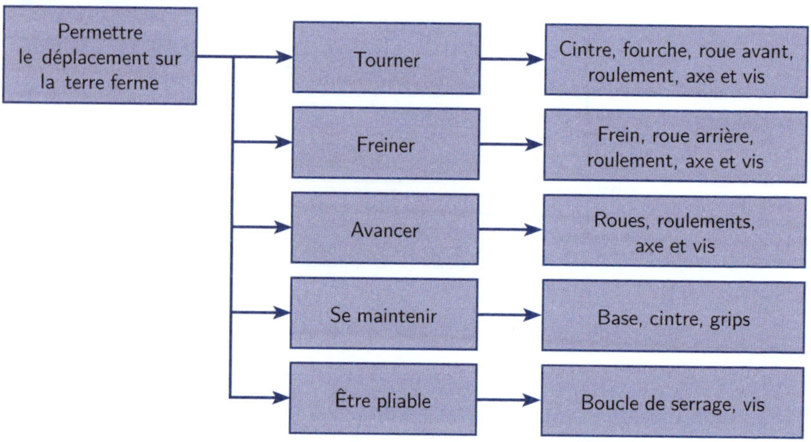

# Les sources d'énergie

☐ À revoir
☐ OK

**9**

## COURS

L'être humain est incapable de vivre sans énergie, il en a besoin pour voir, reprendre des forces, se réchauffer, etc. Chaque énergie est issue d'une source qui en est l'origine.

### a Définitions

- **Énergie**

C'est la capacité d'un système (ou d'un corps) à produire une action.
**Ex. :** mouvement, lumière, chaleur, etc.

- **Source d'énergie**

C'est le phénomène à l'origine de l'exploitation de l'énergie.
**Ex. :** muscles, Soleil, etc.

- **Énergie primaire**

C'est une énergie dont la source est d'origine naturelle.

- **Énergie secondaire**

C'est une énergie dont la source est le fruit d'une transformation provoquée.

- **Énergie renouvelable**

Une énergie est dite renouvelable lorsque la nature la renouvelle suffisamment rapidement pour qu'elle puisse être considérée comme inépuisable.
**Ex. :** le Soleil, le vent, le courant marin, etc.

### b Les différentes énergies

| | Énergie | Source | Renouvelable |
|---|---|---|---|
| **Primaire** | Éolienne | Vent | Oui |
| | Solaire | Soleil | |
| | Hydraulique | Courant d'eau naturel | |
| | Géothermique | Chaleur du sol | |
| **Secondaire si utilisée par l'Homme** | Électrique | Électricité (déplacement d'électrons) | Non |
| **Secondaire** | Thermique | Chaleur | |
| | Nucléaire | Fission de l'uranium | |
| | Mécanique | Mouvement | |
| | Musculaire | Muscles | |

## EXERCICE RÉSOLU 1

### Énoncé

Pour chacune des énergies suivantes, indiquer sa source, et préciser si elle est renouvelable ou non, primaire ou secondaire.

| Énergie | Éolienne | Solaire | Hydraulique | Géothermique | Musculaire | Mécanique |
|---|---|---|---|---|---|---|
| Source | | | | | | |
| Énergie renouvelable | | | | | | |
| Énergie primaire ou secondaire | | | | | | |

### Résolution

| Énergie | Éolienne | Solaire | Hydraulique | Géothermique | Musculaire | Mécanique |
|---|---|---|---|---|---|---|
| Source | Vent | Soleil | Courant d'eau naturel | Chaleur du sol | Muscles | Mouvement |
| Énergie renouvelable | Oui | Oui | Oui | Oui | Non | Non |
| Énergie primaire ou secondaire | Primaire | Primaire | Primaire | Primaire | Secondaire | Secondaire |

## EXERCICE RÉSOLU 2

### Énoncé

Pour les systèmes suivants, citer la source qui est à l'origine du phénomène physique créé.

1. 

2. 

3. 

4. 

5. 

### Résolution

**1.** Vent ; **2.** Vent ; **3.** Courant naturel ; **4.** Chaleur du sol ; **5.** Muscles.

# Représentation fonctionnelle et structure d'un système

☐ À revoir
☐ OK

10

## COURS

Pour représenter de manière graphique l'ensemble des fonctions et solutions techniques d'un système et leur organisation, nous pouvons utiliser la méthode SADT qui permet d'organiser la représentation fonctionnelle dans des diagrammes de différents niveaux.

**À savoir**

Un système technique est un objet technique possédant plusieurs fonctions techniques et créé pour répondre à un besoin.

- **Représentation fonctionnelle**

C'est une représentation graphique et simpliste d'une ou plusieurs fonctions d'un objet technique.

- **Méthode SADT**

De l'anglais *Structured Analysis and Design Technique*, la méthode SADT permet de décrire un système par une **analyse fonctionnelle descendante** :
– on part d'une description globale (niveau A-0) : on précise le nom de la fonction technique ou d'usage du niveau A-0, et les matières d'œuvre entrantes et sortantes du bloc fonctionnel ;

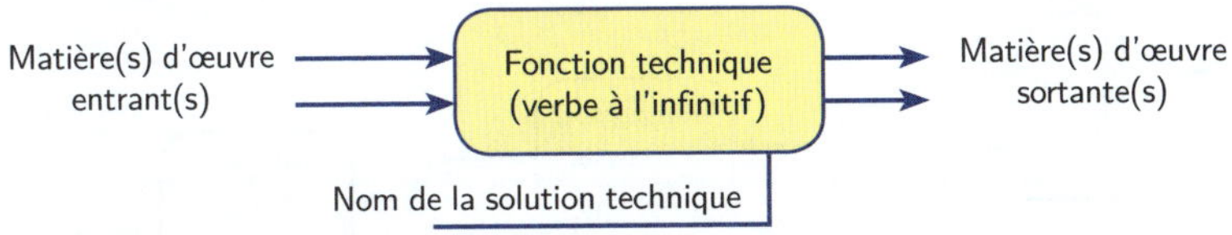


**Représentation globale**

– puis on décompose cette fonction technique en fonctions techniques intermédiaires liées les unes aux autres à des niveaux inférieurs (A-1, A-2...) en complétant chacun des blocs fonctionnels.

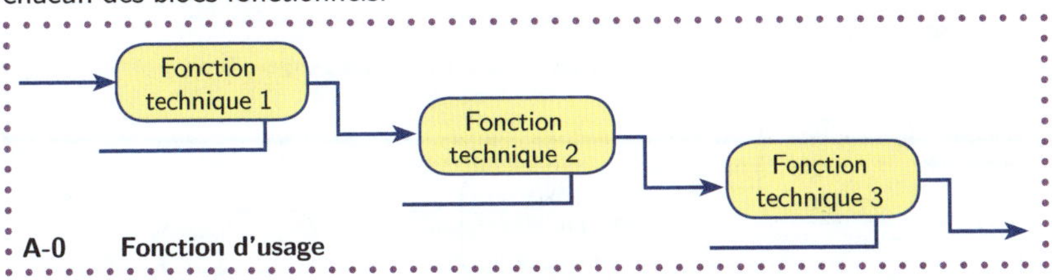


**Niveau A-0**

Ce diagramme met en évidence visuellement le découpage et l'organisation des fonctions techniques ; son architecture permet de comprendre comment les fonctions mises en jeu sont imbriquées les unes avec les autres.

## EXERCICE RÉSOLU 2

### Énoncé

Compléter le niveau de représentation global de la méthode SADT pour l'éolienne.

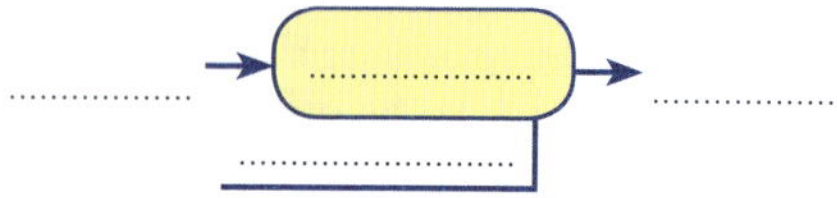

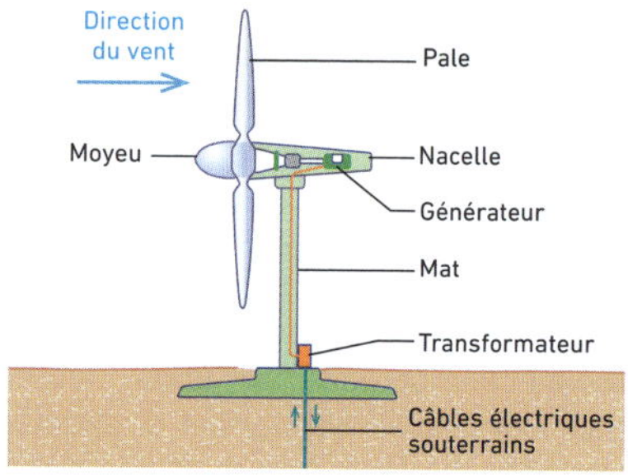


### Résolution

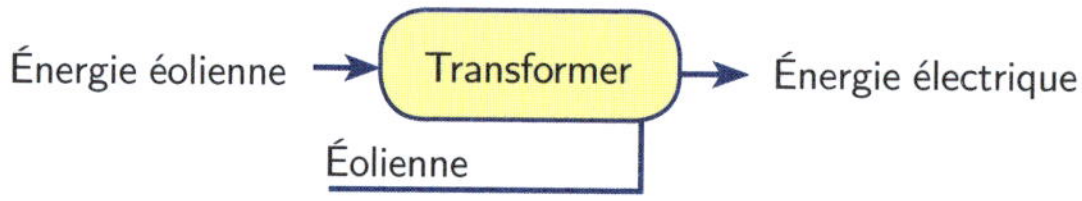


## EXERCICE RÉSOLU 2

### Énoncé

Compléter le niveau A-0 de la méthode SADT pour l'éolienne.

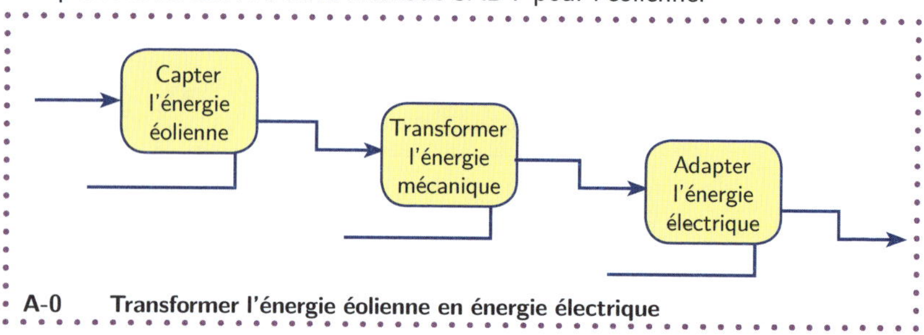


### Résolution

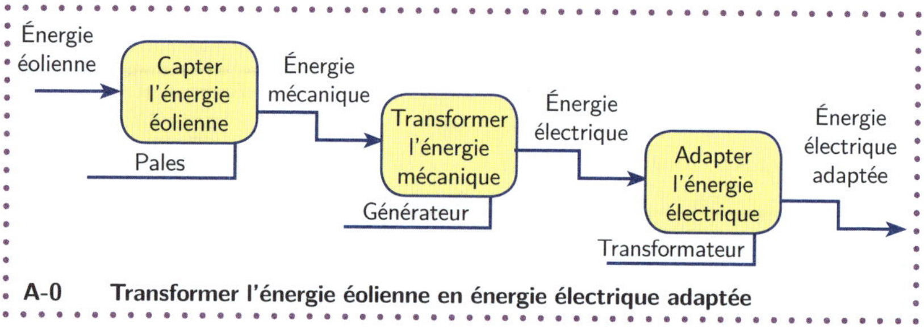

# Chaînes d'énergie et d'information

☐ À revoir
☐ OK

11

## COURS

Lors du fonctionnement d'un système, l'énergie circule et subit des modifications, ces dernières sont représentées dans une chaîne d'énergie. Pour un fonctionnement autonome, le système doit être capable de détecter et traiter des informations afin d'agir en conséquence, tout cela est représenté dans la chaîne d'information.

### a Chaîne d'énergie

La chaine d'énergie est la suite des actions que subit l'énergie pour assurer le fonctionnement du système (depuis l'énergie d'entrée jusqu'à l'énergie finale qui permet le fonctionnement du système). Les fonctions mises en jeu sont :

- **Alimenter** : mise en forme de l'énergie externe en énergie compatible avec la chaîne d'action. **Ex. :** transformateur, etc.
- **Distribuer** : distribution de l'énergie à l'actionneur réalisée par un distributeur. **Ex. :** interrupteur, relai, etc.
- **Convertir** : transformation de l'énergie distribuée en une autre énergie. **Ex. :** moteur, buzzer, etc.
- **Transmettre** : transmission de l'énergie convertie. **Ex. :** engrenages, poulie, courroie, etc.

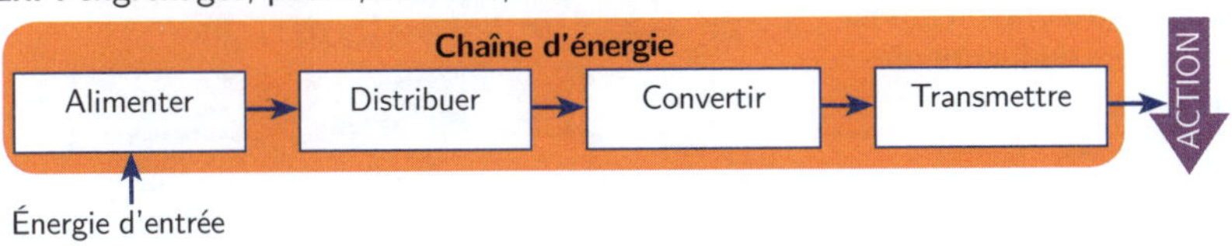


### b Chaîne d'information

La chaine d'information est composée des fonctions suivantes :

- **Acquérir** : fonction qui permet de prélever des informations par des capteurs. **Ex. :** capteur de mouvement, thermomètre, etc.
- **Traiter** : c'est la partie commande assurée par un ordinateur ou un microprocesseur.
- **Communiquer** : cette fonction assure l'interface avec l'environnement de la partie commande.

**À savoir**

Le pupitre est l'élément qui permet à l'utilisateur de recevoir des informations du système mais également d'en donner.

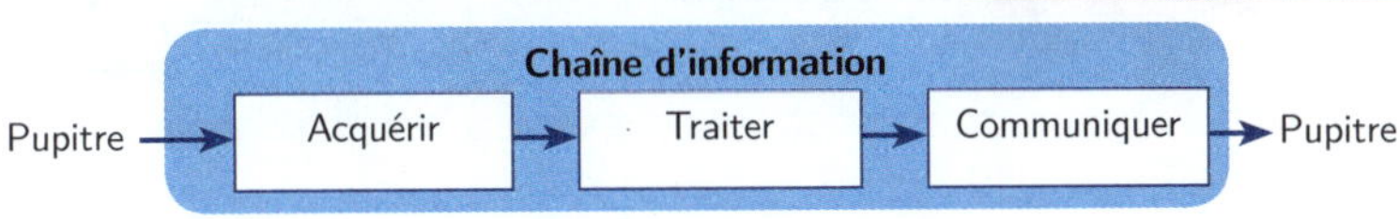

## C Interaction entre les deux chaînes

Via le pupitre, la chaîne d'information peut communiquer des informations à l'Homme et inversement. Ensuite, les deux chaines communiquent entre elles. Après avoir traité les informations, la **chaîne d'information** communique des **ordres** aux distributeurs de la **chaîne d'énergie** et cette dernière envoie des **informations** via des capteurs à la chaîne d'information.

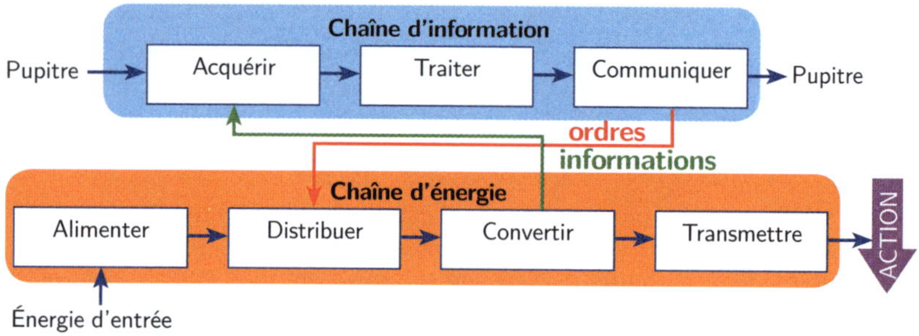


## EXERCICE RÉSOLU 1

### Énoncé

Créer les chaînes d'énergie et d'information mises en jeu lors du fonctionnement du portail coulissant automatisé schématisé ci-contre.

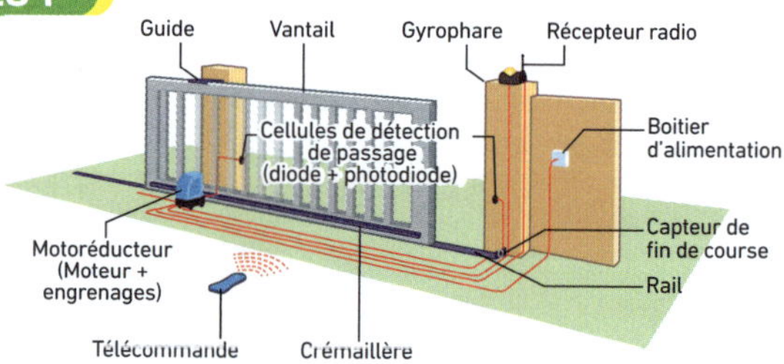


### Résolution

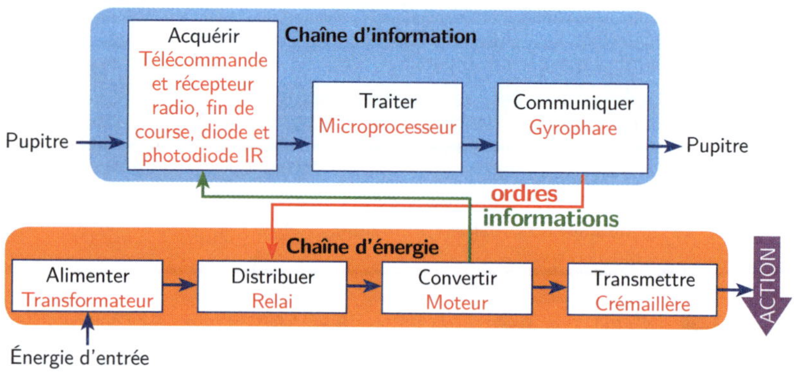

# Capteurs, détecteurs, actionneurs et interface

☐ À revoir
☐ OK

12

## COURS

Pour qu'un système puisse fonctionner de manière totalement automatique, il doit être capable de réagir en fonction des informations qu'il captera dans son environnement. Pour se faire, nous utilisons des détecteurs, capteurs, actionneurs et interface.

### a Définitions

- Capteur : c'est un élément qui permet de capter un phénomène physique et de le transformer en signal. Il en existe trois familles :
  – le **capteur logique** : il est capable de détecter deux états ;
  – le **capteur numérique** : il est capable de mesurer par palier les variations d'un phénomène ;
  – le **capteur analogique** : il mesure toutes les variations d'un phénomène.
- Détecteur : c'est un élément qui permet uniquement de détecter la présence ou l'absence d'un phénomène physique.
- Actionneur : c'est un dispositif qui crée une action physique en convertissant l'énergie qu'il reçoit. Il existe énormément de familles d'actionneurs ; voici les trois principales :
  – les **actionneurs mécaniques** : ils transforment l'énergie reçue en mouvement ;
  – les **actionneurs lumineux** : ils convertissent l'énergie reçue en signal lumineux ;
  – les **actionneurs sonores** : ils transforment l'énergie reçue en signal sonore.
- Interface : c'est un dispositif qui permet à la machine de communiquer des informations avec les utilisateurs, et inversement, via le pupitre.

### b Formes de signal

Le signal est une information délivrée par un capteur. Ce dernier peut être transmis sous différentes formes.

| Signal logique | Signal numérique | Signal analogique |
|---|---|---|
| Ce signal ne peut prendre que deux valeurs, un niveau logique haut (NL1) et un niveau logique bas (NL0). 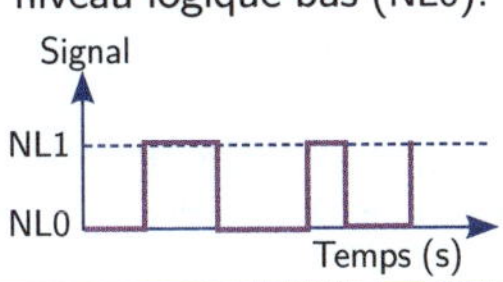  | Ce signal peut prendre un nombre défini de valeurs. 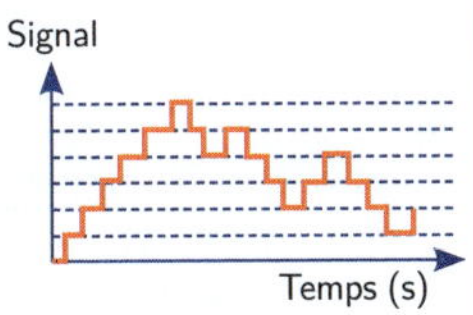  | Ce signal peut prendre une infinité de valeurs et varier en continu dans le temps. 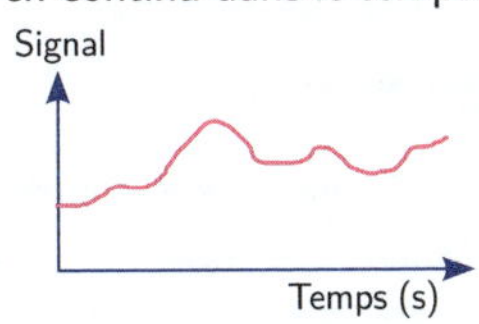  |

## EXERCICE RÉSOLU 1

### Énoncé

Classer les éléments suivants en deux catégories : capteurs ou actionneurs.

*Thermomètre, radar, buzzer, vérin, moteur, bouton poussoir, photodiode, balance, servomoteur, DEL.*

### Résolution

| Capteurs | Actionneurs |
|---|---|
| Thermomètre, radar, bouton poussoir, photodiode, balance | Buzzer, vérin, moteur, servomoteur, DEL |

## EXERCICE RÉSOLU 2

### Énoncé

Classer les éléments suivants en trois catégories : capteurs logiques, capteurs numériques ou capteurs analogiques.

*Thermomètre à mercure, thermomètre à cadran, capteur de ligne, capteur 6 couleurs, capteur de fumée, thermomètre à affichage digital, bouton poussoir, détecteur de fumée.*

### Résolution

| Capteur logique | Capteur numérique | Capteur analogique |
|---|---|---|
| capteur de ligne, capteur de fumée, bouton poussoir, détecteur de fumée | capteur 6 couleurs, thermomètre à affichage digital | Thermomètre à mercure, thermomètre à cadran, |

## EXERCICE RÉSOLU 3

### Énoncé

Classer les éléments suivants en trois catégories : actionneurs mécaniques, actionneurs lumineux ou actionneurs sonores.

*DEL, buzzer, moteur électrique, servomoteur, Speaker, ampoule, ruban à DEL, ventilateur.*

### Résolution

| Actionneur mécanique | Actionneur lumineux | Actionneur sonore |
|---|---|---|
| Moteur électrique, servomoteur, ventilateur | DEL, ruban à DEL, ampoule | Buzzer, Speaker |

# Les réseaux

☐ À revoir
☐ OK

13

## COURS

Les postes informatiques du collège permettent d'accéder, via internet, à des informations du monde entier. Ils permettent également de communiquer en envoyant des courriels, par exemple.

### a Définitions

- Réseau informatique : ensemble de matériels et de logiciels reliés entre eux et pouvant communiquer.
- Réseau local : réseau informatique qui n'est pas connecté à internet. Les matériels qui le composent peuvent communiquer entre eux.
- Internet : c'est le réseau informatique mondial accessible au public. Il est composé de millions de réseaux interconnectés et permet l'accès aux informations du monde entier.
- Protocole informatique : c'est un dispositif qui permet à la machine de communiquer des informations avec les utilisateurs, et inversement, via le pupitre.
- Un paquet : c'est un fragment d'un ensemble de données (fichier, audio, message...) qui est envoyé sur un réseau.
- Le routage : il permet de sélectionner le chemin à suivre pour que les paquets arrivent à leur destination sur un réseau.

### b Architecture d'un réseau

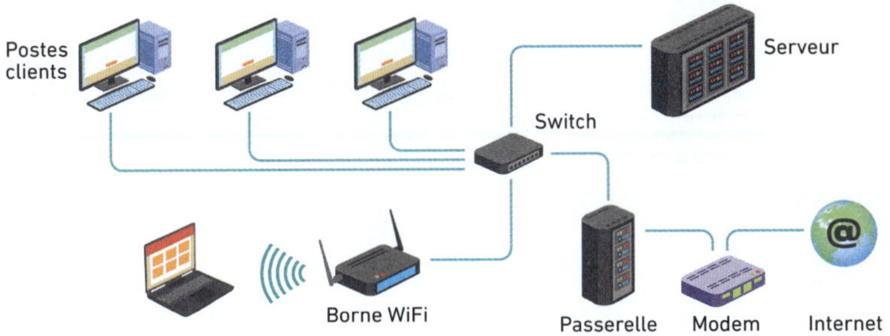

- Postes clients : postes informatiques reliés au réseau.
- Switch, ou commutateur : il permet de relier les matériels et périphériques d'un réseau informatique.
- Passerelle : elle permet de filtrer ce qui provient d'internet pour sécuriser les postes clients et autres périphériques d'un réseau informatique.
- Serveur : matériel informatique qui offre des services aux clients comme l'accès au web, les messageries électroniques, le stockage de données...
- Modem : périphérique qui convertit des données numériques provenant d'un ordinateur en signal analogique à destination d'un réseau analogique.

## c Protocole TCP / IP : organisation en couches

| | Couche | Description |
|---|---|---|
| 1 | Physique | Elle décrit l'ensemble des caractéristiques physiques de la communication (nature du média, type de codage...). |
| 2 | Liaison de donnée | Cette couche renseigne sur la manière dont les paquets sont transportés sur la couche physique (ethernet...). |
| 3 | Réseau | Cette couche gère le routage des paquets et l'encombrement du réseau. |
| 4 | Transport | Cette couche permet l'acheminement dans le bon ordre des messages. |
| 5 | Application | Cette couche permet l'accès aux services réseaux. |

## d Algorithme de routage

C'est un programme informatique dont le but est de rechercher le meilleur chemin de routage possible pour un paquet, entre son point de départ et sa destination. Le choix est fait en fonction de :
- du débit de transmission ;
- de la disponibilité des routeurs ;
- de la perte de paquets.

# L'algorithme et l'algorigramme

☐ À revoir
☐ OK

**14**

## COURS

Pour décrire le comportement d'un objet technique en Technologie, il est essentiel de maitriser le langage de l'algorithme et sa représentation graphique : l'algorigramme. Certains logiciels utilisent d'ailleurs l'algorigramme comme langage de programmation de systèmes réels.

### a Définitions

- **Algorithme** : c'est une suite finie et non ambiguë d'opérations ou d'instructions permettant de résoudre un problème et d'obtenir un résultat.
- **Algorigramme** : c'est une représentation graphique d'un algorithme.

### b Algorithme : exemple de représentation

| Algorithme linéaire | Algorithme avec instructions conditionnelles |
|---|---|
| **Pilotage d'un robot**<br>▪ Avancer pendant 10 s<br>▪ Tourner à droite de 90°<br>▪ Attendre 3 s<br>▪ Avancer pendant 5s<br>▪ Tourner à gauche de 45° | **Pilotage d'un robot suiveur de ligne**<br>Si « ligne noire » = 1<br>Alors « Avancer »<br>    Si « Présence obstacle » = 1<br>    Alors « Tourner à gauche » de 45°<br>        « Avancer » pendant 4 s<br>        « Tourner à droite » de 90°<br>        « Avancer » jusqu'à « ligne noire » = 1<br>Sinon « tourner à droite » pendant 4 s<br>    Si « ligne noire » = 1<br>    Alors « Avancer »<br>    Sinon « tourner à gauche » pendant 8 s<br>        Si « ligne noire » = 1<br>        Alors « Avancer »<br>        Sinon « Reculer » jusqu'à « ligne noire » = 1 |

### c Algorigramme : composition

Commencement et fin d'un programme — Action — Test

## d Algorigramme : exemple

- Nous souhaitons programmer un système d'arrosage automatique pour une serre qui se déclenchera pendant 5 minutes si le taux de luminosité est inférieur à 30 % et tant que l'hygrométrie au sol est inférieure à 50 %.

**Algorithme :**

- Si luminosité < 30 % et hygrométrie < 50 %
- Alors Activer l'arrosage pendant 5 min

- Afin de simplifier l'algorigramme, il est possible d'utiliser des sous-programmes qui sont représentés ainsi :

**Exemple :**

**Algorigramme** — **Sous-programme** — **Nouvel algorigramme**

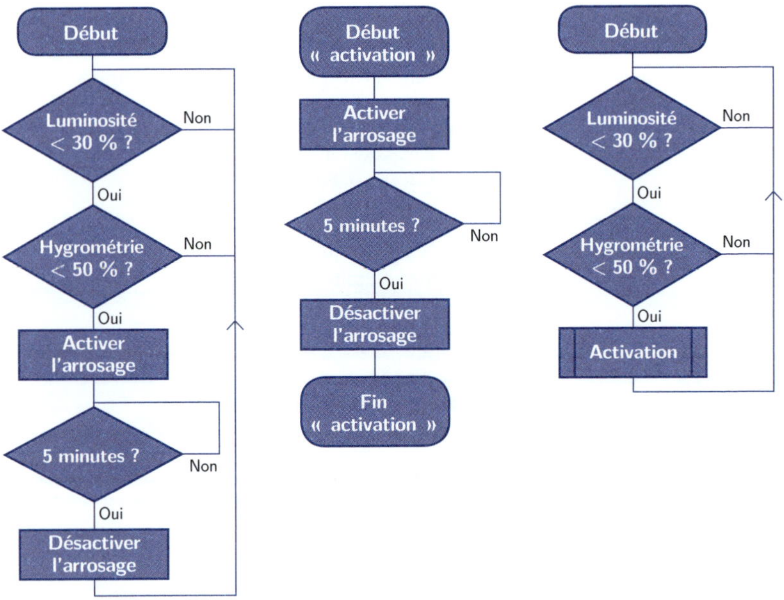

# La programmation par blocs

☐ À revoir
☐ OK

15

## COURS

Afin de programmer un système réel, il est essentiel d'utiliser un langage compréhensible par les objets techniques programmables. Il existe beaucoup de langages informatiques structurés en ligne de code. Au collège, nous utilisons la programmation par blocs qui est plus graphique.

### Définitions

- **Programme informatique** : c'est un ensemble d'opérations ordonnées qui sont destinées à être exécutées par un programme informatique.

- **Variable informatique** : elle est toujours définie par un nom unique afin de la rendre identifiable pour ensuite y associer un nombre. Elle est utile dans la programmation de systèmes réels, car elle permet d'identifier clairement des seuils pour les capteurs afin de déclencher des actionneurs.

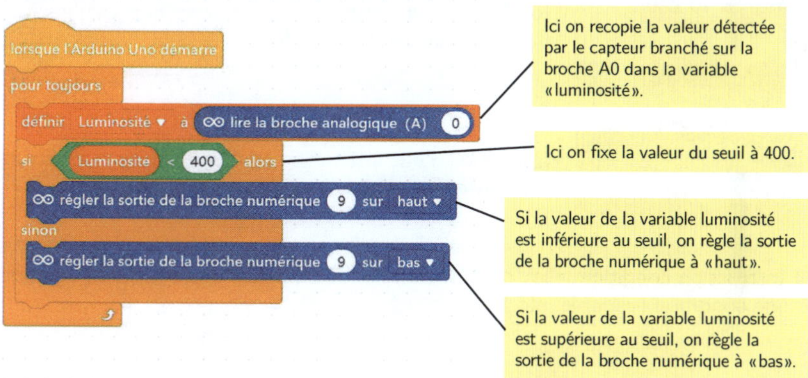


- **Évènement** : c'est la condition de départ du programme.

- **Séquence d'instruction** : c'est une suite d'actions ordonnées les unes à la suite des autres sans condition.

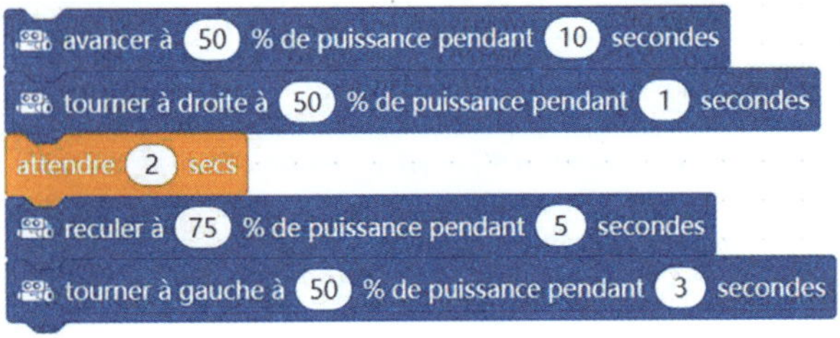


- **Boucle** : c'est une répétition d'instructions.

Répétition indéfiniment d'une instruction ou d'une séquence d'instructions.

Répétition d'une instruction ou d'une séquence d'instructions un nombre défini de fois.

Répétition d'une instruction ou d'une séquence d'instructions jusqu'à la validation d'une condition

- **Instruction conditionnelle** : c'est une instruction qui sera déclenchée en fonction d'une condition (variable, etc.).

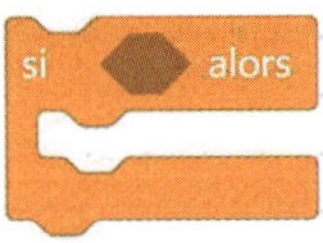


Si la condition fixée dans la forme hexagonale est remplie, la séquence d'instruction contenue dans la boucle sera exécutée.

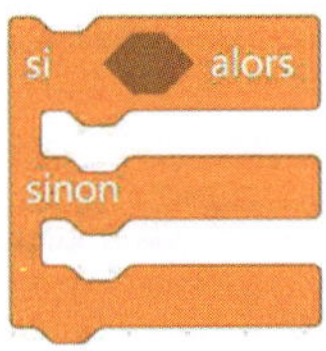


Si la condition fixée dans la forme hexagonale est remplie, la séquence d'instruction contenue dans la première boucle sera exécutée, sinon la séquence d'instructions contenue dans la seconde boucle sera exécutée.